林白 著

北流

图书在版编目（CIP）数据

北流 / 林白著. --武汉：长江文艺出版社，2022.7(2023.2重印)

ISBN 978-7-5702-2498-2

Ⅰ.①北… Ⅱ.①林… Ⅲ.①长篇小说－中国－当代 Ⅳ.①I247.5

中国版本图书馆CIP数据核字(2022)第023143号

北流
BEILIU

出品人：尹志勇	策划编辑：王苏辛
责任编辑：胡金媛	责任校对：毛季慧
封面设计：好言好羽	责任印制：邱 莉 王光兴
封面题字：林 白	

出版：长江出版传媒 长江文艺出版社

地址：武汉市雄楚大街268号　　邮编：430070

发行：长江文艺出版社

http://www.cjlap.com

印刷：湖北新华印务有限公司

开本：710毫米×1000毫米　1/16　　印张：30　　插页：1页

版次：2022年7月第1版　　2023年2月第2次印刷

字数：570千字

定价：68.00元

版权所有，盗版必究（举报电话：027—87679308　87679310）

（图书出现印装问题，本社负责调换）

题献 M. Y.

北流 | 目录

序篇:植物志   001

正文

注卷:六日半   001
    章一　赶路的一日   001
    章二　之前的半日   005
    章三　这一日   011
    章四　下一日   017
    章五　又一日   056
    章六　仍一日   067
    章七　再一日   083

疏卷:在香港
    (A)异地。母语。米缸。   097
    (B)重叠。参照性。一种连绵。   108

疏卷:火车笔记/滇中   119
    一　书   119
    二　滇中,钟   126

注卷:县与城　　　　　　　　　　　134
　　姨婆与世界革命　　　　　　　134
　　美,而短　　　　　　　　　　　151
　　香港的舅舅　　　　　　　　　159
　　夜晚的赖诗人　　　　　　　　164

疏卷:火车笔记(二)　　　　　　　177
　　一　蛙　　　　　　　　　　　177
　　二　粪　　　　　　　　　　　184

注卷:小五世饶的生活与时代　　　188
　　章一　树上(1952—1965)　　　188
　　章二　信(1979—1985)　　　　206
　　章三　在路上(1965—2007)　　214
　　章四　二十一个　　　　　　　237

疏卷:滇中　　　　　　　　　　　246
　　滇中　艾　　　　　　　　　　246
　　滇中　帖　　　　　　　　　　249
　　滇中　诵　　　　　　　　　　253

注卷:姐弟　　　　　　　　　　　262
　　章一　往时　　　　　　　　　262
　　章二　梁远照　　　　　　　　270
　　章三　乱麻　　　　　　　　　282

章四　青苔	292

疏卷：火车笔记（三）　　　　　　　　　　300
  一　食　　　　　　　　　　　　　300
  二　贵阳　　　　　　　　　　　　304
  三　番石榴　　　　　　　　　　　306

散章：葱，绿荣　　　　　　　　　　　　311

注卷：六感　　　　　　　　　　　　　　315
  重叠的时间　　　　　　　　　　315

疏卷：滇中　　　　　　　　　　　　　　360
  滇中　茶　　　　　　　　　　　　360
  滇中　香气　　　　　　　　　　　366

注卷：县与城　　　　　　　　　　　　　372
  一　《梭罗河》　　　　　　　　　372
  二　陈地理　　　　　　　　　　　377
  三　麻雀　　　　　　　　　　　　385
  四　花果山的䚷孩　　　　　　　　390

散章：梯　　　　　　　　　　　　　　　395

注卷：泽鲜　　　　　　　　　　　　　　399

后章:语膜/2066	409
时笺:倾偈	413
章一	413
章二	428
章三	428
注卷:备忘短册	434
异辞:姨婆的嘟囔,或《米粽歌》	449
尾章:宇宙谁在暗暗笑	453
《李跃豆词典》补遗	458

序篇：植物志

蚌界：虹。**鼻涕虫螺**：蜗牛。**簸**：竹制容器。**禾秆**：稻草。**火水**：煤油。**架势、威势**：神气。**簕**：荆棘。**鹩哥**：八哥。**麻呢嘞**：麻雀。**唛**：竹筒。**菩萨遮**：菩萨鱼。**薯菇子**：马铃薯。**梭**：忙碌。**糖榨**：榨糖机。**往时**：以前。**眨令**：闪电。**猪毑**：母猪。

——《李跃豆词典》

寂静降临时/你必定是一切

1

无尽的植物从时间中涌来/你自灰烬睁开双眼/发出阵阵海浪的潮声/在火光中我依稀望见你们/那绿色的叶脉灰色的蝴蝶/一同落入黑暗的巢穴/年深日久/你们的星光被遮住了/越过水泥丛林我望向山峦/你们开始上升/那一群水牛在哪里/丘陵般苍灰色的牛背/移动着，成群结队

2

如此遥远，如此痛切/木棉花，你疯狂的热血/浇灌了无数代疯子/在三月的北流河边/木棉花彻夜高喊，声如激水，如振鼓/凤凰花也是/鸡蛋花也是/还有巨大的乌桕树/我从未见过它满树花开/但并不妨碍/它们早已消失的彩色羽翼/在夏日的风中回响

3

无穷无尽的植物/在时间中喃喃有声/簕鲁何时吹响了"喃哆嗬"/中元节早已被它抛弃/往时的鬼节七月十四/簕叶卷上竹筒，状如喇叭/掌上的花轿也已飞离北流河/屋背与塘边有始无终/肉中的纤维曾做成红缨枪须/操场上的红缨已褪色/簕鲁曾做过麻绳/捆着时代翻过七座山/水泥加簕鲁压成瓦片盖房/雨水也已找不到它们/听闻它已转世为簕钩枪并找到了鸡蛋/簕钩枪嫩叶煎鸡蛋，一道时令菜/簕鲁或露兜簕或簕钩枪/叶状如长剑边缘有刺/硬，也柔软/叶边细刺削掉，足够编织一个世界

4

剑麻比菠萝叶更像一丛剑/开花，如一串铃铛/明亮的月白色，于夏日醒来/在夜晚照亮晦暗的龙桥街/稔子的学名叫桃金娘/生在坟头至多的田螺岭/既不桃红也不金色/它们热爱棺材坑/无名的尸骨养育了它/待果实由红变黑/它们和米二酒在一起/浸成蠢蠢欲动的补肾酒。/牛甘果像玻璃珠/硬而圆，酸而涩而苦/与盐缠裹腌上数日/当蜕去青色的皮/强烈的回甘焕然一新/甘夹子味如酸苹果，仅拇指大/我至今不知它是藤本或木本/它在竹篮里，不按斤卖，论唛/两分钱一小唛，五分钱一大唛

5

凤凰木，我逐年失去了你们/操场的两禽，校门外的三禽/那枝条欲飞的架势/以及凤凰花金红的颜色/那大刀式的豆荚/坚硬的棕色累累垂下/火焰的力量凝聚在空中/以及游戏，小学新校舍/模仿英雄故事里的大铡刀/外号"猪仓"的女生/她成为五分钟的英雄。/在干燥的风中，凤凰远赴/开罗与那不勒斯/在异邦遇见犹如晴天霹雳/眨令变蚌界，闪电变彩虹/但在此处我失去了你们/北回归线以南/在滚滚的

热浪中/曾经繁茂的,那豆荚/那锋利的歌喉

6

龙眼出现在我两岁/它在手心满满一握/透明、滑溜、甜/世界浓缩,闪闪如珠/我用手剥开,龙眼变成桂圆肉/一簸又一簸,五分钱一簸/荔枝头顶烈日,在六月/脚穿白铁桶的大靴子/自荔枝场铿锵前行/从东门口西门口到水浸社/荔红色风暴与太阳雨交替/它们成群结队倾泼甜汁/为防止头晕/透明如玉的甜果肉要加上盐/这莫名的古方我至今不解/但给我早年的微醺吧/给我沙街与林场、甜度与河流/给我早恋的无边禾田/早熟的崭亮夏天

7

曾以为世上的鸡蛋花树都是大树/满树鸡蛋四季剖开/新生的鼻涕虫螺曾经奔跑/高大的玉兰树倒映在水面/两禽万寿果树和外婆一同出现/果实弯曲,十分奇怪/泡酒,补肾,兼治手骨麻/紧挨着是一禽大红豆树/我捡回红豆放入火水灯/比橘子红,比木棉亮/红豆其实有两种/一种叫台湾相思豆/此外还有一种鸳鸯豆/三分之一黑,三分之二红/烂漫的童谣如天籁/我们去摘扶桑花/顺便捡几朵玉兰晾在窗台上/玉兰树下的犀牛井/据讲系苏东坡上岸处/宋朝的北流河/早就流往天上

8

无量无边的植物/在时间中喃喃有声/丘陵般灰色的牛背/移动着,成群结队/"彼大海中。火光常起。/彼洲滩中。江河常注。/水势劣火。结为高山。/是故。山石击则成炎。融则成水。/土势劣水。抽为草木。/是故。林薮遇烧成土。因绞成水。/交妄发生。递相为种。/以是因缘。世界相续。"*/万物生生不息。尘归尘/土归土

9

现在我要想一想芒果树/医院的庭园,公用水龙头边/巨大的芒果树青芒压枝/红茶菌无声行在树旁的走廊/一只玻璃樽,红色的细菌在荡漾/另一侧走廊是只大公鸡/尾羽鲜艳,独步轩昂/打鸡针与红茶菌/20世纪70年代的健身法门/从北至南/直

到北流的鬼门关/在核里张开眼睛的人面果/它两只眼睛一处嘴巴/和礼堂种在一起/歌咏时高亢，铜镲时震动/当推土机出现/"礼堂"二字只能坚持一个钟/当年桂系募资/李宗仁黄绍竑曾经解囊

10

带着北流口音的葡萄那么少/在民警队门口从未成熟/桑葚的黑嘴唇/在大风门水泥厂对面/指甲花的指甲/在深夜的天井/令人嫌弃的杨桃是我们的玩伴/用铅笔刀切片，腌入玻璃樽/帮我们度过上课的无聊时光/马路对面那禽杨桃果实满地/1949年树下埋了一匹马/农业局的橘子树/那白色的小花被我们早早采光/我们是片瓦不留的采花大盗/美人蕉的花、宝塔花、扶桑花、芭蕉花/一口气讲出这些花/甜汁奔腾，星起星灭

11

甘蔗从时间中行来/失去已久的糖再度变得坚硬/穿过瀑布的甜汁/你已拍翅而起/那飞离的白色蝶翼/再次停在车前草的穗状花序上/在月亮缺失的夜里/我遥望糖榨/那碾压的结构嘎嘎发声/而我将到处找你，直到你出现/我双手握住甘蔗的一节/向上，以撑杆跳的姿势/亲爱的甘蔗，你从时间中行来/一路应答，喃喃有声

12

在瓢泼大雨中我重新看见了/黄皮树/与枇杷树/我企在树下全身湿透/为了某些重逢就是这样/雷鸣电闪。/我还望见凛冬夜晚的柚子皮/八百瓦的电炉和脸盆/孤身的永夜/内心浓雾滚滚/沙田柚，你以整只柚子皮照耀我/还加上你的芬芳/而我见到的木瓜都是孤独的/太平间的院子，一只瓜独自/伸到屋背菜地边，河边高岸/瘦长有棱形状孤寒/锯齿状的巨大叶子/用来漏掉无常的雨水

13

芭蕉木为自己找到了雨声/所有的屋背，所有的路边/雨水召来深夜/你敲开紫色的苞壳/闪耀黑暗中的微光/芭蕉秆也是好东西/漂在河面成为独木舟/从北流河上游到下游/我还看见自己爬上四禽槐树中的一禽/摘槐花卖给收购站/在树上眺望新

嫁娘/每周五去十二仓劳动/路过木棉树时听"梅花党"/1975年，不能不想到马尾松/它们连绵不绝，从县城到民安/在公路它们相向拱身，/成为阴凉的隧道

14

那美妙的番石榴使人便秘/它也已从时间中醒来/从北流直至同纬度的南美/像火一样饱满/你坚硬的籽/自深渊落向我/整日整夜绽放的还有/狗豆、芋苗、红薯叶、南瓜花/桐油花的薄紫/羊蹄甲的蒲紫/四月蔷薇的赪紫和粉白/以及泥土中一切的你们/此时尤加利树冉冉升起/叶子与花与花柄/那斑斓的韶光与我肌肤相亲/米色的小花漏斗形的花柄/我们穿成一串串/长的项链，短的手镯/体育场的尤加利树/是距离万人大会最近的阴凉/高音喇叭里仅存的安静/大舞台之侧，露天银幕的正反两面/当晚霞降落成为漫天蜻蜓/细小的米色花散落在我的枕头

15

若转世为植物/我会成为哪一龠呢/或者就是木棉树吧/我安心地开出花/结成棉桃/用木棉的棉絮/填充某只枕头/我也愿意成为凤凰木/以枝条振翅，以花代火/我也喜欢当剑麻/开一串白色的铃铛/或者番石榴，或者芒果树/我愿意成为你们中的任何

16

而那时你在哪里……/不如你转世为榕树吧/或者马尾松/或者尤加利/我保证你生在河边/与沙滩与萝卜在一起/你的花落在沙地上/成为我的项链和手镯/我将以指甲花汁染上红色/在深夜的阴影里/我将重新看见/大水退去仍在原地的你/你斑斓的檎黄与赪丹，以及坚硬的墨绿/你俯向河面的身姿/我应答你，无穷无尽的植物/以同样的喃喃之声

17

我知道我无数次失去了你们/那茂密汹涌的绿色/逐年逐年/水平线降低/根系繁多的至老的大树/从虚空中来，到虚空中去/战栗的断口/渗出的树汁/高大的芒果树木棉树乌桕树/以及印刷厂门口最大的老榕树/小学五年级曾参观印刷厂/铁黑的铅

字只只排列/沿着铅字我们到达它们的来处/它们庞大的身躯在虚空中留下墓碑/那巨大的寂静/失去庇佑的天空和失去遮挡的/那一只当年的水龙头

18

我挂着籁，乘坐京广线列车/三十八小时加四小时汽车再加一小时/从版图的鸡心到鸡尾直到/看上去像盲肠的你/北流河/等雨水再次灌满不再存在的沙街/等畜牧站的大蟒蛇冲出竹笼/等我印出菩萨遮与扑沙狗的照片/找到那种叫白面水鸡的鸟/以及大山雀白腰文鸟斑文鸟金翅雀/家燕雨燕乌鸦山鹡莺红嘴相思鸟/绣眼鸟灰鹊鸽白头鸭牛背鹭/等到麻呢嚁遍地啾啾/等到拇指大的青丝和它的红果在一起/丁鸡囊头顶和屁股长出漂亮的羽毛/等到斑鸠鹩哥鹂鸪画眉的窝搭上禾秆/然后，我将再度离开/紫苏薄荷九里香南瓜花/狗豆大虫豆八角桂皮狗尾草灯芯草/地豆慈姑薯菇子东风菜芥菜猪䐗菜/酸咪草车前草老鼠脚迹鱼腥草/穿心莲一点红黑墨草半边莲扫把枝/马齿苋发毒药过塘蛇路边青/雷公藤宽筋藤地苍藤四棱草芝麻草月亮草/三叶鬼针草七叶一枝花/花菖蒲火藻芦竹千屈菜/水葱梭鱼草兰花三七/水生美人蕉黄花鸢尾狐尾藻/金鱼藻大茨藻马来眼子菜……/像一切草继续生长/带着你的心脏指纹以及猪红腮/带着深呼吸的树叶以及/一枚籁/连同独石桥独石的朱砂/鸡丁锄里的铁

19

天色有点暗，然而并不是夜晚/忽然有些点亮，也并不是闪电/照耀我头顶的，是那些消失多年的大树/大人面果树大芒果树/大玉兰树大鸡蛋花树大万寿果树/大红豆树大木棉树大马尾松树/大尤加利树大乌桕树大凤凰树/大榕树大龙眼树大黄皮树大枇杷树/在我出生的那一年/此后70年代80年代90年代/它们倒下时伴随隆隆雷声/未享天年的它们/未曾诞生的美/中途丧失的美/寄身于无穷无尽的植物/无穷无尽的你们和我们

20

大人面果树大芒果树/大玉兰树大鸡蛋花树大万寿果树/大红豆树大木棉树大马尾松树/大尤加利树大乌桕树大凤凰树/大榕树大龙眼树大黄皮树大枇杷树/无尽植物的河岸与丘陵/我将登上你们已消失的山巅/你们远至深渊的星星/潜入你们已消退的海洋/你们已被燃尽的灰烬/在山巅海洋和星星之上/无尽的植物，无尽的岁月/

无穷河水永恒冲刷的你的两岸/北流河/以及我血液中沉淀的簕

*楞严经句

翕：株；棵。门口有~大榕树，粤方言读po。

簕：北流方言，刺。

正文

北

流

注卷：六日半

章一　赶路的一日

啖：口，一啖，一口。**灶**：窝。一灶鸡、一灶猪、一灶黄蜂。

——《李跃豆词典》

想到返乡她向来不激动，只是一味觉得麻烦。当然，若少时的好友吕觉悟和王泽红也凑在一起，她是欢喜的，若能吃到紫苏炒狗豆、煲芋苗酸、扣肉蒸酸菜、沙姜做蘸料的白斩鸡、卷粉、煎米粽，她内心的气泡会痉挛抽搐，一路从脚底心升到头壳顶。只有这时，才觉得家乡有了一种大河似的壮阔。那壮阔有着紫苏薄荷似的颜色味道，在青苔的永生中。

这一日，老天爷给跃豆降落了一个故乡。她又有几年没回来，正巧一个"作家返乡"活动，一举把故乡降落了。不过，这个故乡不是指她出生并长大的县城，而是指，20世纪70年代插过队的民安公社六感大队。

她就顺便了。

这一日几乎整日在路上。一大早，落着细雨，三十余人坐上大巴，刚刚开出南宁就出了日头，阴雨变成日头雨。阳光中斜斜的雨丝闪着亮，下一阵停一阵，白云急雨，四五场之后到了圭宁小城，午饭后一分钟不停，复又坐上大巴，一路去到民安公社（现在叫镇），也未落车停留，径直去了六感大队（现在叫村委会）。小卖铺有个中年汉子企在门口，有人告诉她，这人也是她往时的学生。教过咩嘢呢？原来教过他英语。

她想起四十一年前教的英语，只教二十六个字母。她甚至算是教得好的，因她会唱字母歌，ABCDEFG，1155665……别班老师不会。她一共教过三届学生，初一初二高一，四十年来，所有学生面容模糊姓名散落。她只在十几年前碰见过一个女生。那次她去买鲜牛奶，被带到市郊的一处房舍，房舍不小，有院落和一只地坪，地坪摆着矮饭桌，全家正在吃夜饭，众人站在地坪等。夫妻二人三啖两啖饭毕就去侧屋挤奶，众人又跟到侧屋围一圈。她也跟去望，只见侧屋点了盏瓦数极低的电灯，两头奶牛一前一后企住，夫妻一人坐张矮凳，各靠在一头奶牛跟前双手上下撸。出于职业习惯，她同主妇聊两句。主妇停下手，她认出了跃豆的声音，她从六感嫁到附城镇，生两子。算起来，那一年学生大概三十八岁，那一年你离开六感至今已有二十三年，两厢面目全非，彼此不再认得。你看见自己的声音单独浮在黄昏的农舍里，像一条细细的灰线，游到两头奶牛之间，与往时的学生邂逅。

大队人马在大队转一圈，又去隔篱的六感学校转一圈，之后去她插队的竹冲生产队，看了知青屋（当年她亲手建的），看了猪栏（一头叫小刁的猪，多次跳栏，在茫茫黑夜中一去不回），找到了用粪屋改成的夜校，地坪，水井（路断了，仅远眺），粪坑，冬天洗澡的地方（在队长家的灶间，已废弃多时，墙塌至墙脚，长满草，站在草里照了相），老荔枝树，在树底见到了老钟玉昭大翠二翠。"三婆三公呢？"她问道。

她有些恍惚。

四十一年前拿着半瓢油出现在灶间的、在小黑屋纺棉线的、蹲在猪栏前喂猪和猪说话的、喂完猪又喂鸡仔的、一只眼睛长着玻璃花的三婆，蹲在门口磨柴刀、每日放牛的三公，他侧头磨刀，半闭眼如梦如幻，她记得那磨刀石，一块是红的朱砂石，一块是灰的青泥石，他闭眼撩水，淋在磨刀石上，红色或灰色的细流流到地上……还有玉昭，她整日煎药，一只风炉，烧木炭，风炉摆在檐廊下，自己坐只矮竹椅，葵扇扇风炉，闲闲气神，慢慢等药罐子升上白汽……她只有片刻恍惚的时间，来不及入屋坐一时，只在荔枝树下讲了几句就又要出发了。上车才想起，没有给房东带礼物，哪怕面条。而且，她还应该望一眼牛背山，那座村子对面，经常去打柴，她曾在小说里虚构有空降特务的山。

她的五色花也没找到，那种明艳得出奇，五种颜色的细花组成花团的植物，是专门治她的，这种花深入她的骨髓，在双脚烂掉的日子里，日日执五色花熬药洗烂脚。辛辣药味，发黄僵硬的毛巾，湿滞稻草，以及浓白的禾秆烟。

一切如此匆忙。从六感又赶到扶中大队。是你提出要去扶中的，因你忽然想起往时去扶中开过会，想起孙晋苗和那几个彻夜不眠的夜晚。谁又料到，却是从极其紧凑的半日行程挤出的时间。接着赶去铜石岭，此处要创国家5A级景区。这帮人被引入一只大院落，正屋如同大雄宝殿，红墙黑瓦，门口两只大石狮，一名女子以标准普通话道："各位来宾，请看第一幅，规划图全景……"日头烈，晒着听了一通之后才引入会议室。不料并非休息，墙上的银幕放起了影像，铜石岭宣传片：全球最早的冶铜遗址，地质特点是喀斯特地貌和丹霞地貌共生，号称世界唯一。一直看到天黑，原来，终是要接待方提供晚饭。不看宣传片，等于白吃人家一餐。

夜色中回到城区，直接去了一家茶馆，"原创音乐致敬晚会"。原创这类词，差不多总让人想到一个民谣歌手，随性兼邋遢，颈上挂把吉他，朴树那样子。结果不是，这里的原创却是春晚体，当地音乐人自己作词作曲，故称原创。

主持人整晚标准普通话，已无本地口音。早已认定普通话代表至高水平，主宁话上不了台面。时代车轮滚滚，随便一想，方言迟早都会被普通话的大车轮碾压掉的。整个晚会，若不是郑江崴的旧友来找她，她简直坚持不到结束。

散场以为要回酒店，结果大巴又停了。原来是要参观市博物馆，本是行程安排，临时与晚会对调。领队说："现在呢还不太夜，请大家移步。"透过树影她认出，这市博物馆原来就是旧医院宿舍，她家住过几年。穿过前厅和过道，在多年前的故居疾步行，她第一念想到的，是那禽大芒果树，找到芒果树就算找到了往时。庭院里仍是极浓的青苔气息，墙脚很暗，砖砌的台阶、砖砌的栏台，栏台的平顶摆着盆花，她记起几盆指甲花和一盆万年青，直到20世纪70年代末还是那样。结果迎面扑了一个空，芒果树砍了几年，仅剩树蔸。领导在一旁讲，是前任领导要砍的，结果他生病死了。那树蔸和不再存在的树冠出奇地空，从地上到半空，空出了一大块。

雨又下起来。

回到回廊。回廊旧时直通留医部，浅浅廊阶，她一路行上，结果砌了一堵墙。又行另一边，这边也砌墙塞实了。空间比原先缩了一半。但她仍望见往时的走廊，一瓶红茶菌无声行在芒果树旁的走廊，玻璃瓶里红色的细菌在荡漾，另一侧走廊，有只羽毛鲜艳的大公鸡，它气宇轩昂踱到门厅的乒乓球台上，一枚长长的针闪着光，公鸡的翅膀被掀开，一只手揿着翅根下的血管，针扎下血抽出，医院的小孩围在乒乓球桌下等着打鸡血针……主人邀道："上楼望望睇，楼上是铜阳书院藏书楼。"铜阳书院？这个她住过的地方竟是书院。闻所未闻。往时有两只圆形的窗，小廖医生（桂林医专毕业，讲一口普通话，英敏至爱同她玩，两人都讲普通话）住。楼梯嘎吱响，圆窗总算还在，也打得开，她伸出手，掌心接到凉丝丝的雨丝。凉丝丝的。湿润。

楼板摆了几尊大铜鼓，本地出土，世界上最大的铜鼓就是本地出土的，真品已运去首府博物馆。地板上摊着书，几千册从圭宁中学拉来的古籍，有的已被虫蛀。一地破烂，《礼记》《黄檗传心法要》《理学宗传》《淮南集证》《南宋文范》《元文类》《吴评四书》《宋拓淳化阁帖》《文徵明南曲集》……每本书盖了一张宣纸，用毛笔写了编号，统统沤得半烂，虫蛀、卷边、水渍，面容模糊样子惨淡。当年它们是怎样来的，自清末至民国，这些书一直就在中学图书馆，但你从来不知道。

正如她从来不知道，抗日时有一批沦陷区教师逃亡到圭中任教，上海广州山东，语文英语化学。彼时教师水平学生质量非日后所能比。泽红父亲上中学时，物理课曾用英语讲授。高中作文规定用文言文写，与沙街天主教堂神父用英语简短会话则完全不成问题。

20世纪70年代她读中学那几年，图书馆不但未开放，也无人知道学校应该有图书馆。过了四十年，才忽然在博物馆与中学图书馆相遇……当年是先恢复了阅览室，高一年级下学期，礼堂外墙的一排平房辟出一间，两张大桌子、报架、条凳。《广西日报》《人民日报》《光明日报》和《红旗》杂志，这几样总是有的，一本文学丛刊《朝霞》，一本《自然辩证法》。此外还有一本《人民画报》。《朝霞》和《自然辩证法》，就是当时的文学与哲学，她坚信最有营养的就是它。她对《朝霞》怀有饥渴，但它总是迟迟不来。快毕业时终于知道，每日行过的大走廊头顶上就是学校图书馆，学校居然是有图书馆的，真是新奇啊！那么阔的走廊有一天摆上了宽宽的木台，化学课的作业原子模型展示，满满一台。她向来以为自己的最好，尤其是，以自然辩证法论述化学元素周期表的小论文之后，化学老师张华年以她纯正的广州话表扬了她，这比当地方言更权威。她又如此美丽，且来自大地方，她身姿优美，口音洋气，一口纯正的广州话，她说京剧是要有腔调的，你们第一次听到"腔调"这个词，学校的文艺任老师大概也是，任老师家在龙桥街，堂姐演过《刘三姐》，故她顺理成章管文艺队，自然比不上见过世面的张华年老师。百年校庆时见到张华年老师，她将近七十岁，毫不见老态。

后来孙晋苗借跃豆一本《唐诗三百首》，已经是1977年夏，插队近两年。再后来，泽红的母亲调到学校卫生室兼打理图书馆。泽红在尘封的书库翻到禁书，她偷出一本给跃豆，是普希金的《青铜骑士》，那是跃豆再一次遇见普希金。第一次是这一年的四月，到南宁改稿，广西电影制片厂的吴导演到杂志社来，他写过诗，于是她听到了浓重湖南口音背诵的普希金的《致大海》。"再见吧，自由的元素！你最后一次,在我面前闪耀着骄傲的美色。"(查良铮翻译成"你的骄傲的美闪烁壮观")"美色"这个词,在词的阶次上要比"美"低,但遥远的大海,以及自由的元素,以及最后一次,以及闪耀,以及骄傲,这一切,足够把低处的词垫高。

回到酒店已近十二点,睡前她百度了铜阳书院。书院始建于康熙四十年,雍正十二年重修,改名为抱朴书院。同治十三年,就基重建,乃名"铜阳"。光绪三十四年改为蚕业学校,1914年改为女子蚕业学校,附女子小学。1927年改为农民运动讲习所。1930年改为私立陵城初级中学。1933年改为圭宁县公立医院。

头尾仅半日的"作家返乡",与三十多人蝗虫般隆隆来去,有谁热衷于成为一只蝗虫吗?当然你首先想到要省下些什么。

老之将至,要省下的东西总是不少。北京到南宁往返,机票不是小数目,再从南宁折腾到圭宁,那种人仰马翻、奄奄一息,已经多次证明了。再者,从县城到六感亦非易事,没有车,路又烂(她亲见这路甚至比不上1975年,她当年骑车往返恍如梦境)。还有呢,广西杂志的活动,层层发文,自治区到市里再到公社再到大队。她提到名字的人都被找了回来。若非如此,她回六感定然见不到故旧,村里老人老去了,活着的人四散,当年学校的同事都已退休。

这不适意的一日半日实在算不了什么的,压缩的时间,某种力托你飞行。种种难题势如破竹。比起筋疲力尽的折腾,她情愿咽下这蝗虫般的一日半。如果是私奔又另当别论,她当然也会背起一只酒精炉,徒步翻越阿尔卑斯山。就像二十七岁的劳伦斯,三十二岁的弗里达,电子书Kindle里的《意大利的黄昏》。

私奔的激情大于返乡,当然如此。

少年时的三个朋友,泽红,千真万确私奔了;泽鲜近之;吕觉悟的妹妹觉秀,她丈夫突然人间蒸发和情人私奔了。三个旧时朋友,直接或间接经历了私奔。她们的经历全都是真的。

她没有。只有想象。

章二　之前的半日

下底:下面。

——《李跃豆词典》

之前的半日是从北京到南宁,机票既可自订。那么好吧,国航。三号航站楼,并非一号和二号，它当年高大上，现在也是，富丽堂皇宽阔舒适设备国际一流……遥想2008年奥运会，三号航站楼初建成，崭新、金碧辉煌，巨型雕刻、青铜、汉白玉、红色的漆器……那年五月第一次到三号航站楼，跨度极大的金属穹顶、红色钢架银白色长桁条交错成菱形巨高的白色圆柱头晕目眩，国人终于意识到国家真的有钱了……她不记得上次有没有看见这列自助机，这一长溜自助乘机手续办理机令她无措，好歹还是在柜台排队。到要去安检，忽闻喊话，"女性乘客到这边安检，这边有专用通道"。竖着的牌子有几朵花，三八妇女节刚刚过去。女性旅客专用通道。女性安检员手拿扫描棒，小脸紧绷。她摸到你外衣口袋的小纸片，这是什么，拿出来……

　　一路行去候机区，路过一个白色隔板小方亭，免费体检中心，十分钟测试身体。然后是书店，一排排大头棒棒糖和大头猴子；杨澜《世界很大，幸好有你》，刘晓庆《人生不怕从头再来》，白岩松《白说》，《中国美食之旅》。励志美食财经。之后，奢华礼品店，箱包时装化妆品……相当于半个王府井。再向前，登机口在航站楼尽头，人渐稀，候机区不再是铁灰色的列列椅子，换了土黄色两人座，过时兼脏旧，从三层到二层再到地上一层，越来越暗，并荒凉……忽然人又多了起来，C57登机口总算到了，候机座位少得意外，不少人站着等候。你从未想到首都机场三号航站楼还有这样的登机口，暗、闷、简陋到不近情理。

　　从北京到广西南宁，从前是三天三夜火车，再七个小时火车到玉林，再一个小时班车到圭宁……登机了要坐摆渡车，从登机口摆渡到飞机。摆渡车也如此漫长，完全意外。相当于公交车的多少站呢。在摆渡车上居然能从容听完别人的故事——一名中年妇女，衣着体面发型讲究皮肤保养得当，望之像单位领导，她跟男同事唠叨她女儿，房贷三百万啊，每个月的压力有多大……当初……找个有房子的，没房贷，会轻松很多，这都很现实……还要跟婆婆住一起，婆婆病了是个无底洞，去年才入的医保，大多数都得自付……自付比例很高……都是很现实的……每个月还要给她钱，住一起还要给她钱。

　　坐在机舱里飞机仍不起飞。

　　发动机隆隆响着也不飞。嗡嗡嗡嗡。发动机正在座位底下。机舱前面六排有四个人看书，前排一个高帅男拿出一本厚书，后面一个是《人类简史》，隔了一排的后左，竟然是本年度《中篇小说选》，今时有人读小说，实在比宝钗读《西厢》更稀奇吧。一名白发妇女，在做一份数学卷（？），旁边一个人，写可行性分析报告，投资，乡村旅游计划，国家统计局数字。如此这般，就到了南宁。

　　南宁机场亦是一样气派，不逊于首都机场。高峻粗大的树形撑擎银白菱形屋架，因为新，就更有未来感……到达大厅有面三人高的宽幅电视液晶屏闪着新崭崭的亮光,新华联播网正播新闻,一片玫瑰红从天而降,流光溢彩,南希·里根,一个坚决以丈夫为中心展开自己人生的女性形象,葬礼报道,小布什夫妇、希拉里、克林顿等。人生落幕,一个奢华高贵精致的形象,保持白宫格调,推广美国时尚,炽热的爱情童话……人机大战,韩国李世石和谷歌阿法狗,在输掉三盘之后,李世石终于赢了。段子说,不怕机器赢,就怕机器突然不想赢。谷歌胜利了,人类也胜利了。万众刷屏"一石一狗",全球棋迷增加一亿,围棋更是胜利了。胜利的消息第一时间传遍了全世界。

安顿下来已是晚间九点。南宁是故地,八年炎热漫长的夏日,侧门飞车下坡、旧自行车、20世纪80年代的风衣和披肩发,民族大道广场空阔,棕榈树阵高直树身长柄树叶。入住的酒店就正正在民族大道。当年在南宁,人民公园住过三年,东葛路住过四年,两处都在民族大道附近。民族广场那时还叫七一广场……

七一广场,我首先想到的并非一片空地和四周的棕榈树。

广场古怪地召来一件长风衣,每日晚饭后我从人民公园的正门出来,向邮筒投入一封信。信封剪了一角,标明"邮资总付"的投稿信,诗歌总是刊不出来,但,以写作填充茫茫空旷仍是我之最愿。我向绿色邮筒投下一封信,然后一蹁腿骑上单位的男式自行车,一阵风滑向长长的大下坡。单位的公用自行车累累旧痕,横梁和坐鞍比我在六感乡下的男式车更高,但我早已身经百战,每晚走六感的夜路,一手握电筒一手握车把,在泥路上如同一只独眼怪兽……我顺坡放闸,风衣下摆拂拂扬起,而两边的人家正在吃夜饭。一种在大城市立足并很快闪亮登场的拉风感大概就是这样。

长风衣是在武汉买的,大学临近毕业,发现自己还剩了不少钱,甲级助学金每个月都有剩,我决定去买些衣服。武汉是大过南宁几倍的大城市,我断定,此处服装要比南宁好看。少年时代向往南宁,但大学改变了我,我觉得它太小了。大学四年我去过三次汉口。第一次,是去参观武汉市图书馆及总理生平事迹展览,淋了一天雨,衣服和鞋子都湿了,全身湿着仍然冒雨逛了街,大开了眼界,看到了法租界和英租界的建筑,回来之后在日记上认真记下了法国建筑如何雄伟壮观,英国建筑如何典雅细腻。这些,在边远的广西首府断断不会有。

第二次是同寝室的吴同学约去看星星画展,我们坐渡轮去回,看得目瞪口呆。二十年后的1999年,和当年参加星星画展的阿城一起拍了电影《诗意的年代》,到现时,又是二十年过去了。恍如隔梦。第三次,是高同学的姐姐要结婚,我们去参观婚房,我第一次看见了壁灯,墙上不但有一盏灯,它发出的光跟别的电灯光不同,不是暗了几度,而是,有点像月光。这就是我最早看到的真正的城市生活,与学校生活大不同。高同学后来去了美国，一直在哈佛大学工作，不久前在朋友圈看到她在非洲草原和狮子老虎在一起（人在车里）……

汉口太远了，隔着长江，方便的是去武昌小东门。于是我到学校大门口去坐公交车，珞珈山和狮子山，中间是山坳，天然下沉式，上山下山，沿法国梧桐大道一路走到校门口坐公交。

我那时近于自闭，不愿约同学同往，也未曾去过，并不清楚何处可购何衣，亦不会向路人打听，只是在一家路边店望见这件风衣，试了一下，有些长，略宽，但已是最小码。那时风衣刚刚传入国内，从未见人穿过，上了身，气质顿觉不同，周身上下连成整体，比起上衣下裤两截好看得多。我就断然买下。这风衣其实颜色不够纯正，既非米色也非浅灰（这两种最稳妥），它接近棕色却又不是，仿佛掺了一层紫，这棕紫色中间还分布着一些不能一眼看出但明显存在的横竖小亮线。

就是这样一件颜色古怪的风衣，由于它是风衣，一切缺点就被我屏蔽了，风衣犹如那两年的飞毯，它提升了我的自我想象。我照镜子看见的自己，也总是神采飞扬，与大学时代的自卑自闭全然不同，我把头发的末梢烫卷并梳起了长发辫，自觉比大学几年的羊角辫更具风姿。

沿着长下坡我的风衣高高掠起，然后……如果我不是从人民公园的正门而是从侧门出来，对面是明园，过了马路就是七星路，这条路虽无大下坡，但树荫更密，行人气质更像省城（正门那边的街，两边都是本地居民，市井气加烟火气，不能满足一个文艺青年的情怀）。一路骑行向左拐弯一个短斜坡等着我，短斜坡坡度更陡，需微微控着车闸，而风衣，我向下俯冲的时候它获得了更大的升力，设若没有压着它，简直一瞬间就要飞上天。搬到东葛路之后离七一广场更近了，经不起我骑车五分钟，东葛路一拐弯即到古城路，古城路已是广场的一边，我便不再到七一广场，而是直去七星电影院。我在这家电影院看了不少杂七杂八的电影，如今只记得《红高粱》，那第一个镜头是年轻的巩俐在黑暗中浮出的脸，她的脸占满了整幅宽银幕。画外音说：这是我奶奶。中国当代文学如火如荼。

别以为住过八年就能找得到路，更别以为出了门直行至丁字路口就是古城路、七星电影院，然后，再向前即到南湖。现在，是的，现在民族大道无限延长了，相当于北京的长安街。出门不是向右却是向左行，据说向左不远就到南湖。时代前行，样样颠倒。颠倒着风驰电掣。

前台小姐讲，南湖很大的，没路的地方修了路，这样呢向左转亦能到南湖了。你理解了这个，就理解了无数倍新、无数倍大的南宁。理解了你就出门了，出门之前又问了一次门童，是的，出门左拐到金洲路一直行。金洲路，前所未闻的路名，它到底是在20世纪80年代的哪一片？

一边是白色的矮围墙，一边是街道。树浓影黑，模糊的长形树叶有点像芒果树。前头有个年轻姑娘，紧上两步问路。是啊是啊，一直往前，过两个十字路口，向左拐再到一个路口就望得见南湖的停车场了。姑娘一口标准普通话。20世纪80年代的南宁普通话不是这样的，浓厚的地方口音，是米粉和菠萝的混杂，怯场、自惭形秽。

以前没有金洲路。来来去去在单车上满城飘飞的20世纪80年代，闲情加激情的年轻日子，小小的南宁城熟如掌纹。这一带，是熟中至熟。姑娘头一歪，极诧异，一直都有的啊。但你坚持认为20世纪80年代没有金洲路……那些在自行车上满城飞驰的整整八年。不过你同时明白了，20世纪80年代，姑娘断然没有生出来。要知道，对年轻人而言，20世纪80年代是古时候，很古。

路灯被树叶遮住了，跃豆在明暗不均的光线中边行边辨认，围墙是矮矮的白石灰墙，这种围墙凭空跳出个20世纪80年代，但这是在哪里？忽见暗处一幢大楼，向前几步看，一块牌子赫然在目：广西民族出版社。翅翼展开，一只坐标在黑暗宇宙中拔地而起……那一条尘土飞扬的黄泥路，坑洼不平，一幢宿舍楼，水泥预制板搭成，是当时的高标准。是的，广西民族出版社，这七个音节铜钹般震动。很暗，整个20世纪80年代都很暗，一轮金黄的大月亮悬在大楼的侧面，异常醒目，既悠远又伸手可及。昙花在暗处。20世纪80年代南宁的窗口阳台多有昙花，只要向暗黑处望去就会见到昙花。她与昙花的碰面甚至可以追溯到1977年。

昙花开在夜深时，洁白、短暂，仿佛比莲花更高远……莫雯婕覃继业，夫妻俩就住出版社后头的宿舍楼。莫雯婕，著名诗人的女儿，本人亦是诗歌新秀，耀眼的文坛公主。覃继业，来自最深的深山，土司和农民的儿子，壮族，十八岁之前没见过汽车，壮硕轩昂，性格开阔，一往无前。他在民族学院追到了莫雯婕，摘得皇冠顶上的明珠，结婚，留在南宁，很快升到了领导层。他出版青年诗人的诗集，每人薄薄一册，每册有前言后记，请了著名批评家评论，一匣八册。这套诗集也有你的一本……一本巴掌大的小册子浮在夜色中，封面有两色，草绿色的边框，翠绿的什么草，以及一些大大小小的圆圈气泡，眉头标有"广西青年诗丛"，封面最下底，就是这个广西民族出版社。四十几页，薄薄的只有十九首短诗，定价0.25元。你是何等兴奋，每个人都兴奋，边远地带，没人翻得筋斗冲出去，有人帮出了第一本诗集就算是成功了。

后来有人告诉你，都是沾莫雯婕的光，因覃继业要给她出诗集，她比你们更不够格，说起来每个人都不够格，但作为诗丛，作为薄薄的四十几页的小薄册每个人就算够格了。你买了很多本送人，后来到北京，仍然认为是可以送人以显示才华的东西。

居然也完全忘了。有日上微博，见一个生疏网友留言，他发来这本诗集的封面以及扉页照片，扉页写着送给某某，连这个某某你也淡忘，更不记得曾送过书。网友说，有人拍卖这本书，鹦鹉史航（剧作家，微博上有三百多万粉丝，影响力甚巨）正准备下单。那某某是部长夫人，刚到北京跃豆曾去拜访，想到广西办事处住一段。灰蒙蒙的干面胡同，深红色的门、四合院、门房、一个清亮的女声，风韵犹存的妇人、湛红色的廊柱，廊檐下她窃灰色高领毛衣赪紫色披肩字正腔圆，圭宁籍的退休老部长眉眼慈和哈哈一笑，夫人纵谈天下事部长在一边笑眯眯的，夫人说驻京办事处那边倒是有铺位，长住不行住个把星期半个月应该没问题，她可以写个条子给那边。你完全不记得曾经送过夫人这本小薄册（好奇上孔夫子旧书网搜了一下，居然有卖，出版时间标注未详，没有独立的版权页。一百一十元，加十三元快递费，书店地址在甘肃武威凉州，难以想象，它何以从西南边地到了遥远的西北边地）……青年诗丛一出，覃继业眼看就做成全南宁文坛领袖，人人高看一眼。他的理想是要编一本《壮族大百科全书》，同时也写诗，笔名疾野。结了婚，莫雯婕仍然是诗人、女神兼女巫，气场强大，有种道不明的神秘感。她不喜书斋，从不读书，时常一袭黑色衣裙。

但很快，覃继业以非法出版获罪，判八年。八年牢狱出来，他站在马路边的公用电话亭给故人打电话："喂，我是覃继业，我出来了。"他不再说他是疾野。他在电话里大声说："我在里面日日冷水洗身。"这个意志顽强的人，企图东山再起。莫雯婕在精神病院住了两年，之前覃继业有外遇，她发现家里的日历有奇怪的记号，每日覃继业一出门，她就盯着那些记号看，生气，出门乱走，满街行行停停。她还去找过你，问，不会是你吧？她怀疑所有的人。日历上的记号日夜纠缠，她恍惚、失眠。覃继业一收监，她就崩溃了。但坊间认为，这同覃继业的外遇、判刑都没有直接关系，是莫雯婕的家族向来有精神病史。母亲和哥哥都是精神病，她得病几乎是必然的。但她居然病好出院了，离了婚，去了巴西，此后音讯杳无。回想起来，莫雯婕身上一直有种模糊的流浪气质，不宜室家，或迟或早，她总是要消失的。"那个冬天她从医生的无菌套房、X光令人晕船的航行中，从失控的细胞计数中回来，归途难返……铁笼子载着我，升向科学与陷阱"，这样的诗，她用自己的身体可以写出。

她来找过你几次，总是一身黑色衣裙出现在古板的图书馆采编室门口。你去找她更多。20世纪80年代的黄泥路边，那幢五层宿舍楼。尽头的单元，他们家的灯光永远是暗的，没有花草绿植，白墙上贴挂一件鲜艳的裙子，白底，剪纸一样的大红花，极其夺目。三十年前这样一件鲜艳裙装相当招摇，贴挂在墙上更是鹤立鸡群。楼下空旷的走道有一盏路灯，一轮明月仿佛永远是在天边。

与一幢楼相遇使人心情复杂。

过马路,穿过停车场,果然到了南湖。夜晚的南湖人流如织,榕树的气根在半明的路灯下连成一片,水面上下灯光变幻,亮亮闪闪红黄绿紫蓝……夜气漫上来,湖面一层淡淡白雾,周围浅灰和深灰。

半明半暗中忽见一柱电线杆有人在打公用电话,真奇怪公用电话挂在电线杆上,行近些闻那人讲,在里头我日日洗冷水身,还打太极拳,身体比八年前还好……她定眼看,这人居然是覃继业。白雾涌来涌去,天上明月依然,一件鲜艳的大红裙子在雾中独自行行停停,它上面的剪纸图案依然。莫雯婕身上一闪一闪的,时红时黑,但她出现在图书馆采编室门口,问出一个侵略性问题:

你第一次性经历是多少岁?

坚硬的声音压着空气,在她的黑色连衣裙上蹿动。她的眼睛美而冷酷。

章三　这一日

阿边:那边;**阿时**:那时;**阿种**:那种。**褒**:夸奖。**报知**:通知。**灵醒**:精明、聪明、机灵。**冇谂**:不想。**着力**:辛苦。**歆呲**:哪里。

——《李跃豆词典》

(**跃豆见到米豆**) 米豆来到母亲大人的客厅,又黑又瘦,似笑非笑,"系嘛""系啊",他说出一些匪夷所思的短句,不知算是回答谁的提问,或者,仅仅是回答他头壳里那些永远存在、无穷无尽的天问。见有红提,他眼睛忽忽一闪,奔过去,揪了几只捧在手心,以对待珍宝的态度,一只一只仔细嗅一遍。

算起来,跃豆至少有十二年没有见到米豆了。

每次回来他都不在。上一次是某年夏天,要去玉林开会,她顺便回了一趟。那一年甘蔗考上大学,米豆兴奋说,邻舍都讲他家系凤凰窝,风水好,注定要飞出凤凰的。后来她又回过几次,米豆去了安陆,服侍瘫痪的叔叔,每年旧历年三十返回,初三就走,算得上是全年无休。

前时起,她开始为米豆伸张正义,短信频频发众亲戚,说米豆要有休息权,至少每月要休一日。来来去去折腾一年半,便是:叔叔住院入重症病房,米豆回圭宁当保安。

她与兄弟姐妹始终像生人,大姐李春一大她十岁,独自在外读书。哥哥萧大海，从早到晚不作声，她十一岁才认识他。弟弟海宝，比她小十一岁。

大海和海宝两人姓萧，跃豆和米豆和大姐三人姓李。这给母亲以理由举《红灯记》为例，母亲大人教导讲："李玉和李奶奶李铁梅，一家三代本不是一家人，你睇铁梅啰。"她认为跃豆对家人淡漠是在意姓氏和血缘。她对女儿这样盲目，跃豆立即仰头望天。远照不敢说了。

自此跃豆对《红灯记》也有了偏见，无论是李玉和李奶奶还是李铁梅，她一个都看不顺眼。

远照又觉得，女儿对她的淡漠是出于对生父李稻基的怀念，她向女儿诉说："你以为他样样好咩，他根本就冇讲过老家还有只十岁的女。"跃豆照样无反应，声讨和愤怒更是没有。

远照大为失望，就对同事韦医师讲："这个跃豆，真系冇人同的。"

这一对母女隔着重重迷雾，互相都看不清。

她和米豆亦是。

(**局外人**) 禾基叔叔过世，她始终不清楚是七号还是八号。

那边只告诉米豆不告诉她，当她是彻底的局外人。这就有些凛冽了，她也认。既然一个人向来漠视家乡和亲人，可不就是早就自己把自己择出去了。但这次，她敏感起来，感到了强烈的信号。那边在第一时间通知米豆，米豆立时动身赶去，若非小姑姑打来电话，连米豆都不会报知她。

他们以这种方式告诉跃豆，她和叔叔全家都掰了。

早该料到有这一日，事实上也早料到了，大概认为她料到得不够，他们陆续发来的信号越来越强烈，自从叔叔住进了重症监护室，米豆就带回了她从前送给叔叔的书和一饼普洱茶。米豆说，婶婶说的，他们不看书也不饮这种茶。不久他们又把一幅她送给叔叔的字还了回来。一幅毛笔字，可以称之为书法，有几年她临汉碑写字，因去安陆，就送了一幅给叔叔。叔叔让人拿去装裱了，并镶了镜框。但是婶婶讲，你们拿回去吧，不拿我就当垃圾扔掉了。

他们对跃豆厌恶到了极点。

她感到了悲凉，他们对她这个人，也是要当垃圾扔掉的。

如果不明白就太迟钝了。

(**往时的米豆**) 有关米豆，她记得的片断屈指可数：一、她去幼儿园接他，标志是一只僵杨梅，他尖叫着像只老鼠窜入一堆裤腿的缝隙中，他膝头肘弯满是泥，头发有片稻草。那样子令她震动。二、沙街，她带过他几日，标志性事情有两件——教会了他认识"的"这个汉字；再就是她干了一件下流勾当，让他躺在自己大腿根中间，充当她新生出的婴儿。三、因母亲大人要结婚，她和他在乡下外婆家待了两个月。四、1969年，据说"苏修"要侵略，全民备战，城镇人口疏散到农村，她和米豆由大姐接回安陆老家山区，在务农的小叔叔家住了半年。再就是，跟米缸有关的某件古怪事。

纵然如此，她仍时常觉得米豆是个生人。为何是生人，是长时没见他，那他去哪里了呢？母亲大人说，去哪里了，他跟外婆去江西了。米豆三岁之前跟外婆在香塘乡下，然后，在江西的远章舅舅生孩子了，外婆带上没人管的米豆，一路汽车火车，跨州过省、"不远万里"去到江西丰城，待了足足两年。

算起来，米豆见世面不可谓不早，他三岁就坐过火车，当然在车上他主要是睡觉；他吃过那边的罗山豆腐乳（用来下粥，有点臭）、吃过丰城的冻米糖（纯属零食），在远章舅舅的哄骗下，他还吃过特别辣的田螺辣酱。

然后米豆随外婆回到广西。

在沙街，除了认识了一个"的"字和生孩子游戏，似乎还有件重要的事，她无论如何想不起来了，直到路过缸瓦窑旧址，瓦窑中"缸"这个音节忽然铛铛响起来，一只闪着黑釉的米缸落到她眼前。是的，一只米缸，在沙街的壁角，在昏暝中发出亮光，是米豆，他听闻米缸有斑鸠叫，他们一起掀开盖，望向那黑洞洞的缸肚……那几日，两人心照不宣，她认为他的眼睛多一种功能，能望向虚空中另外的时间，他知道这米缸的底部通向何处。

再下来，就是在老家山区度过的几只月，那是她暗无天日的日子，是她深而又深的伤痕。她沉浸在她的深渊中，对米豆不闻不问，这漠视延续了几十年，直到眼下，她忽然跳出来，要为他争取休息日。

(事关人权，休息的权利) 她疯狂且激烈，每个亲戚都扫荡了一通。她那些激烈的言辞如同真理的火焰，又如锋利的钢锯，把七年全年无休的牢笼撕了个口子，把米豆救了出来。在一年多的时间里，她正义在握斗志旺盛，每到星期日，她就给远在广西老家的米豆发短信。

"米豆，今日系五一节，叔叔家给你休息未曾？"如果不曾，她就要闹个天翻地覆。

他认真答道："已休息，我去公园荡了半日。"

"开心吗？"

"开心。"

北京的月季开了，街旁黄的粉的，有蝴蝶飞来飞去。她又想起给米豆发短信。

米豆复:"阿姐,我又休息了,红中照顾叔叔,过两日红中又休息两日。"他向来把老婆的休息当成自己的休息。

"阿姐,叔叔喊我每月回家两日去探探阿妈。"

她跟他说,看妈妈是其次的,只要每月得两日休息,回不回家,妈妈都无会介意。她真是安慰,真是享受啊,她的发飙起了作用(即使得罪了叔叔全家,即使毫无风度,声嘶力竭)。

一休息他就发来短信:"回家住了两夜。""去公园了,望人打太极拳。""又去公园了,坐了半日。"仿佛他休息是为了给阿姐一个交代。

有次周日,跃豆与朋友去了八大处,她想起来给米豆打电话,她问:"米豆,你今日休息去哪里荡了?"不料米豆支支吾吾,讲不出名堂。想来他并不真的有了休息日呢,这个憨人,只想骗她安心。果然他说:"我不累的,累了我就休息。"

她又一次启蒙道:"冇系你累了坐一下就算休息,完完整整一日都无使照顾叔叔,完全冇谂唧件事,自己放松,想去歆咄就去歆咄,想做乜嘢就做乜嘢,这才是休息日。"米豆总算明白过来,休息和休息日不是一码事。他欢喜道:"等到国庆节我又休息两日,等到十一月妈妈过生日,又休息两日。"他五十多岁了,又黑又瘦。

(七线小城的五星级酒店) "作家返乡"上一夜就算结束了,总共半日活动。众人散尽,她忽生一念,不如自己多开一日房,喊家人来住住荡荡。远照接了电话,立即报玉葵,玉葵报儿女,又让海宝快快报知米豆和红中,几个人互相大声确认。五星级酒店是这样的生疏又是这样的令人振奋,几架势几高档的,连玉林都没有的,整个桂东南独一家。远照的兴奋又多激起一层,她住过宾馆的,住过广州和南宁的宾馆。20世纪80年代,她去广州同远章会合,住了白天鹅宾馆。20世纪90年代,她时常出差去南宁,开会或者购买设备,住在桃园路的军区招待所。讲起来,远照有二三十年没住过酒店了,海宝全家自然也没人住过酒店。玉葵特意让大女请假。大女上高三,学校封闭复习,再有两只月就要高考了,但她立时请了假,一分钟都没耽误。跃豆回家带上母亲和阿墩,三人打的去,海宝骑摩托车去,玉葵用电动车接到大女一起去。

远照往时穿州过省,这时就表现出一个见过世面的人既审视又满足的神情。她边睇边评:"亦就系房间大粒,床单白粒,地毯新粒,阳台宽粒。"她把自己带来的毛巾挂在卫生间里。酒店的毛巾,她不使的。阿墩呢,兴奋得乱窜,他冲到阳台望对面山腰的别墅群,"阿边阿边!"他抬手指向远处,阳台的每把椅子他都坐了一遍,所有的灯开了又关关了再开。

阿墩才读小学,认为自己极端聪明灵醒。远照和玉葵,婆媳俩时时阵阵都要表扬阿墩的聪明，阿墩讲一句，两个女人就要重复一遍阿墩的话，猛猛褒扬。阿墩看电视，两个女人就赞道："阿墩睇的电视节目几有知识喔，外国建筑、非洲动物、天上和海底。"她们觉得阿墩真系了不起。装了网线，阿墩每日弄电脑游戏，两人也赞："弄游戏，系锻炼聪明的。"到了这新地方，一个高大上的酒店，阿墩认为一只聪明的人不能老实坐住，他一边窜来窜去，一边卖弄他的聪明："这里为咩有三只开关呢？"他企在卫生间门口，一只只摁开，又一只只关上，"这只系抽风的，一开就拂拂声。"他大声喊出自己的发现。又东望西张，捉到电视遥控器，开了墙上的宽屏液晶电视，还调了几个频道。远照欢喜得一把揽住他："阿墩真系聪明喔，今晚夜就共阿婆睡这间屋好冇？"

跃豆看阿墩，却总是淡然。她对她的晚辈一个也不亲，他们的灵醒她亦不欣喜，将来做什么也不在她心上。

酒店的庭院有铁丝网隔住，下了弧形台阶，迎面几禽高大轩昂的棕榈树。这树种先前圭宁没有。她一向觉得高大的棕榈树是大城市特有的树种，高等级，有某种神秘气息，气派、遥远、洋气。一丛高过人头的壮硕仙人掌倚靠在灰白色的大石头旁边。本地仙人掌已被培育得昂扬夸张，仿佛摇身一变也成了星级。一片片巴掌大的草坪，处理得弯弯曲曲，弯曲的地方铺了沙子和鹅卵石，白色的沙子和灰色的鹅卵石弯曲搭配，虽巧妙却小气，人工设计多如此。虽有鸡蛋花树，却是细矮的，四十年前公园的大鸡蛋花树比这个有气派得多。一种灰皮树树身光秃秃的，却开了鲜艳黄花，是巴西移植到南宁，南宁再移植到圭宁的。有几丛开着櫼红花的树，不知树名。有芭蕉木，有水，水是游泳池的水。游泳池的边缘和底部涂上了天蓝色，望之水蓝艳艳，是一种对大海的模拟。酒店花园狭窄拥塞着，只闻玉葵连连赞叹："几好的，几好的。"

远照和玉葵钟意照相。远照自己选了一景，一禽棕榈树，灰色的树干旁边，有酒店侧门露台的一角，一溜大理石宝瓶状栏杆。她染黑了头发穿着缥红的格子上衣，在镜头前昂首站立，是全家至有气势的人。玉葵知道自己生得靓，就端然坐着，她一笑，明媚似桃花，任谁都断不出她是在乡下长大、初中没毕业、在鞋厂做工、且人已上四十。移景又拍，坐到了草坪上，背景有那丛高大的仙人掌同一块大石头，还有白色的沙子和灰色的鹅卵石。海宝蹲住，玉葵和孩子坐斜坡，五个人组成层层低下去的阶梯状。远照倚坐一块石头，她高出半截，很有架势。

跃豆和米豆也合照了几张。姐弟二人站在一禽弯曲的树下，身后不远处是游泳池，前景有垂下来的树叶。

幼时她同米豆的合影也有两张，是外婆带去照相馆照的。

一张是热天，她穿了英敏的连衫裙，米豆穿件白色套头衫。她编两条头辫，辫子是歪的，她的头也歪着，噘着嘴，一副气鼓鼓的样子，不知为何不开心。米豆还很小，没长开，看上去只有两岁，那她就是五岁。她小时照相时总是噘着嘴，脸鼓鼓的。有一张更古怪，不知出于何种想法，她把自己的刘海齐根剪短了，剪得长短不一像狗啃，像是跟谁赌气。也可能，倒是跟自己赌气。

第二张合影总算含笑着，是整齐的短发，盖住了耳垂，头发侧分扎了一小把，刘海弯弯向同一方向梳去，像是做了一番打扮。她穿了一件灯芯绒夹外套，衣袖挽上，露出里底的夹层，她还记得这件枣红色的灯芯绒夹衫是幼时最好的衣服。米豆剪了只锅盖头，额发一抹平，毛衣裸穿，没加外套，这种穿法小镇上极其罕见，电影上的穿法。因毛衣金贵，总要套上外衫的。米豆里底还穿了白衬衣，衬衣领子醒目地翻出来，这也是电影上的，日常从未见过。也许毛衣也是借的。

两人都穿凉鞋，露出脚指头。这跟毛衣的季节不合拍，或是穷窘，或者天还不够凉，为照相体面，提前穿上凉天的衣服。这也可能。亚热带小镇就这样，不够冷就都穿木屐或凉鞋。从四月到十一月，白日赤脚，到夜穿木屐，十一月底穿上凉鞋。

这是她同米豆仅有的两张合影。若加上20世纪70年代的一张全家福、医院子弟手拿红缨枪的合影，一共四幅。

米豆穿戴整齐来到酒店，宽腿牛仔裤，里底一件高领棉毛衫，外面一件春秋布夹克，铁灰色。他瘦得出奇，同学聚会，人人劝他毋使做了，年纪大了身体又差。他向跃豆学了一遍。跃豆问："那你还做不做呢？"他想了想，忽然欣喜道："不做了不做了。"他看了看手机，笑吟吟向往说："等叔叔找到人就不做了。"

他也有了一只新手机，甘蔗买的，非常不错，小米智能。米豆跟上了时代，也有微信，识发图片，识使手机的语音功能。

"阿姐早上好"，或者"阿姐晚上好"，无论文字还是语音，米豆的微信都是隆重的开头。这番语言习惯使人意识到，他是一个读过中文专业的大专生呢。"阿姐，在此我也非常感谢您给我六千元交养老金，使我退休后有所收入，更有幸福感也更加体面，生活更有尊严，晚年生活更美好。"收到跃豆给的银钱后，他发来一段非常正规的文字。若临时有事，他就改为语音呼叫："阿姐阿姐，我系米豆我系米豆，我今日晏昼不去阿妈家吃饭了。"

重叠呼叫法是小城的普遍习惯，自从吕觉悟拉她加入小学微信群，她就常时听闻如此呼叫。

"跃豆跃豆，我系某某我系某某，你今年回圭宁过年冇啰？"小城的生活模式来自模仿。重叠呼叫使人想起黑白片老电影，《南征北战》或《英雄儿女》……"风烟滚滚唱英雄，四面青山侧耳听侧耳听，晴天响雷敲金鼓，大海扬波作和声"，那个时代最强音千百次灌入大脑皮层，硝烟滚滚的战场，一个大炮弹坑，一个通讯兵，背着发报设备，设备上伸出一条长长的天线、双耳捂着耳机，脸上是硝烟的炭痕。他对着话筒大声呼喊："长江长江，我是黄河我是黄河，我们的阵地还在我们的阵地还在……"昔年的电影场景就这样潜入了小城的微信。

新拍的照片多装了几十年的时间，两人面容大变，他不再有童年时圆圆的脸和整齐的锅盖头，眼窝更加深陷颧骨更加突出。跃豆也是，她甚至连脸型都改变了，四十岁之前是圆脸，然后慢慢成了长方的脸，骨架突出。姐弟俩都老了。他有了白头发，她的更多。

章四　下一日

阿时径：那时候。**涃**：烂泥。**畀**：给，给以。**出力**：使劲。**从晚夜**：昨晚。**搭揸**：搭话。**独己**：自己一个人。**飞蛾、白翼虫**：灯蛾。**隔篱邻舍**：邻居。**搿手**：联手。**跟手**：马上。**鼓眼**：瞪眼。**好彩**：幸运。**后底嬷**：后妈。**火烛**：着火。宋**《织妇怨》**诗："不敢辄下机，连宵停火烛。"**鸡婆**：妓女。**冚鬯**：统统。**烂仔**：亡命徒。**老豆**：父亲。**渌**：烫。**慢慢磨磨**：磨磨蹭蹭。**焙**：[pǒu]妇人貌，[péi]丑。**婆焙**：老太婆。**千祈**：必须。**入暗**：傍晚。**软熟**：柔软。**上落**：上车下车的一个点。**伸缩胶**：橡皮筋。**时径**：时候。**屎忽**：屁股。**天光到黑**：天亮到晚上。**汆**：团着。**闻讲**：听说。**揾**：找。**细侬**：小孩。**夜晚黑**：晚上。**夷遮**：伞。**着紧**：着急。**至诚**：认真。**峙势**：高傲。

——《李跃豆词典》

(三个老阿姨) 这一日，家里来了三个老阿姨。她对她们感兴趣，并不是为了收集素材——她并不认为自己要写点什么。而是，她们是看着她长大的，或者反过来讲，她是看着她们长成的。她们人手一把夷遮就入了屋。四月是雨季，每日都有一两场雨，却偏要这时聚，名目也是稀奇的："文革"前圭中各届校友聚会。她们讲，学校礼堂要拆了，建于1919年的学校礼堂、学校的图书馆都要拆，图书馆和礼堂，都是旧时桂系三杰中的两杰李宗仁黄绍竑捐资建的，黄绍竑是容县人，想来捐资是他拉了李宗仁。礼堂门楣上的"礼堂"二字，还是李宗仁手书。老校友们要在拆屋之前，最后在礼堂开只会。

一个韦，一个程，一个李，她们上午聚了会，午餐吃过了自助，老同学倾够了偈、感够了慨、讲够了身体、唏嘘够了早逝的人，一望，雨停了，就一路行到同事梁远照家。她们互相讲，来睇远照，望下渠新起的屋，听闻她家跃豆回了，顺便睇下。

她们就来了。一入屋，见到椅凳就一屁股坐落，之后又纷纷起身，楼梯口仰仰，厨房厕所望望，评价道："几好喔，远照真系有本事。"讲完又坐落了。她们一个比一个老，不折不扣，行在街上是不堪的婆婶。只有跃豆辨得出这几个人当年的风华。她们年轻时个个都是意气风发的呢。谁知道，竟有那么多的苦。程医生，从前跃豆看她很是峙势，向来不屑于同小孩子讲话的，现在她对住跃豆，不停地讲。作为一个"写书"的人，老阿姨们认为，跃豆很应该知道往时那些事。

程医生用不着别人起头，自己就起了头。她对着跃豆一径讲起来——

中学啊，54年考入的，读三年。57年毕业，分配去农村代课教书，冇去，退出来，好在冇去。1958年又去考，考入南宁医专，系大专，"大跃进"啊就多招了好多人，就考上了。这一步好彩喔。高中同班同学，在乡下当代课老师，没去考大专的，后尾统统在农村，一个苦过一个……62年呢就毕业分配回县医院，老公在南宁，一直两地分居，到76年我才调去南宁团聚。十四年喔，日日拼命，又出诊又夜班，哎呀你都想无到，连续三十六小时不得休息，累得实在受冇了，前置胎盘、子宫破裂……有次系胎盘滞留，三日胎盘都冇落来，产妇都昏迷了，我一到就帮按摩子宫，阴道立即流出黑黑的带渣液体，阿只恶臭啊，熏得我头眩干呕，又兼之在新丰那么远，要出诊，怎样去的？搭单车喂，有单车社的阿时径，哪，单车社就在体育场对面，单车后尾安一只座，冇系三轮车，系两只轮的单车，自行车。阿时径冇有救护车，20世纪70年代中期才有的。

时常系深夜出诊的，半路听闻山阿边有人唱，两边路都黑範範，根本冇灯光，以为系哭声，有时径又像唱山歌……至担心着人拐卖，单车跌落山底倒是其次……太远了，总冇到、总冇到、总冇到，就担心着拐卖，问踩车的人，怎样还没到，他讲，快了快了，就到了，然后又系好久冇到，紧张死了……有时径出诊到半路，又碰到另一个要急诊的。有次半路上病人就断气了，张肥佬（急救车司机）一点冇帮手，实在冇办法，只好同死者老公辫手（联手）拖尸，尸体拖到路边再搣落山，等到天光再回村喊人来……怕得要死……

有次生了怪胎，双胞胎，先出来一只，系死胎，又出来一双脚，生冇落，喊外科来，亦不得出，只好剖腹，啊呀，系只冇脑冇手大圆球……又一次，一只双头怪胎，先出来一只头，怎样都冇生得出，一摸，颈部又叉出一支……自己的仔儿刚生落十日，南宁就有医生来做剖宫术，就跟住学了二十日，产假一共五十六日，剩落的十几日我想去荡，去了广州，放仔儿在床，怕跌落地，又使棉絮围住……阿时径日日累得着力，带仔儿上班，刮宫，十个插管，刮五个，夜班出来上晏昼十点才回家，多做三只钟头……

程医生讲完怪胎又讲乳腺癌。她生了乳腺癌,做了手术,深挖,淋巴统统挖掉,所以讲呢供血不好,左手系肿的。她举给跃豆看,右手骨折,两只手都不得力。做完手术要做化疗,六次,只做了一次,不做了。做了放疗,现在算手术后生存五年了。她口气平淡,仿佛讲的是别人的事,跟方才那种惊乍判若两人。她不怕死,随时准备死,这些话她没有讲,也等于讲了。

李阿姨一直安静着。她还是跃豆细时看到的那样,眉骨突出,脸窄长。她比程医生还要熟,沙街时代同住妇幼站。比程医生晚三年读同一家医专。身体也不好,高血压、糖尿病、心脏病。她有福气,孩子发达,高档小区两幢别墅,豪车进出。她是看着跃豆长大的,这句话也可以倒过来讲——跃豆六七岁时看着她结婚,就在沙街结的……狭长宅子,一进又一进的天井,青苔气味深浓。那个最深天井的房间,一张红绸被面,一张绿绸被面,旧俗要有孩子在婚被上打滚。跃豆专门滚那床绿缎被,滑溜溜的软缎。婚礼的甘蔗斩成一段段,饼干有奶香,喜糖是有颜色的。她的房间向来不上锁,人人随意出入。李阿姨生了孩子抱回沙街,旧床单裹着像抱一只猫,极浓的奶腥,脸是红的、皱的。火盆烘上尿片,尿骚味弥漫整座屋。

韦医师高而瘦而白,她是远照重大时刻的救星。

看见她跃豆总会想起《红旗插上大别山》,以及芭蕾舞剧《红色娘子军》的音乐,她兼管广播室,问,跃豆你要听咩嘢歌呢,你就欢呼着哼出"吴清华冲出牢房",女主角身上的红衣如火焰,漆黑椰林的激情也随之降临在医院的操场上,那上面长满了车前草和一种叫老鼠脚迹的草。医院的图书室也是她管,有一本《放歌集》,有一首《西去列车的窗口》……

韦医师她仰头也讲起来:

阿时,常时三日三夜不回屋。三张手术台排一列,做完一只接紧做下一只。妇产科一日新收病人一百几……三日三夜见不到女儿,她冲入手术室揾我,领导同渠讲:细妹细妹,买了糖畀你喔!春河大声喊:我不要糖,我要妈妈!

韦医师七十六岁了,灾难接二连三,先是一桩冤屈,医疗事故赔二十万,老大在柳州万把人的大企业,说崩就崩,只好出来做传销。老二巨海,本来还好,谁知他酗酒,成日饮个不停,结果,股骨头坏死,领了残疾证病退在家,日日对住一只电脑,连吃饭都要捧到他面前。老婆离掉了,孙女没人管。老三春河更无使讲了,工作丢了人又病了,四十几岁还没男朋友。韦医师到别人的诊所做坐堂医生,没有月薪,只按人头算,一个患者收三元诊费。每周去山区出诊一次,路费自己出。

(程医生李阿姨韦阿姨,往时的水龙头哗哗水声,洗衣板的泡沫散发出肥皂气息。每人一只白铁桶。程医生就是在公共水龙头旁边宣布她要调到南宁卫校,结束两地分居。我和泽红无比羡慕她要去南宁。)

到了饭时,远照留她们吃晚饭。三人无半句客气,仿佛完全是应该。当然也是。几十年同事,大小事情渗透到了命里。吃饭只是自然。远照干脆也没有讲吃饭,只讲食碗粥,真是平淡,也真是响亮。人老了都愿意吃粥。

她们坐着,看远照捧出青菜豆腐、蒸肉饼、炒鸡蛋,还有吃粥的咸菜。远照在厨房舀粥,三个人约好似的站起身,纷纷打随身包里掏出家伙,起起落落地,她们掀起了自己身上的衣服,露出各人异曲同工的肚皮——松软、鼓胀、垂老、丑陋……

你吓了一大跳——

真不知羞耻,又真不把李跃豆当外人,真是坦然,真是不把病、丑、老放在眼里。老阿姨们个个自带胰岛素,她们对准自己的肚皮叮的一针,糖尿病,餐前注射,是一日注射四次,每次打十六单位,李是一日两次,每次打八单位。打完了松快讲:这个好,好过吃药,吃药伤肝,并发症又多——她们相信科学,崇拜药物。你相信她们正在飞向科学与陷阱。

粥和青菜豆腐让人放松。

平常的菜肴平常的日子,非但不简陋,甚至是一种醇厚。

餐后出到大门口,远照骄傲地让她们看苦荬菜和芥菜,如同园艺大师让贵宾参观自己培植的名贵花卉——本来屋边没有地,特殊学校一拆,地皮闲了,各户就来种了菜。一畦畦的,有葱有姜有蒜,一小片高出的芥菜,一片贴地的细白菜秧,也有竖起的豆角架,亦有南瓜和番薯……省落几多菜钱。远照种的一垄苦荬菜果然是茁壮的,随时执来,够一餐吃。

才说给她们照张相,老阿姨几个立时就在菜地边企好了,企成一排,每人都尽力挺起腰,抖擞出神气。镜头里,几个衰朽老妇已经不成样子,简直触目惊心。她们却是坦然,全不介意自己的臃肿和垮塌。

每个人都明白,这肯定是最后一次了。

(**罗表哥世饶**) 程医生正讲到半夜掀尸体落山,家里来了客人,男的,高大健硕,举止从容,却面生。就闻母亲大人讲,渠系你表哥哪(读 nié),讲要见见。她前所未闻,从未见过,她皱住眉头,匆匆望一眼,含糊点点头,之后扭头听程医生接住讲。

这个人既然是天上掉下来的,她就不认为需同他寒暄。

程医生讲了,韦医生讲,李医生又讲,这个不请自来的罗表哥一直坐旁边,似听非听。远照仅斟了杯茶给他,母女俩一直没同他搭话,他坐得闲闲的,人是少有地自在,仿佛压根就没受到冷遇;他买了一本跃豆的书讲要签名,却也不见热切。

颇有些费解。

饭时远照留三个同事吃饭,却不留罗表哥。被晾了半日,又不留饭,实在太被慢待,也不见他面有愠色,仿佛他很有道理坐在这里,又很有道理在食饭时分知趣告退。总之,闻讲要吃饭,他一秒不停企起身,迅速拿出一封信,是给跃豆的。

他算定了,她既不可能听他讲什么,亦弄不清楚他是她的哪一门表哥,所以,他就提前写好一封信。她只觉得古怪。她望了一眼,文具店买的白皮信封,上面认真写着"李跃豆表妹收",下方是详细的地名。

她几乎是皱着眉头接过了信。

到夜里,她拆了信看。信有八页,三百格的稿纸,每字一格,训练有素,字体坚硬。"跃豆表妹,非常高兴能见到你,你可能已经知道,我的外公和你的外公是同胞兄弟,我的母亲远梅和你的母亲远照有着共同的祖父和祖母,我和你的身上都流淌着梁家的血液。在六十多年前……"这个天上落下的表哥认为,家庭变故和他长达十五年的流浪生涯很值得写成一本书,既然表妹是个写书的,这本书自然应该由她来完成。他本来是个文学青年呢,写过旧体诗:"落血地头已无家,随风漂泊到天涯。不知何处寻归宿?夜卧荒坟伴暮鸦。"他请她到他家玩,就在北流河边,最好能住上一段,他列举了他家的文学藏书,从《悲惨世界》到《包法利夫人》,从罗曼·罗兰到普鲁斯特,从托尔斯泰到陀思妥耶夫斯基……信末他郑重署名,"你的表兄:罗世饶"。同时写下了手机号和家庭地址。

她暗笑这"住上一段",且认为,坎坷经历写成一部书,实属外行想法。几日内,罗世饶又来过几次,总不事先告知,说来就来,来了就径直上楼。跃豆本要躲他,却次次都撞上了。他塞给她五本订成册的稿纸,其中有他和一位名叫程满晴的女子的通信,他写道:程满晴已于2007年去世,生前希望把这些通信交给某个作家。另有他的几页纸自传,还有他的诗。稿纸放长了年月,有点湿软,望之腥腻腻的。

她思忖,无论如何,这些稿纸都不能放入自己的旅行箱。

(**新盖的楼**)新盖的楼已有几年,四十平米好几层。它是远照幸福的源泉。在成为幸福的源泉之前是辛苦的源泉。集一生的财力与心力,在成为一栋楼之后(尽管只有区区四十平米),幸福的源泉成为幸福的瀑布,远照每日楼上楼下,瀑布淋洒全身。

一楼,门厅兼车库。所谓车库,并无汽车,只有摩托车和电动车,加两辆旧单车。单车满是灰尘,车头坐鞍横梁脚镫,一律厚厚尘埃。生活已然崩塌了吗?当然没有。摩托是海宝的，电动车是玉葵的，每日上班用。生活即使崩塌态度也是勤勉积极。别人家的车库都是真正的车库——停私家汽车的，小城几乎家家轿车，远照家没有。

谁又能想到物质时代如此迅猛，几十年前全县仅两辆吉普……那些漫漫长途。无尽的火车。圭宁到玉林，一小时汽车。玉林到南宁，七小时火车。南宁到北京，三十八小时火车。更早时更慢，边陲离中心更遥远。那时径，圭宁到玉林，玉林到柳州，柳州到长沙，长沙到武汉，武汉到郑州，郑州到北京。整整一个星期，那是20世纪60年代圭宁前辈去北京上学的路途。

火车给你灵感，火车轻微的摇晃助你进入语词的连绵中。

但返乡，跃豆总还是坐了飞机。

她去别处喜欢火车，回家仍是坐飞机的。若是私奔，走路也是不畏难的吧。私奔是乌托邦，是激情与灵感的来源，从未枯竭的理想，是时间之外的时间，老天昂贵的礼物。返乡除了疲惫没有别的，漫漫火车长途需要心情用来消遣。或者说，人在某种精神状态中，旅途是恰当的飞地。但返乡从来不会带来特别状态。

好吧，路上是这样的：

先三个多钟头飞机，北京飞到南宁，再长途客车，高速公路四五个钟头。她灰头土脸，筋疲力尽。从长途客车落到圭宁一片陌生尘土中，连乡音也变得生疏，当地口音混杂，城乡杂糅，外地人口。她从长途客车的车肚拖出行李举目茫然。在大巴上打听出租车，"有咯有咯一落车就有好多出租车咯"，下了车却不见一辆。

天已黑尽，七八架摩托车等在路边，要车吗要车吗要车吗，搭你去搭你去搭你去。但是她的大旅行箱，难不成要自己抱着？

有出租车吗？

摩托车都是热情的，手一指，阿边。她向阿边望，黑箛箛一片……她背住双肩包，周身重累。县城自20世纪90年代起就面目全非，分不清东南西北远近。从喑哑发干的喉咙、从肩胛骨手臂弯髋骨各处的关节、从迷惘绝望中她常常给自己看一个梦：在半明半暗中，海宝面带笑容从一辆体面的轿车下来……一个体弱力衰的女人，她的幻想磷火般闪闪灭灭飘成一片。

海宝会微笑吗？

他总是肃然的，家里也不会有车。

在上落站点那一小片停车场，像鲸鱼搁浅的海滩上，有一头鲸还活着，头顶上闪着亮白的两只字："出租"。她奔过去，车里却已坐了人。中年男人。"拼车吗？"司机望望她，不应。她又问："拼不拼车呢？"司机说："你问渠。"坐在车头位的中年男人说："拼吧。"司机还好，帮她放大行李箱入后备厢。一切正常，没有绑架的端倪。同车中年男是去民安的，那是她从前插队的地方。

车库空了多年之后，添了一张蓝色的乒乓球台。八十几岁的梁远照，有创意的。真正不同凡响。这张复合板制作的蓝色乒乓球台犹如一艘航空母舰开进了远照家，它把她的青春年代连接在这里，她顿时英姿勃发。

上一次母女俩去酒店吃饭，顺便参观了地下一层的健身房，跑步机、举重器、拉伸运动器，她们摸索着开了灯，骤然望见了那张乒乓球台，天蓝的颜色，中间有墨绿的网栏。远照欢喜得要拍巴掌。

乒乓球台这么平板简单的东西，也是当得成时光运载器的。那些 20 世纪的古老时间，那些 20 世纪 50 年代、60 年代、70 年代，那些容国团那些庄则栋那些梁戈亮，那些闪闪发光的奖杯，那些黑白电影纪录片，那些报纸的头条。梁戈亮还是广西玉林人呢，是玉林人民包括圭宁人民的骄傲。全民运动，学校空地的水泥乒乓球台，豁处露出的砖。

她眼一亮头一歪，孩子般得意地讲："我识打的我识打的。"母女俩打起了乒乓球，她果然身手敏捷，就八十多岁而言堪称罕见。

"我要买一只乒乓球台放在一楼，我要锻炼身体，喊阿墩陪我打乒乓球。"她断然道。

跃豆立即上淘宝，搜到一款广东某地制的乒乓球台，同样的天蓝颜色，价格比想象中更便宜。远照欢喜道："就系唔种就系唔种！"

她脸上放了光："我年轻时径几活跃的。我还演过话剧呢，工会组织的，我演一个被日本兵侮辱的姑娘。我们唱歌，红梅花儿开。打篮球，我系中锋。我几能冲的。我还游泳你记得唔曾？"到大风大浪里锻炼，西装短裤，独石湖……乒乓球桌蓝色的台面上，浮漂着无数她年轻时的光辉记忆。她性格活泼远远超出三个子女，圭宁县城那一代女同志，她算得上出类拔萃。乒乓球台从广东运到，标准规格、蓝色台面，十足酒店那种。远照欢喜的程度，约等于买了一辆新车放入车库。

（私宅价值观） 自医院培训班起步，终取主治医师职称，官至副院长（妇幼保健院），再到市（七线城市）政协委员、致公党党员，那些都不算了，烟消云散，无人能望见，只有一幢屋是人生的见证。

大狼狗汪汪狂吠。美人与假山。石狮子与热带鱼。那些大豪宅。六七只大狼狗汪汪狂吠，七八个年轻貌美保姆若隐若现，大大的金鱼池，假山，古怪的树木，列列圆柱……那一片屋顶，英式的法式的或者德式的，豪宅旁边，丑陋的房屋堆砌，而非国外的空阔优美。

有户人家要把钱装点在门口，于是金碧辉煌，大红门柱盘雕龙一边一条，两条龙口里含枚硕大石珠子，望之不似住人的私宅，像座庙。这么猛的门口，不冲撞风水才怪，这家不久竟然死了人。有人总结之一：凡事物极必反；有人总结之二：有钱人遭点祸，天道才是公平的。

屋就是人生价值的体现，谁讲不是。

她去过两处豪宅。

去饮酒。饮酒至有面子。主人是同一个：大孙女的夫家，陶瓷大老板。远照认为他至讲礼数。她同大海两口子闹翻不来往，大老板，逢生日总请她饮酒席，过年也请她酒。无论大人小孩，人人两百元，见者有份。每家一箱柚子一箱扣肉。肉是陆川猪定制。亲家在街上的豪宅极豪奢，乡下的豪宅更是大得无边。她开心至极，回到街上很有面子，逢人称赞大老板。讲得最多的是，有一年老板的生日，每台三千元，海参鲍鱼都上了桌。

梁远照她太够力了。一幢屋，一幢私宅，一幢好地段的私宅，以她的微薄之力盖成，非常之犀利。之前那幢是不算的。她和老萧……老萧退伍海军的短小身材富有弹性地奔波在工地和宿舍之间（跃豆远在南宁说，起屋是一件妨碍自由的事情，她不参加，任何事情都撼动不了她为自己预设的那些东西）。那第一幢私宅，八十平米共四层，两兄弟大海和海宝各住一层，合家吃饭，天长地久岁月静好。

不料梦幻泡影。萧继父去世，一切加速崩塌。

后妈和继子闹翻了，没有血缘关系的两边，因无数的事、无数的蚂蚁洞在房子里嗡嗡回响……无聊而琐碎的事无穷无尽。日积月累。

阳台上晾了太多的内裤，十几条内裤围着圆圈吊在圆形的晾衣架上，五六个晾衣架在风中荡来荡去，花短裤们飘飘荡荡，某种无限增殖的衰气，某种吓人一跳的鬼。几十条一模一样的内裤跳出了凡间，跳出它们自身的功能独立在楼顶的空旷中。

还因为一只狗。那只狗一声不吭目光阴沉。

它阴沉着，出其不意忽然狂吠，对住一棵草，对住月亮，对住太阳，对鸡对鸟，对地上的一张纸，对一块砖头，对晾着的一件衫，吠得声嘶力竭。它心理变态。沉默时像坨铁，疯狂时像只狼。

还有，远照给海宝买了摩托车，海宝结婚的新房铺了最贵的通体砖，大海一律没有。怎么没有，要找律师讲清楚。又当然，她退休后打工挣的钱，当然是想给谁就给谁。日积月累就成了蚂蚁洞。

李跃豆对这些毫无兴趣。

远照却只有找女儿投诉：她讲我系后底嬷，我讲她是妇联干部。什么干部呢？比家庭妇女还不如。

大孙女送去南宁学了艺术，没毕业，才大二，忽然嫁了人。嫁得无限好，当地富豪长子，富二代。有几块地产，一个陶瓷集团，两幢豪宅，身家不止十亿。

"那她还回学校读书吗？"跃豆问。

"那就要睇男方的意思了，男方准去就去，不准去就不读了。"远照答道。自然是退了学在家里生孩子，一生就生了三个，送到南宁读国际学校，准备初中就去美国读中学。

若你仍在这七线小城，也会成为一个生育机器吗？

生育力在这里令人羡慕，生得越多越得羡慕。繁殖甚至比财富更有力量，设若一个人当上了富豪太太却没有生育能力，那定是凄惨至极。地方越小，女性的空间越窄，越有可能被天然地当成生育机器。

女性主义思潮在大城市荡涤，小城是一片低地，大龄单身女性在小城几无立锥之地。她闻泽红讲，低一届的曹怀芷，一世未婚，虽一路风光，读的是英语系，后来当到司法局副局长，年轻时还去过在北京开的世界妇女大会，去当翻译，后来起了一幢五层楼，单身女性都去她那里抱团取暖。前年死于乳腺癌，才五十出头。

小城对独身女性的歧视就是这样深，连自己的亲人都要嫌弃。你不结婚，独身，给父母带来耻辱，你不深深愧疚吗？首先你不是对不起自己，而是对不起所有的亲人，因为你不结婚。

然后你越来越别扭，到最后只有失踪。失踪去远方或者彻底失踪，就像再也找不到的冯春河。

远照一向认为不结婚总是惨的，幸好跃豆不在圭宁，且也不常回来。邻居问多了，也就不问了。

结婚结得不对也会引爆。不能嫁一个地位低过你，或家庭差过你的人。

吕觉悟说起班上的陈小平，母亲是县妇联主任，说要把自己女儿和她的对象都杀了，然后服毒自杀。皆因女儿的对象是平民，不够门当户对。

闻之真是骇人。

到了这种时候，家庭就变成了深渊吗？

一不留神，万劫不复。

在县城，女性实在更是委屈，有委屈也不能说出。暗窸底。她们要去大城市，并非那么爱慕繁华，是小地方太窒息，熟人社会就像一个大家庭，从头到脚，压抑多了几层。

（向东，向东，去湛江）全力以赴生活就是盖房起屋。四十平米的地皮也要建起五层半高楼。远照医生斩钉截铁地说："四十平方照样起得，三十平方我都起得成，哪怕起成哨楼我都要起。"她历来意志坚定。

退休之后又被返聘了十年的梁远照医师，决意去广东。只身一人，穿州过省去粤地打工挣银纸。

一个七线小城，外出行医的人以千计。无畏的人，坐长途汽车沿省际公路去往金钱流动之地——深圳、广州、湛江、佛山、珠海、东莞……他们凑够了钱，凑够了在20世纪90年代堪称巨款的十万二十万三十万，乃至五十万，就去某家正规的大医院。大医院自带光环，他们在光环中开一只专科诊室，门口挂块金底黑字牌子，某某医科大学附属医院肝癌专科诊室，或者子宫癌乳腺癌皮肤癌。墙壁正中，挂某某专家主治医师某某某。当然，他是冒牌货。他1965年上小学，自小学二年级开始，上课只读语录学工学农，直至高中毕业，他下乡，不久成为流氓。坐牢六年出狱后摇身一变去了广州，他全然不识医术，不过不要紧，不识正好，识了保不定会心虚的，心一虚就阵脚自乱。他只需睇一本专业书背熟几只专业术语，临阵只管故作高深。据秘传他买来价格低廉的知柏地黄丸补中益气丸重新制作，核桃大的一只丸子制成十粒黄豆大的细药丸。如此如此，大丸子既摇身一变成小丸子，神秘的家传秘方不是它又是谁。这些一变十，十变百的细药丸，要指望它医好病是枉然的。不过，无使着紧，飞蛾扑火的人马上就来……好了，一个星期的药要上千元，一个疗程下来上万元。他的病人甚至很多呢，因是大医院里的专科门诊。还有人从香港过来求医，香港人来，对不起，同一服药，开价则三千……这个创造人间奇迹的人是跃豆的小学同学，县委干部子弟。他同街上的烂仔混在一起，团伙犯罪，手段残忍。两个判了死刑立即执行，另有两人判了死缓，剩下的一个二十三年，一个十几年，他不在现场，判了六年。

这个剃了光头的人，小学同学，跃豆好多年不知他的消息。也实在是机缘，她碰巧回家，在旧医院宿舍，在雨花点点的屏幕上，忽然就望见了他，他的罪（也许是团伙的罪）令人骇异。但他竟然，冒牌专家成功转型，在20世纪90年代，一年挣了一百多万。

远照医生翱翔在这些人之上。

"你不会被谷糠蒙蔽双眼，/虽然每一阵风都把麦芒从干草垛那边吹过来。/天生骄傲，不羁，/你这只巨鸟。/没有谷仓会让你显得荒谬；/你大胆的爪子正坚定地抗拒着失败"，想起母亲的能干跃豆不由得想起这几句诗。

远照医生是货真价实的专业人士，做过无数大大小小的妇科手术。那时县城已然炸裂，裂出无数条街，无数幢越来越高的私人住宅，钢筋水泥的峡谷出现在昔日的两只十字路口,以及无数的稻田无穷的丘陵无尽蜿蜒的北流河两岸。远照多年来追求的东西倒塌了,不是倒塌而是变软了,像泥一样,遇到一场又一场的雨。

发财的名堂稀奇古怪五花八门,浪头一只又一只。

老萧,海军退役军人,体魄健壮精神抖擞,他炒菜迅猛,时常召开家庭会议,子女一落座他就要亮出一口非本地的标准广东话,以此表明在外闯荡过,以增分量。但他说没就没了。紧接着,海宝出了大事(这事任何时候都要守口如瓶)。哗的一下,泥石流崩塌,连泥带浆稀巴烂。

她决定撇开这堆软塌塌的泥,去广东。

几十年的临床经验,盆腔炎不孕症卵巢囊肿刮宫放环直至难产接生,她是手到擒来。去哪里呢?深圳珠海东莞湛江,最后定在湛江,她是想开诊所的,门面有了,手续却烦难。一道又一道的铁栅栏平地竖了起来,层层关卡,无数人情无数饭局。她搞不定,搞不定就与人合伙啰。仍旧有很多道铁栅栏和关卡,最大的那根铁栅栏是钱,启动资金。她没有。

好吧,断然地,她去给人坐堂,做了私人诊所的坐堂医师。

啊湛江某片宿舍楼的某一间,啊她又穿上了白大褂!

门面实在窄,跟医院不能比,不过银纸至重要。圭宁街放一只节育环收二十元,到了湛江,就收它八十元,天经地义地多几倍。刮一只宫,圭宁一百二,湛江呢,三百,五百,八百!有的本来就系做鸡的,她极度蔑视鸡婆,她傲岸地抬起下巴,报出一个连她自己也觉得有点过分的价钱。

六十五岁只身闯荡广东,儿子儿媳孙女通通留守,她有气概,犀利,威势。下班了,她在诊所后间用电饭锅煮饭炒菜,猪肝瘦肉排骨,她要让自己有营养。她发胖了,这个无所谓,她挣到了钱。湛江很不错,有大海,以她文艺青年的情怀,大海永远是诗意的发源地。她让海宝来荡,母子俩去了湖光岩,海宝帮她在诊所拍了照。其中一张,她穿着短袖的白大褂坐在诊所的桌子跟前,一只手肘架在台面上,眼睛直视镜头,她勇往直前的勇气远远超过了儿女。

起屋的银钱白花花的巨款从东边到西边,滴水穿石来到圭宁小城。从海边的湛江沿着公路……所谓一己之力,指的就是它。

(你的源泉来自) "你的源泉来自梭罗,万重山送你一路前行。"这首《梭罗河》远照能从头唱到尾。新屋就是她的梭罗河,是源源不息的幸福源泉。

新屋四面白石灰墙,地上铺了四四方方大地砖,海宝每日拖地纤尘不染,它锃锃亮着,比应有的亮度更光亮。每层楼的灯都安妥了,是普通的灯管,整楼一色同款的灯管,一气买了二十只,安在每个房间、每层楼梯的天花板和墙壁的夹角线上。电线路在屋里行明线，没有一条电线要凿开墙壁的内脏埋线的，条条都光明正大行在墙面上。比起那些丑陋的凿开又小心抹盖上、隐藏了无数机关的墙壁更加光明磊落，更有气派、更通透。只是海宝，每每羡慕那些雕琢设计，觉得那更高级富丽。这个七线城市，人人都是这种眼光。电视上的装修装饰，电视上那些材质、那些线条、那些家具、那些颜色，那所有在小镇小城尚未出现、必将由电视繁衍出来的，所有的一切，县城的老少男女都是羡慕的。

看呐灯管——无论客厅卧室厨房厕所，一概是高高顶上一根灯管，虽然仅一根灯管，夜里也是满室亮堂堂的。楼梯灯，每层都有两只开关，上一层，关掉一层，或者落一层，关掉一层。随时开又随时关。灯光柔和，日光一样明亮饱满。门还没有安上，不安门亦是好的，日光从大大的窗户照入，再从无门的门框涌入，一直流泻至楼梯——白日就无使开灯了。通宅上下，一片光明正大，人世就是这样的得意。卫生间，一对铁灰色的水管和白色塑料管，冷水管和热水管，它们像难兄难弟，没有遮拦，没有庇护，凛然在雪白的瓷砖上，有一种工业的原始感。美学上强于浮华。镜子还没有，暂且放一面巴掌大的梳头镜，用塑料绳挂在墙上，洗发剂洗衣粉，也贴墙根放在了地上。

幸福的源泉像花照着她。她喜悦地与女儿讲："我现时住得几舒服的，心乐，安逸，无使同那只恶人吵，无使着狗吠，几好，几钟意的。"

二楼用作客厅，小间做厨房。橱柜是新的，厨具是旧的，高压锅电饭锅，铝锅炒菜锅。还有那只消毒柜，纵然使了十几二十年也仍旧不坏。无论新旧，整幢楼整只厨房，一律是按照自己的意志生长出来，它们贴心贴肺，无一不顺从。她心中的闷气就疏通了，重回主宰一切的高度。她最喜欢讲的词就是，主宰。

（往时的衣柜）说不定自己在娘胎时她就是穿这件衫，布满星星点点枣红色的厚厚的米灰色布衣，下摆明显大，收腰之后有一个渐渐向外的弧形，宽松，容得下作为胎儿状态的你……

出生之前的记忆完全没有，据说她整日开会，挺着大肚子，去医院的会议厅，去西门口的工会，那些发言、口号、灯光、人群，它们晃动着肯定已经潜伏在母亲大人的羊水里……开什么会呢？批斗会。批谁呢？不记得了。她很平静。看上去，她要么是忘了，要么心中从不装不好的事情。

她的房间在第三层，墙壁明亮，衬出家具暗旧，陈年油漆陈年木纹陈年的节疤。家具谁都不搭谁，它们三三两两从各个年代聚集于此——

沙街时期的方木凳、旧医院时期的两屉桌、保健站时期的木衣柜。衣柜虽是双开门，却只有半人高，衣服断然挂不了。这只衣柜跃豆认识，是从前家里最像样的家具，柜面用了暗红色油漆，就是这层油漆，比起别的光板家具多了层薄薄的贵气。

横隔板隔起，分出两层，上头一层放全家的毛衣，每人一件，冷天日日都是它。到了换季，拆了用滚水渌（就举着双手，拆落的毛线一圈一圈缠在她的手上，她像木桩一样乖）。下底一层放厚衫，最下底压着母亲大人年轻时的衣服。

比起跃豆的 70 年代，母亲大人的 50 年代要好看得多，花色样式，样样胜出。衣柜里母亲大人的衣服，她钟意的有两件，冬天那件厚衫，领不是一字领，是张开的，似树叶有弧度，两片叶子妥帖地托住脸，衫袋还压了一溜镶边。衣料也不是平的，有凹凸，米灰的底分布着凸出来的枣红颜色的小方块。20 世纪 70 年代的女孩缺乏见识，从未见过这种衣料，花生大小的枣红色隐藏在米灰色中，一种衣料里隐藏着两个世界，一个是枣红色的，隐约露出星星点点，一个是广大的米灰色的世界。无比神奇。

说不定自己在娘胎时就穿过了，怪不得这样亲。

女儿比母亲矮，孕期营养不良是肯定的，婴儿期在母背上去大炼钢铁。有关过往，大炼钢铁、"文革"，有关外公、父亲的历史，远照向来隐而不谈，讲出的，必不会惹祸上身。

远照总能审时度势地，时时追随时代脚步。那一年，她偷偷在跃豆上大学的被袋里塞入一本《毛泽东选集》第四卷……女儿不愿带，母亲却意志更坚定，一定要塞入。

跃豆还翻出过一件短袖夏衫，颜色特别，一种淡淡的豆青色。

关于颜色，她实在浅陋，只约略知道豆青色近之。后来读了书，又觉得可以仿效《尔雅》里的"窃蓝"，偷窃的窃，此处意即浅淡（查《康熙字典》及《现代汉语大词典》），窃蓝就是浅蓝，那她的豆青可否称为窃青？按照古代的色谱，有一种叫作天邈的颜色也接近那件短袖夏衫。就是天青色，在上古叫天邈，不过邈是浅蓝色，跟她的豆青或窃青并非同一色系。只有某种虚无缥缈的感觉沾得上边。

这件窃青色的夏衫有种透明感，却并不真的透明，望它极薄其实不薄。她穿上身，为了阻挡它的半透明，她特意做了一件碎花胸罩。胸部的轮廓透过半透明的豆青色在碎花底下隐隐约约……一个高中女生自认为如此最有味道。她给自己剪了一排斜斜的刘海，两边辫子束在脑后，之后去西门口照了一张两寸照。

新楼配上旧家具，像是 20 世纪 60 年代 70 年代 80 年代的混搭陈列。作为已然逝去的旧时代遗物，无论是 20 世纪 60 年代还是 70 年代 80 年代，它们共有同一种气质，老旧却不自弃，理应消失却仍旧在。

你很难在别处见到它们。同时代的家具早已灰飞烟灭。

（往时的男朋友）她的衣柜是20世纪80年代在南宁买的。落伍的20世纪70年代（家里那只）和80年代（自己买的那只），两只衣柜一高一矮挨着。她那只立柜仅70公分宽，开门镶着狭长的穿衣镜，足够她从头照到脚。

她有将近三十年没注意它了。看而不见。那个遥远的、摇摇摆摆、脑子里满是糨糊的自己早已被她抛弃。

那几年是在南宁东葛路的宿舍，她从未觉得这只衣柜有何特别之处，时间赋予它一种光，一瞬间携带了整整一条街道（还不止）。一个大下坡，密密的街道树，既非芒果亦非菠萝更不是龙眼，南宁的树永远枝叶繁密。骑着自行车从繁密的叶间望见一只衣柜的下半部，于是下车入店。

挑中它是因为它窄，因为它虽窄却有落地穿衣镜。独身生活使你永远排除需要另一个人分担或分享生活的可能，包括扛一只衣柜上四楼。你已经不记得家具店是否可以送货，假如不送货，你也已经忘记到底是请谁帮忙扛衣柜上四楼的。那时候你刚认识汪策宁（似乎也并不是，是刚刚熟起来，是他第一次到你宿舍），他问："为什么要买这么窄小的衣柜呢？"

"衣柜太大抬不动呀！"

他笑起来问："那这只衣柜你一个人能扛吗？"

有一年多的时间他常常坐在衣柜旁的藤椅上，穿衣镜映照着他的侧面。他五岁时随父母从上海来支援广西，在你眼中辉煌繁华的首府城市在他那里是个惨兮兮的小镇子，"下了火车到处都是黑的"。年轻时跃豆喜欢听人口出狂言，仿佛口出狂言的人天然占有了狂言所象征的高度。他居然认为北京是很土的，是一个大农村，香港呢，香港不过是一个自由市场、杂货铺，只有上海，勉强算得上是一个城市。

那些话震得她晕头转向。

她觉得自己是喜欢他的，喜欢他的无所不知。果然他伯父是《辞海》编委，父亲曾留学德国是心脑血管专家，母亲毕业于金陵女子大学，曾祖父的岳父是中国第一代传教士。他本人，两岁时背诵《圣经》得过奖。他还会搞怪，会用三种不同的方式唱儿歌《戴花要戴大红花》，他还会躲到床底下装鬼吓唬她，他知道一切事情甚至也识买菜，知道挑什么样的肉与何种蘑菇，知道把肉一份份分好放到冰箱里冷冻。

她认识他的时候并不觉得他将与自己有何关系，那时目光狭窄，只看得见文学艺术领域小有成就的人，而他没有，他写的东西很差，说不上任何语感，像样的刊物他一家都刊不出。所谓才华，年轻时过于看重这些，是虚荣的一种表现。他永远都不会承认她的才华的。他对她讲，你的小说无非就是颠三倒四，现在流行这个。在他看来只有白先勇的小说，只有《永远的尹雪艳》才是真正的小说。他说的完全对，她的小说向来不像小说，也向来是有些颠三倒四的，他没说错。

她思来想去，不知自己有何长处值得他说他非常爱自己。

想起广州的光孝寺，这个缘分也是有些奇怪。她和汪策宁同时入职电影厂文学部，去广州业务观影，两人同去光孝寺。她问他，佛教高级还是基督教高级（那时泽鲜入了佛门，她说佛教是所有宗教里最高级的，故跃豆有此一问），对一个两岁背诵《圣经》获奖的人他当然不会有第二种答案。设若，同来光孝寺的不是汪策宁而是泽鲜，也许她会就此开始打坐，而不是二十多年后到云南滇中才开始。若20世纪80年代开始打坐，至少会放下许多执念吧。那么多糊涂的念头那么多的傻事那么多的狼狈不堪那么多的客尘烦恼，这些，大概会少很多。

甚至跟他学会了打麻将，真是始料未及。

她向来认为打麻将是件庸俗之事，但他说是高级娱乐，胡适林语堂也打麻将呢（谁知道真假，他说得言之凿凿）。两人骑车上坡到刊物的蒋编辑家里，蒋编辑的夫人也是上海人。吃到蒋夫人做的一碗阳春面，跃豆顿时就被上海人征服了，因她从来不知道一点酱油一点葱花就能做成这么好吃的面。然后坐下来他告诉她麻将规矩。紧接着刊物还组织去了一趟猫儿山，上厕所时专管报告文学的女编辑突然问她一个极其隐私的问题，关于性欲。两人算不上熟，仅仅是认识，她高大壮硕四处无人神情略有紧张，直到三十年后跃豆才反应过来，她很有可能是性向少数者吗？她明月般的圆脸盘有半边是红的另半边是白的，跃豆无辜地盯着那半边红色看，然后不置可否地哦了一声。此外还记得猫儿山山头有一大块光溜溜的巨大石头，此外，再无别的记忆点了。

为何要放弃策宁呢？

是因为H（霍先，讲述他你习惯用字母代替，鬼知道是何种心态）出现了，因为H更符合你的想象。

穿衣镜映照了一切，映照了你不负责任的一脑袋糨糊从一头摆到另一头。你甚至还对别的男人心动，你认为策宁受西方文明影响，而西方文明就意味着开放。他出差回来你第一件事就是告诉他谁谁来过了，他脸色很不好看，说除了我没人能听你说这些。他出门时闷闷不乐，你到底选择他还是选择我你要认真考虑。自此以后关于真假的追问成了一件重要的事情。你是不是真的、会不会只是玩玩、会不会负心？你也按照他的问题问一遍，他问的更多的是关于结婚：他说你是真的愿意跟我结婚吗会不会再反悔？一定要十分严肃。他很认真而你脑袋一团糨糊，他担心你是心血来潮。

那窄长的穿衣镜它一头照到汪，另一头照到H，它映照出了一瓶酒，一瓶绿色的像葫芦那样的酒瓶装着的绿色的酒，薄荷酒，H说，你是不可能买这种酒的。第二天你就去买了一瓶（八十八元一瓶，你的工资每月五十六元，相当于一个半月的工资，当然你有稿费）。

葫芦形酒瓶，绿色的酒，象征了你猎奇而自虐的一年。

年轻时认为自虐使爱情更深刻。你知道自己很爱他但他从不爱你，两人以电影界对性的开放态度上了几次床，但 H 非常不愿意你们的关系公开化，你亦只有一无所求无怨无悔听到他来敲门就欢天喜地。

单方面的爱情也依然激发了创造力，你写出了从未曾有的、一个饱满的中篇小说。你满足于这种关系直到怀孕，直到知道他恬不知耻地去扑法国来的女片商，同时向艺术学院的谁下跪求爱（天知道是怎样传出来的。那时候在大寨路尾的宿舍，是冬天，正在煮胡萝卜蘑菇汤，南红不请自来，她说有重要的事，有人亲眼看见了，霍先他跪着……是南红愿意看见你被事实击败吗？一个星期六的晚上八点，那彻底的电击，黑暗的气泡），直到那时候，你才确认自己一败涂地。

与 H 交往的一年多充满自虐，与策宁完全相反。这两个人，你糟蹋了后者又被前者所糟蹋。自虐是一道自己亲手割开的伤口，常年流血，疤痕永不消退，所以它是如此深刻，远远超过了……你不是一个贞洁的人，但有赤诚的爱。只是你的赤诚被自己抛掷了。而 H 始终没有在电影界成功，你们也没有再见面，彻底没有了联系。

策宁够好。

他陪你过了一个生日。到邕江边上拍照，一只高高的木垛，溜溜的圆木堆得像金字塔，你爬上木垛。照片中穿着大圆点套头衫，长头发，双肩包搁在脚边，目视远方，有点傻。

放弃策宁的根本原因是 H 出现，他以他的高冷涤荡了汪策宁的聪明有趣博识会生活能煮饭兼能搞怪，涤荡了一起去买过菜煮过饭临睡前拖过地（上海人实在干净得无以复加），涤荡了新鲜饱满的蘑菇瘦中带肥的猪肉。两人的分手亦是怪异，你没有同他讲清楚，他就坐在这只衣柜旁边的藤椅上，一言不发，他的意思是你必须说清楚，因为这涉及他已经开启的他的离婚进程。而你无法说清楚为何答应跟他结婚之后又爱上别人，两人在静默中对峙了整整一个下午。

和策宁后来还能成为朋友，这是双方对这段关系的豁达之处，后来你见过他第二任妻子的照片，年轻美丽。他父母那时已移居新西兰，他送给你一枚新西兰钱币做纪念，那是 20 世纪 90 年代初。前年收到过他的短信，说已在杭州定居，若去杭州，他知道有一处极好的饮茶的地方，就在灵隐寺旁边。直到 2020 年中秋，她还收到他写来的旧体诗。这个当年口出狂言的人，现在已经变得谦卑宽厚。不像 H，不成功就成一摊烂泥。

这一切远照无从知道。

策宁是她所能遇到的最合适的结婚对象，此后再也没有了。有关他，远照一无所知。那时候她在南宁，吕觉悟有次从圭宁到南宁，同她讲，今次见到梁姨，拉住我哭，喊我劝你揾个人结婚，健康就得不要挑剔。梁姨讲，无论如何，人要有自己的亲人，最好在三十五岁之前生孩子，高龄妊娠几危险的。

她对此不置一词。

她向来认定，结婚是小县城对人的窒息，生孩子就更是。她庆幸自己早早就离开了。

20世纪90年代她去北京闯荡，这只衣柜被她丢弃了，连同这衣柜还有一只书柜和两只简易书架，以及书。它们在南宁的宿舍留存了两三年，积满尘埃。后来她托海宝雇一辆货车运了全部物品（书、衣服、被子、蚊帐、书桌、藤椅、衣柜和书柜等），从南宁运回圭宁县城。萧继父亡故那年她回来，挑出两箱书运到南宁，再从南宁托运到北京。

这只来自南宁的衣柜油漆未褪色，合页居然也没坏，五金件没生锈，板材没发霉蚁蛀变形，里面挂着母亲大人冬天的衣衫。衣柜旁边放一只旧椅，椅面发黑，年深月久，是旧医院宿舍的遗存。

（曾经光芒四射的女人） 她坐在四十年前的旧椅上。天一直阴，眼望要落雨。忽闻窗外有人大声唱，"太阳出来了，太阳出来了，太阳出来了，喔嘀依嘿哟，太阳光芒万丈，万丈光芒，上下几千年受苦又受难，今天终于见到太阳"。《白毛女》里的歌，喜儿在山洞里被大春找到，他们行向洞口，一束红光自洞口射入。

时代的强音那时候是真觉得好听。据讲，人的音乐欣赏在十四五岁定型之后终生不变。我认可这个据说，直到2020年，每朝起床后我总要先听一遍毛阿敏的《我爱祖国的蓝天》，不久我换成了《刺勒川》，听得内心苍茫才开始写作。现在我听什么呢？2021年3月，我听木推瓜乐队的《后营沥青路上漫步的孔雀》，五条人的《问题出现我再告诉大家》，万能青年旅店的《大石碎胸口》，时代的强劲旋律，激发我写作的欲望。然后我听谭维维的《小娟（化名）》《赵桂灵》《谭艳梅》《鱼玄机》。但过了一个月，我变成每天听萨瑟兰和曹秀美。又过了两个月，终于听到了《神人畅》，早晚听，此曲与印象中的古琴曲全然两样，不是那种"间天杳杳肯应否"的清幽，而是粗犷铿锵，听着天神就真的降临似的。

一条河流入了海，又流向了天。

扯远了。

喜儿，从第一幕到最后一幕。暗绿色竖条纹的宽腿裤红色斜襟上衣肩膀有一处补丁，然后第三场头发白了，长长的白发，衣裤也由灰变白，裤腿和袖口被剪成尖尖长长的花瓣形状表示褴褛，从山洞出来最后那一场，头发变成一条粗粗长长的辫子，头顶一块红布，她又穿回那条竖纹宽腿裤和红色上衣，双手握住了一把枪。英俊的大春身穿灰色军服站在她身边向前挥手，他们迎向光芒。喜儿，身材窈窕。

跃豆只爱样板戏中非京剧的两个：《白毛女》和《红色娘子军》。社会主义经历在出生之前就已开始。社会主义红歌社会主义口号和社会主义标语，在无数的空间的时间里在宇宙的褶里。"北风那个吹，雪花那个飘"，清澈的抒情，飞离日常而到达遥远的天边。若需一首解放之歌来鼓动内心，那么，"向前进向前进，战士的责任重，妇女的冤仇深"，节奏之铿锵，与内心力量共振之后放大数倍的能力，后世心灵鸡汤的总和难以相比。

时至今日，历经几世几劫，坐在新世纪的客厅，"太阳出来了"，仿佛疯女人，仿佛疯女人的欣喜，这欣喜接通了少女时期的欣喜，在时间的最远处和最近处。

她趋窗俯瞰，只见一个女人企在街巷中间，手肘弯挽住一只桶。她一句接一句大声唱："太阳出来了喔嗬依嘿哟——"然后她小步趋行，碎细的步子一路蹭蹭停停。两条腿是直的，膝盖不能打弯，边行边按步子的节奏念叨："边有人，行路来，有人，行路来……"唱歌她可以唱长句，说话则仅得两三只音节。细细的雨丝越来越密，她企停在街巷中间。一个花白头发的男人来接她的桶牵她回家。

故事就开始了——

远照说，就系姚琼啊，冇认得出了咩（认不出了吗）？就系阿个文艺队演白毛女的。

那个行在大街上炫目的女人，那个你曾经多次翻墙去看她排练的女人，那个令你仰慕光芒四射的女人。姚琼，一个骨瘦如柴的怪异老女巫占了这名字，从容貌到身姿，是这样判若两人。有脑瘤，开了刀，精神出了问题。安排在镇医院当清洁工。沦落到最底层。

远照说，就系渠啊，阿个文艺队的姚琼啊，你冇记得咩，演白毛女的姚琼，她住文化馆时径我带你去过渠宿舍的。她找我睇过病，讲渠白带太多，人又累，担心生病。

遥远的记忆翻涌，你记起，那房间地上的砖头，灰色的砖头有一块是松的，床上的蚊帐竟然发黄了，床单粉红，西门口百货公司买的那种。全然不像文艺队大明星的住处。她的蚊帐和床单使她的光芒黯淡下去。但那盏木质的道具油灯历历在目，县文艺队的道具，《白毛女》第一场喜儿端它出场。

那盏木头灯遥远而神圣。

它没有火而能发出光，我坚信舞台上的光不是来自那些悬挂在舞台前额上的大灯筒而是来自这盏神奇的木灯，因它在姚琼的手里，故两厢都到达了神话的边缘。

在舞台神奇的光（来自木灯）中，姚琼身上又诞生了一圈光轮，她成了人和神鸟的结合物，这鸟上身红下身绿，更多的时候她全身雪白，她的翅膀锯齿状，跟鸟完全重合。"北风那个吹，雪花那个飘"，这只神鸟跟随雪花来自遥远的北方。

有个傍晚，这盏木灯意外地落到了我手上。文艺队在县礼堂演出《白毛女》，我看过好几回了，仍不满足，我无穷无尽热爱那个舞台热爱光彩夺目的她们。自从母亲带我去过姚琼的宿舍，自从我见识了她房间松动的地砖、发黄的蚊帐，我觉得她应该认识我了，我没跟母亲打招呼吃了夜饭就径直去文艺队找她，我想看她们化妆。

我幼时胆大，成人后不敢进生地方，尤其那些大院大酒店高级商场，高级森严处，总是令我瑟缩。幼年时在县城，不管何处，只要想到了抬腿就去，向来不会告知大人也不会找同伴。我曾在夜晚走很远的马路去县城边缘缸瓦窑方向的那个大院的深处，穿过黑暗中的许多树木到文艺队的临时排练场地去看她们排练，我独自企在一旁傻看，将近九点才如梦初醒沿原路奔跑回到河边的沙街。

她们果然脸上已经上好了妆，她们的驻地这次不在大果院而改在了县城镇上，就在公园路那座旧的天主教堂。我愣头愣脑一脚踩下台阶，那座房子的地面低于街道是下沉式的门，下了几节台阶之后有一个推笼门。姚琼正和几位上了妆的演员往门外走，她换好了第一场的服装上身红下身绿，她的长辫子从脑后绕到了前胸，若非披着一件棉袄她就跟神鸟差不多了，我仰起头对她讲你带我入场吧带我入场吧。姚琼转了一下颈谂出主意，她把手里的道具木灯递给我，说，有人拦你就让他看道具。我跟在她身后一路从公园路行去礼堂，我们从正门入，我高高举着那把木灯，没人拦我盘问。

手举那盏木灯，我仿佛也变成了神奇舞台的一部分，且我不是在观众席上仰望她们，我在幕侧，在舞台的内脏，她们每一个人都从我身边进入明亮的舞台。在通过了检票口进入了礼堂之后我把木灯交还给了姚琼，但我仍然觉得它还在我手里，在我的头顶和四周围，某种光环绕着我。我变得敏锐而饱满同时身上的重量似乎也消失了，我升起在礼堂的上方，我的下方是黑压压的满场观众的头顶……忽然音乐响起，"北风那个吹，雪花那个飘"，我颤抖着，有一瞬间我颤抖着被吸进了这句歌词并再次成为姚琼手上的木灯。

四十年，足够使一只神鸟变成半身不遂的老妪吗？

她变成了一个奇怪的人，挣扎行路，用一只胳膊肘拐着塑料桶。她不能顺利完成一句话，要把一句话中的某个词重复七八遍十多遍才能接住讲下去。语言能力下降到三岁。但歌唱能力仍留存，"太阳出来了"，她年轻时的歌，舞台上雪花、山洞、模拟的太阳的红光，封存在她僵硬的半边身子的某一柔软处，等着这软的活的东西穿越到她僵硬的半边身子。

这个圭宁县城的一代名伶，风华绝代光彩照人的绝对的女主角，她做了县医院的清洁工，那些充满病菌的病房，那些流脓血的伤口，夹杂消毒药水的恶臭，从人体腐败的器官上剥落的纱布、棉球，被扔在垃圾桶的已被污染的药品药盒、剩饭，等等。这些医疗垃圾年复一年地围绕着这个少年时代的偶像。

跃豆长叹。

海宝就讲，这个工作几好的，人人都眼红。

她又十分不解，做医院清洁工都值得眼红咩？海宝讲，吓，清洁工，事业编制，你无知入编制有几难，看病得报销好多的，退休还有养老金，无知几好。我们都没有养老保险咽，医疗险都是自己交钱的。

纵是人生最低点，姚琼乘坐着养老和医疗这两块飞毯，仍然可供羡慕。在米豆和海宝一闪一闪的梦幻中，事业编制根本就是永难企及的天堂。

（**主宰**）母亲大人忽然讲起房产证，她同跃豆讲，这幢屋呢，我谂了一夜，房产证就写了海宝的名。她向来当海宝是婴儿，时刻要拼尽全力保护，因其秘密的疾病（永远需要服药，像定时炸弹一样的疾病），她更加倾其所有。反正呢，大海永远不需要她，从前不需要，现在和将来更加不需要。女儿跃豆，自十七岁插队起，样样靠自己。米豆呢，无能兼弱势，但有李家帮他，李家的大姐和表姐，他们全都会帮他。唯有海宝，是一只永远的雏鸟，一个永远的婴儿，无依无靠。

房主明明系你，为咩不写自己名字呢？跃豆问。

远照答道，日后几麻烦的，又要过户，又要银纸。跃豆问，房产证写了名字又怎样？远照说，怎样，日后海宝就系幢屋的主宰啰。

她第一次听到圭宁话讲主宰这个词，词重，新鲜，本以为专门使来连接国家和民族，此时同房屋连在一起，竟然很对，房产证写谁的名字，谁就是这幢屋的主宰。此外，房产证上写母亲的名字，将来身后分割遗产，有的是啰唆。

母亲大人是把这幢屋给了海宝一个人。她明白过来。

"主宰"，阿墩打这只字眼跳出来，他八岁或者九岁，又白又瘦，一副人精模样。

女人总是抑制不住时刻夸奖他。

"我们都系以褒为主的。"她们认定了他将来要有大出息，这一个褒了他第一句，另一个呢，一秒钟都不落后，紧接着褒第二句，仿佛此时不褒将来必会吃亏，正如此时不入股将来全无红利可分。

两个女人，一个妈，一个婆，两人争着没命地褒，一举手一投足，说一句话或者不说，做一件事或者不做，都有一堆褒奖的话等着。

他坐住睇电视，两个女人就夸他坐得住，文静；他蹿跳起来，就夸他反应快。同他讲句什么，他回答："识了的。"两个女人就夸："他什么都识的。"打乒乓球，他"叮"的一声开出一只球，远照就急不可耐报知玉葵，讲阿墩学得快，不学就识了。大家说无知米豆何时来吃饭，他随口答道，大概十一点半吧。结果米豆十一点一刻过来了，两个女人立刻很兴奋，你一句我一句："阿墩很神，样样事都讲得准。"

看样子，这两个女人不把阿墩美化成生而知之的神童决不罢休。

远照一讲到主宰，跃豆马上想到了阿墩。

既然母亲凝重端肃谈房产证，她就说："房产落海宝的名就落，房本千祈你自己收好，千祈无要放在海宝玉葵手里。"

她给母亲做了一个推断——聪明易被聪明误，阿墩日后考不考得上大学很难讲（远照插话，考不上大学就开只电脑店修电脑）……好，他开电脑店，或者开别的店，或者做别的什么，本钱呢？房产本几容易做抵押贷款的，一抵押就要紧了，冇救了，到时法院拿来拍卖，你谂，一屋人睡哪里啰？睡大桥头吗？（远照：我知的，我知的，巷头那幢楼就系拍卖的，十几万就拍掉了）……房产证千祈要自己拿住（冇会嘅，冇会嘅），万一阿墩考不上大学会如何呢？又聪明，聪明人不甘心做碎事情（冇怕嘅，冇怕嘅，阿墩冇会嘅）……

有一瞬间，她觉得时空置换，隔着层层空间和时间，她变成了那个永远不会受到褒奖、为了救自己只能奋力读书考大学的姐姐，阿墩则是那个永远受到保护，永远被寄以厚望，却又永远依靠母亲的海宝。

（与细菌搏斗）与细菌搏斗其乐无穷。远照热衷兼热爱，热情兼激情。那样连绵不断日日如此真像是爱一个人。

她热爱烫碗，自从十六岁去了县医院的培训班，她就沉浸在与无数细菌的搏斗之中。防疫站的显微镜使她见识了真正的细菌，那些蠕动的半透明的形状古怪的微生物在玻璃片上。只要你愿意，随时可以打防疫站左边侧门去天井旁的化验室透过显微镜望见它们。细菌给她打开了一个新的天地，她从此知道一个看不见的世界。这个世界既是斑斓的，又是有害的。

细菌使她紧张。这种望不见的敌人，只有使火烧、使酒精、使来苏水、使滚水渌、使蒸汽蒸、使压力锅高压……才能挡住那些看不见的步伐，但它们马上就在看不见的地方，看不见地大量繁殖。她严谨执行消毒规程——一个从1952年开始就严谨消毒的人，她的人生被消毒这件事严谨了、规程了。

旧时如何消毒呢？跃豆问。

"就系至简单的，使锅煮，煲滚水，煮半只小时。后尾了上级发了压力锅，压力阀噗噗噗，噗十几二十分钟就好了。"压力阀是无所不在的。噗噗噗的声音从家庭到岗位。若无压力阀这锅就要爆炸了。面对高压锅跃豆总提着心，永远觉得它要爆炸。

但母亲从来不，她面对的总是生死攸关的大事。永远要夜班要出诊永远有人出生有人在生死关头。

她那口锅安然无恙。

她的职业生涯除了压力消毒锅应该还有助产包，那里头有什么呢？

"有两只产钳、手术剪，那种弯头的，封脐带的纱布、接生衣，后背扎带的，手也有条带，条裤腿，消毒布，铺在产床的。还有三四块布，保护会阴，擦婴儿的，生出来身上的血迹、胎脂、羊水。还有吸球，吸婴儿喉咙里的分泌物，产道里吸进去的，这个不在产包里。还有持针钳，会阴裂了要缝的，不准手拿针，要持针钳，无齿镊子，迅疾一剪，不打麻药的县医院都有，自己打包，送到供应室消毒。一只线剪，专门剪线的，放在浸钳水里，亚硝酸钠，防锈的，加入洁尔灭消毒剂，浸针、镊子。这些都是后尾才有，20世纪50年代哪有，使饭锅，大铁锅，蒸，像蒸馒头，注射器系玻璃的，煮得就煮啊，发了高压锅才使压力锅，叫配备。着紧就用酒精烧，95%的酒精，火柴一擦就点着了。酒精火烧不好，烧几次，针就钝了。"

远照对细菌持正常姿态，除了碗筷，她不介意地上的细菌。

不洗手摸乳房会得乳腺增生（跃豆八岁的事情），这种莫须有的联想她绝不会做。一年到头不穿鞋（准确地说是漫长的夏季，三月到十一月），她从来不觉得细菌会从脚底板爬上来，一直爬入嘴。很多年里她几乎不烫碗。1. 防疫站岁月，从来没自己开过火故不存在烫碗之事；2. 沙街岁月，在公共灶间、那个有一扇墙敞向天井的厨房，也从未见她烫碗；3. 医院宿舍，在棚厦的公共灶间也从不烫碗。她上夜班，没有时间。

进入21世纪细菌也要做出贡献，做贡献的方式不是使劲蹦而是永远不蹦。是在消毒柜里更彻底地灭亡。

细菌不单是科学的敌人更是21世纪的敌人，小城要创全国卫生城市，家家户户须购置消毒柜，无数大大小小的铁柜子落入这只七线小城。

但那是费电的。而烧水烫碗，是越过、撇开、省下了电，于是远照回到了20世纪50年代的滚水消毒法。

每朝早，她首要大事是烫碗，前一日洗好的碗围成两圈侧在有漏孔的塑料盘里，像一些乖巧的玩意儿。拿起一只碗，碗底有一圈花，再起一只，碗边一圈回形纹的暗蓝。外壁或者浓蓝窈蓝艳蓝花，图形有莲荷有竹叶，带彩，或纯白，这个有造瓷历史的小城（顶级产品是英国王子大婚礼品瓷），各色餐具茶具户户有。远照家的不算精致，却也够缤纷厚实。使久了，釉彩有些磨损。

连珠团花图案的碗有四五只，其中一只有粒细细黑点，权当记号，给阿墩专用。一只全白的碗用来蒸肉饼，肥瘦肉和莲藕各一半剁碎搅，放少许白糖去涩，加盐不放酱油蒸十五分钟。一只不锈钢的扁扁的碗用来蒸排骨，买两条排骨，先剔一点肉出来炒菜，再自己斩成一截截。她不愿卖肉的帮斩好，碎骨头太多。八十几岁的远照力气尚在，厚背菜刀准确而锋利，她气沉丹田，力量一路上升传至她的大臂、手腕一路传到厚背刀的锋刃上。

她一碗一碗装菜，一碗一碗摆在台面，另有两碗放入蒸锅，等七点几下班的玉葵。

（主持正义的女儿/女儿变异出来的非女儿） 作为一个懒散的、对家庭向来不负责任、即使在写作中也不考虑正义的人，忽然一而再地主持公平，实在是有些令人诧异的。

望见碗，望见台面一列列、洗碗盆一圈圈的碗她憬然有悟，当下逼问远照："谂谂睇（想想看），你一日到黑，要洗几多只碗？"我的天，一个女儿如此对待自己八十多岁老母亲！这种语气，连老天都要皱眉的吧。

她的正义隐藏在某一个晦暗芯片的深处，连她自己都未必察觉。

那个芯片发出了微微的呻吟，蝴蝶的翅膀扇动，瞬间爆发了正义的质问："阿妈你给海宝做全职保姆，还带薪，拿自己的退休钱买菜，煮熟饭炒好菜洗好碗消好毒，又兼接送阿墩，又兼种菜腌萝卜，样样都系你做齐。别的我不问你，只问你一日要洗几多只碗？"

质问使她发现了一个全新的自我。华年不再，她很是希望自己多一点激情，正义当然也是一种。

她之前从未发现也从未启用。

一旦正义起来，女儿就不再是女儿，母亲也不再是母亲。

母亲感到自己做错了事，她收敛了作为母亲的久远的强势："我累了就会同海宝讲的，喊渠洗碗。星期日呢玉葵休息了也会去买菜的，伙食费呢，玉葵二哥常时一袋米一袋米送来的，玉葵娘家种了菜渠常时去拿返回的，玉葵二哥年年中秋节都送月饼来，都系渠老板的月饼包装几高档的。"

但她坚定地问道："我就问你，三餐加起算，你一日洗几多只碗？"

她的问话长驱直入，紧逼正在收碗的母亲。而她自己就站在椭圆形饭桌跟前，袖手看着母亲收碗。她说："那我来数数睇。"她立即像收集物证的刑侦人员开始数起来。"二十八只！"她铿锵宣布。"没有这么多的，哪有这么多！"母亲讲，"有时海宝洗他自己吃的那只碗的。"

"那你一共又洗几多只锅呢？"她决意要量化母亲大人的辛苦，饭锅粥锅炒菜锅炖汤的锅蒸锅，乘以二，不算你买菜择菜洗菜，切菜炒菜，也不算你带两个细依接接送送，就算每日三十只碗十几只锅。

这时候，她真是非常不像女儿。

女儿变异出来的非女儿，是抓住了母亲把柄的外人，或者竟是具有女儿外形的机器人？当年母亲有戾气，年轻气盛境况不顺，打骂都有的。她记得幼时发烧吵得母亲睡不了觉，母亲就掐她的大腿，出力掐。掐得生痛生痛的，这些她早已消化掉。只有到了1969年，之前种下的戾气，终于生根开花。

成人之后她坚信，这一年是个重要的节点。这一年春末夏初海宝出生，夏秋之交她和米豆被遣回老家，她把这两件事可怕地联系在了一起。

她总要一再想到那年莫名其妙失了学，以为母亲会让她回身边，却没有。非但不能上学，每日还要上山打柴。秋风渐起，她立在坡顶眺望小学的屋顶，远远听着学校的钟声，心中无尽绝望。给母亲写信，每日盼信，独行很远去大队等信。

多年来，此事非但未能释怀，还被她一次次夸大和强化。

她想象自己在老家变成了叫花子，没有吃的（她只记住了很稀的粥和黑色的咸菜），天冷没有厚衣，她看见自己不洗身也不洗头，头发结成了饼身上发出臭味……同样的境地，米豆安之若素，他勤勤打柴，帮叔叔带孩子，对稀粥和咸菜满心欢喜感激，全无上学愿望。跃豆呢，她呼天抢地痛彻心扉。

这一年全民大挖防空洞，深挖洞广积粮对付"苏修"。田螺岭全部挖开了，小学生也上山挖战壕，她弄破了头，吕觉悟陪她到水田中央的一口四方水井洗掉头上的血。也没打破伤风针。一种一头尖一头扁的锄头，别处叫鹤嘴锄，他们叫鸡丁锄。鸡丁锄成了这一年历史和个人的象征，成为一根篾长入肉里，怎么拔都拔不掉。多年后她写了一首诗。"那根篾是鸡丁锄的样子/它被时间缩小/钉入我的肉身/度过一个又一个艰难的日子//鸡丁锄在血液里/我已不觉得疼/它时啄时停/我不清楚是谁在握住那柄//只有发烧的时候我会记起它/以及听到钟声/在山那边小学校/悬挂在屋梁上的/一块铁//那铁质已助我长成结实的心脏了吧/但它在时间中摇晃/（那根悬绳很粗）/至今仍发出当当之声。"

内心的黑暗扭结着，为了梳理自身她写了无数的诗。即便如此也没能使她变得光明通透。就是从那个叉点开始，她变成了一个自私而别扭的人。

多年来，她一直构思一部平行命运的小说，有关另外一个自己，那个小学没有毕业、十六岁就嫁在山里充当生育机器的女人，她满含热泪与之相逢。从那时起，这番从未成为现实的命运紧紧罩住了她，如同深渊，无尽黑暗。

她曾以为自己早就超越了它，却始终没有。

半年后她再次回到了自己的县城，再次回到原来的班级上学。整整一个学期的算术她错过了，是小数点的乘除法。每碰到小数点，她顿生惶遽。

据她自己推测，是大姐给母亲大人写了一封长信，多年后，她甚至记得那封信的那一页，记得信上的文字。就是从那时起，她和母亲成了陌路人。进屋之前她总要在窗口瞄上一眼，只要有母亲的身影，她就拖延进门，若她正在屋里，母亲一跨入门口，她就会在一分钟之内溜出去。与母亲同在一个屋顶下她极感不适。

后来小姑姑告诉她，当年不要她们姐弟，不是远照的意思，是继父的主意。这丝毫未使她释然，每当想到她十岁失学，孤苦伶仃，除了出嫁别无出路，那番几乎要成为现实的可能的命运，她禁不住浑身发抖。

生铁一样冷硬的心肠是否就是这时铸成的？

现在她仍以为早已真切体谅了远照。换了是她，碰上这种严重时刻，也会做出割肉般的选择。远照那时才三十多岁，她要建立自己的生活，拖不起这两个前夫的儿女。想想《苏菲的选择》，放弃自己的骨肉迟早要把人逼疯的。

有关洗碗，母亲应对了女儿无数次："人呢，都要做事的闲无得的，买菜做饭洗碗不累的，做点家务心情愉快。"每朝早六点钟她就起床，从三楼落到二楼，她紧紧握住不锈钢的扶手，是建屋时特意挑选的粗杆，要紧的抓手。有此借力，每日从一楼到二楼到三楼，从三楼到二楼，再从三楼到六楼屋顶。每日几次。多少老人膝盖坏掉了，她没有。她每日上落楼梯，不锈钢扶手被她摸得温润如玉。她行到二楼——

这一层是客厅，约二十平米，够阔呢，连住厨房。厨房有八九平米，卫生间有三四平米，烫碗，滚水冒着热气哗哗淋落洗碗盆，望不见的细菌们在滚水中挣扎。

窗外，半身不遂的姚琼正挎着一只菜篮子，一路小碎步蹭着向前行，她一边行一边大声数数，十一、十二、十一十二、十一十二……她大脑里的唱机坏掉了。

（坚强的客厅）跃豆对母亲的客厅缺乏兴趣。她跟家庭的疏离感始终没有弥合，每次回来都不觉得亲，人不亲，地方也不亲，是因为离开得太久走得太远？说实在话也并不算远，开始在南宁后来在北京，到了21世纪，若非在南极都不能算太远。

只有往时的衣柜，看到这个，她才感到见了旧时的亲人。旧衣柜不言亦不语，像是含有无限的情意。她对旧衣柜反倒是亲的，无论是母亲的衣柜，还是她自己三十年前买的那只。

甚至姚琼，面目全非的姚琼也召唤了过去的亲爱的时光。

时光也是一时熟一时生。骈行交错。

这客厅跟所有家庭的摆设差不多，不同的只是墙上缺少一面电视大屏幕，挂在墙壁上的薄薄的电视屏幕现时每个家庭都有了。印象中这种薄屏幕有一个可笑的名字叫等离子荧屏。想来是向高科技攀附。

一堂木家具担了大任，亮敞敞的，颜色也舒服。

她又嫌客厅没有文化气，20世纪70年代家里还有一点书，虽只是《红岩》和《阿诗玛》，重要的是有《参考消息》，那种开本比大报要小的报纸，是一个家庭的文明标志。

母亲大人和姨婆总是要谈论世界革命的，她们坐在小矮凳上择菜，越南做陷阱的竹钎，胡志明为何没有老婆，去缅甸支援世界革命的知青里有没有姑娘，等等。到了21世纪，书籍和报纸都是灰头土脸的了，家家如此。

矮柜、木沙发、椭圆形的饭桌，同色同款，都是像样的。

远照的英雄史诗有许多，给海宝找到对象并操办了婚事也是其中之一。

那时萧继父已亡故，海宝已得病，身体里已然埋下一只定时炸弹。她需要把这只炸弹掩埋好，不让任何人发现。他嗜睡木呆目光发直，每三个月要去复查，每日按时服药，时刻观察。而远照要自己坚强，自二十几岁起就要求自己坚强。

一路坚强下来，少年丧父青年丧夫，中年又再次丧夫。六十五岁独己去湛江打工坐堂，以英雄气概独己孤胆面对一颗定时炸弹。

跨过了多少沟壑，总是又面临更深的沟壑，生活下去就是要面对无穷无尽的沟壑，她早就明白这一真理。生活永远破碎，永远需要她面对那些窟窿，大窟窿和小窟窿，以一己之身扑过去，四肢扑棱。

她泪点低。经常哭泣，更经常勇敢。

她助人是寻常事。全县有一半新生婴儿是通过她的手落到人世的，她人工呼吸嘴对嘴救活窒息的新生儿，安慰和治疗众妇女难言之隐，她同她们窃窃私语，她同许多妇娘窃窃私语，从县领导市领导的夫人到卖菜的，月经不调白带过多盆腔炎宫外孕人工流产不孕症，她奋力堵住了许多女人的窟窿，在荒芜的时间里撒下了许多种子……生根了开花了，妇娘们见了她都是笑盈盈远远大声招呼。

凭她的人脉帮海宝找到了玉葵，玉葵真是不错，生得靓，能干灵醒，完全不像农村人。远照又凭一己之力，装修房子置办家具办喜事，租车租酒店下礼帖。办喜事那日，她独己站在酒店门口招呼来宾并收下贺礼。海宝生了孩子，生了一个再生一个，阿墩是超生的，人人都超生，不超生就是没本事。这也是远照得意的一笔，她告诉跃豆，只罚了极少的钱就上了户口。她的好人缘与本事，在户口这件事上显了灵。

再难她也不牵愁惹恨，从不见她大哭，但她眼泪是浅的，忽然会在眼眶里打转，却一秒钟又神情泰然。

深浅烂涩她都跨了过去，现在，客厅干净无垢，经得起阿墩趴在地上磨来磨去。地上甚至比矮柜上更清爽，矮柜台面铺了一片：电话机、遥控器、盖着盖的玻璃瓶、瓷茶杯、搪瓷口盅、糖果盒、卫生纸、闹钟、一只苹果或者番石榴或者一只橘子，塑料篮里面塞着乱七八糟的塑料袋，挤成一堆的铁罐子玻璃罐子，里面不知装什么。还有深海鱼油、闹钟、影集、超市广告……

这一溜互不相干的散旧杂碎旁边是电视——客厅显著的电器，视线的中心。电视的另一边又放了几只茶杯，宛若矮柜上布满散兵，不容敌人有空可钻：一只带盖的茶杯、一只保温杯、一只玻璃杯，杯里放了撮盐，摆了只细勺，给阿墩饮盐水。

海宝上班阿墩上学。央视法制节目十二点半准时出现了——

朋友借钱不还，房产纠纷，儿童拐卖，电信诈骗。这个世界到处都是深深浅浅的烂坑。她一只坑没踩中过，她明白这庆幸，心情敞亮。在干净明亮的自己盖的屋子里，看着电视里乱糟糟的祸害，这些祸害她一个都没沾上，她的世界称得上是朗朗清明，天是天，地是地。

睡了晏昼觉起身，她又开了电视，边择菜边睇，边烧开水边睇，边炖汤边睇，在客厅看看电视，又入厨房望望火，逍遥自在。她胃口宽阔，从古装戏到现代戏，从《甄嬛传》到《欢乐颂》，尤喜年代大剧，亦钟意中央三台的唱歌跳舞革命歌曲。这些歌她认识，不光认识她还会唱，不光会唱还能沿着这些旋律望见年轻时同她一起唱歌的人，那谁谁谁，曾经追过她的呢。但她不喜欢粤剧粤曲，她这一代人，一代工作同志，养成了一只革命歌曲的胃口。

电视是母亲大人另一幸福源泉。

满屏雪花点。算是十七年的皱纹吗？旧电视斗状的显示管今时早已淘汰，变身为轻、薄、平、宽、高清晰的液晶显示屏。

"都系因为回南天。"

回南天，粤语地区用语，指春天返潮、空气湿度极大、处处滴水的天气。潮气沾上电子元件，等到通上电源，电子元件散出热能，慢慢烤干水汽才能工作。它老了，样样嘢都要老的，老了手脚就慢了，慢就慢一点，人要容得下它，要等它慢慢磨磨，等它半只小时做准备，等到屏幕显了形，也还不够清楚，还要再过十分钟才又清晰一点，这也要容下它。总要一个小时之后，上面的人脸才会从无尽的雪花中浮出来。

世间万事不都是从茫茫大荒中浮出来的？

它每日飘上半小时雪花。乘以二。在两次等待雪花消失的时间中，远照心安气静，她有不少事可以安顿自己——择菜，洗菜，吃剩下来的菜，帮海宝洗鞋（我的天哪，他四十几岁的人，你还帮他洗鞋），或者烧滚水灌滚水，或者打开消毒柜睇睇，打开碗橱望望，然后她开冰箱，拿出一只玻璃樽。

冰箱是远照的百宝箱，所有吃的——过去吃的、现在吃的、将来要吃的，统统放入冰箱。亚热带无限潮湿，三四月，日日落雨，空气潮得滴水，每日空气湿度都有百分之八九十，极端时百分之九十九，骇人听闻。衣物晾上一星期都不干。烘干机应运而生，至便宜的不过百元，像只简易衣柜，上方挂衣杆底下一只马达，电门一开呼呼扇风就如此烘干。

但是远照又嫌贵。"衫裤如何办呢？"跃豆问。

她答："隔几日会有一粒日头的，我就冲上楼顶。"

她以八十多岁的高龄冲上楼顶，以闪电般的速度将全家人的衫裤晾在一闪而过的日头下，然后又在雨落之前收拢。一个八十多岁的老妪冲上五层楼顶收衣服。

"风烟滚滚唱英雄"，她舍身忘我，当得起。

她与她的日子是肝胆相照，她的英雄气概不光胜过两个儿子，也胜过了你，她活过来的全都是英雄事迹。而她的英雄气质早些年你视而不见。

在霉菌滋滋生长的潮湿里，冰箱更加是百宝箱。

她塞入无数食品，各种腌制的姜、梅子、豆豉，还有剩菜。只只碗装着剩菜，保鲜塑料膜裹住。各种拳头大小拇指大小的塑料袋，层层叠叠密密麻麻码成一堆。还有柠檬，自己腌的，只用盐，一斤柠檬三两盐，腌到它自己出水。她忆起幼时，行路出街行五十里，过西牛岭见有人卖白粥，也卖柠檬水，知道是去痧疾的。痧疾是什么？你问。就系走路又累又渴、头昏，大概是中暑。冰箱门的空当堆得更多，胡萝卜、党参、枸杞（她叫杞子）、当归（她叫归身），半只旧年的罗汉果，几瓣八角，还有玉葵买的小麦……拿一样，别的就会滚落地，大大细细的塑料袋，黑箍箍黏糊糊稀里古怪的。

她还要腌梅子。

是跟韦医师学的，腌渍步骤来自韦的广州表姐。到季节就买上大大几斤，使只广口玻璃樽，盐水，青梅浸泡成黄梅，软了，鼓鼓的变成皱皱的，好了。吃粥时搛出一两只梅子，放羹白糖捣烂，佐粥。酸梅子还能炆排骨炆猪脚，做成酸料干捞米粉。如此，冰箱里就要额外放一只大玻璃樽，里面是腌好的梅子。

她一五一十放入冰箱，到取出，则变成一生二二生三三生万物。

客厅里电视和冰箱遥遥相对。她的娱乐神器兼千里眼与她的百宝箱遥遥相对，她以她从容的鸭子步，这头摇到那头。她对自己的客厅心满意足，一条灯草一条心两对茶壶四只瓶三副猪脏九丈九四对箩索八条绳，据说人越到晚年越有幸福感，虽然幸福这个词不怎么贴身。

客厅，作为词与空间，早年是极荒疏的。

长久以来，哪家都是逼仄的，任何人家，进门即床，床也兼沙发功能，人来都是一屁股坐落。为了更像坐的地方，床上铺一溜垫布以隔开床单，从垫布可以看出家底、趣味、审美。待客还要专使一只厅？我辈难以想象。很多年里客厅只是一个旧社会的词汇，简直算得上陈腐。

（往时客厅在冥王星上） 20世纪60年代70年代80年代，客厅这个东西是在冥王星上的，或者是纸上或者在电影里。向来没见过它在伸脚能踏上的地方。那时是聚在哪里说话的呢？

公共水龙头、厕所门口、廊檐、灶间、水井边……

它们迎风飘荡，连同少年的自己。

公共灶间，沙街那所三重天井的旧宅，最后一只天井下沉至深、青苔至多。天井的两面没有墙，延伸到公共灶间，另一面有墙，是李阿姨的房间。灶间临天井，有公共水龙头，是整所宅屋唯一的水龙头，龙头下接住大水缸。

自来水是奢侈品，发大水时节，北流河水不但黄浊，且顺流漂来死猪、死鸡、死猫，又有来路不明、疯癫拗折的垃圾……发大水具有狂欢的气质，跃豆幼时至钟意发大水，浸到沙街至好，水浸入屋至好。

有次水入屋浸到一楼凳子高的地方板凳漂在水上，她帮母亲搬家具上二楼，大人们一团混乱。浸街了要买菜只有蹚水，这种时候就由萧大海去买菜，她和吕觉悟卷起裤腿在浸了水的街上行来行去用脚丫撩水花。有人担了满满一担新鲜空心菜一路蹚水行过，那空心菜长茎细叶眉目清秀，俨然已是大水浸街的宠儿，望之不像由人挑来，倒是大水的波浪送它们来，而它们兀自升起在浸满了水的街道上又准确地降落在家门口……大水过后脚丫缝里开始发痒据说叫生了沙虫，需要涂药。河水不能饮了，街上的居民（特指没有单位的人）就到有水龙头的单位挑水。他们理直气壮，担着空木桶昂首直入，单位人也通情达理，"系啊系啊就在果度担水好了，发大水河水食无得的"。这间临天井的大厦屋，除了公共水龙头，还有三间冲凉房和一间厕所，除了是公共灶间，也是客厅兼饭厅兼厨房。

大厨房不但当客厅，甚至当过排练场。

身材高大的李叔叔和卫校实习女生都来了，在大灶间排练舞蹈。

那个清秀的女生叫小周，跃豆记得。高中暑假做散工，从锯木厂拉一车木头回氮肥厂。路过医院时上坡，力竭时正巧望见小周经过，她手挎一只白铁桶像要去洗澡。"帮帮我呀！"小周看了跃豆一眼，脸上全无表情走过去了。跃豆只记得自己全身的冷汗……

李叔叔担来一面大红旗，在厨房，这红旗大得跃豆提心吊胆，担心它会碰到自家的锅。这七八个人，戴着红袖章，年轻、美丽、唱歌好听，只有一个男的，那就是李叔叔。他们不停弓步，同时把手举到头部的上方。她虽不明白他们为何要到大厨房排练，却觉得幽深寂然的厨房有了他们可真好，那一重两重三重天井的青苔气竟也不觉得那么浓了……她想不通的还有，李都有孩子了怎么还是红卫兵，还要戴袖章，他们还要北上串联，这一切匪夷所思。

李阿姨房间紧挨天井，整所宅屋尽头一间。任何人要去厨房（做饭、吃饭、烧水、冲凉，直至解手）都要行过她门口。她长年不关门，白昼门敞着，谁经过就扭头望一眼。那窗口隔着天井正对厨房，像是厨房的附属设施，一个西洋景的窗口——在厨房听得闻婴儿哭。

她的头生子就是在这里生的。他脸上红红皱皱眼睛闭着两只细手紧兖着拳头身上一块旧床单裹住，细脚趾黄豆大小粉红粉嫩，五粒细脚趾兖成一小拳兖，还有指甲，全身一股奶腥。这间房也是她的新娘房，她结婚前夜我应邀盖她的新被睡一夜，绿绸缎，有尾长长弯弯的凤凰，大红绸缎，有鼓眼睛的龙。我还在她的床底下点过火。整座宅子空无一人我爬入床底擦着一根火柴，床底有旧报纸，一点就着，报纸的边缘升起火苗，宛如一颗颗金黄芒果，芒果旋生旋灭变幻跳跃，比天上的月亮让我觉得亲。当芒果长成金色的大菠萝，我觉得事情不妙赶紧扑上去，用自己的身体救了火。

后阁楼，僻静、空，有一面没有墙。敞面正对住厨房和天井，地板未上漆，不平，中间有缝直望见楼底。

这也是一个公共的地方。

整个阁楼都是空的，堆放各种杂物，有远章舅舅的高中课本，还堆了几大具生殖器模型，子宫输卵管阴道，这些世人回避的器官名词，我幼时看它们全是平常，器官的剖面，粉红、蓝、肉色的塑料，我看它们犹如天井的青苔和屋檐的瓦。

只要向公共水龙头那头张望，泽红的脸就在光影中闪烁。

泽红和她的白铁皮水桶闪闪发光。水桶旁边她弟弟蹲在水沟旁全身赤裸。王弟周身是疮,紫红色的疮一只叠一只,很多年后才知是罕见的病,当年只道是胎里带来的胎毒。泽红的水桶有草药熬成的浓稠草药水,她翻开弟弟的头发洗头上的疮,又捉脚,洗脚后跟的疮。黄褐色药汤顺斜坡流,仿佛一条老而长的蛇无缘无故蜕了一层皮,而蛇皮闪着冷光。

老人面果树浓荫密布遮住了洗衣的青石板,泽红和王弟在剩下的那一小块阳光里。龙头水哗哗响,有人洗菜洗衣挑水,那一小块阳光是护着这姐弟的,它滤掉了所有的动静,好让泽红专注。

弟弟说,痒。她说,痒什么痒,忍住。王弟身上的疮真是多,一个叠一个红的红肿的肿,身无一寸好皮肤。泽红不急不躁,每只疮,她都要洗到。龙头旁边的水泥地是斜的,黄褐色的药汤顺着斜坡流走,长而老的蛇在动。

阳光在移动。那一小块阳光慢慢扩大又慢慢缩小,有时候它升离地面,而地上的人和物都渗不进阳光中,只有从王弟身上流下的那黄褐色的药汤能从这一小块阳光中流入地上的明沟。

泽红对弟弟罕见的耐心你永难企及。

你会像泽红那样吗?熬一锅药汁给米豆洗疮(谢天谢地米豆从未曾有),给海宝倒一次屎盆就呼天抢地,遑论年复一年脓疮。

而阳光在移动。阳光连绵不尽。

(**往时的厨房**)往时的沙街厨房,它再一次从时间深处升起……公共厨房在天井旁边,屋檐下竖着水龙头,水龙头下放只大水缸。我首先望见空心菜,我们叫蕹(音 wèng)菜,分水蕹和旱蕹,水蕹如同水稻生在水田,水里的空心菜尤其嫩,根须是葱白颜色。

空心菜相当于北方冬天的大白菜吧,夏季发大水,日日都吃它,水蕹叶细长,一发大水就飙长,它脾气古怪,不能用刀切,伤刀,伤得厉害,用刀切了空心菜就会变得极难吃,非手择不可。

择空心菜我至钟意,望人择亦是欢喜。

择成一段一段,手上握一把,一捏,一种柔软的暴力使空心的菜茎破裂并发出"嚓嚓"的声音,既欢快又呻吟,像撒娇又像欢呼。有次我看六婆择空心菜看得入了迷,她已有七十几岁,手指却白皙修长非常之灵活,妓女命小姐手,说的就是她呢,每逢在电影电视上看到女钢琴家的手我就想起她这双。

我蹲在地上看老举婆择空心菜,小时随众人叫她老举婆,也仿佛叫老陈婆那样平常,是长大后才知老举就是妓女。老举婆就是老妓女。为粤地习用。她择满满一篮菜,我发愁她吃不完,空心菜刚炒好是碧绿的颜色,几分钟,碧绿就变成酱黄,隔餐更是要成猪潲的。邻舍的妇娘来同她倾偈，原来菜是别人的。她们一人坐张矮竹椅，我光脚蹲在地上，像一朵蘑菇。老举婆的手在菜梗上滑动，像细长的兰花与绿叶，菜梗断裂的声音弄得我心痒痒的。看老举婆择菜我完全被迷住了。条条空心菜经她白腻软熟的手变得又服帖又神气，一握握排得眉清目爽的，我沉浸在"嘁嘁"的声音中，而篮里的菜越来越少，终于空了。她们讲着话，不理我，我也并不认为她们的话有趣。

我怀着极大的失落打沙街头行回家。这时奇迹竟出现了，一担菜正正停在我家骑楼下，我远远望见，不顾腿麻奔跑起来，越来越近，果然，我看到这个菜担的一头正是空心菜，它们细叶薄壳，形状俏皮，简直从天而降停在了我家的大门口，整整一畚箕湿淋淋的刚打地里执落，它们整齐码着，长而薄壳的长茎光滑明亮，我提前听到了它们悦耳的断裂声……

在水缸旁边，李阿姨家的保姆在水缸边择菜，她的双手又老又粗，空心菜的美色也减了大半，但还是很好。在瓦盆的清水里晃一晃，炒菜的铁镬热了，镬底下木柴的火焰在跳动，镬里头花生油也冒出了烟，丢入两粒拍开的大蒜米，"吱"一声，浓烈的蒜香炸开，白色的蒜米即刻焦黄，一切都迫在眉睫箭在弦上，说时迟那时快，"嚓"的一声倾倒，水汽上升一片迷蒙，不能有半点迟疑，翻两下再翻两下，撒上盐，拍一拍，赶紧出锅，一秒钟都不能耽误，多一秒钟就会老了。炒一碟空心菜不能超过一分钟，一分钟内，一大筥空心菜迅速缩小成为一碟，碧绿油滑，落到饭桌的中间。

在沙街，有两年我时常只吃咸卜。

本地咸卜有几种，湿的和干的，另有一种带缨，小萝卜棍，全须全尾用盐腌，并不晒干，湿漉漉就可以吃了，微酸，很脆，切成片，用肥肉炒，放几滴酱油和少许糖，非常下饭。这种带缨细萝卜叫"死老鼠"，并不经常吃得到。幼时在沙街，吃的是那种普通咸萝卜干，斜刀切，小火烤干，放上花生油，或者跟肥肉一起炒。不过我不炒，十岁的我，以清水洗净两根咸卜，放入碗，开水一烫就大吉利市。每餐都是两根咸卜，从未吃腻。

不开火不是因为怕火，因我向来认定，火是玩耍的不是用来煮菜的。

我独己在家常玩火，一不小心，火势就蔓延开来，废报纸和木柴互相激发，纸的火轻盈跳动忽左忽右，木柴开始时稳稳的，火烤得它发热，但纸的火旺，烧掉了一张，紧挨的一张又燃了，我看得入迷。一张纸烧着了极好看的，本身无趣的纸，烧着了就变成火焰，像朵花，金黄金黄，它是气体，又是烫手的，捉又捉不住，赶又赶无走，无论如何它也不离开那张纸，纸烧尽了，火焰就灭了，纸和火就像一对冤家，最后双双变成灰烬，灰色片状的东西，它经不起手一碰，更经不起风吹，风一吹,就消散了,不知飞去歇哪了。

有次我钻到李阿姨的床底点火,那纸潮,又是雨天,用掉了半盒火柴才把它们点着,却很快就灭了,潮纸就像两个老人,没有热情……

厨房里有劈好的木柴,还有用来引火的松明,我们叫松光,松光聚集了最多的松脂,有着红铜的颜色和浓烈的松香味,一点就着,滋出油冒出黑烟,燃得吱吱响。松光引火极好使,故劈成筷子大小另处单放。

玩火是这样开始的:我撕下一块旧报纸,揉皱,点着之后我仍举着,让它在手上燃,烧到最后才撒手。那次我同时点着了好几张纸,它们烧着了木柴,木柴又烧着了更多纸。不好了!真的着火烛了,我扑向水缸舀水救火,一杓水不够,连连几杓也不够,火势更大了,这边刚淋息那边又起来。我慌得心怦怦跳,厨房离大门隔着三重天井,哪里喊得人来救火!我后背一下出满汗,提前望见大火满屋,火光冲出屋瓦,升到沙街的上空。我一下扔了水杓,捧起洗菜的瓦盆,一气泼了好几盆水,这才没有着火烛。

这样惊心动魄的事情我不能同母亲讲,她定要动怒的,若知了,必是关黑屋半日。

我熬过了只吃咸卜下饭的日子,母亲怀孕了,不再下乡,又因有了新父亲,家里就出现了好吃的菜,每星期,继父都拎回一大兜活泥鳅或塘角鱼。塘角鱼,扁头,头与身过渡处有对利角,一不留神就戳伤手,它又极滑,泥鳅般,且极有爆发力,要掰断它的头几不容易。但它肉质鲜嫩,除中间一根直籣再无别的籣。它滑溜溜的,你要摁住它的角,掰断头,再放上姜酒盐,入锅蒸,蒸时加两片木柴,火烧得大大的,顶得碗响锅盖也响,不一时,鱼腥气就变成了香气。我对塘角鱼的激情至今没有消散。

泥鳅也够好,连头带尾煎,先是在竹笪里跳跳摆摆的,一下油锅,即时变硬。

老鼠肉我只吃过一次。

一只又大又肥的老鼠,它从第二只天井飞跑而过,一眨眼消失在墙缝里。李阿姨家的保姆七婆,她飞快拿来禾秆堵上,她点上火,潮湿的禾秆浓烟滚滚,她又用葵扇出力扇烟,一只粗肥的老鼠就被她擒获了。

七婆拎着老鼠尾巴,意得志满到水缸旁边割老鼠头……

老鼠肉口感味道像炒鸡肉。

剥动物的皮我以为是件平常事,也曾见过英敏的爸爸剥青蛙的皮(他们家经常吃炒田鸡,菜行有卖的)。英敏全家讲标准普通话,故我以为,剥青蛙皮再炒来吃是文明的举动。

此外还有茶麸——

在厨房的灶边,圆的,坚如石,烟熏得棕黑。

我用茶麸水洗头发。先找来脸盆和菜刀,脸盆放地上,茶麸竖架在矮凳边,用菜刀,一下下砍成条屑。有一小捧就够了,以水浸之,半小时以上浸出黄水,再使毛巾或纱布滤掉渣,冲上热水……头发浸在黄浆似的茶麸水里,看着腥腻不堪,但头发却是光滑柔顺的。亦不伤头皮。只是过程复杂漫长,带有刀耕火种的意思(菜刀、烟和茶油)。后来海鸥洗发水出现了,韦阿姨在我手心里倒了一点,那只褐色的小瓶,小口,蚕豆大一点就够了。从此洗头方便起来,不再斩茶麸浸上半日。它就渐行渐远。

茶麸渐行渐远,它的身影圆又黑,它的片状弯而长,带着菜刀、烟和茶油的气味,它沉没在遥远的沙街。20 世纪 70 年代我们抛弃了它,等到我们明白它的好,明白它与我们的头皮头发毛囊最亲和,它早已跑得全无踪影。

(所有人都是三岁) 有两个钟点母亲总是高度警觉:中午的十一点一刻,下晏昼的五点一刻。小学放学,海宝去接。海宝一出门她就竖起耳根听,那耳朵绝不像八十几岁老人的。

从远远的摩托声辨得出海宝。一闻摩托响她就落楼开大门。

永不衰老的耳朵,永不衰老的腿骨,永不衰老的手和眼。

阿墩一入屋她跟手炒菜。一阵激烈操作,番茄炒鸡蛋,再煎几块豆腐,炒一碗青菜。肥瘦肉入汤煮,切成片再蒸热蘸酱油吃。

海宝一家四口连她在内五个人,一日三餐。四人饭时不一,午饭分成两次,她和阿墩一次,海宝一次。到了夜饭,海宝五点先吃去上班。海宝若上夜班,白日就在屋睡觉。睡啊睡睡啊睡,快到五点还没起身,她就要大喊。她站在楼梯上,对住海宝睡觉的六楼喊。他睡眠不足没有食欲,她就收拾饭盒让他带去上班。

现时海宝服帖了命运。

或者说,既然一切都窾倒,那也没什么了不起。

他也不像读过大学的,还是一本的重点大学,数学系计算机专业。凭他的本事,自然也非自己考上,是家里出钱的自费生。从小至今未变过,样样靠家里托底,凡事听安排,自己不参与意见,参与意见也没用。

那时跃豆在南宁,大寨路尾,他总是忽然就来了。

时常是晚间,她想不到他会来,她不明白他为什么要来,他来了她竟是无动于衷的。他没自己的事要讲,她也从来想不到要问。她早就揪着自己的头发脱离了家庭伦理的序列,凭空插进一个弟弟总觉得是生硬。

她当然觉得,那个 H,那个霍先是排在弟弟前面的。H 随时都会来,他经常是夜晚活动，宿舍并无电话，她跟H正在一种尴尬的处境里，不希望任何人来尤其晚上。H从来不是公开的男朋友，她很不愿意被海宝撞见。但他忽然就来了，他坐在那里，残存的责任只够她想起来应该给他一点钱。给他钱之后她才忽然明白了，他来就是这个意思，因他拿了钱立时就走了。

那个亮堂堂体面的县氮肥厂仪表室，海宝向来认为是天上落下的，如同一场大雨，风吹一阵水就从天上落下了。家里的走动腾挪他一概不知，然后他就坐进了这个氮肥厂最具门面性质的亮闪闪的仪表车间。

谁又知道，这已是他人生的辉煌时期。

氮肥厂是县工业的招牌，来参观的人，总是首先被请去仪表车间。本县美女都是特招来的，环境也舒爽，工作又停闲，跟坐办公室没两样。这算一处舞台，不但展示本厂的美也展示本县女性的美，仪表室的女子虽同样是一身灰，那灰色断然遮盖不了她们名禽加皇后的仪态。

她们的眼梢至诚望上天的，不太看得上本厂后生，海宝就想跳去一个好地方。

什么地方好呢？广播电视台至好，他想。他向来天真，觉得只要他想去，家里再走动腾挪一番，天上的馅饼迟早会落下来的。既然妈妈认识全县大小人等，他就认定她有本事。

很快他又明白，这个天他是登不上了，广播电台非同小可，连播音员都是从齐齐哈尔请来的，他们的普通话字正腔圆。于是他又想去银行、商业局、法院，有同学去了，是考的，他不愿考，一心以为母亲和大哥会走门路。他相信这是迟早的事，至多半年内就会有眉目。之后他又退了一步，想去报社，至不济，图书馆他也考虑了。

跃豆回来，他就问，阿姐，你认得广播电视台的人吗？《圭宁报》的人、文化局局长、市委宣传部部长？阿姐一概不认得，真枉她是个写书的。

他是靓仔，着实拿得出手上得了台面，他至爱骑摩托车满街转的，他像一个忙大事的人，日日出门都是精神抖擞，威风着荡过旧街荡新街。

老街的黄花槐落在他头发上，一甩头，栀黄色花瓣飘落地他更是欢喜，欢喜什么呢，不知道。然后他骑过开满羊蹄甲的几条街，蒲紫红的羊蹄甲映在他白色头盔上片片飞动，他仿佛望见了自己神采飞扬。新街光光秃秃，还没种上树，他在空旷的新街道上呼呼骑过，没遮拦的阳光照着他头盔发出电焊光一样晃眼的光亮。他逮到了一只虫子呢，火柴棍大的小青虫，他放虫子到空矿泉水瓶拿回家，那时候他脸上有两团红晕眼睛迷迷蒙蒙。

他身体里的儿童从未长大。

不幸他爱上了一枚月亮，那个女子全厂至标致，他认为他是靓仔完全配得上人家,中秋节到了他就自说自话送给人家一盒月饼,人家不收他觉得非常不对,甚至打了人家一巴掌,他真是被宠坏了,以为一切总可以由家里来搞定。他不知道这个家已经江河日下,父母退休了,紧接着父亲去世了,紧接着氮肥厂也江河日下,氮肥厂一分钱都发不出来了、氮肥厂要放长假了、氮肥厂要裁人了、氮肥厂要卖给私人了,全员下岗买断工龄,生活一下肮凶得不成了样子。母亲再也不能给他找到像样的工作,大哥也再不能帮他。他的数学系计算机专业从此不再提起。

他终于认了命。

第一眼看他就特别像保安,仿佛他从未干过别的。他不再俊朗也不再是靓仔,因气质变了,从前那个大学生的梦幻气质在他身上消失得一干二净。他手腕戴了串木头佛珠,一串佛珠托住他落入井底的人生。

他难得地知足,当上了队长,不但管二十几个人,每月工资加上加班费可达到两千元,他由衷认为不错。老板对他网开一面,不用他蹲班随时可以离开接送孩子上下学。真系架势的。

而氮肥厂在停摆多年之后统统铲平了。

有时闷了,远照就出楼同隔篱邻舍搭话。

又买豆角啦,望望睇,几多银纸一斤?

两文九角,贵。

冇算贵啦,早两日更贵,今日算系抵手(便宜)的。

夜饭吃咩嘢?

牛肉煲萝卜,打散了我一张大纸(百元大钞)买了粒尾骨(脊椎骨)。

好啊哪,几多银纸?

二十几文,好甜味啊喔。

她喜欢人气。谁说靠人气不能浇灌衰老的生命?

(往时,旧时,阿时径) 她想找到往时一些柔和的记忆,那些若断若续的蛛丝。如果不找,它们就会隐没在黑暗中,若盯着看也许还会发光。

幼时不太记得有米豆啊,在沙街也不记得有他,那他去哪里了?米豆是跟外婆去江西了,去了一年半,外婆去带北妮,米豆跟住去。阿蓉怎么就死了?她吃一只苹果就死了。

我细时够奶吃吗?

一般。不太够。不够惗做呢?不够就吃米糊。早先时使擂盘的,米浸一夜就好擂,擂盘现在不见了。你细时吃得一碗米糊。三年困难时期我是不是成日饿得哭?

你老豆食品公司有时有猪肉，米豆吃的就没你多，他落生就困难时期了。

米豆见过阿爸吗？

没见过。1961年你阿爸在南宁住院我去探过，渠骂我，你来做咩嘢？米豆细时外婆带回香塘，在乡下就有嘢食了。外婆又带去江西，江西回又去外婆家，外婆养了鸡有鸡蛋又有豆腐青菜。

大炼钢铁时三个女同志背三只婴儿去大炼钢铁，除了她，还有王泽红妈妈背着王泽红，晏本初背着她女儿汪异邕，三个都系医院的，都在喂奶，背带一背就出发。

去歇哋炼钢铁呢？

远照她语调铿锵，非常愿意回忆。她的回忆闪光而坚硬。

一个年轻犀利的女性勇往直前。

就系去民安啊，去民安六感，你插队的大队，真系巧就是你那个民安六感。

复员军人带队，他人不错，准我们去大树底喂奶。县里有大炼钢铁指挥部的，闻讲有上万人都去工地了，所有人都要去，要大干苦干奋斗，向国庆九周年献厚礼。怎么去啊，踩单车去。我很犀利的，背住你踩单车，三个人我至后生。（路上望见有那个小高炉没有？）有啊，亦无系几多，跟石灰窑差不多（几月呢？），九月啊就系快到十一了，要献礼。（有没有要求你放卫星，日产三千吨钢铁什么的？）没有啊，复员军人带我们去拣矿石，他望望就丢开了，又拣了一块望望又丢开了，讲，这炼什么钢铁，炼个鬼啊，炼不成的。

她记得梁北妮不愿开嘴吃饭，德兰就拿一把鞋锥放在饭桌上，讲，你食无食，你不开嘴就锥你了。吓得北妮赶紧开嘴。旧时住沙街，洗衫下河洗，流流水急，德兰没见过，她怕，就喊远章陪她落河。两个是大学同学，远章先寄了照片来，穿条裙，外婆几欢喜。大伯呢，远素嗰老豆系只鸦片鬼，败家精，还没败光就到1949年了，逃去香港。

讲过多次的事她又讲了一次，人免不了如此，一生的荣耀越到老越骄傲。

怀孕六只月去容县考试，数学考鸡兔同笼，语文考《白毛女》读后感。论文化程度她是低的，读完高小就只读了培训班，此番考试通过就算是中专文凭。她通过了，一世有了着落。她还去过桂林呢，1960年，跃豆两岁，单位刚成立，一共三个人，没会计，领工资要去县政府的卫生科。卫生科消息至灵通，听闻有名额去桂林，她就积极争取。果真，就是她了。第一次出门坐火车，路上没同伴亦不慌。她一向是犀利的，永远向前冲。自十几岁始，半夜从香塘乡下步行到县城报名参军，半夜就起身，月亮光光的地上一片白，以为天光了。步行几十里路到沙街口，谁知报名截止了。

（**雨气渐浓**）天阴下来，雨气渐浓。远照出大门口等阿墩，又同买菜返回的妇娘搭捎。

买回啦？

买回啰喔。

芹菜炒咩嘢呢？

芹菜炒鸡蛋，剁幼幼。

你冇知呀，样样都贵了喔。就系鸡蛋平，六文钱就得几只。

豆角冇要炒咽要煲做。放了几日放烂了。

蕹菜重系三文钱一斤冇？

她是好些人的恩人呢，她自己并不觉得，只道样样是平常事。朝早买菜，有个人一定要帮她出菜钱——

"今朝早有个人一定要帮我出菜钱，好爽喔。我买蕹菜同红薯叶，两样都系三文钱一斤，我正要拿钱，有只人一伸手拦住我，她抢在我头前硬帮我出了菜钱。我问她，你为咩一定要帮我出菜钱呢？渠讲，好久不见了，我只仔就系梁医师你接生的呀。我讲系咩系咩。渠讲仔儿的命就系我畀的。我讲，吔，好像系喔，生落来就窒息，我做人工呼吸，嘴对嘴，一直做一直做，就哭出声了，救返回了。渠讲无系无系，无系咽只，我系超生的，你帮我出了证明讲不得打胎，就保下命了。"

雨又落起来，满屋都是雨气。入暗海宝回到，衫裤着雨淋湿了，他脱开衣服使电吹风吹，吹爽接住穿。保安服总共两件，一件洗了还没爽。他边吹边讲，刚去自来水厂望了下，水厂的物业亦系他们公司管的。老板想学美国，接医院和学校的物业。又讲小区丢了五辆车，每辆着赔五千，总共赔两万五。反正每只小区都有偷车的，有人专门偷车，扛上面包车就拉走。

母亲喜欢接电话，儿女们应对能力远不如她，米豆只会应"哦"，几乎没有别的反应，跃豆虽在外闯荡，算见过世面，但她奇怪地害怕电话。幸亏有微信可以文字沟通，语音就不能适应。之前是不能用普通话，普通话的用词语法她多少年都没用熟，后来连家乡话也陌生了。

电话铃一响，远照立时精神抖擞快步跨出厨房。她大步行近电话机。

"喂，你好。"

她的"喂"是一个工作同志的腔调，一个负过责的，担任过单位二把手乃至一把手的人"喂"出的腔调。老家的姑姑被邻居欺负，求远照，因跃豆是写书的。远照却是明白人，到底当过领导，也知道跃豆并无匡扶正义的能力。"要就去揾基层组织啰。"她总是相信组织的。

没几时，电话又响了。远照仍跨了大步去接。

许久，只听，不言语，待放下电话，方沉沉道："罗多慈不在了。"罗是县医院老护士长，老同事每月一聚，次次都是她召集，去大酒店食个粥、饮个汤。忽然就过世了。讲是那日去碧桂园串门，有点累，吐了，马上送医院。又去183医院安装了心脏支架，十几日都没事，以为好了，结果吃云吞噎着，人就没了，几突然的。

远照说，蔡阿姨打的电话，讲以后就没人召集了。我讲没人召集不怕，我们两个互相召集，我们住得近。蔡阿姨行路腿脚不得力，使一把带钩的雨伞做拐杖，做过好多次手术住过好多医院，够坚强的。

她又自我勉励道：晚年一定要坚强。

天空仍未入暗，团团白云亮得耀眼，荔枝树开花了，蛋黄的黄色，还有一些鸭屎的颜色黄中带绿。芒果树也开着花，稻穗含浆似的，簇簇黄绿色。广场上几堆人跳舞，四五只高音喇叭震得人头大。

总是城市愈小高音喇叭愈大声。

树底下有一肥妇娘弹尤克里里，这种时髦名堂是近两年才有，据讲叫夏威夷吉他，大学里流行，细得像玩具，不堪担大任的样子。

妇娘一头乱发脸色黑黄还缺了只门牙，咧着嘴笑，欢爽得很。面前摆了四五只塑料大桶，方形细口，跃豆觉得此种装法颇新鲜，就问酒有何种。她仰脸歪头答道，米双、桂林三花，还有米单三种。价格呢，望睇啰，两文一斤，三文一斤，四文一斤，五文一斤，六文一斤。

跃豆看她颇不像做买卖的，像做什么的呢？说她像流浪艺术家也并不像，但她又弹起了尤克里里，并意外地唱了一句，声音是哑的和厚。跃豆回头望她，她就加倍唱得大声。

（夜里）夜里母亲先要重新摆菜吃宵夜，要在睡前吃净一日的剩饭剩粥剩菜，明知养生忌宵夜，仍日日如此。

第二项，要上楼顶。

她攀着碗口粗的不锈钢扶手，从二楼三楼四楼五楼一路攀到楼顶。多少八十多岁的老人走不了路了，她还能爬楼。跃豆实在觉得，母亲生命饱满胜过所有儿女，能吃能睡，任何灾难都压她不垮。

心气不败，她是有些人生胜利的神气。

这是一日至闲时分，远照心满意足企在楼顶，此处是她的乐园，亦是她的领地。她在楼顶种了三龠高粱，龠龠都结了穗，穗穗都沉沉垂落。她还种了菜，三只泡沫箱，放上泥，生菜茎叶繁茂，吃完菜叶吃菜心，十几日才吃完。生菜拔净，松土晒上一日，她又撒了苋菜籽，已经生出细叶了。另一只泡沫箱呢，埋了几条红薯藤，还没返青，是蔫的。她不着紧，知道它们的脾性，不过三两日，定会返青挺直。红薯种来吃薯叶，薯叶这项菜，连大酒店都有。楼顶的另一边，一只大花盆种了芦荟，一只旧木箱种了辣椒。辣椒是她育苗的，撒种子，待出苗再移栽。

她还在一口破缸种了簕三角梅，丈把高了，一年四季花开得繁盛，艳红艳红的，很旺势。比对面教育局局长家的开得多，开得红。她企在花旁照了相，人花相映，仍是年轻时昂昂然的一副神气。她染了头发，人人讲她不像八十几岁，像是六十几岁人。她心花怒放。

四面静了下来，街巷没人行，只一部车开过，车灯亮着远了，对面楼的灯也肃了几盏。她开始扭腰，她管扭腰叫扭屁忽（扭屁股），她双手压在水泥栏杆上，一左一右一左一右。再然后，她装两炷香，一炷插在临街的角落，那里有香炉，是绿釉的粗瓷炉，另一炷，在海宝睡觉的半间房的窗户下方，用一只装过麦片的铁罐，罐深灰厚，香装得稳稳的。

章五　又一日

塍：堤。**好哟哟**：好端端的。**薯**：笨。**一阵时**：一会儿。**早先**：从前。
——《李跃豆词典》

（诊所，韦医师）天地又是雨意。一大早天阴着，雨要落又没真的落，远照带上夷遮去菜市，跃豆空手跟去。路过三角地时，远照讲，哪，哪，冇系韦阿姨坐堂的诊所，睇下先。

母女俩径入屋堂，只见韦医师穿件白大褂坐在厅堂前角。远照招呼道，阿韦早晨喔，跃豆讲来睇下。韦医师说，来喂来喂。

没有病人，药师在药柜边吃狗肉，他使一只电磁炉，瓦钵里的狗肉加了黄皮叶红烧，有皮有瘦，肉香漫了整个厅堂。药师送入嘴一块狗肉，嚼得满腮钟意。出于礼貌他让了让跃豆：“你吃冇啰？靓嘢喔。”跃豆望了一眼，有点像红烧肉。

"什么是前置胎盘呢？"

一时无事，跃豆请教一只专业问题。

韦医师嘴角的皱褶立时动起来，一圈圈宽开。她拖过一张纸，作画示意，就系讲呢，胎盘的位置呢，本来在啹呲，前置就系到了边上了低到了内口。又分轻中重三种。如果胎盘的位置完全封住了内口就非常危险喔，一定要手术啰……症状，就系怀孕六只月就出血，开始好少血的，无痛性的。咩嘢原因呢？就系子宫内膜炎症，子宫内膜太薄了，第二就系孕卵发育太迟了，三呢就系多次刮宫，四系双胎盘，第五系大胎盘畸形胎。

她的图画得细致，仿佛给人讲课。

来了个妇娘，四五十岁，带了检查报告单，做的是电子阴道镜，有息肉，宫颈肥大。她诉道："广东阿边睇病就系贵的，药钱都要一千九。"她本在广东打工，这次专门回来医病。

韦医师说，几百块钱还是要的。又说，其实宫颈肥大无使医的。系炎症，又无系癌症。

几大年纪绝经呢？

四十七岁绝经，女儿都二十二岁了。

"检查下先，几时带你去二门诊。"两人就往里屋检查。出来讲，系轻度的，息肉小，激光就做得，炎症息肉一起医，手术后消炎止血就OK了。可以做粒轻工，重工不做。韦医生拿出处方签开药，处方签是统一的，顶头一列红字："市卫生协会统一处方签"。

又来了个少妇，三十岁样子。她撒娇式的诉说睡不着，月经也不正常，时常迟个十几二十日，量又少。

韦医师就问她，验验血睇下？没问题的，验只激素六项怎样？

少妇穿金戴银，衣着华贵，不上班，在家待着无聊睡不着。

哪年剖腹产的？1999年啊，就系韦医师您亲手做的呀。韦医师说，吃中药呢就慢，不然就吃西药，开两片安眠药畀你睡两日先。少妇说，开多几粒无得咩？韦医师断然说，不得的。又讲，你没病的，就系有点神经衰弱，饮点五味子糖浆慢慢就好了。少妇得了安慰，满意走了。

来了第三个妇娘，三十五六岁，生过两胎，肚痛。做过B超了，有盆腔炎，有积液。韦医师给她量血压。跃豆惦记着第一个患者，在旁边多嘴问道，激光治疗宫颈炎宫颈息肉如何治呢？韦医师说，如何治？用利普刀，睇程度，轻的四百元，中等程度六百元，在二门诊做，帮她联系好的。

诊所墙上挂了许多锦旗，另一面墙是中药柜，列列小抽屉，铜扣亮闪闪。药师在抽屉墙靠一阵，又在玻璃柜台靠一阵。他的狗肉还没吃完。

跃豆从左到右望那玻璃橱柜，内有大大小小的药盒，长的扁的宽的，西药和中成药的药丸。妇科诊所有无数秘密，怀孕流产堕胎卵巢囊肿附件炎盆腔炎宫颈炎兼之不孕症……

妇科医生总是像个捉鬼的,要把藏在女人身体里的小鬼一一捉出来。

许多暗黑故事藏在那些小抽屉里。

一刹那她想起自己的暗黑史。一个漫长的孤独人生永远都会有黑暗的隐私。她没有密友,她的黑暗历史从未与人分享(到底是不能与人分享的)。她不愿被人同情,某个人贴身知道她的全部,她总是怕。即使吕觉悟,幼年至今的朋友,也不愿与她说。不管是谁,但凡说了,总不会得到满足,反会懊悔。那些深藏的箭,她的身体适应了它们,有的变成了血液和骨骼中的铁。只有她自己知道那伤口有多深。她从不自我怜悯,也极少舔舐自己。

她用手机拍那面墙的细抽屉,屉面用毛笔写着药名,当归、白术、太子参,月亮草、车前子、七叶一枝花……三七、田七、灵芝草、鸡屎藤、满天星、白牛胆、败酱草、板蓝根、穿心莲……这些药名她似曾相识。药用植物,那些叶、茎、藤和根,闪闪过脑。小学时曾上山采中草药,七叶一枝花……班主任庞老师在黑板上画了七张叶子和一朵花,人人都想找到那神奇的七叶一枝花,它不是简单清热解毒消肿止痛,竟治得流行性乙型脑炎呢,还能医好胃痛阑尾炎猪红腮。一路上她像念咒般念叨着,但可惜,它始终没有出现。有的草药简直在娘胎就知道的,母亲大人说,就是那个民安六感,怀你的时候,还去六感采过中草药,"在大队部住过一夜"。

这时店堂里多了个女人,是诊所的主人,堂主,她亦企在药柜跟前吃狗肉。

跃豆与她并不搭话,只顾自己拍照。拍了中药小柜子,又拍墙上的锦旗。锦旗簇拥着一个镜框,里面镶了营业执照,执照旁边又一只镜框,是业主的毕业文凭,某某医学院。

堂主起先还是审慎的,只是冷眼望望。不一时,到底还是按捺不住:"你拍什么拍?"

跃豆应她:"拍药柜呀,几有意思的。"

"你拍来做什么?"

"不做什么的,纯系爽逗。"

女人越发恶声:"你拍来做什么你自己心里明白。"

跃豆想,这堂主八成是心里有鬼,若真是镜框里写的那个著名医学院毕业,炫耀还来不及,何至于恶声恶气。她想起被判刑的小学同学,那些用钱买来的文凭。

僵持间就十点半了,韦医师收工,跃豆跟她回家。

从前在医院宿舍,谁家都不关门的,跃豆时常串去她家翻他们的书架。出了诊所,拐弯就到了。

跃豆径直跟入厨房煮饭,看韦医师量一唛米,再捏一把,听她一边讲,这只电饭煲几贵的，五百九十八元，病人送的可以预约煲饭，定好时间它自己开动。她又开煤火炒猪脚，已经刮净毛剁成块的，放入高压锅炒几下再上盖焖。巨海在楼上，有客来他不落楼也不作声。韦医师冲楼上喊："巨海——跃豆来了喔。"巨海不应。韦医师说："就系这样，哪个来都不理的，吃饭都不落楼，等我煮好捧上去。"

远照在菜市转了半日，跟卖菜的买菜的，人人都扯上三两句，尽兴之后回到家。她买了八只豆沙包，一上楼就一只只摆上台面，一边欢喜道，几好的几好的。她兴高采烈捧起一只给跃豆看："一块钱一只，真系抵手的。"

跃豆恍然记起，她说的面包就是指豆沙包。去米豆家也算走亲戚，自然是要带礼的。

远照问她见到韦阿姨家的老二没，跃豆说，巨海不见人。远照就一一道来，韦姨衰死了，几衰的，本来开了家诊所，嗯声间出了事，盘给别人了，一样不剩，好得有只医师证。又祸不单行，冯叔叔车祸，人没了。仔女只只都难，老大，本来在柳钢的，好啲啲万把人的大企业，嗯声间倒了，整去传销。老二，酗酒，股骨头坏死，老婆跟人跑开了，孙女读中学要几多银纸的，每周五回家都要带钱给学校，总之样样靠韦姨。韦姨帮人坐堂，一个病人只收三元钱诊费。

言语间她惜自己的福，知道人人都有一摊屎要踩，她的那摊她踩过去了。

她不愿讲韦阿姨诊所出的事故，跃豆是听别人说的。是庆大霉素过敏死了人，判赔二十万，全部积蓄赔冇了。这样大的一件事，远照只字未提。

她只是痛惜春河，细时几靓几标致，全圭宁至靓的妹，哪个又料到，四十几岁都没嫁。又没男朋友，又子宫腺瘤痛经。先在银行，要拉储蓄，闻讲要陪人……没男朋友又不结婚，到老就更加凄凉。

（**米豆家的黄皮树**）跃豆叫了辆滴滴快车，车找不到家门，母女俩只得行出巷口，刚出门，豆大的雨滴一阵狂扫，紧行几步，冲到车门雨势已经极猛，两人的裤腿淋湿好几片。

一路上雨水瓢泼，好容易找到花果山米豆家，却是大门紧闭，门喊不开，像是家中无人。米豆家没屋檐，大雨正落，只得企在雨中。打米豆电话，不接。提前两日就讲好的，出门前又发了微信，到了门都喊不开。总是有点古怪。

两人的雨伞不够大，雨是越落越猛，门口的黄皮树哗哗淌下雨水。

总算打通电话了，米豆没在家，他按原先讲好的，在路边的加油站等住。他讲，红中在屋的。这边说，喊门半日没人应。系啊系啊，怪事。米豆似乎比谁都更纳闷。

雨势仍然猛烈，门口无处可躲，夷遮遮得住头遮不住身。母女二人企到黄皮树下，树叶哗哗直淌水，势头猛过天上落的。也只得仍一次次喊门。

好一阵时，红中总算听闻了。她开了门，头发乱着，边搓眼睛边讲："头晕，睡觉，雨大不闻敲门。再者呢，心想米豆已经去等了，就踏实睡觉了。"

大白昼睡觉好生奇怪。望她脸色，黄钳钳的一副病容。

米豆家比海宝那边大一半，足有八十平米。却不显得大，家具凌乱潮湿灰暗。从一楼到二楼到三楼，从卧室客厅到天井到厕所，一种龌龌腻腻的邋遢感。

跃豆的裤脚淋湿透了，她上二楼换了红中的长裤。他们的新电视机是大屏幕液晶，新崭崭的。"开电视喂，开电视睇睇喂。"远照喊米豆开，米豆不会开。

米豆说："这只网络电视，红中识开，红中开啰。"红中摆弄着遥控器，按了几下，屏幕闪出一片湛蓝，图像却无。红中就说，本来呢她识开的，前几日有人来乱弄，调乱了，整得她也不识开了。

跃豆没摆弄过网络电视，也不会开，远照更加不会。

于是四个人干坐着。

默坐一时，一看近十二点了，厨房没动静，不见一丝待客做饭的迹象。

疑惑间，红中讲："饭早就煮好了，鱼也蒸好了，汤也煮好了，要吃就炒个番薯叶，都洗好了，下锅一翻就得。"都说还不饿，"过一阵先"，四个人又坐落讲话。

红中开始讲细女，细女买商品房，市区楼盘，明年交房，四房三卫。红中兴致起来，道出她的运筹帷幄，三间卫生间，要改一间做杂物房，那间杂物房呢要改成客房，等于多出一间。十九万按揭亦不怕："我家细妹，每月有四五千，女婿也有六千几。"

这番话的底细跃豆倒是不难听出来。

近时有熟人在三亚珠海置房，还有人直取澳大利亚。以她的积蓄，在圭宁市区买套二手房应该没问题，她脑子一热，就在微信上请文友代物色，发来照片，小区的环境不错，有树，房子的装修也过得去。她即刻签了合同并一半房款，隔着几千公里就买下了。这次回，打算过户、物业交接、简单装修、看家具。并且起念，下半年回来住上一住。此事小姑姑很反对，说跃豆买房名义上给母亲，母亲的其实就是海宝的，米豆享受不到，将来会有大纠纷。小姑想要她明白，米豆才是同父同母的亲弟弟。

红中的意思是，自己和米豆，小到电饭锅，大到新楼盘，什么都不缺，不眼红李跃豆给妈妈海宝买的任何东西。钱是自己省落的，米豆每月的一千二百元全部上交老婆自然是理所应当，他衫袋一分钱没有，连理发都要找母亲要，亦是理所应当。

难道米豆理发不该由妈妈出一两次咩？

在潮湿晦暗陈旧杂乱的房间里，她听到了红中没有讲出的。军营长大的弟妇，她够硬朗，家是她撑起的，她以欺负米豆的方式帮米豆撑起了整只家。

排骨汤没放盐，清蒸鱼亦淡，煎豆腐也像没盐。

红中跟米豆照顾叔叔七年，知道少油少盐是养生保健之大要紧。菜寡淡，吃剩很多。跃豆想起前日在美团外卖叫过黄丫角（一种鱼，扁头，头顶有两根尖利触角，身黄无鳞），就讲下次来直接下单黄丫角，大家省力。

"我不吃黄丫角的。"红中立即声明。

米豆一听就抢住讲："黄丫角很好吃的。"

"我不吃无鳞鱼，很吓人的。"红中强调。

跃豆就说："不然就来一份蒸排骨，白切猪脚也得。"

米豆又抢道："排骨啊，好嘅好嘅。"他想了想觉得没讲到点子上，又抢着说，"渠，渠，"他用手指着红中说，"渠最爱食猪脚啦，白切猪脚，渠至钟意的。"

红中笑骂一句："这个李米豆！"

红中收拾好剩菜，一次性的薄塑料台布，抹净再铺上，四个人再回二楼默坐。雨仍不小，跃豆又在手机下单了水果，智利无籽黑提和美国橙子。雨很大，每排楼屋在雨幕中灰蒙蒙的。

大雨中，送货人开了辆白色的丰田小轿车来找，绕来绕去仍找不到。到后终是由米豆打伞出去接。

雨异常迅猛。

（**异性蛋白**）红中不停地挠身上，怎么那么痒啊她说。她挠了手臂又挠腿，挠前胸挠后背。越挠越痒，怎么那么痒，就是痒，挠也不济事。她挠得火起，嗯声间想起是刚才吃了鱼，本来这几日就痒，吃了药才好一点，结果一吃鱼又痒了。

远照马上反应过来："异性蛋白，异性蛋白。"

长期以来，只要讲到"发"的食物，鱼呀虾呀，远照总会迅速讲出一只科学名词——异性蛋白。她是相信科学的，自十几岁入了医院的培训班她就相信科学，努力记住大大细细科学名词，科学不能解释的事情她就一概不信。发？如何是发？她认定，只有异性蛋白算得上是所谓发物。在红中那里，发物的单子却是一长串，除了鱼虾蟹、鸡肉鸡蛋、猪头肉、牛肉、羊肉、芫荽、葱姜蒜、辣椒、胡椒粉、酒、海带、紫菜……统统都是发物。

异性蛋白使远照想起她的专业。

"阴道炎吃不得鱼虾喔。"

红中嘟囔道："我哪有……"

远照以权威的口吻讲："要去医的要去的，你去歇唑睇的病？"

"就系去至近阿家,下坡拐弯老陈的诊所。俾了两种药,一种系冲剂,一种就系放在纸袋里的药片,又讲吃药不当打针好得快,就打了一针。"

米豆插嘴问:"一针几多钱,贵吗?"

红中说:"二十几块钱一针,你讲睇啰!"

跃豆四处望望:"水果刀呢,搵只果盘来,装菜的碟子就得。"米豆站着不动,他四处望,望来望去仍是茫然。红中指挥他:"阿边,放茶杯的矮柜下底。"米豆还是望住红中,他不知何处才算放茶杯的矮柜下底。

红中撇嘴道:"这个李米豆!家里瓷碟瓷盘多得是。"

她起身打矮柜拿出只果盘,是塑料的,比菜碟大很多,放两圈橙子仍疏敞,橙子切好摆上,肉黄多汁皮薄,瓣瓣紧实围成圆圈。米豆望之欢喜:"在大饭店食饭(他接受了叔叔家的语言习惯,总是讲食饭),食完饭都有一只果盘嘅。"他对果盘很满意,且觉得自己见多识广,知道食完饭应该有一只果盘。

吃过水果,红中讲,吃那个抗过敏的药,人很想睡觉的。

这时雨住了,就顺路探下远素姨婆。于是红中睡觉,三人出门。街巷无车亦无人,花果山属较差地段,商店医院学校全无,来来回回要上落一只大长坡。偶尔一辆摩托车从后面呼地开过,溅起的水花落到裤腿上。

雨后的街巷地面湿漉漉的,米豆左右望望,开心讲:"右边这家刘红老师,男的,左边这家亦是刘红老师,系女的,两个同名同姓都叫刘红都系老师。"跃豆问:"女的那个刘红,是在民安的六感学校教过书吗?"米豆答:"系啊系啊就系渠,每次碰见都问,米豆你阿姐几时返,先前我同你阿姐在六感学校教过书的。"

(一百岁的姨婆) 远素姨婆完全聋了。她一见面就递上笔,望住跃豆:"欸欸,欸。"意思是,要在本子上写字。地板立有块小黑板,上面几行字:"叫你吃木瓜你不肯吃木瓜,吃木瓜很通便的,特别是熟木瓜,木瓜没有什么湿气的,南瓜才多湿气。"是她女儿写的。一面墙贴满了照片和书法,大的一幅,"天下为公",另有幅小些,纸新墨也新,古怪地用图钉摁在衣柜的木头门上。"幽兰生前庭,含薰待清风。清风脱然至,见别萧艾中。行行失故路,任道或能通。觉悟当念还,鸟尽废良弓。"是她写的中楷。

姨婆中气十足,大声报了现状:"眼睛白内障,手术做了,做了一年了。"她又找出照片,又大声讲:"老侯的老豆去了南洋马来西亚,阿妹十七姑,生了五只仔,喊来探我……容玲不在了,她的仔去了美国,系工程师喔,有五百几工人,他又生了仔,今年八岁。细女百珍去南宁了,她媳妇生了二胎。"讲完眨眨眼,是人生大有成就的样子。

她忽然又欢喜地与跃豆讲:"你阿妈讲你要带渠去桂林荡,我读书时径去过独秀峰的,还去过表姐家,她是黄埔五期,跟白崇禧打日本鬼的。"她就唱起来:"中华锦绣江山谁是主人翁?我们四万万同胞!强虏入寇逞凶暴,快一致持久抵抗将仇报……"后面的她出力眨眼也记不起来了。

就捉住跃豆的手摇了又摇,仿佛多摇几摇就能摇出来。

摇了一阵时,她松开手指住书架:"等阵先等阵先。"

跃豆就等她慢慢摸到书架取来一幅字,她展开让众人看,是曹操的《观沧海》句:"日月之行,若出其中。星汉灿烂,若出其里。"她得意道:"我写的!"跃豆就说:"几好的,一百岁手都不抖,大姨婆至有福的。"

姨婆一下又捉住跃豆的手,塞到她手里,并豪情慷慨道:"送畀你,送畀你!如何?如何?"

书桌满是杂物,印花塑料台布上堆着饭盒药片日历铁罐台灯镜子,中老年奶粉、水杯、装饮料的玻璃瓶,还有一些纸盒。靠窗的台子上有两只碗,碗里装墨汁,大红棉被的床头墙贴了一幅字,叫十四忍,有十四种情况需要忍。显然她是忍得最好的,所以活到了一百岁。

跃豆想起当年考上大学,在医院宿舍边的马路上碰到姨婆,姨婆见了她脸上笑得像朵花,她含笑着望了她一时,又侧了侧头,之后仿佛下了决心似的大声说:"我要送给你一支钢笔,如何?"如何,姨婆的惯用语。

钢笔后来没有送成,不过她心领了。后来知道,自来水钢笔在早先时确是金贵之物,张爱玲在香港读书,那学校是橡胶大王子女一类人进的,只有她没有自来水笔,总是一瓶墨水带来带去非常触目。

临走跃豆给了远素姨婆一只红包,姨婆欢喜得又捉住她的手臂直摇。

这时她外孙女婿回来了,入屋就问:"退休未曾?"

接住问:"每只月几多银纸呢?"突兀两问,跃豆差点答不上来。之后外孙女也回了,两个孩子粘在一起上楼,抱一个拉一个。

跃豆三人就起身告辞,远素姨婆见了急喊:"羊奶!羊奶!羊奶!"她大声喊,跃豆在纸上写道:多谢姨婆,无使客气。远素望了望纸,急得直摆手,脸上的皱褶抖抖的,自己动手装嚟入塑料袋。一大提羊奶、怡口莲糖果、两盒纯牛奶。她坚持要回礼。跃豆大声讲:"唔该唔该,姨婆无使客气。"一边就落楼了。

时辰还早,米豆指住高处讲:"去阿边荡荡啰,新开了公园,几好荡的。"远照说:"就系的,花果山公园一开,这边的地皮就升值了。"

米豆脸上溢起光:"就到了就到了。"他按捺不住想要献宝,仿佛花果山公园是他开的,他一路兴奋介绍:"几靓的,好多机关干部都来锻炼的,这条细路,通到市政府的。"

大雨初晴，样样鲜洁，树叶浓翠浓绿，红硕的大木棉花朵朵开足。上到山顶，只见一条阔阔宽宽的缓行道，深红色，至诚醒目，与香港的公园可比，只是更新。有健身器材，荔枝树木棉树凤凰木棕榈树，厕所居然极干净，据讲本市申报全国园林城市成功了，市领导高升了。刚刚落过雨，公园是空的，唯见一老伯坐在藤架底，他垫了只塑料袋，石凳是湿的，水泥棋亦是湿的。

（行街访旧，防疫站和俞家舍） 母女二人行街，一径行到龙桥街防疫站，只见门口堆了大堆建筑碎石，门扇有条粗铁线拴紧。

跃豆畏缩，就想不入屋了。

远照说，怕咩嘢。她手指抠着铁线，三下两下就拧开了。有力有气势，全然不像八十老妪。

门厅晦暗着，远照墙壁上摸到灯绳，一拉，灯居然亮，没有断电。

废弃家具塌了一地，大沙发、大床、高柜、矮椅、凳……连同砖头、木板、垃圾，堆成笓笓乱的一堆，沙发上有只红色高跟女凉鞋，旁边是皱成一团的蛇皮袋和半块砖，到处积了厚灰，像大地震，或飞机失事现场。

地上有两块烧黑的砖块，明显有人开过火。

跃豆跟在远照后头一直向里行，浓厚的灰尘阵阵带起，像是有人在昏暝中行行停停。死去的物品摊得满地，阴森死寂的气息潜来又潜去，拂拂翻滚。

跃豆只觉得阵阵肉紧，远照倒是镇定。

她见多了，产房病房，什么惊吓没受过？一个个送走了亲人，一个人撑过了无数难关，她是唯物主义者，自1949年起一直破除迷信相信科学，她健步在前，跨过一堆又一堆死去的物品。两人行入一处窄长天井，跃豆想起往时的水龙头，现时屋顶生出一红一绿两丛植物，楼上廊柱清晰净爽，中间一道凌空过廊连接两边。远照指给她幼时住的房间，是，她记得的是同一间。天井右边第二间。难得它五十多年还在，成了危房还没拆掉，专门等她回去望上一眼。但她记忆中这个房间没有窗，事实上却有，正对天井，挺大的玻璃窗，暗红色木框。

后门堵死了，塞了砖头。两人仍从大门出，天光尚亮，又绕到屋后河边的菜地，一眼望见那龛龙眼树。龙眼树定位了防疫站的后门，那块灰沙拍平的台地，那些晒满一坪的萝卜，那些她小时候。那日蚀，英树端一大盆水，又熏黑玻璃片，隔玻璃对住太阳望……都荒了，杂草和灌木，样样遮住。西河河道整治得宽一点，仍是脏腥。那龛老水葡萄树更见枝叶繁茂挡住半边河。其余杂树杂草铲净，铺了水泥。树底有处用砖头垒起的台子，供香和红纸供奉着土地神。

大兴街通街暗暗的，无人亦无店，满目萧条。

据讲大兴街清朝就有，20世纪20年代是主街，从街顶到水浸社全系青石板铺路，两边有广东人开的苏杭绸缎铺，有当铺大药房大酱园，连同一家做水面生意的信孚店，信孚店老板是左右手同时打算盘的胡须佬。街上还有家小商会，订有上海的《大公报》和《申报》，晚间有广东老板来饮茶睇报倾偈，有经纪人拿字画古董来售卖。

这些名堂，近一两年才挖出的，之前人人当它是偏街细巷。

她想起十几年前来过一次，因母亲说她生下来就是住在俞家舍，故特意来找。

那时大兴街尚有半街浓荫，街中老榕树、老木棉树、老鸡蛋花树各一裔。记忆总是有出入，前推三四十年，她并不记得见过它们，那时高中，她们每周五要行这条路去气象站劳动，她、郑江葳、姚红果、潘小银，她们围着瞿文希老师听梅花党的故事，故事的开头就说，李宗仁的妻子郭德洁，她来找接头人，那些天远地遥的人物变得诡异，他的湛江口音又使梅花党更加扑朔迷离，故所有的树木都不在视线中……俞家舍，这个名字还让她想起那张婴儿照，她三个月大，穿件白圆领衫，开裆花裤，坐着，头发稀疏，额头饱满。那时候年轻的母亲抱着她，走过大兴街的榕树木棉树和鸡蛋花树，到西门口的照相馆照相……她确信是母亲抱她去照的相。

据远照讲，她和李稻基是各住各的，各吃各的，有个星期六两人在街上碰到，李稻基去看电影，他们打了个招呼就各走各的了。

这是什么时候的事情呢？

如今什么都已不在。本以为俞家舍早就没了，前几年听说拆了。据讲清朝的建筑才算古建筑，民国的不算，但它居然还在。挺不了太久，也迟早会在一阵烟尘中消失。不过此刻总还在，它隐在大兴街的暗影里，骑楼没有灯。行近才望得真门牌号：177号。木门木窗骑楼。

木门上了锁，门缝望里底黑笸笸的，后门亦封了，不再有人住。

站在大兴街我不能不想到十二仓连同秧苗气象站和瞿文希，以及一首叫作《拖拉机进苗寨》的歌，这首女声齐唱骤然响起，嘹亮且清脆，它跟春天的秧苗在一起，有点凉，却又是热情的，有点喧闹，却又有其辽远。

"拖拉机，进苗寨，姑娘坐在驾驶台，禾苗迎风点头笑，柳树摆头把手摇。"歌词浅而幼，但有喜气，那时均如此，它们集中在一册《战地新歌》里，包括那首给我们班带来荣誉的"茫茫昆仑冰雪消融，滔滔江河流向海洋"。

这有何美感呢？

但它把1974年春天的风直接吹到我的额头上，而别的什么经典名曲，说到底是隔着的。

我们把歌词改成"拖拉机，进贼寨，姑娘坐在驾驶台"，山腰上有只石头垒起的圆堡，叫贼佬寨，据讲多年前有贼人安营扎寨。大家想着，休息时就要爬上去望望睇，它是那样近，低头插秧，一抬头就能见，那圆堡上的石头是土色带黑，大大小小垒在一起，有只洞眼，黑幽幽的，像是里头有人。瞿文希老师也表示要一起爬，到底也没真的上去。

"拖拉机，进苗寨"，我仍觉得唱成"进苗寨"比较妥当，"进贼寨"的"贼"字音韵在此不对，极不顺耳，不如《红灯记》里"贼鸠山"听上去铿锵。我怀着喜气哼唱着拖拉机进苗寨，一路走在通向十二仓的路上。一条土路，窄，两边是水田，要过一只水塘。此刻水塘也是鲜明在目的，边缘的几株水草有半人高，还有两棵水芋，宽叶像龟背竹。姚红果哎呀一声就连人带车跌落了塘，她骑一部高大的永久牌自行车，车技半生不熟，她至大胆也至慌张，一慌张就没刹闸。水只浸到腰，大家正要喊人来救，姚红果就从水里企起了，她全身湿透头发滴水，人却笑嘻嘻的，似乎跌落塘里比不跌更爽逗……

"谢谢同学们来支援春插，大家请用饭。"在祠堂，我们的饭来了之后生产队长说。这人是少有的年轻俊朗，黧黑结实五官有力。他是回乡知青。神情忧郁。

那是我第一次听到"用饭"这只词，书本上也未见"用饭"，它如客远来，文雅文明，如此讲究，如此一尘不染，却又如此突兀，是个不速之客，多少不合时宜。我们卷着裤腿，脚下的泥踩在厅堂里，但我已感到，同是高中生，与人家高下立判。

两只黑棕色的木桶，一桶粥，一桶饭，粥和饭都热腾腾的，散发着好闻的木香。有条凳，但大家站着，方桌上脸盆盛了一大盆炒咸萝卜，有肥猪肉，金灿灿的，还放了青蒜，非常非常之好吃。最后一餐是酸菜鱼，酸菜是芥菜腌的，茎肥叶厚脆爽味醇，酸菜叶浸透了鱼汁，鱼，就是姚红果掉下的那口塘捞的吧，煎成两面黄，又加上酸菜一起炆。那味道，常有念想。

此外还有青春期的敏感与暗恋。

插秧的时候你感到他在身后，他挑着一担秧苗走过来，田塍又窄又滑，你望见身后那光着的脚踝，想着他的脚趾也紧扣在泥里。他挑秧从田塍下了水田，秧桶就放在身后几尺远的地方，他守在你身后，你插秧向后退，他专门为你拖空秧桶。刚向后一步，他立马就拖一步，殷勤勉力。但你不能同他说话亦不能看他。

忍着这所有的不能而内心充盈饱满，全身像是灌了某种气，既轻又重，轻一时又重一时，轻时，有一股气流托你飞，重时，是沉甸甸一枚熟透的果子等着坠落地。

你并不知道自己那时暗恋他。

骑楼底有家炭店,除卖炭,还卖大细各式烧烤铁架、刷油的刷子、串肉的竹签。烧烤用品店是时尚生活之一种,省城有的,这个七线小城都有。她想起这几日见到的,烘焙蛋糕用品专卖店、户外用品店、兰舍硅藻泥,街巷还有个街舞培训中心呢,街舞,何等时尚的事物,圭宁也有了。旧时大兴街尽头是旧电灯局、单车零件厂、饼干厂、十一仓,卖面条的。眼下尽失,唯剩一家卖面条的。十一仓向前是十二仓,右拐,鹩哥岭,高上二三十米的地势,密密盖了极多高楼。极陡的台阶,行经市医院的二门诊,见铁栅栏处立了一块牌子:艾滋病自愿咨询检测治疗点。蓝底白字。

章六　仍一日

豉油:酱油膏。**屙尿**:解小便。**幅纸**:草纸,鲜黄色,厚而大匹。**砾**:一砾菜地。**明朝早**:明天早。**肃灯**:熄灯。**听闻讲**:听说。**揾见**:找到。

——《李跃豆词典》

(**朝早天阴**)朝早天是阴的,像要落水。远照说,春头天,总系有点湿湿的,讲无定晏昼就出日头了。又停了一时,眼看就十点了,云头仍是厚,牛毛雨,像是会落更大的雨。远照望了望天,讲,这雨未必落得成。于是两人出门。一人带把夷遮。

三轮车禁了几日终于又在街上走动,就喊了一辆直头去旧医院。

开三轮的妇娘讲:"开了十几年车,冇闻讲过旧医院。"旧医院今时成了市博物馆,前几日跃豆来过一次,天黑,望不清外底。这次再来,却碰到周日,不开门,于是母女俩就探望了已不存在的旧产科、枇杷树、旧药房的窗口、晒药地坪的推笼门。

她们探望了太平间,居然还在,且住了人。

房屋暗旧欹侧,晾的也是穷人的衣衫。想入屋睇下,一只狗猛吠。残败的墙,墙边种了菜,门口墙快倒了,一辘树干支住。医院的太平间如同门诊留医部食堂,往时是每日路过,围墙内的木瓜树永远伸着瘦长的树干,树干颈上永远有一圈木瓜。

太平间我是怕的,它阴森恐怖,跟鬼连在一起,却又比鬼更具现实性。

活生生的人死了,变成尸体,永远不会活转来,死去的人躺在太平间,面色发青一动不动。然后埋入地底肉身腐烂露出骨,骨头由亲人捡收入坛二次埋葬,灵魂则变成鬼在世上飘飘来去。

进出太平间的人是赖二。一只长把锄头，单肩掮着只畚箕，畚箕里装死婴，使幅纸裹着，他掮畚箕像趁墟，脚步悠柔神情闲散，他从太平间闲散地上了田螺岭，岭上的泥腥气和尤加利树的桉叶气味混合的味道他至欢喜，大口吸气喉咙凉爽。兴致好时，他会掰一根树枝插在坟头上。他没有女人，某个经手埋掉的女婴他会否痛惜呢？我愿意他凡心一动多压几块大石头，免得野狗刨她吃掉。

母女二人探了只剩地基的泥砖平房，旧黄色的陈年土砖在野草中，露一截隐一截。当年几家人住这排平房，自己家、泽红家、彭老师家、老郑陈真金家、决家（闻讲决家有两大箱小说放在床底下，谁都不借）。从小学五年级到高中毕业，到插队、上大学，住了有八九年。土平房、旧车站的青砖房、操场，此时一片瓦砾地，半人高的蒿草。

……雨落在操场上一片迷蒙，老鼠脚迹和车前草都挺起了身，水沟里有了水，男孩哭猪（哭猪，男孩的名字）捧着一只木屐出来了。妇产科退休的刘同志握把油纸伞出了门，她慢慢挪下脚，再挪一下脚，下了门前的两级台阶，沿有屋檐的走廊和水沟行到尽头。她撑开伞，行入枇杷树和苦楝树的空地，雨水落在油纸伞上，发出清脆之声。她穿了双雨鞋，鞋不跟脚，行得真是吃力。

刘同志使我想起菜根菜头，茄子的柄，白菜头，卷心菜菜头，苋菜梗，空心菜梗，都是食堂不要的。她放入布袋带回，放在砧板上。她每日去食堂义务帮忙，拣剩的菜头菜根带回家当菜吃。白菜头的老皮削掉，菜心切成片，放上油盐炒。在我们三四家共用的厨房，我每日看她摆弄。苋菜梗撕掉皮，掰成一截截，使盐拌一下再炒。空心菜茎则是斜刀切，炒时放上酱油、糖、醋、大蒜、辣椒，酸甜香辣味道浓郁。

连茄子柄，她都吃。

她从食堂带回茄子掰剩的头头尾尾，整条柄切成小块和茄子头一起烧，也放酱油调料，也费柴火也吃不少油，看着却是硬施施的，让人难受。她的道理有一套，说茄子柄的紫色有特殊营养，不好吃也要吃一点。她懂营养学，认为政府应该奖励种大豆，广泛宣传，让大家都吃豆制品。但我少见她吃豆腐。她又以西瓜皮做菜，削掉那层青的硬皮，切成片，也用酱油、糖、醋、大蒜、辣椒炒。我们家亦如此，众人皆食。但众人炒菜的西瓜皮是自己吃掉的，刘同志做菜的西瓜皮是我们给她的。她也吃柚子皮。柚子皮是好东西，街上专门有柚子皮卖。

虽刘同志老而驼背，却比我父母更有文化，她会说"工欲善其事，必先利其器"。海宝小时在厨房跌倒，母亲大人哄他说是地不好，打地，并作势帮海宝打了打地面。

"教育孩子抱怨客观不好。"刘同志马上说。

她的追悼会在旧产科开,我和泽红泽鲜都去了。桌子上靠墙放着她的黑白半身遗像,那时她并不驼背,神情凝庄。

对面马路的大果园生出密密麻麻的房屋,不再是一个大果园,水塘还在,比印象中要大,一圈果树也在,荔枝、番石榴、杨桃、大叶竹,旧地坪也在,祠堂是旧的,贴了红纸。有人出来,你问,阿个罗明艳,还住在嗰哋冇呢?

罗明艳的传说振聋发聩。

她风生水起腾云驾雾,拥有一家大规模的陶瓷厂,一幢有电梯的五层楼,一只带有水塘和假山的花园,一部车,一个丈夫和一位情人。她们说,罗明艳一点都不老,也不肥,打扮至时髦,小她十岁的人也比不过她。她穿着红色的套裙,还有高统皮靴,她的耳饰和项链都系钻石的。

那座有水塘和假山的花园摆满了根雕和奇石,她丈夫做根雕,罗明艳养他,烧大把钱,买奇形异状的树根石头。但她又找了只情人,和丈夫却是公开透明的,不吵架,亦不离婚。她两头住,跟情人怀了孕仍旧不离婚,生下私生子,婆婆帮带。

那时她日日担水,每日一身蓝。公路边的厕所旁她下坡,过了杨桃树,又过了荔枝树,再过人面果树,最后过一只地坪。她家阁楼有只大木箱,里面整整齐齐一箱书,《野火春风斗古城》《林海雪原》《青春之歌》《苦菜花》,这些书名让人心惊肉跳,全都是著名禁书,男女之情在一个禁欲的时代,危险而诱惑。她坐在教室的后尾一排,不听课,总勾头睇课外书。她的书每每包着同样的牛皮纸,她母亲上班的纸厂专出这种纸。

我竟不知道她家甚至有《莎士比亚全集》第九卷,我大二暑假时去她家见到,吃惊至极。她家谁是文学爱好者呢?

我穿过杨桃树荔枝树和人面果树的林子去找罗明艳,想找她借书。那些厚厚的小说,藏着青春和战火,远处的人生和梦想,激情、沮丧和义无反顾,是一条暗中的河流,好比我们的勾漏洞中的地下河,勾勾漏漏的爽逗。学校图书室实在是乏味的。我想读到好的小说,它们却像一些秘籍,流散各处去向不明,在歆哋可以揾见它们呢?这只手里闪一下,那只手里闪一下,闪一下就不见了,不知道它们又去哪里了。

谁知道呢,书竟也是长着脚的,在暗中奔来跑去。我看到自己跟随一本《青春之歌》,它从罗明艳阁楼的木箱里腾空而起,我也腾空而起,它越过杨桃树荔枝树人面果树飞着,我便也飞。事实上,我从罗明艳手里借到的书极少,木箱平时上住锁,要偷她母亲藏的钥匙。事实上,《青春之歌》《苦菜花》《林海雪原》《野火春风斗古城》我都是借别人的，事实上，我穿过大果园的老果树去找罗明艳，几乎没有直接去过她家阁楼。

她家门槛比一般门槛高几倍，青石门磴，竖一块厚板，板中间有些凹陷。堂屋墙上粘了张毛主席像，桌上有盏煤油灯和一把算盘。她说哎呀你来了等我一下。那时都是说来就来，大门永远敞着的。

我跟她到地坪，地上晒着劈柴和树根，也有柴草。

有次望见一头猪摊在地坪，它四脚向天，充了气似的胀膨鼓鼓，像只赤身裸体人仰面，又比人大数倍，夸张怪诞，恐怖且滑稽。是罗明艳的邻居正杀猪。我从此知道杀猪是要吹气的，叫吹猪，打猪脚开只细口，插根竹管，要吹得猪全身胀鼓才好刮毛。罗明艳讲她家也养了一只猪，要到过年才能劏。贴墙根还有只高大水缸，是腌咸菜的，远远就闻到咸菜气从稻草底升上，腌的是梅菜。她家还有猪栏和菜园，菜园种有萝卜大蒜和葱姜。但她不带我看。

她带我下塘。水塘离她家十步远，有半只操场大，塘边有几禽老荔枝树。这口塘不是她家的，荔枝树是。水很浅，不到膝头，也浊，颜色浑黄，有点腥。她说石螺粥极好吃的，炒石螺也好吃。我没吃过石螺，也没见过，但我热爱田螺。罗明艳说石螺跟田螺差不多，石螺就是田螺，只不过比田螺瘦长些，田螺生在田里，石螺生在塘里。我马上就把借书的事忘掉了。

……一只大木盆越过水塘浮出来，那盆底全是田螺，青褐色的壳，在水里似动非动的，每只田螺不论大小，总是相同的螺旋曲线，从一粒点盘旋着伸向大口，口上生了只盖。我蹲在木盆边，它们看不见我，以为没人，就都打开了自己的盖子，伸出壳里的软体，像鼻涕虫那样，顶上两条小小触角。我用指尖去碰，一碰它就缩，别的田螺也感到了动静，第一时间纷纷关紧己盖，再怎样都抠不开，越抠它缩得越紧。木盆里还有一把菜刀，是我外婆放的，她说田螺喜欢吃铁锈。我就频频拿菜刀看，铁锈依然如故。田螺要在盆里浸上三日，泥腥才能淡些，浸上五六日更好……外婆坐在矮凳上，拿火钳夹田螺尾，这个动作相当于杀鱼，杀田螺是杀它的尾巴。尾巴壳里不是别的，全是泥，它的心胆在何处呢？外婆说田螺没有心也没有胆的，它也不怕痛，那尾壳被火钳夹碎了，流出了泥汤。怀孕的田螺肚里有小小的田螺，细如芝麻大如绿豆，这样小，却也有壳。然后所有的田螺连壳倒入大镬，加水放姜，还要紫苏和薄荷……紫苏和薄荷，这两样香草是专配田螺的，算是田螺的死党。它们种在瓦盆，在天井的角落。我奉命去摘取，又眼望着放入铁镬，一个是浓紫，一个是碧绿，与田螺们混在一起闯世界，是那样轰轰烈烈不计生死……螺香升起来，从铁镬里直升到厨房屋顶的亮瓦处……

我一边闻着往时炒田螺的味道一边弯腰摸水里的石螺。

石螺和田螺果然是不同的。石螺瘦长，田螺肥短，石螺的壳色深，近于黑，为螺青，田螺的颜色是青褐，像苫草晒干之后编成的箱箧色。石螺壳厚，田螺壳薄。

罗明艳的竹篮很快就有了半篮石螺，她说肯定够两碗石螺肉了，一碗用来煮粥，一碗炒来做菜。我又即刻脑补一碗热气腾腾的石螺粥……石螺粥使我想起河蚬粥，河蚬，指甲盖那么细，蚬壳闭得连刀片都撬不开，得冲一锅滚水，一阵水雾散开，就见蚬壳只只支棱，一小粒肉在中间。浅米色的河蚬肉，黄豆那么大小，先在铁镬里放上葱姜盐炒一下入味，再放入白粥一滚，鱼是腥的，河蚬却不腥，味道也是少见的鲜美。

我跟罗明艳回家，她家的厨房与猪栏挨着，听闻猪呼哧呼哧喘，我跑去望，见是一只中等大小的猪，背上有几团黑斑，是漂亮的花猪，它站在木栏前，出力地向我喷鼻息。我又跟罗明艳到屋后的菜园，采了紫苏和薄荷。石螺也在沸水里滚过，用针挑螺肉，已有满满一碗。她说，粥就要好了。但我听到了她母亲的动静，飞快地与罗明艳招呼一声，像做贼一样溜走了。罗明艳追出来喊，哎哎哎，石螺粥都好了。——我也仿佛闻到了葱花生姜的味道，当然，再馋也不能赖着。

我至今也没吃过石螺粥，连石螺，恐怕都已无迹可寻。

……到处都静，没有人。远照摘了张叶子给跃豆，是藤上生的，长长的心形，中间一小片暗斑。往时洗过她的烂脚的草药，她只记得五色花。

面目全非的公园路，旧的建筑都不见了，文艺队排练的旧天主教堂，拆了变作三只发廊；公园那幢黄墙黑瓦房屋，本来做过县图书馆，更早时是国民党旧党部，此时是啤酒美食广场。所谓广场，也是向大城市学样的。

东门口，卖豉油的杂货店，那些幅纸豉油火水糖果饼干一概杂货，那个矮矮的老头，他日日在年年在，三四十年他日日永在，豉油是用桐油叶子盛的，他竹片一刮，桐油树叶的长柄穿过叶子提着叶柄回家马上炒猪肉，火水是他用带柄的竹唛量的，一种圆锥形的宝塔糖，也是他从玻璃筒里夹出放到纸里包好的，他竟然不在了；米粉店，小学二年级饿晕在书桌上，庞老师给你一角钱二两米票去吃米粉，救命的米粉店就是它，四分钱一两八分钱二两正好一碗，热腾腾的白气与葱花柔软的卷粉、奢侈的云吞和卷了咸菜豆腐干的咸卷……杂货店和米粉店以及卖猪血的猪红店，这地皮是左右逢源的，此时它们统统转了身，成了新而寡淡二手三手四五六七手的体育用品店甜蜜新娘婚纱摄影爱婴天地。东门口那一大块空地上的电影，那些《铁道游击队》《地道战》《地雷战》，那些灯盏与银幕那些电筒那些小板凳，它们全都被掩埋了。

东门大酒店掩埋了一切，它眉头一排细灯笼，门边一排摩托车。

县文化馆门口的两只大石狮早就没有了，古雅的黑瓦白墙也不知何时拆光。眼前水泥预制板轰隆隆压倒了一切，铝合金和铁栅栏，坚硬的它们挤压着，过道墙各式广告累叠，书画展写作班舞蹈班演讲培训班，斗大的红色标宋横刷在白墙顶部：群众文化要紧扣时代。一排字，目睛眽眽如牛。

近乎丑。

桥头一堆人向河里张望，有个妇娘投河，众人围观打捞，没捞上来。

摩托车，摩托车，摩托车，废气、噪声，无法走路。那些旧年的灯盏与银幕那些电筒那些小板凳，自然是要被掩埋的。

想要翻遍时间的皱褶拣出来亦是可笑。

沙街整条街消遁在时间中，有一半铲平另做他用，另一半并到龙桥街，地名无存，沙街沉入河底。丧失的美。沉入河底的街。

时代到这一步，人人也只能咽下去。或者就认它，是勃勃生机正到丑的阶段。

(**长途跋涉的婆婄**) 巷口晃晃荡荡行入一个老婆婄，衰朽、萎缩、塌陷，像只鸵鸟。她定睛一望，竟然是远素姨婆！

有关姨婆，其实是姨母，远素是母亲的堂姐，为咩嘢叫姨婆呢？母亲说："反正外婆就是这么教的，叫大姨婆。"百岁的姨婆未挂拐棍就行过了长长街巷。她皮包骨头，一身晦暗，令跃豆想起埃及的木乃伊。姨婆找不到远照家，正东张西望，跃豆赶紧冲落楼，在大门口迎到姨婆大人。她忍不住数落道："做咩不事先打电话呢？也不喊人陪。三轮车要一直开到门口的。"

长途跋涉之后（对一个百岁婆婄而言，过三条街就是长途跋涉，何况是街巷头就下了车)，姨婆大人毫不喘气，居然一一应道："无使啦无使啦，系坐三轮车来嘅，到了巷口无记得系第几间，我就落来慢慢揾。"

忽然明白，远素姨婆是来回访的。昨日去探她还给了封包，故要回访。

她手里拎了只塑料袋，里头装了一袋羊奶粉。是她的回礼。远照听到动静也速速落楼，一边喊道："千万无使渠上楼千万无使渠上楼。"姨婆就被安顿在一楼木沙发坐落。

姨婆笑吟吟的，一把捉住跃豆手臂。

一种老迈的冰凉腻感，连同她口腔、身上散发的混搭的老人气味一下罩来，跃豆受到惊吓，又感到恶心，她当然永远记得姨婆对母亲大人的恩情，是她帮交了五块钱学费，远照人生从此别开生面。但她身上的气味还是让她想呕。

母亲替跃豆握住了姨婆的手。

她面无难色，似乎闻不到老人发出的腐烂气味。

老人两手捉着跃豆的手臂又开始摇起来，她边摇边唱道："中华锦绣江山谁是主人翁？我们四万万同胞！强虏入寇逞凶暴，快一致持久抵抗将仇报！家可破，国须保！身可杀，志不挠！"原来她终于想起这《抗敌歌》后面那几句，要唱给跃豆听。"家可破，国须保！身可杀，志不挠！"她反复唱这几句，唱了就笑，笑了又唱。

"跃豆跃豆，明年我一百零一岁生日，你一定要返来哈。"姨婆讲。

远照热烈地握住远素的手热烈应道："回的回的，三姐（按大排行远素行三）明年你一百零一岁，她专门打北京飞返回。"

"我不一定啊。"跃豆嘀咕。远照扭头低声道："你先应住她，等她欢喜开心就好啦，到时径再讲。"远素姨婆上只月刚刚过完她的百岁生日，在一家酒店摆了两桌，县医院送来了一只大蛋糕，她吃了鱼还吃了肉饼，吃得不少。跃豆听了，觉得实在是高山仰止的。哪怕她没能力吃鱼，一个五十岁的人看一百岁，亦同样是高山仰止。

她幼时常见姨婆来，坐在灶间，同母亲大人嘀嘀咕咕。她们总要谈论世界革命，谈完苏联，又谈缅甸越南，她们也总是有些神秘，时常提到天新和国境以及缅甸解放军。

真相如何跃豆也并不晓得，她从不觉得自己可以追寻到真相。真相是没有的。她写下的，也只是对真相的猜测。

（捞不出来的真相） 姨婆刚走家里又来了客人，是母亲特意找来的，称廖主任。廖惟因，退休的妇联主任，旧时与李稻基一起搞土改。"廖主任同你生父工作过的，喊她来屋企坐坐，知道好多事，你就问她。"母亲说。

她就真的来了。

我在五楼，闻母亲大人在二楼屋厅喊："跃豆——廖主任来了。"我下楼，望见一个端庄精干瘦小的老妇人很有派头地坐在屋厅沙发上。

廖惟因说，你就系李稻基的女儿啊！没想到这么朴素。

她说以为我会穿一件旗袍……旗袍在她那一代象征着典雅、文明、时尚……但旗袍这个字眼总使我想到礼仪小姐、茶道小姐，或舞台上的旧时代人物、电影里的风情女人。现在谁会穿旗袍呢。

廖惟因是时代先锋，1949年圭宁中学高一学生，二十七个解放军进城，她远远望见火光冲天，还有爆炸声，国民党的十台弹药车烧了很久。死了几个人，就解放了……她去军政委员会要求参加工作……"我一去渠哋就收了，有饭吃，每日不点人数就开饭。有青菜萝卜酸菜。（做咩工作呢？）就系入户宣传，办识字班，就在喻家舍，二十几个妇女，没有教材，就系唱歌《你是灯塔》《解放区的天》……下乡了，每人发一枚襟章，军政委员会支前司令部乡村工作队……去征粮啊，解放海南岛要过大军，要征稻草喂马……我同李稻基参加了一个工作队……52年冬土改结束，回到县里评功，李稻基立了大功……他发动群众领人修了一条很长的水渠，费了好大工夫……每人发了一只纪念章，奖了一只笔记本，纪念章上系一个农民手捧土地证……我们两三个人好兴奋，在冬天大街行行行，一直行，一点都不冷，浑身热腾腾，李稻基第一次同我讲到了他的婚姻，讲他在安陆乡下有个老婆没有感情，准备离婚……"

想起来，母亲怀上我未几，我父亲就被打成了右派。

次日我到泽红家，才听她母亲讲，当时在县礼堂开批判大会，县直机关所有人都要到会，我在母腹就参加了批判父亲的大会。

我也向廖惟因打听生父被打成右派的事，但她说她不太清楚，她在妇联，我父亲在食品公司。不过从俞家舍搬出后，廖主任担心他想不开出事，曾经去看过他一次。她说："我劝他想想自己的女儿才刚刚生出来。后来他想开了，说要好好培养这个女儿……"

从俞家舍搬出，我倒是听母亲说过，说她怀上我的时候是在二楼一间向阳的大屋子，生下我就搬到一楼一间背阴的小屋子。但她没说原因。那是1957年。

只有这些。

（粤语研究成果）故乡向来不能成为她的避难所，每当她感到心灵破碎需要修补，第一反应总是远走他乡。虽然在他乡她通常也自闭。近年来她逐渐愿意听人聊天，这样好一些。回到家乡文友找吃饭她总是欣然赴约，她爱听他们聊天，粤语称之为倾偈。

应该承认文学是那样一个乌托邦，写作的朋友同在一个文学共同体内。他们认她，她也就此获得抚慰。

文友讲市里宣传部部长要见一下，吃个饭。按跃豆心意，部长与她无涉，又不懂文学，至好不见，不过也明白，于当地文友，与部长同桌系件要紧事，展示业绩申请资助，种种，还有许多旮旯事，见了领导都是好机会。

远照也积极，"去喂去喂"，她一串声鼓动。又讲，这个宣传部部长系女的，时常出电视的。于是也沐浴更衣洗头发，一并前往。

到了一只中式格局酒店，圆门、两边木隔窗、黑底金字匾额。酒店厅堂，一派红色，宜婚庆喜事。只见大红灯笼五只一串，串串从顶棚吊落，椅子一律红色椅套。包厢的名字叫振兴厅。跃豆就讲："这个真不如叫水浸社、火烧桥、东门口、豆腐社、沙街，本地街名最好。"文友说："我们的话没人听的，电视讲的就听。"

每次文友聚会，前辈田老师总要宣布他的研究成果。

主题是：圭宁话系唐朝时真正长安话。次次他都要举李白诗为例，李太白讲"青天明月来几时""举头望明月"，圭宁人也一样讲"几时"，讲"望"，望住前头、无好四周望、望乜嘢。都是讲望，不讲看的。李太白讲，"人生得意须尽欢，莫使金樽空对月"，那只樽字，圭宁都系讲，买一樽豉油返屋企、饮番樽啤酒先，普通话都是说瓶不说樽的。

上一次聚会，他补了杜诗作例。杜甫讲呢，"肯与邻翁相对饮，隔篱呼取尽余杯"的"隔篱"，圭宁一直都使的，"住在你隔篱""隔篱邻舍""搬过隔篱屋"。标准普通话的"隔壁""邻居"，我们口语从来没有的。苏轼，也每次要讲到。因苏学士来过此地，就在沙街上岸，停了一夜，故本地文人时时刻刻总要来几句苏东坡。苏东坡讲呢，"宁可食无肉，不可居无竹，无肉令人瘦，无竹令人俗，人瘦尚可肥，士俗不可医。""食"字和"肥"字，亦系圭宁话的，"食嘢""好好食""肥仔""肥佬""肥腾腾"。普通话讲胖，我们圭宁从来不讲胖字的。一路讲到李煜，"问君能有几多愁？恰似一江春水向东流"的"几多"，"几多钱""几多只"不讲多少的。

那次他兴致高，一直远溯至《古诗十九首》，"行行重行行，与君生别离"，那个行字，我们日日都讲的。"行路""行街""行出去"，"走"字呢，我们也使，不过不是指走路，而是跑。

尽了兴，他还要总结说：阿个普通话，五百年前，北方蒙满胡语杂交变种流传，无论词汇句式，比起广东话来单薄粗疏多了。有次他多饮了两啖，讲，蒙古灭南宋建元朝，所谓"崖山之后，再无中国"，田老师说得动容，见得眼里有水光。举座静穆。

田老师身体好好的，人人以为他会有寿，不料年初一场感冒人就没了。

一介书生，他的粤语重要论没几个人认。都讲本地话难听，土得不能再土，小孩子在家同父母也讲标准语，公共场合，酒店商场一概讲北方普通话。除了大排档，除了在地上摆菜担的，少闻本地音了。

六七十、七八十的老婆婆，见面搭话，讲完几句，就说，Bye-bye了喔。而往时，告别时讲：明朝早见哈。跃豆同母亲大人打电话，讲完了，远照也是来上一句："Bye-bye了喔。"是英语加土话尾语。

(故事，颠佬) 一大桌人，有研究本地民居的文友、做电商的文友（所谓圭宁的马云）、能饮七斤酒的文友。桌上有龙眼枇杷等水果，以及咸卷、上里米助、芥菜包、本地生榨粉。一个写散文的女作者，开了旅游公司，虽是分部，大到出境游亦都能办的。就讲旅游的事，现在呢政府行为系这样：去百色、柳州旅游，一个人自付一百九十九元，荡两日，吃是吃自己的了，住呢，政府补贴酒店，准三星喔，住一夜。若系自己去，连车费都不够。他们阵时来圭宁拉客人。大家就讲，我们荔枝这么多，也可以搞的。文友甲说，本地荔枝只有30%优化，那年去南京读作家班，望见荔枝三十块钱一斤大受惊吓，想到自己老家的荔枝，一角钱一斤都没人要。

"现在写诗的都是怎样的人呢？"跃豆问。

文友纷纷道："做乜嘢都有，放高利贷的都有。"

"高利贷"这个词把她着实吓了一吓。讲："高利贷，真系吓死人的。"文友平和应道："就系搞小额贷款啰，俗称高利贷。他今日没来，人家是一边放高利贷一边写诗。"

大家郑重道："系啊系啊，他既真诚地放高利贷，又真诚写诗。"听起来，高利贷和写诗竟是两不相碍的。

宣传部部长还没来，讲要迟一点，这阵时正在河边指挥。

她就提起刚才路边碰到那只颠佬，说，这个爽逗的，不如接住讲。于是就讲颠佬，她用手机录音。

故事就开始了，关于"颠佬"——

眼下争创全国卫生城市（圭宁向来上进，已成功争到国家级园林城市），至怕有颠佬屙屎屙尿随地大小便。上级一来检查就怕唥声间出只颠佬。有日我在圭江桥头值班，嗰片系文联责任区，前一日有人在码头屙尿，马上检查组就来了，使了十几桶水冲冇净，后尾洒了一瓶花露水才盖住尿气。每夜十二点都有只颠佬屙屎，就在沙街码头，阿日有专人盯住，不准他落去。宣传部嗰帮人、文联嗰帮人守紧嗰只码头，政协阿帮人守另外一只路口。夜夜十二点，阿只颠佬准时去阿嗮埋地雷（大便），结果就阿晚夜他没来埋地雷，白白守了大半夜。（文友甲）

人人都有责任区的，昨日我还碰到只颠佬，一条棍担两只蛇皮袋，一摇一摆，就上桥行，屙兮兮地对准我。我以为系路人，就问，你要做咩嘢？他笑笑，讲我就系睇睇，睇睇。我怀疑他不正常。一句话没问完，他手一抛，蛇皮袋就抛入江了，还没反应过来，就望见江面漂了垃圾。我就赶紧打电话给水利局的局长，喊他快点派水面打捞船出江面打捞垃圾。后尾来了两只拿麻绳和铁钩的人，水运公司的，一个拿着钩子落到水面，一个牵绳在桥上。这只颠佬可能恶作剧，看你们扫垃圾搞卫生城市我来给你捣一下乱，给你搞点垃圾。后来他笑嘻嘻跑掉了。

一般讲呢，县里有上级来检查，就拉本地颠佬去隔篱县放几日，大家都理解的，他们县有人来检查，无系照样拉颠佬来我们县。公安政法就开会研究啰，我们大概让他们拉几多人啊，同隔篱县蛮熟的，讲，那就拉几多几多只，买几个人头，他们要给银纸的，就让邻县拉几个颠佬过来。每只县都有风头啦，系冇（对吧）。有时径突然间涌现好多颠佬，其实呢，就系阿边拉过来的，这么远，真的就拉来了。拉来是很麻烦的，要给吃的啊，没有，给个方便面给个水让他们下来了，他们就一路行，行到城区，还有全裸的一丝不挂。（文友乙）

一望见颠佬突然多起来，肯定就系外地拉过来的，突然满街都是，一下子十几个。我们不能把人家弄丢了，我们也要拉到人家那边。我们要好好对待颠佬，要给他们一瓶水，要善待，还要给衣服他先，要同他们讲（也不全是颠佬啦，大多是流浪汉），就讲，这一阵你们离开先，过几日再慢慢行返回，我们这阵时要有活动。至头疼了这只事情，要花银钱才送得他们过去，还要畀饭渠吃，银纸打哪里出啊……（文友丙）

现在都不拉颠佬去别处了，我们改造颠佬，给他们吃，给他们做，引导他们，给衣服他们穿，免得太不体面。阿阵时搞南珠杯，考验各个县的管理能力，颠佬影响市容。阿边亦几多的，到处都有颠佬，碰到上级领导来检查，大家都没办法。（文友甲）

（故事，蓝氏女） 六点半了，部长还未到，传来话，那边还没完，可能要到七点，大家先吃。大家讲再等等也无妨，反正总系倾偈。

于是故事又开始了，有关一个女性——

这个女的，大家都讲她足够三八。三八，北京讲就是有点二，有点二百五。蓝氏女，体校老师。平日住在体育场宿舍，全楼仅她一人。有次开常委会要冲入去，我就推她，一推，她马上脱大裤，吓得大家赶紧扭头。我在乡政府时径，有只颠佬也常时来，我捶了他一餐，再也冇敢来了。

这个蓝氏女，赖诗人前两年写了篇散文《丑女》，登上市里报纸，她睇见就大吵大闹。拿一张自己十八岁的照片到处俾人睇，照片上呢，她又腰企在西门口。她见了人就逼人睇，举到人面前，问，你睇睇你睇睇，我哪里丑哪里丑！上面一望不成体统，令赖诗人写检讨，写了两铺她都通冇过，年三十晚，她气鼓鼓冲入赖家，赖诗人正在砧板斩鸡，吓得斩了半只鸡给她。现在安置到廉租房了，按理讲，她的条件冇够住廉租房的。

她至计较就是赖诗人写她系处女，她认为系污辱，逢人就要讲清楚：她不是处女，结婚结了一只月，同她男人睡过了，是睡过了才离婚的。有次她又去政府闹，找了个男干部来处理，系原来体校的，力气几大，一把抱起就出门口。（文友丁）

（故事，赖诗人） 讲到赖诗人，大家就望他，讲：赖诗人现在发达了，办了三家幼儿园。他连连摆手，讲，有两家系同人合股的，不过自己阿家亦都有百十只小孩。收几多银纸呢？她问。他老实答道，每学期收两千七百元，饭费在内的，在全市算中下。文友乙说，连白马的幼儿园每期都收三千五百元，最贵的收一万元，有英语班的。她就问座中教育局的文友，答说全圭宁有两三百家幼儿园，城区是两百家左右。吓，这么多，真系吓人的，莫非是家家生三胎。文友说："如何不是，火烧桥附近就有十家，你去睇睇就知了。"

静场分把钟，各自饮了啖茶，就有人起头，讲起了往时赖诗人参军的故事。

吓，渠体重不够的，九十八斤，差两斤，量体重的护士喊他去吃点嘢。渠就出去吃了两碗米粉，返回一称，九十九斤五两，又去吃了两大海碗粥，再称，称砣还是有点下坠，护士讲，算了，过关了。

有人插话："冇系的，是在裤裆里吊了一只秤砣，体重就够了。"

又讲他在柳州当武警阵时，同广西老乡私下讲，每次都系表扬湖南兵，我们一次不得表扬，怎办啰？就想出了办法。指导员上厕所，时间基本固定，这两人每日睇准时间去冲厕所，连冲三日，于是得表扬。还有还有呢，赖诗人调到伙房采购，采购猪肉，连长的老婆来了，叫他小赖小赖，他就给连长老婆割一块猪肉。结果指导员老婆望见了，也来伙房，小赖就也给她割一块猪肉，割得要比前头连长老婆的多。

大家笑道："几正常的，几正常的。"

笑着又有人想起，还有英雄救美的故事呢。大家怂恿道，等他自己讲等他自己讲。赖诗人就讲起来：这趟事还上了报纸呢，1991年1月21日的报纸，头版，有三百几字，叫《红水河的浪花》。我阿日去沙塘，路上碰到五六只后生仔调戏一只十几岁姑娘妹，本来不想管，姑娘妹忽然跪下了，我抓起姑娘妹就上了一辆三轮车，后生仔拿刀一划，大腿划伤了，当时不觉得痛。姑娘妹系林业学校的，我送渠直送到林校，到了才发现裤腿湿了，满腿血，去校医处包扎才返队。结果迟到，着批评。过几日，报纸出来，大概是学校报道组写的，就获得支队嘉奖。腿上的伤痕现在还有，立了三等功。文友乙讲，三等功很犀利的，我大哥在部队，差点命都丢了才只立二等功。

（故事，文友乙） 这时冷菜上了台，两大碟炒花生。众人吃着花生米，文友乙讲起自己的故事：先前的事，都系几爽逗的。我初中毕业呢，就去考供销社，作文考了第一名。同时呢，又考大伦农场试验组，大伦农场系广西农垦局管，不归县里管，叫国营大伦农场，凡国营都系几犀利的。作文分占百分之八十，又考上了。试验组听起来几好听，实际上，每日要担粪水淋地。有日，同伴报知我，农场学校招老师了，可以去报名。我一谂，担粪水太辛苦了，去报名得歇一日，到考试又得歇两日。决定去，找组长请假，组长一听，他也想歇，就讲，干脆大家都去，组长带队。学校招的是语文老师，四十几人考试，我又考了第一名。要高中文凭，冇有，就喊我回去等。等别人面试完才喊我来。我就来来去去找资料，备了又备。结果呢，临上课时换了一篇。好在我灵醒，干脆，我就喊学生自己读课文自己讨论。一节课应付过去，谁知学校很满意，马上准我去上课。后来听闻讲，我那个系启发式教学喔，至先进的。

文友甲亦讲自己的故事，刚开口，宣传部部长却到了。

一位女士，红衣红裙翩然而至。女部长说，正在创全国卫生城市，她一连串地说创卫创卫，激情充沛双目放光，说，刚刚，就在半小时之前，去现场看了拆迁。她又讲，这一日，先是剪彩，又开会又听汇报又检查工作又到现场看拆迁，忙得不可开交，没有一分钟是停闲的。她跟大家干了一杯，又吃了几口菜，再企起身敬大家一杯，然后讲司机在下面等住了，就撤了。

众人面面相觑。

片刻，纷纷讲，领导不在至放松，大家放开吃。

远照跟去看印塘大桥，又跟来餐馆吃饭。部长请饭，她是极有面子的，不但去时沐浴更衣，食时也仪态凝庄。她不插话，只注意听，吃相从容。菜有一大桌，蒸鱼烧鹅白斩鸡，烧猪肉牛肉粒，炸的虾和煎的虾肉，鱿鱼、瓤豆腐、瓤苦瓜。有一款绿茵洋鸭汤，绿茵豆腐，放了绿茵汁做成的豆腐，鲜嫩，外面炸了一层。她每样都拣了一筷子。

（在路上文友讲的两个小故事） 第一个故事——当然是真事，平政（与白马相邻的一个镇）修路，乡亲们让一个发了财的富人捐些钱出来，富人说我又不走这些路，不捐。传到乡亲耳里，乡亲传话给他，说那修好的路你就不走。结果此人的母亲病了，要出去治病。他派来直升机，想停在学校的操场，学校不让他停，后来他好容易才找到一块平地落他的直升机……

与李姑娘聊天，于是故事又开始了。她说看见我就想起她高中时最要好的女同学，那同学喜欢《一个人的战争》，很有文学天赋。大学毕业本来在市里，为了丈夫，下到乡镇的单位。本来是要在县医院生孩子的，结果正有个医疗队来做讲座，临时决定在乡镇生孩子。结果大出血，人不行了，她说现在怎么什么都看不见了。丈夫想冲进产房看她最后一眼，被婆婆死死抱住不让进，据说不吉利。结果最后一面没见人就没了。孩子保住了，是个女孩，快上大学了。

（**体育场**）体育场，斜坡矮得不再像坡，阔朗无比的大场地，被时间缩小一半，尤加利树一棵不剩，跑道坑洼凹凸，中间的草地支了七八个大红方伞，戏台还在，矮得不像话，也窄了。几簇棕榈不知何处移种的，以前没有。

……体育场在遥远的黑暗中。

那广大的黑暗中远远发光的戏台犹如神话，像黑暗中放置的一块方形玻璃，它发着光，里面有舞动的人物……那戏台一时变得很小，像张桌子，一时又变得很大，如同整个体育场。有时坐在最远处看它，远到上面的人仅手指大小，脸望不真，说的和唱的，透过高音喇叭嗡嗡响着，上来一拨人又下去了，又上来一拨人。一拨女的穿着红色的斜襟上衣，一拨男的穿着绿军装，或者男男女女一大帮，白衬衣蓝裤子。一只女声从高音喇叭传出，高而尖，"咬住仇，咬住恨，仇恨入心要发芽"，从远处奔到台前，看到她长辫子一甩……体育场的戏台永远没有幕，前面是空的，演出以灯黑为落幕，灯亮为开幕。县文艺队演《槐树庄》就是灯暗代表落幕。但，群众性演出则不麻烦肃灯，排住队行上台，或者，双手握拳于腰间一溜小跑，或一边跳着舞着上台。结束时，就地鸟兽散，左右乱窜，谁也顾不上谁，人人丢盔弃甲。

《毛主席夸咱女民兵》。我们六人成一排，高的高矮的矮，肥的肥瘦的瘦，参参差差企在戏台上。"毛主席夸咱女民兵，夸咱女民兵"，我们胆一壮，开口就唱起来，边唱边跳，我们倒是参照海岛女民兵的样子穿了斜襟衫，腰间的宽皮带也是标准的，专从人武部借来。六个人的声音细得意外，我几乎听不闻，台下的人黑压压，戏台宽如两只教室相加，六个人站在台上犹如六粒盐落入大水缸，戏台又高，台上台下一样空旷，我们对住空气唱，一阵风就吞了那歌声，半点不剩。我们草草表演，心里阵阵发虚，知道已经镇不住台，就越发潦草，八分钟好歹完了，我们却又愣在台上，台侧谁在喊：行礼谢幕啊——那声音有点变形，听起来像是喊救命。但姚红果呼的一下就跑了起来，大家一愣，哄着就都跑了。

体育场一搭起两只帐篷，草地就变成我们想象的大草原。

帐篷是白色的，若没有红十字就更像草原了。红十字等于医院，是临时救护站，医院的人背着药箱候着……帐篷升起的时候，人流也从体育场两边拥入，一浪连一浪的。

最早来的是厂里的工人，本县有地区水泥厂、县水泥厂、氮肥厂、磷肥厂、瓷厂、农机厂、纸厂、酒厂，又有大容山林场和荔枝场；有小学，陵城小学、东方红小学、城南小学；有各种机关，县委机关人武部，农业局林业局粮食局水利局，商业局二轻局工商局，教育局文化局卫生局，供电所百货公司服务公司，确实也是洪流滚滚一浪高似一浪，人民群众的汪洋大海就这样汪了体育场。

红旗招展锣鼓喧天，凡单位均有一副锣鼓，到这时，似乎连草，连尤加利树叶都学会了敲锣，咚咚锵的声音震得天地都赶大会似的。红旗更是不得了，有一半人撑红旗，那种长方形的，用竹竿串着的红旗。另一半人则人手一把纸红旗，是小的，三角形……无尽红旗的海洋，烈日与红旗与高分贝，黑色头发和红色的光，眼花缭乱，有人中暑了，搀入帐篷，帐篷周围散发着浓厚的十滴水气味。没中暑的人口干舌燥，人人皱住眉头，主席台上讲的是什么，全不入耳，只盼着《大海航行靠舵手》响起。

散场曲响起，散场散伙如获大赦。人人心里舒出一口气，红旗不用再举着，可以扛在肩上了，三角纸旗也不必拿在手上，有人扔掉了，有人拿回家当柴烧。《大海航行靠舵手》，此时真是悠扬的，连尤加利树叶也跟着悠扬起来，它扇了一丝风进来，黑压压的体育场松开了，散会的人潮水般往外涌，没有人敲锣鼓了，这时是轻松的，因为可以让人回家了。

有次万人集会是欢送人去五七干校，体育场跑道列列方阵，干部们头戴笠帽，肩挎黄绿色帆布挎包，挎包上红色的"为人民服务"，泽红的爸爸王典运，姚红果的爸爸姚局长，吕觉悟的爸爸吕沉，很多人的爸爸都在队伍里，他们要下放去干校。我们互相打听干校在哪里，却谁也不知道……忽然队伍前头跳起了表忠舞，是县文艺队在跳，她们边唱边跳边行进。我一眼就望见了姚琼，她就在队伍里，也跳着表忠舞。她的衣服掐着腰，胸高腰细，难道连姚琼也要下放了？我心中一惊，也替体育场的舞台一惊，没有了县文艺队，那个辽阔的舞台就要荒凉了吧，《白毛女》谁来演？《北风吹》又谁来唱？但姚琼跳着行进，跑道在她们的脚下越来越短，很快，就到下坡的出口了。下坡的时候她们停下了表演，我跟着她们的队伍，目送着她们消失在卡车里。

欢庆"九大"是在小学，夜晚也挡不住红旗招展锣鼓喧天，许多纸做的葵花在晃动，高音喇叭强劲唱道："长江滚滚向东方，葵花朵朵向太阳，满怀激情迎九大，迎九大，我们放声来歌唱，我们放声来歌唱。"草地上一圈圈人，少数人唱歌跳舞，大多数就呆坐着，锣鼓远远近近响，不时有人流拥入……我是怎么来的已记不起，总之人就在体育场了，没有老师，也无学校组织，身边有同班的十几个人，到了体育场就渐渐散了，只剩了六七个，都说要通宵庆祝。困得顶不住了，一个人回了家，家里是空的，父母邻居都去欢庆了。

是否在体育场听到过枪声？

体育场沉鸡碑向来是刑场。沉鸡碑，河中的一道坝，行刑是正对着沉鸡碑的河滩或山坡，坡上草高树密。时常是公判大会结束，当场执行枪决，很多人挤去看。只记得自己背对现场向下坡出口没命狂奔，跑得上气不落下气不上。我怕听闻枪响。

在沉鸡碑枪决犯人，文友甲记得是中华文武国的事——一个山区农民忽然称帝，讲渠做了只梦，原来自己系帝王身，于是就称帝，在平政镇自家屋里称帝，建行宫又发行纸币，兼之纳了几只妃子，都系高中女生。就捉渠去体育场公审，审完马上拉落沉鸡碑杀头。讲是他家有龙脉，着破掉了，不然还会延续。还有呢，清水口有对奸夫淫妇，杀了老公，塞尸入猪笼沉落北流河。那次公审喊学生去看，两个人犯各挂一牌，写上"奸夫淫妇"，后背脊还插根斩条，像戏里的人犯。

一行人还去了河边，河边榕树周身缠了细灯泡，是政府的亮化工程。整条桥，桥身桥墩栏杆，都闪了亮光，红的绿的黄的蓝的紫的，一线线、一簇簇、一片片，映得满河光鳞。几个人站在桥上，河风荡荡。文友兴奋地讲，亮化工程还是几好的，不然两岸黑黢黢一片。沙街取消了，徐霞客"饭于沙街"的沙街，还有苏东坡，贬海南路过是在沙街上岸。

赖诗人说，徐霞客主要系住勾漏洞的，虽仅在沙街吃过一餐饭，但《徐霞客游记》二十几万字，有九千几字系讲圭宁的。

（宵夜）她从前看不惯家人吃宵夜，现在变了，饮食男女，是老天给人的一份喜乐，胃口好是福。年轻时认为做饭吃饭均是浪费时间，总是边吃饭边看书。就是这种生活方式毁坏了她的胃口，乃至毁坏了她的生活。

远照带回饭局剩菜，到家打开一数，竟有十几样，几乎是缩小了一半的桌菜。阿墩见了极是雀跃，凑上去逐个闻了一遍。又煎又炸又蒸又烧的面目模糊的鱼，烧猪肉牛肉粒鸡鸭，炸的虾和煎的虾肉，鱿鱼，瓤豆腐、瓤苦瓜，等等，还有苦瓜炒牛肉、空心菜。

阿墩凑上去，逐个闻了一遍。

新买了微波炉，热菜就不用蒸了，微波炉转一下，叮的一声，每样"叮"一下，一样样热好，又一样样摆上。远照、阿墩、海宝、玉葵，四个人，每人捧一只碗，一桌的菜铺在桌面上。

十点多了，宵夜比正餐更有气氛，热气腾腾地互相搛菜，远照搛的最多，她翻来翻去，好的搛给阿墩，一边招呼海宝玉葵，你们吃啊吃啊。

跃豆在一旁看，热腾腾的气氛打动了她，她坐在靠窗的沙发看两眼电视，又望望饭桌那边。不多时，一桌菜差不多扫光了。

吃过宵夜，玉葵熏蚊子，她点燃蚊香放入一只旧锅，再放到三楼卫生间。她同跃豆讲，阿妈房间的蚊子至多，因为呢，她脏东西多，太龌。

阿妈向来是至讲卫生的，特别是厨房，日日朝早滚水烫碗。跃豆说。

玉葵说，主要是卫生间，所有用过的废水都要存起，一桶又一桶。蚊子哪能不多呢！

章七　再一日

成十年：将近十年。**烂吃**：吃得多。**搙**：拉，拽。**侬公书**：小人书。**先**：语气词。**正经**：真正。**装香**：烧香。

——《李跃豆词典》

（银簪）她晚上睡不着，热，觉得褥子厚，棉被也厚。家中向无薄被，仅毛巾被，她想起往时不但没有薄被，连毛巾被都没有，夏天尽盖床单。

外婆夜里也是睡不着的，整夜睡不着。时常两三点就起身。幼时没听她讲过故事，倒是教数数，从一数到一百，用的是柚子核，数到九十九她就兴奋蹦跳。幼时数到一百是件划时代的大事，值得跳上无数跳。

还教她钩花，外婆在容县读女子学校是有手工课的，故她钩花钩得平直紧，而跃豆总是钩得稀松不成器，她就让拆了重钩。然后她喂鸡崽，她喂鸡崽总是笑眯眯的，笑眯眯地撒一把碎米，目光慈祥。

跃豆大二时暑假才听了她讲她的外公家。

外婆的外公是晚清举人，曾在上海一带做县令，她的舅舅冯介曾留学美国，是第一批留美生，留学回来修铁路。她的表叔冯振心，曾任无锡大学校长。她则是民国元年去容县读的女子师范，之前是家庭教师在家教。女子师范有几百学生，学制两年，开有新课程：英语历史地理算学修身国文音乐图画手工。纪律很严，由一名老婆子做监学。

也是跃豆上大学之后她才开始讲故事，不知讲给谁听。据远照说，外婆睡不着就整夜讲故事，讲《水浒传》《薛仁贵征东征西》《狸猫换太子》。在旧医院宿舍，半夜有人上厕所，一溜长廊行上，闻她还在讲。讲了大半夜兴奋过头，天一光就上街，结果行到县礼堂喊头晕，人就跌落地了。

她一向没想过是谁给自己启蒙，到了这一时，去广西崇左开会，约母亲来南宁见，她极认真对跃豆讲："是外婆给你启蒙的是外婆给你启蒙的，不是我。"她说着就红了眼眶。

教她从一数到一百，是算术的启蒙，但没做过修身的启蒙。

"外婆，你细时读书有乜嘢课呢？"

外婆钩着枕头套答她："乜嘢课，修身、手工、算学。"

"修身"，在 20 世纪 60 年代是只极古怪的词，她嘀咕了一下，却也没问修身是修什么。到这时，听南怀瑾讲《楞严经》，才知是行卧起坐诸种，如目不斜视，既不能左右两边看，亦不得向上看或向低看，须得是正正的。据南怀瑾说，修身做好了同样可以悟道，同样奇经八脉打通。

外婆不教修身，跃豆就野生得爽势，她对住天大喊，又对住河大喊。翻墙攀树涉河，兼之偷果执花。

也没教她吃斋打坐喃咒，她也一向不知外婆是信佛的。

外婆对村人有慈悲心，她幼时全然懵懂。怪不得外婆虽地主成分，"文革"时村邻仍敬她一声"七伯娘"，她也日日安然在杨桃树下钩花镂空。农会主席的儿子还认她为干妈，叫她阿母。不像她幼时以为的，是万恶的地主婆。

到这时她才憬悟。

又想起有一年在沙街，外婆给她买了豆沙包和叉烧包，她先喜又疑，竟认为这意外的好吃食是因外婆要下毒才特意买的。她又想吃又不敢吃，想象自己吃了就会死掉，那时她刚有一个死的概念，认为"死"就是掉入一只黑得不到底的深渊。她生平至爱外婆，可依公书里地主婆个个阴毒，亲爱的外婆会不会是潜伏特务？

迫害妄想症像只鬼，忽忽悠悠潜入她的小脑壳。

远照给跃豆带来了外婆的手工，钩的眼镜袋，上面钩了"为人民服务"，有只钱包，用红线钩了"节约"两字。还有钩花镂空的信袋，外婆不会知道，现在的人已经不写信了。

她望见外婆在虚空中，她企在那禽已被砍掉的大芒果树下，穿着往时黑色大襟衫，发夹夹住脑后一把头发。外婆嘟嚷道："大荒山啊，无稽崖青埂峰啊，女娲炼石补天啊。"她还半嘟嚷半吟唱："晴对雨，地对天，天地对山川。天浩浩，日融融，佩剑对弯弓。花灼烁，草蒙茸，九夏对三冬。"跃豆向来不知外婆还会作对子的，早时从未听过这些。想着也是应该，外婆的母亲是山围冯大家族，出了若干人才，对女子教育向来是开明的。只见她搔出头发中的银簪，银簪忽忽发亮，同时响了隐雷⋯⋯

忽闻外婆在耳边轻轻唤道："跃豆跃豆，望望睇先。"甚至有气息拂动。

她一时醒过来，是完全清醒从未睡着的状态，黑暗中她感到天地之阔大，她清醒地缩小了，清醒地乘坐在银簪上，银簪带她上到半空中，底下黑魆魆的一大片房屋，她望见了北流河，桥身闪闪的缠灯照见了新起的楼盘，河边的马尾松全光了，船厂当然没有。她也望见了体育场，简直就像一摊牛屎大小。她在了很高的半空中，而银簪还在闪闪发亮，原来银簪是这么大这么宽的，坐得上人，她之前如何不晓得呢？外婆的声音在空中说道："眨令，眨令！"

眨令是什么，梦中她想不起来，只是感到耳熟。

天未明，远处雷声阵阵，有隐隐雨气驶来。半醒半睡中，她终于想起来，眨令不是别的，正是闪电啊，这个词她已经忘了很多年，现在不再有人识。母亲倒是识的，但她也早已不讲。

雷声越来越近，雨点打在窗玻璃上，有猛烈的嘚嘚声。她猛然意识到，自己已经不想在圭宁买房子了，那套二手房，要退掉。在渐渐大起来的雨声中她感到头脑清醒意志坚定，她决意退掉。

她马上全身轻松起来，她奇怪自己怎么没想到，买房只是一个开头，买了房就要刷墙，置家具电器，住少空多，平添兄弟间龃龉，米豆和海宝，两人已各有一幢楼，但是母亲大人发话，米豆亦可以来跃豆这里住几日（她总怕人说她亏欠米豆）。想到自己的卧室将被早已陌生的兄弟进出，跃豆感到身上的皮肤开始发痒。她睁大眼睛，闪电瞬间照亮了房间，她庆幸自己断然决定，一切都还来得及。千祈千祈。

当初买房是一念之间，现在退房亦是一念之间，这种莽撞急遽，在她的一生中有过许多次。

闪电雷声中雨越发大起来。

（泽红家） 少时她们是隔篱邻舍，同一排泥砖平房，不同门洞进出，水龙头也是同一只。那水泥地坪上白铁桶里浓黄的药水，她全身生疮的弟弟，像蛇一样蜿蜒流去的药水痕。下课她就和泽红吕觉悟去番石榴树底讲话，那番石榴树是她们的地盘别人不能侵占的。劳动课体育课更是腻在一起，高中她至遗憾的就是与两人不同班，但她马上找到了泽鲜，两姐妹中的妹妹，她们很快成为密友，她跨级跨班搬到泽鲜班的宿舍住下来。之后又有几十年不通音讯。高中两年她不开心，不再当班干部及三好学生，谁知那时她竟在意这些，算是被时代驯化了。时代给她那样的信息，她竟认可唯如此才能有出息。但她找到了泽鲜，创造了一个二人世界。泽鲜样样都听她的，她是百分之百的主导者，而泽鲜是崇拜者。她沉浸在这个二人世界里直到泽鲜恋爱。

每个家都变了，自20世纪90年代起，陆续地，大家都已不住单位宿舍。她们不再是邻居，她们的母亲也早不同在一个单位，泽红父亲官复原职重回教育局，母亲也调到了中学当校医。泽红家先搬到了北流河对岸，后来又继续搬。吕觉悟家也早不在沙街，不在旧盐仓，不在水利局宿舍，也不在五金厂她母亲的工人宿舍。圭宁小城也早已面目全非，互不知谁家在何处。她们再不能拔脚就去谁家了。

泽红家现在在火烧桥菜市旁边，门口有一根电线杆。

她家一楼也窄小，但有文化气。文化气是从那块大楠木茶台来的，木是一整块原木，截面阔且花纹美妙，如风吹水波，亦像绸缎皱褶。再加上白墙上挂的书法：心地清凉方为道，退步原来是向前。茶台上有烧茶的电磁炉和小铁锅，架上有几饼普洱茶。

泽红在家，泽鲜不在。

泽红说，泽鲜每年九月回来替她十几日，平时会给父母寄各种普洱茶，父母不需要钱，两个人的退休金加起来有八九千，生病有公费医疗。泽鲜一直在云南滇中，三个孩子都没上学，这一直是前教育局局长王典运的心结。

泽鲜学佛多年，对此不争论。闲时只劝父母多饮普洱健身。

理由另具一格：运动健身伤气血，普洱茶也同样运化脏器，饮了普洱，体内的消化、血液都处在运化状态中，人坐着不出门也等于运动。

自搬离旧医院她就没见过泽红父母，两人都过了九十，王典运九十一岁，罗姨九十二岁，两人结婚六十年，已是钻石婚。

王坐在轮椅上，红光满面。罗姨头发几乎没了，长长细细的几根，眼睛倒有精光。

见到泽红她总要想起私奔这件事的。

私奔这样惊天动地，想不到泽红真是做得出。"那个"（按吕觉悟的指称）比她大十九岁，她为他放弃了全广西最好医院的骨科护士的职业，放弃了她的南宁户口同时跟全家闹翻，义无反顾远走他乡。"那个"有家室未离，妻子就是她医院的护士长，几番上班时昏倒，这两人竟然罔顾一切，就爱情而言算得上英雄史诗了。"那个"去世后她无所依傍，有几年到处打零工养活自己和儿子。近年才回得家乡服侍父母。她却比同龄人显得年轻，甚至还是美丽的。该有不少男人喜欢她，但她心是淡的，曾经沧海难为水。

泽红数落父亲，说他逞能，硬要组织老年合唱团去比赛，到处去，又洗冷水身，总仗着自己身体好，结果就着事了，中风。

"唱歌不好，耗气，不养生。"泽红说。

"有咩冇好，胸部运动，对身体好，又得心情舒爽。"王典运说。

远照说："罗姨身体好过头先时喔，先前病恹恹的，你睇现时几好，两个人，耳不聋，眼不花。"

王典运在轮椅上坐得挺直，连连讲："有女好有女好，很多大人物亦系一个女。"

王家的独子早年夭折,多年过去,总算心里放下了。

罗姨说:"王弟一落生脸就是褐色的,同事讲,罗瑞罗瑞可能系缺氧喔,就人工呼吸下啰,就吹气,一直吹一直吹,吹来吹去还是那样,就报我讲,罗瑞啊,冇系缺氧喔。就拿尿去太阳底下晒,不变色,讲明冇系尿的问题,是血有问题。太阳一晒呢渠就周身起脓疮。经常着验血,验出来,嗜衣红细胞有几百只,多得吓人,正常人呢嗜衣红细胞只有几只的,他身上是几百只,叫血卟啉症。"

"我妈看了本1958年出版的药学书,上头讲,这种病全世界只有八例。"泽红告诉跃豆。

王典运和罗瑞闲闲坐着,四十多年过去,独子夭折,他们已经认命了。两人笑眯眯的,颇有出尘感。他们当年到处带去睇病,南宁去了好几次,连上海都去了,次次都是王典运带去,在南宁还动手术割肝,讲系有肝脓肿,到了上海,又讲开刀是错的。医生说,如果是天生的就医不好,只得二十一岁。是后天的就可自愈。

泽红说:"按泽鲜的佛教讲法,系前世业障。"

两人身体这么好,吃什么呢?

泽红说:"就是炖牛排,加了黄精,不过黄精是野生的,泽鲜寄回的。"远照说:"真系有效喔,我亦买点黄精试试,煲给跃豆吃,她身体不抵你好。"泽红说:"牛肉至好,羊肉也好,猪肉是寒的,鸭肉、鱼肉都系寒性。泽鲜总讲人过了更年期阳气就耗得差不多了,全靠养。靠心静,靠饮食,冇得吃寒性嘢。用脑的人肠胃都不会好。"

罗瑞中气十足悠悠讲起来:"论身体,我泽红先天就好过你家跃豆,那阵时,我们两个都怀孕了,你记得冇啰,你住上头那间屋,我住这头。就住在隔篱,我每日吃两只鸡蛋。"

远照说:"我阿时就系吃番薯芋头。"

罗瑞说:"我泽红生下来先天几好的,又白又肥,总没病的。跃豆又黑又瘦,就系你每日吃番薯。"

远照强调一句:"我就系钟意吃番薯的。"

罗瑞坚持说:"先天还是差点,跃豆呢,落生就瘦,细时也太瘦,现在还是瘦。阿阵时,一条走廊就我们两只大肚婆,你记得冇啰,我们两个挺着大肚去开会,一不上夜班就要去开会,就在旧县委礼堂,人多箷喇(人多且乱)的,过廊又窄又挤,我们都双手揞住肚,怕着人撞到。"

"开乜嘢会呢?"跃豆问。

"乜嘢会,批判右派啊,批斗会。"罗姨应道。

她忽然想起来："对了，就系批斗李稻基，批你老豆的会，你阿爸也挨了，还有某某某。"

跃豆一惊，望望远照说："呀，向来没闻我妈讲过的。"

远照心思恍恍惚惚地嘟囔了句："人几多的，多箍喇的。"

跃豆向来只知生父成了右派分子，从来不知还开过批斗会，而且自己在母胎中还参加了。对远照而言，原本没什么可苛求的，人人都得去。对自己，却是生命开端的头一件罕见之事。

谁料想，本来是普通串门，却撞到一桩真相。

两个母亲又讲起了大跃进："系啊系啊，刚满月就背去大炼钢铁，一人背一个，用背带绑在背脊后头就去啰。"远照说："系啊系啊，还有宴本初，加上她，她背上汪异邕，三个同一年生的，才满月。"有关刚满月就去大炼钢铁，她听讲过多次，那个年代紫红色天空和烟雾她一出生就碰到了。也当然，正是她名字的来由。

（生禽行）她八岁起就喜欢菜行，菜行总是热闹，一列列菜摊，有生禽和鱼和烧肉，有花生番薯满地菜叶。后来长大些也去买菜，三分钱一斤的空心菜，次次都买它，也排队买水豆腐，她和吕觉悟结伴去，用一块砖头放在队伍里代替她们，也买咸萝卜，咸萝卜散着醇香，地上满地稻草。她一直喜欢菜行，认它是爽逗的地方，出差去外地开会也愿逛农贸市场，只是乱逛，并不买，鲜绿滴水的瓜果蔬菜看着总是赏心爽目。

说到底，她并不是厌倦生活的人。

她与母亲一路行去生禽行。讲定这日米豆两夫妻来吃饭，两人去买花鸭煲汤。鸡鸭档污水横流，腥气阵阵，一档档宰杀档都贴了瓷砖，白亮亮的一档连一档，一地湿腻腻的鸡毛鸭毛没个落脚处。地上摆满塑料大盆，墙上挂满塑料袋，一只半人高的大塑料桶，外支一圈铁架，鸭子绑在铁架上，一口大锅，一只蒸笼似的机器。

"这只笼系做乜嘢啊？"

"做咩嘢，脱毛啊。"档口的妇娘应。

她第一次见这种脱毛机，就举手机按了一张，说："没见过这个，早先时都是手脱毛的，这机器够爽，一转，毛就脱开了。"妇娘说："脱鸡毛得，鸭毛就脱不净的。要系劏鸭呢，就要十元钱劏一只，劏鸡是五元，劏鹅是二十元。斩块的话，再加三元。"

劏了鸭，妇娘问："鸭斩是不斩啰？"远照断然道："不斩！""先前劏鸡劏鸭都系我自己斩的。"她又强调道，"我样样都得，韦阿姨就不敢劏。"口气颇是自豪。

刚到家罗表哥就到了，送来五本写满字的稿纸，是谁写给他的信。他一直认为应该给跃豆提供写作素材，且以他对文坛的热衷，总要讲上一通谁得奖了谁上排行榜了。还好，这次没久坐。

他送的一包苹果，远照只领五只，她于礼节总是谨严的，别人送多少是别人的心意，她领落多少是她的谦虚婉转，至于回礼，那肯定系要的。这也是她口口声声说"我识啯我识啯"，只有跃豆总不识礼。

不领的苹果远照给他带回。还给他还礼：一大袋麦片加八只苹果。他五月底去美国探女儿，去旧金山，来回机票七百美元。之后庄重下楼，跨上他的白色摩托车，利索一脚就出了巷口。

（退掉身外之物）她决定退掉已付了一半钱款的二手房。身外之物，劳心劳力。她在手机上写了一份"房产中断交易协定"，分别发中间人和房主。她同两边讲：责任是自己的，自己承担损失，已付的十八万元，扣掉三万元违约金，只需退回十五万元。

短信发出去，她心里一阵松快，所谓断舍离。

初时为何要起念呢？起念之后更是连房子都没看就付了一半钱，讲起来亦是匪夷所思。

晏昼又落了一阵日头雨。幼时也是，动不动就来一阵雨水，很快又停了，然后又落。往时在沙街，她曾企在天井边试着对天喊"落大水落大水。"天就落一阵大雨，她又喊："停停停！"雨就停了。如此重复数次。

也许那时她有微弱的巫性呢，谁知道。可惜倏忽即逝。

瓦漏水哗哗淌下，从五楼直直泼泻到一辆新轿车的车顶上，巷里水柱四溅。

到出门时雨完全停了，太阳曝晒，蒸得水汽阵阵升上。她约了房主见面签协议，还请文友做中间人。事情算得上顺利，起初房主说，已付的房款她拿来付了一个新小区套间的首付，手头无现钱。跃豆立时表示，既如此，就分期付，一年付清就可以了。再没什么不好的，等于是有人借给你十八万，只需还十五万，而且在一年内慢慢还。算得上一件极划算的事。做中间人的文友带来了红印泥，协议一式两份，两人写下身份证号码，签名按手印，作为中间人，文友也按了手印。纸上三只指头印红彤彤的，看着郑重，却又滑稽。

出门前，她想起先一日买了一大把万年青和康乃馨，母亲大人欢喜得抱住，举高又放低，上上下下又嗅又闻，吸气吸得咻咻响。就讲："美团外卖也有送鲜花水果的，现在下单，半小时送到。"母亲道："不买了不买了，昨日刚买过。"跃豆断然道："怎么不买，肯定要买。""那等我自己去买，网上买不抵手的。"母亲抢紧讲。跃豆说："雨刚落停，路滑，又远，邻近没见有花店。"母亲又抢话："我知的我知的，行过两条街就有一家。"眼看母亲雀跃起来，她发愁道："今年大街禁掉三轮车了，你怎么去？天又阴望紧要落雨了。"母亲马上胸有成竹道："玉葵今日休息，喊她开电动车带我去，落雨又落不大的。"

她这才憬悟。

出门买花（而非网上下单）原是个有面子风光之事，受花店的人殷勤半日，怀里捧一捧花行街回，又与邻舍问答答，无论如何都是爽势的。讲到底，母亲大人年轻时的文艺情怀未曾消退，她钟意唱歌钟意打篮球还演过戏的，她还订过《收获》杂志呢。现在又要买花，她脸上放出光来。

刚入屋，就闻母亲喜滋滋地大声讲："买回了喔，插好了喔，好满意喔，你睇下先。"

一望果然，一大捧花，几权粉色百合，三四朵大朵怒放、将开未开的花苞支棱着、黄的红的粉的各两朵玫瑰、一大权粉紫的勿忘我，还有两大权细如绿豆的白花蕾满天星，加上大小横斜壮硕茂盛的绿叶，热热闹闹插在一只高脚瓷花瓶里，茂盛有喜气，屋里的气场也振奋起来。

她就夸道："插得几好，错落有致的。"

玉葵不太放心说："一向没插过花，都系自己乱插的。"

母亲笑问："你猜几多银纸？"跃豆猜道："怕是不止两百。"两人得意地说："我们讲价讲落来了，只六十元！"

她又望那花瓶，一只六棱瓷瓶，白底上一枝遒劲红梅，很是提神。她叹道："这只花瓶几好的，有气势，先前没见过。"

远照说："怎么没见过，是你的花瓶哪，我一向放在屋里，搬屋都不丢的。"

她仔细看，上头果然有自己的名字，是烧制的，"李跃豆同志来梧留念，梧州市文联"。20世纪80年代某年秋天，是去梧州参加一个诗歌会议，就是会议赠送的礼品，那时候她还在南宁。三十二年，她把梧州和花瓶彻彻底底忘光了。远照讲，还一直没插过花呢，从来没买过花。

（米兔运动）枝状闪电骤现。花瓶和花瓶里的花，忘光了的三十多年前某人的写作间。以及，坐船去梧州。

米兔运动在西方如火如荼，国内女性主义者也坚持发声，在某些阶层某些狭窄的区域，性骚扰有了微弱的遏制。花瓶和梧州使她奇怪地想起米兔运动，那次的会没有任何潜规则，没有绯闻，没有溢出乱七八糟的事情。

一行三人从南宁坐船去梧州，睡大通铺，是她唯一的一次。同行的两位男士，四五十岁的壮年，一位是广西文学刊物一把手，另一位是大学文学教授，广西诗歌评论第一权威。三个人在舱板的大通铺平头并脚睡了一夜，整夜思无邪，气息清旷。

奇怪的是她并没有感到害羞或不便，也无任何扭捏，仿佛女性意识全无。那两个也是纯然的正人君子，三个人之间是朗朗正气光明坦荡。

但那次她认识了某刊诗歌组组长，一个对诗歌刊出握有大权的人。不久她给他寄出自己新写的一组诗，很快他就打来电话，让她到家里谈稿子。到了才知道不是去他家里，而是去另外的某处（说是他的写作间），在水塘边的一处平房。他忽然抱住了她要亲，她完全没有经验从未想到，惊叫一声跑开了。只听闻他在后面说："以后你就别在这里发表诗歌了。"

她那时，实在就是那样一点狭小的眼界，以为从此完蛋。她从来不知道自己还可以在别处发表，那时对诗歌看得太重，以为是灭顶之灾。上班时发呆，沉入一只深洞几天不说一句话。

"河流的淤泥在关节上裹了一层泥皮。"写的就是她。

（如何煲鸭汤） 于是远照斩鸭块，斩完烧一锅滚水，鸭块落锅，再烧滚，马上捞起。远照管这叫"焯水"，鸡肉鸭肉猪骨，不焯水有一股肉腥气的。焯完水，放入姜糖酒加清油（花生油）腌。跃豆在旁观望。

"我几钟意整吃的。"远照说。

她翻出她的瓶瓶罐罐，掏出一粒白色的作料，指甲大小。跃豆猜不中，远照得意地说："就系白芷啊，去腥的，放一粒就得了。"跃豆想起前日煲鸡要先炒一下，"鸭肉使无使亦先炒下？"难得她问这些，远照就一一道来："腌了就无使炒，不腌就炒一下。嫩鸭就炒来吃，老鸭专系煲汤的。"这时新烧的一锅水滚了，远照快手快脚，一下放腌过的鸭块落锅，一下放桂圆肉，又捉了几粒金丝小枣，另外刮一条山药，切成片，预备放入一起炖。

黑木耳正浸着水，跃豆稀奇道："没见过炖鸭放木耳的。"远照邋邋说："要放的要放的，木耳吸油，油太多，刚舀了半羹清油腌它，一层油，撇都撇不清。"跃豆又问："不放杞子咩？"远照笑说："吓，放了杞子汤色不好，发乌的。"

煤气火炖着鸭汤，跃豆跟母亲上楼顶执菜，楼上的泡沫箱有好几只，除了苦麦菜、番薯叶，还有东风菜——这种菜叶大而长，开一种小黄花，长柄包蕊，有小虫进进出出。幼时唱道："黑狗出，白狗入，入到门口钉妹勒，喊人挑，着人掘，快顶回屋吃碗糖粥。"哪里有狗呢？就是比蚊子还小的小虫。这算野菜，性寒，不宜吃食。远照说："东风菜几贱的，不淋水不淋肥，自己呼呼生高。"

跃豆报知母亲,她同房主签了解除合同,二手房不买了。远照低声沉吟说:"不买就不买,反正你也几何返回住的。"口气是无可无不可。她手不停,仍咔咔执菜。

"不买房了,银钱畀两兄弟分下?"忽然她又试探道。

(如何盘算一桌菜） 远照算了算,除鸭肉,跃豆在外卖订了清蒸黄丫角、白切猪脚,本打算排骨也外卖,远照却要自己蒸,她嫌外面的排骨有碎骨头,不如自己买来斩,这样抵手着数。另外,番茄炒牛肉,这个玉葵做得至好,牛肉她也买回切好片了。再就是,冰箱还有扣肉,过年时亲家老板送的,放最下底一层冻着,朝早就拿出化冻了。打底的酸菜上午也买回,南方的酸菜北京没有,跃豆至钟意。还有薯菇子,玉葵娘家种的,切片炒,配肥瘦肉。还不够,再煎个豆腐,再一个韭菜炒鸡蛋,楼顶有韭菜,现成的,加上青菜,算起来已有九只菜,台面摆得满了。

"我要切酸菜!"跃豆宣布完就去厨房东望西闻,随手捞起塑料盆里浸的酸菜。

她想起幼时扣肉里的酸菜味道,那酸菜叶浸足了扣肉汁的醇厚的酸味……她抓干酸菜的水,一茎一茎摆在砧板上,切,又觉得菜刀不称手,重(看母亲切菜以为刀是轻的),刀口不够利,切起来竟不像切,倒是像锯。只切了几下她就不切了。

又去厅堂择韭菜。

地里割来的韭菜最是难缠,根部的薄衣粘住一层泥,要指甲刮开。

玉葵与她面对面各坐张矮凳。两人有一搭没一搭讲闲话。

玉葵忍不住要讲米豆:"米豆总系皱住眉头的,人总不开心。阿光表弟在米豆家住了成十年,又吃又住,又在他家搞传销,现在去珠海开了家保健按摩店,他喊米豆去珠海调养身体,谁放心呢,最担心被人绑来当人质,着家属出钱赎回,冇就当苦力。阿妈讲过的,米豆去任何地方都要喊红中跟上,不准他自己去。米豆的头脑不够使的。"

择菜,洗菜,美团外卖。

外面有响动,远照说,肯定是米豆两公婆。开门却只来了米豆一人,他呜噜呜噜道:"红中肚痛胆病又发作了,她就不来了。"跃豆便说:"不来还是可惜,妈等着照全家相,上次在酒店她也没来。"米豆立即就说:"那我打电话问渠睇,要好了就来。"打过电话,报说,"红中讲吃了药好些了,行路慢慢来。"

跃豆开始指挥玉葵摆位置,挪沙发,搬开餐桌上乱七八糟的东西,避开残旧的冰箱,总之尽量保证镜头上背景干净,一大瓶鲜花也摆到了恰当处。玉葵又拿出一只搪瓷大托盘,上面放了几只水果。算是有点缀又不堆砌。

远照换了两件衫还戴上了手镯。她的头发黑漆漆的,她不喜欢有白头发,隔一段就要染一次，额头的刘海剪得平平的，锅盖头，是香港导演许鞍华的发型，镜头里她昂首挺胸十足神气。不一时，红中也到了，四个女人坐前排，两个儿子站在后排。海宝有些秃顶，他背着手神态严肃，跟中年时的萧继父同模同样。米豆微笑着，头发浓密颧骨突出，也许李稻基活到这个岁数就这样子。

这是跃豆和兄弟们第二次拍全家福。第一次是20世纪80年代初，三十多年前。

（古怪的公式，夜饭）那古怪的公式时常晃动……照完相，在京东下单的冰箱和彩电正好到货。两个大件刚入屋，那古怪的公式又浮在跃豆眼前。

所谓的公式——给这边购置越多，对米豆那边愧疚就越大。

她给母亲买的，是海宝全家用，那个微波炉那个高压电饭锅豆浆机洗衣机太阳能热水装置，还有刚刚到货的冰箱彩电，还有差点就购置的房产，也许还包括逢年过节给母亲寄的钱。海宝指挥送货工人放下电器，打开包装纸箱。海宝大声问送货人："保修单呢？"又大声讲："今日不得闲，明日再来安装试机。"来人说："冰箱无使安装的，只安电视就得了，挂上墙。"

米豆坐在沙发最侧边，默声望住，嘴角似乎微笑，却看不出欢喜，亦看不出不欢喜。

红中胸怀宽广道："我们的冰箱亦系美的的，高压电饭锅也是双胆的，苏泊尔的，我家细妹买的。微波炉早就使了。"她正要讲她家的彩电，被米豆抢了话头："我们那边的电视比这个还大些，连住网络的，我都冇识开，红中识开。"想了想，觉得说得还不充分，又补上一句，"红中讲的，我的理发钱和水果钱在电视里都有一份的。"

听得大家都不作声。

那公式再次鲜明地浮上来：她给了海宝什么，就等于欠了米豆的同等的什么。而米豆与她同父同母，血缘上比同母异父的海宝更近。连吕觉悟都会提醒她，这个自幼儿园时代起的密友兼昔时邻舍，很有资格提醒她。

忽然红中又提起买房的事："我们在棕榈小区也交了首付了，首付八万都交了，四房两厅三卫的。我们样样都有了。"跃豆就同红中正经讲，那套二手房她刚刚退掉了。红中听了眉眼一开，脸上也宽舒起来，朗然道："退了就退了，搵事来麻烦，反正你也几何不返回，返回住阿妈这边亦得，住我边亦得，住宾馆都不怕的。"

送外卖的摩托车后架一只有袋鼠图案的黄色箱子，一只袋鼠在跳跃，时尚先锋。海宝米豆阿墩，三人一齐抨下楼，在门口一人捧了只塑料袋上楼。

女人解开饭盒，摊入盘碟，一样一样摆起来，一盘清蒸黄丫角、一盘白斩猪脚、两大盘饺子。厨房穿梭捧出盘盘碗碗碟碟，扣肉酸菜、蒸排骨、牛肉炒番茄、薯菇子炒肉片、煎豆腐、木耳腐竹、韭菜炒鸡蛋、炒红薯叶。大海碗装上老鸭汤，又加炒了一大碟花生米。众人落座坐好，远照还要开冰箱取梅子，那是她腌的，这时派上了用场。加一匙羹白砂糖捣梅子成烂涎状，谁腻了就蘸一点。

西饼屋也送了西饼来，手撕面包老婆饼。

见一桌菜肴齐全，跃豆又心生一念，说："这像样的一餐，饮啖酒就至好。"

远照立时紧张说："冇饮得的冇饮得的。"缓了缓又讲，"无人饮得的，米豆同你，肠胃都差，红中胆又不好，要就系玉葵饮得。玉葵你饮无饮啰？"玉葵说："冇要。"

远照紧张海宝。那定时炸弹。那些长期服用的药物等于炸药，酒精一淋，谁又能保住不炸。

众人默默吃饭。海宝胃口好，吃得多，米豆吃得少，红中只吃了红薯叶和豆腐，连鸭汤她都嫌油腻。远照胃口之好，胜过所有儿女。

饭后撤了台，切完面包又切老婆饼，外卖的水果也到了，算是既有饭后甜点，亦有餐后水果。海宝有几套不锈钢刀叉，从未拿出来过，这时都使上了。

（照片上的舍利子）海宝现在喜欢看书，《金刚经》《易经》。他手上戴了串木佛珠，颈上挂只玉佛。他想报一个《易经》的班，十日三千元，太贵，就算了。他的保安队长工资加上加班费，每月两千，留两百元散使，其余交玉葵。他又有了梦想，与早先年轻时的梦想大异，是想着，有朝一日开得只铺面给人望风水。现在，一幢屋一间房的风水他亦讲得出几句。跃豆的二手房，他一望便知那门口的朝向不好，而他也有破解的办法。

开风水铺竟也成了母亲大人的梦想。

远照年轻时种入的是唯物主义的植物，破除迷信，唯物主义，辩证唯物主义、唯物主义历史观、唯物主义世界观，唯心主义就系反动思想。现在时运翻转，她重新相信天命，信命使她内心平静。逢年节她就上楼顶装香，在楼顶的角落放只小香炉，瓷的，绿釉，里面有半缸香灰，烧残的香脚总见插着。

碰到信佛的人，她就讲："我初一十五也装香的，我母亲先前是初一十五吃斋的。"她语气昂然，仿佛母亲信佛吃斋不但给她气势，定然也会带来好运。

荔枝公园路边有排看风水取名字的店铺，远照每每路过，对之神往。

她认为，再过两三年，讲不定海宝就能给人睇风水了。海宝长相体面，又读了大学，当保安自是不应该。

谁讲海宝没本事她总是不乐，马上要怼回去："海宝现在时运不济，总有一日他会转运的。"

她今时更有了谂头，因阿墩聪明，天上地下样样识到齐，日后发达讲冇定的。故她的世界安稳着。故谁都不能说海宝好吃贪睡，不能说他吃水果不节制，太烂吃。跃豆若说一句，她就会有一连串辩护的话。要从往时给人医病接生，受人送的水果多得吃不完讲起："他不吃不就烂齐了！"她把他护在了手心里。

一个是吃惯势了，一个是宠惯势了。

若米豆如此可就招来怨。

前两日母亲大人就说，枇杷那么贵她都不舍得多买，米豆来了就只管自己吃，妈妈在这里也不知道让妈妈，大姐在这里也不知道让大姐。跃豆只默然。

海宝告诉跃豆，他皈依了一个上师。上师二十几岁，四岁学佛，五明佛学院出来，年年在各处行脚，在圭宁有几十弟子呢。跃豆问："要交钱有啰？""无使的。"她就放了心，起码不是骗钱的。

海宝学识了几种咒语，度母咒、皈依咒，还有莲华生大师心咒。

他举着手机让跃豆看，那图片有只肥肥的手，捏住一粒灰白色的圆珠子。海宝说，阿姐你望睇，这就系舍利子。

"是你拍的吗？" "不是的，是上师发来的。" 又问他："系哪位高僧的舍利子呢？"

海宝懵然答道："冇知。"

（三个女同志，水底的大树） 夜里天空透彻，北斗七星举目可见。她在楼顶吹风，看一会儿天，又望望远处密密麻麻的楼房。楼顶的风阵阵鼓荡，沁凉舒爽。

她的名字，跃豆，她多次想改掉，终于没改。

那年头，无数婴儿名字里有这个跃字。小学同班就有三个跃，不过跃配上豆倒不多。1958年大跃进，大炼钢铁，三个女同志，梁远照、罗瑞、晏本初，一同背着新生婴儿下乡。远照背着跃豆，罗瑞背着泽红，晏本初背着汪异邕。那一年，三个女同志都生了女儿，她们一人背一个就下乡了。她和泽红也真有缘分，在母腹中就是隔篱邻舍，到了初中又同住泥砖平房的两头，几十年没有断掉联系，搬了家还能找得着。三个女同志用背带背着婴儿，先去民安六感抗旱，后来又去大炼钢铁。远照说，只好给你断奶了。随行的全是男同志，奶胀得受不了，只好到树根躲着挤奶。去六感那次，当日去当日就回。一望全都系石头，带队的复员军人讲，这些石头怎能炼钢铁，撤吧，就回了。刚刚反完右，只有复员军人敢讲这个话。远照讲，生她之后五十六日就去上班，上班第一日去大容山采草药，山高路远当日来回，天黑才赶到屋，满月不久的跃豆在床上哭得气息奄奄，全身泡在屎尿中。

婴儿时她总是望见紫红的天空和灰黑的云，紫红的颜色遮住了父亲的脸……她出生的那一年大炼钢铁,全国山河南北东西中,平原山峦处处小高炉,凸凸而起的土堆烟囱,黑烟喷了又喷,漫漫红光仿佛天降异象,整幅天空都在红黄光中,人面也是红黄红黄的,黑烟升上天连成一片,像今生前世的乌鸦铺展在天上。旧医院宿舍,昔时的铜阳书院门口空地,那大木棉树和大乌桕树、河边最大的尤加利树、西门口街巷里的大人面果树,街上的凤凰树、古荔枝树、大芒果树、大榕树,它们变成了劈柴,变成了烟。

她想起幼时外婆指给她看天上的银河,此时她望天,天空灰蓝,称得上银河的光带似乎没有,只见一些状如薄云的雾气,移移散散……

外婆坐在银河边,手里拿把大葵扇,仍穿着那件黑色斜襟衫,脑后仍是那只银簪。外婆说:"大荒山啊,无稽崖青埂峰啊,女娲炼石补天啊……"她仿若望见外婆的银簪在天空飞驰,一闪一闪的,像独行的星,或是某种隐秘遥远的眨令。

夜更沉了,巷中有人遽然唱道:"太、阳、出、来、了——哟嚯伊哎哟……"兀然一句,如金蛇昂头,忽又消失。

在半明半暗中她感到自己身体漂浮,四周围全是水,她仿佛站在了水底,水底有只巨大的蚌,还有俞透明的大树,她极力仰头,想望清到底是何种树,却始终看不分明。她沿着透明的树干攀爬,手脚并用。终于,她攀到了水面上。

而火车摇晃。

疏卷：在香港

阿只：那只。**睇、瞄**：看。**屙屎**：解大便。**番**：张。一番被、一番蚊帐。**妇娘**：妇女。**果度**：这里。**过云雨**：阵雨。**唿声间**：忽然。**换咗**：换掉。**兼之**：加上。**旧时**：从前。**渌**：烫。**攀**：向高处爬叫攀，在地上爬才是爬。**铺**：弄两铺扑克。**倾偈**：聊天。**入街**：进城。**谂**：想。**生硬**：不成熟的事情。**铁线**：铁丝。**核突**：恶心。**屋企**：家里。**无系**：不是。**宜家**：现在。**簡里**：这里。**执骨**：捡骨，拾骨。

——《李跃豆词典》

（A）异地。母语。米缸。

（**鸡粥与狼蕨，与母语**）年轻的服务生都是微笑着的，他们身着黑色店服。而两列亮晶晶的玻璃杯闪亮在她额头的高度，势必有一连串英语劈头滚过……

她受到了惊吓。但必须，不能受惊吓。好吧西餐厅。与大堂连通的这个西餐厅。两名陪她来的人员（称小姐或女士好像都不对她的脾胃）一眨眼就消失在餐厅厚重的弹簧门外。她必须镇定。头菜、主菜、甜点，名头生冷古怪。想食粥，当然没有；炒青菜，当然也没有。好吧，奶油汤和蘑菇饭，共九十元。黏糊糊的，望之不爽入口古怪。即使吃掉了三分之一还是觉得没饱。一觉得没饱就越来越饥。才八点多还算早。二十四小时便利店？前台说出门往右，到了路口再往左。

等红灯过马路。地面有大而长的字：望右。香港车靠左行驶，若按内地习惯过马路，"嘭"的一下，还没反应过来就着撞倒。

在生地方总是紧张的，何况还过马路。

抬头一见红十字，她马上安了心。虽是陌生的浸信会医院的红十字，且巨型威势，前所未见，但它放之四海而皆准。红十字对面就是她打听到的二十四小时便利店，7-ELEVEN，与北京同，绿红橙三色横额。结果只买到牛奶。

脚踩上铺地的一块大铁板，感觉有些错位。

童年时想象的香港是妖魅而繁华的。三个小时之前，她出了机场望见的香港，是让人耳目震动的一片璀璨，海面和山腰之间，无数高楼的灯光。巨高的钢筋水泥，这些人类的建筑，在入夜时分至系好看。跃豆之前认为，高楼都是丑陋的，唯大自然才够壮美。她瞬间就改变了看法。人类的建筑镶嵌在山海之间，从高处望，算得上是大自然生出的闪亮部分。

周围闪亮着，但是热，且潮湿，她走在这个城市的皱褶间，踩了几步沉闷的铁板。这是香港吗？纸醉金迷的国际大都市。

从铁板的缝隙，她一眼望见地下一层有只圆灯笼——

暖亮的圆灯笼，一只楷书的"粥"字。一个有粥的地方！有粥！她快步下楼梯，推开门果然是粥，各种粥：猪肝粥、鱼片粥、鸡肉粥……还有各种米粉。幼时吃的，再也没有比此处更齐全的了。

"唔该，我想食一碗生滚鸡粥。"她忽然冒出一句粤语。开票的女人说："鸡粥卖晒喇。"是的，卖晒咗喇，卖光了。

她是怕英语的。

来港前下载了有道软件，本打算用来查单词，结果完全可以直接语音，自己讲一句，它就译一句。红色的话筒，按住，讲中文，波浪线粼粼浮动，你输入一句，它就出来一句，还自动安排了中年平缓的女声……一个国际化的中年女人藏在手机里，随时帮她讲出英语。竟不必输入英文单词，文盲亦可。

大堂集合时，她就举了手机，笨拙地试着以"有道"软件同印尼女作家聊了几句。美国来的诗人见了也对她的手机问道："Is there any ……"她通过有道说："……"他问"Chinese……？"她说："Free of charge"（翻译有时是生硬的，有时则莫名其妙)。

一行人被领去唯港荟食饭。

唯港荟的中庭极高,阳光打头顶汇入,高墙布满不同种类的草本植物,它们生在一整面高高阔阔的墙上,草们缜密茂盛,生猛威势。跃豆仰头望,茂密的草高高低低层次错落,她认出,高出的草就是外婆家那种狼蕨。她微笑起来。有人给她介绍了刘颂联,主持你们那场演讲的就是他。

白色台布的长桌,整桌都是英语。

一个短发的外国女人安排众人入座,一口英语说得飞快。刘颂联被安排坐在她正对面,外国女人冲她冒出一句普通话:"可以吗?"跃豆问刘颂联,这个金色短发的外国女人是什么人。刘耳语告诉她,正是工作坊主任,这次国际作家访问计划的主人,叫西尔维亚·文森特,美国籍,博士是研究西夏文的,写儿童文学。刘同跃豆聊天,刘说出了一个旧友的名字,于是她就找到了救星。全然陌生的西餐菜单,纵然有中英双文,也够她茫然。又是不知所措的前菜、主菜、甜点……一团乱麻中,刘颂联帮着逐一确定下来,前菜有三文鱼,是生的,胃受不了。要了一只汤,主菜要了鱼柳,甜点两款,有冰激凌那款太冰了,就要了一个鲜花饼。

主人和英语们互相拥抱,一个在另一个的耳边颊边喷喷有声。

这些她见过不少,现在内地晚宴、酒会巨多,一出歌剧首演,一只实体书店开业,一本杂志的外文版出版,一个颁奖典礼结束后,某大刊物创刊四十周年,不是这个就是那个。她记得有次某某文化公司上市庆典,晚宴之前,还发每位嘉宾一个iPad做礼物。

这场面就当看电影了。

头发长到腰的土耳其女诗人,主人以大大的熊抱迎接她的长发,土耳其微笑,开心。工作坊主任文森特一口美式英语,语速飞快,气氛甚是热烈,她听不懂。也不打算听懂。松弛着近乎松懈。她望住他们,听不懂绝非坏事,做一个纯视觉的旁观者亦不错的。

"唔该。"她嗯声间跌出一句粤语。"唔该。"

刘颂联吃惊道:"原来你识讲粤语啊!"

"系啊。"老家是粤语区。她把老家土话转换成广州话,粤语音调铿锵,居然一句接住一句。

周围的英语飘远了,像地球上自然的生物,或者化身为某种灰色的蝶类,她听无识,但她望住它们,觉得好。而家乡的狼蕨从墙上长出来,爬到她的脚底下。她把自己的粤语称为广东乡下话。粤语以广州话和香港话为正宗,别处的粤语都算作广东乡下话。

"你可以试试用粤语演讲啊。"刘颂联忽然提议道。他认真着,甚至是肃穆的,绝非玩笑。她那几句夹生广东话,如此轻便就与演讲这样隆重大事搭上了钩。

她向长桌两头望了望,英语们仍在热烈。

鲜花饼,三边形洁白的骨瓷盘,白色扭曲的奶酪饼摆满了水果和鲜花,艳红缅红窈红浅绿深紫,另有米白浅黄窈紫的花瓣点缀,以及细小的绿叶。邻座的甜点亦亮爽,骨瓷盆上一只玲珑剔透的小小玻璃罐,里底有小半罐艳红液体,摇摇晃动。无人知道这是用来看的还是用来吃的,大家面面相觑,左右观望。玻璃罐口托只玻璃漏斗,里头装了巧克力冰激凌,冰激凌上面也有水果。爽心悦目。

粤语改变了演讲这件事的性质,难嚼的牛排变成鲜花奶酪饼。

在冰激凌和鲜花饼之间,那个声音一再响起:你或者可以试试用粤语演讲。可以试试……粤语自动旋转,放出光来,上升,上升至墙上垂直生长的狼蕨中,狼蕨疯长,外婆家的狼蕨,那些贴身的圭宁土话,广东乡下话,它们就是粤语……粤语不讲聊天,讲倾偈。

"呢个倾偈好有学问嘅,"刘颂联说,"倾偈就是谈佛吖。"倾偈,她自小就系讲倾偈的。那些聊天、谈话、闲聊……普通话的说法都是二十岁以后的事。到了铜锣湾的中央图书馆,她将这样开场:各位好,今日晏昼我来呢度同大家倾偈……

粤语不讲下午,讲晏昼,一个演讲的下午是僵硬的,而一个倾偈的晏昼则让人松弛。尚未到来的下午变成了一个晏昼,这个晏昼她认识,她认识无数个晏昼,有些晏昼她在北流河撩水,有些晏昼她在河边的树下捡木棉花。所谓演讲,不过是又一个晏昼的倾偈而已。她不必扮演一个喜剧人物,而是还原回一个日常的自己……

"莫斯科大火的时候俄国人都在同仇敌忾保家卫国?不,他们大部分只是在生活。"在冒出一句莫名其妙的话后,跃豆感到自己重新认识了日常生活的价值与美学。

(香港的电视她照单全收) 那些粤语的新闻、厨艺、广告、电视剧……虽是母语,亦要睇下字幕,几多词生疏了。

"核突",那是外婆的词,连母亲大人都极少使用。"渌几分钟就得嘅喇",厨艺节目,她看得欢喜,渌,啊渌就是烫啊,养生,渌脚,水太烫了,太渌了……捡回来,执返来……中学生的性教育,一个女孩对住镜头讲:同男仔在一起就会有细路仔,怎知怀孕了呢?会核突(恶心)吖……许久没有听过的字音,从几十年前的沙粒翻滚上来。从沙街,那条街名已消失的街,连接码头和无数条船的沙街,木船的船队,装满沙梨、瓦和瓷器稻米木头,船家妹梳着独辫子,窄窄木板,船舱里发亮的一小块,她们怎样屙屎呢?你和吕觉悟特意留神船板上围着的篾席,是企住围的，半边在船板半边对住河面，想象屎坨咚咚咚，一坨一坨落入河。天哪我们还在河里洗衣服呢，无知有几龌，真系核突啰……

粤语在电视里一只词一只词地响着，忽远忽近……比普通话来得新鲜响亮。

她举头向窗口望出，一粒星格外明亮，空气透彻。星星移动，一闪一闪地发出红色无线电波……县广播站的女声响起来："圭宁县人民广播站，宜家开始播音啦。"五点四十分，天很黑，有点冷，你从被窝里爬起来，冰凉的水……牙齿……对面的杨桃树黑黝黝的，废弃操场上的车前草和老鼠脚迹，场边竖起的木桩和铁线……

电视上一个纪录片，一个五官粗犷的妇女对着镜头不停地讲，加拿大政府曾有一个"抢夺寄养"行动，那些儿童，学校判为有智力缺陷，政府出面，从原住民家强行抢夺寄养到政府认可的家庭。那个女人（安大略省原住民）对着镜头说，20世纪60年代，她四岁，英语说不流利，和姐姐两人同被判为智力有缺陷，被强行带走之后再也未见过自己的妈妈。

她心态平和地看完这段，想到自己。从前的胆怯和现在的木讷，此段可供解释。

出门步行五十米入大楼，滚动电梯再滚动电梯，过廊桥。有廊桥真好，下雨无使打伞就从一幢楼到达另一幢。迎面是整面墙的壁画，银行取款机，宽大的过道，一列长长台面，招义工学习广东话报名手工制品电脑和U盘……宛如集市。且慢，一个侧门有块牌子，一只红色箭头，粥、米粉、米线，她一路追去，跟随指示箭头她行入一只门，下滚动电梯，入一只门再入一只门。

"你好，食咩嘢？"一个身穿绿色T恤的瘦女人问道。她面相极像幼时的邻居韦医师。刷八达通，皮蛋瘦肉粥只要二十一元，外面则要三十五元。"唔该。"她朗声谢道。

差别很大。她尤其。

粤语演讲，语速明显会慢下来，用普通话发言，她的语速是飞快的，快得含糊，总得防备换气不及呛着自己，有时快到可笑，像窜过街的老鼠要赶紧藏起身。忽然想到，除了演讲，几场诗朗诵何不也用粤语？诗歌本是文字的文本，朗诵出来就变成一个声音的文本，用普通话朗诵和用粤语，可不就成了两个不同的文本。

她在房间对住窗口大声朗诵自己的诗。这首旧作在粤语中语调铿锵，仿佛变成了一首新的诗。当然是，普通话只有四声，粤语有九声。意味也有改变，仿佛含了悲情。

食欲也苏醒过来。杏仁饼、无花果干、新鲜的葡萄和苹果，在地毯上码成一溜。

清洁工来了，她特意交代："吖啲嘢都唔使郁嘅，唔该（这些东西都不用动的，谢谢)。清洁下卫生间就得嘅嘞,唔该。"听她一口粤语,且有口音,清洁阿姨就问:"你系台湾嚟嘅系唔系?""无系,我系北京嚟嘅。"但既然讲了粤语,阿姨就把她当成了自己人,同她商量,礼拜五要换床单,事情太多。

"不如我今日就换咗,好唔好?"

"好嘅好嘅,使唔使我嚟帮你?"

"唔使唔使。"

"唔该阿姨。"

她出门落楼,见到门口的保安大叔就用广东话大声打招呼,讲普通话时她心理畏缩,不与生人搭话。粤语使她开朗,在楼道或者大堂,远远望见清洁工或者保安,她就欢喜道:"早晨!"如果天晏了,她就说:"食佐饭未?"他们很开心,保安大叔每次见到就帮她推开门。她欢喜得很。

稍有蹊跷的是,与知识分子和做文学的人她无法说粤语,即便是刘颂联。只有同卖饭的大妈、打扫卫生的阿姨、保安大叔这一类人,她的粤语才可以顺畅。

两边都是正开花的羊蹄甲,窄而干净的联福道过云雨之后,淡紫和粉白都更新鲜湿润,有盈盈喜气。

羊蹄甲即紫荆,1997年定为香港港花。罗小姐告诉她,其实紫荆应该叫洋紫荆,与羊蹄甲不是同一种植物,两者非常像,有串串豆荚的就是羊蹄甲,只有花和叶没有豆荚的就是紫荆。

大学没有大门,与英国同,也许是吧。

那个剑桥牛津,她跟团去过一次,也是一只只学院,没有统一大围墙。浸会大学就是城区中两大片建筑,这边一大片,那边一大片,故只有校区,没有校园。

校区里学生昂首阔步,黑色灰色和白色,双肩包,或者抱书于胸,生机勃勃。拐弯,半圆的行政大楼,联合道,巴士站,人行道,大片砖红色地坪的网球场,树,很多树,越来越多的树。凤凰木,广西老家那种,垂着片片豆荚,坚硬、棕黑、状如大刀……小学课间游戏,淘气的男生使坏,抓一名女生,而女生就顺势把自己英勇起来,她双手自动背到身后作被缚状,男生挥着树枝押她到大凤凰树底下,她高昂着头,像电影里的英雄人物。一个男生找来一柄凤凰木的大豆荚,他说:大刀来了。他举了"大刀"开始锯颈锯头,尚未过瘾,上课铃就响了。同样的凤凰木,20世纪80年代砍掉了。

拐弯是公园,门楣黑色沉稳隶书:联合道公园。亦有大大的鸡蛋花树,宽大而厚而叶脉清晰的叶,如切开的鸡蛋一样的花。中间是黄的,鸡蛋黄;外面是白的,蛋白。树权繁多,开权低,她幼时攀上攀落……向公园深处行,见到她认识的马尾松、细叶榕、羊蹄甲、尤加利树、木棉树,它们大而完好,因树龄足够长而沉积了从容的美。

(**集体去中环**)那日随工作坊集体去了中环一家会所,会所上上下下有旧式的贵气,水晶吊灯、拐弯的木楼梯、高墙衬,颇有些年头。侍者似乎也有了年头。

只见一位长发女子跨着大步一阵风地旋入,印度人,肤色黧黑、斜披长纱。她熟练地与每个人热烈拥吻,到了跃豆跟前,她礼貌伸手,碰了碰。餐前和餐间,他们一直讲话,神情严肃。

她一句听唔识。

罗小姐轻声同她讲,他们是在谈论电视每日大量报道的事。她默默吃她的白粥和豆苗。晚餐结束,去旁边的艺穗会朗诵。艺穗会,一家酒吧,专用于英语诗人定期聚会朗诵自己诗歌,有十五年历史。此番来了二三十个外国人,全英文朗读,各种风格。

(**赛马**)她向来觉得,赛马只与安娜·卡列尼娜和包法利夫人有关,本是离得极远的名堂,那些五花八门的女帽,那些电影里的贵妇人,老太太或者年轻女人,人人头上顶一顶帽子,帽子上有花有羽毛,还垂落一番面纱。

在香港看赛马是件容易的事,只要坐地铁过海,再去铜锣湾,到跑马地就不远了。她从时代广场步行去跑马地。在街上拐弯,不停地拐。在高楼峡谷、灯光峡谷中穿来穿去,皇后大道东,伊利沙伯体育馆。过了一条极长的隧道,隧道地上摆了不少床垫。黑人、棕色皮肤的人,穿着破烂肮脏。有人躺在床垫上,也有床垫用床单围住。外国流浪汉驻扎日久,气味垢腻潮咸。

跑马地一大块金黄色招牌,深蓝色的会标。

许多入口。

换了票,拿了手牌。一时无所适从。墙上贴有各种数据,电子屏幕上密密麻麻一列又一列数字,用途不明。片刻,来了个制服后生,热情耐心:"赌马有四种方式,第一种……"

她不打算搞清楚一二三四,陌生事本来就蒙圈,加上一二三四只会更蒙。她选了最简单的一种,押某一匹马进入前三名。"你押边一匹?"她不知道该押哪一匹,哪匹她都不认识。她看到牌子上有马的名字、骑师、配磅、练马师、排位、马龄、评分……马上就要开场了,不及细看,只看名字。

马的名字出乎意料,匹匹都是古怪的——越影、金满载、幸运欢笑、光芒再现、喜益善……香港人真是不会取名字。她想起驰仔,那个从未见过的表弟,在舅舅到香港的那年出生,外婆唯一的孙子,据说他去澳洲读大学又留在了那边。

她随便指了一匹。服务生说这匹出得太迟了,第八场才出来。她就赌了一匹第一场就出来的,叫飞霞。好歹这名字还符合她的想象。她去窗口交下注,下注五十港币,赌它跑入前三。然后才安下心来看这匹马的基本介绍,骑师的名字,配磅,练马师的名字,排位第十。

哎呀她竟然赌了一匹排名第十的马!

人是多范邈的,会员区和非会员区都满了。她四周上下望,头顶是满天星,对面高楼华灯,马场光明崭亮。

马仔牵马绕场遛三周,牵马出场的马仔一律绿裤黄衣黑帽,与马匹有着同样神气。她望见了她赌的那匹马,一匹黑色的马,够漂亮威势的。全身油黑闪闪。德兰舅母最中意的驰仔大概就是这样全身油黑闪亮。

那匹飞霞绕场三圈,它的骑士英姿勃发。她放下心来。

赌马就是通过下注让一匹马迅速跟你产生某种关联——相当于某种驯养,《小王子》里狐狸对小王子说,通过驯养,它在你的眼里就变得不一样了。"你为你的玫瑰花花费了时间,才使你的玫瑰花变得那么重要。"

所有的马都是马,世界上的黑马有很多,下注之后,这匹黑马就从所有马中跃然而出。

她发现自己如此喜欢这匹通身黑亮的飞霞,她源源不断地对它倾注深情。她觉得它的骑士也是至英俊的。他身穿一件艳丽的玫瑰红骑士服,衣服的前襟和后背各有六颗大大的星星,非常之耀眼夺目。他在场地的中间就跑了起来,然后从出口出去,他半蹲在马背上,一眨眼,箭也似的飞起来,一秒钟就消失不见了。

她望不见她的飞霞……但,面前的电子屏幕出现了齐头并驱的几匹马,全场都站了起来,人人奋力呼吼,既像加油又像叫骂。"屌那妈!"一个男人怒吼道。屌那妈,粤语,他妈的,她的广西小镇每日都此起彼伏的骂声。小镇的屌那妈轰隆隆地从上空飘过来落到香港铜锣湾的跑马场上……"屌那妈你只契弟",这跟普通话中他妈的一样有着丰富的含义,既可咒骂又可亲热。

她站起身,热切望住电子屏幕。第三号飞霞在那几秒钟的时间里成为她的马,有一匹自己的马在奔跑和没有一匹自己的马在奔跑是完全不同的。她盼望它进入前三名绝非因为她想要赢得赌注,而是因为世界赛马史沉积下来的,安娜·卡列尼娜和包法利夫人们漂亮的帽子,她们的面纱、她们的尖叫、她们的私情以及种种莫名其妙的东西,以莫名其妙的方式囤积在大脑皮层,以及,通过下注她以闪电般的方式驯养了它。激流汹涌而出。

它跑了倒数第三。

第二场开始后她在场内行行停停，像个行家似的挤在人前相马。粤语在人群里高高低低，讲着某匹马的肥和瘦、走路的样子歪斜或者不歪斜。"阿伯你好，唔该帮我睇下果匹马点样。""都好嘅，你买助果匹马？""系。""买助就系好嘅嘞。"广东话实在是比普通话更家常的。后面几场，她在心里默默地押上某一匹马，但再也没有站起来叫喊的激情。

下注和没有下注是截然不同的，真正的赌徒把全部的身家押上去，通红的眼睛颤抖的四肢赌注如同烧红的铁水从赌徒的头顶直灌进去。

没等到散场她先撤了。

坐港铁回浸大。先蓝色线，到了金钟倒红色线，之后旺角倒绿色线回到九龙塘。这天正是美国大选日，在路上看到微信说，特朗普当选了，希拉里败了。出门前看电视，希拉里的票数还是领先的，以为她必胜无疑。可见不但天意从来高难测，人意亦从来高难测。

她还是频频想着"驯养"这个词，就是说，她前十九年养熟的是老家的土话，非常熟，得心应手。但忽然，她的玫瑰花干掉了，她的马必须弃之不用，她必须重新驯养她的路，那些生硬的石头必须用她的脚、她的脑浆一点点磨熟。而她的热情在驯养第一匹马的时候已经消耗得差不多了。至少有十到二十年，普通话这种第二语言使她没有自信，光彩顿失。

当然任何比喻都是蹩脚的。

(**图书馆**) 从旋梯楼梯拾级而上。上到一半她总要停住，梯侧墙面，有几张旧时内地宣传画。《庆祝越南人民反美斗争的伟大胜利!》，黑红两色，人们壮硕的臂膀高高举着长长的刺刀枪，身后是高射炮，再高处的天空，是八九枚比蚊子还小的黑色飞机，每架飞机都冒着一条红色的烟——是打落了，正坠向地底。另一幅，《红太阳照亮了赣州城》。

在香港，大学里的图书馆。

仿佛时空弯曲。

她一层层向上走，行至七楼，七楼有中文书，开架。她要为构思中的《须昭回忆录》收集资料，无疑，这里的资料比内地齐全。

无目的乱翻。《沙海古卷》，文书残句，约晋代，"活着的树木，禁止砍伐，砍伐者罚马一匹，若砍伐树杈，则应罚母牛一头……凡战争期间，获取他人之物免于追究……伽左那无理殴打善喜，抓住彼之睾丸，剃光彼之头发……"《战国楚简》，楚简是锋利的，像竹箦，汉简温厚，似擀面杖。

《大秦景教流行中国碑颂》，这个有意思。她用手机拍了两页，"阿罗本在公元

635年自波斯抵达长安，他发现将大秦基督教改称景教，可以宣传一下。其时，先期抵达的波斯人已靠贩卖玻璃器致富，突厥人开了一家又一家饭馆，阿拉伯人在街头演算数学题，日本人则通过结交诗人、权贵，学写诗，当小官。阿罗本信仰人神两性的基督，他听说唐朝人将基督译成'基多'，感觉尚可容忍。但他们把耶稣译成'移鼠'，却让阿罗本目瞪口呆。阿罗本和他的随从面见太宗皇帝，发誓学好汉语。太宗皇帝心胸宽广，恩准这些无家可归者落户长安。但太宗皇帝以及后来的各位皇帝始终没有弄明白，这景教究竟是个什么东西。来自波斯的景教徒像日本人一样勤学汉语，至德宗朝，由景教僧人景净口授，由中国第一位基督徒吕秀严笔录，吕秀严的汉语和书法好过了头，把景教表述得像佛教，像道教，像拜火教，像摩尼教，然后皇帝读碑文连声称赞，好好好，但心中不由暗想，这景教是个啥？一个地方小教？于是不再过问。当年阿罗本率众景教徒，为逃避东罗马皇帝的迫害，翻越昆仑群山才到长安落户，不是为了用标准汉语将景教信仰以及景教徒跋涉千山的经历书写一通，然后刻成石碑保存到西安碑林。今天看来，刻《大秦景教流行中国碑颂》，或许正是阿罗本和他的僧徒们并不清楚的使命，大概石碑刻成，景教徒们就集体死去了……"

（舅父）周日仍是下雨，细雨丝丝的，空气不燥不滞。她去了尖沙咀，在文化中心的台阶坐了许久，海及海边的高厦都有些奇瑰，她呆坐着，内心旷远。阵阵柴油气飘过，轮渡在上风口，柴油的气味直灌口鼻。柴油气使她想到一只汽油桶，夜晚的海面，浪头浪尾，人……反正是有人抱着一只空汽油桶渡海去香港。

不会有人问梁远章如何去的香港，无从想象，他自己大概亦是模糊一片。五个舅父中，四舅远章的人生自是最幸运。

二十多年前她写过一篇小说，五个舅父都写到了。在一部中篇里写五个舅父显然不是一件合乎规范的事情，投到一家杂志，编辑说，五个舅舅太多了，应该集中写一个至多两个舅舅，小说呢，要写好典型环境里的典型人物。她不想这么干，五个舅舅，三个没娶老婆，压缩成两个顿失历史意味。她不改，立即重写一只信封，改投他处。

母亲大人电话详告了远章四舅的地址电话，跃豆抄在一张纸上，却迟迟不动。她同母亲讲："香港咁大，我又唔识路。""你又唔使去渠屋企，佢会约一只酒店同你见面嘅。"跃豆便说："至多在电话讲几句就算了，谂唔出有乜嘢好讲嘅。"母亲出主意道："果年返乡执骨都系讲得几句嘅。"跃豆当然记得，那一次，远章和德兰两口子，还带了香港的风水师。在县城他们住宾馆，侨办弄了辆面包车送回香塘。跃豆和母亲同车。德兰老了，嘴唇边的美人痣变粗了，脸肉乎乎的不再俏丽。和舅母一起去解手,上坡,水塘边的杨桃树、祠堂边的小夹道、粪坑。舅妈讲起梁北妮有两年改名梁碧妮,圈内人讲她有一个北字不好,北字在香港至难走红,而碧,外婆碧英的名字。跃豆自小就知道,梁北妮也自小就知道。碧妮仍然没有走红,又改返回。

直拖到快离港她才打电话。

一打就通了,接电话的是个女声:"哈啰,边位?"她不太接得上,便只好用普通话:"请问这是梁远章的家吗?"对方也用普通话:"请问你是哪一位?"

等她把自己的来龙去脉讲分明,对方才讲:"我爸爸前日刚过位了。"

当然就是梁北妮本人。不过她既然没有想起她,她也就没多讲什么。就是那个曾经唱过《身骑白马》某一版本的三线歌手梁北妮,她生于江西丰城,矿务局宿舍人人讲普通话,不讲方言,普通话算是她的母语。在港人中她的普通话算得上是字正腔圆。她听她的爹地讲过跃豆,那次远章回乡执骨,跃豆曾送过她的一本书给舅舅。

后来她才知道,在香港,所谓作家,不过就是写稿佬。

梁北妮三岁时跟父母回过圭宁,她电话里的声音跟跃豆在酷狗里收藏的《身骑白马》无可辨。来港前跃豆正好在电视上听到。她搜了酷狗,意外见到梁北妮的名字,这名字是外婆取的,"梁中妮,中国同印尼"。外婆一言定音。到底又改中作北,不是指北方,而是北流河的北。来港前跃豆上网查了查,梁北妮毕业于某期香港有线艺员班,她那期没有特别出名的艺人。

跃豆喜欢那首《身骑白马》,尤喜歌中镶嵌的那几句闽南话:"身骑白马走三关,改换素衣回中原。放下西凉无人管,一心只想王宝钏。"

她在香港没有找到舅舅,却仿佛找到了母语。

(穹顶的山羊与显微镜,与米缸) 夜晚她行到公园,灯光球场此时空了,灯未肃,一堂光明安宁肃穆。空而非空。缓跑径有个女人慢跑,她挂耳机,目无斜视,身上鲜亮色块一闪一亮,旋生旋灭。忽然来了五六后生,热气腾腾,一色运动T恤,有两个还打着赤膊,他们停在一块空地上。"果度就得嘅嘞",屈膝马步,收腹端拳,两两对决起来。闻到了他们身上浓烈的汗气,她贪婪地呼吸着,真好闻啊,年青的荷尔蒙。

她坐在椅子上,再次把近旁的大树望了一轮,鸡蛋花树木棉树凤凰木羊蹄甲……那禽大大的红豆树,红豆她们叫火水豆,捡来火水豆,放入煤油灯盏——盏底红豆艳红,盏上火苗灼灼,两相映照,一圈明媚。她们也折红豆树的枝条做花圈,枝条柔韧细叶浓翠,绕成花圈安上白纸花,从追悼会送至墓地……眼前的红豆树此时是灰色的，青翠隐在深夜……穹顶巨阔，上面有一些星星，一组一组的，这里亮一下，那里闪一忽，它们组成了一些匪夷所思的图案，梭状、菱形、三角形，还有一簇像散了架的凤凰花，一簇非常非常像一只山羊，白色的山羊，它躺在一张办公台上，有羊屎豆正在落下来，就落在她的脚边，一架显微镜，时隐时现……忽然这穹顶被风吹皱了，皱成一瓣瓣，像天空有只巨大的柑橘剥了皮，每瓣橘肉支棱着像倒扣的大花，硕硕无边，她随这穹顶飘来飘去，飘着飘着，这穹顶的边缘垂了下来，它的边沿垂落道道绳索，绳索粗细不同，颜色各异。十三、十七、十九……既数不清也除不尽。在半明半暗中她伸出双手想要捉住这巨大降落伞的绳索。

白昼落过雨，到夜天空澄澈。她望见穹顶上的自己，正从一翕树行到另一翕，在木棉树和凤凰树之间她行入了灯光球场。球场亮堂堂空无一人。她一径行入，越行光越弱，疑惑间灯就肃了，四周一片灰暗……她发现自己原来已经到了县体育场，草地上漫起白色雾气，阵阵相连，电影尚未开始，忽闻吕觉悟说："咦，阿只米缸真系稀奇。"

跑道中间有只米缸，就是贮米那种，周身黑釉，在半明半暗中发着光。它是在穹顶上放着光，像星星，红豆也在那上面了，一挂挂、一蓬蓬、一串串，它们裂开时，簇簇有声，穹顶边沿继续下垂了一些绳索，绳索越来越多浩浩荡荡的像天上有翕大榕树垂下它粗大的气根。她伸出手想要捉住，但绳索仿佛生了眼睛，一见她的手就躲开了，它们在她的头顶飘来飘去，连同穹顶，发出拂拂的风声。

（B）重叠。参照性。一种连绵。

一个不懂英语的人来香港需要强大的内心，需要自我勉励，自我喜剧化。大学学的英语叫专业英语，是国内本专业的人自编的教材，正常的英语没有，然后就忘光了……高中，高中时的英文，最深奥的一课是《半夜鸡叫》，英语杨老师来自福建，早读课他不来，"李跃豆领读吧"，而你根本不会。现在记得的只有句"Lazy bones"，那是地主周扒皮骂长工们的话。Lazy bones……

黄昏到达香港，只觉得璀璨。

海边和山腰之间无数高楼的灯光。特别高的高楼此时居然也够好看。人类的建筑被灯光点缀着。原来高楼并不都是丑陋的，也并非唯大自然才够壮美。要在人类与自然之间找到联系点并不难，这些过分的钢筋水泥，因它镶嵌在山海之间，从高处望，亦可算作大自然生出的明眸皓齿。

接机的钟小姐接她到一幢大楼，叫NTT，要在这住上一个月。这个楼名NTT倒有趣，与烈性炸药TNT恰成倒映。罗小姐等在门外，极短的头发、干练、淡然——

她们在电子邮件中联络了一年。在内地，接待单位热情过度，遇到罗小姐的淡然，你认为高端，够文明。接过各种卡、表格、打印纸，还有一沓子港币，前半期酬金。钟小姐帮连上 Wi-Fi，带到与大堂连通的一个西餐厅，面对这个洋派的地方，亮晶晶的玻璃杯，闪闪的餐具，身着黑色店服的服务生，一个服务生对你微笑……一向没学会对陌生人微笑。一连串英语劈头滚过，你受到了惊吓。

　　竟然，想不到会如此。害怕洋玩意儿，这越来越不是当下国人的惯常心态了，连小学文化程度的农妇云二娘都变得骄傲起来。

　　地上有大而长的字：望右。红十字，浸信会医院，巨大，赫然俯瞰的红十字你前所未见。灯笼壳上一只楷书的"粥"字，有粥！猪肝粥、鱼片粥、鸡肉粥……粥店跑堂的两个男人，黑色T恤围条深枣红围裙，她一边吹着滚烫的鱼片粥一边望他们，内地那边此类打扮是时尚咖啡吧的标配。超市还没关门，进口水果，苹果葡萄橙子香蕉芒果榴梿……炫目的产地使本来就新鲜明亮的水果更加光鲜。牛奶也是，日本北海道，韩国延世农场。结账的时候收银员问道："bag？"茫然。收银员又说，bag，bag，同时指指你手里拿着的布质购物袋。当然，你需要买一只布袋。

　　校园导览。跟随一伙人在大学的廊桥穿来穿去。这伙人来自五六个国家，美国、印尼、土耳其，来自伦敦的芬兰和尼日利亚混血儿的专栏作家，还有马来西亚华文作家，再加上你……没有围墙。学校和街道粘粘连连。在乐富市集买到一把水果刀，购一只卡叫"八达通"，既可坐公交、地铁，又可用于便利店，多处可充值。一个叫圈K的便利店，一个圈，里面圈了一个K，圈K。在乐富上台阶下台阶，之后特意停下，告知，要打的士就在这里，街道窄，有的士停在那里。巨大的电影广告，拎大包小包的人，滚梯滚滚向下，向深处。

　　带去坐地铁，坐一站到九龙塘，"记住九龙塘这个地名"。九龙塘地铁站的上头是一个大型超市——"又一城"。各种名牌、溜冰场、餐饮、咖啡、影城。导览是全程英文，由钟小姐负责。你一句"听唔识"，工作坊找了个叫欣欣的女生全程翻译。欣欣早三个月从北京来香港，研一。众人从一处幽僻的马路爬上几段很陡的台阶，钟小姐讲，上面是一个很大的公园，上到最后一级，豁然一大片台地草坪，就香港而言极其辽阔，宽过北京的鸟巢，足球场排球场篮球场连成片，周围一圈暗红跑道，一侧有几禽高大的凤凰木（与小镇同样的凤凰木），"Lazy bones"，你头脑里飞快掠过一个英语单词，地主周扒皮半夜学鸡叫……欣欣陪同并翻译，她一路告知，香港的车靠左行，又想起来叮嘱，香港的厕所全都是坐的，没有蹲坑。放心吧，我一定会踩上去的。为了不给内地人丢脸，我一定会在踩上去之后仔细擦拭鞋印。你在心里笑道。

欢迎会。南莲园池。蓝天白云海与山与高层建筑之间。

想起日本园林及唐代。木结构庙宇恢宏有势，厚实的斗拱，斗拱下压一只龇牙咧嘴的木雕壮汉。日本浮世绘人物。古朴暗红灰黑白。池塘茶榭木桥水车磨坊古树，水面及倒影，与内地的园林大有异，有很多水，故称园池，圆满阁颜色与形制很像日本的什么阁（金阁？），浮着的莲，朱红的拱桥，阁体耀眼的纯金色……文化断裂演变，唐代在日本留下来。你给观音、佛祖、药师佛的功德箱放了香火钱。有关学佛，你想起少时朋友王泽鲜。已经有三十几年没见面了。

果然欢迎会之前专门有时间换衣服。流程上注明要着正装，工作会上文森特主任强调："专门有时间用来换衣服，前面的游园，你们可以穿得舒服点。"她轻松一笑，样子迷人。

更衣室有外间和内间，几位女士一阵忙乱，更衣补妆，人人换上了正式的黑色裙装，无一例外。黑色裙装，黑色裙装。所有女性一律。休闲风格的罗小姐外套一件短款小西服，优雅正式。正规着装如此重要，内地没有这样的仪式感。你庆幸自己意识到，此类场合万不能穿花裙子，穿了就是笑柄。你认同黑色裙装才足够庄重，即使像葬礼。

专门买了一条设计款的黑色裙装从北京带来，有点厚，一路上发愁，结果冷气出奇足。穿了这件裙装还要搭上披肩才能抵挡。你给这身裙装配上了黑白迷彩裤和耐克鞋，这种搭配既可称之为前卫，亦会滑入不伦不类。

裙装穿好，你简直认为自己是锋利的，那个来自伦敦的《卫报》《半岛电视台》《赫芬顿邮报》的专栏作家，被时尚杂志《ELLE》选为"十二位改变世界的女性"，见多识广，她双手竖直拇指，以时尚专家的口吻说："很棒，是一种……风格。"没听清楚她这个 style 是什么 style，但她的肢体语言很鲜明，当然是很赞。专栏作家有非洲血统，身上有种原始感，故她的拇指竖得极有感染力。你亦自认己身残留若干原始质素。

背景板上一排英文和巨大的地球图案，茶点是中式的，蒸饺、芋头糕，在蒸笼里盖着，都是热的。音乐表演，古琴，致辞。活动揭幕仪式，每人发一只地球仪，用一支笔指点着自己所在的国家。嘉宾合影，朗诵，赠书，礼成。朗诵环节你走上台，粤语朗诵。听到自己音韵铿锵，读得高低起伏。散了，记者采访，问："为什么想到用粤语朗诵？""是啊，为什么呢？"这样的问题不适合在这种场合回答。

你不备课，无从备。但人人都很专业，同来的同行都是一套套的。无论座谈还是讲课样样都正规，你实在不适合站在课堂上，哪怕座谈。中文创作坊"观、想、读、写"座谈，OEM 大楼圆桌。十几个学生。本以为随便讲几句，看阵势却不能。

出的题目已经不能算难。作为讲课者，需自选一幅画，谈与自己创作的联系，由学生据画创作，你点评学生的习作，回答学生问题。热带丛林幻想画，那些剑形或蛇形或桃形的阔叶，错综的枝叶中硕大的鲜花朵朵怒放，动物生猛、目光炯炯，生长与开花。最早想到的就是这幅亨利·卢梭的《梦》，神秘、梦幻、无逻辑、莫名、跳跃、隐秘……同行选得很好，有叙述空间、有故事、有张力，十四人中有十二人选他选的画，这样你轻松很多。你向来愿意示弱。他选德国插图画家布霍茨的《狮子的沉默》，一个穿西装的男人站在沙漠中，屋子里关着一只狮子。他自己写了三百字发在脸书上。

　　或者选莫兰迪的画呢，菲利普·雅各泰的莫兰迪。"他深深意识到人类的悲哀，同样深深意识到万物可能的湮灭。便可以想象他画作惊人的平静，这惊人的平静背后同等的激越——无此，他便不会背负着走这么远。……从另一个角度来看，近乎呢喃的流利说出的临终之言，绝非死亡的言语、任何终结的言语；毋宁说是一切言语的凝聚，或花蕾，等待着再一次绽放。仿佛这画家早已经耐心地开辟了一条路，直抵人人皆梦想着的最能抚慰人心的光芒。"

　　或者是里尔克的塞尚。"字面意义上的灰，是无法在塞尚的画中看到的……在我们只能看到一种灰且满足于此的地方，他总是能辨认出紫（一种在此之前从未展现得如此之多、如此之广的色彩）；然后，他并不止步，而是绎出卷积在一起的所有紫色色相——正如某些夜晚，尤其是秋夜的所为，将灰色墙面直接变紫，乃至可以回应一切色相，从淡淡浮动的丁香紫到深重的芬兰花岗岩紫。"

　　那首《苹果》你过了几年才写出，那时，香港那段壅塞重叠既震荡又消化不良全然化开了，仿佛有人在后背出力推了一把，猛然进入一个炸裂的境地。"稀薄的芬芳安抚了我／某种缩塌我也完全明白／在时远时近的距离中／你斑斓的拳头张开／我就会看见诗——那棕色的核。／／我心无旁骛奔赴你的颜色／嫩黄、姜黄与橘黄／你的汁液包藏万物／而我激烈地越过自身。／那些色彩的响度／与喑哑的答言／／你的内部已震动，／兀自升腾又跌落，／要极其切近事实是何等不易。"

　　学生习作你点评了两篇，一篇是叙述，一篇是诗，都不错。诗有女性主义的意思，强悍，有完整性。答问，别人说自己琐碎怎么办？答："找到自己最喜欢的方式琐碎，琐碎到底，将来琐碎会升华，成为好东西。写自己在意的东西。"怎么知道自己进步了？答："先大量阅读。隔一年再看自己的作品，如果觉得不好，那就说明你进步了。"是不是从一个词开始写作？答："从任何入口都可以，法无定法，要紧的是你要进去。"

　　刘颂联的课比较好，在课堂上三人对谈。班上六十多人，大二。对谈轻松。之后与刘及学生共四人去"又一城"餐馆吃饭。行一条细路，大树和典雅的住宅，鸡蛋花。一面走路一面讲鬼故事,是关于医学院扫地大妈的辫子。

每日从 NTT 去联福楼二楼或学生食堂再到教室,三点一线。酸菜牛肉米线、桂林米粉、云吞、鸡肉粥,或者烧鸭四拼饭,或者三拼。有时讲稿和提纲都未及再看。有回是先由钟小姐带去图书馆在赠书上签名,之后再去教室。那次是不熟识的老师主持,很年轻,太年轻了。全程录像。他的一个问题:"小说家应该有怎样的一双眼睛?"结果你很难缠:"我从不认为自己有一双小说家的眼睛,我记不住细节,容易迷路。我是个没有现实感的人,时时觉得自己没在现实中,所以我对别人称我为小说家总是感到疑惑。"

作为被邀请来讲课的人,实在不必如此桀骜。

大学图书馆走廊墙上挂的中国现代作家画像,线描加水彩,不是照片。鲁迅巴金丁玲张爱玲艾青。徐訏(1908—1980),你只知道他是写鬼的。很多年前,有人介绍认识陈逸飞,陈请你编一个鬼故事,将徐訏的一个鬼故事改编成电影,后来陈英年早逝,此事不了了之。有鬼故事找到你一点都不奇怪……领袖头像当然很熟。幼儿园的墙上,走上长长的斜坡、红色的围墙、大门,门旁边两棵大木棉树,空阔的前园,马尾松,教室,米黄色的墙,一圈小椅子、黑板。领袖像就在黑板上方。小学时要求举着领袖像排队上学,你没有,家里没有大人。你在防疫站前厅哭,一个叔叔说:"我来帮你做一个。"你看着他从天井、厨房、门角找来一些木条木片钉成一只木框,领袖像是现成的,平日就放在防疫站办公室。穿过昏暗的走道,你跟表姐去看表忠作品展览,满大街都是那一年的三忠于四无限,一个乡下老太太用秸秆编了一只簸箕大的领袖像,上面涂了许多颜色,画了许多葵花。支援越南打美帝,在 20 世纪 60 年代深入而普遍,那个《竹钎舞》在乡下外婆家,在大队小学校的地坪上,几个乡下姑娘,人人穿了无领上衣,每人手里拿了条竹钎,舞蹈从头至尾模仿削竹钎,排成一排削竹钎,排成两排削竹钎,围成弧形削竹钎,围成一只圆圈削竹钎。她们愉快地唱着歌,指导的人说:"应该有仇恨的表情。"

中环到底繁华,楼更高更密嘢更贵。汇丰大厦,地面的标记。从汇丰大厦的出口出来,俱是各大银行香港分行。罗小姐又发了一万二千元港币,渣打银行、汇丰银行、人民银行,银行不同面相各异。街心公园随处有,太阳出来,天热了,入间店铺看看,感觉顶级而价格巨贵,品牌也不识。

在一家大厦地下的礼品小书店看到一只折叠布袋,竟然就是亨利·卢梭的《梦》,一个裸体女人躺在丛林里。你喜欢他所有看上去像梦的画,就光线而言,那幅狮子嗅一深睡女人,和一幅身上缠着一条蛇的吹笛人更像梦,但这一幅仍是最喜欢,作为梦境,它的光线太明亮,按理说,梦境的光线跟现实永不能互换,但这一幅，正因有梦中的明亮，画面才更有其超出现实的生机勃勃，那些古怪的阔叶才更有一种超越现实的凶猛。

你永远喜欢汹涌澎湃的植物和它们的无穷无尽。

去坐轮渡，问路问到的却是山东女孩，来港工作一年，问她码头，她也手机导航。过一个隧道，两旁全是休假的菲佣，她们每周休息一日。坐轮船渡过维多利亚港，不到十分钟就到了尖沙咀天星码头。那水手头发全白了，这样年纪的人在内地早已退休，他穿深蓝色水手服很是稀奇，戴双深蓝手套，拉粗粗的缆绳，你喜欢这种画面甚于那只摩天转轮。在这边又逛了一小会儿。之后坐地铁到九龙塘"又一城"，一家西餐厅，纽约的意大利餐厅在香港的分店，环境洋派，墙上大幅黑白照片全是《罗马假日》里的大美女赫本。西红柿汤，牛排八成熟（后来你知道所谓八成熟完全是外行，牛排熟度只有一成、三成、五成、九成、全熟），一只意大利卷。晚饭又去学生饭堂，要了烧鸭四拼饭，觉得极香，前所未有地，饭菜竟吃得光光，平常只能吃一半。来港后没来由地胃口变好了。除了要上课，心里日日都是欢喜的。

集体去西贡出海。海永远都是好的。因老家是丘陵地带，你二十四岁才第一次见到海。那年去合浦开会，一整日坐在大巴上，正晕车，忽闻文化厅的长辈喊："快看，那就是大海。"你企起身，望见隔地有一溜灰蓝色的无边的水，虽水色不如电影上的蓝，也不是书中描述的蔚蓝，但因其前所未见地辽阔无边，心中着实一震。工作坊带去新界，在西贡体育馆的西贡码头上船，包了艘船和一个导游。导游曾是地理老师，全程英语，一直讲地质形成。

海浪摇摇，英语滚滚，他手中的激光笔点在大屏幕的地图上，忽东忽西，出于礼貌，人人专心听他上课，海景山景云和天，兀自流逝。

你一句听不懂，罗小姐坐到身边翻译，断断续续，准确连绵，一句接一句，大概就是传说中的同声传译。两人单独坐在众人对面，罗小姐悄声用粤语讲："那几只鬼佬……"你心里一激灵，鬼佬、番鬼佬，小镇亦如此称外国人的，华侨同学，小学的陈同学，中学的黄同学，一个是加拿大，一个是澳大利亚澳洲，他们更经常讲到鬼佬。原来香港亦如此，兼之还是英语流利的罗小姐，又是这样一个番鬼佬活动的场合。

鬼佬不含任何贬义，但变成汉字却显不堪。

鬼佬终于忍不住了，美国诗人提议导游不要讲了，让大家看看风景。下船登上一个原住民的岛，看看老房子，民居和庙宇，看到几摊牛屎你想起老家和插队；看到"土地公"你又踊跃宣布自己是客家人；看到"天后庙"，众人皆不入，唯你与伦敦专栏作家去进了香，各讨来一只平安符。沿小路去看20世纪70年代老民居，路边望见一种叶子，细时常采，叫作落地生根，小学时去石山挑石头，路上就有，执来夹入书页，隔日叶边缘就生出白色根须，细细如丝，可见是未落地即能生根，生的是气根。民居同20世纪70年代沙街的房子近之，你家的旧客栈，吕觉悟家的旧盐仓。这里窗更小，方的，门敞着，堆了树枝和垃圾，自是久无人住了。

树林里有坟墓，灰沙拍成的半圆，结实的白色上有暗旧的青苔和泥斑。

星期日步行去九龙塘坐地铁，行经富人区，幢幢房屋都是别致的，气派潜隐，通街幽静，连连望见正在开花的大鸡蛋花树，这样的大树，一龛已算稀奇，这里竟有三龛，一路仰头望，行过去了又行返头，黄色明亮的花瓣闪闪烁烁，阳光滔滔不绝……已是许久未见了，那两龛幼时攀上攀下的老鸡蛋花树被砍掉后，看到的均矮小，只比盆景略好。

路过一家学校，坚硬的红砖，校名中英文对照，校徽威仪赫赫。据讲学费按月收，极是昂贵，显贵和平民，总是壁垒永存。

地铁一路坐到尖沙咀，在香港文化中心的星巴克喝下午茶。要了焦糖咖啡和杏仁饼。又坐在阶梯上看海和对岸的高楼，雨下起来，丝丝飘到手臂上。右侧天星码头那边飘来极浓的柴油味。有只红帆船来来去去，是供游览用的，倒把海景破坏了。雨停时穿过建筑去对面街，乌云和灰色的云仍团团翻滚不歇，灰色中一群白衣伴娘拍婚纱照，格调实在不差。

街上药店极多，你行入一家，问深海鱼油。咩嘢鱼？每粒剂量，系1000单位抑或2000单位？产地系阿拉斯加仲系澳洲？每瓶几多粒，几多钱？问题问得多，店员不耐烦，店员的不耐烦令你意外。大概对内地客都有些不耐烦，在乐富，你一讲粤语老板娘就很开心，像是碰到自己人。在尖沙咀你讲粤语不管用，带口音的粤语，广东乡下话，且没有拖一两只大旅行箱。店员就讲："睇你就唔系买嘢嘅人。"非常之不客气。

你公然笑了，并未感到自尊被践踏，或者，心情不错，你微笑，用广东乡下话答道："唔该你，系啊我就唔系嚟买嘢嘅。"你发现这种针对内地客的店，每瓶深海鱼油比乐富贵一百元左右。总之样样事你都不烦，始终心情好。

全员坐船过海去珠海和广州，"参观内地"。

珠海这边的联合学院，一本分数线，全英语教学，由浸会大学授予学位。学费每年八万。学校有个皮影馆，外国作家诗人，人手一只举着皮影照相。剧目骇人且有趣：一个人，让鬼把自己的妻子换了头，后来见官问斩。

之后去广州，参观过沙面又坐游船看珠江夜景。开始时景色平平，众人安静坐着，自然都是见过世面的。没几久，到了最高的小蛮腰下，人群渐渐兴奋，到底是地标式建筑，通体光色变换，江水粼粼，算得上奇幻而壮观，人人拥到甲板拍照，合影，合影。你亦挤在人堆中拍小蛮腰。想要在游船开到最佳角度时建筑恰好转换成最喜欢的颜色，甚为不易。

你举着手机给文森特教授看得意的一张。她看了一眼，又往前翻了一张，然后说："很好，很清楚。"

难道对照片的评价标准仅仅是清楚？你颇感意外。

大概她认为，对一个不会英语的人，拍得清楚已然不易。不过也可能，文森特主任虽研究过西夏文，难保不会用汉语表达更复杂些的意思，只能以清楚一言蔽之。

如此你应该自我批判：何以会认为，一个人英语好，其审美判断和表达亦成正比？这种荒唐的念头是哪里来的？

游香港总是要的，行程改了几次。之前拟去中环，太平山顶观香港全景，以及兰桂坊。但作家当然应该避开这些。去看香港的公屋是个正确选择。先去西环的坚尼地城。1958年一场大火，万人无屋可住，始建公屋……走进去看到内部，每间很小却有许多公共空间，觉得不错。香港的审核很严，一个人假称自己与外婆同住，获得公屋优先权，结果判刑。

西环邨公屋位置绝佳，背山面海，名副其实的海景房。电梯里碰到一个老伯，提两大袋鲜橘皮，说今年降价了，才一百七十元一箱。他在走道里晒橘皮。会几句英语，是的士司机。之后布莱恩赶来与我们会合。明娜要赶稿，娜迪亚也很忙，她有两部电影在上映，要配合宣传，还有一个自己的出版社。她们都不来……

香港仔原来有个海鲜市场，现在不见了。有位穿着大红衣服的女人缠着，让坐她的船，先一小时一百二十元，又降至半小时六十元。仍不坐。之后去黄竹坑路找工业大厦，老厂区改造艺术工场，相当于北京798，在路边废气中行了不少路，总算进去一处，却又周一关门休息。

又一日，去南区的海边赤柱。

赤柱，后来看到资料，历史上曾是英军军事据点，也曾是香港岛行政中心，遗留古炮台，现在是驻港部队进驻。此外有香港最森严的赤柱监狱，"二战"后在此处决了二十二名日军战犯，后来香港所有死刑均在赤柱监狱内执行，其遗体亦安葬在监狱附近的坟场内。

张爱玲《小团圆》写到的安竹斯，原型佛朗士，香港之战爆发后，佛朗士被征入伍，就住在赤柱的军营。天很阴，乌云密布。不过亦只是落了点细雨。赤柱没有浅水湾那样的高档酒店西餐厅，但有大量酒吧和摊子，有一个够大的、有电梯的、里面有高档服装的 Shoping mall。在摊上买了件蓝花衣服，宽袖薄翼，好看，但想来想去并没有场合穿它，最后判定，至少可以在家穿来睡觉。

海边没有沙滩，也不见游泳的人。但有巨而棕而黑的石头，比起沙滩，倒另有一番峥嵘景象。一整日落雨。

又一日。这日分了四段，上午刘颂联到 NTT 来接，到一个叫土瓜湾的地方吃中饭。向来觉得土瓜湾这种地名甚是有趣。之后步行到一个叫"牛棚"的地方看一个叫"岛叙"的展览，是文学加视觉艺术。此"牛棚"从前是屠宰场，宰牛的地方。相当于上海的沙泾路一号，远东最大的屠宰场，改成一个文艺的地方，不过小得多，且没有餐厅，也无太多人来。"岛叙"由邓小姐策展（她本科研究王小波）。选六只岛屿，一个作家和一位视觉艺术家，各人完成作品，放在一处展览。刘的那个岛叫蒲台岛，相邻的一个岛曾被日本人控制，送难民至此岛让其自生自灭，最后竟至人吃人。他写了一万二千字。

装置就是不同物品以不同的摆法表示不同的意思，一帧地图、一支毛笔，一幅作品用绢抄挂墙让风吹……之后回 NTT 接受媒体访谈。一天下雨，至晚不停。微信看到台湾作家陈映真逝世，终年八十岁。晚上电视新闻，人民币贬值，港币升值。

香港的毕业季随处可见身穿袍服（博士硕士学士）的学生和家长，学生成群，或与父母合影，从早到晚，一手鲜花，一手抱着戴着博士帽的公仔（绒毛小熊）。抱玩具公仔照毕业相，似乎有点匪夷所思。或者是，人尚未长大就已获得学位，尤值得傲娇。

临行总要再看看那禽大红豆树的。红豆放入煤油灯的盏底，在那里被火水和玻璃灯盏放大，变得更红更艳异。那一年给卢同学做花圈，就是折红豆树的枝条，带细叶的树枝，绕一圈，够柔也够韧，从追悼会送去墓地。眼前的红豆树这时是灰色的，青翠隐在深夜。从一禽树行到另一禽，四周渐渐一片灰暗……草地上漫起白色雾气，嗯声间听闻吕觉悟说，咦，尤加利树怎样生出了羊蹄甲花？实在是稀奇的，体育场的一大圈尤加利树的顶端伸出了长长的羊蹄甲枝条，羊蹄甲花开得一串串的，直伸到你和吕觉悟的头顶。

这里的鸡蛋花树、凤凰木、榕树、木棉树、羊蹄甲……它们发出了声调有别的、来自时间深处的方言，声音此起彼伏连成一片……食咗饭未去？食咗了，唔该……哎呀你只契弟饮佐未？饮你只契弟……唔响在屋企叹世界去果度做乜嘢，果只地道战有乜嘢好睇……时候还早，电影还没开始，一个骑单车的人后架绑着一只圆形发亮的扁盒，那里面装着电影胶片，他正慢吞吞往东门口这边骑。空气中有烧狼蕨的气味……

狼蕨燃尽后的热灰中埋着的番薯变得松软香甜皮微焦，烤番薯的甜香气味沿着石板路一路滚动到东门口……你与骑单车的放映员相向而行，擦肩而过时你扭头望了眼他后架上绑着的那只圆形发亮的扁盒，里面装的是什么片？这只神秘的铁盒子在多年以后已不再神秘，铁盒子里不是《地道战》就是《地雷战》《南征北战》，后来它装了彩色的革命样板戏……萧继父神通广大弄到了电影票，过路片《智取威虎山》，这只片子的胶带在铁盒里从一地运到另一地，它在空气中滚动，它过路，它路过圭宁县城被截流下来，停下来一夜，这一夜极是珍贵，为充分利用则分成三次放映，六点几到八点几，八点几到十点几，十点几到十二点几。十二点，在县城就算是深夜了，深夜，它在礼堂的黑暗中转动，在人们头顶巨大的光柱中坚定地扑向银幕。全县城的人无比兴奋……晚饭时继父亮出了《智取威虎山》的三张票，他的票、连他本人，都是从天而降的，他讲正规的广东话，见过世面，据说他险些就当上了飞行员，后来才当的海军，吕觉悟说幸亏你阿叔当过海军，不然就像我阿爸关到少年之家标本室和猫头鹰大蟒蛇关在一起……

去过远处的人都竭力讲一口广东话，即使没有去过广东，也要讲广东话。在广东话中继父仰着头，而大表姐的脸上浮起胭脂的颜色，她去了合山水电站，回来讲一口超拔的广东话使你误以为合山是大地方，她嘴唇鲜艳皮肤白皙，却脾气古怪，忽然就会暴躁起来……她在礼堂门口等我，柳州铁路局文艺队演出，已经开演，看门的工人纠察队也撤了，唯剩个妇娘守门。大表姐企在门灯下，傲慢地望着台阶。"快啲喇做咩嘢咁磨嘅，"她不耐烦拉起我就向门里走，"飞呢飞呢（票呢票呢）？""唔系响果度咩（不是在这里吗）？"妇娘指着我，"渠嘅飞呢（她的票呢）？""渠系细佬仔边滴要飞嘅（她是小孩怎么还要票的）？""点解无要，渠又唔系几细（怎么不要，她又不是小小孩子）。"……我想哭却被她捉着猛一拽，我左胳臂一阵抓痛，轰的一下跌入黑暗中。跟跄着被她拖过前厅，又跟跄着被她拖进场，一排排头壳上方明亮的舞台上一排身穿红色大襟衫的女子正在演《大红枣儿献亲人》，每个人的大辫子一直垂到屁股，八条大辫子在舞台跳呀跳……"大红枣儿甜又香，送给那亲人尝一尝，一颗枣儿一颗心……"表姐她一巴掌摁我到一处座位坐落，我闻到一阵雪花膏的香气……

但她嗯声间又企起身，又开始拽我的胳臂，她要撤了。而我是多么喜欢那明亮的舞台，唯有的红妆，那数根无法在日常生活中见到的长长的大辫子，它们像精灵般跳动……但我被一只粗暴的手拽了起来，我在一片黑暗中频频回头看那明亮的台上。行到门口，忽然一阵新的乐曲响起，回头望，一排朝鲜服女子边舞边行款款旋出，上短下宽的裙服一转一转转成只只灯笼，身姿娇娆舞姿妙，"红太阳照边疆，青山绿水披霞光……"我以无比强大的傻劲甩脱了表姐，把自己重新黏合在过道上，我和一颗颗黑色的脑袋黏合在一起，成为一个巨大的整体，"红太阳照边疆，青山绿水披霞光，长白山下果树成行，海兰江畔稻花香……"舞台明亮的液体流泻到我的手臂，粘连的那只手变得柔软了，连表姐古怪的粗暴也得到了安抚。

疏卷：火车笔记/滇中

一　书

收拾行装时，只放了一本《阿德里安回忆录》，其余的书都在 Kindle 里。本以为电子书不适应，十几年前，断然拒绝在电脑上阅读，一律要打印成纸，或者干脆就不读。眼下，纸质书特有的触感，手指触碰纸页时微妙的感觉、连同它的气味，已统统变为乌有，这种了无生趣的变化是时代滚滚向前的一部分。但你居然也变了，从你得到一个 Kindle 的那一刻开始，一个活动，一家上市的图书公司在庆典上给每位嘉宾发了一只亚马逊 Kindle，便意想不到地飞速滑向了电子阅读。

熬过最初的不适之后，我发现电子书有诸多优点，不占地方是第一条，虽不知这本 Kindle 到底存得几多本书，眼下一百多本，似乎还可继续。出门我再也不用担心自己的行囊了，四卷本的巨著大概有五六部缩在电子书里。有次高铁站排队等出租，队伍蜗牛般蠕动，便摸出轻薄的电子书读起了《红楼梦》，自此排队不再难熬，行囊中厚而重的书亦可弃之。

购电子书快捷，也是大大的爽逗。一本纸质书，即使第二天就到货（比如当当）也没它快。任何时候要找书，马上下单，信用卡一付账，只消几分钟，千军万马的多少文字都可以立时到达，手指一点，俱在掌中。再有，可以调大字号，看

Kindle不再需要老花镜。如此一来,我几乎不愿意买纸质书了,除非是特别看重的某一本。

唯一毛病是缺乏美感,当然也缺乏质感。

我不能摸它,触摸是如此重要,尤其对一个单身女人。很多书其实我并不是为了看,而是要经常摸一下。只要摸上两三次,我就感到它们是至亲。电子书是什么呢,充其量是我的旁亲远戚吧。当然,很多时候还是比亲戚更亲些。

为了我的眼睛,我的体力,我愿意部分放弃美感和触摸的享受。若某本书我特别看重,当然还是要买纸质书。

漫长旅途去云南,手头有一百多本书多么令人愉快。想一想那些书名,即使我不看,我也可以在书名中获得安慰。《感官简史》《干燥亚洲史》《杂草的故事》《意大利的黄昏》《死水微澜》《米德尔马契》《悍妇精怪故事集》《道家、密宗与东方神秘学》《中国染织史》《方言与中国文化》《动物志》……五花八门,有些已经读完了,有些只读个开头。手机里甚至还有一本《突厥语大词典》,那是书中人物陈地理在废品收购站淘到的残本,后来他留给了罗世饶。当然我这个不是残本,是朋友发到电子邮箱的,它不占任何空间。

之所以带上一本纸质的《阿德里安回忆录》,除了此书对我有特殊意义外,我还打算认真想一想多年前准备写的《须昭回忆录》。须昭还活着本身就是个人间奇迹,三年前她一百零九岁,我觉得她随时都会死去,三年过去,她一百一十二岁……一直没有她离世的消息传出。她一生传奇,坊间八卦极多,真假莫辨,据讲她与蔡元培的儿子蔡柏龄谈过恋爱,蔡柏龄等她等到四十八岁,她还差点救出瞿秋白,自20世纪50年代始她隐姓埋名,自己把自己埋葬了近70年,除了照顾她的瘦老太,无人知道她在世的点滴。若写一部类似《阿德里安回忆录》那样的书,我相信,须昭是绝好的素材。

多年来,我对自己一直没有放弃这个念头感到不解。《须昭回忆录》,以须昭在革命与爱情中的奔放和煎熬,第一人称,心理之流动与沉滞,大可写成一部有意思的书……他人的人生,一种自己难以把握的经历,纷乱的素材,复杂的历史,人性在历史中的幽微如大海的暗流。每当疑惑袭来,总不免回身探寻,看看这粒种子是如何落下来的。

那时候在南宁,晚饭后无所事事,我骑上单位的旧单车从后门出去,沿下坡小路一路冲到民政路。小路两旁是大片菜地,傍晚时分,大粪的气味让人心情舒畅,发酵过的粪便混在干燥的泥土里,散发出一种空旷的慵懒感。我深吸一大口,全身肌肉松弛下来，仿佛一件高兴的事正在不远处。

民政路是条漂亮的路，路边的棕榈树线条优美，树干修颀，中段有着匀称的腰部，宽而长的树叶从高高的树顶垂下，但它决不会垂到人的头顶，它停在两层楼高的位置，有风吹过，则从阔叶面的漏隙间穿行，如此，棕榈树就更加婆娑旖旎了。这使民政路有一种洋派的休闲气质，它使人眼前一亮，何况，这条路还有广西展览馆！

展览馆向来是各个城市至辽阔复杂的建筑，在偏远的南宁亦如此。阔朗的馆前空地，圆形或方形的拱门，大大的水池、中央喷泉、弧形的长回廊，再入去，有令人吃惊的大片空地，空地之间是风格相同高低不一的建筑，有一只下沉的环形台地，绕着一级级台阶——是个放映场。展览馆放电影，这给我们进入这幢建筑提供了借口。小地方的人，见了堂皇的事物不免缩瑟，这些建筑高大上，就是让你震惊和敬畏的，说到底，它本来就非居住性，不贴身，不亲切，仿佛一座外来的城堡，我们和它之间隔着一条宽阔的河流，只有它说它放电影，这个时候，城堡才放下一道吊桥。电影当然是我所爱，我欣然把单车支到一边，排队买票，然后沿着那些弧形的路行入下沉的放映场。

有时我亦去七星电影院，散场之后我会在场外空地的小吃摊流连片刻，我一家家巡过去，望那盅盅列列炖鸡，每盅一块鸡肉，有几粒红色的枸杞和一枚红枣，有这几粒红点睛，一切喜庆祥和。旁边的火炉燃着炭火，蒸锅里蒸汽腾腾上升，摆上矮桌的炖鸡也是盅盅冒着热气。我又望那炒田螺的摊子，一只铁镬支住，田螺翻得哗哗大响，生姜紫苏辣椒混合的气味生猛火爆，一团一团，在空中像是要烧着的。

我欢喜空气中有火苗，但只有黑烟我也欢喜，这些烟火气就是人间的气息。长年的独身生活并没有使我适应冷清，我拖延着不愿回家，若散场后沿着黑黢黢的路回到空荒的宿舍，看电影聚起的那点热气眨眼就会散掉。古城路的路灯不够亮，浓密的树叶遮住了灯光，因是新路，向来人总是极少，有次被一辆飞驰的摩托车掠走车前筐的手提袋，我的惊呼声无人听闻，出了一身冷汗又自己焐干了。

我时常觉得，陌生的人气才算是人气，熟人不算。而人气对一个独身女人而言相当要紧。

每周末都要去人多的地方，和陌生人待在一起。我对陌生人向无戒心。在火车上若有人同我搭话，无论男女，我会一一告诉人家，我是哪里人，年龄多少，在哪里读书，在何处工作。

无端地，陌生人使我感到安全。

有次从玉林坐火车到南宁，中途上来一个中年人坐在我的对面，听他讲一口好听的普通话，我便跟他聊起来。他是自治区卫生局的，北京人，当年到过圭宁带杨尤芳上北京开会，他当过医生，爱谈文学艺术，背得大量唐诗，读过莎士比亚、普希金、罗曼·罗兰，他说是在朝鲜战场停战时读的。他还知道厦门在鸦片战争时期是五个开放港口之一，福州是古时闽国的首都；知道新疆各地的气候，认为像我这样的体质去不了南疆塔城。等谈到他儿子考艺术学院没录取时，我便有了滔滔话题，建议考中央美术学院的美术史专业，因为有喻范的现成例子，我甚至说到了泽鲜，因她打算中专毕业后考艺术师范。火车到南宁的时候我们已经很熟了，他于是邀请我上他家玩，是在医学院背后的职业病研究所，找罗医生，他爱人，他本人姓周，上了公共汽车后还是这位周同志帮我买了票。

跟陌生人混熟，在年轻时好像并不难。

调去大寨路尾之后，不坐班，每周只去一次。时间更多了，如洪水四处漫溢，我总要盲目找一只节点，把自己拴上几小时。

所谓消闲。

在周日，漫长的晏昼更其漫长，无论如何我都得出门。我骑上自行车，从大寨路去往市中心。大寨路在这个城市的边缘，路尾一出，全城路灯至此中断，护路的桉树亦到此为止，两边均是稻田菜地。之所以叫大寨路，想是源于"农业学大寨"，这路既是附近人民公社的地盘，又意味着它的边缘性，犹如山西之于北京。

慢慢踩车。我不怕慢，要的就是慢，我要在慢中消耗掉大量时间。我从大寨路尾出发，穿过衡阳路，衡阳路是整只长缓坡，路面长而又长，穿过铁轨，穿过国营南宁棉纺厂的大门口……之后是一小截华西路接南宁火车站，转左，到达朝阳路。朝阳路是南宁最宽的街，朝阳百货公司全市最大，朝阳剧场、朝阳公园，从公园放射出来几条路，其中一条，新华街。我要去的就是新华街，我不能不去新华街。那几年，香港的服装经由广州，吹一口气就吹到了南宁的新华街，街头到街尾，当街的街心，一路地摊，每只摊位竖着竹竿、铁线和电线，高高低低，如同蛛网，又如战争中的简易工事。盏盏灯泡挂在铁线上，照耀着同样挂在铁线上的新衣衫——长裙兼短裙、古怪的T恤和牌子混杂的牛仔裤。青年男女啸聚于此……

在新华街我买过两件旧西服。

是个星期日傍晚，天还早，摊位没齐，各摊主正陆续设摊。嗡声间，街面人人拥向一处地摊，我也挤近，只见刚铺开的摊上一大堆衣物，一时望不出名堂，我蹲下扒拉，抖搂出一件，竟然是西装，是电影上见到的模样。那时径，旧西服成箱从海上登陆，从广州运至南宁，望之干净齐整，有型有款，且件件不重样，谁知后来被指为垃圾。

我一件一件拿来比试，穿到身上，肩平直了，腰收起，人立即挺拔起来。

摊主说："几好嘅嘞，五十文一件，几抵手嘅。"我看中一件白色的，买下来，配上我的黑裙子参加了《南宁晚报》的活动，我在晚报上发表了一篇小小说，得了二等奖，我穿上这件地摊上买来的白西装去领了奖。

又一次，见到一件红底大格的呢短褛，极对我的胃口，款式奇特，像件披风，穿上它我就感到自己从凡俗的南宁抽身而去……我压抑不住对这件短褛的热爱，厚而紧密的呢子，朱柿红底，一种古称风入松的绿格，里衬是红绸子，因我在省图书馆古籍部见到一本古色谱，我就想，这衬里比朱颜酡色浅，比林檎色暖。它做工精细，极其拉风……我忽略它的晦暗不明，以一百五十元的价格买下了它。要知道，当时我的工资是每月五十四元。

那家著名的老友面店也在新华街街口，专营面条或米粉，配以辣椒、酸笋和豆豉，酸且辣，近乎贵州风味，它风头正劲，压倒了粤地口味。年轻人从面店出来，辣得满脸通红，额头上冒着细汗珠（据讲辣椒是催情剂），他们眼睛贼亮，步履轻飘，像两粒火星迸进鼎沸的街心。

写下那些街名，我不由得要对它们质疑一番。

为何街名没有绵延居住的气息，大而无当，且与其他城市多有重复？新华街大概就是因为有新华书店才叫新华街，或者，竟是因为北京有新华门？

全市最大的书店和最活跃的地摊夜市混在一起，感觉形同水火。比新华书店更引人注目的，是拐弯处耸立的水塔，它是全市标高点，而晚报副刊又一直叫"水塔脚"，我猜想这条街可能曾叫"水塔脚街"。这种日常生活烟火气的街名，我钟意。

还有衡阳路，它靠近一条穿城而过的铁路。向北去，铁路出广西之后第一站即衡阳，我又知道1944年有衡阳保卫战，此役为抗战十四年正面交战时间最长，被誉为"东方莫斯科保卫战"，战役中我方的46师19师，多系桂籍子弟，莫非是为纪念衡阳保卫战？

华西路，全国东南西北中几大区，华西是其中之一，此路既在南宁城的西面，它不是华西路谁又是？新华街出去，沿邕江的那条街叫解放路，曾是贫民区吧，所以叫解放，又或者是水灾区，也许本来叫水浸街，江堤修好，地势低矮常年进水的沿岸居民，就算是解放了。解放路骑行，树木房屋挡住了江景，冷饮店、小吃店、米粉店、饭馆、小旅店、挤在一起的旧楼……20世纪80年代的街道都是窄的，加上街道两旁的树木枝叶茂密，街面更显其窄。我已不记得解放路种的何种树，不外是芒果树、枇杷树、木菠萝树（也叫牛肚果树），不然就是羊蹄甲树，总之是叶阔树矮。两旁的阔叶树一挤，街面就挤成一条里巷，人行道上的砖块松动着，行人漫上了街面，街就更窄了。

虽是省城，毕竟偏远，仅新华街书店有少量像样的书，别的书店从未有。小地方读书人，要购书仅两条路，一是托人去北京上海广州代购，再者是寄钱去出版社的读者服务部，邮购。有人问我，为何要离开广西去北京？只觉得，提问者竟不能理解一个文化中心的强大吸引力，一个人从小地方去往大城市，实是文明进化的永恒内驱力，全世界均如此。某年我打算从省会南宁调去外地，因此处要成立一个创作中心，我可以专事写作。一位前辈提醒，说此处是一只死角，属闭塞之地，相当于下象棋丢了只车。人生难说赢输，即使有，一时一地亦望不见，只不过呢，设若丁玲没来北京，萧红没去上海，一切就有所不同吧。即使是短暂的、人生的幻光。

比对让人明白，三十年前在那家稻田边的小书店买到一本《尤瑟纳尔研究》，想着就是件不同寻常的事。

探头望向那年的五月，夏天尚未到，天气已经热得燥人，从大寨路尾骑行。这条街光秃秃的，没有树荫，两边多围墙，少店铺，街边树木尚未长成，矮而瘦。有只树坑陷得深，坑里的树架着护条，显见得刚刚栽下。从这棵光秃无叶的树望过去，忽然就望见这家书店，阳光虽不算酷烈，却也晒得烦，我穿过马路，单车靠在檐下墙边，入屋避晒。

店内无人看摊，谁会偷书呢，书等于输，避之不及的。在岭南粤语区，谐音文化尤其发达，书等于输，舌等于蚀，牛的舌头都是不叫牛舌的，要叫牛利，利是蚀的相反。

这书店只有巴掌大——准确地讲，是大学里一间八人宿舍大小，两边各有一排书架，中间两张案台，面上摆着书。那时径，图书销售的二渠道尚未兴起，所有书籍发行均由新华书店统领江山，计划经济时代，这种从上到下、遍布全国九百六十万平方公里的各路系统，像一只只奇大无比的螃蟹，牢牢地趴在各自的地盘上。重工业、轻工业、农、林、牧、副、渔，教育系统、卫生系统……系统们组织严密、庞大、坚不可摧。这小书店不知从何处冒出的，它超出了我的经验。它书架上和案台上摆的不是通常的教学辅助书，而是文史哲。新新旧旧，每种两三本。我一本本翻将过去，沉浸其中。

我就看见了它——酱色的封面，一个线描的老太太头像，七百二十五页，生僻的名字，《尤瑟纳尔研究》，法国现当代文学研究资料丛刊，柳鸣九编选。

出于多种原因，我把这本砖头厚的书买了下来——因其资料齐全、因前所未闻，因为柳鸣九（我大学时听过他的讲座呢）的生动序言。我没有错，这实在是一本有趣的书，有尤瑟纳尔三部作品（《阿德里安回忆录》《苦炼》《默默无闻的人》）的选译，有她的文论选，批评家论尤瑟纳尔，以及她九部作品的内容提要、年表，年表终结在1982年5月，她1987年去世。此外还有附录，二十五项之多的法国文学动态：八十一岁高龄的新小说作家萨洛特发表自传性作品《童年》；萨特出版两部哲学著作《奇怪战争的笔录》《关于一种伦理学的笔记》（为何出版哲学著作也归为"文学动态"，哦，对了，萨特也写小说）；勒内·夏尔全集在伽里玛出版社出版，收入七星丛书；龚古尔文学奖评委增补委员；一位诗人与一位人种学家被选入法兰西学院；萨冈出了新作；19世纪著名女作家、女权主义的先锋史达尔夫人的传记出版；著名诗人路易·阿拉贡的长篇小说《豪华市区》改编成电影；玛格丽特·杜拉斯获得法兰西学院年度戏剧大奖；萨特书信集出版；曾经当过小偷，作品被认为有色情甚至猥亵成分的作家让·热内获国家文学大奖。其中最令我眼前一亮的是第十一项，普鲁斯特的《追忆似水年华》搬上银幕，由德国著名导演施伦道尔夫执导，他曾导演过《铁皮鼓》，获奥斯卡奖。

　　出门时我特意看了一下书店的门牌号，明秀路17号，门口有一棵新种下的树，我认出它是石榴树（疯狂的石榴树在世界的中央用光亮粉碎了魔鬼的险恶的气候，它用白昼的橘黄色的衣领到处伸展，那衣领绣满了黎明的歌声……脑子里忽然跳出埃利蒂斯的诗句），旁边有只药店。不过，即使没有这两处参照，要找到它也不难，无非就是明秀路。

　　此书我一直来不及读，这家书店也再没去过。次年春天我去了北京，生活八年的南宁就此别过。

　　十几年后我才再次想起它。这一年《尤瑟纳尔文集》七卷翻译出版，我买到了其中的四卷，《阿德里安回忆录》译名为《哈德良回忆录》，已售罄。我把十三年前在明秀路17号买的《尤瑟纳尔研究》找出来，第一次读了《回忆录》的节选。仅五六两章。我在上面画了很多道道……"唯其因为我对人类的命运不寄予太大的希望，所以我觉得短期的幸福，局部的进步，为幸福和进步得以重新开始或者延绵下去所做的努力已经差不多可以补偿那汪洋大海一般的痛苦、失败、痼疾和错误……我们的书籍不会全部毁灭；破坏的雕像会得到修复；其他的建筑将会从我们的建筑中产生……我还在阿德里安临终独白上画满了线：纤细的灵魂，温柔、飘忽的灵魂，你是我肉体的伴侣，我的肉体曾让你栖身暂住，你很快就要堕入那凄凄惨惨、悲悲戚戚、荒凉空虚的地方去，再也享受不到往日的欢乐。请再等一下，让我再一次看一眼这熟悉的景色、熟悉的事物，以后永远也看不到了……让我努力睁着双眼走向死亡吧……"这是最后一段，我在空白处写道：某年某月某日读毕。

　　这就是一粒种子飘落的过程，是《须昭回忆录》的起念以及至今未曾凋谢的过程。我一直认为，我应该探寻这段还不算太遥远却又与当代有各种牵绊的历史，那些在复杂迷离令人纠缠不清中又困难又无畏的女性总让我饶有兴致……而我将阅读大量史料，到某些地方走一走，在半明半暗中，我始终看见自己正在变成那粒种子慢慢发芽生叶，而我在下笔时渐渐变成她……尽管我的内心一片空虚。

我没有意识到，我更应该写的是一部六感回忆录。

二 滇中，钟

现在她完全不怕火车晚点了，也不忧住的地方。尤其不会再像年轻时担心被拐卖。火车一直向前，轻微地摇晃。

在外游荡几十年她从未找到自己的避难所，故乡不是异乡也不是。文艺青年（有些人到老也是文艺青年）容易心灵破碎。每当感到破碎时她就要外出旅行随便去哪里。

找人倾诉是最愚蠢的，何况她向来无人倾诉。

若要找一只避难所，火车应该是首选。她喜欢火车上的陌生人，不知从何来又去向何处，他们也不知道她。但他们就在座位旁边吃东西喝水看书看窗外，然后他们聊起来，在旅途中她愿跟生人倾诉衷肠，无论说什么，只要下了车，一切就都删除了。

有人能跟陌生人做爱，印象中杜拉斯有过。男人多不成问题，女人恐怕障碍极大。不过她有时认为自己可以。闭着眼睛纵身一跃的激情她向来就有。她永远有抛弃肉身的冲动，包括跟陌生人做爱。

大学毕业那年她从南宁出发，先到武汉，从武汉坐船经三峡到重庆，坐火车至成都，从成都到峨眉，上峨眉山，之后从成都往贵阳，从贵阳到六盘水，再大货车去云南文山，经麻栗坡富宁至百色，从百色回到南宁。那些噩梦舒缓了她的紧张，也挑起了她隐隐的渴望。石山。老女人的声音。天上云的嘴唇。火把闪闪烁烁跳跃。人形的火焰在靠近。雄性的人形冒着白烟的气味奇怪而腥。她的衬衣和乳罩。一个男人的身体压着她……

而火车自始至终在摇晃。

她奇怪地不愿意坐飞机。已经是 2019 年，高铁四通八达，她有时甚至坐慢车。而且，即使是从北京出发，她也不会走西线先到西安从那边去云南。仍然是一路南下京广线。北京经过石家庄郑州一路到武汉，再从武汉到柳州，中途的车站是无比熟悉的长沙株洲衡阳冷水滩，她无数次路过的。她简直觉得回到了家。熟悉的地名使她安稳。然后从柳州到贵阳，再从六盘水到昆明，从昆明到滇中。如果不出门，她很容易随地心引力萎靡下去。

仿佛一片海藻，因暴露在阳光下而被驯服削弱……

现在要说上一次。上一次我去滇中。

我总想，既有三十几年没见，又是泽鲜主动打电话喊我来，无论如何她肯定是在滇中家里等住的。结果到昆明给她打电话，手机和座机都不通，许久座机才通了，她却不在。之之说，妈妈交代过，一切由她接应。之之说话唔噜唔噜的，电话里更是听不清爽，她说要到滇中，需先到西部客运站坐客车，为了确认，我又问了售票处，结果去滇中不是西部客运站，而是南部客运站。

去云南看泽鲜算得上是四十多年前的因。

那时两人同出同入如同孪生姐妹，你对泽鲜说："我们早上要起来跑步，要锻炼身体。六点半，你一定要起身！"她说好。初冬早晨六点半，天刚蒙蒙亮，两人一前一后沿着公路一直跑到体育场，跑步结束拐到西门口，清洁工正在扫地，街上洒着水，尘埃扬起，你们跨越大大的竹扫帚，一跳一跨，直跑到人民饭店，那里热气腾腾包子粽子油条馄饨豆浆香气此起彼伏。饥饿的胃开始苏醒，腿也开始灌铅了，灌的是铅字，印刷厂那种铅字模，一粒一粒沉沉滞滞的"饿"字。然后，三分钱一碗的肉粥……你还强行跨班跨年级搬入她的宿舍。

直到去六感插队，她还到生产队找过你并彻夜长谈，你确信再也不可能找到比她更好的朋友了。她瞪大的眼睛、辫子微微卷曲的头发、面对恋人的战栗，"茫茫昆仑冰雪消融滔滔江河流向海洋"。然后，她振幅巨大的爱情、她沉入黑洞杳无音信。

友谊荡然无存。

当爱情观成为一把刀，锯着锯着，就撕裂了两个人。

几十年过去，我已经不记得那些撕裂的瞬间和争论的片断了。写完这部书，我翻检旧物断舍离，才看到当年撕剩的旧日记、那些残页。我们是争论过的，一次又一次。

到了大三，我终于给她写了一封长信决裂。

我很气愤，对她盲目崇拜喻范，为他全部牺牲，放弃自己的艺术追求，尤其对喻范贬低她的人格与才华怒火中烧，恨不得泽鲜一脚把他踢开，泽鲜却觉得喻范是为她好，我也只有更生气，哀其不幸怒其不争，终于决定，再也不理她了。

信发出去我一阵悲凉，最好的友谊就这样没了，而且，永远都不再有修复的可能。

过了不久我又收到她的信，说与家里所有人包括泽红都闹崩了，一团乱麻中，她写来信道歉（她也对我说了重话吗）。此时裂痕已经很大，但暑假时她还是每晚来我家聊天。

大二暑假时在北流河的沙滩上那次最为激烈。

我第一次知道她和喻范的关系是那样复杂并充满不快，喻范认为泽鲜的才华不够，性格也不适合搞艺术，因此他要改造她，泽鲜自尊心强，他的改造强硬进入，对一个柔软的心灵不能说没有残酷的成分，他高兴时，泽鲜没有随之高兴就被认为是不理解他，觉得她不能分担自己的喜怒哀乐，他要求泽鲜随时捕捉他脸部的每一个微妙表情，然后做出相应的反应。我说出激烈的话，希望泽鲜意识到这不是爱，而是施虐……

泽鲜却说："每次摩擦都促使彼此了解，各自向对方走近一步。"

她说喻范要一个爱他、认可他、以他的一切为一切的人，他还需要一个安定的环境，他要求泽鲜早婚。而泽鲜则觉得这样很可怕。

但很快她就不感到可怕了。

想来喻范已经摧毁她的自信心，使她崇拜他，盲目服从、依附他，他引导泽鲜为他牺牲，泽鲜却反以为他是为她着想。我总觉得喻范是个很不简单的人，有一点危险性，他的想法明明自私，泽鲜却觉得他的品格很高。我实在想不通。

喻范的某些思想是以尼采的超人哲学为基础的吗？虽然他也许根本没读过尼采。也许他是一个天才吧，我不能评价他。

在沙滩上，泽鲜谈到女性的智力差过男性，我感到她分明是学舌，说出来，却像是宣布一个我前所未闻的真理。"科学文学艺术，成功的女子总是极少，许多受过高等教育并富有才华的妇女都要放弃自己的事业为丈夫做牺牲，这样的例子相当多。"那时她已经下决心为喻范牺牲自己，认为喻范水平已经相当高了，相信他一定有极大的成功。

她还说，我的内心那么强，对事业又有追求，男性在我面前肯定会很不舒服，我最后肯定会单身一世，会没有自己的家，也得不到爱情。显然，这些话也是喻范说的。

"他说你很难。"泽鲜最后转述喻范的话。

"难什么？"

"难找到人结婚。"

"你个性太强，心里又只有文学。"她又补充道。

说过这些之后，泽鲜跳入一条与现世渺远的河，划桨而去。那条河大概有着永恒的金色吧。

在四十多年音讯断绝之后，谁又能想得到，她忽然找到了电话打来，你又真的去云南找她。四十多年时间的风暴刮来刮去又把两人刮到了一处。

即使徒步去云南我也是愿意的。

最好有合适的行伴，当然这个伴不可能存在。你遐想不冷不热的天气，一条适合步行的路，而非尘土飞扬的泥浆路亦非嗖嗖繁忙的省道，如果清冽而寒凉，自然是比酷热好，遐想着你离地半尺，而行经之处，一切后退。

后来你写了一首诗，就名《遐想》：假如二十七岁，或者三十二岁/徒步/从德国巴伐利亚出发/穿越瑞士全境/抵达阿尔卑斯山南麓的/意大利//携带一只酒精炉/越过重重关隘/在山脚下的某个湖区/住上半年……

带在手边的是劳伦斯的《意大利的黄昏》，在火车上神经末梢全部打开了。劳伦斯二十七岁，弗里达三十二岁，他们徒步私奔。徒步翻越阿尔卑斯山。私奔，是你自年轻时就热衷的词，多年来向往兼赞颂。只有泽红才真的私奔了。她丢开过一切，然后，重返平凡无澜的生活。在"那个"去世和孩子长大之后，泽红内心变得很安静，谁也无法撩拨她。她的安静不亚于泽鲜。一个通过宗教一个通过私奔。尽管一个说一个是邪教，另一个说那一个没有追求更高的精神层次。

现在的泽鲜大概认为，爱情消失了就什么都没有，是全然的空。但宗教，学佛，可以使人通向下一生。

那次从头至尾没见到泽鲜本人。

我站在一条空阔的马路上，天上飘着细雨，蒙蒙绵绵的雨丝落到头发上。一直在等。马路又空又新又阔，两头无人。几分钟才有一辆车嗖嗖开得飞快。我在车上给之之打过电话，她讲过几分钟就出来接，下车之后没看见人，细雨飘一阵停一阵，便只好再次打电话，老半天才听闻个女孩子睡意蒙眬地在那头"喂"了一声。问她是谁，她说是小毛。

但小毛是谁？

我等小毛出来接。不远处是图书馆的屋檐，我担心她来了望不见，就一直企在雨中。好在雨没有更大，飘了一时就停了。路这边有两龛大棕榈树，高及两层楼，对面是人行道，人行道内侧有几层树。似乎还有一条河。山上有栋高层建筑。高楼的下半身也在树木中。天空的云极厚，团团翻滚。

小毛忽然闪出来，十一二岁、虎头虎脑，大眼睛圆脸，城南旧事学生头。像喻范也像泽鲜。她倒不认生，朗朗大方说话行路。我拖着行李箱，她前头引路。我说："你挺像你爸的，不过也像你妈。""是吗？是吗？我妈经常讲我是她修来的。"小毛一开口就更活泼。算起来泽鲜大概是四十五六岁才怀的她。计划生育年代，她的子宫比任何别的女人都更有效率。一直以为学佛修佛不生孩子，结果却是她最多。

全是水泥路，路面有点湿。行过几条街，再下一只斜坡，周围是一片分不出彼此的建筑群，每栋楼都一样的灰头灰面，水泥预制板，长方形的水泥板盒子。一幢紧贴一幢，墙面相连四五层高。

在一座楼前停下来，只见门两边贴了红纸："新晴原野旷，极目无氛垢。"后来想起，大概是王维的诗。三十多年前我就知道喻范喜欢王维。他的书法自然不错。

一个出世已久的人，在这一大片拥挤的水泥楼中望见"原野旷"，于滚滚油烟（每栋楼一楼的窗玻璃无一例外开出只大方口子，一方铁皮烟道从玻璃上破窗而出，弯道向下，各家的厨房辣油烟气滚滚，从烟道散到街巷，很像工业化的浓烟，颇有规模）中"极目无氛垢"。当然地，他修行了几十年，有世外高人的内心清净。

进门也是普通的水泥地面，四面白墙，过道厅赫然摆了张原木板凳，大得震人——阔如书桌，长则两倍，厚厚一大块原木，边缘有树皮。树皮意味着原始。板面粼粼波纹，光线暗着却能微微闪亮，好像那点微弱的光倒是它引来的。

贵重木材令我意外。

黄花梨或酸枝，或者金丝楠木。一种有富贵气的文人格调，或者反过来说，一种有文人气的富贵派头。大而厚的原木板胜过了一切装饰，它压倒性地散发出强大的气场，宣示了这栋房子的与众不同。它还深具实用性——可坐可卧，躺一个成年人两头有余（某个寂静的午后，我从楼上下来，弟弟正侧卧在这张原木板上，宛如年轻僧人），有次我拎有半柱青香蕉，顺手一放，结果也像一幅经过构思的画。任何物品置于其上都具有天然的艺术品位。若盘腿，这原木板也足够大，跟前再放一盅茶，则又成了大茶台。总是足够风雅。

之之不知从哪里冒了出来，小毛一喊她就出来了。她的发型与小毛相同，也是平整刘海，齐耳短发。她比小毛仅高一拳。她的身高总是起争议，二十几岁的人，十四五岁的身高。

早就听泽红讲，之之长不高就是月子里泽鲜不吃肉，营养不够。

泽鲜讲的是另一套，说根本不是不吃肉，而是肉吃得太多。之之细时在玉林阿婆家，阿婆常时给她炖鸡，三头两日炖鸡给她吃，肉吃多了，肠胃不清，哪里能长身高！为了信仰害了孩子，泽红看来，是近于慢性自杀，日本的奥姆真理教，那是人人知道的。父母认为泽鲜毁了，不但自己毁了孩子也毁了，三个孩子，非但不能一日三餐，连受学校正规教育也不能。王爸爸是教育界的，执念极大，却也只能仰天长叹。

有点像《红楼梦》，眨眼间又出来个女孩子。

云等着实让人眼前一亮，她的人有种象牙感，文艺气质。名字也是。高挑窈窕肤白，颈脖颀长鹅蛋脸，长头发梳在脑后，头顶扎只发髻。如果不扎发髻会有些像水妖或者林妖。一身棉质宽松衣裤本白颜色，颈项搭条象牙白围巾，上有隐约细碎黄色小花，类似柘黄。人有静气，而头发和衣服却仿佛藏有股清风。

她像门厅那块贵重木材，提升着这所房子的品位。当地师范学院毕业，上海知青后代。学美术。受院校教育又没被引入歧途。就气质而言，之之是璞玉未开，云筝则明显剔透。喻范浇灌了她，比起三十年前在玉林师专对泽鲜的启蒙，那种摧毁所有旧有价值观的全新的一切更加摧枯拉朽。她大学毕业未去就业，追随喻范，为他全家服务。

在另一栋楼见到乙宛和喻二弟，便是《红楼梦》再添了一笔。

乙宛是谁呢？喻二弟当然也不是贾宝玉，他黑瘦，长相极像当年的喻范，像印度人，有民国气质，一种平和宁静幽深之感。十七岁，年龄仍是少年，却有成人的稳和厚。

泽鲜租的第二栋楼是人间烟火，煮饭吃饭在这边，私塾宿舍也在这边，还有狗，楼上还有装裱室用来裱画裱书法。从那栋楼到这栋，要下一只斜坡过一列街巷。一层做厨房，窗玻璃上开出个方口子，铁皮烟道向外散烟，灶间和饭桌在同一间屋，向里有天井。有一只狗，那个小小女孩就是乙宛。她总穿一身紫色衫裤。那紫色，介于紫蒲与赪紫之间。

乙宛是泽鲜家私塾收的独一学生。

只见喻二弟从天井后面踱出，手里握着书，命乙宛："别逗狗了，洗手，吃饭。"有种与年龄不相称的威严。乙宛乖乖洗手，默然盛好自己的饭。小毛蹦入厨房，她总是眉眼最生动的那个。"老哥老哥。"她叫着，一边迅捷盛自己的饭，一眨眼就坐在了饭桌旁边。

我也学小毛叫他老哥。弟弟小之之七岁，大小毛四岁。拿炒菜的姑娘比红楼里的丫鬟当然极不妥。她矮云筝半头，正在炒最后的菜。择菜、洗菜、切菜、炒菜，都是她一个人。她熟门熟路心甘情愿。也算他们家的徒弟，师范在校生，跟着学装裱。叫秀姐。

他们吃些什么？你倒是情愿日日吃素的。

西红柿黄瓜炒鸡蛋，就是正常的西红柿黄瓜炒鸡蛋，西红柿炒大白菜也是。炒豆角，蒸咸菜，菜面铺几大片腊肉，腊肉，自然是猪肉，非素食。水煮枸杞叶子盛在一只不锈钢小盆里。

大家围住，噤声吃饭。

喻二弟说："乙宛，你吃片肉。"乙宛垂眉道："不想吃。"喻二弟再劝："就吃一块。"乙宛不情不愿夹了块肥腊肉，放在碗里没吃下去，肉太肥，连蒸多日，颜色陈旧，日复一日吃不完。隔日听小毛讲，乙宛的妈妈没了，爸爸又结了婚，她外婆让她跟来这边,她爸爸没别的要求,唯一就是让乙宛每日吃上一点肉。现在的小孩子不喜欢腊肉尤其不喜肥腊肉。这里私塾的修身是严的——碗里不可以剩任何东西,哪怕一粒米饭亦要吃净。乙宛望住自己碗里那片腊肉,愁得眼泪直打转。

你想起幼时的馋,不到八岁,人一怂恿,就拿家里的腊肉让炊事员在大锅里蒸来自己吃。趁母亲下乡两个月不在家,全家一年的腊肉被你吃光了。

二楼的房间有张木板床——

就像20世纪70年代那种,两张板凳间搭上床板,被、褥、枕都现成,一顶蚊帐罩着。有张黑漆无光的旧书桌一张旧木椅。有卫生间,有太阳能热水。

之之出来又进去,说妈妈打电话来了,讲要过两三日才能回来,让之之替她接待好跃豆阿姨,还特意吩咐,把她酿的酒给客人饮一点。

泽鲜还酿酒?想来也非想象的那样简素。

白酒和甜酒两种,是她自己特制的配方。已经吃过了晚饭,之之谨遵母命,特意又斟了一杯酒端来,说是妈妈亲手酿的酒,很好的,非常好。"非常好",泽鲜的口气。佛赤色的酒,之之隆重地双手奉上,有淡淡药味,我抿了一小口,然后一口饮干。之之拿着酒杯出去,只一时又入屋:"妈妈怕你冷,让我找她的衣服给你。"她很快翻出几件上衣和裤子。穿上,正好合身。

与泽鲜三十多年不见,到了云南找她,人不见,倒是与她的衣服相见了。

开襟的盘扣,中式风格,是她应该的样子。裤子也是宽腿的,裤脚有收口。她喜欢这种风格。多年过去,她离她的喜欢并不远。屋前屋后都没有树。但,光秃秃显然不是她的人生,而是你的。

两人不见面也许刚刚好。

和孩子在一起放松,并不见外。若见了她本人,再难重归当年的亲密无间。相距十万八千里的两个人,纵然对各自的生活能坦然,未免隔阂。中间隔的那条河随时都会拦在中间的,你们都听到了那哗哗的水声……除非你否定自己的全部生活,否定所有的学校教育,否定高考、入职、评职称、刊发作品、出书、开会……否定自己生活于其中的世间的一切。三十年不见,说些什么呢?难不成要谈信仰?各自不在同一个轨道上。你难免想到孩子日后如何谋生,但不能流露半点,否则隔膜更深。

主流外的生活你向来欣赏,亦佩服她的无畏,但,双方都明白,两人之间有沟壑。隔着一部响着哗哗水声的寂静《金刚经》。

之之忽然转身出去,很快又入来,手里拿只杯子大的玻璃樽:"朝早饿了可以吃红枣。"玻璃樽的红枣个大饱满。"大红枣儿甜又香,送给那亲人尝一尝,一颗枣儿一颗心。"《白毛女》里的插曲抒情着……好一时我才明白，他们朝早是不吃早餐的，所说的"朝早饿了就吃红枣"，就是说，对一个习惯早餐的人，可以红枣代替。

"好啊好啊！"我报以加倍的欣喜。

没有电视。外面是黑的。整座楼很静。开了书桌上的台灯，桌面立了一排书，南怀瑾的几大厚本。《南怀瑾选集》《圆觉经略说》《药师经的济世观》《楞严大义今释》《维摩诘的花雨满天》《论语别裁》《孟子旁通》《易经杂说》……另有《金刚经》《心经》《坛经》《地藏经》《黄帝内经》……你抽出一本《金刚经说什么》，打算就读这一本。

"如是我闻：一时，佛在舍卫国祇树给孤独园，与大比丘众千二百五十人俱。尔时，世尊食时着衣持钵，入舍卫大城乞食。"有关《金刚经》，你只知道这个著名的开头。也听过台湾歌手唱的《心经》，觉得好听。仅此而已。你跳过了前言、出版说明，跳过前面的实相般若、境界般若、文字般若……直接从第一品看起。如是我闻，佛这样说。一时，那个时候……

一时，泽鲜家的钟都是坏的。

笺

关于"菩萨道"，与友人探讨——

我：这句，"她只能将这个行为归结于行菩萨道"，觉得不妥。改为"难以想象。是无畏、无我，把肉心修成了大心"。

友：还是前面这句含混而准确。后面这个，是显示证量了，而前面的菩萨道，凡怀抱善意者，都可以。

友：菩萨行，是凡有善心的人都可以，只看发心。但无畏无我，是一个境界，牵扯证量。

我：可是证量，该如何理解呢？

友：证量，简单说，可以看成一个人证悟程度的自然流露。菩萨心肠，菩萨行，很早以来就有比喻意义。

注卷：县与城

姨婆与世界革命

睇见未曾：看见没有。**肥讷讷**：形容肥。**里中**：里面。**乎**：沟。**乎乎**：水流声，也是叫唤家畜的声音。**每晚夜**：每晚。**男子仔、后生**：男青年。**十足像**：非常像。**无衷**：难道。**眼睇**：眼看。**饮水**：喝水。**仲有**：还有。

——《李跃豆词典》

无数次，远素姨婆想把手伸入河里的流水，捞沙里的天新上来。当然她知道天新不在河里，也不在沙里。一个大活人，纵然是在水里，或者在沙里，这么多年，早被河底的淤沙变成了另一种淤沙，或者一路漂到西江，化为污浊泡沫中的一星沫。

不过她的水是不流的，但也不止住，它粼粼波动，她的天新在水面浮一阵，又在水底的沙里企一阵。当然她也不去河边，她就站在花果山家门口的大榕树底，在那远眺北流河。她越过越来越多的街道、越来越高的楼屋、越来越拥塞的水泥钢筋和越来越稠密的店铺望向北流河，尽管生了白内障，她还是会如愿望见河下游的水面,那里的河岸有一排高大的尤加利树,有几畦番薯地,再下游,有一家纸厂和一家酒厂。

算起来,天新在远素的水面生长有许多年头了,年深日久,他长成了一截坚牢的木桩,上面抽出了枝叶。他坚定地生长在了水里。

这粒种子是从远照那里来的。

天新出事时,远素远在石窝卫生院,南部山区。石窝离县城一百多公里,不通班车,来回一趟很费周折。天新在县城由姨妈远照作为家属,全权处理,包括所有后事,也包括一年后革命委员会新班子组成,宣布了前任的失误。事情过去四年之后远素才从偏远的石窝回到县城。

这期间远照写信给她的三姐,讲天新不在原先的大容山林场了,改在县城附近的荔枝场(其实是荔枝场附近的监狱)劳动。之后又隔了很久,远照来信讲,天新又去参加大串联了,这次是重走长征路。待远素回到县城,远照还是没有报她真相。世间凄惨事多知何益,所以还是不告诉的好。

远素神经脆弱,远照担心她这个堂姐会发疯,她发疯的理由已然不少,再加一条稻草就会轰然坍塌,而真相远不只百条千条稻草,竟是钢铁,谁碰都血肉横飞。

远照要做到的,就是紧紧攥住飞奔的子弹,一点铁腥气都不透出。

两人去了次北流河下游,找到天新在劳改队挖过沙的地方。时值春夏,河水比秋冬涨阔许多,一直涨到岸边尤加利树根底下。

沙滩已完全浸在水底,水与岸的合拢处是条弯弯曲曲的线,这水岸线挤满了黄白色的泡沫,像是堆成一处未及整妥的纱布。有些水岸线露出几块黑色石头,恰似几处潦草缝合的针脚。

河面变成了一块巨大的纱布,遮住只只丑陋沙坑,沙上的烂树枝、烧黑的半截砖也一并遮住了。遮得又厚又满,非人力所能掀开。

以至于,远素一恍惚总觉得天新是浸在了河里。

远照不明白三姐何以认定,天新与河有关,她既未讲过天新的死跟北流河有关,也没讲过天新已不在人世。但到底独子是失联了,便也只安慰说:"三姐,你要寿到一百岁,就无要探底。无要耗心耗力思量,好好食饭好好睡觉,一直等到天新返来。渠迟早有一日要返来的。"

天新在林场当工人时至爱在笔记本上乱涂乱画。

他的符号多笓邋,其中有只∞,在他的密码中有多种含义,有时是乳房,有时是生殖器,有时指性交。此事他本毫无经验,但时常,一见这两只圆孔他身上会变硬。当然这只∞，有时也代表原本的意思——无限。细时候，这只∞的数学意义是父亲庞应烈告诉他的。庞应烈毕业于广东测量学校，毕业后分到国民党部队搞测量技术，新中国成立之初随队起义投诚，转编到中国人民解放军第四大地测量队，为业务骨干。后转业到地方，先在广东测量学校当老师，又调到圭宁中学当数学老师，1965年与远素一起调到石窝公社，仍教中学。

父亲讲到无限时有一种肃穆，天新则完全没有。

无限，它是以这样的面目出现的："把有限的个人投入到无限的为人民服务之中去。"他把这句话抄在了本子最前头。一号召学雷锋，年轻人就人人有了日记本，每人的日记本开头都抄有这样一句话。要求进步的青年，日记雷同，专供组织阅读。天新既不愿，就只有使些奇里古怪的符号。若一时想不出，他就一概用∞。

那些杉木地板的孔眼，那些真实的∞，那白玉般的女体和乳房，小刀，它们始终闪光。

母亲调离县城后他寄住在沙街的远照姨母家。沙街的房子是单位宿舍，远照只分到两间，那时户户都是时代的简素，她这里亦是一床一桌。不过还好，这所旧宅有两处阁楼，后阁楼堆放杂物，斜顶，低的一头没墙，直接敞向天井。以圭宁的气候，兼之年轻人的身体，没有墙并不要紧。

就在这阁楼搭了张木板床，天新每日上上落落，也是相宜。

他在阁楼住了两年半，有两件事念念不忘：组装矿石收音机，以及在阁楼的木板上钻孔，趴着孔眼偷窥楼下的远照。

杉木裸板的阁楼地板没油漆，木质软，细刀在板上划只圆轻而易举。不过他很快发现，即使松软如杉木，要搞断它的纤维亦非易事。他找到了窍门，撬松木板节疤的周围，使整个木节松动，节疤取出，木板上就有一只天然孔眼。这孔眼足够了。那只木节还是天然的木塞，随时嵌入孔眼。十足天衣无缝。

孔眼通向深渊般的天堂。在晕眩中他望见远照姨妈脱外底衫。

远照与远素非同胞，算堂姐妹，远素是大伯父的女儿，大排行第三，称三姐。远照小了整整十八岁，大排行十一，称十一姐。这对堂姐妹虽同祖父，却生得天差地别，远素黑且瘦，颈上有条青筋，显老相。远照肤白发黑，丰润挺拔，两根黑亮的长辫子直垂到腰，她还锦上添花，在辫梢扎两只蝴蝶结，行起路来一闪一跳的。"文革"开始她剪了长辫，短发过于简陋，她不甘心，就在头发上扎了两短鬏，仍然别致。那时她还未到三十岁，一眼望去貌美如花。她丰润有光身上散发香气，在天新眼里胜过年轻姑娘。

在孔眼中他望见姨母手弯到身后，上身一挺，胸罩就脱开了，一对异常丰满的乳房骤然出现，他差点惊叹出声。隔着外衫是断不出这样大而饱实的，乳头深红，乳晕是淡淡紫红,其余地方极白,她的脸本来就比一般女人白,那对乳房比她的脸还白上许多,在午时的强光中白得晃眼。

他惊得咇不过气来……她裸着双乳找针线,她胸罩的带子脱线了,她一企一坐,低头弯腰,乳房的不同侧面跳入他眼里,那富有弹性的肥美肉坨令他眩晕窒息。此后她再也没有补过内衣。她有时上夜班,白日补觉,人睡在蚊帐里,从阁楼只望到厚布的帐顶。有时他故意去天井晾衫裤,远照的窗口开向天井,特别矮,且无窗帘。虽如此,也照样望不见蚊帐里的人。

听力却长进了,隔着一层楼板听声,他断得出姨妈在楼下的动作。揭木板盖,是在墙角木箱翻检衣裳;斟水声,是搪瓷杯里泡了菊花茶;床板一响,定系坐到了床沿,马上就要脱衣上床。

远照家生活简陋,无衣柜也没藤箱,她放衣服的木箱也很不像样,木板是糙碴的,连刨光都不刨,更别提油漆。箱盖没合页,揭盖就立在地上。换季的厚棉被是卷起来,装入被袋塞到床底,砖头和木板垫住。桌椅是公家的,三屉桌,桌腿上有统一的编号。

她睡前要饮水,听闻斟水声他就知道她准备上床了,过一时,木屐拖几步到门边——灯绳在那里,嗒的一声,地板缝隙的光肃了,木鞋声从门口到床边,然后床板咔嗒一响,她上了床。这时他便也吹肃了他的蜡烛,整幢房子就都黑沉沉的了。

中学男生血气方刚,他有时忍不住要让自己舒服一下。仰面躺在地板上,手里动作,心里谂住姨母半裸的身体。他一动,地板就咯吱一下,他只好企起身,扶着一面墙……

有次他望见两只蜜蜂打屋顶飞入,落在天井的几盆指甲花上,两只蜜蜂尾对尾粘着在花上抖动翅膀,它们的头向着两个方向,一只想挣脱另一只,两头拼命都挣不脱,那个难,让天新觉得好笑。嗡声间他意识到,这就是交尾。他见过狗交配,还见过公鸡压在母鸡背上,但没见过蜜蜂。

在靠床的墙壁上,他用铅笔画了一个∞。在分裂出来的无数个∞中,只有他自己知道某一个∞代表了何种意思。

当远素回到县城,远照不得已,便从虚无中给她打捞出一个天新。

她坚持不把捞沙队讲成劳改队,"劳改队",这三只字是块烧红的烙铁,一旦讲出,就会发出嘶嘶的异声,弄不好皮肉烧焦,故她切切在心。

她描绘的庞天新,在捞沙队挥汗如雨却身心健康,"啊渠连笠帽都冇戴,晒得黑黑嘅,健康……渠担一担沙,行得稳阵……企在河里中,水儿浅的只到膝头盖,渠把铲好称手……坐在沙滩吃饭,我睇见系白米饭喔,无系粥,饭面有咸萝卜干,切得几细，用油炒过嘅。"她讲得绘声绘色，远素也听得心里宽舒。

为了彼此相安，她以一个时代的方式，以报纸的腔调，讲起了劳动的意义。

劳动的意义系对劳动付出的报偿，反正在哪里都是要做的。远照在红旗下成长，受新社会教育。她就讲，反正都系要劳动的，小学就要拾粪，初中就要插秧割禾，医院常时要下乡"三同"，天新是在荔枝场劳动，离街也不远。

她从中秋节讲到了月饼票，以及月饼有豆沙馅和没有五仁馅，讲到她去荔枝场的半路单车脱链，又讲到了荔枝场，人不在，去圭江河捞沙了……她讲到龙桥街的青石板，青石板上晒的蚯蚓，讲到半干的蚯蚓腥气四溢，苍蝇乱飞。"你还记得黄婆未曾？"她岔开了话头，黄婆总系坐在门口破蚯蚓，竹篾一扎一挑，蚯蚓立即膛开肚破血水涂地……她甚至讲起了那日的天气，有风有日头，龙桥街整条街巷晒满烂棉絮破鞋旧衫，绳索横竹竿竖，斜着的电线杆上都搭了被。她讲到地上晒的一摊摊龙眼核、橘子皮、骨头，又讲到路经的小学、粮仓和猪仓，讲到猪屎气味和猪的喷气声……她一直讲到河下游的纸厂。

她推单车沿纸厂排废水的水沟向河岸去，黄褐色的水流顺排水沟流入北流河，如同源源不断的铁锈。她在岸边望见了沙滩——平整的沙滩已变得坑坑洼洼，每只坑旁边都堆了一小堆沙，一堆一堆的，密密麻麻。

沙滩上只影全无，只见大大小小的沙堆，每堆沙插了一些小棍子做记号，望之如荒凉的坟场，实是有些心惊的。

但她讲，她望见天新在河边树下食晏昼饭，他碗里有片肥肉，大头菜是用肥肉炒的……既然添加了肥肉，她又加上青蒜。于是在远照的讲述中，一盘切成了细丝的、用肥瘦肉炒的、配以碧绿的青蒜、炒得油汪汪香气沁人的咸菜就义无反顾地现身了，它子虚乌有地出现在坟场般的沙滩上、在空无中盘旋。

人心总是从无到有，层层加码的。

在空无中，天新坐在沙地上，石英在他的腿上闪闪发亮——这个细节使远素极感真切，往时她家住河边，天新幼时在沙滩挖坑，细碎的石英在他屁股下闪闪发亮，据讲北流河的石英含量为全省之最……尤加利树荫密密，米色的小花落到他头发上，还是那个小分头，一边头发垂到眼角。

话讲至此，远照忽然想起，劳改队犯人是个个推了光头的，光头让人触目惊心，县城基层向无囚服，光头即是人犯标志。光头天然携带凶狠阴沉之力。一个光头尚且令人不安，一队光头简直是危险。远照不能想象天新被推了光头的样子。

她要给远素建造一所密封的巢穴，让她稳稳待在里底。

这巢穴，她样样要涂抹上去，管它是树枝、稻草、烂泥还是唾液。头发也是稻草中的一根，如果她不提，远素就不会想象一个剃光头的儿子，一个人犯，一枚锋利的铁钉就不会敲入她的脑浆中……

她们面对面坐在矮凳上择菜，空心菜捏得吱吱响。

"他那副眼镜断了一条腿的。"远素讲起了天新的眼镜。

远照愣了一下，嗫嚅一句。提到眼镜她不能不想到一个外号叫杨眼镜的男人，如果她不是足够清醒，她差点就跟杨眼镜结婚了。那个人会背诗，会同她的跃豆和米豆荡，他送给孩子的玩具那样玲珑可爱，细细盒子装一套细桌椅，粉红色的，拇指大的小椅子，手心大的小圆桌，不知他是从哪里买来的。跃豆无比喜欢那些粉红的小椅桌，睡觉放在枕头边。但远照还是断然拒绝了他。地主出身，那个时代的病毒。后来……那个后来从空中的眼镜忽然跳了一下，她向前探了一下身子，但立即又坐直了，同时捋了一下胸口，仿佛要把一切摁下去。

她断然否定了天新戴眼镜的事实。人戴眼镜不便的，想想老庞……提到堂姐夫，远照无声地吸了一口气。她听人讲，有次防空演习，半夜里老庞摸不着眼镜，迟了十几分钟进防空洞，被讲成是蓄意。她把老庞吸进了腹腔里，同时古怪地按住肚子，好像有东西在那翻腾。一个雷区，皮肤颤抖，世界恐惧。老庞后来失踪了，据讲是从石窝到高州，再去湛江，然后消失在湛江的海里。

海上的浪尖不能碰。香港不能提。

"你们调到石窝之后天新就不戴眼镜了，天新呢时常望远处树木，眼就不近视了。你谂下，大容山林场，想不望树都不可能的，上山是树，回场里随便一望四向都是树。饭堂的窗口望出去、冲澡房的窗口望出去，一律都是葱葱茏茏的。祖国大好河山，风景这边独好，赤橙黄绿青蓝紫，谁持彩练当空舞，雨后复斜阳，关山阵阵苍，天新他就恢复视力了。不戴眼镜年轻，朝气，早上八九点钟的太阳。"远照满嘴跑着时代新词汇。

大容山林场山高林密，在总场的日子就像溜旱冰，沿着斜坡一下就过去了三只月。他甚至是喜欢的。尽管每朝五点半就起床上山，样样粗糙单调，但总场有小卖部，有篮球场，每两周放一次电影。放映员的单车停在场部门口，后架那只放电影胶片的扁圆铁盒每每总是神秘的。深的山密的林，铁盒子是他们一次又一次的慰藉。结果一开映又系老片，据讲，先时《地道战》就放了七次。故事片之前要放新闻纪录片——祖国各地建设、绚烂的钢花、饱满的稻穗、纺织女工在一梭梭转动着的纺织机前。画面干净色彩鲜艳，上镜的人经过挑选，男的女的一概好看。在黑暗中年轻人向往纪录片里的异性。

天新给姨母写信，一一报知。

"一星期有一次猪肉吃，林场自己养的猪，无须肉票。场部小卖部有肥皂牙膏卖，电池墨水针线都有卖，也有饼干糖果卖。还有，这里除了两报一刊和本省的报纸，没有别的书看，不如少年之家图书室。"他也给母亲远素写信，但激情在上一封信里消耗掉了，写得又短又干巴。

林场不通班车，要去县城只能坐场里的大卡车，须得同开车的人混熟，给他们带些肥皂、饼干、香烟。他学会了同开车的人敷衍搭话，次次从县城返回都给他们捎点名堂。有个卡车司机同他讲，他老婆孩子至中意猪油拌饭吃。天新盘算，一回县城就设法买点炼猪油的猪板油。可就是这时，他被调去了分场。

分界线从这一刻开始，林场生活由明转晦。

分场仅两排屋，小卖部篮球场一概没有，买肥皂电池看电影，都只有去总场场部。分场去总场，步行一只几钟头，来回三钟头。分场一共才十三个人，两个老职工，十一个从圭宁和容县来的知识青年，全部男知青，没女生。晚上无电。

朝早很早出工，收工倒比总场要早些。夜饭后冲过凉，离睡觉还早得很。他们打牌、打架、谈论妇娘和妇娘妹。这班人中有一个外号叫"涎水"（全称为"涎水吊"）的，他时不常要起只话头。

"千年的铁树开了花，你们识吗？"没人弄得清楚他葫芦里卖的药。

天新想起了一支名叫"千年铁树开了花"的歌，歌颂针灸治愈聋哑人的，与针刺麻醉两样东西，被誉为震惊世界的创举。在沙街他看见过一个乡下来的哑女，政府抓典型喊她来县城做针灸治疗。

没人应"涎水"的话头，坐得最远的天新讲了句："千年铁树……聋哑人针灸。""涎水"曾经和街上一个哑女做过，哑女天真烂漫，自己愿意，"涎水"觉得此事极美好。他看庞天新戴副近视眼镜，像个真正的书生，认为自己有义务向他启蒙。只不过，话一从他嘴里出来就有些下流。

"妇娘也好，妇娘妹也好，总之阿啲女人，面上都系假的，话亦系假的，眼呢，时真时假。只有她们的奶坨和下底阿只嘴系真的。""什么嘴？"天新不明白。

罗世饶几乎从天而降，晚饭时径他突然出现在工棚里，高大健硕咄咄逼人，他周围那一小块空气一时变得冷硬，但马上又变热了，这时候"涎水"已经端来了一盆煮番薯。

他是"涎水"的旧友，比"涎水"大两三岁，自称老罗。两人是西门口的隔篱邻舍。老罗四五岁被人带到县城在窦家寄养，父母不来，只有一个肥鼓鼓的乡下女人来望过他，据讲那是他以前的奶娘。有几年罗世饶不见了，去了藤县读书，又回到圭宁原籍插队，两边都不愿收。又去过四川又返回到广西，到处流浪（对一个无户口黑人而言，当时被称为流窜），几年下来，他的声音和相貌都变了。

老罗有一种让人敬畏的气质，有时默然不语，看他嘴角上扬，眼睛却是冷的，他不大向众人讲他的见闻，只同"涎水"一人讲，"涎水"再转达给一众精神饥饿的男知青。

这使他显得更加神秘莫测，据"涎水"吹嘘，老罗读过几多书的，还自学了高等数学，当然，他也搞过女人。至于何等的女人、何种场合，一概语焉不详。在分场的十一个人里，老罗看天新总是有些意味似的。

有晚夜，同宿舍的人尽数去总场睇电影，屋里只剩他们三个。老罗和"涎水"两人坐在门口卷纸烟，纸是旧报纸，裁成小长方条，烟丝是"涎水"自己种的，未经烤制，潮湿发霉，呛得两人直咳嗽。先是老罗掷了烟，"涎水"立时跟住，两人先后钻入"涎水"的蚊帐内。屋里没点灯，黑暗中传出的声音肆无忌惮。天新坐在隔了几张床的自己的铺位上，一阵反胃。

树林树干在移动，晦暗中猫头鹰的眼睛贼亮贼亮。

次日出工割橡胶，"涎水"特意来到天新跟前，他在胶树上斜斜地割了只口子，乳白色的胶汁流出来，"涎水"以一种充满色情的眼光望住滴落的汁液："睇见未曾？"他意味深长提示他，"像无像阿只？"

"涎水"的联想无比丰富，他把手臂、膝盖屈起来，在屈起的地方有一道折缝，缝的两边是被挤压而隆起的肌肉，他以猥亵的手势抚摸这道缝："唔只就系屄，屄，知道吗？没处摸就摸唔哋。"他大声讲那个字，毫不羞耻。

由树汁想到精液倒也不算太离谱。"阿的嘢系大补的，听闻讲过未曾？一滴精三滴血。"他忽然低声讲。有关精液可以医贫血，"涎水"是听老罗讲的，"涎水"长年懒洋洋，老罗一来他就精神抖擞，仿佛是这件事的有效印证。

天新皮肤细白，圆脸，眉毛黑，这让老罗想起他的初恋女友程满睛。于是他目光炯炯对天新讲："我望见你在床头墙画的∞了。"天新脸红起来。他觉得这个老罗很可能知道∞的隐秘意思。不料老罗正色说道："无限、无穷、无穷大，几奇妙的。"

他在地上用树枝也画了一只∞，并且加了一短横，$-\infty$，"知道这只吗？"天新不知，他瞪大眼睛望老罗。

老罗嘴角一翘："这只系负无限，负无穷，无限小，在数轴上，向左无限远的点……"他嗯声间话头一转，"你不觉得像两只蛋吗？还有一条棍？"天新再次涨红了脸。

老罗微笑起来，右边的嘴角上扬，他向有天生的智力优越感。

老罗正色讲："两只蛋有乜嘢冇好，一只蛋就麻烦了，没有那根棍的话，全人类灭绝。人何时绝种还不知呢，趁着没死，好好对待这两只蛋至要紧。"一番话听得天新目瞪口呆。

不过他被老罗迷住了，老罗识的东西可真多，天上的星座他讲得出三只，灭绝恐龙的种类他讲得出四种，还识微生物的名堂，介形纲动物、鞭毛虫、草履虫。他甚至识使俄语唱《喀秋莎》，但他唱的不是正常节奏，每只字、每只音都长得豁脱。这一来，《喀秋莎》就变成了另外一首歌，"峻峭的岸上"变成无限辽远的雪原，"歌声好像明媚的春光"也转换成萧萧北风。天新感到非常之新奇，仿佛一件老物件被老罗擦亮了，变成了另外一件东西，新鲜得惊艳。

老罗和天新都不打牌，在那些无聊且无电的夜晚，两人钻入天新的蚊帐一起听天新的半导体，老罗很顺利地得手了。天新背上光滑的皮肤给了他女人般的迷离感受。他耳语般与天新讲："我们系几好的一对。"他的嗓音有种由衷的磁性，毫不含糊地迷住了天新。

长条形的大房间，一头是牌局，有一圈煤油灯光，另一头完全是黑的。两人躲在蚊帐里听半导体的短波，用老罗的话说，除了短波，一切不值一听。短波信号实在不好，发出嚓嚓声，这对于两个人的勾当倒不失为一种掩护，除了"涎水"，没人意识到这里头有何秘密。

老罗也谈论女人，按现在的说法他是双性恋。天新认为全圭宁至好看的女人是县文艺队的姚琼，他献宝似的急于把姚琼的秘密告诉老罗。但老罗对她没太大的兴趣，他始终认为，全圭宁的第一标致人是他的音乐老师汪老师。天新想听他讲讲汪老师到底美在何处，他却只是沉吟。汪老师调到圭宁中学后曾教过天新他们班半学期音乐课，天新觉得，音乐老师汪老师不过是一个面容寡淡的老处女，远讲不上标致。

老罗的俄语歌曲是汪如蓝教的。汪如蓝，他高中时的音乐老师，湖北黄冈人，父亲为国民党副旅长，1938年在惨烈的武汉会战中于赵李桥战死，她由叔父抚养成人。叔父同情共产党，曾帮鄂豫皖游击队买过盐和药品，新中国成立初期得以平安度过。汪是武汉音乐学院高才生，1957年从中部大城市武汉穿过几个省份来到偏远的广西小县城当中学教师，这中间经历曲折漫长。1965年她由外县调到圭宁中学，1968年殁于圭宁，时年三十一岁，终身未婚。

不久，分场开始清理外来人员，老罗不见了。

天新只知老罗住西门口，却始终不知，这个罗世饶与他是表兄弟。老罗的母亲梁远梅，是天新的母亲梁远素的堂妹。四十多年后，罗世饶找到远照姨妈，远照家的跃豆才知道，除了庞天新，这个罗世饶也是自己表哥。

林场漫长无聊的日子再加上"涎水"的一次次炫耀，他不由得也虚构了他跟表妹跃豆的故事。他把跃豆说成一个早熟的、勾人心魂的小妖精，虽然只有十岁，却有着成熟的胸部，异常丰满鲜嫩，一碰就会淌水。他的想象力不断发酵，酵母就是"涎水"讲的西门口的白寡妇，"涎水"炫耀描述了他与白寡妇的某次性经历，天新不愿意忍受他的趾高气扬，性幻想便也从压着的深处一路蹿起，水涨船高地生动起来——

　　林场夜晚湿而暗，土烟阵阵呛鼻，他拼凑了一大把刚执的鲜荔枝，荔枝的甜汁、撩起的衣服、扭来扭去的身子……"涎水"插嘴问："你有咩？"天新断然说道："当然不能。"他要等她长大。面对"涎水"的狐疑，天新说，如果他要，表妹一定是愿意的，因为表妹崇拜他，要知道，在整个圭宁县城，识装矿石收音机，且又成功的，仅他一人，表妹坚信，若假以时日，她的表哥正常发挥聪明才智，定准要去制原子弹的。而表妹貌美如花，日后自然超得过她母亲。

　　就是这些。

　　衰势却就此爆发，虚构使他成了耍流氓的坏分子。

　　是"涎水"。

　　他完全猜对了。但不是检举他鸡奸，而是猥亵幼女。

　　真相是没有的，无人感兴趣。凑巧的是，这年夏天跃豆被送回另一个县的老家山区，圭宁的革命委员会也懒得调查，他们只要多揪出几只可以用来批斗的角色，造出革命气氛以震慑。林场总场也觉这个庞天新很合适，既然他父亲逃港了，家庭出身又系地主。

　　从林场工人到劳教分子，这可不像溜旱冰，而是，被人推下了一只悬崖。

　　初时天新并不觉得劳教难熬，此处的人也比林场有趣。

　　一个医生，值夜班时死了个水泥厂的工人，是工人纠察队的，所以他就着事了。这医生通中医，识诊脉。又有个老伯，当过国民党兵，在村子里教人太极拳，被认定妄想变天，也着事了。他没有老婆孩子，全无牵挂。他的耳朵会动，听动静就知时辰，据讲他还识算命，一种秘传的紫微斗数推算术，据说源于周易。他还识变戏法，可惜牢里没有家伙，连副扑克都没有。他教天新站桩，讲站桩能静心强身。他还教他太极拳，野马分鬃，白鹤亮翅。天新还没学完二十四式，这人就被送回村里监管了，医生也转去了玉林。

　　有段时间他同荔枝场的一只老鼠互相睇上眼，老鼠每晚夜蹲在墙角，一人一鼠，有一搭没一搭倾偈。

　　远照姨妈。老罗。"涎水"。阁楼地板上的节眼孔洞。一滴精三滴血。那只老鼠眼睛贼亮，它盯住他，仿佛洞明一切。天新也想起过跃豆，他同老鼠讲："一粒事都没有的。"老鼠眨眨眼，它是十分理解的。

　　他在林场时写过信给跃豆，没有寄出。他给母亲写信不太有激情，至多一页

143

纸，给远照姨母倒是写了整整五页，但是远照不回信。于是他就给跃豆写："跃豆表妹，我在大容山林场给你写信，这里一点也不好玩，晚上到处都是黑的，没有电，我打着手电筒才能写字。这里山蚂蟥特别多，隔着一条裤子都能吸人的血，不过你不怕蚂蟥，有次天井趴着条蚂蟥，肥讷讷的，你敢用手捏住掷入火灶。"

到劳教队后没给任何人写信。有日落了雨，捞沙上岸时他望见一片尤加利树叶，那上头有两只鼻涕虫螺尾对尾粘在一起，这也像一只∞符号，他想起那本画满了∞符号的笔记本，这只秘密本子，他庆幸自己藏在了沙街的阁楼。

十一月初，就在天新认为自己即使不能回家过元旦至少能回去过春节的时候，他的罪名升级了。按往时，流氓罪劳动教养三个月就会放回街道，天新希望此事至好能瞒过母亲，这并不难，远照姨母和他早达成了共识，凡是心烦的事一概只字不透。但十一月过去不久，劳教队领导喊他到办公室，开始时他以为旁边坐了个记录的纯属正常。那人先问他半导体收音机的事，这是兴奋点，一提他就免不了眉飞色舞。"当然当然，系我自己安装的，我托人在南宁买到电阻、电容、扬声器，还有二极管、三极管……"

天新还没讲完，那人就问："你系在半夜收听收音机吗？"天新说："系啊，半夜才放外语啊，我要学越南语，支援越南打美帝……"

对方不耐烦听这些，只讲他偷听敌台里通外国。

天新大惊，偷听敌台里通外国，这罪名远远严重过猥亵少女。他急急辩道："阿只系北京广播啁，放《东方红》啁，我国的对外广播的外语广播……开头时径放《东方红》，结束就放《国际歌》。"

那人听到了，稍稍一愣，马上又从容起来。他不能承认搞错了，那岂不是太没面子，非但没面子，亦无战绩可言。他断然一句："偷听敌台就系偷听敌台，拒不承认没有好下场。"

无辜的天新从荔枝场的劳动教养队换到了隔壁的劳改队，劳动也仍然是捞沙和筛沙。他在这里碰到了另一只老鼠，他反复向老鼠讲明一点："听的电台开头放的是《东方红》，"他哼了一遍曲子，"无衷冇系咩（难道不是吗）？"他问老鼠，"同屋的人难道一次都没听闻吗？'涎水'听闻几多次的。"他认真与老鼠讲。

他问老鼠："'涎水'会无会同工宣队讲，他听闻播《东方红》的？"

老鼠眨眨眼睛，望上去高深莫测。

为了排解天新的恐惧和自己的无聊，老鼠向他讲了它所知道的，这座荔枝场的一切。东北角的一排平房平时系放工具的，目前挤了五六十只人，男男女女，有的像他一样戴眼镜，听闻这个叫作五七干校……屋里的稻草都发毛了，角落堆得厚厚一层，有灰白色的蘑菇，它望见一个瘦瘦的男人执了蘑菇送入嘴……女人住的那间人少，一股重重的尿骚味，一个半白头发的女人总是坐一层厚禾秆，听讲她漏尿……

有几次他想报知老鼠，他真的也听过一两次敌台。那些声音，它们在潮湿的被窝里碰碰撞撞的，有时径信号不好，杂有大量嘎嘎声，他牢牢地捕捉它，犹如草木乱石中寻一条清澈溪水。收音机里的事情让人恐慌，尤其是，有人打深圳的梧桐山逃港。他想告诉老鼠这可能系真的，他老豆肯定就是这样去到"阿边"的，老豆在合浦海边长大，水性极好。在林场湿冷的被窝里，想到大海的辽阔，他曾替老豆绝望，纵然水性好，当过国民党军队的测绘员，到底年纪大了，又太瘦。

面对老鼠，他的思维鹿跳似的活跃，脑子里常常闪电般出现自己在海里泅渡的画面，波浪翻滚，他在水面上起起落落……他为这不存在的泅渡准备了一整根芭蕉秆，他亲眼见有人抱住一根芭蕉秆打北流河上游一路漂落，如果是汽车轮胎会更好，汽油桶也不错，不过这些都没有芭蕉秆好弄到。

关于这些他只字不提，只同老鼠喃道，他老家在合浦，北部湾的大海边，总有一日，老豆会带他探老家望大海的。

老鼠从未闻大海，它至钟意的还是花生油，油香来自荔枝场场部的土台子，那是中学的文艺宣传队来演出，一个姑娘妹的挎包装了只细盒，空万金油盒放有棉花，蘸饱花生油。花生油是老鼠的兴奋点，无论铁盒盖得多紧，它总是远远就能闻到。除了花生油，老鼠认为天新一定钟意女人，它保证，一旦有机会，它定会带天新去一个特别的角落，那地方几隐秘的，睇得见女人换衫而绝不会着人发现。

一人一鼠，每日聊上一时，倾偈抚慰了各自的孤单。

每次倾完偈，天新都要问老鼠同样一句话："你讲他们几多时才知自己整错了？"

没过多久就到了11月27日。为了赶在本地解放纪念日前夕开公审大会，县革命委员会决定，要扬革命的威风，枪决几个人犯。天新偷听敌台，正好赶上。

在体育场背后的西河沉鸡碑，天新被执行了。

天新死后十几年间，远照使堂姐相信，天新是失踪了，他的失踪同世界革命有关，不但可以抱有希望，而且，在希望的尽头，兴许是一个万花筒般的结局，虽然不易捕捉，却是缤纷绚丽。

远素到石窝前后八年，只回过四次。1968年那一次，天新还没去林场，他兴冲冲要跟同学去串联，讲要先去北京，再后去韶山，接住去遵义。母子二人匆匆一见，远素只来得及把手头的钱统统塞给他。

半年后收到远照的信，讲天新去大容山林场插队了。又半年，讲他去了荔枝场劳动。再过了大半年，远照讲，天新再次去串联，虽长久无音讯，但肯定不是去找他老豆，肯定会返来的。

远素再次回到县城已经是1973年，局势趋于平稳，对于天新再次去长征串联一直未回，她极为疑惑。明明是，天新串联回来才去林场插队的。对这明显的大漏洞，远照给了她坚定的答复："肯定系有少数人，又进行了一次一般人不知道的、秘密的大串联。"

无论逻辑如何混乱，道理如何荒谬，远照力求把话讲得铿锵有力。

"步行的，全程不坐火车，真真正正重走二万五千里……那个谁，听闻讲没到遵义就折返。我哋天新意志坚定，渠肯定系行通了，即使行不通雪山草地，亦系留在藏区做些民族团结的事情……抑或是，在贵州的大山里中，同农民相结合。阿边冇通路，改造贫困山区，系一番大事业。等通了路他就返回了。"

远照自己，对支援世界革命的说法更感兴趣，这一路径显然更宏大高尚、更具英雄气质，同时也更能让人抱上虚无的希望。

"谂谂睇啰，世界革命，几广阔的空间。"她直接想到了越南、老挝、柬埔寨、缅甸、马来西亚、印度尼西亚……管他呢，无论沾不沾得上，总之要远素安心。

远素钟意这种说法：她的天新威风凛凛支援世界革命，将来青史留名。

"从东北越境去了苏联"，这样的白日梦，她信了有八九成。后来远照又引她去缅甸或者越南。"听闻讲呢，阿边革命武装力量够强大，有军队，亦学习我们这边的红宝书，天新无系自学越南语咩？渠定系去输出革命，虽然阿边比圭宁还要闷热潮湿，不怕的，吃点苦头升得快，现在不是团长师长，至少亦都系营长了。"

越南和缅甸讲腻了，远照又回到原来的思路。她改口，再次讲回苏联。她兴致高涨，脸上放光："串联串到北京呢，国家就重用了，派渠渡过乌苏里江喔，潜入苏修内部了。隐蔽战线。将来呢，过好多年，渠突然返回，阿时径，一定成了国家的英雄。三姐你就好好食饭睡觉，等定天新返回。渠一返来人人都知你系英雄的母亲了，你就同渠去北京，北京冷是冷的，听闻讲有暖气，屋里头穿一件衫就够。不想去北京就去广州，我们南方人至钟意广州的，两个堂姐都在广州，我亦沾光跟你去。"

远照从医院调到了妇幼保健站，她不再上夜班，极少在深夜想起往时。她仍常时同远素眉飞色舞讲到苏联姑娘、黑面包、鱼子酱……这些老掉牙的名堂，代表了两人想象中的苏联人民的美好生活，代表了她们的天新，他肩负国家重任，将来必定是，秘密战线上的功勋人士。同时她们又扯到缅甸，一个说："听闻讲，阿只地方蚂蝗几多。"另一个说："怕咩嘢，人人都系有绑带嘅，两只腿绑得紧紧实实。"

数十年间远照陆续贩运过不知真假的散乱消息：

听闻讲，边界河喊作孟古河，两座山，中间有条细乎，三丈宽，脱鞋卷裤腿就过了，就喊作"裤脚兵"……"5·20"声明，知道冇啰，全世界人民团结起来，打败美帝国主义及其走狗，冇怕嘅，阿支枪都系半自动步枪嘅……听闻讲，有只知青旅，几多老高三知青，又有昆明知青、四川知青，兼之仲有华侨知青，都系有文化嘅后生仔……听闻讲，过国境参加游击队的中国知青有几千人喔。听闻讲，有娘子连在，百十只后生妹。

"仲有仲有，听闻讲，《格瓦拉日记》的知青至钟意，等我值班出就帮你去图书馆借借睇。"远素是爱好文字的，她伸长她的脖颈，翘首以盼。远照去了县图书馆，不过没有这本书，只有《南方来信》。"听闻讲，外交要恢复，跟奈温政府不打了。下达文件传达了，牺牲的同志，其家属与解放军待遇同等，人人都发只革命军人身份证。"最后这条，远照没有传给远素，因为无论如何，她们的天新没有死，一定还活着。

在空虚的日子里，远素姨婆买来两张地图，一张世界地图，一张中华人民共和国行政区地图，先近后远，贵州、遵义、毕节，她把这些远照讲到的地名一一聚拢，再把它们一一细节化。

……山高过石窝的山，红泥粘脚过石窝的泥，何种车都要粘在山脚下……天新行路行到一只陡山脚，有几陡呢？下巴对住天才望得到山顶头，肯定系举住刀，劈开横竖乱生的藤藤权权。有蛇未有，有，但冇怕，蛇冇咬渠，有旱蚂蝗未有，亦有，渠自细就日日涂万金油，身上自动分泌一种薄荷气……

两姐妹讲过了贵州，就要讲到乌苏里江。远素滑稽地手搭凉篷朝远处瞭望，仿佛那是一条只要伸长颈就能望见的河。乌苏里江实在是条令人激动的江呢，它陪伴了远素更多的时间。远照在堂姐自己燃起的希望里不断加入柴火……"苏联生活好喔，人人穿呢大衣的，有牛奶，天热就穿连衫裙。天新细时学过手风琴，定准有姑娘钟意渠。万一渠结婚了，就冇返了。冇返就冇返，渠好就好了。"这样，有一段日月远素就要想象一只混血婴儿，黄毛卷卷的，白得像牛奶，眼窝深，眼珠蓝，啼哭像唱歌。"若系越南缅甸，就无会有好日子过，也不怕，锻炼意志的，男子仔，总舒适享福不得的，不成器，像大伯父你老豆，成日睡床抽大烟，家也败光了。好男仔志在四方，锻炼锻炼就成器了，要想成气候，就要吃大苦的。三姐，你就想他系威势的，威风凛凛支援世界革命，将来系要青史留名的。"

为了使自己的燃料不至于断餐，远照留心各类报纸杂志，一有贵州、苏联、越南、缅甸的消息她就一一剪存，夹入一只本子。

她自订一份《参考消息》，先放到木柜顶，得闲就慢慢睇。好了，越南人民军击落美国战斗机一架，又好了，英雄的越南人民战胜了特大山洪。《人民日报》《光明日报》呢，医院订有，用报纸夹夹住，架在一只木架上，加上广西的日报，三份报纸平日放在旧产科的走廊上。为了"世界革命"的需要，远照成了最积极睇报纸的人。

"罗宋汤起源于烤羊肉串。而羊肉切成大块穿在铁签子上烤，起源于高加索。以游牧民族为主角的沙漠，以乌克兰为主体的南俄罗斯大沙地掌握着贯穿欧洲南北的一条大动脉，注入黑海的多瑙河与乌克兰境内流淌的第聂伯河相通，形成连接波罗的海与黑海的大商路，从希腊罗马的古典时代开始就发挥着巨大的作用。现在人们将伏尔加河评价为俄罗斯的母亲河，但是从前斯拉夫民族的发展可以说完全托第聂伯河这条水路之福。乌克兰首都基辅就在这条河的河边。处于北欧的大森林向沙地过渡的地点，在这样的地方，人们想出点子，在羊肉中加入马铃薯和蔬菜，做成羹汤，最终发展为罗宋汤。"连这些她都剪存了。

站在报纸的地基上，远素姨婆的心越来越定，她坚决不谂坏处，只谂好处。她要乐观。谁会深究那些呢？无数的深渊，黑暗的洞穴，掩埋着的无数不能触碰的东西。生生就咬烂人，不死也百孔千疮。要活着，就无要刨根挖底。深处有炸弹，挖到就衰了。

世界革命古怪地变成了这一对堂姐妹的暗号，她们亦真亦幻地微笑着，喃叨着世界革命这四只音节，这从20世纪60年代生长出来的音节，长久了，它就生成了一棵大树，枝杈壮实，树叶繁多。

世界在何处？

苏联是一大杈，亚非拉又是另外一些枝杈。远素姨婆抬头仰望，她就望见油黑瓦亮的黑人兄弟中也有一个她的天新，高大的仙人掌、阳光充足的蓝天、黄金的草原，也许还有长颈鹿和大象狮子。

讲到底，远素身上的书呆气到老也未磨灭。

一年又一年，她的心忽沉忽浮，没个准。有时踏实了，有时又慌了。特别是深夜，肃灯之后，细细思量，终究觉得不太对头……她的天新奇怪地包在一种膜里，滚动在她的头顶，忽远忽近，滚滚不已。她要摸，摸不到的，要她不望，却不可能。她忽然明白，这就是在屏幕显形的胚胎，怪不得他蜷成了一团，而且是黑白灰的颜色……她又随即否定自己，天新重又回到母胎，那是不可能的，除非他死了。

水仙已乘鲤鱼去，一夜芙蕖红泪多。水对火，沙对烟，黑子对弹丸。

历史翻开了新的一页，天新仍然消息全无，苏联已经解体，红色高棉也不提了，贵州的大山也通了汽车和电，天新不再有任何理由不给母亲通个音信。远素渐渐意识到，所谓支援世界革命，那都是远照编来哄她的。十有八九，她的天新是永远见不到了。

夜里远素穿了双旧木屐，两只木屐不一样，一厚一薄，两种音频不同的声音一高一低、一沉一脆呼应着，像家里住了瘸腿的人。她赶紧扔了这双木屐，但那木屐声仍在空中回响，像一个隐形的人，来来回回，从房间这头行到那头。

怪异的木屐声像是一下一下凿着地板，也一下一下凿着墙壁，她听闻凿空处传来一阵阵咳嗽，咳声陌生，不像人声。晏昼她梦里见了天新，他十五六岁，光着上身，下身的西装背带短裤也不见了，仅剩一条花布裤头，那碎花细布是她后生时在梧州做的一条连衫裙，后来破四旧，再后来，改成方领无袖衫，天热穿来乘凉。在梦中天新拖过小黑板，上面歪歪扭扭写着三只字，三只字顶在了黑板的上沿，下半都是空白的。远素一凛："千万无要千万无要，无要配错了字……"但他唰唰写起，她出力认，认不出。在梦中她一意要擦掉黑板上的字，她用手掌揞着小黑板板面掠过去，擦过去擦过来，无论如何擦不掉。她舀了一勺水猛地一泼，水淋过后才发现，这不是什么小黑板，而是青石板，字不是粉笔写的，却是刻在石上。她一惊，天新不见了，屋子反常地昏暝。眉对目，口对心，一刻转天阴。

一夜，梦里天新白得像石灰，嗯声间又发黄了，像黄泥洒在了石灰上。"歆只鬼涂黄泥界你？"天新应道："我自己涂的。"远素伸手去摸，天新就缩远了，他的声音从黑暗中传来："阿妈，我变成塘角鱼了，变了，变开了。"远素说："等我去河里寻你。"天新讲了句什么，但是空中传来一串音乐铃声，"十五的月亮，照在家乡照在边关"，梦里的话冲得七零八落。原来天已亮，卖鲜牛奶的已串到街巷，车头的喇叭正放《十五的月亮》。

她坐在床上不起，一边揪着膝盖上的旧毛巾被，一边出力谂。梦里天新好像讲，不是去北流河，而是去银河。他的声音有点变，一半像他一半不像，塘角鱼的嘴是扁的。但总之，他好歹托梦来了，他去了银河。

银河又在何处呢？远素猛然穿鞋下地，她心头一凛，银河无系在天上咩！渠去了天上？她歪斜着扑到窗前，窗外是屋墙，屋墙间的空隙，稍远处的榕树枝叶……透过墙角和屋顶她望向天穹，那上头灰白淡蓝，空远虚无。

这一日，远照约了远素一同去菜行，买完咸卜时候还早，远素姨婆仰头望望，讲："不如去体育场行行荡荡，如何？"远照说："如何，去就去喂。""如何"是远素姨婆惯用词，她见面打招呼总是爽朗道："如何，吃饭未曾？"不需要如何的时候她也总如何。

她们就上了体育场。

体育场的草地东一块西一块摊着旧苫布,一大片龙眼核、一大片橘皮、一小片骨头,还有一种叫酸咪咪的草根、一摊槐花、一摊人的头发,一小摊蚯蚓干。蚯蚓干的腥气尤其浓,罩到整只体育场,仿佛在过去的某些时间中,有血渗入土里,太阳一晒,腥气就打地底深处滋滋冒出。

刚上来时日头蛮烈,不一时,大团大团云团滚住来,黑云灰云黄云猛翻,眨令阵阵打天顶直抽地面的草,眼睇大雨就要落,两人急行躲入一间半掩门的平房。刚入屋,大粒的雨粒抢着从天跌落,雨急骤,眨眼之间密如瓢泼,偌大的体育场顿时白茫茫一片。远照讲:"过云水,一阵时就停了的。"

果然一阵豪雨过去,雨说停就停了,太阳立时又再出来。

有道光线从屋顶的亮瓦射入,屋里有了光线,却没有变得明亮,反倒异样。

一种异乎寻常的形状慢慢行入屋,它仿佛带了一个往时的人。斜照的光线打在对面墙上,那一片砖墙在这束光下陡然清晰,斑驳陈旧的蛛丝、尘灰、霉斑、水印、渍痕……无一不从年深日久的晦暗中跳脱出来,变得立体、神秘、饶有意味。

一只横8字从这片斑驳中跳脱出来,是锐物刻上的,∞,刻痕深浅不一,两头均衡,是一只标准的、代表无限的数学符号。天新幼时爱把8字写歪斜,他爸爸告诉他,如果干脆写躺倒,那就是一个代表无限的符号。∞,代表无限大,无限远,无穷、没有边界。天新并不深究无限这样深奥玄妙的事物,他只喜欢那种圆润流畅、滑翔般的线条。他会无意识地写这个∞,有纸笔或者没纸笔,心情好或者不好,甚至在结巴的时候亦会在空中画一只∞。

远照认得这只∞,他企在天井的台阶上,用竹竿戳青苔,画了一只大大的∞,后来青苔干掉,印痕还留了很久。再者,他住的阁楼的床头木板上亦有一只,是圆珠笔画的。

望见墙上的∞,远照心里一紧。这确凿的刻痕,说明审判大会之前他关在此处。现在它像一只咬痕,像一条狗或一条蛇在那上面狠狠地咬了一口,那上面有一摊暗黑的污渍,像是渗进了墙砖里的陈年血迹。十足像。

远照紧张地望向远素,远素也在望那面斜阳照亮的旧墙。但显然,她没望见这细细的∞,谢天谢地,她生了白内障,不太严重,刚刚够挡住那只致命的符号。她只望见墙上一漉从上到下的长长水痕,她用手摸那水印,仿佛她此来就是为了这条称为屋漏痕的水痕。她晚年重拾书法,对这条屋漏痕起了一种百感交集的心情。

她望住那面墙,似喜又似悲。"屋太老了,几多水痕的,像咩嘢呢。竹对荷,笠对蓑,老泪纵横又如何。"她嘟囔道,也像问自己。

光线在屋子里停了没多大一时,它仿佛变得越来越重,然后它重重地转身行开了。光线暗下来。

美,而短

辗:拌。

——《李跃豆词典》

上午吕觉秀没来上班,也无电话。冯其舟只好替她叫号,他穿住防护服,从门口桌面排队的一沓单子拿出五张,以他的烟哑嗓一个个喊名字,等人入了透视室,他再操控机器。

直到晏昼,冯其舟才接到觉秀的姐姐从南宁打来的电话,她替妹妹请两日假——觉秀的老公突然人间蒸发了,家里存折席卷一空。显而易见,这人是带着他的情人私奔了。之前不见蛛丝马迹,即使有,谁又能想到人会做得这么绝!她只剩下一幢空屋,以及才上小学五年级的女儿。丈夫的所有联系方式都切断了,他的单位,县税务局,也对这人的突然消失极端错愕,谁想得到,他大小还是个负点责的中层干部。他的狐朋狗友,他的父母兄弟,谁都不知这人去歇哒了。

过了三日觉秀再来上班,眼睛变大了,眼窝尤深,下巴也削了肉似的尖,行起路来是飘的。她行经冯其舟身边,一阵凉气散出。冯其舟叫她,她面无表情望一眼,仿佛魂在远处。

她的恍惚期是冯其舟帮她度过的。她姐姐吕觉悟在南宁医院当检验师,请了三日假来陪她并代料理家务。这使冯其舟想起《安娜·卡列尼娜》的开头:"奥勃朗斯基家里一切都乱了"。

天降的不测是这样一家伙捶蒙了她,她不饿,也不渴,开始时四处电话搵人,等到终于望见存折一张不剩,往年买的三条五十克金条也无影踪,游丝般的幻想才破灭。她坐在床沿,大衣柜敞开,柜内的抽屉露出半截。里面的东西一样样翻出来,又一把胡乱塞入去,又再一样样拣出来,再胡乱一把塞入去。

她翻到那只鸡翅木做的首饰盒,东西倒是一样不少,但压在木盒底的三只定期存折不见了,衣柜里他那条灯芯绒裤,裤袋里一向存放银行卡,一边三只,一共六只,都不见了,他一共有十几只银行卡,这几只用来应付家里各种用度及意外支出,水电煤气太阳能,逢年过节红白喜事送礼,包括孩子的学费、赞助费、培训班费、家教费、保险费、打针费等。

钱是一个问题，关键是，人不见了——他带走了自己的身份证，常穿的那几件名牌T恤也收拾走了，家里的钥匙扔在一入门的鞋柜台面上，触目惊心。黄的黑的铁色的，大大小小，它们在人去屋空的鞋柜台面上闪着尖利的光，觉秀听到它发出呜呜啸声，仿佛钥匙也被通上了电。

不是被绑架，不是出车祸，是自己溜了。

人间蒸发。

她坐在床沿上，忘了女儿还要她去接，老师打来电话，她听过又忘了。天可怜见，孩子背着书包，自己行过好几条街，顺利回到家。她脆亮的嗓音响在大门口，短短的锅盖头晃闪入门厅，女儿大喊："妈妈——我饿死了！"

一切是如此混乱，姐姐赶来陪她，买菜做饭，安抚孩子，阻拦她那些一意孤行的古怪谂头——她想去两百公里以外的他的老家农村找他的父母，又想去深圳找他的一个高中同学，讲不定他就带着那个烂人藏在深圳。甚至，想到本地至高的一幢十层楼跳落来，等那个坏了心肝的人一生一世心惊肉跳。

种种念头此消彼长，一时亢奋，一时又悲伤。嗯声间又讲她不要上班了，她不想见人。

姐姐连劝带哄，又骂。

硬利的话像木楔，一下一下打入她的头壳，她顶出去，她又打入来，如此反复，她的身体里终于也回荡着姐姐的话了。她自幼就崇拜姐姐，在这种时刻，这种永世难遇的严峻时刻她又来了。她比男人更牢靠。只有永恒的姐姐，没有永恒的男人。

姐姐讲，再过一年孩子就该读初中了，到时径，她来接孩子去南宁上重点学校，住校，星期日就去她家过。"单身了，至好的，无知几好呢！美容、旅行、上上网，有空报个驾校。"姐姐教导她。

日子被石头砌住了，她恍惚中听闻叮叮的凿石声，是姐姐在救她。她僵住的心一点点松动了。第三天，在凌晨之前她就能入眠了。

姐姐陪她去放射室，见到冯其舟，似乎妹妹的主任就是她的主任，她仿佛与冯其舟同事了多年。只闻她沉沉道来："冯主任，我这个妹妹，碰着这只衰事，请你多关照下。"冯其舟望住她，以沙哑并同样低沉的声音应道："放心就是，会好的。"

如果不是上班时间，吕觉悟很有可能会同冯其舟掏心掏肺，讲起陈年往事，父亲吕沉、五七干校、少年之家标本室的猫头鹰与蟒蛇。只是，已有病人在门外排上队了。

他决定照顾她。她脸上的泪痕时时印证着吕觉悟的看法，这个妹妹比较脆弱。她不化妆，皮肤白而细滑，她长长的睫毛下涌出眼泪，光洁的脸庞濡湿了，她的头稍晃动，那濡湿的一点就闪着微微的光，斑竹一枝千滴泪。多么令人心疼。她不只三十岁了，算上去，三十七八岁。望上去可真年轻。

她从未一个人住过，细时同姐姐一起，后来是女生宿舍，然后是医院单身宿舍三人间，再后来就结婚了。夜晚她在空荡荡的屋宅转圈，门窗虽已关严，仍要一再检查。细小的缝隙呜呜咽咽，仿佛有无数喉咙围着这间屋子。呜呜声在房间停停起起，窗台那棵万年青也跟住阵阵抽起来，抽得叶片歪斜。

万物呜咽总是起在深夜的。

冯其舟想提议觉秀带孩子来家里住上一住，熬过头几日先。"真系可怜。"在家里空阔的门厅，他对妻子韦乙瑛讲。乙瑛坐在椅子上换鞋，她蹬上拖鞋叭叭上楼。"可怜。怎么不是，系哦。"不置可否。

医院饭堂的饭菜十之八九难吃。中午她从饭堂打回饭，饭盒放在办公桌上，下底铺张报纸，以免油洇。她有时低住头，仿佛边吃边看报纸，她一粒一粒米饭送入嘴，眼神空洞；有时呢，盯着窗外的树叶，仿佛人入了定境，一动不动，半天也不吃一粒。半日半日，没见她吃入几粒。两点了，病人在走廊里又排起了队。这时饭菜早就凉了，她一扣盒盖放入抽屉，等下班再去倒掉。

见她眼窝越来越深，他就讲："这样不得啊，人又不是猫。"而那带着更深暗影的眼睛望望他，嘴角动了动，一声不应就又垂下了。

星期日，冯其舟就去买肉。他要做只红烧肉带去给她。

一家四口，只有儿子和老子胃口好，一斤半肉足够，他买上两斤半，是的，前臀尖，比五花肉瘦得多，又易烧烂。他怀着柔情放肉入锅煮，放入葱姜八角去肉腥，氽过水之后捞出肉，切成方块。点火，架起炒菜的铁镬，热一点油把一小块冰糖化开……当坚硬的冰糖渐渐变成酱油色的糊状，冯其舟感到自己变得轻快起来。他倒肉入镬，急促翻炒，寡白的肉立即风姿绰约，它们晶莹透亮，油光闪闪。然后他加入酱油、料酒、生姜、葱、八角、陈皮，还倒了一点豆腐乳的汁。这种配料又咸又鲜且有酱香，是锐利的秘密武器，它长驱直入所向无敌，所到之处，肉们纷纷瘫软了，一块两块，谁都没有招架的功夫，任由这暗红的腐乳汁直入肉的深处，在热烈的汤汁中融为一体。

冯其舟盖上镬盖，火拧到最小，慢火细煨。"轻轻地捧着你的脸，为你把眼泪擦干……"他不觉把这首亚运会的旧歌哼出了声。是的，让世界充满爱，让桀骜的肉慢慢松软，让肉和调料久久温存。

无使盐，是的，煨一小时，是的，等汤汁煨干就起锅，是的！他侧耳听锅，声音已然不同，有一种躁动在凝聚，边缘处甚至有了干裂的细小噼啪声，仿佛半里地外有小孩放鞭炮。好了！手捏镬盖微烫的顶纽，毅然一掀，热烈的香气欢呼着扑向他，满头满脸，眼耳鼻舌身意，在超过预期的香气中阵阵眩晕。而铁镬中的红烧肉，它们颗颗晶莹剔透眉飞色舞，神采奕奕光芒四射。

要舀出一半放冰箱。他一边舀，一边吹起了口哨。"日落西山红霞飞，战士打靶把营归把营归"，这是遥远的年代他后生时吹的口哨。单纯、轻松、心无旁骛的喜悦，从遥远的星期日来到这只星期日。

乙瑛皱着眉头望望他，又皱着眉头望望红烧肉。看上去，她像一个明察秋毫的妻子，其实她的心思在一篇论文上。她的同事兼好友梁远照要申报中级职称，写不了论文，她答应帮她写。她眉头皱了片刻终于展开，她确定，就写这个——关于前置胎盘的三种处置。

美好的一日开始了，刚刚落过雨，大街上的羊蹄甲花明艳得招摇，它们又鲜净又吱喳，一路呼呼地从冯其舟的头顶掠过，他用塑料袋包好装满红烧肉的饭盒放入摩托车的后盖箱带到了放射室。

"你今日气色好点了。"他听到这声音有一种久违的柔情，不由得咳嗽两声以掩盖。

午饭时间，一种无声的亲密降临，红烧肉特殊的香气在两人之间荡来漾去，她深深的眼窝里那双大眼睛水光潋滟。她吃了一块两块三块。他也吃了四五块。之后她去洗两个人的饭盒，宛若情侣。下班时他与她讲："下次再做，要试试第二种做法，不用镬头用砂锅烧，垫一层香菇在锅底，肉呢铺在香菇上头。"

在黄昏将临的光线中，他感到自己极想把手放在她的头发上。他还无端感到，她的脸在淡下来的光中微微发红。

两人时常前后脚到达门诊楼一楼侧门，偶尔她会打一串车铃，更多时，他会听闻身后略略喘气的声音招呼道："冯主任早晨好。"亦有几次，他感觉到身后的她轻盈地跳落单车，他翻转头，她却并不望他。虽不望，也不对视，但整个人在心里是深深地望过了。

那时还没电梯，两人一前一后步行上三楼，无声的亲密笼罩了他们。两人上着楼梯，默默然相契。

他买了只新的打气筒放在放射室门背，她那么瘦，自行车打气当然由他来帮。他感到她那辆永久牌女式自行车于他很亲，刷了白漆的前车筐，正前方中间，焊了只白色的蝴蝶，望之又凄凉又妩媚。

气门芯是歪的，淘气而潦草。晏昼休息，他拉起这辆女车去楼后的大龙眼树底停好，蝉声大作，她蹲在车边，双手顶住气筒嘴对准车胎气门芯，素花裙摆和白大褂则小心捧于膝前，那浑圆丰满的臀部更加鲜明地撅起，而他双手握住气筒光滑的木柄，一下一下地压。气筒的中部，圆而坚硬的铁轴一进一出，开始的时候有点涩，他滴两滴机油就润滑了。对于一个经常玩气枪的人，机油常备。铁轴一下下抽动，润滑而快感。蝉拼命地叫唤，仿佛天地之间都有了激情。

忽然，觉秀脸红了，她低着头，让头发垂下。

十字绣做成的钥匙坠就是那时送他的。她给韦乙瑛医师也做了一只，一模一样的一对，艳蓝，针脚密密，缝成一只鼓鼓的心形，连着一根细而坚硬的红线。"直接拴在车钥匙上的。"

多么美好，一颗蓝色结实的心，醒目、跳跃，帮你一下找到钥匙。尤其是，它在你手心里跳荡，在全然的包围中散发出某种秘密的触碰，酥麻的快感是如此享受。

她能绣十字绣真是好。

一针一线，心无旁骛，把时间变出形状，悲伤愤慨空虚无聊彷徨迷乱，概是一针一线来抵挡。细小的、密密的、永无止境的一针一线，像水一样漫漫泅泅，人就静了，静而后就能定了，心就安稳了，人的神魂就回到了胸口，人就又望得见天了，望得见地了，望得见大街上的羊蹄甲花还在开着，望得见女儿数学考了一百分，语文考了九十九。

她还望见了窗台，望见除了原来的那株万年青，还有一盆芦荟——这种肉质的植物正被广大媒体夸张宣传着，所谓可观可食可美容，除辐射除烟尘易生长。食品类报纸指导人们如何用芦荟切丁炒鸡蛋，健康类报纸则强调它的降血压血糖血脂功效，它还能清热解毒治疗肝炎呢！这东西圭宁人见得不多，梁远照在楼顶养有，她送了一盆给韦乙瑛。还好，它真系至易生长的，随便取上一茎，插入土里。

"我至怕独己住的。"她说。

"会好的，会好的。"他低沉的男声把这许诺的"好"加强了。

"不会的，我不信。"她又说。

"会好的，会好的。"他想抚一下她的肩膀，但没有。

她至怕空屋，至怕黑。在下班之后回家之前的黄昏里，在走廊和科室的两重空寂中，他们慢慢收拾着那些无须收拾的东西。

觉秀悠悠地拖着科室的地，她腰肢软软的，有一种舞蹈的韵律。冯其舟在一旁，用他那沙哑低沉的声音讲："有的人晚上定要抱住一只枕头才能睡得着。"一句寻常的话，说的人和听的人，都同时感到了某种深情。他去买了两只三瓦的节能暖光灯，为她在门厅和过道各各安上。在难以入眠的深夜，温暖的黄光透过门缝透进来，觉秀深感慰藉。

那盆他送给她的芦荟也是。它渐渐肥厚丰腴，茎叶胀鼓鼓的。掰下一小截，断面即刻涌出透明黏汁。用不着凑近亦闻得到辛辣味。涂到脸上，又扩展至颈项，最后一点黏汁她抹在了乳沟处。然后她躺在床上，等过二十分钟用温水洗净，在等待自己的皮肤新鲜出炉的时间里，她心里慢慢平静下来。

最难熬的日子过去了。

在夜晚，冯其舟躺在家里的大床上，他身边是做了几台手术累瘫了的韦乙瑛，她呼呼大睡并发出时断时续的鼾声。她年轻时不打鼾，睡觉安静得像只猫。"鼾声与年龄成正比，有咩嘢奇怪的？"乙瑛理直气壮，"自然规律谁都扛不了，谁喉咙里的那块软骨永远有弹性呢？迟迟早早，功能就老了。睡冇好就滚去隔篱房！"

"年纪大了应该分床的。"冯其舟嘀咕了一阵子。

他躺在乙瑛身边，想到自己这世或许有另一种可能性。他幻想晚上由他来安顿觉秀，对她下命令，像对自己的女儿。如果春河在家，他也是这样——"热水器调好了，快啲来冲凉先！"他会冲觉秀的方向叫唤。然后她脱掉外面多余的衣服，披条大大的浴巾一阵风闪入浴室，她光裸的小腿肚子结实地闪光。水哗哗响，水汽弥漫，喷头绵绵不绝，水丝喷淋裸身，直淋至乳房……水系肆无忌惮的，猛猛撞击不同部位……她裸身裹条大浴巾穿过堂屋到卧室，空气总会湿润而香，一半来自敞开的浴室，一半来自她冒着热气的身体。

他躺在沉睡的乙瑛身边，浑身又热又坚。他感到内在的自我正在紧紧抱住那个他从未见过的裸体，他握住了自己，然后他使劲——他需要放纵一下。这一段，他的荷尔蒙水平显然提高了。但乙瑛没有提高，他有时撩拨她一下，她每次都是赶开："去去去，行开行开。"

他幻想觉秀睡在身边，紧紧挨着他，而他给她盖被，拍她，给她哼唱某首歌，"轻轻地捧着你的脸，为你把眼泪擦干"，或者，纯是圭宁童谣，"顶髻朗，红屎忽，企木丫尾掘掘，飞去外婆屋吃生日，吃个乜嘢菜，吃粒豆豉核"……当然，不是在圭宁小城，而是在人海茫茫的深圳或东莞，或者隔海的海南，他们将生一个女儿，儿子也行。但是他忽然吓了一吓，那不是同她那私奔出走人间蒸发的前夫一样了咩？

他痛苦地望着身边的韦乙瑛，他是不会同她离婚的，他和她长在了一起，连同他们的巨海和春河，筋骨相连，谁也不能把自己的骨头打断抽身而去。

他那欲罢不能的渴望，韦乙瑛仿佛心知肚明。

"你阿个吕觉秀情绪如何了？"她会忽然问起。

"她啊，她啊……"这问得突兀，他就应得糊涂。

乙瑛知道冯其舟惦记着人家，但坚信两人无私情。她在丈夫辗转反侧的夜晚佯装熟睡。在黑暗中她一动不动，只有嘴角不时有些微微牵扯——她从来都是一个不动声色的人，脸上望不出悲喜。

朝早冯其舟起床了，他行入厨房，望望，嗅嗅，搭讪道："唔唔，有面条食啊。"乙瑛不答腔，斜他一眼。她抄起一只碗，就手挑了一碗面，又添了汤和蛋，不发一言放上台盘，向他一推。如同一台手术，娴熟而干脆。

"你睡得有好怕？眼窝黑笸笸的像涂了炭。"她嗯声间讲了句。

他吞落嘴里的面条，应道："老了，失眠无系正常啰。"乙瑛嘴角动着，像是嘲讽，又像鼓励："不老不老，哪个鬼讲你老了！鬼才老，你总系不老的。"

他还是禁不住幻想与觉秀一同去更远的南方，深圳太近了，海南又如何呢？坐飞机越过琼州海峡，降落在一片椰子树环绕的机场上，像圭宁一样湿热的风还会一样湿，但经过了大海，大概不会那么热。年轻当兵时差一点就去了海南，结果只是在柳州停了三年。

也许会生一个孩子……蝉声如雨的晏昼那只永久牌女车前筐的白色蝴蝶忽然会飞起来，她撅着屁股摁住气门芯，圆润弯曲的线条……他几乎就要呻吟起来。十字绣，白皙的纤细手，他愿化身为她的十字绣，每日得她的手摩着。他握住了自己的身体，缓缓动作。忽然他的一根神经醒过来，乙瑛就在同一张床的不远处，她像一座山侧在那里。

他起床跌着脚步撞入洗手间，在那里完成了自己的欢乐。

十一过后觉秀来上班，她句话不透。十一那日，冯其舟骑摩托车去加油，路经汽车站时正望见觉秀从三轮车落来，她臂弯搭了件粉灰色短风衣，那是她到十一月才会穿的衣服，另一只手拉只拉杆箱。她付完车钱，一抬头，正好望见冯其舟用脚抵地停了摩托车，她说去南宁看姐姐，顺便那个，"那个"自然是指相亲。冯其舟明白过来，一时站在那里，忽忽若失。之后勉强微笑道："好啊好啊，去望望睇。"

觉秀什么都没讲，冯其舟忍不住问："见面了？"她只答："见了。"

见她目光空茫，动作慵滞，冯其舟断定此事不成。

"你该开心些。"他劝道。

"开心得很呢，歇咃有开心！"她不承认。转身又恼怒道，"无使你来告诉我。"她第一次以这样的口吻同他讲话。

两人一愣，这有点像恋人间的拌嘴，而这正是要避免的。为了缓和气氛，他补了一句："不开心会很快过去的。"

这话却又惹恼了觉秀，她镇定地讲："系啊，当然系，现时我已经有人了。"

冯其舟不再出声……也许，但系，总而言之，他不能像某些人那样，两个人一起远走高飞去深圳，割断圭宁小城的一切。他无法想象那样的生活。

两人间的温情消失了。

觉秀踩着钟点来上班，包一放入柜就径直去科室，一声不吭。她不再像往时，早到十几分钟，电热水壶烧壶开水，替他泡上一大杯乌龙茶。这种发黑的茶水觉秀向来不中意，何况冯其舟无意中告诉她，茶叶是韦乙瑛从福建开会带回的。不过后来她也认为这茶叶有种特殊香气。有几次，在冯其舟上班之前，她怀着复杂的心情悄悄啜上一口，略烫，似苦稍涩，陌生的味道停在她口腔许久。

"我昨晚夜做了只梦。"往时，差三隔四，觉秀会讲她的梦。梦中那间屋入了水，浸了只猪；另一只梦是她从楼顶掉落来，跌入一坑水，水面上漂有只十字绣做的鞋面。"为咩总系梦见水呢？"她歪起头问。冯其舟换上他的白大褂，柔声答道："系啊，为咩呢？"

现在这一切都没有了。

她说她有了男朋友，却多么不像一个恋爱中的女人。脸上不见半点甜美，依然像个丈夫跑掉了的弃妇，通身透出股迷茫寡乏气息。他见她时常摸手机看，每每脸上都是怃然。

她目光空洞，一股死气。而两人之间隔着荒山与篱鲁。

他忍不住发去一条短信："有心事同我讲讲好无好？"她朝他投来一瞥——不无幽怨，亦有深情。但终究，从前那种无声的亲密再也无法回到两人中间了。

两个月后，觉秀调去了住院部的放射室，他们非但不能在同一间办公室朝朝暮暮，甚至也不在同一幢楼。偶尔在饭堂碰到，冯其舟眼睁睁地看着觉秀的耳垂上亮闪闪的耳钉，它们的璀璨光芒曾经离他那么近，如今倒像天星般遥远。两人有时甚至连招呼都没机会打。一个人的身影在平淡的饭堂里像一团光晃动，然后消失，留下另一个人，以及一片巨大的空洞。

在冯其舟看来，两个人的内心仍然摩挲着，而空气隐隐颤抖。

一日，冯其舟望见觉秀和口腔科的大头卢并肩行作一处，那个口腔科的大头卢，那个头发天然卷，生有一头狮子毛的家伙。咽只契弟，冯其舟从来就不认为他配得上觉秀，而现在，他满面春风同觉秀并排行。她好像丰满了一点，不再像变故初起时瘦成皮包骨，凹凸有致的女体在真丝上衣里更显其娟秀姣妩，她甚至浅浅笑着，那笑容如同往时在他面前一样。冯其舟坚决地避开了他们，他企在那禽芒果执尽的芒果树下，心里阵阵抽搐。

第二日是周末，冯其舟黑着眼圈去买了五花肉。晚饭时，红烧肉端上桌，韦乙瑛夹起一块，慢慢嚼着，咽下后少有地悯笑道："冯其舟啊冯其舟，这次砸了吧？

我还以为你早就炉火纯青了呢。"

香港的舅舅

企定：站住。**骨盘、金盘**：骨罐。**渌**：烫。**揢**：拿。

——《李跃豆词典》

有日朝早，跃豆醒来听闻打横的床边有个男人讲普通话："天气不算很冷啊，不错。"她吃惊地探头望，除了一番蚊帐，只见地上赫然一双男人的皮鞋。她想起上一日落暗时分家里来了客人，母亲让她叫四舅父。

遥远陌生伟大的普通话就这样出现在她的蚊帐外面，近在咫尺，近乎虚幻。

四舅上一日同母亲讲的是本地话，这次溜出嘴的普通话，是醒来不知身在何处。他那时在遥远的江西，家里隔一段时间会收到信，牛皮纸信封，右下方几只红色印刷字：江西矿务局。跃豆早就知道江西至远至远，冷天会落雪，外婆曾带米豆去过一次，路上倒三趟车，三日三夜。

她有几本陈年的日记本，几次想销毁，终于还是留了下来。

其中一本，红塑料封面一排金色宋体字：丰城矿务局工会第三次会员代表大会。第一页的上方有一行红色小字：全世界无产者，联合起来！第二页仍然是红色的字，分两段，一段为：我国有七亿人口，工人阶级是领导阶级；另一段为：只有解放全人类，才能最后解放无产阶级自己。这种排版她颇感新鲜。封套里还夹着一张1975年的年历卡，正面一幅水粉画，解放军站在陆地面对大海，双手捧副望远镜，卡片有题：《我为祖国守边防》。

笔记本既是普通话的结晶，又是普通话的来源，是四舅和外面世界的象征。母亲大人藏之木箱，到了初中她才终于据为己有。她藏入纸箱放床地底，推到靠墙根的深处。直到高中最后一个学期她才启用，在扉页她写道：甘洒热血写春秋，1975年某月某日，天气晴。

就是这个1975年某月，四舅梁远章，他在香港沙田的某只鸽子笼住落。跃豆对鸽子笼的认识始于一张照片，一个德国人拍摄的香港住屋，无数方块的堆叠，无限延伸的堆叠，密不透风、坚硬而窒息……一只颠佬敲门，执嘢走啦执嘢走啦快滴啦，再吾执就水浸街啦，快滴执嘢行啦，再吾执，到时人又冇钱又冇，乜都冇晒……还有舅母德兰，嘴唇边有一颗美人痣，典型的热带美人，印尼华侨，混血儿。

她曾虚构四舅远章死于"文革"时的武斗，虚构了红砖楼一地碎玻璃，以及一粒流弹,以及它在空气中如箭飞驰发出啾的一声,她虚构深红色的鲜血自弹孔涌出,虚构他在楼梯拐角处倒下撞碎了楼道的玻璃,以及玻璃碎裂成大大小小的三角形,她美化了那些玻璃,描写它们如透明的花朵纷纷扬扬落在他身上。她虚构了那个正午,虚构他的手指慢慢冷却,以及他脸上的疑惑和惊诧……

事实上远章没有经历大学里的武斗,他也并不在那所所谓亚热带边陲省会的大学,他上的是江西共产主义劳动大学,名字超长,她不大相信这是一所真正的大学,以为它的出现是特殊年代的产物。但梁远照一直认为它是大学,二十世纪六七十年代,高中生弥足珍贵,大学生更是凤毛麟角。远章上了大学,他弥平了远照心中的深渊,远照虽然通过培训成为医生,但她仅仅高小毕业,兄弟中还有两个是文盲,按外婆的说法,他们不读书是出自心性,是累生累世前世的种子,属于根性,与时势无关。怪不得外婆向来内心平静。

江西共产主义劳动大学,跃豆百度查出,今时叫江西农业大学,它居然成立于1905年,曾名江西高等农业学堂、国立中正大学,它竟是有前世的。这词条附有图片,身着官服的张之洞,古朴简洁的大门,门口有一民国时期的士兵。远照坚信它是大学没有错。跃豆不知四舅学的何专业,无论如何,江西共产主义劳动大学的文凭在香港不会有用。

德兰舅母的照片永远栩栩如生。黑白三寸照,碎花绸的连衣裙,方领,领口很低(现在看当然完全正常)。连衣裙,整整一个时代销声匿迹,故那时极耀眼。她嘴角上方有颗美人痣,圆脸深眼窝,异国风情印尼华侨,父亲在印尼有橡胶园……远章在兄弟姐妹中算得上优雅洒脱,风度翩翩,他也幽默有趣,有时使点小坏。

跃豆记得他骗她吃辣椒。

阔大的公共灶间,矮饭桌,十几步外的水缸、瓦盆、天井、青苔、指甲花、极厚的砧板,灶间极大,阔过半间教室。地上没铺水泥,也无砖,是夯实的泥地。她同四舅二人面对面各坐一张矮板凳,饭台有碗青辣椒,切成一圈一圈,手指粗的青辣椒,青皮白瓤,散发微微辣气。她知道这种辣椒非常之辣,叫朝天辣。但四舅说:"跃豆你知无知,辣椒无系只只都辣嘅,有的甜有的辣,啁个肯定系甜嘅,你无信,试试就知了。"

见她不信,四舅就更加认真讲:"我边滴会扭你嘅(我哪里会骗你呢)。"他一再说,她就禁不住夹了一粒放入嘴,她甚至没用舌头顶一下试味道,一下子就嚼起来。毫无防备地,猛烈的辣刹那打满嘴。她眼泪顷刻涌出,既是辣,也有羞辱,她既恨自己的轻信,又恨四舅的坏。

远章舅父先回,过了几日德兰才到。那时梁北妮三岁,但跃豆不记得她,想来是跟外婆在乡下。总之,德兰是自己来的,她独己只人,从江西丰城到广西圭宁。

而造反派已分裂成两边，各自串联扩大组织，互相辩论、攻击。

夜里远照早早关大门。一辘粗木柱从里面闩住门，木柱竖在门背。她夜夜一通出力，硬把自己也弄成了顶梁柱。她总要使出全身关节和腰腿的劲道，横起那辘木柱。粗实的木柱平添了紧张气氛，却也带来确切的安全感。若不使大炮，至少要二十人齐齐出力才撞得开。晚八点以后，至迟八点半，一关上大门，狭长的屋宅从头至尾声息全无。

远章和德兰住在前阁楼的三楼，那原本就是客栈的房间。德兰从不赖床，她早早下楼，去灶间陪远照煮粥。望见远照她就招呼："早晨。"朝早见到任何人，她第一句话都是"早晨"。远照给她盛碗粥，她接过就讲："唔该。"

德兰的粤语比广播站的女声更接近广州话，洋气、柔软，也像水果，汁多酸甜。而她的酸甜跟本地的酸甜有所不同，她教跃豆唱一首粤语歌："酸酸甜甜真上好真上好，卫生又讲究，一份一件，人人都有……"

跃豆也她一首粤语歌："风湿又痛腰骨又痛，耐耐又痛滴滴，耐耐又痛滴滴……"镇上每个细佬仔都会唱，从街头唱到巷尾，再从巷尾唱到街头。见到老人拱背行路，嘹亮的童声就会随时升起。

"风湿又痛腰骨又痛，耐耐又痛滴滴"，天籁般的歌喉和没心没肺浑然一体。儿童不能理解风湿痛和腰骨痛，以为是极有趣、极爽逗的事情。

跃豆专门问过外婆："我嘅腰在歇咄?"外婆说："细侬冇有腰。"

而德兰是有腰的，她腰很细，屁股却大，像硕大的南瓜。一个橡胶园主的小姐，屁股之大令人生疑。说到德兰，远照总是正色赞许："系喔，渠一粒都冇娇气咯。"要知道，女人一旦娇气就受歧视，不但遭街人白眼，背后还惹一堆闲话："呢个人做咩嘢咁娇气嘅。"她喜欢牛甘子、甘荚子、黏子，这些果子名称古怪，不登大雅之堂。

而水果是有等级的。凡本地不能出产者皆为高等，如苹果和雪梨，之后才是荔枝龙眼芒果香蕉。木瓜是土的，屋前屋后路边，样子难看，不能当它是水果，只能当成菜，半生不熟时扒落，切片炒炒。杨桃呢，太酸，要腌一阵，或者与豆豉同蒸。番石榴食多屙无出屎，谁愿买呢。牛甘子、金夹子、黏子，都系野生。牛甘子酸得不成样子。要使酸水浸上八九十日。黏子生在山上，棺材坑边最茂盛。

那时候，德兰每日拎半桶热水去冲凉房洗身，白铁桶舀上热水，冒出阵阵白蒸汽。远照在旁边问："我帮你揾无好咩?""无使无使，唔该晒，我自己得嘅。"她舀水也总是踩得准点，灶里的一截木柴刚刚烧尽，火将肃未肃，她就动作麻利拿起木勺，水面漂有油星，她眼都不眨一瓢伸入，她世事洞明，明白若不及时舀水就会浪费柴。舀了水好让后面的人接着烧水。而你始终不明白这点,向来至厌母亲催,正在天井发呆,或在阁楼乱翻,听闻母亲大人喊道:"跃豆——去哪了?舀水!舀水洗脚!"母亲连连催促,"舀水舀水,做事慢磨揾无到食!"你只想这人生何其不自由,连洗脚都得规定时间。

有油气的洗澡水令人不爽,况且还要拎去冲凉房。

德兰安之若素,仿佛向来如此。她拎半桶热水去冲凉间,再用小脸盆舀半盆凉水兑入桶中热水,脱下的衣衫搭在木门的门头,内衣有香气。洗澡间在大灶间的尽头,一个门,入里是三间冲凉房和一间厕所。你站在门口,闻到香皂和洗澡水的油气混合的气味。

我至今佩服德兰能忍受粗陋的厕所。

沙街的厕所尚可,水泥砌的,有斜度,水一冲还算干净。外婆家的厕所是粪水坑。除非是阁楼高处,否则大便落下,粪水溅起。干粪坑则招来苍蝇,黑笃邀铺满一片……外婆家有处厕所是在阁楼,粪坑架空,下底深两米,便秽如高空坠物,咚咚有声,因距离遥远,粪水和臭气不能升上,不知是谁的创意,别致且实用,我至今有深印象。粪坑左后方拴一根竹篾,用来揩屁股。20世纪90年代回去执骨,这个厕所还在使,我和德兰舅母都去了。

"生梁北妮时,让寄一包咸萝卜干来,就因你们的萝卜好。"于是我和德兰舅母就去陆地坡看萝卜。

这真是游于平常。

沿河边行行停停,一边是北流河,一边是农业局围墙。行至犀牛井,一只很妙的水井,高围墙,边上有东坡亭,宋代苏东坡就是此处上岸的。犀牛井大六角形,井台宽阔,井台边沿一道溢水沟道,溢水道可洗桶底。我也来过洗脚玩,单腿企定,另一只脚在溢水道晃来晃去。

碰到几个孩子在树底捡玉兰花,捡一朵,向身后一抛,再捡一朵,再一抛。一个孩子转起圈,旁边唱道:"氽氽转,菊花圆,阿妈叫我睇龙船……"我顺口接唱:"我唔睇,睇鸡崽,鸡崽大,担去卖,卖得几多钱?卖得两百钱,买件威衫好过年。"德兰说,最后一句唱得不同,她唱的是:"卖得三百六十五个仙。"我记得幼时也在一处地坪转圈,旁边有笑眯眯的外婆,也是同样唱的"氽氽转"。想来竟是外婆教的。

过了桥,虽仍是大榕树,视野倒不同了,灰色石山列列,远远近近浓浓淡淡,河边丛丛高竹,河面一只篾篷船,船头有人正撑竹篙。"阿边一幢山叫望夫山。"我大声报了句。而德兰哼起了歌,这次不是粤语,却是普通话:"宝贝——你爸爸正在过着动荡的生活,他参加游击队打击敌人哪我的宝贝,他参加游击队打击敌人哪我的宝贝，睡吧我的好宝贝，我的宝贝，我的……宝贝……"（在浸大 NTT 百度，这首印尼民歌，原是苏门答腊西北部山区的马达族人的摇篮曲，宝贝，butet，原意女儿。热血青年高德兰，当年思想左倾，遂回国，一举上了江西共产主义劳动大学。）

这边的萝卜地是大片大片的，沙质地，泥土松软，土里含大量细沙，萝卜只只茁壮有喜气。萝卜在沙土里竟是如鱼得水，它变作一条鱼，出力向水面拱，拱出高高一截。拱出泥的萝卜只只都是开心的。一直行到萝卜地尽头，尽头是几翕马尾松，马尾松后又是一大片新的萝卜地，沙地极亮，萝卜地极亮，萝卜叶子闪闪发光。

一只金黄色的猫从萝卜地飞快跑过。

在香港，梁远章找到一份工，是跟地质队去西贡的大小岛屿，测绘、测绘记录、测绘报告，量船湾和桥咀岛他都来过，那些牛屎、那些牛、那些落地生根的肥厚叶子……细路、坟头、一堆又一堆的牛粪。香港虽然不认他的文凭，但矿产专业还是帮到他。

德兰带梁北妮先去了香港，表弟帮她去赛马场做杂工，一家人住公屋。那个日后的歌手梁北妮，她少时练唱，对着的就是公屋后背那片海，虽被高厦阻隔、断成一小块一小块，也仍然是大海。老二驰仔在远章到香港的当年出生，驰仔，名字是德兰所取，借用她至钟意那马匹之名。

外婆摔断了腿又回了乡下，她躺在床上，枕边放着远章的信和婴儿的相片，孙儿是她自1950年以来第一欢喜事，只可惜不能亲手带大。"鸡谷子，尾婆娑，鸭㛮耕田鸡唱歌""顶髻朗，红屎忽，企木丫，尾掘掘，飞去外婆屋吃生日，吃个乜嘢菜，吃粒豉核"，她记得的童谣还真不少。

"冇有用了，冇用了"，她常常说的是这句。不过她又喃道："若多嗔恚，常念……便得离嗔。若多愚痴常念恭敬观世音菩萨便得离痴……无尽意，若有人受持……"她唇舌微动吐音不清，无人知道念的是什么经。她一生养五子，仅得此一孙。四个成年的儿子均未娶妻。她躺在靠近水塘的一间泥屋，一头是灶间，一头是床，门口的地坪长年晒着柴草，满地的狼藉。"哭哭又笑笑，阿公担米上街粜，买回一枚钓，钓到蹦蹦跳。"

远照做了一只梦，阿姆托梦给她讲，有点冷，脚有点潮。

远章德兰就从香港返来给母亲执骨重葬，他们带来一名香港风水师，身材高大敦实，仿若运动有素，又戴了副眼镜，望之像稳阵学者。跃豆从北京赶回，跟他们从一座山翻到另一座山，他们远眺近望，煞有介事，跃豆也跟着远眺近望，连绵的山，山的凹陷与皱褶。他们选中了一处，是地势极高的山头稍下方，在山高度的四分之一平缓处，正前方是山坳后面是更高的山。选定了时辰，挖开了先前的坟墓，果然，棺材的脚头潮湿朽烂，应了远照的梦。执骨执入一只骨盎，挖了深坑，头尾有棺材长，两人深，小舅舅抱着骨盎下到坑里，稳稳放好。

远章是先从江西丰城辗转到广东高州，再茂名，本想从茂名过海去香港，没船，又到了深圳，最终越过了深圳河，在新界登陆。那时丰城矿务局虽已恢复秩序，人却浑噩，更是不能作他想。何况妻女都已去港。那时候陆路仅罗湖桥，铁路桥，两边倒行得人，却路窄，且要边境证，这边保安的农民要过去种地再返家睡觉。水路呢，有深圳河和深圳湾，深圳河系界河，公共的，一入河就不能开枪，河道宽窄不一，深浅各不同，快时几分钟即可游过，窄处一粒石子掷得到对岸。深圳湾是内海，内海连住香港，香港连外海，茫茫海水只只礁岩，条条道路通香港。

地质队住村里，一日休息，他去天后庙求到只平安符。一张黄纸上写了咒语，折叠成小小方块，他放在口袋里带回，夹入笔记本。

远章本是新中国的青年，在学校破除了迷信，既不求神拜佛，也不敬天后，这时却请了一只平安符。不料竟是不灵的，没几时，他就受伤了。修大坝时地质队协助施工，只他一人受伤。想申请当一名地理老师，未果。不过他申请到了公屋，只交很少的房租，后来他就住到了中环的邨屋，公屋的楼不错，后有山前有海，楼前后有大树，走廊能晒到太阳。房间小一点，十几平方米，却是样样齐全，厨房卫生间一样都不缺。梁北妮很少回来。驰仔去澳洲读书之后，德兰信了一种教，脱离家庭去偏僻的地方修行，与远章渐渐不再联系。

夜晚的赖诗人

顶颈：与长辈顶撞。**蜚蜚拂拂**：形容快。**介耐**：介意。**老嘢**：老人家。**屎咚眼**：肛门。**一笸拉**：乱七八糟一片。

——《李跃豆词典》

赖最锋四五岁时跟父亲去体育场沉鸡碑钓过鱼，他生在贵州安顺，一直跟父母在正阳机械厂，十岁才回圭宁，插班龙桥小学三年级。每次从贵州回来探亲，赖胜雄总带他去钓鱼。去了几次北流河，也去防疫站后背的西河钓过。忽然一日，父亲讲要去体育场那段西河，他坐单车后架，担竿钓鱼竹竿，车头搭只细桶，装了前一夜药的黄畎（蚯蚓），一车两人，父子一路去到望街岭菜行，沿岭脚到西河，再转到沉鸡碑。

老豆一再嘱他不得让阿妈知他们去沉鸡碑："总之呢，你阿妈一向不准来这里钓鱼，讲这里钓的鱼吃不得。""系嫌刺太多冇啰？""鬼才知道，你妈这个人越来越迷信，也算高中毕业的，就是在农村停久了受环境影响。"

十岁那年，父亲从贵州安顺调回广西梧州，去筹办一个什么单位，一切尚未落定，就把赖最锋放在圭宁跟阿公阿婆，打算过几年再接去梧州。未料父亲急病突然去世，妈妈的农转非也没有搞成，他就一直在圭宁待下来。直到当了本地报纸的记者，又直到报社关闭。

每日朝早五点半，他出门时母亲还没起床就是最好的，若起了，就会讲些莫名其妙的话，自从父亲去世，她头脑时懵时醒，忽然就会讲起父亲发病的事："……渠嗯声间就讲渠左边的半边头壳又涨又痛。"赖最锋问："哪个头壳痛？系冇系你？系你就快点去医院，我去喊部三轮车来先。"母亲说："冇系我，系你老豆，就系去西江大桥山顶修文笔塔，日日担火砖，一担就担二十几块，一百几十斤，担住一百几十斤攀山顶，中间休息几次才到山顶，渠自己都讲头痛就系累的。"

赖最锋搭话："哪个累？"

"哪个？你老豆累。"

他一问母亲就生气，一生气就更是唠叨起来："渠住的那间屋系有问题的，我要跟去就好了，没跟去。阿间屋头先死了只女教师，一大堆使过的药罐药包还在阳台堆住，肯定系有鬼气或者病气。你老豆同我讲，他有晚夜睡梦见有只穿白衣白裤的女人身形，吓得渠立时就醒了。总讲我不相信科学，迷信。我跟手去勾漏村揾了个土医生（其实是个巫医），写了张驱邪咒符，放在渠床席底下，渠望见了，冇要。还有只细三角药包，放在渠身上衣袋装住，巫医还拿一包米粒，喊煮水俾渠饮，渠样样冇听，讲我迷信，总冇听我的。"

母亲还常时讲到父亲的一只梦：

是一座几高几高的大山山顶头，密密麻麻的人挖泥担土，他在大山脚下仰头望山顶的人做工，嗯声间，天上竖直插下一根根水泥柱，大得像水泥电线杆，密得像落大雨，水泥柱紧挨着他身边四周插落来，声音拂拂猛响，吓得他左缩右闪，醒来吓出一身大汗。

咽只梦系咩嘢意思呢？

在圭宁，西河算不上河，北流河才是真正的大河。二三十年前，也许更早，北流河阔而深，河里行着列列大木船，浩浩荡荡，圆滚滚的大木头打上游运来，卸落码头空地。今时码头早已填平，杂乱的河边整治成水泥大道，街名也从大城市学来，称沿江路，只有老人还记得这条旧时的河边街。昔时码头所在的、与河垂直的沙街，干脆就没有了。

他骑部半旧摩托车，车尾不伦不类捆只大簸箕。天没亮，是灰的，河面早已不泊任何船只，却也不荒凉。对面地势高，密密麻麻盖满了楼房，鳞次栉比得不像话。赖最锋认为啯啲楼屋严重破坏了北流河的诗意。诗意，诗意，赖最锋时常呼唤这两只咒，他是小城的一名诗人呢，在省级刊物发表过诗歌，一首歌颂家乡的小诗——"在河流的两岸，生长着金黄的稻谷，在稻谷的旁边，生长着我的兄弟。"为了押韵，他把稻谷改成了稻米，"稻米就系高级就系好"，他兴奋了好几日。

他时常同幼儿园的孩子讲："我系诗人喔，知冇知冇？诗人！"但孩子们叫他"赖诗人"时，他又认为受到了耻笑，他龇出一排门牙，向孩子们发出"苣苣"的短促音节，这时径，他过长的两臂、高硬的颧骨、深陷的眼窝都更加鲜明地突出了，望之像只长臂猿，或者，是猿向人进化中尚未完成的物种。

街上的人喊他"赖最疯"，疯癫的疯。他八成也知道，接电话时便总要强调：我系赖最锋，锋，刀锋的锋。这是他自己改的，父亲取的是，赖最峰，山峰的峰，最峰，科学最高峰。他呢，喜欢自己锋利无比，像一把亮闪闪的刀刃，刺向小城平庸的生活。

若你碰见赖最锋，又被他视为有些文化，免不了会在街边被拦住。他视力超常，远远望见你，就会越过买新鲜水牛奶的妇娘们"哎哎"大喊，他的颈伸得像长颈鹿，摩托车突突停在街边骑楼底，后座捆住的簸箕装着刚买到的鱼。在阵阵鱼腥气中，他目光灼灼："哎哎，我讲畀你听！"他就在街肚至诚讲起来，"赖姓的始祖呢系周武王的兄弟叔颖，这只叔颖就在封地建了赖国，后世子孙都系以国为姓的。所以呢，赖姓就系高贵，系一只光辉的姓氏。"

仗着三千年前的叔颖，赖诗人超然于圭宁平凡生活之上，他讲完之后对着街肚的人们睥睨两下，之后才载着他的半簸箕鱼突突行远。

他一周要买一次鱼，用来喂"鸟巢幼儿园"里的雏鸟们。

"鸟巢"，诗人赖最锋的得意之笔——边陲小城的人，对奥运会，对北京的鸟巢，对那些遥远宏大的名堂总是无限向往的。赖诗人认为，自家幼儿园能招到近百个孩子，实在是因为取了"鸟巢"这样一只好名字。

有小中大班八九十孩子，号称一百人，就一个私人幼儿园而言，算是颇有规模。沿江路的位置至诚不错，大河，大榕树，水泥地坪，绳子拦好，孩子们随便"氽氽转，菊花圆"，氽氽转转多少圈都跌不落河的。巴掌大的小城，早有了两家公立幼儿园，又有二三十家私人幼儿园。赖诗人好彩，第一年招到五十个，第二年，八十。

他却并不挂心，心心念念挂的倒是他的《圭宁报》，那既当编辑又当记者的威风时光。那时他骑车突突穿过圭宁的街街巷巷，从河边街经过县二招、水浸社到热闹的西门口，向北经过医药公司、一个水塘和望街岭旧菜行，再上一个大长坡就到体育场，那是全县城至阔至宽，唯一可以飙两下的地方。《圭宁报》虽然撤销了，但他心中飙车的路线没有撤销。

那时每日去县府大院上班，冯春河就在县府对面的银行，水浸街与北流河垂直，地势由低到高，每每路过水浸街，他心里总会升起柔情，他靠这腔柔情写了不少诗。

《圭宁报》在县府后院二楼。星期四，报纸每周副刊出刊，这是他一周的至爽时刻。他轻松爽逗，嘴里哼着，摩托车像鱼一样滑入县府大院，路过前院那棵棕榈树，总要格外多摸几摸，灰色有棱的树干被他摸得起了包浆。停好车，他跨大步，猿猴般蹿上楼梯，一阵新鲜油墨气已然溢满走廊——新出的报纸运来了，他扑过去，大手一捏凑近报纸。这副刊系他的自留地，他除了在头版写通讯，就是每周编一版副刊。副刊就叫"北流河"，是主管文教的市委副书记题的刊头。

"北流河"在赖最锋的心头总是郁郁葱葱的，大地上的禾稻是春种夏收，夏种秋收，从青到黄需三四个月，而"北流河"，这版铅字却是日种周长，一周一茬，快得让人兴奋。所以啊所以，我们的赖最锋，他用无数个笔名在这块肥地上连连种下自己的庄稼，笔名计有：天鸟、天鹰、天鱼、天鸢、天鸦。为了独特，他还用过偏僻的天鸤。

他的天兵天将横竖成阵，浩然有兵气。

"在河流的两岸，生长着金黄的稻米，在稻谷的旁边，生长着我的兄弟。"组诗《红米村纪事》在刊物上发表了，"左边黄，右边红，旭日升，谷穗饱胀，像岭南少女初长成……"若父亲还活着，定然是欢喜的。老豆学生时代狂热写诗，在他留给他的遗物里，有厚厚一沓诗稿，题目居然叫作《红卫兵》，另有一沓，一千多行的长诗，叫《从南疆来到北京天安门》。

对老嘢的诗，赖最锋嗤之以鼻，我的天，"云霞灿烂，旭日东升"，难道他不知这些都是假大空吗？"长江上的钢铁大桥，一桥飞架南北，天堑变通途；黄河的三门峡水库，拦水发电；华北平原，路上的厂房，一排排，一片片，社办工厂突突冒青烟……向着滚滚红日，向着灿烂前程，前进前进！"

很快，他的诗也遭到老一辈文友抨击："这叫什么诗呢？'皮防院一下来了／数十个中年妇女做体检／因为广场交谊舞舞王／一周没有露面，听说是／得艾滋病死了'，咽啲嘢歌咙系诗呢，根本就冇系诗！"

这诗发在一本自费杂志上，无书号，却也持续了二十年。

"闻讲你写诗越写越陋嘢。"母亲是老高中生，写诗的事，她要讲上几句的。赖顶颈道："陋咩嘢，纯属三观不合。"母亲就问："咩嘢系三观？"他答一句："冇知。"然后仰天出门。

自从冯春河失踪，他就时常去西河沉鸡碑、体育场转上一圈。他在半明半暗中冲上体育场，入了跑道就飞上十几圈，再停车行上舞台（又称主席台），许久没开过大会也没演过戏了，台地上垃圾成堆，旧报纸、塑料袋、烂树叶、禾秆、香蕉皮，两墙交会处赫然一只巨大的蜘蛛网，昏暝中蜘蛛网丝丝闪亮，有森然之气。这光哪里来的？到了侧门演员上台的地方，见条灯绳垂在墙，他伸手一拃，开关在他头顶"嘚"的一声，脆且清，他吓了一跳，不过灯没亮，他又连拃了两下，仍是没亮。

有关春河的每一样都听巨海讲的。

她去了银行，除了上班还要拉储蓄，这可要能说会道长袖善舞，有饭局就要去，又要饮酒，且要识逗，至好唱得歌跳得舞，人家逗你，你要笑，要经得起调戏。

春河天性凝庄，对这些，样样扞格抵触。下班回到家，总是见她巫魇封住了似的木呆。

那时候赖最锋想写一首诗，已经有几句跳了出来："她被压断了肋骨，从燕子变成了石头……"压在春河身上的石头越来越重，越来越硬，越来越冰凉。她买断工龄辞职，单位一次性付给三万元，从此一刀两断。医疗、养老再无保障。有时在街上见到她，她毫不打扮目无表情，人瘦得惊心。后来闻讲去了柳州一家工厂做会计，厂里要做假账，她不做。很快辞了又换一家，本来派了去上海分公司，有宿舍，月工资不少。不料病了，要打一种很贵的针。

他坐在沉鸡碑的大石头上，对住河里的水，用普通话嘀咕了一句："漂浮的石头，暗处的伤口……"他极力想接上前头的两句，但句子也像断了的绳索，怎么搭都搭不上。

春河会把他放在心上吗？

这两个人，虽同校却不同届，一个相当于校花，一个几乎是牛粪。我敢断定，春河当年根本就不会知道赖最锋这个人。话又讲回来，十几年过去，连西河的水都快干了，北流河的码头都没有了，对岸的马尾松和大片的萝卜地都变成了珊瑚礁一样的楼屋，有什么是一成不变的？所以，赖最锋当上《圭宁报》的记者之后，事情终于有了变化。

"我系考上编辑的。"赖最锋逢人便讲。他正经是考上的。那两年，各个县都办了报纸、广播电台、电视台，圭宁当然要办成至好那个，这个不难，圭宁的文学青年很有那么几个，算是全地区八个县最文学的。有一个当上了宣传部副部长，一个当上了报纸主编——都懂行,我们的赖最锋,他就顺藤摸瓜,一举考中了。

在半夜他骑着摩托车一圈又一圈,他觉得是骑在一辆旧单车上,而且,在半明半暗的体育场他居然匪夷所思地望见了晚霞,晚霞停在他面前伸手可及处,一大片灰,灰中有遮不住的金色、红色和明亮的橘黄色,一些奋不顾身的蜻蜓不停地撞向晚霞,它们把乌云的裂口撞开,越撞越大,然后晚霞从裂缝汹涌而出。

有次他在体育场碰到春河跑步,那时她已过四十,是小城著名的大龄剩女了。她穿件红色运动装,头发绑在头顶,人瘦得皮包骨。不瘦才怪。经过韦医师的医疗事故,他与春河到底算熟人了。

他停车在跑道边,想等她到跟前好打个招呼。外人看赖最锋虽有点疯癫,他自认还是靠谱的。春河跑得极慢,仿佛是漫长不动的镜头。赖最锋坐在草地上,远远望住她。

讲来懊恼,没等到春河跑到跟前,就不知她从哪消失不见了。

那日他去望街岭买鱼,行经春河家巷口时扭头一望,一眼望见她家门口停了只黑雀,大过乌鸦,毛是爹的,它摆着头行来行去,行路的样子十足像人。他临时弯去她家找巨海,巨海说有三日了,春河一直没回来,大前日晏昼三四点,她先洗了头,平日她不爱吹头发,说是自然干至好,当时巨海在厅里电脑上打游戏,听闻吹风机拂拂响,吵得他有点心烦,他喊了句"关紧门吹无得咩",她也不理。吹爽头发她就出了门,衫裤也没换,出门也没打招呼,之后一直没回来。

竟是失踪了几日他才闻知。

他去找过十几次,沿北流河两岸来来回回。一个低几届的同学讲,在下游酒厂望见过冯春河,她坐河滩上,没人介耐。还有人在更下游的纸厂见过她,行过一片猪乸菜地。酒厂和纸厂附近河段都有挖沙的,河底有许多沉贶(沉在河里的冥器、陶瓷)。他骑摩托沿河边行,一直去到下游的望夫山,有两次还去认了尸,尸体摊在河滩上,胀肿得不成样子,有人用芭蕉叶盖住了脸,女尸光着一只脚,另一只脚上的鞋不像是冯春河的(这个他其实也不知,不过是审美判断),尽管如此,他还是忍着揾抔,用条树枝撩开芭蕉叶,亲眼确认不是她。有次听闻下游又捞起只人,他赶去,只是个十几岁少年。

每次去望街岭买鱼他总生出奇想,会否在沉鸡碑呢?

他去过一次。正好是西河枯水期,坝上和坝下的水都只够到脚跟,即使发大水,也只有坝下的几尺水位,若不行过坝面,无论如何是安全的。朗朗白日,沉鸡碑简直乏味,完全没有传说中的阴森,阿姆时常讲,过去都系在沉鸡碑杀头的(她管枪毙也叫杀头),死鬼多簕簕,行过就着鬼扯落河的。

体育场多年如此，没有围墙，非常大。一百年前它是一座山岭，望街岭，现时老辈人仍叫它望街岭，六十年前，岭头平整成台地，成为县城的体育场，同时用来开万人大会——誓师、欢庆、公审、批判、追悼，各行各业的运动会、大型文艺演出、逢年过节放电影。望街岭成为体育场之前，西河沉鸡碑正对着的河滩，是旧时砍头的刑场，新政权沿袭下来，公审大会一开完，犯人就地枪决。只需下坡，过一片寸草不生的尤加利树林到河滩，面对西河，背对树林。

他摊在体育场的沙坑里，沙坑没沙，半泥半沙的泥沙间生了草，高高矮矮一笸拉。半明半暗中他望见满街羊蹄甲，树树开着绛紫大花……他在县政府的那条街的骑楼下望见冯春河从照相馆行出，她出一时隐一时，骑楼的砖柱挡住了人……他跳起身行到骑楼底，只见她倚住砖柱，头发滴着水，"无系讲你吹干头发才出屋啱咩？"她却不应，也没望他。他顺住她的目光，望见一排羊蹄甲树不知何时成了一排水泥杆，有水缸那么粗，苍灰的颜色，坚如铁，连大成殿门口都遮住了。他回过头看春河，她却仍然没看他，照样头发滴着水，人又入了照相馆，他追入，只窦艺一个人在柜台跟前照镜子。窦艺是窦文况的孙女，公认全圭宁最标致，都传她是某官员的情人，那几年窦艺很恃势，调去市电视台当了主持人，过半年，官员被双规，窦艺也消失了。但她如何又在此处呢？赖最锋见了窦艺极感迷惑……照相馆厅堂有圈沙发，沙发后是粉红的墙面，墙上挂有几幅婚纱照，墙顶有一列细灯泡，连春河的影子都没有，他望了一圈，只有一扇通向摄影间的门虚掩着。他问窦艺："春河呢，春河去歇咄了？"窦艺望他两眼，古怪地笑笑。他一头撞入摄影间，里头黑麻麻的，没有人。他在摄影间站了一时，地上似乎有水，但太暗了，始终是笓邋一片。

星星自暗处出来了。

极少的几粒星，浮在沉鸡碑水面。有电动车的响声，他扭头一望，尤加利树间有个女子下来，她的白衫在树间一闪一闪的，随后是整个人，她梳了条辫子盘在头顶。他从没见过她这种发型，以前他就觉得她像仙女，这时更像了。

她们医院妹仔就是这么钟意白色的。早先很多年，除了冬季，春河常时都是白衫，白的短袖和长袖，下身宽腿裤，或暗暗的碎花长裙。亚热带的圭宁，白衫也实是适宜。只不过，小城的穿衣向来学得时髦，风从电视、网络……每年的流行色从巴黎米兰刮起，同步到达北上广深，大大小小的衣料批发商、成衣厂、销售商的脑子都系好使的，一时间，文案就出来了，机器就起动了，年度流行色，途经广州和深圳，就来到了这个七线小城，时款又廉价又走样，却蛩蛩拂拂，三下两下，落到小城的时髦青年身上。

繁绚之中，春河就太简素了。

那时候，春河素素净净行在街上，赖最锋的摩托车追上她，他向着她的车前筐打招呼："冯春河，早晨！"总是碰到春河茫然的眼光，也总是只有逃走。直到那一次，她家诊所庆大霉素过敏，出了人命，病人家属闹得紧，又有硬后台，主编派他去写一篇批评文章。他先去诊所，又去冯家，韦乙瑛医师坐在门厅，面无表情，问她对事故原因有何睇法，她语气生硬，板着脸道："就系庆大霉素过敏，不可能系我操作的原因。"冯其舟那时还健在，正坐在门口抽烟，他的嘴唇是紫的，手指烟黄色，他帮衬道："系啊系啊。"赖最锋选了晚间去，心想会碰到她，还特意穿了件南宁买的红色冲锋衣。惜未见到。次日文章见报，他为韦医师辩解的段落在他跟主编吵了架之后保留下来，但韦乙瑛还是被判赔二十万，家底全空了——再多就得卖房子。犹可欣慰的是，行医资格还得以保留。

在半明半暗中他见春河下了电动车，不知何故盘在头顶的辫子不见了，长发奇怪地滴着水。他谂起来问："春河你去欸咘了？大家都揾你，连巨海都去找了。我们班的潘仁标，派他的船队搜了三次，有次还救起个妇娘。"他一气讲了一串，她不应声，他又想起话来："韦医师在三角地的诊所坐堂，昨日行过，望见她正帮人开药呢。"春河仍只是望住他。他问："春河，你的头发怎么还滴着水，巨海无系讲你吹爽头发才出门的吗？"春河问："滴水如何？不滴水又如何？"他又认真望住春河，同时纳罕，她如何会在这里。

不是她，那是谁呢？

他躺在沙坑里全身松软，空气中有沙和草的气味。"银河的气泡内部咕咕作响并发酵"，他脑子里忽然出来一句诗，他闭上了眼睛，"我爱女人身体黑色的甜蜜"。这个老头真想得出，黑色的甜蜜，如果老了还能写诗就写这样的诗。"我并不希望与她们做爱，我的双目渴求她们……为了创作一部颂歌中的颂歌，给一小小的，多毛的，不能被驯服的动物。"在半醒半睡中，米沃什晚年诗一簇一簇从他头壳掠过，一只接一只飞过体育场的天空。

有段时间他曾打算放弃诗歌，女诗人使他绝望。如同少数热爱诗歌的文科大学生，赖最锋先是喜欢海子，后来读到茨维塔耶娃并被全力吸入，他意识到自己更喜欢女诗人，狄金森、普拉斯、毕巧普、阿赫玛托娃。她们虽然是女诗人，却超越性别，在超越性别的同时，还是天才中的女性。如果有人告诉他，这些诗是男诗人写的，他会顿觉乏味许多。

他也喜欢某些女作家的小说，比如麦卡勒斯、弗兰纳里·奥康纳，不过他还是更喜欢女性诗歌。他不知不觉形成了这样的观念：男人和女人的写作有着深刻的区别，女性诗歌是天籁，试想，如果茨维塔耶娃的那些诗是男诗人写的，那是多么的不对劲。"她全身盖满了淤泥/像光束照射在碎石上！/我高高地爱过你：/我把自己埋葬在天空上。"是，完全不对劲，是女诗人让诗歌有了不可思议的魅力。基于这种认识，他对自己放弃诗歌写作心安理得。不过，隔了一段他仍然还是写诗，是的，写诗是对自己的拯救而不是别的。

春河缩小了，缩成一个完全陌生的女仔，个子小小的，头上别了只金色的塑料叶形发卡，像胡杨叶子沾在头发上，穿件粉色的毛衣，领口处缀片弯弯的小珠子，有点像童装，而她胸部丰满，衣服绷起一坨。只听老板娘叫道："翘儿，端菜。"老板娘又对赖最锋解释说："没事，她管谁都叫哥，别理她就是。"

典型的娃娃脸，圆而鼓，眉毛淡淡的，眼睛眯缝，两边有小而浅的酒窝，塌鼻。像年画上骑鲤鱼的娃娃。女子出了一会神，忽然又咧开了嘴。她的确不是春河，那她是谁呢？她说："你躺下，我帮你按摩吧。"他望见了她淡淡的眉毛和浅浅的酒窝。

"你哪样不与我讲话呢？"

他不应，她就更认真："哪样呢？"她抽了一下鼻子，当她回缩下巴时嘴角边出现了一对小酒窝，这让他心中一动。

关于酒窝，母亲讲过，酒窝系前世的记号，有酒窝的人都是抿住嘴不肯饮孟婆汤的，因不愿忘掉这一世的事，要到来生找上一世的情分，所以呢，"你一定不要对有酒窝的人使横，讲不好她是你上一世的什么人呢"。这些玄虚事，他有时也是信大于疑的。因母亲信，样样讲得煞有其事。母亲高中毕业一直在乡下教书，农业户口，后来去贵州的工厂当家属。她越来越不相信科学。

女子说有个偏方，治肚痛的，用一块火石，在河里浸够两年那种，放在一块瓦上用火烧，烧热就放入碗里，倒水滋一下，水又热又白，饮这个水，肚痛就好了，一分钱都不用。"在肉体中，仿佛在畜栏中，在自身中，仿佛在热锅中。"谁的诗如此整齐铿锵，犹如某种抽动。他愣了一下神，然后拿出小本子，打算记录那些偏方，笔停在纸上，什么也没记成。蒸汽从门缝里透出来，漫进了他的毛孔，带领身体内部的热能猛撞他的皮囊。他嗯声间听闻有只声音对自己说："算了算了。"他望了望窗口，仿佛要找出这声音的来处……

他奇怪这沉鸡碑，水流的声音像是莲蓬头喷出的，一个光身女人猛一拖他，他一下落在一只喷头下底，沉鸡碑的水在他头上捋捋流过，他身上的衣服不知何时脱光了，莲蓬头的水丝落在皮肤上，水淋到不同的部位，声音忽大忽小，女仔发出嗯嗯的舒服哼哼声。"真爽真爽啊，翘儿啊翘儿。"她叹道。声音绕着弯……赖最锋恍然道："原来你是翘儿啊，你怎么来圭宁了？"翘儿说："我来找你啊。"他问："你找到你妈妈没有？"翘儿说："我不找她了，找到她她还会卖了我。"蒸汽从头顶阵阵涌入，蒸汽漫在他和翘儿之间，他忽然想起春河，他从未见过她的身体……蒸汽大团大团涌来，卫生间门开了。热气，热气行行荡荡。白光忽闪。星星鼓荡着激流在宇宙深处奔涌。风刮起来，外墙管子打得墙壁砰砰响。树叶也哗哗喧腾，一棵大胡杨树的残骸又生出了满树叶子，而北斗七星平躺在地平线上……喷头的水滴着，声音时大时细。房间里电视没关，一只猴子从一棵树荡到另一棵树。银河河心相离相偎气喘吁吁。风刮过窗户，翘儿的身体丰满结实。温软湿滑沉陷。

一条大鱼在床上滚，又肥又滑的鱼，无鳞，有人那么长，床单皱而潮而黏。他的头发散发出豆腥气……风刮累了，停了。树叶也累了，也止住不响。两人静下来，卫生间的水还在滴。那条鱼湿淋淋的，床单一摊水，它的腰一摊水，半明半暗中这摊水灰亮灰亮的。

在半明半暗中他看见一个朋友、一个兄弟的脸，他看不清楚，但他知道是他，是这个兄弟推了他一把，让他有了第一次。

那兄弟喜欢这种事。他们喝酒，喝得越多这事就越显得合理。兄弟说，你情绪不高，是荷尔蒙水平低，找只叼妹睡一觉就好了。讲乜嘢爱情呢，麻烦，后患无穷。他给赖最锋斟酒，斟了一杯又一杯。他边饮边对赖最锋进行启蒙，真的真的，这真没什么稀奇，连托尔斯泰年轻时都嫖过娼，人生需要减压，兄弟。他把赖最锋的胳膊搭在他的肩头上，半架着走出小馆子。赖最锋迷迷糊糊地坐上出租车，摇摇晃晃在一个小区门口下了车。兄弟半架着他，两人上了楼梯。只闻咣当一声门响，自己就咚地摔到了一张硬板床上，仿佛是从漂了很久的河水里沉到了河底。"无系睡就睡一阵啰"，兄弟的声音从上面传来，隔了一层厚厚的水，他硬撑着用手在空气里捞了一下，手很重，像被绑了沙袋。他就歇着了。过了不知多久，也许是深夜一两点，或者两三点，他在河底听闻门响，虽迷糊，却也听得出是女人的脚步声，一阵香气从门口呼地一下撞过来，略停了一停，又飘过去了。他觉得鼻子有点痒，就像某种粉蝶进了屋，带来看不见的粉末，而粉末落到了他的鼻孔里……

又肥又滑的无鳞大鱼坐起来，她坐起来，她双手绕到背后，乳房越发挺得触目。在半明半暗中他伸出手，却碰到一团黏稠的东西……他拿出人民币，是崭新的，奇怪的是防伪条不是银色，而是姜黄色。女孩问："你干吗吐痰在上面？"他低头一望，只见纸钞上真的有一摊鼻涕……女孩说："我不要了，我要你别的东西。"她从上到下望他，然后说："你给我一把钢锯吧。""什么钢锯？"他问。女孩似乎有想法得很："就是那种，有齿的锯条。"他为难道："这是沉鸡碑，哪里有锯条呢？"女孩仍然很有主张："沉鸡碑什么都有的。"她碰了碰他下面，他不由得双手揸住。嗯声间女孩笑起来，发出一种呲呲的声音。

然后他听闻咣当咣当的声音，有节奏的咣当，如火车驶动。云层更厚了，天也更暗，空气中有雨（或雪）的水汽。他想起来，火车开动的时候下起了零星雨夹雪，车窗蒙了层气雾。路途漫长而重复单调。翘儿在上铺已经睡着了，他半醒半睡，嗯声间他感到火车猛地咔嚓一下停了下来，是临时停车，前不着村后不着店，四面黑沉沉的。旅客人人都睡着觉，只有他一人坐在黑暗中。他在窗玻璃上抹了一把，看见外面下起了雪。"大雪落在，我锈迹斑斑的气管和肺叶上／今夜，我的嗓音是一列被截停的火车／你的名字是漫长的国境线。"是帕斯捷尔纳克的诗。诗句猝不及防地冒出来，如同春河的名字和面容。她也浮在黑暗中，浮在雪中。你的名字是漫长的国境线，无论经历的是星空还是肉体，你的名字仍是无法拔除的一根薪。在黑暗中他费劲地回忆这首诗，最终，他想起了结尾的两句："我歌唱了这寒冷的春天，我歌唱了我们的废墟／……然后我又将沉默不语。"

在半明半暗中他总算想起，是在额济纳的达镇，他是来寻春河的。在一片模糊中他望见一大片麦色的芦苇，许多灰色和白色的鸟飞起又停落，一个女声说："啊，红嘴鸥。"灰色的红嘴鸥肥肥憨憨地卧在空地上晒太阳，一动不动，那女子在鸥鸟跟前蹲落，一动不动……"西伯利亚飞来红嘴鸥呀。"又一个女声说。他一向喜欢西伯利亚这种词汇，也喜欢大片的芦苇、湖水、天空，红嘴鸥飞起来，它们的翅膀长而有力……她们猛拍照片，一个戴着绒线帽的女子拍到一只特别大的白鹤，细细腿，颈脖颀而弯，全身羽毛纯然白色，它在芦苇深处一闪的时候被她拍到了。那女子病恹恹的，脸色白而暗，始终戴着那顶黑绒线帽，从未摘下过。后来他知道这个女人得了绝症。如果是春河呢？在半明半暗中她不知从何处到了跟前，他总想望清楚绒线帽的脸，但他始终望不清，他想同她讲话，她闭口不言。

无论如何，他要忘掉翘儿，忘掉和钱联系着的性，他混沌着，总觉得那不够光彩。而她的肉体跳脱，在半明半暗中异常清晰。在额济纳他嫖了一次，那是真的，嫖这个字眼那么丑恶，但他绝不是。她喊他哥，还教给他偏方，甚至……她很愿意。

他在半明半暗中骑着摩托，车呼呼地向前，两边模糊不清，只有车前灯开辟的一条狭窄通道，嗯声间他发现路两旁不是尤加利树，而是红柳，就是他在额济纳见到的红柳，红柳密密有一人多高，仿佛高壁。对面无车开来，越发显得封闭。体育场，如何会有戈壁滩上的红柳？或者，他如何就骑着摩托车到了戈壁滩？似乎有一车人，他的摩托车也不知去哪里了，四面戈壁荒无人烟，司机一言不发，车子一味冲驰，仿若要冲入一只深不见底的黑暗之渊。又好像，是要从沉鸡碑冲上去。

昏暝中他嗯声间感到自己跌落一只有着密密光点的巨大洞穴中，密密麻麻重叠闪烁的光点轰隆隆，从四面奔涌而来。他惊得有些摇晃，好歹站稳，挣扎着深吸了一大啖气。浩大星空笼罩四野，用不着抬头，星星密密地就在眼前，无量地多，粒粒亮闪，万亿星星蜂拥着环绕四野并鼓荡着激流，它们在宇宙深处奔涌。

大概那就是永恒。又如太古劫初成。

"阿峰阿峰你睇睇银河，河心的两股系断开的，成只旋涡状。你睇头顶，就系银河的河心……"是父亲的声音。他望见著名的北斗七星悬在地平线上方，几乎是平躺的，它斗口朝上，闪闪仰着。他从未见过躺在地平线边缘上的北斗七星。"牛郎织女星在哪里呢？有人知道吗？"有个女人大声问。他本是知道的，但他忘了。二十多年未见，实在是久违了。他茫然地望着银河两边。一个女人指点给大家看，在离河心稍远处的下方，牛郎挑着一对儿女，中间一颗星，两头各一颗，离它远些的是男孩，近的是女孩，因为男孩重女孩轻。再看右上方，有一簇小星星集在一堆，那是天梭座，六颗至八颗星星，时而六，时而七，时而八，它们是淘气的，只有最犀利的眼睛才能捉到，而人类的视力已大大降低。

银河的河心，那相依相偎的两股星流、那闪闪仰着的北斗七星、那牛郎织女星、那天梭星，以及那蜂拥、奔旋、鼓荡着的全体星星的激流。

他仰身躺倒在戈壁滩上，最大限度地摊开四肢，亿万星星从遥远的宇宙深处发着热，仿佛有一股灵能，呼呼俯向这个敞开四肢的人，他感到裸露的脸、摊开的四肢，被这些密密的光点击打着，一直跳入他的血液中。他感到潜伏在身体里的那只颠佬就要神秘复活了，他又将重新变得疯癫狂妄。是的是的，银河的河心非同小可。

起雾了，从尤加利树林里涌出的雾越来越浓，遮住了沉鸡碑的水面，远近迷蒙，灰茫茫一片。星空完全看不见了。

半明半暗中来了一群滑板少年，七七八八，椭圆的滑板，一头尖，一头平，颜色缤纷，这时日头光也起来了，天很蓝，跑道的细沙粒甚至刺亮。那几个少年，头上包着黑底红花或黑底白花的头巾呼啸而来。滑轮滚滚，啸叫狂飙，一只光头仔猫腰滑行，直身扭臀，噌的一下腾起了，扑的一下又落下，他沿着跑道边缘冲滑，越来越猛，"呼"的一下滑到鱼筐跟前，他圆睁豹眼，对准赖最锋的鱼筐就飞过去，只闻"轰"的一声，他一歪，连人带板跌在了鱼筐上，三十几斤鱼，死的活的腥的臭的摊了一地。鱼腥味一阵浓一阵淡。滑板少年呼呼啸啸却不见了。

赖最锋，他蹲在地上一条一条捡着鱼，双手沾满了鱼鳞和草泥。湿、滑、腥、臭、黏手，如同琐碎无聊的小城生活，而他不得不把它们一条条捉入簟箩。有一条鱼极有活力，它死命猛扭打草地跳入跑道，他捉住它，它又滑出，如此三次。他一屁股坐落地，是的，日头升高，天更蓝了，远远近近的尤加利树叶油亮闪闪。

天真是蓝啊，刺得眼痛。

系，他不想回家，不想剁鱼头，不想拖鱼筐，不想听嘎嘎的响，不想冲洗不想刷，不想望见案板上血肉横飞，不想削鱼肉剔骨刺，不想胳膊酸痛带血的一双手皱皱缩缩，鱼血溅到身上脸上头发上。丢那妈！

"丢那妈！操他妈的！"他分别用本地话和普通话骂了一句，讲不清是骂鱼还是骂谁，或者是，骂生活本身。

嗡声间，身腔里有只炸雷打在了青天白日下，系啊他要行开，去南宁，这只炸雷震得他一颤，金光闪闪的太阳在头顶碎开了，金色的箔片礼花般从空中洒落，尤加利树叶纷纷离开了树身，它们发出了嗡嗡声……小镇青年都是要离开的，从偏远的小镇去往更大的城市，这是世界走向文明的一种不竭的原动力，全世界均如此。那他何不径去北京呢，去读鲁院，或者，至少去南宁，总之，一个广阔的新世界。念头早就有，生生又灭灭，他望着那条在太阳下渐渐停止挣扎的鱼，水浸街和东门口西门口，春河家的扭街巷，自己家的河边街，羊蹄甲树县二招，这些他生命中发痒的地方，他半夜里身体发硬、白日里疯癫、娶妻生子、剁鱼头买青菜的地方，他要统统当它们是臭鱼，留在脚底下。

疏卷：火车笔记（二）

一　蛙

鸡滋：鸡皮疙瘩。**犽犼**：猴子。

————《李跃豆词典》

她从未记得母亲抱过她，自己也未有一秒想到去抱抱母亲。身体在至亲中都难以亲近，在别处更是不能。自四十出头，她就再也未与任何人有身体上的触碰，男女老幼，哪怕只是，手指头轻轻触抚。礼节性的握手除外。性的关系自然更是没有。

她觉得正常的感情枯竭了，灵魂的一部分，生活和感觉瘫痪了，但说不出是哪个部分。她有时觉得她的生活不属于自己。有时会有淡淡的厌恶感。不知道问题出现在哪里。比起年轻时，她对两性关系似乎更有渴望，但也更没有握住这种关系的信心。

路过永州（"永州之野产异蛇黑质而白章"，就是这个永州）时大暴雨刚刚停歇，水塘和水洼满出来，蛤蟆的叫声震耳欲聋，这种癞蛤蟆，我们幼时叫"你我大水鬼"，叫了"你"又叫"我"，"它肚里无衷藏有一副锣鼓咩？"我问过吕觉悟爸爸，他说蛤蟆不是叫的，是由两腮里面的气囊鼓动发出声音。

蛤蟆，有些方言叫它蚂拐。蚂拐这个词像黄蜂蜇了我一下，紧接着蜇了我更多下，它们纷至沓来，在浩大的蛙鸣中一阵又一阵。

这叫声唤醒了我。

我确凿记起自己曾经写过十首与蚂拐有关的歌，我能想起其中几首的歌名：《五更蚂拐歌》《公蚂拐出洞找母蚂拐歌》《蚂拐受孕歌》《小蚂拐出世歌》……我望向虚空中的稿纸，但一行都看不清了，是用圆珠笔写在稿纸的背面，满满几大页。那是我唯一写下的歌词，也是至今仍然值得骄傲的诗歌。

但我没能留下它们。

是霍先要拍一部神话剧，本来改编自《百鸟衣》，改得面目全非只得另取他题。制片方期望拍成一部歌舞片，共有十首歌。既如此，歌词攸关成败，剧本原作歌词令他不满。

"你来写！"他断然指令。我虽从未写过歌词，但挡不住爱情状态中的超常创造力。不可思议地，从黄昏到深夜，十首歌居然奇迹般写成了，未及修改定稿，他拿来重新抄一遍就准备拿走，出门前我要改动一个字，他却一把抢过去，自己按我的意思改了……连你的一个字迹他都不愿留在纸上。第二天你说你要署名，可以不要稿费但必须署名这是基本权利。他顿时变了一个人："不就是几首烂词吗？"他脱口而出，他说宁可不要这歌词。

说实在话你实在太不争气了，或者是中了爱情的毒，既然能够为了他堕胎，放弃署名又算得了什么呢？

你看不到他对你的践踏，只沉浸在献身爱情的崇高感之中。

你参不透这自虐心理因何而起。

然后他去出外景，漫长的两个月，你给他写信，每个星期两封，而他只字未回。为了度过那煎熬的等待回信的两个月，你除了躲回圭宁无处可去。即便如此，你仍然执着在自造的爱情幻觉中……直到南红来找你。

深秋下过雨天已很凉，是周末，你独自在电炉上煮胡萝卜蘑菇汤，这也是南红教的。她忽然像一阵风卷进来，她的脖子上奇怪地围了条长而窄的黄栗色纱巾，这在20世纪80年代的南宁算得上是奇装异服。任何难看的衣服和颜色在她身上都搭得上，反正她本人就是那么一个不着调的行为夸张的文艺女青年。

她从艺术学院赶来，从城市的最东头到城市的最西头。她横跨整个城市是要告诉你一个惊天大秘密。她刚刚获知的秘密像一团熊熊烧着的火一路烧着她，她满脸都是红的，想来气愤和兴奋兼而有之。

"跃豆你千万不要难过。"她怜悯着说。

你马上感觉到了那将要说出的事情，你的身体开始发飘，吸着的气停在了胸腔里。腿软了。

她抱了你一下："跃豆，你不要当回事，不要当回事，千万不要。"

艺术学院一个女孩亲与她说，前一阵霍先常去找她，就是流产手术那阵子，还跪地求婚赶都赶不走。南红说这绝对是真的，在女孩那里她看到了霍先的照片。就是那个至暗时刻，伴随着蛤蟆的叫声隆隆而来那个曾经的自己两手冰凉眼睛发直，那时候你一滴眼泪都没有但是忽然又笑了起来，你大笑不止笑过之后仍然木木地坐着想想笑笑，笑笑又想想。

大概那笑是毛骨悚然的。

那部片子后来拍成了。双头怪兽，一边是艺术一边是市场，他被拉得痛苦不堪，生出不伦不类的怪胎，艺术上没有获得任何荣誉，市场只卖出了两个拷贝，从此再也无人找他拍片。在厂里放样片你去看，是露天的放映场。你坐在水泥台阶上，看到了里面的十首蚂拐歌，一首不落分布在这部剧中，十首歌的歌词一个字都没变动，不是他所说的"烂歌词"，作曲很好，第一首雄浑壮阔，后面几首，有诙谐有喜乐也有出世的辉煌，大大提升了你的歌词（不知作曲者今在何方是否还在人世）。这使你越发喜欢自己的这几首歌。但除了你本人，无人知道这是你的作品。

再不会有那个夏天了，再不会有人半夜三点频频潜入你的房间。

那个下午他说，这十首歌词关系到整部片子的成败，必须连夜赶出来，"全广西除了你还能有谁呢只有你能写"。你倍感满足换上空白稿纸就写起来，天极闷热起码有三十七八度，他躺在你的床上大口喘气，你趴在桌上写。

歌词既要新鲜又要平白，要平白又不要水白，要有味道，民间色彩要够浓，自然还要押韵，要一首与一首相异。《公蚂拐出洞找母蚂拐歌》《蚂拐受孕歌》《小蚂拐出世歌》，俱是前所未闻的古怪玩意。你的思维前所未有地活跃频频神来之笔，到晚饭时竟然写成了四首，他殷勤帮你打晚饭让你继续干活，晚饭后他仍然陪在旁边，时时问你要否抽烟，要否饮咖啡，甚至还问要不要喝点葡萄酒，说他那里就有一瓶。你兴奋异常到半夜就把十首歌词全部写成了，这是你写作史上的奇迹。

那时候他时常说要成为布努艾尔那样的电影导演，要拍超现实的影片，拿到柏林或戛纳电影节上参赛，还说假如在国际电影节上得了奖，他将学习萨特拒领诺贝尔文学奖，他也要拒领戛纳电影奖。

而你相信这一切。

那些痛苦扩大了你灵魂的范围。那是你心灵深刻感觉锐利思维敏捷的一个阶段。"一只蛤蟆带路/一只蛤蟆的声音带路/今天是中元节/月亮照到十字路口/它带着火苗／发出大水的声音。"火车摇晃，一些句子也在摇。

需要厘清这些感情纠葛吗？

你只需要知道自己曾经置身其中。只需要一只蛤蟆带路，一只蛤蟆的声音带路。不需要厘清，也无须清算对错，那些印象附着在逝去的时间之上重返，像水里的鱼被你一条又一条地钓上来……

使过去成为现在，使现在能够看见从前的自我。

使自己处于某种诗性的笼罩中，使之潜入某个空间（某个时间），使之获得神秘的再生，以及通向不竭的写作的源泉。

又过了十多年，她遇见了 M。M，孟丘陵，她喜欢用字母代替他。

那时她四十出头，在与他的关系中，她尽量克己，尽量不依赖他。尽量不给他带去任何麻烦。他是一个谜。她从来不过问他的私生活，她知道他的第二个妻子比他小十几岁，他经常在众人面前谈到给妻子买的礼物（比如一辆好车），为岳父母亲戚做过的豪举。她看不清他的出发点，炫耀吗？让所有人都知道他是一名好丈夫吗？让她羡慕也让所有人都羡慕他的妻子吗？

那时候他对她呵护备至，每日几次电话，问她吃饭没有，吃了些什么。还曾半夜两点半打来过电话。她把这理解为爱情。

他喜欢在众人面前表示对她的亲密，表现出两人之间有某种特殊的紧密关系。有次在他的一个朋友面前用手指抚掠她的眉毛，她极力控制不使自己颤抖。她抵抗不了这种反常态的表达，毫无免疫力。然后他把她送回去，她希望他私下有一点什么，但没有。

从来就是这样。

他尤其在一大桌人面前表现出他的极尽呵护，若有人劝她喝酒，不得了，他不但挺身而出挡酒代饮，甚至会有打架的势头，几乎是一个可以为之拼命的时刻。在私下两人相对时，他刻意保留的距离感又使她感到困惑。她永远不清楚他对她的想法。

他到底要，还是不要？

为了自己的骄傲她只能保持一种不得已的沉默。

她所能做到的就是避免他对她产生怜悯。

他的特质之一是喜欢成为弱女子的骑士，成为英雄救美的那个英雄，那是他魅力显示的重要时刻。跟他在一起开会或参加活动，总是有女人给他打电话。某一次，一个女人诉说自己痛经，他在电话里以浑厚的男声问道："桌上有水吗？好，能找到药吗？好，你用开水吞两片药。"又一次，有个女人电话报说有人踢她的门。再一次，某女人失恋了要自杀，他要找人守着她；某个女人不吃饭，他就惦记着在吃饭时间问她吃饭没有……太多了。你意识到，有些女人是为了给他打电话才找出越来越严重的借口吧。也许是这样。

七八年又过去了，他离开了你所在的城。

后来重聚，他安排一位穿粉色裙子的女孩坐在他旁边（他大概知道女孩的心思），那女孩显然爱上了他，整桌人都看得出来，但她偏要坐在他身边，一副不怕粉身碎骨的样子，他闷闷不乐皱着眉头。忽然女孩站起来替他挡酒，有人故意问："你是他的什么人呀？"女孩快哭了，她满脸通红，犹如落入了火坑。酒桌上另一个女人恨恨地对他说："我最恨玩暧昧。"

你听了居然有快感，散席后你甚至写了一首诗。何至于给半生不熟的女人写诗呢？其实是你对他怀有隐秘的热情吧。当然你谁都不会给看的。仅仅是遣怀。

那时候他对你说，要有恻隐之心。

当你越来越意识到爱情是主观的时候，你维持住了对他的友情。

中间的好几年，你以为对他完全丧失了好奇心，他爱过谁，正在爱谁，他曾经和谁上过床，他是不是打算跟谁结婚，你完全失去了兴趣。但你和他见过面之后还是做了一个梦。梦中你双手捧着一只沙子筑成的钟，钟放到他手上便碎了，在梦中你说：这是只钟。"这是只钟。"醒后你仍然念叨。

她从未想到他会离婚。但他竟然离了，难以想象，她本来以为，一百年都不会发生此事。但离婚的事他从未告诉她。她是通过别人知道的。

他调到外省去的时候微笑着对她说："走了，毫发无损。"她知道，这是指两个人手都没碰过。她始终明白，他认为是两不相欠。而她，到底是意难平。

那些夏天都过去了。那些更好的年华她没有享受到。那些酒，那些湖，一个又一个的湖。那些油菜花，一片又一片的油菜花，她曾经跳下油菜地从农妇手里拿了镰刀割下一小片油菜籽。都过去了，就像鸟飞过去。而火车在轻微摇晃，大概快到六盘水了。她想起不久前读过的劳伦斯的随笔《意大利的黄昏》，她居然写了那首《遐想》。

徒步私奔，她无限神往。私奔这种近似于史诗的行为，非凡人所能。只有泽红真的私奔了，是常人难以想象的巨大的勇气。

这首诗一直没写完。

"我厌倦了贞洁又郁闷的日子，又没有勇气过堕落的生活。"似乎波伏娃说过这样的话。你对自己说,我厌倦了贞洁而又郁闷的日子,却找不到与之共赴堕落的对象。

你在摇晃中,既渴望激情,又希望得到安宁深沉的静谧。

路过桂林的时候是夜里,韩北方,他当然是在桂林的空气中。他是桂林给你的礼物,你当时并不知道,现在知道了倒也不觉得迟。

那次返乡活动到了六感学校,你专门去找了那间你住过的小屋子,自然已是不见。原址盖上一栋三层新楼,只有那棵龙眼树还在……但即使毫无痕迹,凭着路边的水稻、水井、地垄、机耕路,混合了回忆和想象的韩北方也会像一棵树平地里长出来。他源自一首诗或一首歌,那首"更有潺潺流水,高路入云端",以及《海霞》主题歌。其实《海霞》与他没有丝毫关联,那是知青会上唱的,大队一间会议室,"大海边沙滩上风吹大海起波浪渔家姑娘在海边,织呀织渔网织呀么织渔网",曲调悠扬,不但让我想起韩北方,我还会想起冬天里收割过的稻田,田地干燥,禾茬坚硬,凹下去的小泥窝有散落的稻穗。

每周我都会收到一封厚厚的信。他的信,信封玫瑰盛开,香气四溢,内文却像报纸一味正经。他比我更愿意成为一个正派的人、高尚的人、脱离了低级趣味的人。六感河两岸的芭蕉叶和木瓜,河里的鹅卵石,卵石上绿色柔软绒毛般的青苔,我辜负了你们。蚬粥、花生粥、青菜粥,还有煎鱼和炒黄豆,机耕路和知青点,无尽的青春岁月,我也都一一辜负了。

故我要幻想另一个韩北方。黧黑、瘦削、坚硬,骑在自行车上,挎包斜挎,一路吹口哨。我愿意深蓝色的天空有一轮月亮,月亮下有只稻草垛。愿意在夜里飘浮在稻草上,愿意在稻草垛上裸露自己的身体,愿意韩北方的皮肤紧贴我……在睡梦中我裸露着,身体凸起处有一点凉丝丝的,毛孔紧闭挤成一些细小的疙瘩。我们叫作"起鸡滋",肚皮、颈脖、腿外侧、肩膀、脚趾、手背,我一一感到它们凉沁沁的。窈蓝的天空变成青蓝而更加幽深,星星挂在头顶,白日暖阳变成稻草干爽的气味收在纤维深处。而月亮饱满地照耀我的全身,皮肤上仿佛一层水光。

我还愿意看到六感河两岸宽大的芭蕉叶,雨水如珍珠,滚得飞快顺溜,红色的六感河满床卵石,水流清澈,岸上的木瓜树和番石榴树,低矮杂乱的灌木丛。而一个从未有过的韩北方必须诞生于此,他穿着稻草颜色的旧军装(事实上他从未穿过这样的衣服),腰间皮带挂着钥匙和小刀,头发整齐笑容憨厚。

他像犸猡爬上树,从一棵树荡到另一棵,敏捷如闪电。他折断树枝的声音咔嚓咔嚓响个不停,而我则像丰收的农妇,满怀喜悦颠颠荡荡捡树枝,青绿的树叶一片狼藉,木汁苦涩的清香阵阵。他手里举着最大的一杆树枝噌的一下降落到地面,树枝四周伸展，如同一只天生的降落伞。气流托住树叶，他头顶的头发也高高扬起，气流摩擦发出拂拂声响……

那个从未有过的韩北方，他手持长青藤（像条青皮蛇，又细又长，在他脖子腰间四处跳荡，弹性非凡）乘着巨大的树叶从天而降，而我捡来的树枝噗噗跳到青藤上，青藤飞来舞去，一眨眼，又一眨眼，散乱的树枝成为一扇整齐的栅栏，空气中有歌微漾如仙境。韩北方，他抽出腰间的刀。刀锋冰凉的银光在树枝的一端闪动，树枝削成了铁钎状，铁钎鸡啄米，在泥土中竖起，一根两根三根，半人高的围墙就诞生了！树枝粗细不一，用一种藤编在一起，上下各编一道。

封顶是这样封的：第一层芭蕉叶；第二层榕树叶；第三层，压上红色的卵石。我们满头大汗，穿梭往来。搬运、飞奔、喊叫，漫山遍野都长了耳朵，芭蕉、榕树、卵石，统统在晏昼变成忙碌的人群。宫殿就要落成了，我出发去找鸡蛋花，这种貌似鸡蛋的白色花朵，是赭红色河岸上最恰当的装饰物，在我的臆想中，它务必成为我们树枝房子标志性的装饰，在漫漫的丛林部落里，有一些七零八落的窝栅小房子，如果你看见某一个屋顶摆着一串白色的鸡蛋花，那就是我们。

我会把鸡蛋花挂得很高，让它飘飘摇摇发出风铃之声，我们则躺在树枝房子里，身下铺着厚厚的松针，我将在周围放上一圈臭草，它们会像一道咒语，挡住蚂蚁、百足以及地上的各种爬虫。

低矮的树枝房子里浓荫密布，香草袭人，远处近处，鸟叫虫鸣。有一对蚯蚓、一对蜜蜂、一对野鸭、一对星星、一对火焰、两滴水、两块卵石、两条鱼、两朵花，在树枝房子的松针上，它们头对头，尾对尾，中间对着中间，它们发出同样的声音、闪着同样的光、散发同样的气味，花朵闭拢又张开，石头在飞，鱼在飞，星星变成了蜜蜂、蚯蚓变成了野鸭，一切都在旋转闪烁，在飞动中头对头、尾对尾、中间对着中间！

明眼人一看就知道，这搞的什么名堂。或者不用看，嗅一嗅就知道，有一股豆腥味，弥漫在空气中，一阵又一阵。明眼人在暗处，或者在明处，不管藏在哪里，总而言之，他知道这一切都没有发生。

隐秘的性幻想在那个时代十分吓人，它潜入梦中，模糊而破碎。

笺

对于感官尤其是触觉，我们的文化是一种欠缺信心的离谱的文化。我们从小就被教导，应刻意保持与其他人之间的距离，对自己的身体要假装它不存在。早在学会说话和自己系鞋带之前，我们就习惯于不探索自己身体的缝隙，对别人这么做更是触犯大忌。稍后，我们花了大把金钱做精神治疗，才发现抚摸可治百病。最近流行的上学习班学习所有猩猩都不学自通的技巧，即抚摸自己和抚摸别人。

——《感官简史·上卷》（冯渡娘）

二　粪

饭燋：锅巴。**挭草**：拔草。**虔诚**：干净。

——《李跃豆词典》

那些早已散尽和消耗的东西，它们又回来了，随时随地。千金散尽还复来。

比如，粪便。

我们与各种粪便早就混熟，自小学的拾粪运动始，牛屎、猪屎和狗屎，它们在我们的视觉、嗅觉和意念中起起落落。我们三五成群，扛着一只空畚箕，从东门口行到公园路，到水浸社，再到十二仓，或者从东门口到龙桥街再到猪仓，像一群狗，东嗅嗅西闻闻，眼睛盯着地上。

拾粪五斤得一朵小红花，十朵换一朵大的，大红花等于积肥标兵。

屎越多，红花就越大，而戴花要戴大红花，骑马要骑千里马。我们班，邱丽香得过一朵大红花。邱爸爸是猪仓的，她一放学就到猪仓去，有一段，她身上时常有股猪屎味，尤其是头发，好像她的头发里藏着一只猪仓。大家顺势取了外号，叫她"邱仓"，一直叫到高中毕业。

街上的屎其实不少，除了西门口，哪条街都有屎。

鸡屎至多，机关干部的鸡关鸡笼，居民的鸡，则放养，大大小小公鸡母鸡，全在街上行来行去。不过呢，一泡鸡屎太细，一百泡鸡屎还顶不上一泡牛屎。牛也时常行街的，它们从陆地坡那边，过圭江大桥再过公园路……有时我们嗖声间望见一大泡牛屎在大路中间袅袅冒热气。

牛屎从来不臭，它是草变的，草是一种奇怪的东西，它令人愉悦，即使变成屎，也仍然好。

牛吃草的声音来到火车的车厢，细细碎碎、不离不弃、不徐不疾，漫天细雨落在种满木薯的山坡上……

它的口腔不臭，不像人要嚼口香糖。它非但不臭，还是香的。因草总是清香。我尝过不少草，味道多淡甜，唯两种是酸的，一是马齿苋，叶子像西瓜子，又小又肥，肉乎乎的……小学一年级吃忆苦饭，"不忘阶级苦，牢记血泪仇"，那曲调是抒情的，歌词却是昂扬："天上布满星，月牙亮晶晶，生产队里开大会，诉苦把冤伸，万恶的旧社会，穷人的血泪仇，千头万绪，千头万绪涌上了我的心。"英敏高我一年级，她一日到黑唱着天上布满星，她肉嘟嘟的圆脸烂漫的歌唱以及歌里天上的星星令我垂涎三尺。她会唱，我不会。然后她们就去海军陆战队跟解放军联欢，回来梳了一根独辫子。

我们小组去同学家做忆苦饭，向锅里倒入了喂鸡的糠，又放了我们在地边揪的马齿苋，我们坚持不放油，本来要加上一点盐，但某同学觉悟高，说："旧社会的穷人连盐都买不起的，所以我们也不能放盐。"没油没盐的忆苦饭煮好了，马齿苋是黄的，汤是铁锈的颜色，半红不黄，鸡糠沉在锅底，一捞，像泥沙。没人想到是这个样子。我尝了一口马齿苋，又酸又涩，吐掉了。同学的奶奶说："前世不修啊前世不修，这东西猪都不吃啊。"

我还吃过一种草叶，也是酸的。往时我识它的名，后来忘掉了。心形的叶子，三瓣并蒂顶在头上，茎只一根，细细长长的，底下有块根，可入药。总有人拿把小铲挖出，卖给医药公司。沙街码头边住的狗屎公，他家门口就时常晒有这种草根。这种草酸味宜人，有点像牛甘果，酸后似有回甘。在微信群一问，便有人告知。这种草我们幼时叫它酸咪咪，学名酢浆草。

不酸的草我吃过更多。

我与牛不同，牛不挑食，连叶带根都吃，我只揪草心，揪出白嫩的一段，嚼那一点甜汁。有的草心紧，要出点力气才揪得出来，有的草心松，一揪就出来了。吃草心这件事与吸毒同，上瘾。我蹲在有草的地上，不管草尖撩得屁股痒，只顾揪草，揪了一根又一根，边嚼边揪，嘴里满是绿汁。有次我为了揪一枝巴茅草的草心，手背割了只大口子。

比草心更令人兴奋的是花心。嘬花心，一嘬就是一泡甜水。

我们去执扶桑花，食指和拇指捏住中间细长的花蕊，出力一揪，细长的花蕊就拔落了。扶桑花蕊细长像吸管，中空储有甜汁，轻轻一嘬，甜水如蜜。我们嘬了一根又一根，全公园的扶桑花蕊都被我们揪光了，少了花蕊的扶桑花可不好看，空洞、丑陋，非常之莫名。后来我知道，花蕊是花的生殖器官，全县城的花的生殖器被我们埋葬，用外婆的话，是前世不修。

回到草，草随处可见，天生与我相悦。我见了嫩草每每手痒，要揪上一根草心嚼几下子。它淡淡的甜味让人迷醉。

难道我的前世是一头牛吗？

……漫长的晏昼我们从沙街行到龙桥街，再行到猪仓，为了找到牛屎或者猪屎或者鸡屎或者狗屎，我们专行细路不行大路。我和吕觉悟穿过赪霞红的独石桥，像两只兔子，在河边的尤加利树下跳荡。我们没见牛屎，也不见猪屎、鸡屎和狗屎，只望见散在泥沙里的尤加利花柄和叶子，这比屎浪漫多了。事实上，河边常有狗猪牛鸡徜徉，它们像文艺青年，钟意河边，河边不但有河，还有河对面吹来的风，有树有草有泥沙，有菜地和虫子，有穿开裆裤的小孩子，淋菜的人。

为乜嘢没有屎呢？

我们盯着地面看，望见了鸡屎，是白的、稀的，像泡口水，没意义。狗屎最臭，又是硬的，想想吧，狗啃骨头，屎自然是硬的。最理想的还是牛屎，一泡就够，不稀也不硬，不臭亦不腥，若是干的，可直接手捡。我时常想象一泡牛屎中包含的一小片郁郁葱葱的青草——不错，牛屎就是这样，以青草的形象在我头壳中。

漫长炎热的晏昼，我们望断秋水等待一头牛出现。但空气中渐渐有了猪屎的气味。

闻到猪屎气讲明猪仓已近。每行一脚猪屎的气味就浓一成，无衷路边的龙眼树都沾上了猪屎咩？龙眼树当然没屎，猪屎气来自县食品公司猪仓，国营单位，有好几排屋，屋里隔着猪栏，每只栏里七八头十几头大肥猪，猪仓职工穿高筒雨鞋，围条苍蓝色围裙，围裙上方以深红颜料印有"圭宁县猪仓"，无比神气！工人一人一双长筒水鞋，一把大铁铲嘎嘎铲屎，猪栏角的猪屎铲出来，一根橡胶水管哗哗冲洗地面。铁铲刮得水泥地喊里咔嚓一片响，自来水是清亮的，冲得再多也不怕浪费，这就是公家养猪的气派。

通往猪仓的路上有摊暗黄的嘢，就在路中间。

猪屎在阳光下晒得发焦，像纸薄，饭烁那么硬，使棍一捅就裂开了。拨到空了半日的空畚箕里，聊胜于无。

路中央的猪屎欻咄来的？系打运猪的猪笼里掉落的，通往县猪仓的路不是国道，只有拖拉机才好行，而运猪多是用单车，猪入笼，绑上单车后架，男人们各各骑车一个接一个相跟着，每车后架一头两百斤重大肥猪，这样的场面时常出现在城乡大小道路上。

我曾看到过（或者想象）一幅《运猪图》，一条S形的乡道，自远处伸展到近处，单车一辆接一辆，绵绵不绝，竹笼里的大肥猪比人和单车都大几倍，一律肥头大耳，一律眉开眼笑，猪屎一摊又一摊，圆团团的，路是鸡屎褐，屎是栀子黄……卡车里的肥猪不关猪笼，它们企在车厢，一只挨一只。我们知道，卡车里的猪不是给圭宁人民享受的，一只猪，只要坐上了大卡车，就是运去大城市。任何时候，看到满满一卡车猪我就会想到猪屎。但卡车里的猪不能屙到公路上，它们的屎屙在卡车里。猪运到梧州，路上要一日，运到广州，要差不多两日。每见一卡车生猪打公路驶过，我就痛感猪屎叭叭落在车厢里，从早到晚，落个不停，等卡车到达梧州或广州，车厢里定是积了厚厚一层，有多少担啊！我幻想自己像《铁道游击队》扒上飞奔的卡车，一闪身抓住车厢接缝处的铁把手，右脚一蹬，左腿一跨，成功降落在车厢里，车厢里的猪太挤，没有落脚之地，即使有，也会踩中猪屎，我不要，我要骑在猪背上，一路飞驰去梧州。

有关猪屎的幻想接近三八，有关牛屎的幻想却并非不能实现。

只要我们掉转头，行过龙桥街东门口，从公园路水浸社大兴街，再到十二仓，一到十二仓，就见大片水田铺于阡陌间，青绿与金黄，喜气冲荡。若有风吹来，就是课本上的词汇：稻浪滚滚。稻田的中间，是一条泥路，路是直的，我们远远就望见一堆深褐色的嘟，这是真的，强大的预感使我们停住了脚步，我们远远望着它，片刻又猛醒，我们奔跑起来，越来越快，越来越近，除了牛屎，它不可能再是别的什么了！

讲完了猪屎和牛屎，我还要讲几句人粪，这上好的肥料，向来是肥水不流外人田的。我插队的时候家家户户都得有自己的粪坑，每个人都要在自己的粪坑拉屎，生产队的五保户，她若不去生产队的粪坑拉屎，队里的姑娘们就要教训她。

注卷：小五世饶的生活与时代

章一 树上（1952—1965）

蚌壳：蛤蜊。**肚裱**：肚子。**控哈**：咳嗽。**立乱**：胡乱。**碌**：节。一碌蔗、一碌电池、一碌木。**犸猚**：猴子。**木头鬼、木头勾**：木偶戏。**男子佬**：男人。**屎唿眼**：肛门。**爽逗**：有趣。**咷气**：呼吸。**牙擦，牙牙擦擦**：自负且炫耀，加上啰里啰唆，烦人。

——《李跃豆词典》

Bulan：生长在奇普恰克地区的一种大野兽。人们猎捕它。它的头上有一个中空朝天开口的角，其中积有雪或雨水。雌的跪下，雄的喝其中的水，雄的跪下，雌的再喝。**Quram**：射轻箭。以这种方式射出的箭较一般的箭射程远。射箭者躺下仰射。**Talak**：脾脏。奇普恰克语。**Tuman**：雾。**Tuzun**：和善，老实的人。

——《突厥语大词典》P435—437

天上飞过大群乌鸦，它们叫声热烈。小五仰天问道："这些大黑鹊是什么鹊呀？"他未曾见过如此肥硕的乌鸦，它们张开大翼飞，挡了半边天。

"天上飞的大黑鹊是什么鹊呀？"得不到答案，他再次问道。

执菊带他去县城，行路至十字铺坐鸡公车（这种鸡公车，我一直以为只有本地才有，后来看《死水微澜》，才知四川也有，叫叽咕车。不久前看到的保罗·索鲁的文章，得知此种独轮手推车是中国的发明，某些最好的设计西方国家至今未用过。也许他的认知来源是李约瑟《中国科学技术史》）。

路口有番薯摊，大铁锅泥灶，灶里一碌柴，铁锅边有卖甜糕香烟火柴黄糖块的，还有一个人蹲着，身边竖两大捆红皮甘蔗。

两个人坐上了鸡公车，小五坐一边，执菊坐另一边。鸡公车在砂石路上吱呀吱呀碾着，一月的天空云层灰暗凝滞，低低压住两边山头。

"黑鹊为咩这么大？"小五问。

"你问我，你问乌鸦先，你不如去问天老子。"执菊不情愿地应他。

"天老子住在歇哋啰？"小五茫然不解。

寒风刮过，天上又飞过一群乌鸦，领头的一只羽毛乌黑发亮，小五望得见它两只粉红的爪子和柿黄色的尖嘴，它伸长颈子发出了一声圆润动听的鸣叫。

"黑鹊要飞去歇座山呢？"

"飞去前头的松木岭。"

"为咩要飞去松木岭呢？"

"是鬼喊去的。"执菊应道。

执菊不能告诉他，人死了葬松木岭。乱世死去的人，草席卷身立乱葬，浅泥松土，狼刨过来野狗刨过去，腐掉的肉身在荒山松树间发出浓厚气味，招来群群乌鸦。小五的祖母、母亲、长兄、双胞胎妹妹和一个弟弟，亦在其中。

大群乌鸦在天上飞，它们飞去松木岭。老虎、山猪和野狗比它们先期到达，那里半腐烂的尸体被野兽翻出，旁边生出稔果树，稔子奇大奇甜，它们吸吮了亡人的血肉由红到紫，而旁边的蚂蚁和蛆虫也滋滋生长，喜鹊麻雀斑鸠，诸鸟起起落落在树间。

大群大群乌鸦在天上飞，它们飞过了鸡公车，飞过了小五的头顶。它们羽毛乌黑。

下晏昼他们上了一只长坡，一上坡就见路边有尿缸，两边各一排，高高矮矮，每只缸两边竖了竹竿，围着帘——半圈草席，或篾席或稻草。两个男子佬正企在缸前屙尿，寒气中尿气热腾腾升起。天上的乌鸦消失了，路基高起。向下望，地垄的芥菜和猪𦟌菜壮硕肥美。之后陆续有房屋，一宅白墙黑瓦屋边，一禽高大木棉树，一禽乌桕树，树高齐铜阳书院魁星楼的飞檐。还有一禽大金桂，一禽大龙眼树。

望见大树就入街了。

小五跟执菊来到西门口，一家铺面摆有大相片，原来是照相馆。旁边一条巷，巷口有张竹躺椅，躺椅脚边有张矮凳，一只土炉，半人高，有炭，一只支架，一辆断了横梁的单车架上头，一只油腻工具箱有张纸板半盖住。屋门大开，一个中年矮胖男人独自饮酒，他穿了件开襟卫生衣，台面有碟花生米。

隔朝小五醒来，睁眼望见黄黑色的蚊帐顶，隔宿的酒气和油腻气浮浮的，执菊不见了，门口边传来嘶哑的男声："你只契弟，起身先。"小五爬起身，望见男人（执菊教他喊表叔）正在切烟丝，他使一把斧头，斧头捏在他手心像捏只鸡蛋，斧背厚，斧刃硬利，光冷闪闪。斧头切的烟丝细得似女人头发丝，卷烟纸则实在不堪，是印有铅字的旧书旧报纸，或者本地的幅纸，裁成半只巴掌大。

"你只契弟使过刀未曾？"他给小五看一把小折叠刀，铜把钢刃。小五想起，家里亦有同样一把。

窦文况的绝活是焊接单车断梁，一只炉灶在门口旺旺烧红，先拉风箱拉红，他蹲落身，一下两下三下，灰红变成金红。铁勺里熔了铁水，"滋"一下，断处注入铁水，横梁就接好了——全圭宁独一。小五每日被打发去买烧酒，他指定，要从西门口行去东门口，每次三两桂林三花。打了酒、去豆腐社买了豆腐，窦文况就在小五后背拍一巴掌："去荡啰你只契弟。"

Baxtitiktitti：疮痛得很厉害。这一类型的词只用于强调的意思。**Bilik**：才学，哲理。知识，学问。智慧，理智。**Talka**：生葡萄，未熟的水果。**Talku**：搓成的、捻成的东西。**Titik**：泥，泥泞。**Titik**：疼，痛。

——《突厥语大词典》

大猪家住东门口，门前有块木牌：新鲜猪红，清肺除尘。大猪又黑又瘦，全不像他的绰号那样肥讷讷，这让人匪夷所思。

小五乱荡乱行，碰识了大猪。

两人街头窜到街尾，东荡到西。相对大猪，小五只能算乡下孩子，大猪样样示给他："7211小分队有葡萄子，矮墙边阿禽羊蹄甲树，一叉树杈伸得上葡萄架的……李三的芥菜包至好食，皮又薄馅又厚，馅里剁有虾米，粉皮揉有糯米，菜叶上还撒芝麻，油又够好，田心花生油……几时有木头勾（木偶戏）我带你去睇……孙二姐演刘三姐，头辫尾全圭宁至长。"虽有点牙牙擦擦，小五却爱听。

一日，小五捧只芥菜包去骑楼底找到大猪。新出锅的芥菜包照耀着，两人心花怒放一路行到老树最多的公园，大猪选定一瓮老鸡蛋花树，这树够大够矮、分杈又多、树干又溜滑，他攀上去，坐落。按照示范，小五也攀上了。两人各自靠住一杈树杈，半坐半躺，这时芥菜包热气还未散。"坐在树杈食嘢硬是香。"大猪再次教导他。

"鼻涕虫螺出出角，你有出，我就捉，三哥二哥上民乐，买便苦瓜共豆角。"大猪教给他一首街上人人会唱的童谣。

两人边唱边晃荡，爽逗堪比犸骝。

开春大猪上学，剩落小五独己晃荡。他像只睡醒觉的野狸来回蹿墙脚。墙间都是窄膈膈的，有的仅一肘宽，除了猫狗无人能过，小五侧身细步，半边身挂满蜘蛛网……他跳上墙头行几脚，木器店前门入后门钻出，再攀上一瓮人面果树，行树臂，越过一户门扇紧闭的人家，等他跳落地，刚刚就是公园路，就是它，窄窄的两层楼高的白色屋。这屋至古怪，二楼顶是三角形，大门低过街面，有只推笼门，从未见它开过，二楼面街有只木扇窗，有时开着，里底黑麻麻的。

日连一日，他就开拓了树上的道路。

屋顶加树顶，从西门口修车铺到公园路，街道空旷，两头无人，一只猪在树下拱泥。小五一阵烟窜过街道沿台阶两边斜坡滑落，以犸骝般的轻盈跃上了那瓮亲爱的老鸡蛋花树。那两杈具有舒适坡度的树杈被他磨得溜光溜滑，如同包浆。

被自己磨亮的树杈使小五心怀柔情，他像对待一只旧友，撸着树杈讲："你只契弟！"而大猪正在去小学的路上……为了在树上望见赖大猪，小五从鸡蛋花树的树梢就近跳到万寿果树，又打万寿果树跳去大榕树，再跳去一瓮马尾松，然后他揪着马尾松长长的枝条荡到了这片树木中最高的玉兰树，这两瓮玉兰树粗大高壮，树本身虽不如河边的木棉树高，但它们生在一个高出地面的台地，别的树都只到它的半腰。玉兰树的树冠正好遮住底下的犀牛井。

旭日初升，阳光斜照，犀牛井水如镜照见树叶晃动，小五在树梢上引颈远眺——赖大猪斜挎一只蓝布书包，书包瘪瘪的。从西门口到东门口，行过那家倚公书摊和杂货铺，右转入了沙街口。

赖大猪光着脚丫踩在沙上发出遥远的嘎吱声，嘎吱嘎吱嘎吱……为望准大猪的动向，小五从玉兰树荡到农业局的树梢，只见大猪从沙街码头沿河边过独石桥，朱柿红的朱砂石歪歪斜斜架在桥墩上，赖大猪侧斜着行过桥。他沿着尤加利树下的河岸一直走，小五在树上一径荡，他左手边是菜地，冬天的猪𦵔菜和芥菜茁绿昂扬，右手边系北流河，河水有些枯，露出大片沙滩。

在学校如何读书呢？他要望睇先。

小五沿农业局的木棉树到达了沙街码头，码头是空旷之地，没有树，他不得已落地行一段再重新回到树上。他在尤加利树枝上移动，忽闻一阵音乐声，一个男人喊道："第一节，扩胸运动，现在开始，一二三四……"是他未曾闻过的新鲜爽逗名堂，他荡住一根枝条，尽力噁到龙眼树上，又行过几家屋顶到达小学墙外的大芒果树。这时候操场已经空落来，小五听闻一群孩子扯着喉咙喊道：

"九月里——秋风凉——"

次年九月小五也上小学了。天还热，无使穿鞋，光脚行出修车铺，与猪红铺的另一双光脚会合，两双光脚以猕猴般的轻盈跃上了那龕鸡蛋花树，然后再跳到最近的万寿果树上，从万寿果树到大榕树，到一龕马尾松，他们揪着马尾松长长的枝条荡到至高的玉兰树，之后他们就跳落地，绕过犀牛井行到河边，再过那条独石桥，朱柿红的条石歪斜垒在桥墩上，两双光脚侧斜着过桥，沿尤加利河岸行行停停，见到龙眼树就拐入菜地，地垄狭窄，肥讷讷的猪嫲菜叶掠湿了裤腿，然后，龙桥小学到了。

"开学了"，三只字，三只音，是一年级的第一课。

齐声朗读："开、学、了。"写在本子上，开开开、学学学、了了了。

第二课："大家来上学。"五只字，五只音，齐声朗读"大家来上学"。写在本子上，大大大、家家家……

第三课："学校里同学很多。"七只字，七只音，齐声朗读"学、校、里、同、学、很、多"。写在本子上，学学学学、校校校……

这些字小五早就认得，四岁时阿婆教的，字和算术，和笑眯眯的祖母和笑眯眯的柿饼和笑眯眯的红枣和笑眯眯的龙眼干混在一起……他坐在一年级教室，听闻隔篱年级的朗读声——"九月里，秋风凉，棉花白，稻子黄，收了棉花收了稻，家家地里放牛羊……劈劈拍，劈劈拍，大家来打麦，麦子长，麦子多，磨面做馍馍，馍馍甜，馍馍香，从前地主吃，现在自己尝。"

有教室奇怪地传出了鸡叫声，叫声又尖又颤，是那个五年级女教师发出的。小五听了又听，原来有篇课文叫《半夜鸡叫》，讲有只地主，叫周扒皮，想要长工早起，渠就半夜起身去鸡笼学鸡叫。

Butlu：鼻栓，穿进骆驼鼻子的鼻栓。**Saksak**：哨兵唤起守卫城堡、堡垒、马匹，防止敌人所用的词。**Tok**：tokkixi 饱汉。**Tux**：途中休息的地点和时间。

——《突厥语大词典》

只要在树上，你见到的就一定比别人多。

那禽大人面果树的树叶闪闪发亮，若没见过人面子，就想象一下荔枝吧，人面子，它比龙眼大，比荔枝小，同李子一样，皮和肉连在一起，它绝不甜，比世界上任何水果都酸，所以它不是水果，它是一种菜。秋天时径，树上结满了人面子，别等它变黄，黄了肉就泄掉了。用竹竿打树叶，或搬来竹梯，人面子不怕摔，它坚得像石头。落到厨房里，用厚刀猛一拍，拍扁，和豆豉一起，有油渣至好，放在饭面蒸，饭一好它就好了。每晚蒸它一次，三餐都要吃它。

有次小五从屋顶的亮瓦望见一个女人凑近窗口，她手里拿着一沓纸片，一张张翻，屋极窄，人面树挡住了光，暗笆笆的。她门口有空地，但她的风炉偏要放在屋里头，他不免担心那烟要熏着她，果然就听闻控哈（咳嗽）声。他在她头顶的瓦上，像孙悟空，眼睛聚起一束光，望见她手上捏着的那片纸，纸上闪出一只光身女人，全身上下光溜溜，女人睇女人有何爽逗呢？

有日晏昼落起了细雨，这样的天气只有狗才出屋，他披上蓑衣像只刺猬出了门。在巷口蹿上树，树叶的雨水扫到身上，蓑衣唰唰响。他沿着人面果树来到那片屋顶，屋里果然一片昏暝，他贴到亮瓦上费劲张望，桌上是空的。这时有光一闪，是镜子！小五望见她身上贴了件亮闪闪的旗袍，绿绸上是更绿的花，绸缎软软塑在她身上，她挺着奶坨子用一把梳头镜照她的身形，照完奶坨又照她的腰，还把她的大屁股撅了起来。

雨落得越发大，她拉了拉门闩，又向窗外望了眼，外底是禽枇杷树，叶大树杈细，相当于一幅窗帘。她脱了木屐，穿住旗袍向床上一倒。他望见她独己搓揉，上身僵硬挺起嗯声间又落下，还发出奇怪的呜噜声。在小五视力超凡的日子里，他骑在一禽叶大杈多的枇杷树上，透过雨水淋湿的亮瓦，望清了那张裸体照片，那上头不是别人，正系她自己，虽脸上老了十岁，他还是一眼望见相片里她下巴那颗痣。

小五在树上认识了陈地理。他从公园的鸡蛋花树开始，搭乘玉兰树万寿果树马尾松树到桥头最大的大榕树上，一跳就落到了县二招的屋顶，沿着火烧街的竹器店米粉铺和打铁铺的屋顶他落到了一禽苦楝树上，当他弯下腰去捡一颗苦楝子时，望见一个男人在屋里写字，他头发长范邈像只颠佬，只见他写啊写，嗯声间，他举头向屋顶望，小五以为被发现了，却未曾，此系男人惯常的呆懵姿势。他望望屋顶，猛烈摇头，之后他就把纸拨在一边，企到木椅后头蹲起了马步。他一动不动，像屙屎，但显然无系屙屎，因为他穿住大裤。

小五闻讲，一直半蹲就变成神仙，人人都知，成了神仙就白昼飞升上天的。此地因有勾漏洞，修道修仙风气甚浓，自古皆然。小五想知神仙是如何变成的，便每日都去他的屋顶睇下。

桌面的纸是越积越多，纸上印有一行行打横的线，他用墨水笔在上头写些蚊蠓大的数字。蚊蠓在飞舞，黑黑的一片，一阵阵飞入陈地理的头壳。这间屋不像住家，没有米缸和尿缸，也没有挂在房梁的挂篮，却有一部电话机。电话嘟嘟嘟嘟响得震耳，他拿起电话："系，我系陈地理。哦哦，王经理，好的，这个，这个。"放下电话他有些心烦，捶捶头又捶捶腰，这时径小五看他既不像颠佬亦不像神仙，而像一个生了病的老嘢。

星期六小五去睇电影，学生包场，《我们村里的年轻人》。出了电影院门口他就攀上县二招门口那斋大榕树，沿着马尾松树万寿果树玉兰树到木棉树，再到俞家舍的苦楝树上，唿声间又停电了，四处漆黑。就闻擦火柴的声音，火水灯点着了，屋里一圈光洇洇的。小五贴紧亮瓦，望见一只火水炉，坐了只细铝锅，陈地理拖出床底的纸盒，拿出块皱蔫蔫的柚子皮，嗅了嗅，就垫在桌面上使水果刀割，割成橡皮擦大小，一簇一簇投入锅。

梁医生手电筒一晃入了屋，她提了只饭盒，小五断定，里面装了韭菜炒鸭蛋，但系呢但系，陈地理却皱起眉头，好像饭盒里装的不是炒鸭蛋，而是屎。这使小五憬悟，他离真正的疯癫相去不远了。

"我的黄豆呢？炒黄豆？"陈地理的精神分裂症无人知晓，他时常认为自己处于时间的支流，需要嚼几粒黄豆才能返回这个世界。

小五不知，陈地理其实是自己姨丈，远婵姨妈的丈夫，陈趣陈蓉姐妹的老爸。远照、远婵和远美，是同祖父的堂姐妹。三十年间大家族的关系在晦暗中，最好谁都不跟谁有关系。就是这样，世饶在四十岁之前并不知道十一姨、四姨都在圭宁，他以为亲戚们或者远走他乡，或者不在人世。

> **Kaxuk**：汤匙。**kovuk**：空心的东西。**Puquk**：豁口，缺口；残缺之物，有缺损的东西。任何东西的一半也叫作 puquk。**Puqukyarmak**：残缺的硬币，半拉硬币。**Putak**：树枝，枝丫。某一方言。这个词中的 t 既可读作代开口符的，也可读作代其制服的。
>
> ——《突厥语大词典》

小五在圭宁街的树梢和屋顶望见陈地理的本子和表格密密麻麻，那上面的黑色的蚊蠓在他的脑子里飞入飞出。有次他抬头望望屋顶，望见亮瓦上的两只眼睛，只闻叮的一声，两人四目相对。他一点也不吃惊，他朝小五笑了下，笑得像哭。

他招呼道："你好，外星人。"

"乜嘢系外星人啰?"小五在屋顶遥遥问道。

"就系别的星球上的人。"小五鼻尖贴紧亮瓦,听陈地理热切讲道,"在极远极远的天上,几远呢,在银河以外啰,肯定有外星文明的。"他放入嘴一粒黄豆,嚼过之后咽下去,然后举头望住亮瓦里的眼睛,"你系打歆只星座来的?小犬座?还是天兔座?或许你系打狐狸座来的,或者乌鸦座?"

他又嚼了一粒黄豆,边嚼边讲:"太远了,几远几远的,肉眼根本望无见。哪,哪,你睇睇天上先。"他指点小五抬头望天,望一只七粒星组成的木勺,那只北斗七星小五两岁时径就识,但陈地理讲,这系大熊星座。他继续嚼着他的黄豆,喃喃低语:"肉眼望得见的星座都系无人的,有人的星座肉眼望无见。时间的支流……我知道,你系从支流来的。逃学呢,不一定系坏事的,关键是逃去何处。"

小五理解,所谓时间的支流,就是陈地理窗口的苦楝树杈。

他就时常攀上这杈时间的支流。夏夜屋里闷热,树杈有细风,陈地理端来一张板凳放在窗前,一只脚跨在窗台上,另一只脚踩住树杈,小五伸手一使力,陈地理就坐在苦楝树上了。

"你好,乌鸦!"他向小五打招呼道。

小五说:"我不叫乌鸦,我叫小五。"

"好吧,小乌。"他从口袋里摸出一粒炒黄豆递给小五。

小五在树杈上享用陈地理的韭菜炒鸭蛋、煎豆腐、花生米,也享用他夜观天象时的胡言乱语,他教会小五的有:七只星座的名称,乌鸦的故事和鸡蛋花的学名(鸡蛋花,学名缅栀花,别称印度素馨,属夹竹桃科,全球约五十种)。大猪赖胜雄背诵"劈劈拍,劈劈拍,大家来打麦……"小五背"国破山河在,城春草木深";少年之家只借《卓娅和舒拉的故事》,陈地理给他一本残破的竖排繁体书。谁知道那是什么,估计是陈从废品收购站弄来的。

这个夏天,他从陈地理处续上了祖母的启蒙,虽然树杈上的教育有一搭没一搭,也只是在拗口的句子间跳来跳去,尽管如此,他还是乐意知道那些超出俗常的事物——翼若垂天之云的大鸟、填海的精卫、补天的女娲,还有《山海经》里的各种怪物,他很乐意知道它们。在公园的鸡蛋花树的粗大树干上,他用削铅笔的小刀刻了条鱼,鱼生了大翼,他相信在十几丈远的北流河里就有这种鱼,它们在夜晚浮出水面,发出粼粼荧光。

仰头望天,陈地理叹道:"现在的课本啊,实在是啊——"

看他发出嘶嘶的声音,小五问:"系无系,一望啯的课文你就牙齿痛?"

"系啊系啊牙齿痛。"他念叨往时的国文课本,上头有猫、狗、春天、风筝,"阿啲图至有趣的,丰子恺的味道,童趣,童趣知道冇啰,可惜啊可惜,可惜不准我返学校教地理了。"

大多数时候他靠窗坐,小五坐窗外的苦楝树杈。他举住饭盒,里中有炒焦的花生米,两面煎黄的豆腐饼,小五盯住饭盒,大声诵道:"君不见,黄河之水天上来,奔流到海不复回。君不见,高堂明镜悲白发,朝如青丝暮成雪……"

半边月亮从头顶落到屋脊下底,他缩入窗,摸摸衫袋的黄豆,讲了句莫名其妙的话:

"我是睡在黄豆里的人,晚安。"

Baxak:一种皮鞋。奇吉尔语。乌古斯人和奇普克人则加一个 m,这种增加字母的现象,阿拉伯语中也有。**Buzuk**:破的,坏的。破烂的、倒塌了的任何东西都可以用这个词。**kotuz it**:疯狗,狂犬。**kuzuz**:寡妇。**Puxak**:忧愁的,烦躁的。烦躁的人。乌古斯语。**Qanka**:一种捕兽的器械。

——《突厥语大词典》

在小五游荡的日子里,圭宁的天空是赪红与苍黑混杂,空地上到处是丑陋的土高炉,凸凸的土堆,烟囱喷出黑烟,红光漫漫,红黄的光映照天空,赪红染在苍黄的脸上,人人也就黄红黑紫苍苍杂杂……处处燃烧,黑烟上升连成一片,似乎是,今生和前世活着或死去的乌鸦铺展在天上。铜阳书院的大木棉树和大乌桕树,河边最大的尤加利树、西门口街巷里的大人面果树,街上的凤凰树、古荔枝树、大芒果树、大榕树,它们重重倒落,变成劈柴送入土高炉,在淤塞的灶眼变成烟。

"大跃进"剩下的大树不到三分之一,小五的空中路径也因此常常中断。

再也没有从西门口攀上一禽树就直接到达龙桥小学的日子了,从前他攀上人面果树,半丈远就会有一禽玉兰树接住,玉兰树之后是木棉树,木棉树之后是苦楝树、榕树、万寿果树、龙眼树、芒果树、马尾松树——那些富有弹性的神奇道路,深浅不同的绿色,或大或细的树叶,时疏时密,光滑和粗糙的树枝交替摩擦他的脚窝。

小五在苦楝树杈上望见了陈同志(他说这个时间流里你叫我陈同志吧),他桌上摆着一张报纸,上面大号标题:环江县水稻亩产十三万斤。

饥饿的日子就到来了,人人在窗台上养起了小球藻,那种漂在水塘的绿萍就是它们,成片成片地,密得堆起来。它们中了咒,纷纷跳上各家的窗台。

梁远照医生找出一只装咸萝卜的细瓦盆养小球藻。这东西,要肥料养,据讲它至喜人尿,远照在大床的床脚尾放只尿桶,半夜起夜的尿液撞击桶壁发出震耳之声，热气升起，从蚊帐的网眼入到各人鼻孔。"新鲜的尿不臭的。"远照向所有人宣布。她早上起身，第一件事就是用夜里的尿淋小球藻，剩余的尿倒入房屋尽头的大缸。

报纸日日讲小球藻的营养价值，五花八门的食用法，煮汤、剁碎做包子、同红薯粉一起煎饼吃……之前的小球藻，它是用来喂鸭和沤肥的。

宝塔花的花心，芭蕉花的花心，美人蕉的花心，扶桑花的花心，花心总是淡淡的甜。万寿果呢，熟透至好，甜而面。

他吃了不少花心。

花瓣他也尝过不少，多数花瓣淡而无味，玉兰花瓣甚至微苦，只有鸡蛋花他不敢吃，虽它像鸡蛋。陈地理告诉他，此花有微毒。四叶草和马齿苋是酸的，越吃越饿。文况表叔已成了坏分子，去了荔枝场劳动改造，家中无人，小五把捉来的虫子放入灶肚烤熟，虫子嗞嗞冒油散发出久违的肉香。

东门口有卖木薯饼的。用木薯粉做成的饼，一角钱一只，芭蕉木芯剁碎煮的粥糊，五分钱一碗，没油没盐。烤木薯饼稍好，每日队也长。

肚饥昼复夜，大猪给小五吃过多次番薯，他总是飞快揭开锅盖，以迅雷不及掩耳之势从烫手的蒸汽中抓出一只至大的番薯，所谓至大，也不过两根手指。然后一溜烟蹿出大门再转右，送给正在龙眼树上的小五。

有日下晏昼，班主任在八角楼的细门碰到世饶，他笑眯眯道："罗世饶同学，你同我去医院一趟。"

到了路上，他又笑眯眯望了望世饶，殷切道："哪，系这样的，某某同学呢，吃了菜梗草根，植物的根梗呢，就在肠子里打了结，同学痛得碾地底，现时正在医院，你呢要助人为乐，去医院输点血。"见世饶受惊吓，便又道，"不怕的，两百毫升，不多。"又说，"会补营养的。"又说，"全班就你和赖胜雄没浮肿，你身高还高过他，要争取进步争取入团。"

这时候杨桃树伸出了手，小五讲他要屙尿，边讲边攀上了杨桃树。杨桃树荡到老荔枝树，又荡到一龠番石榴树上，塘边长满了芭茅和簕鲁，老师喊他不闻应，输血的事就躲过去了。

输血是重要转折点。大猪抽了两百毫升血，抽血之后头七日，每朝早可到食堂领半斤水豆腐。这种营养品一半是水，吃了七日，赖胜雄仍然还是水肿了。老师讲，不要紧的，轻微的。大猪加入了共青团，从此走上康庄大道。

一日，小五去医药公司卖橘子皮，行至体育场时被几担柴挡住路，又长又大捆的松枝，挡得人和车都行不动，他闻后头有人喊，扭头一望，是大猪，他正坐在一辆吉普车里，小五一时憬然，要知道，整只县，县委会和人武部才各有一辆吉普车。

"大猪。"他喊道。

赖胜雄正色说："不要再喊我大猪了，我要当飞行员了。"

猪这种东西确实跟天没什么关系，那几日，小五想再取只花名，叫天雀或者天鸦，都没叫起来（四十年后，赖胜雄的儿子赖最锋给自己起的笔名就叫天鸟）。又过了几日，县人武部专门来通知，讲赖胜雄没通过，有一项叫作坐旋转椅转动立停的，旋转椅立停时他的头有点偏侧。不过还可以去梧州复检。次日朝早，由人武部的一名科长带赖胜雄坐长途班车去梧州复检。梧州，号称小香港，广西四大城市之一，系圭宁人眼中的大地方。赖胜雄虽未飞上天，但能去梧州，也足够威势。

赖胜雄在梧州通过了复检，一份中国人民解放军空勤学员登记表从人武部发到他手上，入伍时间已定，就在七月中旬。同学纷纷赠他本子，写道"雄鹰展翅"，或者，"赠未来的空军战士"。全班最漂亮的女生赠给他一张两寸照片，背后写道：我的心和你一起飞向祖国的蓝天。赖胜雄喊小五到操场的凤凰树底，掏出一只红色塑料封皮笔记本展示上头歪扭的字。但是又变了，隔一日，他再次约小五，他的一个远房亲戚被劳改，政审不能过关，飞行员的梦想在他头顶绕一圈，砰的一声，就瘪了。

这一年，那个在阴天穿旗袍照镜的妇娘不见了，无职业者，被称为"在城里吃闲饭的人"，一律遣返原籍。这一年，陈地理被送去柳州精神病院，同年，大猪赖胜雄发奋努力，考上了大学。

> kux：鸟，鸟类的总称。白隼。Yunkux：孔雀。其次天秤座也称作karakux，这颗星在黎明时分出现在那个方位。乌古斯人把骆驼蹄子的尖端也称作karakux。Qixqix：妇女哄小孩小便时的象声词。骑马的人归来以后让马撒尿时也这样讲。Surux：烤麦穗。将黄熟之前的麦穗摘下，放在火中烤熟，搓揉后吃。
>
> ——《突厥语大词典》

赖胜雄要去北京，中国人民大学工业经济管理专业，响当当的大学，响当当的专业。他精神亢奋上路，路上历时七日，他每日细细记来——

"我们一行四人，到玉林火车站上车，晚上23点，登上湛江开往衡阳途经玉林的客运列车……第二日到达桂林站，考上广西师范大学的同学先下车，剩下三人。傍晚到达衡阳中转，逗留了几个小时，深夜时三人登上了从广州开往武汉的列车。

第三日，火车开到长沙，又下去一个同学，剩我和一个刘姓女生。从长沙到北京还有几日的路，刘女生情绪低落，她本想在广西大学读书，没想到被录到了天远地远的北京，以后难得回家一趟。她不习惯坐车，总讲头昏，从长沙开始，整日半躺在硬座上，闭住眼，一句话不说，也不吃。第四天，火车到达武昌站。到武汉才得了一半路，但刘女生好像快生病了，只好在武汉找家旅馆住落，休息一日再走。一连找了三家，家家满人。有一家旅店有一只十几人合铺的大房间，仅剩一只男铺位，刘女生只能安顿在值班室的一张大床，与一个素不相识的女子同睡一床。我担心她带的钱物和最重要的录取通知书被人偷走，就自告奋勇帮保管。

"我半夜两点多才睡下，第二天快十点才醒，一睁开眼立即伸手摸身下的席子，一摸，所有东西都在，这才放心下楼去叫醒刘女生。值班室的门虚掩着，那个跟她同睡一床的陌生女子已经走了，只有她一人还深睡不醒，我站在床头连叫她几声她都不醒，我只好掀开蚊帐，先拖她的脚，又拉她的手，她都不醒，我只好挠她的脚底心，这才把她折腾醒了。睡了一夜，她精神好多了，我们便出门喝水吃饭。我们在火车站附近吃了热干面，还有著名的豆皮和面圈。如果光听豆皮这个名目，很难想象是什么东西，其实是煮熟的糯米饭用油煎，放一些咸菜丁，然后卷在豆腐皮里切成块，非常好吃。热干面也很好吃，面圈也很好吃。但是刘同学嫌热干面太干，她说从来没见过面条里不加汤的，干得吞不下去。不过豆皮她也吃了很多，她说这东西比我们圭宁的米粽好吃。吃完之后我觉得自己身强力壮的，回到武昌火车站，又等了几个小时，到晚上六点我们才坐上往北开的火车。8月27日午后，到达郑州火车站，在候车室里又等了几个小时才有车北上。经过一夜折腾，刘同学又不行了，又进入了半醒半睡状态，我又一路照顾她。终于，在8月29日早上，我们到达了北京永定门火车站，接着我们搭乘20路公交车到北京火车站，再转乘11路公交车到动物园，又再转32路公交车到达中国人民大学门前站。这一路，8月22日从家乡出发，29日才到达目的地，历时七天。"

赖胜雄途中始终激昂亢奋，他随身带了笔记本，想出诗句，当场就记到本上，几千里路，成了一首长诗，共有一千四百多行，马雅可夫斯基的阶梯式，题为《从南疆来到天安门广场》。他用复写纸誊写，厚厚一沓，寄给了罗世饶："云霞灿烂，旭日东升，我，新中国的一名大学新生，辞别了美丽的南疆，从玉林乘车，开往神圣的首都北京。路迢迢，途遥遥，五千里路云和月，五千里路云和月啊，激起我无限豪情⋯⋯"之后写到了湘潭、韶山直到武汉，长江上的钢铁大桥，"一桥飞架南北，天堑变通途；黄河的三门峡水库，拦水发电；华北平原，路上的厂房，一排排，一片片，社办工厂突突冒青烟⋯⋯"最后结束在天安门广场，"向着滚滚红日，向着灿烂前程，前进前进！"

他的信，世饶偶有回复，大多很短。不过这丝毫没影响赖胜雄的心情，他如同一架自我发动的永动机，每周寄出一封厚厚的信，报告新生活。他考上北京的大学，中学补助路费，买了火车票后还剩十五元，相当于学徒工整月工资。开学后，助学金发来，每月十八元五角，月月固定不变，每日伙食费五角，吃得好过高中的教师饭堂。课本讲义笔记本一概免费，冬天还发给南方同学棉衣棉裤棉帽棉鞋。

对世饶而言，赖胜雄新生活的种种，仿佛电影上的幻象，像某种天宫。他对京城虽有向往，但，那是天，而他在地上。对天他也感兴趣，但更感兴趣的是天上的星座，那些肉眼望不见的、不真切的、是人到不了的。

他给赖胜雄回了一封信，另起了话头。他闻陈地理讲过，《水经注》有五卷写黄河，叫"河水"，有三卷写长江，叫"江水"。在陈地理留给他的残破龌旧的《水经注》里，有卷三几句，"河水又东北历石崖山西，去北地五百里，山石之上，自然有文，尽若虎马之状，粲然成著，类似图焉，故亦谓之画石山也"。故他的信，谈起黄河长江，有从人间跃升到自然的气质。

赖胜雄再来信时，却又不提黄河长江了，那一炮烟花已然熄灭，这边又有了新的烟花，爆点处处噼里啪啦——长城、故宫、颐和园、八宝山（去扫墓）……他还去了圆明园呢，只有废墟和荒草，他是和诗社同学一起去的。他还学俄语，结的对子是教授的女儿，到北京第一机床厂学习机械工业、去石景山钢铁公司学冶金工业、去北京东方红炼油厂学化工工业……大学要勤工俭学、半工半读，他们是试点……陆续去了门头沟煤矿、北京化工实验厂、水力发电厂、火力发电厂、纺织厂……他又加入了大学里的诗社，在诗社活动中见到了郭沫若、臧克家、贺敬之、郭小川等人，从此他的阶梯诗再也不寄小五了，他坚信，自己已经把世饶甩出了很远，落后的脑筋再也理解不了他崭新的一切。

Kakaq：污垢。**Putar**：编草席用的线绳。**Qakquk**：劈柴火、砸骨头和砸核桃之类的东西时发出的声音。**Zakzak**：呼唤公羊相抵时喊的象声词。

——《突厥语大词典》

有晚夜，小五去对岸陆地坡搔萝卜。十一月初，每日气温仍有三十度。小五坐在萝卜地上，凉丝丝的潮气打屁嗯眼升到肚裸，月光爽亮，畦畦萝卜像大块水浪，阔长的萝卜叶沉沉浮浮，如缓慢流动的水。他坐在萝卜地里，想象自己是只萝卜，屁股底生出根须，头顶生出萝卜叶。他仰头望天，银河就在头顶，一边织女星，一边牛郎星，牛郎挑着担，前后各一个孩子，离他近的是女孩，女孩轻。他也认出了北斗七星，那一只大大的勺子。至于乌鸦星座、蝎虎星座、狐狸星座……陈地理讲的这些星座肉眼望不见的，但世界上有人能望见。他钟意这些星座的名字，乌鸦星座，由七粒星组成，狐狸星座，由五粒星组成，这少少的几粒星如何能构成一只乌鸦和狐狸？

他面对河面，等着星星落入河里变成一只乌鸦。唿声间，"噗"一声，紧接着，又有水浪溅起的声音，像只塞满萝卜的麻袋跌落河。

他行近望，见河里有只怪嘢，它一阵沉水，一阵又浮起来，浮起时它出力扑腾，像只人形，在黑灰色的河水里，这动物的双臂闪闪发光。难道有只星座跌落河变成动物？

唿声间，一声极大的喷嚏打水面震上，喷嚏的后一只音向上转，且拖得老长。他熟识这喷嚏。

"陈同志——"

小五跳入河顶他起来，他也向水面拱。他推着他向岸边游，他也扒拉着，一边含糊道："时间的支流……河底……裂缝……"

有关陈地理这次投河，无人能弄清楚。他的思维有时混乱有时清醒。他的裤袋装了一把黄豆，黄豆浸了水，粒粒鼓胀。很多年后，当世饶站在柳州精神病院的办公室外，想起他那几句话，拼接起来，世饶觉得，大概是这样的意思：进入时间的支流有一条通道，在河底的裂缝中。

他没有找到那条通道，就又浮上来了。

他拖他上沙滩，湿淋淋的人，头发紧贴头壳，衣服也紧吸在身，人缩了一半，像被滚水烫过的麻雀。他摊在沙滩大口咻气，小五挨着他躺下来。虽已是夜里八九点，沙子还是热烘烘的。没有风，天星异常亮爽，小五问陈同志，天上的星星会不会跌落河。黑暗中陈同志咧开大嘴："如何不会，定准会的呀，星星会像雨一样落到河里，那叫流星雨。"

夜暗暗的，陈地理神秘莫测，他郑重地对住天空讲："地球新一轮大灭绝已经开始了，正在进行之中……"大灭绝，黑压压光秃秃的吓人，咒语般。小五惊惶惶望住陈同志，听他沉痛讲道："系泥盆纪大灭绝缩小了动物体型，你知冇？三亿六千万年前，泥盆纪。"他顺北流河望向无限远的远处，"阿时径，三亿六千万年前，海洋里有几多大鱼的，卡车那么大。后尾呢，鱼类时代碰到大灭绝，绝大多数动物体积明显缩小。泥盆纪末期，十万年的寒冰期就引发冰川数量增加，冰川喔，延伸到热带地区，海平面大幅下降，下降下降下降，许多生物系统被摧毁，世界上大约96%的化石……大灭绝之前呢，鱼类体型不断增大，大灭绝之后，幸存的物种呢，或者讲，之后进化出来的物种，比之前的物种要细得多。时间推移推移推移，物种体型的平均大小变细变细变细。就系讲呢，下一铺，地球的大灭绝同样系，物种体型缩小，亦有科学家认为，目前大灭绝已经开始，正在进行之中。"

热沙子没多久就把湿衫焐干了。

这是小五最后一次见到陈同志。1965年11月7日晏昼，粮食局的两名干部送陈同志去柳州精神病院。陈地理拎只印有"上海"字样的旅行袋，他昂头望望天，又望望树梢，还向树笑了几笑，样子古怪。傍晚三人在火车站附近的米粉店吃过牛腩米粉，夜里23点，湛江开往衡阳的火车经过玉林，火车进站时陈地理被挤得脱离了队伍，他"喂，喂"喊了两声之后事不关己企到一边。陪同人员推他上了火车，蒸汽升沉，火车开动，一阵最浓最白的水蒸气嗵声间打车顶漫到了车轮底下。他仿佛消失在蒸汽中。

Bart：量酒和其他液体的器具。**Kim**：谁。疑问代词 bukim 这是谁？这个词同样用于单数和复数。乌古斯人讲："是哪个部落的？"这是同类名词。**Kum**：沙，沙子。奇吉尔语。乌古斯人不懂这个词。**Tum**：冷，寒冷。这个词本来表示"冷"，但是，表示"冷和凉的东西"也可以用。**Tum**：深色的。表示动物毛色的"深"而使用的助词。**Tum kara at**：深黑色的马，乌骓马。

——《突厥语大词典》

陈地理走后，小五攀到那只枇杷树的窗口，他拽了一下窗框，窗自己就开了。书桌还是那样靠住窗台。桌上的英雄牌墨水瓶压着一张纸，上面有字：我的笔记本和几本书，可由小五代为保管。回忆此事，世饶不能确定是否真的有这样一张字条，一个精神病人，在单位同事陪他到柳州看病之前，预料到自己将不再回来……一切如同梦境，他翻开那只红色塑封厚本子，扉页用毛笔写了"杂记"二字，陈地理有时喜欢用毛笔，他的书桌摆着一只蚌壳，用来装墨汁，墨汁用不完就再倒回瓶里。

两只布面本子已经写满，是1959—1965年的日记。最厚的塑封笔记有点奇怪，它不是从头开始，是隔七八页写几行，又隔几页再写几行。这是他的分门别类。他翻开中间，那上面的名堂有些古怪：花崇拜，树崇拜，雷崇拜……

抽屉里的书没一本成整，都是缺页散架的，且又龌又皱，显见得来自废品收购站。一本《水经注》译注本算是有封面，一本《突厥语大词典》是散的，他倒是听陈同志讲过，新疆那边古时都是讲突厥语的，但新疆这么远，看《突厥语大词典》做什么呢？他懵懂着茫茫然，并不知未来的某些时，他会去到新疆伊犁，还会上天山采雪莲。

不过他觉得，这是他和陈地理共同的秘密，是星座的某种延伸物。

本子、书，还有那只沾了一层干墨的蚌壳，小五包了带回家。后来他又去望过几次，窗内黑黢黢的，他拉开窗玻璃，只闻窸窸窣窣声，是陈地理的黄豆招来的老鼠。有次星期日晏昼，他望见梁医生入屋，梁医生拉开抽屉，里中剩落一块旧眼镜布、一把放大镜和一只空火柴盒。过了不到一星期，他的办公桌换了个复员军人，新来的人把办公室当成宿舍。他一应用品都是部队的颜色，军绿色的搪瓷口盅和脸盆，军绿色的被套，军绿色解放鞋，除了一套新两套旧的军衣、一只拆了五角星的军帽，还有一件罕见的军绿色的卫生衣。这些军队的物品出现在屋子里，简净、整严，尤其床上的被褥，方方正正棱角分明，陈地理的痕迹一夜之间消失殆尽。

小五从枇杷树杈眺望这间房，上上下下四面，他已不能确认它就是陈地理住过的那间。日头照到对面墙，阳光照射处有一只铅笔画的大大的眼睛，那上面画有几根又疏又长、不合比例的眼睫毛，这是陈地理的细女在某个星期日画的。过了几日，房间重新粉刷，墙上的眼睛也消失不见了。

Bul：银色。**Bul at**：银腿马。**Kul**：奴隶。奴隶如敌，狗似狼。这则谚语是指奴隶对自己的主人不守信义。奴隶一旦拿到了主人的财物，就会设法吞没，只要有机会就会逃跑。主人觉得自己的狗是狼。因为狗一旦有机会得到食物，会设法把它全部拿到手。不会感恩给予食物的主人。**Qil**：瘢伤，皮肤上留下的伤痕。

——《突厥语大词典》

隔年六月，街上来了一队戴红袖箍的中学生，排头的担一面红旗，背了只扁鼓，这队人马，单车一放，十字路口就唱起了歌："我们共产党人好比种呀子，人民好比土地，在人民中间生根开花，在人民中间生根开花，在人民中间哎——生根、开花！"

十一国庆到，大朝早高音喇叭震震高响，公园垒起只土台，边缘砖砌，中间灰土夯实，两边摆鸡冠花，台口一边一棵美人蕉，也开了红花。居民们被喊来开会，人人东望西望，各各企停树间互相探问。抬头一望，耶，耶耶，县文艺队的姚琼来在台上了！

姚琼是全部的主角，演《白毛女》，她就是喜儿，演《槐树庄》，她就是带领村民学毛著的大娘。她在舞蹈中领舞，时而军装，时而碎花布大襟衫，时而藏族服饰，她同时是守卫边防的解放军、挥舞镰刀的女社员、洗衣服的藏族姑娘。她亦会敲快板，呱嗒呱嗒，声音清脆。

明星使人兴奋。只见她家常面孔寻常衣服。这样的素颜不常见到呢，相当于仙女变成了凡人。愣神间她就转过了背，这后背亦是好看的，腰细、臀圆、肩膀斜溜溜。喇叭里响起了"敬爱的毛主席敬爱的毛主席，你是我们心中的红太阳"，姚琼先跳了一曲。"大家逐句学啰。"她两手上举对住半空，一前一后挥舞。如此重复三遍。她又分解动作，喊口令，一二三四，这边那边。她舞，自是好看，众人照样，则像饮醉了酒。重复教了七八次，左左右右晃动。她扎头发的橡皮筋也得了魔怔，它蹦跶一下，断了。她的头发随即散开，越动，头发散得越开，瞬间披了头散了发。

西门口就燃起一堆大火，红卫兵手持铁皮喇叭，沿街喊话：封、资、修书籍一律销毁、一律销毁、一律销毁……"红卫兵"，一个崭新的、开天辟地的称呼自天而降，中学生戴上红袖箍，人人有了十倍的精神。年轻人打工会阅览室拖出一箱书，街中央扑的一倾。火柴点着了，圭宁湿腾腾的，纸页也都潮黏黏的，撕散了再点火，火焰黄黄带黑烟。

嗯声间老天爷却有了反应，天暗云来，雨点扑扑，人就散到骑楼下。雨却又停了，太阳仍旧出，火已是淋肃。

烧到一半的书就成了残骸。地上一摊黑色的烟渍和泥污。

梁远婵也收拾了家中旧书，家里有陈地理的《古文观止》《唐诗三百首》，还有本《实用世界地图册》，她不知这些是否都应当销毁。她留下一本《新华字典》，其余的送到东门口。东门口的空地也有伙后生，他们在7211小分队驻地门口的羊蹄甲树下烧书，围墙外的羊蹄甲叶盛枝密，夏天一片绿的紫的，花叶映照，这年夏末，树底烧起了火，从大成殿搬出的四书五经也烧成了灰，烟黄软熟的纸，火一燎就着。梁远婵家的几本书也于此全数烧了。

树干被烟燎了一层黑，树叶干黄，落光了。

    Basar：野蒜。titir：母驼。Tizik：行、排、串。一行白杨，一串珍珠。Saquk：散落的，撒落的。Sizik：外衣的衣襟。Qoluk：手和臂残缺的。Susik：桶，木桶。我只在一个部落的语言里听到的。Tamur：脉，脉搏。乌古斯人将这个词中的"m"念成带开口符的音，他们总是用柔和的语气讲话，而开口符在读音符号中是最柔和的，所以他们大多倾向于用带开口符的音来讲话。

——《突厥语大词典》

小五世饶无处可去，街道上要他回原籍，原籍不接受，落不了户口，就仍回县城窦家。龙眼季节到了，小五就学邻舍，带把矮凳和一只搪瓷口盅去剥龙眼肉，朝早领两簸，晏昼领两簸，簸箕端到树底下，他又攀上那龛老鸡蛋花树。簸箕架上树杈，搪瓷口盅耳绑条棉绳也挂上，他靠住那杈磨得滑溜的树杈，叉开两腿干活。

小学生排队从公园路上行过，老师指挥，整齐唱歌："学习雷锋好榜样，忠于革命忠于党……"戴红袖箍的中学生也成群结队路过，他们唱的是："拿起笔，做刀枪……"歌声停在电影院前的空地上，被铁皮喇叭筒扩大了数倍……日头的毒热凝聚在锐利的歌词上也忽然着了火，歌声尖利、日光酷烈，桂圆肉仿佛瞬间烤焦了，簸箕向四边收缩。看上去，是被战斗的歌曲赶走的。

这时径，鸡血针传到了。

"听闻讲，北京上海都打鸡血喔，一打呢就红光满面，神采奕奕。另有神秘传说，讲，秘方系国民党的军医献出，这只军医系少将呢，民间隐藏几多年，公安局捉住了判死刑，哪个想死，都不想死的，为免一死，就献出秘方。"是药剂师起的头，他南宁有亲戚。

总而言之，打鸡血就成了风尚，人人都知道了，打鸡血呢，强身健体延年益寿医百病喔。药剂师自己先试过了，家人也试过了，医院的人心就都松动了。

听闻讲，本来下过一只文件，是禁止打鸡血针的，所有医疗机构，一律不准打鸡血针。这时却又下了另一只文件，非但不反对，还发表了公开信，《彻底为医药科研中的新生事物——鸡血疗法翻案告全国革命人民的公开信》（报纸上有，药剂师读了一遍）。公开信传到全国，打鸡血针的人就胜利了，他们抱只公鸡喜气洋洋行过大街，去医院注射室排起了队。亦有不抱公鸡的，要装入布袋、藤篮、网兜，你行街望见一个人手里提住布袋，布袋里有扑腾的活嘢，无使讲，肯定系抽血打针的公鸡。

注射室那个苏州籍的庞护士就衰了，门诊部被鸡占领着，鸡毛、鸡屎，鸡毛飞起身沾到药柜，鸡屎东一摊西一摊，一不留神就踩上一脚，鸡又喊得凄厉，捉住它，翅膀掀开，一针扎入血管，它就喊得震天动地的。喊声未停，这边打针的孩子亦哭得闭气，乱得不能再乱。一片嘈杂中有人大声宣称："果阵我既力气大得无得了，一拳就打得穿墙壁。"庞护士感到这鸡血也发了邪，不知是时世给鸡血打了激素，还是鸡血给时世打了激素。她快疯掉了，这南蛮之地，当初嫁给那死鬼随他来了圭宁，实在系她一生最大失误……不过很快，娘家有信来，同她讲，苏州亦系一样，打鸡血的人半点不比圭宁少，而且，这个鸡血疗法最早还是在苏州传开的，是上海一家工厂的医生发明的，早在1959年就发明了打鸡血。

鸡血的传播渠道千条万条的。热滚滚的公鸡血从上海到苏州，从南宁到玉林再到圭宁。但系呢，几快地，又时兴了甩手操。得了风气之先的人，大朝早去公园玉兰树底，企直了，腿分开与肩同宽，眼直直的，双臂奋力，前举后甩，一上一下，像只木头鬼。

这木头鬼的勾当眼睇就要自生自灭，不过不要紧，新的时髦又来了，是一种茶，或曰一种菌——红茶菌。

一只玻璃杯，印有粉红梅花枝。红茶菌装在玻璃杯里浸着，摇摇晃晃，搭着火车、汽车、自行车，从大城市到中城市再到小县城。

水红色的液体，玻璃瓶底部一层厚厚沉淀物，像水沟滋生的红色虫子，又像泔水桶里沉下来的浊糜，这种古怪嘢就系红茶菌，一摇它，菌糜就在瓶中漂浮。它会生长，你拿只玻璃樽来，分出指甲盖大一点菌种，再浸入水，它就日生夜长，越来越多。要紧的，是不能使自来水浸，自来水有铁锈气，又有漂白粉味，红茶菌至诚怕的，渠就死畀你睇。红茶菌死了就浮到水面，变成丝丝黑色，你凑近玻璃瓶口，一股恶臭直冲鼻窿……浸红茶菌要使河水浸，北流河的水质一向几好的，水草丰美，鱼虾蚌蚬螺，河水灌入玻璃瓶，红茶菌菌种就快快滋生了，发酵、增殖，整只玻璃樽满满红汁。倒出小半杯，一股阴阴凉的液体入口，津液四处涌，有点酸，又有点甜，不像芒果，有点像酸梅汤呢，又比酸梅汤淡。

章二　信（1979—1985）

开眼：睁眼。**衰**：倒霉。

——《李跃豆词典》

Kamdu：表示"何处、哪里"的疑问代词。**Kardu**：严寒的日子里河面上出现的小冰粒。**Mandu**：突厥人的一种醋的名称。其制作方法是：将葡萄汁装在坛子里，使之发酵，然后加进一些纯酒，一昼夜后即成。这是最好的醋。**Munda**：在这里。**Qavzu**：长在山上的一种树。树干、树枝和果实都是红的。果实味酸，姑娘们的手指常用它来比喻。

——《突厥语大词典》

罗世饶给跃豆看了程满晴的照片，有三四张是十六岁照。少女时的程满晴尖尖脸细长眼头发黑密，眼眸也是黑漆漆的，一笑，真是姣好明亮。她笑得也是十分知道自己美貌的。她考上了艺术学院附中，附中解散又回来读高中。生得美，又跟艺术沾边，理所当然是校花。另有张20世纪80年代的照片，那时已是短发，戴了眼镜，五官未变，却已大大逊色，当年的美人由仙界跌落凡界，青春的美色消退了。

跃豆返京前世饶又送来四大本装订好的信件，一共四十一封，主要是满晴写的，也夹了几封他给满晴的。满晴已经去世，在某一封信中说，她已经绝望，心中只有恨,若他长时间收不到信,可以问她的妹妹,这些信件他可以烧掉,或者送给一位作家。

他把信编了号,统一标注页码,装订成册。上面有红笔画的道,有少量批注。奇怪的是他把表明年份的数字,无论是信末还是信中提到的年份,一律用毛笔黑墨涂盖掉,这种仔细的用心,跃豆很是困惑。

她问过他一些问题,是短信发去的,他积极回复,有两次这样写道:"跃豆表妹,你某年某月某日某时某分发来的短信收到了。"曾是高中数学教师的罗世饶不会发短信,每次都是用信纸写了寄来。以他这种对时间的罕见执着,涂掉信件的年份,像是某种不打自招……想要塑造一段爱情传奇,还要纯之又纯,这近于虚妄。事实上,在他与满晴断断续续的通信中,还穿插着另外几个女友。他身体那么好,又聪明,招女人喜欢,而且他四十岁了还单身,而满晴已经生了四个孩子(一个校花生四个孩子是你不能容忍的。不,任何女人一口气生四个孩子都是受压迫的结果)。

三年高中,世饶有一年是投靠二哥去了藤县。高才生,易受女生爱慕,满晴自然也是。他们坐船去梧州考试,考完回来住满晴家。有几次,程母外出,许久不回,满晴穿上一条裙,行来行去讲东讲西。十几年后,她承认是想把初夜给他。结果他不开窍,或者,有贼心无贼胆。有次他睡着了,觉得有人摸他,结果又没有摸到底……那是满晴最诱人的日子,没有了功课,她时不时出门买来零食,所谓零食,也就是红薯和木薯,她吃一口,飞快地喂他一口。终于来了一只牛皮纸信封,是不予录取通知。因政审通不过,父亲"历史反革命",在马岭农场劳改。两人大哭一场,从此失散,满晴迅速嫁人,没有告知世饶,很快生孩子,一个接一个,连生四个……十五六年之后,世饶去藤县处理"文革"遗留问题,他去接受平反、领取文件和赔偿金,他特意去了当年住过的登俊路,结果,老天开眼,两人偶遇。

"很想把当时的状况从头至尾告诉你,让凄凉的文字流泻于薄薄的纸上,但,每当想到倾听我心声的是我学生时代最好的友人时,就情不自禁地流下了泪,我怎能叫你分担我的痛苦。""你那熊熊的火,你那强劲的风,对于一个姑娘来说,它是无价之宝,本来我可以获得它,然而又是我把它失去了……如果世界上设有一个特别的苦役场,允许一个人自愿去那里服役以赎回自己的过失,使一切得到还原,那么我愿去那里干最苦的差事,以吃尽人间苦楚为代价,偿还你我欠下的债……如真有这种可能,我愿把我的生命化为灵芝草,去医好你心灵的创伤。"

"惊回首,当年那个天真活泼、感情丰富的我,竟能在如此空虚无味的日子中度过,一是为了孩子(一共四个),二是确实无法独立生活,我没有正式的职业,连个食宿处都没有，人就屈从了环境……复习每晚到半夜一点，早上还得起得绝早煮早餐，照样要买菜下厨房，还要替他洗完换下的全部衣服，包括手巾和袜子……"某次转正的机会，被某某夫人顶掉了，又有一次机会，被教师子女顶掉了。"吃的是草，挤出来的是奶，是血……待遇很差……感情的缺陷和职业的不幸像两个妖魔形影不离地跟随着我，像判了无期徒刑的人，看透了红尘，总觉得，我的生命处于半毁灭状态。"

"东方欲晓的清晨，凝视着灶膛的火苗，我在想，你起床了，你坐在窗前思索着新的课题……而我，则是在这个家里为孩子做早餐。万籁俱寂的深夜，遥望着窗外天边的星斗，我在想，你跟我一样没有合上眼，不过，你是在伏案工作，解题演算，我在胡思乱想，轻轻叹息。我想，如果人的思念会变就好了，那么，我要叫我绵绵不断的思念变成一件精心编织的冬衣，轻轻地轻轻地飘落你的肩上，让它抱住你的双肩……或者变成几张亲手采摘的茶叶，轻轻地飘落你的杯盏，让清香的浓茶洗去你精神的疲累，或是变成一支发自自己心窝的乐曲，轻轻地飘到你的耳边，让它为你催眠，伴你带着数学问题进入梦境……"

世饶写的诗也是那年代常见句式，"曾记否，我们在县城礼堂同台演出？曾记否，我们在学校操场两小无猜？曾记否，我们在大楼江边顽皮戏水？曾记否，我们在鸡公山头眺望未来……"人的语言方式是时代所塑造，当年觉得有诗意文采，换一个时代再看，不免感到夸张矫饰。

互相激励互寄剪报，从轰动一时的小说，到工人自学二十年的事迹报道。"满晴同志呵，难道你不应该从这篇文章里汲取一点有益的东西吗？""你太悲观了，这是我不能同意的，这样会糟蹋你自己的身体。我希望你以后不要这样，要改变你的生活方式，你能听我的话吗？我希望在下次见到你的时候，能在我的眼前重现你过去那种活泼、热情、乐观的形象，你不会让我失望吧？"

她给他寄的剪报是关于某老师如何自学成才，"你比某老师年轻多了，按你的数学底子，发挥你的钻研劲头，你能赶上他超过他，记得一两年前的春节，你是在书本中度过的……"还有话剧、电影。世饶是电影迷，他同她讲起《人到中年》《天云山传奇》《雁南飞》，《雁南飞》看了两遍还想看。而满晴看过一篇不记得是发在《十月》还是《花城》的小说，叫《初恋》，看一次哭一次……两人回忆抄过的一首歌：《革命人永远是年轻》。

有几封信关于如何购买一辆自行车。自行车，那时的紧俏货和必需品，需要广阔的人际关系网和微妙的公关能力，否则有钱难买。她的妹妹在供销社，他便提出代购自行车的型号——凤凰14型，或者18型，或永久11型，一百七十元一架。一开始她难坏了，即使妹妹在供销社，这种凤凰 14 型或 18 型也不是经常能碰到的。但天遂人愿，居然也买到了。

她约定了取车的时间，但希望他信中不要提此事，她担心丈夫看到信。"他的性格是与众不同的，希望八一收到你的信，你来找我，可以说是出差，或者买书即可，他问过一次你的情况，问你结婚没有，我说没有，他问，为什么，我说你要考研究生。"为了找到通信的理由，她让他下一封信务必要提到五十斤全国粮票。而且不能跟任何人提单车的事，她让妹妹跟妹夫也不提。"单车总算买成了，正是你要的凤凰 14 型。你应该给我妹妹写一封信，买到单车不是件容易的事，她对我说，你是很冷漠的一个人，连笑都没有跟她笑一笑，更没有喊她的名字，我知道，你心情不好，她以为……天哪，都弄错了。"

世饶还想要收放两用机，电唱的，一百元左右，他不想要收录两用机，日本进口的贵，上海产的三百六十元，也贵。他还让她帮忙补办高中毕业证书，因他要以同等学历报考国家干部，而满晴在教书和孩子之外，还要忙拆迁、盖房，"砖很难买，搬家，要搬一车柴火……"在忙乱中她的感情仍然处于饥渴状态，"给我写封信吧，要挂号信，放上几尺布票（障眼法）"。每封信她都谈到转正，一页或数页。当民办教师二十年，一直未得转正，这是她悲观的根源。"我好比处在一条昏暗长河的河底，希望则是倒映水中的稀落的星光，因为，下一回，再下一回……我早就对公正这种东西暗中冷笑了。""我总觉得我这样的人不会长命的……我变化很大，有时看电影，别人都开怀大笑，而我呢，无动于衷，默然静坐，我想，那有什么好笑的，值得我笑……有时，很多观众都流泪了，有的还抽泣，而我呢，依旧无动于衷，我想，这有什么值得哭的，我自己就够倒霉的了，谁又为我哭呢！"

"我不怕死，但被不公平的现实折磨致死我是不甘心的。前年，那位走后门夺走转正指标的人把我气疯了，我立即就病倒了，病了近一个月，当时我真想自杀，用生命去抗议。这两年，我始终没法消除一个恨字，恨自己，恨别人，恨不公平，一个恨字把我折磨得长时间失眠。"

她时常做梦，梦境清晰……她在候车室里，脚边是一只特大的旅行袋，上面写着"广州"，原来她是要去广州啊，她拉开旅行袋的拉链，她记得买了五斤大白兔奶糖，她想吃一粒，她拿出一粒，解开糖纸，不料里面包的却是橡皮擦，哪个学生捣蛋？她嘀咕着再拿了一粒，仍是橡皮擦，她一粒粒解开，连解了十几粒，不料粒粒都是橡皮擦。她哭起来，怎么有这么多橡皮擦呢。这时一个男声在她耳边说："不会的不会的。"她应道："会的会的。""我知道的知道的。"他的鼻息喷到她的脸，她真切地感到有些发痒，她扭过脸，无论如何看不清楚，但她知道他就是世饶。他说，到广州大白兔奶糖多得是，我买返十斤给你……

两人到了一个旅馆，这次她看清了是他，世饶。他端了杯牛奶，正冒着热气，而她却光着上身，她竟不知是什么时候脱了衣服的……她光着身子坐在一辆长途客车上，车上没有别人，世饶也不在，他自然是不在的，她是要去圭宁看他，她打开旅行袋想要找件衣服穿上，却怎么都打不开，好容易拉开拉链，只找出一块小手帕，遮得住左边的乳房遮不住右边的……接着她到了圭宁县城，出了站，不见有人来接她，疑惑间，一个中学生模样的男生来到她面前，他伸出手，手心里有一把小折刀，绿色的刀把，他说："给你的。""我不认得你呀？""你不认得折刀啦。""你不是说它掉到大楼江里了，你又捞它起来了？"男生不应，一闪身不见了。

她的特别挂号信令人难解地延宕，过了三个半月才到，负责收发的人遗失了取特挂的通知单，三个月后邮局的人第二次打电话来催领才收到。而世饶将近四个月没有给她写信，他已经到县城工作，考取了国家干部，调到县财贸高考复习班，没时间搞什么数学研究了（这是她最崇拜的事情），"我的前途到此为止。很多亲友介绍对象，我觉得她们苍白无力，黯然失色……啊，广袤的世界，生活在你怀抱的姑娘千千万万，难道没有一个像她那样知道我的心吗？（她在信上画许多红线，用红笔写道：会有的会有的会有的。）这首世界上最好的诗歌，已不复在我的生活中存在，我只有怀着极其怅惘的心情走到生命的终点（她用红笔批注：不，他会幸福的！！）"

作为一个十几年来持续自学高等数学的人，他算是取得了成就：获得省级"解几"测验桂冠，得了数学权威好评，组织部、人事部为他建立了干部人事档案。他给她写信："不是向你炫耀，而是……不要陷入混乱和空虚，不要让意志走到崩溃的边缘，这点才是最重要的。生活又一次昭示，没有奋斗就没有人生。希望你奋起，与生活抗争，前途，只能靠自己的双手去开拓……在那些不堪回首的年代，尽管生活千方百计来淘汰我，但，我不但奇迹般地活了下来，还取得了某些成就，这是很多人不可思议的。"

不再需要自学证明自己了，他被录用为国家干部，不再是无业游民，他带薪考上了师范大学数学系，课程轻而易举，他同时还教高考复习班。他放弃了研究数学。满晴立即就来了一封激烈的信，她对他的企望非常之高，"不敢相信也无法理解，你会如此决绝地放弃数学研究。为什么啊？你的火把低垂了，我们的祖国更需要一份份有价值的论文，更需要一位有贡献的数学家。你太忙了太辛苦了太累了，我恨不得砍下一只手送给你，让它为你洗衣做饭冲茶叠被，为你扭亮台灯，翻好学生的作业本，然后再去为你缝上不知何时脱落的纽扣……请原谅我的激动和无礼吧，我实在为你放弃数学研究感到万分痛惜"。

两人就谈论起科学家的成名峰值。他们的大好年华被耽误掉了，但，文学方面有无数大器晚成的例子，"晴，你很有才华，有很深的文学造诣，你应该拿起笔来，写写你自己，写写你周围的一切"。

……他还没有结婚，她每每就劝他找对象成家，"我在遥远的鸡公山下，预祝你，祝福你组成家庭……我不允许你对自己那样严峻冷酷，希望你在生活的舞台上拉开新的帷幕，我有力量制止灵魂对你发出呼唤，亲爱的饶，我永远祝福你。"

终于有一日，他要同别的女人结婚了——

"怀着极其复杂的心情告诉你，最近准备结婚了。食品站，卖肉的。经过种种艰难曲折，我终于走到了这一步，你为我高兴吧，会在十多天后举行婚礼，但我不想邀请你来，我看到你会难过的，你叫我以后谈到你不要流泪，那是办不到的。在这个所谓有纪念意义的日子里，我倒希望你能给我送点有意义的礼物，我想了很久，如果你愿意，就送给我一个被芯吧，当我工作到深夜，回到卧室休息的时候，我就会想起你，我会觉得你永远和我在一起，永远永远……我的这个请求，旁边人看到会以为我在厚颜无耻地向别人要东西，但你是理解我的心情的，除此之外，你的稿费我不能要，你是一个四个孩子的母亲，生活负担够重的了……心很乱，不想再写了。"

她呢——"悄悄抹去睫毛上的泪花，然后向讲台走去……当天晚上，我被一种莫名其妙的情绪驱动着，放下批改作业的笔，向夜幕笼罩的寂静操场走去，我在那里孤独地徘徊着，我靠着水泥篮球架，仰望着远天的星斗，又仿佛看到了你，你即将开始爱情生活了，总算有个知寒知热的人伴随你了，她会抚平你心中的伤痕的，但来信中'草草''所谓'又把我弄傻了，前一封信你只字未提她，紧接着的信却'怀着极其复杂的心情'宣布，你俩明天去登记，你真叫人费解。不不，我应该相信你，相信你的智力眼力能力，对一个女性心灵的判断力和鉴别力，我更应该相信你处理问题的敏捷性和准确性，你，不会错的，我应该衷心祝福你。你最及时地把你的好消息告诉我，这说明了你以前说的都是真话，无论何时何地，我永远都不会忘记你的……"

她很快买到了礼物，一对藤县丝绸厂产的被芯，"看到它，你会想起藤县的粗茶淡饭，记起藤县的风土人情（在人情这个词下面她特意加了一道杠），想起中学的教室、校园……但是，藤县被芯也会叫你想起在你心灵留下伤痛的人儿。本来，想送给你两对手套的，皮毛的给你，尼龙的给她，我早就想送皮毛手套给你了，但一直买不到，戴着它，就像握着手……看来，皮毛手套不必了，现在，在天寒地冻的深夜有人给你生起火炉,有人握着你冻僵的手了。从你的被芯扎带上我剪下了一点,头尾相连的三角形的布片,我将它贴在我的笔记本里,记住你幸福生活的开头,每当我看到这两个红三角,我就会默默祝福你们"。

罗世饶报告了结婚的费用,家具三百元,卧具二百元,酒二百元,烟糖一百元,女方衣物一百元,其他,一百元。

他们又通信了。

她用了汉语拼音,先写了几行,像密码,她却又在旁边用红笔译了出来——也不过是一首歌词,电影《知音》里的主题曲:"山青青,水碧碧,高山流水韵依依,一声声,如泣如诉如悲啼,叹的是,人生难得一知己,自古知音最难寻。"

他信中提到了妻子,供销社职工,业余篮球队队员,食品站负责开卖肉票据的,因手上有猪肉而神通广大——"想看电影,电影院有人送来甲等票;想吃补品,医院就有人送来人参养生丸;想剪件别出心裁的衣衫,缝纫社也有人自告奋勇效劳;饮食店炒粉,二角钱就买到别人三角钱也买不到的分量,如此等等,不一而足。她是'文革'中上学,知识少得可怜,但她清楚我研究的东西重要。那天,一个广西大学的同志到我家说,师大的优秀毕业生将来可以参评讲师时,她高兴得很,那人走后,她就迫不及待问我,什么时候可以当上讲师——非常天真……我说,你希望我研究有大进步,每日必须供应我好伙食,她认真照办,每日不是猪肝猪脑猪脚,就是瘦肉排骨饺子,现在我已经达到一百四十斤,正在为了节食省去早餐……"

他们又有好几个月没通信。有一夜,满晴梦中再次出现了那把小折刀,拿折刀的不再是中学男生,而是壮年的罗世饶,在梦中她瞬间想起,这就是中学时她送给他的小折刀,在梦中,世饶用这把折刀割稻草,他从两人坐着的稻草垛抽出稻草,一根根地割,满晴说,你抽光稻草我们就没地方坐了,世饶说,怎么没有,这不是。他拍拍旁边的地上,满晴一看,那根本不是稻草垛,而是一片瓦砾。

终究没按捺住,满晴又写了信,"我要对你讲的话太多,写起来也不容易,有时又觉得没什么可写,除了泄私愤外。还有,县科协打算组织去圭宁参观少年之家,一直等着这个机会……"

她总有无穷无尽的话要写信给他。她没有挚友,他是她唯一的挚友。

他的信很少,隔很长时间才回复。而且,他哥哥的"文革"遗留事,他一直不愿亲自去藤县办,只是在信中托她奔走。她生气了——

"我一直不想去替你打听县处遗办给你汇款的事,我一直在想,你可以恨藤县的种种，可以发誓不来，但你为什么不肯借此机会到藤县看看我——你以前说的'不会忘记'全是骗人的。既然你那么忙，忙你的事业、忙你的学业，那就由你去吧……有时忘记了我可能更好。讲句得罪的话，要是你哥哥没有一把骨灰在藤县，要是处遗办不给你钱，我敢说，你即使非常有机会也不会来藤县的，我，看透了人生，看透了爱情，我，难过！"之后她又道歉，"上帝没有把向你生气的特权给我，我太放任了，你工作紧张，又刚有了孩子，我不仅没有帮你，还生你的气。"

一直没有他的信，她就托他买书，"《小学语文教学法》，湖南出版社出的，有一寸厚，我原本有一本，才看了几页就丢失了，藤县、梧州都买不到，你或者百忙之中抽空到书店看一看。县教研室主任找我谈了，暑假要办个教师短训班，让我讲课。"

"那些信，既是对你倾吐，又是对自己讲的。你以前劝我，正确对待转正问题，现在我很够正确了，可以说，我已经完全不想这个事了，终生倒霉的人到底还是有的。我安于现状，把工作看成乐趣，也拿工作作为消遣，但，精神上的向往和追求我挣不脱——我希望我所爱戴的和敬佩的人能理解我，能在思想上和我交流，让我获得心理的骄傲。

"关于转正，我已看破红尘，今后也打算与世无争了……我一个弱者，能有什么作为呢？世界的黑暗面是有的，人罩在黑暗中是很难冲出来的，这是我二十多年来的感受。我已经不写稿了，什么我都懒得干了。"

突然知道他的妻子有过往婚史，还带了个女儿，"要说奇怪的是，从你结婚到现在，漫长的五年多时间，你只字未提这个小女孩，你守口如瓶的毅力是从哪来的？

"我不需要你敲锣打鼓欢迎我，也没要求你到车站来接，但我想，暑假前你应该来一封信欢迎我去圭宁，连信都不写，我怎么贸然前往呢？算了，不怪你……话又说回来，你既然很忙，那就等到你十分空闲的时候再把那个小女孩的简历告诉我吧！对于目前，我没有更多想法，就努力尽一个人的责任吧，努力谋生，养儿育女，工作也是为了人生不至于那么空虚……几个孩子都面临着考大学、升高中、升初中，事越来越多，我没有兴趣和力气为转正呐喊了，每个人都只能自我解脱，若如此对待生活认识世界，烦恼就不成烦恼了。"她在南湖边照了一张相，随信寄给他。

她终于定好了时间去圭宁看他了。她先去邻县，参加自治区小学说话课和注音识字、提前读写实验教学座谈会，"一散会我立即去圭宁探望你，与你们共度星期天。21日返回藤县。请你19日那天不要外出。另外请你为我预定一张21日返藤的车票。我期待已久的相会就要到来了，心里真是无比激动！"

她如约来了圭宁，回去之后写来一封信，是给世饶夫妇的，感谢二人的热情接待，把夫妻二人、两个孩子夸了一通，表示歉意，说自己没送他们什么，反倒接受了他们的许多礼物。

却又另外单写了一封信给他，与上一封完全相反，充满了失望。虽然，他陪她去了当地名胜勾漏洞，但不够热烈，她至在意的是，两晚上都没陪她，让她一个人住在他的单位宿舍，他自己住妻子单位宿舍。早上给她买了早餐又不见人了，说单位要出墙报、大扫除、开会，没有她想象的热吻和做爱（信中都用省略号代替了）。她以为会再现"难忘的三天"，那是他们在失散十四年之后重逢，在藤县度过的三日三夜，两个人黏在一起，肉身抛洒灼灼燃烧。六年间她时时回顾，不时添加柴火，她把"难忘的三天"作为二人的秘密纪念日牢记在心，每年纪念日就写信。却未承想，火，业已成灰。

圭宁之行令她无限失望，临行，带走了他压在玻璃板下的她的放大照片。他去信问她："为什么不经我同意就擅自拿走我房间的东西？"她复说："我拿走照片，你就不必花时间看了，你就可以有更多的时间忙你的事。"

此后她又来过两三封信，他没有回信。终于，恩尽义绝。

在她的梦中，那把小折刀再也没有出现，它奇怪地变成了某种光，在梦中幽暗的隧道里，时常在身后一闪，她意识到是它，但从未见到过，转头望去，总是一片昏暝。有次她发现世饶正在她的床边，他举着一把青草，她欢喜极了，她触到了他的身体，还是那样结实坚硬，他说，我知道的知道的，他深深地进入了她，她在梦中幸福得流泪。她躺在床上，想要追回到这梦里，残梦影影绰绰的，她等了又等，远处来了个中学生，他那样年轻，跟她的小儿子不相上下，她等着他说些什么，但他一声不响地行过去了。

两人的通信留下十三万字，主要是程满晴的，世饶的信烧掉了。

章三　在路上（1965—2007）

　　苞粟：玉米。**妇娘、妇娘嬭**：女人。**火菽**：火焰。**邋杂**：杂乱、胡乱。**欲欲耶耶**：形容迟疑不决。

——《李跃豆词典》

Qalma：粪块。用羊驼等牲畜的粪切成的块，晒干后做冬季的燃料。**Satma**：窝棚。夜间看守果园在树上搭的草棚。**Toplu**：墓，坟墓。**Turma**：萝卜。胡萝卜。阿尔古斯人称胡萝卜为 gizri。**Tutma**：箱子。而是以单词形式来使用的，即只用从属的词。然而其他突厥人却不以单词形式使用这些词。他们的这个词来自波斯语。因为乌古斯人与波斯人杂居在一起，忘记了许多突厥语词。乌古斯人的语言是文雅的语言。在其他突厥人的语言中，由一个词根和另一个从属词组成对偶的名词和动词，乌古斯人不以对偶形式。

——《突厥语大词典》

　　他出入房间带着油漆小桶，"汽油可洗去油漆"，他不无炫耀地宣讲道："油漆主要呢，系有机成分，汽油同油漆的成分呢具有类似的化学基团，根据化学上讲呢，相似相溶，汽油解油漆系容易的，所以呢油漆就系使汽油洗的。"

　　在园艺场，他属于文化程度最高的两人之一，高中毕业，极其稀少。他用一只食堂里的瓦饭盅，倒入半盅汽油，粘满油漆的毛刷浸在汽油中，慢慢消解，由硬变软熟。他每朝早先去场食堂吃盅稀粥，有时会有红薯，还有炒的咸萝卜。吃完粥他回到宿舍，用一张旧报纸裹上洗净的毛刷塞入衫袋，然后去场部。

　　此前他申诉了近一年，边打日工边申诉。申诉的内容是插队没地方要，转户口回原籍，村里也不接收。民政局总算安排他去了玉林的园艺场。园艺场每月包伙食，还有几元零花钱。

　　不久，革命来了，处处红色语录，唯园艺场的墙还是空白的，在一片红色之中，犹如某种阴影。之前园艺场写标语的人，有日写主席的主字少了一点，变成了王字，人人大惊失色。场部领导经过权衡，未再提此事。

　　世饶就被发现了。他一手标准的仿宋字，自此派上了用场。

　　他拎小号铁皮桶行遍园艺场。在所有的墙面，青砖墙泥砖墙，场部办公室、宿舍、厕所、食堂……一切房子的内和外，通通刷上了红色标语。以他的身高可及，以胸部的高度刷上革命的标语。为慎重，也为了把字写漂亮，他用铅笔打上底稿。先勾勒字的空心轮廓，再灌入浓重的鲜红油漆，一排赤红的字就诞生了——"千万不要忘记阶级斗争"。他不再想标语的内容，只把注意力集中到每只字，每粒点和每竖每横，一粒点都不能少，一笔画也不能少，笔画要搭配，不能一样粗细，要疏密得当，有的笔画要放开一点，但也不能太多，只是取势。标语不是书法，它不要你见性情，只要整齐，干净利落。"千万不要忘记阶级斗争"，万字他写了繁体字，繁体庄重，场领导亦欣赏，没有讲他妄图复辟。

　　字在墙上越积越多，在他心里也越积越多，他忘了字与词的本义。写在墙上的字是空心的,他脑壳里的字亦系空心的。他涂上艳异的赤红,内心平实。

一个写标语的人,携带着大红油漆,新艳的红色一层一层覆盖了他。

有时墙面高,他就搬来一只木凳,他企在凳上,一只手腕挎油漆桶,手掌按住墙壁,另一只手刷标语,刷完一只字,下来,挪凳,再踩上,再写另一只字。他在场部门口的两边刷上:"数风流人物,还看今朝!"他跳落凳,后退几步,眯起眼欣赏这一排鲜红的大字,那些互不相干的笔画重新又组合起来,成为有意义的字,并诞生出崭新的句子。这句子他望了无数次,本来已经不新鲜,但经由他的手一笔一画写到墙壁上,经由他身上携带的油漆放大了上百倍,几百倍,仿若初生——"数风流人物,还看今朝"。他觉得这条语录宛如一只巨鸟的两只巨翼,而他坐在巨翼之上,悬浮在玉林街的上空。

整个园艺场的墙壁他都写完了,食堂墙上:"贪污浪费是极大的犯罪。"

临时仓库的外墙上:"深挖洞广积粮不称霸。"

宿舍的几排平房,隔着一个个窗户,他花插着写"团结紧张严肃活泼",这八只大字通常写在操场,所有中学的操场都有,但园艺场没有操场,只有一块空地,两头各有只篮球架,他就在这片空地不远处的厕所墙上刷了这条语录:"团结、紧张、严肃、活泼"。

园艺场往城区的路上有片乡下民居,墙面尚空白,世饶自作主张,用园艺场的红油漆在墙面刷了醒目的语录:"下定决心,不怕牺牲,排除万难,去争取胜利。"

场里要送荔枝龙眼芒果菠萝去收购站,再运化肥回,有时肩挑,有时簦箩绑在单车后尾。无论去回,路过清水塘总难,那里有只长坡——无论担担还是踩车,到了长坡,簦箩骤然变重,荔枝龙眼香蕉菠萝芒果或者是化肥,它们一言不发就变重了,肩上沉得压痛,腿上更吃力。

这时,那片农舍就在眼前,一家农户,大门两边是"下"和"定",两只大红的油漆字,下一家农户,墙上是"决"和"心"——"下定决心,不怕牺牲,排除万难,去争取胜利"依次错落在番番外墙上。最后那句,"去争取胜利",完整写在一排宽大的农舍的围墙上,这语录竟就有了气势,仿佛青年三三两两集合,成为一支争取胜利的队伍。"向前向前我们的队伍向太阳……"解放军军歌在这一片农舍的墙壁上自动唱起。果然,年轻的场工莫名添了力气。

这是他油漆生涯的一个巅峰时刻。

非常之爽。

它凝聚了园艺场所有墙壁语录的经验与心得,他的仿宋体就此冲破普通的横平竖直。语录的前四分之三,他写得稍稍有些倾斜,倾斜的程度正如一个人迈着大步向前走,语录的后四分之一,尤其是最尾两只字——胜利,则完全不倾斜了,非常坚硬非常锐利非常坚定地企住，上半部分紧凑，下半部分颀长，宛如一排训练有素的年轻士兵。

他的仿宋体被公认为全市第一，园艺场的上级单位找来了，场部决定让罗世饶去城区的民政局刷标语，以解燃眉之急。

玉林是地区所在地，所谓州府，大地方，房屋高，不像园林场一律平房，街上楼房处处可见，多有两层楼高，三四层高的亦不在少数，比起圭宁街，玉林街是有一种州府气势的。外墙刷标语要搭脚手架，世饶喜欢文学，称之为"高高的木架"。他坐在两三层楼高的脚手架上。队队中学生从他的下方行行复行行，边行边唱，唱的是红卫兵战歌……有空地就停落围成圈，朗诵、唱歌、舞蹈，手脚并用比比画画。

拥入街的中学生越来越多，八个县的中学生都兴高采烈来玉林了，此处有火车，搭上火车就等于远方，多么激动人心。"诗与远方"，自古至今都是吸引年轻人的。谁能想得到，搭车竟然不要钱，人人去得北京。要知道，当时的户籍管制，没有单位介绍信，即使有钱也不能。

革命大串联，学生们就解放了，学校这件铁的囚衣就解开了，盛大的节日从天而降，人人至诚欢喜。

陌生的面孔碰到一起，嘹亮地背出一条共同的语录："我们都是来自五湖四海……"认不认得都系来自五湖四海，他们瞬间就解除了拘谨和陌生，在革命口号下迅速成为战友。他们极钟意"战友"这样的字眼，如同无所不在的战歌、战旗、战线。"你们是哪里的？""我们是容县的，你们是哪里的？""我们是博白的。"他们互相询问，间杂着跳跃和欢呼，年轻人推拥着，成为一波又一波的浪潮。他们拥着到了火车站——汽笛长鸣，他们就要登上火车，要加入全国大串联了，将要跨越祖国辽阔的版图，去到遥远而伟大的北京。

"长征是宣传队，长征是播种机，长征是宣言书……"他们要先去江西，从宁都出发，然后，去井冈山，要过娄山关要望见大渡河要望见雪山和草地……重行长征路之前，他们要先去北京。李春一也在这些队伍里，这个名牌高中的学生，马上就要毕业了。革命、大串联，这一切打乱了原有秩序，她身穿时髦的草绿色军装，挎着挎包挤上火车，先柳州后衡阳、武昌、郑州一路向北到达北京天安门广场，赶上了领袖第二次接见红卫兵。她在天安门广场照了一张相，广场的红卫兵太多了，有人想出聪明的法子，每隔几步用粉笔画只圈，照相的人站在圆圈里。

罗世饶不知李春一，他在木架上整日听闻串联这个字眼，串联串联，全国大串联，坐火车不要票，吃饭不要钱。

Kobuz：库布兹。类似琵琶的弦乐器。**Kotuz**：牦牛。**Qavux**：战时整饬阵容、休战时阻止士兵欺压百姓的官长。**Qutur**：脾气坏的。**Quturkixi**：脾气坏的人。**Titiz**：味涩的东西，像诃子一样味涩的东西。

——《突厥语大词典》

大猪赖胜雄也串联，但不是从南到北。他加入在京学生南下广西串联队，南下桂林南宁，支持各地的"文化大革命"。

过了几个月，他又第二次串联。一路八个同乡，十月底出发，第三日到了上海，住同济大学。正碰到上海红卫兵冲击上海大世界，他们赶去凑热闹，大大开了眼界，闻名中外的上海大世界，轰隆隆的霓虹灯闪烁不定，楼高层密，令人惊叹。电影、曲艺、评剧、昆剧、越剧、弹唱、杂技、武术，外来剧团，竟可十几种同时上演，通宵达旦，夜夜笙歌。他们一入门就撞见了著名的哈哈镜，每人抢着在镜前看自己的古怪样子，天啊，像只巨大的球，换个位置，上身就拉长了，腿呢，不见有腿的。八个人都是第一次照哈哈镜，人人兴奋得脸上冒光。就是这日，晚上，几万名红卫兵一拥而入，一切演出立停。过了两日他们再去，只见市民楼上楼下自在串行，三三两两，东望西望。再也无戏可看了。

他们去了虹口公园的鲁迅墓，中共一大纪念馆，龙华纪念馆。同济离复旦不远，他们去了三次，有两次是白日，专门去看大字报，在领袖塑像跟前合了影。上海交大当然也去了。还游了豫园、外滩、南京路……然后他们就到上海火车站，准备去南昌。

上海北站小，无处候车，也不像北京凭票，而是随意上车，入站上车一片混乱，火车站开闸前就人山人海，入站的大铁门一打开，成千上万人都疯了，人人由不得自己，人挤人夹着向前，眼看脚踩不到地，前头几个女中学生先哭了起来……突然一个胖女生挤倒了，人潮滚滚，眼睁就要出事，赖胜雄算是反应快，有担当，他拼命弓腰，顶住身后的人群，硬是揪了女生起来。胖女生满头满脸湿透，头发上脸上，泪汗不分，他一把推起她喊她站直快行。真是惊险啊，是他拼命救了她。救人命的感觉真好，几十年后他记忆犹新。

江西南昌，湖北武汉，湖南长沙、株洲，广西黎塘，换了车到玉林。

这下子，圭宁近了，众人心情大好。出了玉林火车站，马同学讲要留在玉林，找熟人住几日就回北京，不回家了。他是地主家庭出身，县里情况复杂，担心回去出不来。大家纷纷赞成，嘱他注意安全，不要同县里打交道。剩下一行七人到了县里，次日在学校开会，教职工都到齐了，师生见面，双方冷淡，教师一方更是沉默，人人低垂眼睛，一副听天由命的态势。两方都压抑、不自在，草草讲了几句就散会了。想当初，他们几个考上北京的大学，老师不知有几兴奋，都道是他们一世功名增添的分量。

赖胜雄回来串联，只同世饶见了一面。他很忙，既要……又要……还要……他一趟趟同群众组织和县里领导碰头，指导运动。比起先前，赖胜雄更加健谈了，世饶只听他讲，不出声。他无甚可讲。

大猪赖胜雄使用了书面语"饱览祖国大好河山"，他穿插着领袖的诗句，"江山如此多娇，引无数英雄竞折腰"。"江山如此多娇"，是世饶在园艺场后墙写的标语，那里正对住一片稻田，稻田远处是一片果树。现在，江山除了稻田果树丘陵，还延伸至上海南昌长沙武汉……

九年之后罗世饶从南到北，再到西北（日后他的路线是：海南到湛江，到柳州长沙武汉，西安兰州乌鲁木齐，直到伊宁，直到天山……），除了陈地理的《突厥语大词典》残本，很难说这跟"饱览祖国大好河山"的刺激没有关系。

> 天山耸立的地方，称为亚洲中部、亚洲内陆或者亚洲腹地，乃至按时髦的说法称为"亚洲心脏"的地区。无论从亚洲内地的哪条海岸测量，都是最远的腹地中的腹地。给我们带来爽快的雨水、可怕的雨水或者恩典的雨水的湿风，无论如何也到达不了这里。就连覆盖着印度的猛烈的湿气，一到了喜马拉雅山脉，就被它南面的斜坡完全吸干。甚至于昆仑山脉，也只在山顶结有些许的冰雪。何况在更北面，隔着塔里木盆地，与它遥遥相对的天山山脉，其南斜坡真叫干燥透顶、光山秃岭。在干燥至极的山坡上，刻有细小的褶皱，那是将山顶冰雪的一点点融水，运到山下去的河流。
>
> ——《干燥亚洲史》（松田寿男）

自打去城区写标语，罗世饶的油漆生涯越来越开阔了，农林局、水利局、畜牧站、粮食局、教育局（连教育局都来请他写标语，真始料未及），此外还有医院，有水泥厂、农校……标语和脚手架越来越多，街上的革命气氛更其浓郁——油漆的气味从墙上奔跑，它们仿佛就是革命的气味，背负着新鲜的艳赤，有着天生的亢奋和热烈。

在医院靠近马路的墙面，是这一条："把医疗卫生的重点放到农村去"；粮食局门口："要以粮为纲……"；军分区门口："要拥军爱民……"；水泥厂墙上："工人阶级必须领导一切……"水泥厂礼堂后面有整整一面墙，他就刷上一整段："我国有七亿人口，工人阶级是领导阶级，要充分发挥工人阶级在'文化大革命'中和一切工作中的领导作用，工人阶级也应当在斗争中不断提高自己的政治觉悟。"电影院兼县礼堂的门口则是："百花齐放，推陈出新，古为今用，洋为中用……"广播站没有人请他去写标语，但外单位的造反派让他写，他就写上一条："在阶级消灭之前，不管报纸、刊物、广播、通讯社都有阶级性，都是为一定阶级服务的。"

在师范的墙壁，毋庸置疑："教育必须为无产阶级政治服务，必须同生产劳动相结合。劳动人民要知识化，知识分子要劳动化……"在菜行也写了一条，语录是他所选："农业方面，除粮、菜外，饲养猪羊，解决肉食，也是很要紧的……"

谁知道呢，命运在此处给他埋了个伏笔，二十年后世饶与食品站卖肉的桂香结婚，他承认，就是看中了她能让他食有肉。是的，解决肉食，是至要紧的。

园艺场却忽然解散了，人员遣散回原籍。遣散费是一年的基本生活费，每月十元。大同村仍不接受他的户口。生产队不派活，无工分可领。他一边吃救济金，一边上山打柴卖，一个月十元钱，五元用来买米，打柴卖得的钱换肥皂火水，如此十元钱可度两只月。他开始了自学，除了打柴就看书做题，大学数学，两年学完了三本书，他算算字数，丢那妈，有一百五十万字——《微分几何》《线性偏微分方程》《三角函数论》。这样过了两年，忽然，砍松树枝变成违法，杂木少而价低，一百斤杂木树枝只卖五角钱。日子更难了。

他决定去四川眉山投奔六姨。

Bark：家产、家当。**Bilix**：认识的，熟识的。这个词在此处是形容词，而不是动名词。**Bulux**：利益，好处。从所做的事中获得的好处。**Kars**：用驼毛或羊毛做的衣服。**Kuqak**：抱。一抱粗布。**Putik**：用马的小腿皮制成的皮囊。用以盛马奶酒及其他东西。**Putik**：小皮囊，喀什格尔语。

——《突厥语大词典》

剩下的救济金二十元，加上打柴挣的五十元，一共七十元。他步行到县城，在窦家住了一夜，第二日，坐运货的卡车到了玉林，之后坐火车到柳州，再换乘，向西去贵阳，到贵阳又换一趟车去重庆，到重庆再换一趟车到成都，再坐长途班车到了眉山。

一路打听，找到六姨所在的工厂。他饥肠辘辘，口渴紧，满心盼着见到六姨，不料，却是五雷轰顶：六姨去雅安劳教农场劳改了，去了有一年多。

他站在门口，一时觉得天和地都罩了一层灰，这灰虽也不算厚，却是全然不透气，工厂大门、传达室窗口、传达室里的人都是迷迷蒙蒙的灰。

他身上阵阵发冷，过一时太阳出来，他又一阵燥热，一热就更渴了。

身上只剩了五分钱。嘴里又黏又干，胃里烧了起来，厂区和传达室灰蒙蒙的雾奇怪地弥漫在他的头壳里，他想把它们赶出去，但它们压住了他……他望见雾中有把折叠小刀，这刀独己在雾中行走，行行停停，他盯住它望，原来这是自己的折刀。他穿过灰雾望见了近处有片菜地，他挣脱了梦境的一层薄膜到了菜地边，菜地种有番薯和南瓜，真系几奇怪的，番薯是煮熟的，且生在藤上，而非根茎，他头壳里的灰雾更浓了。

还好，地边有根短木棍，还好，不太费力挖出了番薯。

番薯尚未长成，仅拇指大，最大的一只也不过核桃粗细。他咬了一口，有细泥沙，但完全不妨碍他嚼碎了咽下，食物清凉地进入食道，一直落入肚子里，肚里的火熄灭了，他喘了口气，发了一声动物似的怪声，算是从厚厚的灰雾中挣脱了出来。

折叠小刀就在身上呢，是程满晴送他的，高二暑假时他们去太平镇，在镇供销店他看中了这把折叠小刀，一元三角六分，算得上昂贵。秋天一开学，程满晴送了他这把小折叠刀，希望他将来"攀登科学高峰"，后来他才知道，是满晴缝衣扣攒钱买的。他算了一下，每只扣子得钱八厘，满晴需要缝一百七十粒扣子才挣得够这银钱。

他一口一只连吃了四五只，一蔸吃完又搯一蔸，蔸蔸都是拇指大的小番薯。

浓雾渐渐成了薄雾，从薄雾中走来一个小男孩，孩子手里捏了一片瓦片，他挨着他蹲下，用瓦片帮他挖。稻田刚刚收割过，稻草还没运走，一抱抱绑着立在田里，像数学里的圆锥体，也像潦草地穿着宽大衣服的稻草人。

他放倒一抱稻草坐落，新割稻草有一股清香……这时天上升起一弯细细的月亮，比镰刀还要细还要薄，他确认，这是新月。他确认的方式是英文字母C，如果是C的形状，那就是残月，也是汉语拼音中残的首字母，如果相反那就是新月。作为一名热爱文艺的青年，他认同新月可以振作精神。露水已经下来，稻草发潮，他打算，还是去男孩家的屋檐，靠墙过一夜。

男孩家一头一尾是灶间和柴屋，门虚掩，只有中间那个门插上了，唯一的木板窗半开着。男孩的父母去修水利，住工地，男孩的奶奶半聋半瞎。

他推开柴屋门，惊得几只鸡一阵咕叽。

"我看你不是贼，"男孩像只猫，一下蹲到他身后，"你也不是地主。地主会偷公社的海椒，刘文学抓住他，他就把刘文学捺死了。你肯定是知青，知青都是讲普通话的，来我们村的菜地揪菜，他们什么都吃的，红薯没长大也吃，花生没长老也吃，还有黄豆，豆荚都没鼓起来就吃。"世饶问："那你是不是挺讨厌知青的？"男孩说："我们村没有知青，要有，我就同他们玩，知青会讲故事，还会吹琴。"

他在柴屋待了一夜。很累，却睡不沉，做了很多梦。梦见他追一辆车，每次都是眼看就要追到，车就加快了速度，或者是他的鞋忽然掉了，他还梦见自己那把折刀，他用这把刀挖红薯，怎么挖不下，咔嚓一下，刀竟断掉了，他怀着懊恼醒来，听闻咕咕鸡声。每隔一阵鸡就发出叽咕叽咕的声音。仿佛是鸡的梦呓。天还没亮有只鸡就唱了起来。他担心天亮之后村里有人来盘问，趁鸡唱得起劲，赶紧离开了。

沿公路行了一整日，傍晚到了成都一个叫驷马桥的地方，这次还算幸运，居然找到一个菜市场。菜场正在散市，他找到水龙头，饮了净水，他还在地上找到了橘子皮，实在饿，禁不住嚼了两口。有个老太太给了他半只馒头，他还捡到了一只玻璃瓶，洗净装了满满一瓶自来水，这样他就随时有水饮了。

他一路行到火车站，打算混入车站上车。路上几个中学生刷标语，颜料桶阵阵呛鼻，颜料比他的更劣质。他们手里拿着大号板刷直接刷在路面上。他逐个打量这些字："七亿人民七亿兵，万里江山万里营……"字的笔画功夫间架不如他的结实有力，但胜在其体积，每只字都有簸箕大，竖排着列在马路的正中间，望之颇有气势。

如何才能混上火车呢？他兜转一番，绕到了火车站的背后。

极亮的路灯照见墙面上一整幅大画，一艘万吨巨轮在大海上破浪前行，旁边还有题词："大海航行靠舵手，干革命靠的是毛泽东思想。"是按比例放大的手书。他望了一阵时，墙的两头都有铁栅栏，虽不算太高，到底不好翻过去。看来在大站无票混车，对生手并非易事。他决定步行到小站再混上去。

沿铁路行，可以保证不会迷路。

遇到山，就贴住铁轨过涵洞，碰到大河大江他就跟住铁轨穿过铁路桥。山里人也这样，没人阻挡。到了稍开阔地带，他会离开铁路线到有农家的地方，这样可以找到吃的。

地里有未长成或成熟了未及收的番薯花生土豆苞粟。他的胃向来不错，可以消化这些。运气好时还能讨到一点稀粥或者煮熟的番薯苞粟芋头，有次碰到农户娶新妇，他还得了一碗萝卜炖骨头。有次实在饿紧了，他找到农户的猪圈，猪刚刚吃过食，食槽底剩有一撮细糠和菜叶，他不由分说捞起，因对下一次找到吃的并无把握，他终究，还是咽了这口猪食。

到了简阳，他用最后的两分钱买了盒火柴，还捡了塑料纸包上以防潮。他学会了平地生火，用两块石头，若是砖头就更好，只需高出地面，捡几根细细的树枝或干草，巴掌挡住风向划燃火柴。他在两块砖头上架一块瓦片，打算以瓦片代替锅，不过他立即明白，这实在是个笨办法。他用折叠小刀削尖了一根树枝，尖头穿过食物（番薯或者玉米或者其他稀奇古怪的东西），再举在火上烤。

有次他发现一只刚死的鸟雀，一阵揉毛、穿膛、火烤，许久未闻肉味了，这一餐令他心满意足。隔日又在池塘望见浮面的死鱼，捞起来，确认没腐烂，于是除掉内脏烤食无误。没有任何不良反应，味道也还说得过去。

此一路，自然也要过饭。他在车站或者站前广场找女人要吃的，几乎百发百中。衣服虽然龌旧，但他总是有办法使自己像一个体面的人，或者，至少看上去像一个曾经体面的人。他身材高大腰杆笔挺目光坦荡，女人十有八九会相信他，她们会毫不犹豫地把手上吃的分给他一半，拿到女人的饼干馒头麻花粽子后，他会斯文道谢，然后到她们望不见处才放入嘴。

从成都步行到简阳，在简阳没有混上火车，又一路去到资阳。

总算，他同几个扛着一扇猪肉的人挤上了火车，夜车无人查票，他一直坐到了内江。从内江到重庆也是徒步的，不过没有走铁轨，而是行公路。有辆运水泥的货车搭了他一程，司机以为他至少会给他一包烟，没想到他真的是身无分文。饭点时司机停车吃饭，他自己离开了。

他又回到了铁路线上。他相信每个小站都会有可乘之机。有时候他会在小站停留，停上大几日，长的有半只月。他有的是时间。

沿途有一些新标语，是他从未见过也从未写过的，"打击反革命分子""反对贪污盗窃，反对投机倒把，反对铺张浪费"。用黑色的墨汁刷在白色的墙上，叫作"一打三反"运动。"深挖洞广积粮不称霸""要准备打仗"，这种标语更多更密了。

上一年中苏边界珍宝岛，中国军队反击苏联巡逻士兵袭扰，然后不得不准备同苏联大规模战争。各地成立了人防办公室，专门指挥挖防空洞。机关学校厂矿，举国动员。在圭宁，上小学的李跃豆也都上山挖战壕了，在战壕里挖掩体，报上称猫儿洞，当地讲"耳鬼洞"。县医院旁边埋死人的田螺岭也挖了好几道深深的战壕。

火车站和汽车站都张贴了《对原子武器的防护》，宣传画印着一朵蘑菇云，还有一些陌生的名词：光辐射、冲击波、核辐射、放射性污染。世饶对这些名词有着浓厚的兴趣，他看了又看。认为，以他的智力，他可以而且必须应当成为核武器的研究者。他决定好好活着，回去后继续自学高等数学，机会不会降临到没有准备的人身上，是的，他要准备好，以便有朝一日国家重用他。车站空地墙上还有新刷上去的大红油漆的语录。

多数时候他在候车室过夜，有时也会撞入中学。作为一个前高才生，他对所有的学校怀有好感。全国的学校都不上课了，串联，运动，回家……校园内处处是垃圾，窗玻璃是破的，教室里的桌椅黑板也都歪歪斜斜缺腿缺手臂，灰尘满地，外面树叶被风刮进教室，在里底打转。食堂也停了，水槽里一层水锈，操场边生了草，墙上也是那条："学生也是这样，以学为主，兼学别样，即不但学文，也要学工学农学军，也要批判资产阶级……"语录已有些褪色，他推断，大概是三年前的。

Bulak：背宽的马。**Kasuk**：皮，树皮。**Kaxak**：芦苇之一种。**Pamuk**：棉花。乌古斯语。**Qavar**：引火柴。这个词也可构成对偶词"qavar auvar"干枝枯草。**Qigit**：棉籽。阿尔古语。**Qulik**：一种有花斑的水鸟，大小与斑鸠相仿。

——《突厥语大词典》

八月底，他到了贵阳，在大街上见到复课闹革命的标语。这一年，所有的中小学又重新开始上课，李跃豆从山区回到了圭宁县城接着上学。远在北京的赖胜雄到房山东方红炼油厂劳动，接受工人阶级再教育，其间经历了两件大事。

第一件，常减压车间爆炸起火，人正在车间，忽然爆炸，火焰高一百多米。学生们冲去救人，先找到一名工人，一拉，这人两手的手皮全被拉掉了。又冲到另外一头，那边有个老工人带两个徒弟，人还没找着，却忽然起了大火，三个人都被烧成了焦炭。脱险后，"赖胜雄们"的头发衣服粘满了油污，沥青一样又黏又黑，脸、颈、耳、手，烫起一层小泡泡，脚上的棉鞋也被油污粘得死沉，连脚都抬不起，人人脱了棉鞋，光脚回到工棚。

这年八月，中国人民大学宣布解散，学生全部分配离校，老师调散到各大学，校舍移交第二炮兵司令部。赖胜雄分配去第三机械工业部011基地——一处航空工业基地，专门生产歼击机及空对空导弹，011基地下属有四十多个厂、场、站、所院校，散布在贵阳安顺一带，相互之间距离二三十公里至一百多公里，有十多万职工，连家属在内几十万人。

赖胜雄最后一个离校，他一趟趟送同学，同时整理自己的诗稿。他构思了一部长篇叙事诗叫《红卫兵》，定了二十六章，打算写六千多行。时间跨度是1965年11月—1968年12月。他从1968年年初开始动笔，两年多写完了前二十章，但一直没有最后完成。直到"文革"结束，直到历史文件为"文化大革命"定性，他未完成的巨著都一直在他身边。

他在回忆录中写道："我的长篇叙事诗《红卫兵》，作为反映这段特定历史的尚未最终完稿的文学形式，就让它作为一种原始素材掩埋于历史尘埃之中吧。"

八月初赖胜雄离开北京，先回到圭宁住了十几日，之后去单位报到上班。011基地总部在贵阳市花溪镇，他的厂在安顺附近，对外称国营正阳机械厂，内部称国营140工厂。

Kanat：翅膀，翼。**Kaqut**：战斗中的溃逃。也用于其他。**Konat**：贴心人，邻里。彼此和睦相处的人群。**Maraz**：短工，零工。**Maraz**：黑夜。**Qabak**：吐尔克湖中的一种小鱼，作为比喻，也把下流的人称作……Tanuk：证人。

——《突厥语大词典》

八月的最后一天世饶到了息烽，到的当日，碰巧有磷肥厂去火车站招散工，工厂要复工了，宿舍不够住，要赶建一排住房和洗澡房。泥瓦工，大工工钱一天一元二角，小工八角。世饶去做了一星期，搅水泥浆，搬砖搬石头落墙脚，每日还包两餐饭，一大碗米饭，菜有咸萝卜干，有辣椒。是两个月来吃得最饱的一周。

工友给他讲，息烽时常有货车运煤去贵阳，坐车头位（驾驶室）总要强于扒火车。于是世饶等到了一辆货车，这次他买了一包烟，司机见烟眉开眼笑，他又给司机递了两盒火柴，火柴两分钱一盒，却是十分实用，而且，是给人添火加油的好寓意，司机越发欢喜。

货车是运磷肥的，开往安顺一个叫马场的地方，路过贵阳。司机快活、年轻，与世饶年龄相仿。他去过不少地方呢，黄果树瀑布，息烽集中营，他都去过的。"黄果树瀑布嘛没啥子好看的，水太细啰，跟尿尿差不多咧。"他还去过遵义，最远到过四川的江津，他还坐过江轮呢，等攒够了钱，他打算去成都峨眉山望下子，他有个表兄在那边的工厂，峨眉山嘛望得见佛光。他劝世饶跟他的车去马场，反正都顺路："马场那边嘛有一个红枫湖，一个好大的水库，风景几好。去嘛去嘛，跟我一路去那边耍下子，回头再去贵阳嘛，运货的车多得是。"

"马场是不是养马的地方？"世饶问。

"那不是的，贵州叫马场的地方多啰，早先是转场赶集的，集市嘛，按十二生肖，有鸡场马场猪场牛场还有龙场呢，龙场嘛可不是养龙的。"吃了一个星期的热饭菜，世饶身体和心情都不错，他听从司机的鼓动，在贵阳没下来，一路跟司机到了马场。

这时他与赖胜雄已近在咫尺，赖胜雄的军工厂在贵阳和安顺之间，就在马场附近。他是厂里生产指挥部办公室秘书，同时兼军管办公室秘书，叫两办秘书，和十几个人在一个大办公室办公，四时电话不断，几台电话同时响，写不完的会议记录资料汇总总结报告生产进度。

马场气候不错，世饶打算碰运气找散工做做。这一带，除了军工厂，还有零星的农场畜牧场，用来供应十几万员工的副食品。路边一长溜围墙上也有红色的标语，正是那一条："农业方面，除粮、菜外，饲养猪羊，解决肉食，也是很要紧的。"

先闻到一阵猪屎味，再十几步就望见了猪栏，一长栏一长栏用整根木头隔开。

每只隔栏有五六头七八头猪，按大小，围在不同的猪栏。有个姑娘穿着长筒胶鞋清猪屎，她赶猪，"喔嘘"，猪赶到角落，猪屎铲入一只矮帮木桶，这种木桶像盛秧苗的秧桶。"喔嘘——喔嘘——"她一侧身望见了世饶："你是哪个厂的？没见过你呢。"这姑娘有点像他高中同学黄婉珍，有一段，黄同学每日从家里带番薯给他。"喔嘘，喔嘘。"他说，"广西那边也这样。"

凭这声"喔嘘"两人认了老乡，一下搭起了话头。她是柳州知青，1968年下乡，亲戚介绍了这边的对象，她就到贵州来了。对象是复员军人，在铝厂管仓库，山东东营人。

她的普通话讲得不错，比黄婉珍好多了，皮肤也白过黄婉珍，基本上，越近北的女子肤色越白。碰巧她也姓黄。

"这个畜牧场呢除了几十只猪，还养了鸡羊，养猪的五个人，养鸡的三个，放羊的两个。"她不是正式工，算临时工，不过不要紧，"等结了婚就转正"。世饶想做几日散工，黄知青说等她的对象来时问下。对象住在厂里，有十几里地，除了休息日，隔三岔五也来望下，他有自行车。

黄姑娘把世饶安顿在杂物房，里面邋杂放工具，铁锹铁铲、木桶扁担、橡胶水管、畚箕簸箩，靠门处有巴掌大的空地，黄知青抱了一抱禾秆做垫，还铺了张草席，比火车站候车室的板凳好得多了。

隔日晏昼，她的对象骑车过来，对象姓韩，人显老相，却是热情厚道，他兴冲冲掏出挎包里的名堂，是报纸包住，拳头大的一包。报纸打开，有几块饼干和两种糖果，透明糖纸包着的水果糖，一块绿，两块红，还有两块大白兔奶糖。大白兔奶糖名声显赫，平日不见有卖。韩对象兴冲冲举起一粒大白兔奶糖讲："你看你看，大白兔，大白兔奶糖，上海的！"厂里有人结婚呢，一个上海人和一个西安人，大白兔奶糖是上海产，全国奶糖的巅峰。婚礼上每人分到了几粒喜糖。韩吃掉了一粒大白兔奶糖和一块饼干，剩下的通通包起带给未婚妻。说着他又有点懊恼，因闻三粒大白兔奶糖可浸成一杯牛奶。现在缺了一粒，牛奶就浸不成了。

黄知青说："牛奶有什么好的，还是奶糖好，含在嘴里多香多甜啊，牛奶一口咽落就没了。"未婚夫的见解，向来不如她那么一锤定音。韩对象跟黄知青称世饶表哥，说他有个叔叔也在广西，是1950年解放广西时留在那边的。韩说他东营老家是黄河入海口靠近大海，盐碱地，生活不如这边。至于散工，待他向管工的人探探口风再讲，现在嘛到处都满了。隔了两日，有邻近的知青来串门，说知青回家不买票的人多得是，查出来，要钱没有要命有一条，查票的人也没办法。

世饶决定还是走。韩对象给了他五块钱，说本该多给几块，但老家有个老母亲要养，只能给他这点钱，欢迎再来玩。世饶谢过两人，搭了便车去火车站。果然，在火车站见到一伙知青，他跟着混上了夜车。车上人多杂乱，一路无数小站，不停有人上车落车，一次票没查过就顺利到了柳州。

柳州站意外的人潮如涌，"东风吹，战鼓擂，现在世界上究竟谁怕谁，不是人民怕美帝，而是美帝怕人民……"高音喇叭声声昂扬，有一种军事气氛。歌播完，中央人民广播电台重要新闻重播，播音员激昂道："美国正在把侵略一步步扩大，各国人民必须有所准备……"

已经炙热的日头更加燥人，他在候车室灌了开水，到粉店吃了一碗螺蛳粉，又买了两只馒头带上。他先买了一张柳州到来宾的火车票，到了来宾他没有下车，一路坐过了贵县，又到了桥墟。在桥墟他主动找列车员补了票，他说他是贵县上的要去玉林，这样他成功地省了大半路费。

Dik：竖的、笔直的。**Qalqul**：破烂的、褴褛的。**Qik**：牲畜踝骨的凹面。**Qikqik**：呼唤或者驱赶山羊羔时使用的象声词。**Suk**：孤独的人，没有帮手、没有伙伴的人。

——《突厥语大词典》

回到圭宁就闻大学恢复招生，平地一声雷，炸得他睡不着。

次日一早就去县文化馆阅览室翻报纸。领袖的指示是真切的："大学还是要办的，我这里主要说的是理工科大学还要办，但学制要缩短，教育要革命，要无产阶级政治挂帅，走上海机场厂从工人中培养技术人员的道路。要从有实践经验的工人农民中间选拔学生……"

他自学高等数学就是坚信，有朝一日大学恢复，他将以最优异的成绩再次考上。未曾料到，这时的大学已非过去的大学，并不考试，只考察政治，还要得到"革委会"推荐。他预感到自己将不再有机会。

到冬天他又动身了。听讲海南岛那边好揾工做，他立即回大同村卖掉全部家当，计有：一番棉被，一顶蚊帐，一件毛领棉衣，一只烧水铁锅，一只煮饭的小铝锅。全部身家共十几元钱，统统带上。

先坐两日汽车到广州，在侄女家住了一夜，再坐船去海口。在海口没有停留，直接坐汽车去了澄迈，堂弟一家头一年就到了澄迈，他在堂弟家停了两日。

路上车船劳顿，不及品味，这时停落，发现真是天地迥异，要吃饱饭太容易了。他每日都吃得很饱——首先是椰子，此前没吃过，第一次吃，觉得水真甜，椰子肉比花生还好吃，有一股脂质，清清甜甜的，又极便宜，五分钱一只。还有一种芭蕉，细细只，细腻香甜。还有呢，在海南过冬明显暖过圭宁，最冷时径穿一件卫生衣就过了。不好的是蚊子太多，潮湿。

他想好了去儋州。

陈地理讲过，往时苏东坡过北流河去海南，就是去的儋州，所居称"载酒堂"。这也算是他和陈地理隐秘的联系。

"心似已灰之木，身如不系之舟。问汝平生功业，黄州惠州儋州。"

就是这个儋州。

堂弟给了他五块钱做路费，不过他又省了下来。有辆货车要运水泥去儋州，他给司机买了两包烟，顺利搭上了车。一路上，他频频碰到内地过来的流浪仔，每只县都有，大多是出身不好，在内地混不下去的。这些来海南讨生活的外来仔，人人都脱了重负，没有不开心的，他也跟着轻松起来。

1972年，海南岛真是无数流浪仔的世外桃源，住宿做工，无须介绍信，无使担心当成盲流遣返原籍，有工做，有饭吃，冬天够暖。

这一年，意大利导演安东尼奥尼来中国，拍摄了一部三个半钟头的长纪录片，片名就叫《中国》。安东尼奥尼，意大利共产党员，新现实主义导演和剧作家，左翼立场，支持过意大利学生运动，对西方社会有不满。他在四个城市和一个县城拍了二十二日，在河南林县，他前一日看好了临街房屋极有味道，第二日却被突击刷成了白色，味道顿失。他记录的是人的关系和举止、人、家庭和群体生活。照他的理念，他的纪录片仅仅是一种眼光，一个身体上和文化上都来自遥远国度的人的眼光。不料想，《中国》引起激烈反应，《人民日报》发表评论，从此开始批判，声势浩大。

1972年，中国民众震惊的事情还有美国总统尼克松访华，中日建交。前一年林彪折戟沉沙，摔死在外蒙的温都尔汗，1972年开始了批林批孔。

罗世饶到广州正值冬季，见有不少人在珠江学游泳，这些人苦练凫泅，准备偷渡香港。梁远章早在两年前就去香港了，并在香港落下了脚，远章是世饶的堂舅，但已多年无联系。世饶并不清楚此中路径，否则也会加入珠江的人群，而不是去海南岛。他游水游得极好，多次横渡北流河与西江。望着珠江里凫水的人，他打算从海南岛返时再来一游。这一年香港方面正式宣布了抵垒政策，对于逃港者来说，只要能够成功抵达就可以获得居留权，并在七年后拿到正式的香港户口。

Karqkurq：人把黄瓜咔嚓咔嚓地吃了。**Kart**、**Kurt**：手指嘎巴嘎巴地响了。**Kuqux**：互相拥抱，互相搂抱。**Kurq**：刚，称刚强的、老练的人。其他结实而坚硬的东西也这样说。**Kurt**：虫，大多数突厥人都这样说。乌古斯人把狼叫作"……"。**Kuviz**：糠萝卜，烂萝卜，任何已经没有味道的东西也可以这样说。**Murq**：胡椒。**Sikix**：性交。

——《突厥语大词典》

到了儋州，他先在一只小砖瓦厂做。这厂一共两人，工头老徐，容县人，年纪大他十岁，讲得一口流利海南话，烧砖烧瓦都有一套，世饶叫他师傅。除了老徐，就是世饶，他新来，百事不懂，除两套换洗衣衫别无长物。师傅和他在村里包伙，每日吃白米饭，比起当地人吃的红薯粥，算是上好。老徐收入高，身边女人亦多，常来找他的有三个女人。

有晚夜，两个女人同时来，老徐应付不过来，就同他讲："罗仔，分只妹去你屋里荡荡，如何？"讲完老徐就同丰满的那个入屋关了门，瘦小的那个妹留给他。

她入了房就直喊热，自己脱了外套，里底仅穿线衣，胸脯鼓鼓的，世饶不敢望，直把眼睛望住门，门没关……她讲了句海南话，他听不识，大概是，"不会有人来的啦，不怕啦"。她靠近他，一股淡淡的甜腥味直扑鼻子，又腥又甜像椰子水。女人的气味实在是太稀罕了，他脑子乱糟糟的，想着这种事定然要钱，他一分钱都没有。还有呢，同一个生面女人搂搂抱抱东摸西摸，他觉得自己落不了手。不料她一蹭他，他身上腾腾地就起了燥火。她笑眯眯的，看他如囊中之物。他一着急就自己冲了出去。

老徐呢，搞名堂从不避他，三个女人，他至中意最幼那个，管她叫阿妹，阿妹全身圆辘辘的，上身衣裳短，每次见她，世饶总同时看到她圆圆的肚脐眼。有次他行过老徐房门口，望见老徐正横抱着阿妹。老徐黑而老，手背布满筋络，而阿妹像深睡的婴儿一动不动。

这个瓦窑是去白马井之必经，白马井有海鲜集市，初一十五，渔民村人，熙攘来去。赶圩的多是女人，一径行路，到瓦厂歇脚，饮啖水讲讲笑。

有个女人常来砖瓦厂，找他和老徐聊天，同老徐讲儋州话，与世饶就讲普通话。这女子普通话讲得不错，年轻漂亮。他拿不准她是少女还是少妇，看身形像结过婚，神态却又似少女。

她时常来，不是圩日也来，来了就找话逗世饶。她同老徐讲话，眼睛却瞟他。

有次瓦窑出瓦，闷热，世饶头晕，她快手快脚摁他平躺，又找到一小片光滑的木片给他刮痧。她在他的眉心前颈肩膀一下下刮，一边刮一边啧啧赞叹："后生仔啊，肉就是紧实。"刮了痧又喝了椰子水，他舒爽多了，就问她："你赶圩赶几多的啊？"女人咯咯笑道："是啊，是啊，我日日都去赶圩啊！"她挖了一块椰子肉塞入世饶嘴里,"我赶的就是你这只圩啊!"

隔日,收工吃了夜饭冲完凉,女人又来了。老徐不在,整个瓦厂就他一人。她到他房里闲聊,她讲的是普通话,世饶亦讲普通话,普通话使他有身份上升的错觉,似乎有了气势。讲到了广州,女人的丈夫带她去过一次,是路过,他们在广州吃了一次烧鹅,还吃了肠粉。"肠粉啊,极软极软的,又软又滑。"她的声音也是软而滑的,有一些暧昧。她老公在衡阳当兵,她去过一次,路过柳州时她也吃了一碗螺蛳粉,有关螺蛳粉两人高度一致,认为螺蛳粉虽辣,但辣得真有味道,何况还有紫苏。女人说她什么都吃的,样样都吃得,不忌口。

讲完了螺蛳粉,女人望住他,问道:"老徐去哪里了?"世饶答:"不知啊。"她睄他一眼,附到他耳边,悄声道:"你给我。"话虽轻,却像指令,他一时呆若木鸡,不知何去何从。

一头蜜蜂绕着他,嗡嗡飞嗡嗡唱:"日头出出又有出,欲欲耶耶云又遮,日头出出又有出,欲欲耶耶云又遮。"

一时,他双膝嗦声间抖起来,越抖越厉害,她一下站起身贴上他,两手环住他的肩膀,他觉得她的胸脯抵到了他的脸,软软的压弹感像火燃到全身。他的膝头仍然抖个不停。她就自己跌落床,扳他的身子⋯⋯事毕,她以书面语般的普通话对他讲:"自从我老公走后(普通话就是如此严谨,男女性事之后还要用书面语,仿佛用"自从"造句),我很久没有这种事了。"世饶一向认为,标准普通话深具文学性,比圭宁话和海南话更高一级。

他一整日制砖坯,累极,又做了这事,就想马上睡觉,女人看他不想讲话,就在他身边躺下了。他担心说:"老徐会不会返回望见?"女人断然道:"怕什么,人人不都这样。"

世饶一夜深睡。等到天亮闹钟吵醒,翻身一望,女人已经不在了。过了几日,她又来了一次,给他带来糯米甜酒煮鸡蛋,她笑说这个本是产妇吃的,特地拿来给他补补。他们再次上床,那日他没制坯,也没有出窑,精神很好,做得酣畅。没多久,有人邀他去一家更大的砖瓦厂,此后就再没见过她。自始至终,他一直没问过她的名字。

五六月,他换了一家大窑厂,这窑厂有二十几个人,砖窑也是老徐的几倍。窑里空气焗烤,满是灰尘,耳朵头发鼻孔,统统塞满粉尘。为省衣服,人人光身子一丝不挂。十几只男人甩着个阳物在窑里行来行去,互相取笑,荤素不忌。有时他们出了砖窑仍不穿衣裤,故意甩着身子在窑顶行一圈,旁边插秧的女人们一阵乱叫,噼里啪啦的泥巴砸过来⋯⋯世饶始终没让自己脱光身干活,他始终穿着一条平角短裤。

冬天他又换了工地，是在一个国营农场附近。

他租住农工家，女房东姓周，容县人，十八岁就来海南，有只四岁男孩，老公在另一农场，腿有残疾，大她十几岁。周同他诉衷肠："罗仔啊罗仔（她学窑工管他叫罗仔），头先系没法子……"她同他讲容县话，他也同她讲圭宁话，容县和圭宁是邻县，口音相同，历来算同乡。

两人用母语给自己隔出了个隔间，她是火辣辣的，他也不感到突兀。那事也像母语般顺畅。

比起儋州本地人，周氏明显肤白发黑，一头浓密黑发与程满晴近之，两条粗发辫亦像，她比满晴更加丰满呢（据讲容县系杨贵妃故里），碰到世饶，她就着了火，她既是火又是飞蛾，她生出火焱，再舍己扑上去。她送各样嘢给他，管他有的没的，一律塞给他，她给他吃鸡蛋、鸭蛋、糯米饭，给他做家乡的菜，"老乡啦系无系啊"。容县菜和圭宁菜都是一样的，她买来豆腐给他做瓤豆腐吃。炸豆腐里瓤了糯米咸菜还有韭菜，蒸得香香的。

周氏养了四只鸡，没等到丈夫回来就劏了一只，丈夫回家了，鸡少了一只，她就讲，老家的人来，她劏了只鸡。这个家当然是她做主的。还不到一星期，两个人就做起了夫妻之事。有了第一次，紧接着就有第二次，频繁、永不疲倦。

她给他唱一首山歌，说是老家的咸湿佬唱的："过路的妇娘咸又咸，一头米粽一头鸡，米粽共鸡我冇要，要你三只好东西。"然后问他，"你知无知三只好东西系咩嘢？"他用手碰了碰她身上，她边笑边缩，"好聪明。……"

    Qavar：引火柴。这个词也可构成对偶词"qavar auvar"，干枝枯草。**Sokar**：无角牲畜；秃头的人。以此将无角的绵羊称"sokar koy"。**Tavar**：货物，物品。**Taxak**：睾丸。因为彼此相距甚近，所以阴茎也可称作 Taxak。**Turuk**：Arukturuk 阿克鲁图鲁克，喀什噶尔与费尔干纳之间的一个达坂的名称。**Tuzak**：陷阱，圈套。**Tuzak**：表示亲近的词，这个词有"亲爱的"之意。词尾加上 ya，也可以读作 Tuzaki。

——《突厥语大词典》P433

到第四只年头，手头攒了三百多块钱，已是一笔巨款。他计划去各地行行望望。这年三月，东北的吉林落了大陨石，一个村民出来喂马，一抬头望见天空飞出一团红色火球，大过满月，太阳般晃眼，火球后尾拖着一道橘黄色的光，飞飞飞飞，火球就在天空中爆炸了，强光中冲出三只小火球，一只接住一只飞，炸裂成无数小火球，飞得四向八方都是，漫天漫地的，有朵大大的蘑菇云就升起了，风又吹散，黑的浓烟和黄尘混在一起，日头都遮住了。天空响隆隆、地面震动、玻璃碎、气浪冲开关紧的门……

世饶关心新闻，买了袖珍半导体，用来收听广播，这场著名的吉林陨石雨使他无端有些振作。

四月，结完工钱他就动身回圭宁，沿着来时的路，先到澄迈堂弟家，这一次堂弟不在，弟妹的吞吞吐吐倒使他憬然，这堂弟，可能泗海去香港了。见他是个明白人，弟妹立时松快，讲他知，堂弟几顺利的，只游了两次，第一次本来都快上岸了，游了一夜，上岸前香港水警捉住遣返回，第二次就顺利上了岸。讲他在香港揾到工做，每月有八百港币，抵过在海南种三年香蕉。世饶从海口坐船去广州，到了广州仍然住在姑妈家，他给侄女海宁买了只漂亮的笔记本做礼物，海宁回送他一本法捷耶夫的《毁灭》。他心情很好，回到圭宁，孝敬窦文况一瓶海口的牛鞭酒，牛鞭在酒里坚硬挺拔筋络清晰，文况一见，两眼发精光。他还在广州给窦表叔买了一整条大前门，是最好的烟。

他向来有去新疆的念头，盘算着如能找到工做，就在那边待下来。多年前陈地理留给他的《突厥语大词典》散页中，有几页可能是前言，或是后记，他反复读过多次，这一段能只字不差背下来：

"在天山北侧展开游牧历史的，是突厥裔的各民族。突厥人毋庸置疑是亚洲人种，属于亚洲北方派的阿尔泰语系。可是另一方面，在天山南侧的各个 oasis（绿洲），从事农耕并积极经营商队贸易的人们，属于印欧人种（印欧语系），一般称为雅利安人。古代中国人形容他们是，深目高鼻、绿眼红发、肤色白皙。这么说来占有古代塔里木盆地的人们，和分布在伊朗至印度北部的雅利安人是同族，该盆地相当于雅利安人向东方深深打入楔子的顶端。从天山山脉来看，这条山脉成为划分北面的阿尔泰人和南面的雅利安人即黄皮肤和白皮肤两个人种的分界线。"

他想着有一日总要去天山的。

这年六月，就有熟人要去新疆揾工做，他正可随行。未承想，天山竟是这样天遂人愿的。

行前他藏好了自己的钱，准备万一不好再回海南。他们一路走一路下车玩荡。过柳州时下车游了都乐岩，在堂姐家住了三晚夜。到了桂林又下来，这次呢，住旅社，八人的大间，三角钱一只铺位。他们去了七星岩，照了很多相，相机是世饶在广州买的，一百多块钱，135 的相机。到了长沙他更加兴奋了，他先去清水塘毛主席故居，他又着一只手，站在故居前心满意足留了影。他又去了岳麓山看了爱晚亭，见了黄兴题字的石碑，他撞入湖南大学，进去转了小半圈，心怀怅惘。不过他在湘江游了泳，面对橘子洲头，把毛泽东《沁园春·长沙》完整地背了一遍——"独立寒秋，湘江北去，橘子洲头。看万山红遍，层林尽染；漫江碧透，百舸争流。鹰击长空，鱼翔浅底，万类霜天竞自由……"此行他本来就是有些豪气的，读完他更加激昂了起来，仿佛这诗词竟是为他而写。在长沙住了四夜，三夜旅社，一晚住在候车室。

然后就到了武汉。罗姓家族有四房人，堂姐妹堂兄弟几十个，有个堂姐在武汉钢铁厂，他就住在堂姐家。他吃到了武汉的热干面、豆皮、面窝，不过更让他兴奋的是长江。

陈地理留的《水经注》散页，至皱至肮脏的两页正好就是《江水》，"船官浦东即黄鹄山，林涧甚美……野服居之。山下谓之黄鹄岸，岸下有湾，目之为黄鹄湾。黄鹄山东北对夏口城……孙权所筑也。依山傍江，开势明远……高观枕流。上则游目流川，下则激浪崎岖，寔舟人之所艰也"。他能依稀背出几句。是的，黄鹄，就是黄鹤，"黄鹤一去不复返，白云千载空悠悠"，黄鹄岸、黄鹄湾都是在武汉，夏口城也在武汉……但电影里的声音冲击过来，那是更响亮的声音，"长江长江，我是黄河我是黄河"，还有著名的武汉长江大桥，建设者之一是母系家族的一位舅舅。

他在长江大桥跑来跑去，从龟山到蛇山，在蛇山上他面对长江，背诵了毛泽东的另一首诗："茫茫九派流中国，沉沉一线穿南北。烟雨莽苍苍，龟蛇锁大江。黄鹤知何去？剩有游人处。把酒酹滔滔，心潮逐浪高！"时代把领袖的诗送到他嘴边，是的，这个更上口，更让他充满豪情。只可惜他没有见到黄鹤楼，1958年建长江大桥，黄鹤楼拆了。他一路行到江边，脱了衣服就跳入长江游起来，所谓畅游，这就是畅游呢，他心心念念。七月初，武汉已经极热，江面风平无浪，一伙人在横渡长江。他沿江边游了一百多米，然后心满意足上了岸。从此，"游过长江"成了他喜欢挂在嘴边的一大壮举。

到郑州住了一日，去二七广场转了转，无甚兴味。之后去西安，半路又在洛阳落车荡，这次他们住了旅馆，每日六角住了三晚，不算便宜。洛阳的亲戚请吃了一种用豆浆煮的面条叫浆面条，还饮到了胡辣汤，此外还有炒土豆丝和馒头。龙门石窟，黄河边石窟里凿的佛像惊到了世饶。他打听了函谷关，但没去成。到西安又住了两日，大雁塔小雁塔都看了。兰州，再次见到著名的黄河，他又畅游了一铺。水有点凉，当然也浑浊，还见到了羊皮筏，一只只羊皮吹得鼓鼓的，像杀猪刮毛时吹猪。

终于到达乌鲁木齐，找到有亲戚的百货站，落下了脚，有饭吃，有床睡觉。这么遥远的地方他竟然到达了，他生出了些感动，是为了自己。他文艺青年的心又开始萌动了，勃勃然，一些诗句似乎要冒出来，抑制不住地想要写信。他想起学过的中共党史，毛泽民被盛世才杀害，就葬在乌鲁木齐的人民公园。他去公园找毛泽民的墓，导游图上没写，不过居然找到了，真的有只墓。

正是葡萄收获季，百货站也有葡萄架，天黑得迟，九点多钟天还是亮的，葡萄架底有桌凳。他们坐在葡萄架下，就着天光吃葡萄。

过了一个星期，百货站有货车去伊宁运货，他们搭上了便车。路过一个叫乌苏的地方，乌苏人不洗澡，他们几个要洗。几个人搭了伴，穿着短裤提上桶去广场水龙头接水淋身，水淋在身上，水花四溅，乌苏人围观，人人兴奋：快看快看，老广往身上淋水呢。祖国真是辽阔啊，一个地方的平常事，到另一处就成了新鲜古怪的奇观。

就到了伊宁，在一个叫绿洲旅社的地方住落。

世饶这个热爱写信的人，从海南到西北，带着他不知从何而来的浪漫主义斜穿了大半个中国，一路上他的信在心里翻滚着，一浪一浪要溢出来，无数的风景和心情，它们要飞奔，要飞上天的。

一群白色的鸟，也许是白鸽，它们在他的胸口扑簌簌破胸飞了出来，幼时那些黑麻麻的乌鸦不见了，四川的浓雾缩到某个角落，天蓝得耀眼，无限透明的湛蓝，他真舒爽呢。这个时代，人人捆在单位里，或者工厂生产队，只有他，从海南岛荡到新疆伊宁。一路上，每到一个城市他就要写一封信，这时径，他的通信对象已不是赖胜雄，改成了侄女罗海宁。

"海宁，再次向你问好，我在离开海南北上途中在湛江、柳州、长沙、武汉、郑州、西安、兰州、乌鲁木齐等城市都给你寄了信，你都收到了吧？我的地址不固定，无法收到你的回信，当然不能怪你。现在我是在新疆西部和苏联相邻的一个边境城市——伊宁市给你写信。从伊宁到外邦的著名城市阿拉木图比到乌鲁木齐还要近很多呢。我现在坐在伊宁的绿洲旅店楼上的一个房间，写到这里我抬头眺望窗外：高耸的白杨树在街道两旁巍然屹立，成群结队的哈萨克族姑娘正穿着美丽的彩裙罩着闪光的头巾从街道走过，身后留下她们一串串银铃般的笑声，再向远处看，一座座终年积雪的山峰，在耀眼的阳光下闪着银白色的光芒。伊宁比乌鲁木齐还要整洁美丽，它坐落在美丽的伊犁河畔，伊犁河向着另一个国家苏联流去，一直流入巴尔喀什湖。请你打开中国地图看看吧，我现在写信的地方离你居住的广州市是多么遥远，无比遥远，在地图上，它就在北纬四十四度偏南，东经八十一度偏东。在可能的情况下，我希望你能经常就你的思想和生活同我谈谈。我关心你的进步、成长、前途和幸福，不管是快乐还是苦闷，我都想和你分享，你还很年轻，今年才二十岁，是一个非常美丽的年华，你应该有志气，有信心去开辟一条新的生活道路……"

他对自己的文采甚是满意，抄了一份寄出，底稿保存。

他们到了特克斯县的东方红牧场，之前说牧场招人，到了却已招满，不再招了。朋友的饭蹭了几日，总不是个办法，因闻打猎采药有人收购，又闻天山多有马鹿、北山羊，还有兔子野鸡，三个人便合伙借了两杆猎枪上天山打猎。每日早起晚归，当日来回，早上五点半动身，晚上九十点回到牧场。有时也采药，执雪莲，雪莲生在悬崖石缝，几难执的，不过若运气好，一日亦有不少，装得大半麻袋。收购的人按大小两种规格收购，小朵两块，大朵的一朵三块，一日落来，每日可得十几块。路近的雪莲执光了，他们越行越远。

> 天山东部有两座名山。一为喀尔里克山，它面向东面无边无际的戈壁巍然耸立，南麓则孕育着哈密市。这座城市位于天山最东端同名的 oasis（绿洲）之内。另一座大山叫作博格达山。这座山的北麓，怀抱着新疆地区的首府乌鲁木齐，面对准噶尔广阔的荒野，成为绝好的路标。博格达山也是同样的情况，但尤其是喀尔里克山，好像是一望无际的汪洋大海中、在狭长突出的半岛顶端耸立的灯塔。从地形上讲，应该被大沙漠阻隔的中国和蒙古等东方各国能够和西方交往，完全托这座天山灯塔的福。
>
> ——《干燥亚洲史》（松田寿男）

这一年七月，唐山大地震，世饶在收音机里听到了报道。九月，毛主席逝世，世饶在收音机里听了哀乐，哀乐与讣告，遍遍重复直至深夜。第二日，他们仍然上天山，这一日他们打到了五只兔子采到了三朵雪莲。

有无数野兔在他心中奔跑，他预料世道即将大变……十月他在收音机里听到打倒了"四人帮"，欢呼声中他想起了久违的他的线性数学。

他决定回南方。

同来的人不愿走，他决意独己动身。收购药材的人长时没来，他等不及了，没拿到钱也照样动身了。从特克斯到伊宁再到乌鲁木齐，一路搭顺路的货车，到了乌鲁木齐又住到了百货站。百货站的夫妻俩都是容县人，他们帮他煎了面饼，厚厚一沓，够他好几日的饭食。乌鲁木齐到玉林，一路有火车，五十七块钱的火车票。到玉林他没回圭宁，直接换车去湛江，再从湛江坐汽车去广州，碰上台风不开船，就又住了几日候车室。回到海南岛，他不再回砖窑，之前存下的钱这时正好用上。他看书复习，等待机会。同年十月高考恢复，凭考试分数择优录取。十月公布十二月就考试，时间紧迫，人人摩拳擦掌。

他回到了大同村。这一次，大同村变了副面孔。禾稻收割过，田里的禾秆昂首而立，崭崭如新，精气神从地底涌上来，天地闪闪发光。

大同村多年来一直不收他，这时转过身求他了。

派出代表同他商量，村里的高考复习班，想聘他做老师，按村里小学老师待遇发工资，一日三餐肯定也是包的。他不计前嫌，大方答应："工资就免了，管饭即可。"村里人眉开眼笑，立即收拾台凳黑板布置教室。这年的高考复习班一结束，一家公社高中就聘他去，教高三数学，且兼物理。

很快，下了文件，招收社会闲散科技人员为国家干部，考试录用。这次真的是平地一声雷，做梦都没想到有这一日。组织部长兼人事局长是老乡，他给部长送了两只鸡，部长没要，反倒出主意，帮他以高中毕业证明了大学同等学力，顺利报上名。考试就在圭宁中学，题目是自治区出的。春季考，不久就录取了，发来了通知，这份通知他现在还留有，他是第一名。于是，组织部发了文件，正式录用。

就这样就这样，嗯声间天地明亮，嗯声间梦想变成现实。

他带上文件去公社办户口。已是初夏，日头炙热，马路是亮汪汪的，路边的水田亦是亮汪汪的，禾稻已经抽穗，浓绿中有浅绿，天地都是亲的，他踩着单车，热汗畅流。拐弯时他望见自己的影子，这影子也生动着，放着光，通体都是闪闪烁烁的，那是他自己吗？他都不认识了，仿佛脱胎换骨。

来到公社大院，大院的水泥空地上有小孩在拍篮球，咚咚的声音仿佛是他的心跳。办手续的公社干部简直不信，他们反反复复睇文件，心想，这个无人愿收的人，难不成就当上了国家干部咩？他们把文件拿到门外的阳光下，鲜红的大印，真真切切。

自此一路凯歌，先去了县城，财政局挖他去高考复习班教数学，又带薪考上师范大学数学系，是九十多分高分考取。大学毕业，他更成了香饽饽，中学是抢他的，人事部门也希望他归教育口，但他行错了一步，自己选择不去中学教书，因财贸线收入高。他先在财贸系统的高考复习班教数学，之后进了百货公司。那时正是，"造原子弹的不如卖茶叶蛋的"，所谓脑体倒挂。从此他在财务股记账，他的数学分析常微分方程偏微分方程概率论数理统计泛函分析突变函数复变函数……统统回到了天上，他这台高射炮，就这样打了蚊子。

有一天整理旧物，世饶发现了以前一个专门记格言的本子，关于数学有好多条。

万物皆数。——毕达哥拉斯

数学是一切知识中的最高形式。——柏拉图

自然之书是用数学语言写就的。——伽利略

一切科学均可最终转化为数学。——戈特弗里德·威廉·莱布尼茨

数学是科学的皇后。——高斯

他默坐良久,最后把它和旧信件日记放在一起,锁在了一只木箱子里。

他结婚了,妻子在食品站,排骨猪脚猪肝瘦肉,把他养得猛长膘。

按他的讲法,领导始终觉得他是个人才,让他当了工会副主席。忽然一日,听闻他获准入党了,真是突然。宣誓,他举起右手,嘴里念道:"为共产主义奋斗终生。"入党后他仍是批发部副主任,日日在仓库睇人发货,这同他在诗歌里抒发的理想(要在原子反应堆跟前如何如何)相距甚远,多年闻鸡起舞自学的高等数学也就此拉倒了。

一日,管人事的找到他,让他看国务院 104 号文件,原来他到了退休年龄。终究还是一惊,居然就六十岁了,再无谂头,一生落定。

他时常想起年轻时从海南岛到乌鲁木齐,从儋州到特克斯,横穿大半个中国的流浪生活(或者叫漫游),他住在北流河边,手脚利索。他同所有的人讲,同赖胜雄的儿子赖最锋讲,他游过几多大江大河的,游过西江游过浔江游过柳江游过长沙的湘江,长江黄河还有青海湖……除了大江大河,他还时常想起,跟他有过关系的女人。

章四　二十一个

趁圩:赶圩。**合心水**:满意。**入吃**:相处和睦。**筛糠**:哆嗦。**咣报**:歇着。**照睇**:看上去像。**中心水**:喜欢。

——《李跃豆词典》

Kapak:葫芦,还没长老的可供食用的嫩葫芦。**Qanak**:钵,用木头剡制的盛盐之类物品的容器。**Qaquk**:木碗,器皿,乌古斯语。**Qomak**:大头棒,棍棒。

——《突厥语大词典》

世饶读过不少书,他认为跃豆既然是写书的,一定会对他和程满晴的十三万字通信感兴趣,他觉得跃豆可以据此写成一部动人的爱情小说。但同时,他又觉得,她应该写的是一部家族小说。肯定惊心动魄。

但他看到了张炜的《古船》,他来到远照姨妈家,认真同跃豆讲,他最近读了张炜的《古船》，很震惊，没想到这样都能出版。他记忆力真好，重述了好几处，之后，下了结论："写那段历史再不可能超过它。"

既如此，他再一次扭转了他的期待方向，觉得她有可能写成一部《约翰·克里斯多夫》，他前三十多年的厄运，永不停息的奋斗，把自己从最绝望中挣扎出来，他觉得这些是绝好的素材。但他马上又想到了卢梭的《忏悔录》，卢梭小偷小摸嫖娼宿妓，又多次抛弃亲子，却有惊人的诚实坦率，写出自己至下流至可鄙处。他自己倒没有什么下流可鄙的，他有的是在大半个中国的流浪生活，从广西到四川，海南到新疆。他给她一些照片，拍摄于长沙爱晚亭等。他最终认为，感情生活，准确地说是性，才是人类的原动力。

他每次来，远照都在客厅择菜，他同跃豆倾偈，远照就在旁边听住，她侧耳细听，从不漏过丝毫。

有次趁远照入厨房，他抓住时机，快速而低声道："其实除了程满晴，我一共交往过二十一个女性，其中多同我有过关系。"跃豆大吃一惊，要知道，在那个时代，二十一绝不是一个小数字，凭着这样一个超常的数字，他完全可以把自己的人生定义为一个浪荡的人生。过去的时代是这样的：即便正常恋爱，若未达法定年龄，就会被定为道德败坏，要勒令写检讨，开批判会。若有性关系，无论年龄，即使双方单身，则一律被定为坏分子——搞不好就要劳改。

他讲到了《金瓶梅》。

这使他意气风发，他一串串引用别人的话。郑振铎说……美国学者夏志清说……哈佛大学美籍华裔教授田晓菲说……还有，美国的大百科全书说，法国大百科全书说，等等等等，他终于找到了提供素材的方向。

他讲，她听。

远照呢，亦要听。她在客厅和厨房间进进出出，行行停停，有时坐落，有时企在一边。

远照听得爽逗，时常在中间插问个话："同阿娟谈几久啰？""谈几久？"世饶就答她："半年到一年都有的，每只星期日都同她出去。"

"园艺场去玉林街有几远啰？"

"阿个有两里几路。"

"系行路去咩？"

"无系行路，系搭车，有时径踩单车，我冇有单车，借人家的。"

"去玉林街怎样荡啰？"

"无系有条南流江咩，总之去偏僻人少的地方，坐落来倾偈。"

"送滴咩嘢礼物呢?"

"她畀我织有袜,织了两双。全园艺场至标致至靓就系渠,文化程度不高,就系初中,不过呢,当时来讲初中亦系冇错了。这只农场系民政局办的,不是正规国营农场,同时亦不是劳改农场,亦不是劳教农场,是教养合一,也有孤儿,整了几只在嗰哋,但系渠又有一点管制性质的。除了少数几个人是自己申请去的,其他很多人都是强迫性质,多次收容,屡教不改那种,几只月又捉到你,过几只月又捉到,这些人都整去。既不合劳改也不合劳教条件,都系不安心生产的,都是流浪的,统统都整去。或者系睡大街的,就整到那里去。现在圭宁中学门口无是有人睡在阿哋咩,昨日晚黑……反正都系这种人,只有少数几只像我们没有人收,村里不接受户口,想去插队都没有地方插,自己申请去的。

"园艺场不准谈恋爱的,就算你够年龄也不准谈,二十几岁也不准谈。我出街买过一瓶雪花膏给她,那时径几穷的没钱,同她主要系书来信往,开始呢,就系写标语,写毛主席语录开始的,我企在凳上头写,她总系在旁边睇,故意打下底经过。嗯声间讲句:'世饶,你阿一撇写得有粒歪了喔。'实际上她想同我讲话。'这一笔不太正喔,这边这一画就大过这边那一画喔。'我就答嘴:'还有咩嘢讲,娟,还有咩嘢讲在?'吃饭无使自己煮的,都拿一只瓦盅去食堂,食堂就有人舀畀你的。住集体宿舍,分男女,很多人的。"

"集体宿舍呢,一只大门口入,男女都在里中,到夜大门不锁的。有个女的,三更半夜溜去男的阿边,她同那个男的相好,就去男的床上睡,着捉了,就着斗争,讲系思想腐化,女职工都敢去男职工床上睡,实在太大胆。"

"当住旁边人就在阿哋睡咩?"远照问。

"系哪,系啊,到夜晚黑呢,偷偷摸去,她就睡上床喔。碰到'文化大革命',就更加了,当晚捉住第二晚就开斗争会,腐化堕落流氓……"

"那你同阿娟住得远冇啰?"远照问。

"冇远,几近的,同一只大门入,男宿舍在一头女宿舍另在一头,九十度这样,宿舍很落后的,半夜大小便要打同一个大门出去,要行出外底才有厕所,哪像现在有卫生间啊,没有的。她不用来找我,我也不用去找她,我就在墙外底写标语,我写标语她就来望,就无使去宿舍揾我。反正是她对我合心水,我觉得她也不错,生得好睇下,就互相间写信。同一只农场都写信,每日见面也都写信。后尾我讲畀你听,后尾就着发现了,发现我同这个阿娟谈恋爱,发现我们两个写纸条,有人报告到场部。"

"纸条上写咩嘢呢?"远照问。

"就系写互相中心水,将来要结婚。还有就讲,你讲我好我亦讲你好,互相都讲好，写在纸条上递畀对方。

"阿时径，'文化大革命'，都要捉道德败坏的，就报上去讲，这两只人照睇系谈恋爱，场里有个领导一直盯紧阿娟，他想要阿娟。这人有点权。一日，他就守到我出来，阿日我去巡果树，睇下果树生虫没，睇睇要无要喷药。趁我出去，他就喊来两三只人，到我宿舍撬烂我的木箱，我木箱里装了几件衣服和信件，他算定我的信不舍得烧的，肯定系要保存的。他们通通翻出，统统拿到场部去了。

"场部的人睇来睇去，这信亦冇算露骨，只是你讲讲我好我也讲讲你好。那个喜欢阿娟的场领导就警告我。警告我也不怕，我也警告他，我讲，根据中央的政策，你有咩嘢理由要撬烂我的行李箱！我讲我又无系劳改犯，你做咩嘢要撬我的行李箱。他大发脾气讲，我这个场就系不准谈恋爱的。吵了一铺，我一想他是领导还是不要同他吵算了。后尾那些信就没收了，收了就收了就算了，就喊我去石灰场。本来无使我做重工的，这下就不派我写标语了，作为惩罚。石灰窑呢，露天的，垒石头，那个石灰石青石垒在窑里底，柴火垒在灶膛里，之后就烧窑，烧出来之后再搬石灰出窑，再垒成堆。

"……海南那个周梨英，她对我几好的，情意深重。她不管她老公在还是孩子在，对我都极好，她老公对我亦系几好的，从来不怀疑我同他老婆有咩嘢关系。他这个人几大度的，当初我常时去，怕旁边人有闲言碎语，她老公就出一条计谋，讲，世饶啊，反正我是容县的你是圭宁的，算是老乡，你也讲过你妈妈是姓梁的，我亦系姓梁的，不然你就认我做舅父，梨英就系你舅母了，这样你做我外甥，外甥来探舅父舅母就系名正言顺啦。我同梨英从来没断过，哪怕现在，如果我去她肯定热情招呼我。她讲过几次，只要日后你有固定工作，我就同老公离婚同你结婚，同你过一生一世。阿时径我系窑工，她是农场正式职工，每月都有工资领，我系打散工的，搵到工做就有收入，搵无到就冇有。

"农场种好多嘢的，水稻、橡胶、可可、咖啡，热带植物都种得。海南农场是两种，一种是部队的，叫军垦农场，像新疆那种生产建设兵团性质的，另一种就不是军队的，有红岭农场、黑岭农场，有八一农场，很多农场的……梨英他们住一排平房，长长一列，一户住一间，进深比较深，中间隔开，厨房系另外的，出了门还要行十几二十步，她这个房用木板隔开，里面三分之二，外面三分之一。

"天热她就同孩子睡里底，老公睡外头，我一去，她老公就同她在里底睡，外头阿张床让畀我睡。我时常去的，做瓦窑，没工做就去渠屋。"

"她家离你住处有几远呢？"

"我哪有住处的，没有住处！她家就是我的住处，就系住渠屋的，他们的房子隔成两格，就住在她家。不管她老公在不在我都住外头那一格，在她家吃饭，餐餐都在那里吃，都系她做好，想不吃都不得，洗身水都系她烧好，水舀到桶里，帮你拿到洗身房的，你想帮她打扫房间，做点家务事，吓，她都不准。她讲，你做瓦窑都做得够累了，来这里你就咣很（歇着）吧。"

"洗身房在歆咄，远不远呢？"远照问。

"有粒远的，出门还要行一段，海南岛地很阔的，阔朗朗的……地多人少，农场地方几大几阔，任你搭，任你舞，天热烘烘每日都要洗身。"

"渠每日都帮你揸洗身水咩？"远照问。

"总之是揸好多次，亦无系连住每日，入坯烧窑出瓦时径就住在瓦窑，不做工才去她家。

"住瓦窑呢，就是茅草盖的一只寮，四面透风，平日做砖瓦，夜晚黑随便一睡，就系在长长的寮外底盖只细一点的茅屋，使木板床板随便咩嘢板廓（垫）一下。我在海口买了只收音机，顺便也买了只同样的给她，海鸥牌，三十七块钱一只，很贵了，工人一只月的工资也不到这么多，普通工人一只月是二十九块五，袖珍收音机，一本书这么大。我买两只，送一只给她。"

"送这么贵重的东西，不怕她老公有想法咩？"远照问。

"没有的，她老公心胸几开阔的，不理这些闲事的……海南岛风俗你闻讲过没，大家都不太管这个男女之间的事情，不大惊小怪的。

"海南话几有意思的，我初去都无识听，久了基本就识听了。梨英也没送过我礼物，就尽她的能力照顾我。有时径见我的内衣短裤坏了，买过一两次。

"买过内衣的，讲明关系很近了喔。"远照又插话。

"我们做工都系穿短裤的，光着上身，有些人全身都不穿，我始终穿一条短裤，不过不是三角裤，系平角裤，就系平角的短裤。哎呀，瓦窑工都系全身汗的，首先是挖泥，挖泥上来使水浸，之后就拉两头牛来踩，来碾，碾到极烂，非常稀，好大的泥筐要背三筐，从下底有水的地方背到瓦窑上头……我对这个梨英几满意的，长相谈吐都不错，我心想，要得这个人当老婆也极好的，不过想想要拆散人家的家庭也不合适。

"有个康小怡。有日我在街上碰到，她是我学生，我教过她，但我不记得了。她讲她毕业了，考大学没考上。她就讲，罗老师，你住歆咄？我去你那里玩玩，荡荡。我骑单车从那里过的，难道你不理她咩？我讲，去就去啰。阿时径我住在街上，我就带她去。她到我的宿舍里，睇见咩嘢都好奇，她翻我的书，不停地讲话，她很多话讲的。知道我住处了，她就时常来，她就住在街上的，我阿时在财政局教高考复习班，亦住在街上，她就时常来。

"一日她嗯声间问我，罗老师你无是还没结婚？她就这样问。我讲未曾结，没人愿嫁我。她就讲，我嫁你怎样？她就这样讲，我讲，丢，不合适的，哪里合适，你系我学生，我又大这么多过你，你二十岁都未到，才十八九岁，我都三十几岁了。她讲，无使那么封建的啰，不讲相差十岁八岁十几岁，二十几岁三十几岁的都有啊！她讲，年龄差别有咩嘢要紧，她样样都知道，都讲得出，还举了很多例。

"我讲，你同人家阿啲比，那些人差三十四十都有啊，跟他们比不得。还有那种大科学家，你睇杨振宁娶了翁帆，哎呀，这个是后来的事情，当时系 20 世纪 70 年代末，还没有杨翁的事。总之，她讲不论的，我同你的年龄相差还不算太大，至多也就是十把年，十零年。我就笑，我讲，吓，你这些都系开玩笑的。但睇她的样子又不像开玩笑。她开始翻我的抽屉，翻出了我的笔记本，她就在这些笔记本上写，她写的现在还留住。她是真的想同我谈恋爱，我当时对她不够钟意，一则她太年轻，太后生，二则呢，她又没有什么才能，我当时工资无系几高，如果结婚了你又没有工作，我还得养你。特别是你又后生这么多，将来睇上一个谁你又跟别人跑了……觉得很不现实的。后尾她有个亲戚去了海南岛，写信来喊她去。我讲好啊，赶紧去，我出路费。我正想摆脱她。她就去了，起先还有信来，后尾就没有了。

"就碰到了桂香，阿时她有只女儿五六岁了。我讲有咩嘢要紧的，得多一个女，将来我俩结婚的话，系你的女，亦系我的女。她讲呢，如果你嫌我的女，我就畀外婆阿边，外婆就在水浸社附近的，就给外婆养，就不跟我们这个家庭啦。我讲，使无得，你的女亦就系我的女，一定冇使畀外婆，一定要同我们的家庭一起，目前政策，你是再婚还可以再生一个的。碰巧我们再生一个是男仔，正好就是一儿一女。

"桂香在食品站里劏猪，我问她每日劏几多只猪，她讲每日差不多就系十五六只猪。就在食品站劏猪，劏完了就供应附城的食品店。政府那些，商业局兵役局财政局粮食局之类，不归她们供应，系食品公司供应的……劏猪怎么劏呢，就系绑住几只脚，放倒在地上。我问她，你劏没劏过猪，一般都是男子佬劏吧，没见过妇娘劏猪的，她讲我也劏过次把，就是拿一把杀猪刀，尖尖的杀猪刀，捅入颈，捅入到颈里中。她都敢喔，见惯了，日日见，习以为常，她不怕，敢劏猪的。

"有个肖劲丹，她住在军分区大院的，爸爸系地区粮食局局长，南下干部，参加过解放海南岛，系老革命，现在退休的工资都过万了的，离休干部，地位很高的。有日表妹叫我上去，去玉林，讲一定要去，又没讲系咩嘢事情。我就上玉林，带了点简单的面条饼干，入屋都要有点礼，这么久不去了，叫入屋礼……表妹讲，喂，我这里有个博白县中心小学的老师，现在要找对象。睇来你同她比较合适，你大她五岁，她系公办老师，我同她讲过你，喊你来见见，中不中意见面再讲。我讲那就叫她来啰，其实，肖劲丹这时径已经到了玉林，已经在这里了。反正就系准备谈恋爱，处对象的，都没有转什么弯，直接就问在哪里做什么这些基本情况。她在博白中心小学当老师，担什么课呀，做了几多年教师啊。她亦问我，我也讲些我的情况。我讲表妹反正就说介绍对象吧，我也到了这个年纪了，在正式确定关系之前互相了解下。既然认识了，以后就写信吧，我就地址给她，电话也给她。总之见面之后，互相之间还是很想交流，很想讲话的。我心谂这个人成为老婆也不错。

"后来了，你讲真系巧的，程满晴开会同她巧遇，写信界我，描述这个肖劲丹长得像演员，爱好广泛，喜欢文艺，人活泼。反正互相有点中心水了，还是讲再互相了解下，睇睇性格怎样，互相入吃不入吃。后来陆陆续续，我就讲我的经历，通通都讲了。到国庆节我去找她，一起去了玉林，话就更多了。国庆节，反正放假，她也放假我也放假，国庆节一共放了三日假。基本上都合心水了，双方都合心水，就差定日子了，她给我的信称呼都是'亲爱的饶'，关系已经是定准了，板上钉钉的。

"就系这个时径，有人介绍了桂香给我，这样就出问题了，同时谈两个，阿边同肖劲丹谈，喁边又同桂香谈，反正就系一只脚踏两条船啰。

"桂香的相貌身材同她比都系次一粒的，当然亦算不错，至要紧的，她在食品站，又在圭宁街上，两边都近，我去你食品站也得，你来我百货公司住亦得。肖劲丹好是好，不是还要调动工作吗？从博白调到这边小学，难度很大很麻烦，是吧，我一下班现成的，就去桂香那里吃饭了，要吃猪肝就吃猪肝，要吃猪腰就吃猪腰，要吃猪脚就吃猪脚，排骨、瘦肉样样都吃得到，那边人还在博白呢，鬼远鬼远的，一个人要现实才得的，那边太不现实了，这个还是更实惠。当时还不敢断掉那边，就同时两边都谈，一只脚踩住两只船。桂香这边呢，是不写信的，从来不写信，劲丹那边的信还一直写着，不过她的信不像程满晴，满晴是长篇大论的，几年下来十几万字。她没有这个，这个肖劲丹没有那么长。就是一页纸左右，不过她的字写得可以，还不错的，一看就是练过正楷，工整秀丽，小学老师，语文也教数学也教，又是中心小学，文化程度不错的，强过桂香。

"后尾我觉得，谈来谈去还是要同人家讲清楚了，事实要告诉人家，再不能拖下去了，耽误人家很不好。决定同桂香结婚了才写封信给她，这信写的也是头先那些话，本来她就有点担心我的地主家庭出身，有过一点心大心小的。在我认识桂香之前，她就有点欲欲耶耶，犹豫不决。这就正好，我就讲我自己都知道的，自己出身不好，会连累她。结果肖劲丹回了一封信，讲，我觉得没什么可怕，天无绝人之路，相信你一定会带着我生活下去的。你的这些话使我反感，你头先讲过，将来万一真到了那个地步，我们可以离婚，你把我当成什么人了，难道我是一个见异思迁的人吗？难道我把离婚当成痛快的事情？你的信是一把刀扎进我心里……总之就是这样。

"还有个李碧云,容县人,朋友介绍的。小我四岁。她去海南找工作,我看她穿的一般,花了几十块钱给她买衣服和日用品,后来我同她一起回内地探亲,在路上两人同睡一张床。后来她回容县我回圭宁,约好时间返海南再见面,但她失约了,以后就再没见过。这个李碧云,她有亲戚在海南,也有找对象的意思。几次谈话之后呢她同意做我特殊的女朋友,并且讲了,适当的时候就结婚。她同我讲,来海南好些日子了,非常想念父母,想回容县一次,希望我同她一起。我们是1977年二月下午两点钟,在海口乘红卫四号海轮船往广州的。我在日记里这样写:浩瀚无边的大海非常美丽壮观,一轮红彤彤的太阳正冲破厚重的云层散射它那灿烂的光辉,成群的银白色的海鸥正跟在轮船后面展翅飞翔……到了羊城,见到了海宁和她的姨妈,她家地方小,我只好安排李碧云和海宁住一张床,我到附近的卫东旅店住。当时出门旅行都要证明,要介绍信,我搞了张证明,那上头写我和李碧云是夫妻关系,在湛江市我们一起住了三晚,两个人同住一个房间。到了广州后,在亲人面前我们又没有结婚证,不好意思同居。然后我回圭宁,她回容县。二十日后,相约的时间到了,不见她来找我,又无她的电话地址,我和她是萍水相逢,从此她消息全无,彻底消失了。"

他实在有些意犹未尽,有些隐秘之事,不能当面讲出的,那些最暗处、最私处、最黏稠之处……他坚决地写了出来。他是喜欢写的,无论日记还是信件,多年不辍。他又给跃豆写了几封信,把跟他有关系的女性逐个捋了一遍。

执菊,幼时的奶妈,是她带我到县城的。我高中毕业回大同村,有点认不出她了……我们家是大财主,钱多地多,给奶妈的报酬也丰厚,每月除了银钱,时常还有大米稻谷,还有别的不少东西给她。我父母和祖母对她都极好,她也把我家当成她家,吃住都在我家。我细时不知道这些,听她讲了,就对她非常有好感。有日晏昼,村里成年人都下田了,那时径生产队系集体出工,家里只剩落老人和幼童,本来她也应该下田的,不知为何没去,她来到我家,我全部就只有一个房间,睡觉吃饭煮饭都在那里。她带来番薯、木薯、青菜,像母亲对儿子,聊了大概一餐饭工夫,她挨近我细声问,小五,你问过其他老人没,知道我是你的奶妈吗,你还认得细时吮过的、日日夜夜摸的我的两只"捻"吗?

她只穿一件薄翼翼的衣衫,里底没乳罩,她嗯声间撩起外衣,我很快地瞟了一眼,望见两坨极饱满、极白净的东西露出来,晃晃荡荡的,两粒鲜红鲜红的奶头十分刺眼。我长大后从未见过女人的乳房,执菊把那东西往我的嘴唇碰了几碰,我的心都快跳出来了,我掩着嘴,叫了声"哎呀"就逃。过了几日,我去趁圩(赶集),在圩上又碰见她,旁边没熟人,她大声对我讲:"小五,我问你,那日,吓成那个样子,真有出息!"我呆若木鸡,无言以对。她又讲:"你老豆都碰过我,我同他都有过事的,不像你这样胆小怕事,我离开你家后我还同你老豆去梧州广州荡过半只月。"我算了一下,她比我父亲小十四岁,比我大二十二岁,我对她的话半信半疑。幸好我没摸她,如果摸了,就会发生更严重的事情,后果不堪设想。女人任何时候都要遮得严严实实,就连我老婆,每日在我身边睡觉,都要好好遮着睡的,哪怕洗澡,我入卫生间拿点东西,我一入去她总立时蹲下,双手遮住胸脯不准我望。

那十二个有过身体关系的女性,世饶有着超乎寻常的清晰记忆。他常常要想到她们的身体,想到身上那些最重要的部位。他会沉浸在对她们的追忆中,仿佛她们一旦曾经属于他,就永远属于他。

笺

方言地名用字"寮"是小屋的意思。寮字用作屋意最早见于宋代,如陆游诗句"屋窄如僧寮""小窗寂寂似僧寮"。"寮"字用于"僧寮"义仍见于某些南方方言,如温州方言词语"和尚寮""师姑尼寮"(尼姑庵)。宋人朱辅《溪蛮丛笑》说山瑶居"打寮"。现在瑶语勉话称房子为 pjau,湘西苗语称房子为 tsev,语音跟汉字"寮"的上古音 liaw(来母宵部)相近。也许古代南方汉人所居的"寮"跟山瑶的"打寮"有关。

——周振鹤、游汝杰《方言与中国文化》

疏卷：滇中

滇中　艾

　　她时常做一个相同的梦，梦见迷路。明明出门不远，过条马路就是所住的小区，却迷路了。只好问人，人也热情，说先转左再转右，行过一条马路就到了。于是向左，本应是平路，却变一只高坡，台阶高得费解，她喘气爬上，一望，又是只陌生的路口。心想不如就打个滴滴快车，果然望见一辆出租车停在狭促的巷子里，司机是在一间白色小屋子，从窗口望得见他的上半身。跑过去，问师傅走吗，师傅直起身子来说，对不起。原来他正在解大便。她只好自己漫无边际行过两条街，街面仍是陌生的，再穿过一只十字路口，到了公交车站，一望手机，没电了。她自言自语道："怎么办呢，手机一点电都没有了？"这时人堆中有个女子笑盈盈向着她："我这儿有充电器，我借给你用。"她在梦中松了口气，说："咱们加一个联系方式吧。"女子就报出手机号，她输入手机，结果不管摁哪一只数字，显示出来都不是数字，而是好几只词。一直没法输入电话号码。反复输，反复输，概不成功，急坏了。醒来浑身肌肉都是疼的。

　　有次她梦见一张高背椅子，是要在椅子背上写字，她跪在椅面，向那高高的椅背写字。用的是毛笔。正写着雨下来了，刚刚写上的字即刻浇灭，但她身上却点滴没淋着。

那部想法庞杂的《李跃豆词典》也是写写停停，本来就不是真正的词典，不过是某种修辞方式，再者说，圭宁方言已经不是她的舒适区，大量土语词汇她已忘得差不多，甚至句法，她脑子想事是本能地使普通话，多年过去，普通话已经成为她的第一语言，母语已陌生遥远。她感兴趣的只是里面的《备忘小词典》，但，她一边写一边看见它们变成支离破碎的故纸堆。

有两次她梦见了一龠芭蕉木，不是一龠，是两龠、三龠，似乎是一片，但她只望得清跟前的一龠，从木芯垂出一柄沉沉大大的苞蕾，胀鼓鼓紫绀色苞蕾，最上面的那瓣张开了，露出一圈细细长长的芭蕉花，小手指般大小，淡淡的米埃色，幼时她和吕觉悟执过，专嗍那甜汁。她伸出手，苞蕾一拱就自己拱落了地，它唱道："头辫尾，垌垌企，担水夫娘碰着你。"她定目一望，这哪里是芭蕉苞，是个穿紫绀色衫裤的小孩子，肩上披着一圈淡米色的肩围。她问："你又无使担水，戴只肩垫做乜嘢？"小孩不答，只是唱道："头辫尾，垌垌企，头辫尾，垌垌企。"这是她们幼时唱过的童谣，在梦中她不可思议地记起了结尾的两句："喊你冇哭就冇哭，畀条咸鱼你送粥。"后面还有几句，是与"企"字押韵的，却无论如何想不起来了。

在武汉她没下车，一直到柳州才下。到火车站旁边一家酒店住了一夜。她找到米粉店吃了碗桂林米粉，这家粉店也有螺蛳米粉螺蛳面，实在太辣了。她小说中的人物罗世饶喜欢这种面，她自己不能消受。

有间店专卖炒螺蛳，看到螺蛳她就想起外婆，外婆总要在浸螺蛳的脚盆放把切菜刀，等刀上的铁气吸掉螺蛳的泥腥味。她不由得要了碗炒螺蛳，但一入嘴就发现，这炒螺蛳跟幼时的味道相去甚远，首先是没有紫苏（老家叫香苏），奇怪地放了韭菜，大蒜也太多，辣椒更多，辣得不像话。她只吃了几只就放下了。最后还是在超市买了巧克力带上。

这家快捷酒店有免费提供的咖啡，就在大堂的一只保温茶缸里，随意自取。咖啡在往时是高级的名堂，不经意间这东西已变得很接地气了。有人用一次性纸杯接了一杯，冒着热气，看上去很不错。可惜她晚上不敢饮。

她换了一辆火车，是用手机上的12306软件买的卧铺。车刚开几分钟就来了个中年男人，从车厢的那头行到这头，手里举一块纸板向每个人晃几下。原来是聋哑人，纸板贴着打印纸：献爱心，五元。又行过来一个，卖面饼，在每排座位边停留片刻。他还没走，一个脸很大的新疆女人过来了，文了极深的眼线和眉毛，黄头发，穿着铁路制服，但她的鞋面露出了橘红色的袜子。她叉开两腿站着大声问："票，票呢？票拿出来。"原来她是检票的。一种混杂、异质、强悍的气息，强烈的陌生感。她隐约不安。车内空气不好。不过很快下起细雨，虽隔了层窗玻璃，但外面的湿润青绿也仍然对冲了车里浑浊的空气。

　　从柳州到贵阳大概是七个小时,这比以前快多了,如果是高铁,三个多小时就可以到。她喜欢卧铺,喜欢躺在火车上轻微摇晃的微醺感。她特意买了下铺,这样方便打坐。自从能够双盘打坐之后,多长时间火车她都不怕,甚至坐飞机,在经济舱狭窄的空间她亦可盘腿而坐。如此,旅行的疲劳感她几乎完全克服了。

　　打坐就是那一次在滇中之之教的。依然很好。越来越好。

　　而火车轻微摇晃。

　　……天刚刚暗下来之之轻轻敲门探入头:"妈妈让教你打坐。"就在床上,我自己先盘起腿,右腿压在左腿上。"就先单盘,双盘一开始不行的。"她翻出一只薄垫子。"尾骨要垫住,那处是空的。腿要盖住,要不寒气会入,头要正腰要直肩要放松,眼睛可以闭住,还要有一点点笑,一笑人就放松了。腿会麻的,腿麻就是有湿气。腿痛就是湿气入到骨头里了。打坐是极好的,非常好(一切都是"非常好",从泽鲜到之之)。人的气平时都是散的,腿一盘气就收起了,输送到大脑。打坐久了气脉通,不生病……""手怎么放?"我认真道。"右手掌背放在左手掌心,两边的拇指对住,舒服就好了。早起打坐至好的,一起床就打坐,不吃东西。"她歪着头像孩子,嘱咐的话又像老人。

　　我不知怎么咳嗽起来,她头一欹,随即奔出又旋入。手心里放了块玄褐色的名堂,她让我看,原来是块陈皮。

　　之之说,别小看这东西,是少见的四十年陈皮,止咳有大效。我算了一下,那正是1977年的,国家大变之年。过了两三年我看到王亭之谈秋咳,说有人送他两块"甲午战争"之年的旧陈皮,陈皮之龄已近百载,拈一些陈皮碎入口,咳嗽随止。

　　之之的陈皮虽只有四十年,亦是罕见。我马上嚼食,也是咳嗽随止。

　　见我平顺,之之就问:"妈妈问你累不累,说累就给你熏艾。"

　　我也是第一次见识熏艾器。她们有很多,以箱计。修行的人家不去医院,所有问题都可熏艾解决。肩膀是有些酸,又酸又重,颈发僵。"那就是碰上落雨又冷,寒气入身了,湿气也入了。"她一转身出去,片刻入来,手上拿了只木制的圆筒,云筝也来了。云筝手里托了只包着红布的圆扁盒,红布上缝两根黑带子。一个划了火柴,另一个举着艾条,艾条燃着再吹熄,一道细细的烟升出,又弯曲着散开。

　　艾草的气味搬来一个万物生长的田野……

　　之之凝神,将点着的艾条插入木筒,云筝动作轻盈利索,点着了另一截艾条插入那只铜盒,盖住盖,套上红绒布套。我在床上趴着,感到自己的衣服被撩开,一个暖乎乎的东西揞在了后腰上,一股暖流迅速蔓延到了全身,僵硬冰冷的身体随即放松下来,人舒服地瘫软着。感觉云筝是飘着走的,全无声息就出去了。之之碰了碰我的肩，迟疑了一下："嗯，你要脱开衣服才方便。"我撑起身两下脱了衣服，她用被子盖住我的后背，只露出熏灸的那截肩。

木质熏艾器很像我幼时见过的那种木听筒。家中有一只，油光水亮的，母亲用来听孕妇的胎心音，一头放在孕妇的肚皮上，另一头耳朵凑近。之之轻柔的鼻息在我后颈翕动，木筒在背上一寸一寸移行，蚊帐里有稀薄的烟。

艾条可能有点潮。

笺

　　禅定：禅定是一整套技术。从调息到调摄心神。从逻辑推论到体验的次第分层。一层层把身体送入神奇的解脱。把自己的鼻尖注视到万物融解为止。这套技术最初用来对抗世界的散乱和诱惑直到外不着相。再转而用来降伏自己不安宁的内心直到内不动心远离妄想诸念不起。心在入静入定之后八风不动了无贪爱染着。心由定中生出坚定和智慧。禅定是疗伤的洞穴。是我在世界中为自己设置的一块反击的根据地。不管天崩地裂沧海横流我总是可以退守在禅定之中修复成清净之身解脱之心。拥有了禅定的技能之后你还需要返回这个喧闹而混乱的世界。你将用安宁的表情击垮他的歇斯底里。你将用漠不关心粉碎他的搔首弄姿。对世界的疯狂来说禅定自身就是一种批判。

——《邱注上元灯彩》

滇中　帖

　　整栋楼阒然无声，有人起床未曾，不好断定。亦不闻动静。门响、咳嗽、倒水声，一概没有。弟弟、乙宛、小毛和狗在另外一栋楼。跃豆起床，饮了口暖壶里的滚水，然后也打坐。坐在床上单盘，略过一时又换成左腿压右腿，两边轮换着。尾骨处先是挪了枕头来垫，太高了，又拿衣服叠两下代替。杂念总是多的，且源源不断。终究腿痛还是压过了别的杂念。吃两只大红枣权当早餐。仍然有一种未食早餐的空腹感。上下静成虚空。声息全无。阒寂。

　　二楼回廊有个房间门总是半开着，望得见之之正盘腿打坐。另一间房门常开着，还有一间，房门总是紧闭的。二楼过厅也摆着一长方块原木，长度与一楼那块相仿，是整段树干的横剖面，更厚更宽，分不清是楠木还是花梨木，木纹极漂亮，纹理有宽有窄，宽处像波纹窄处像绸缎。二楼光线好于一楼，那木花纹有种流动感。她凝神一时，想听那流水声。

闲养道，静养德。到了此地她仿佛憬然有悟。在静谧的场域，她的声气也自动变细了。

一时，泽鲜家的钟都是坏的，没有时间，只有一时，这个一时就是那个一时，颇有万古长存的意思，怪不得到了这家就觉得时间绵长，没有任何急促之事，不需要急促的分秒。人人轻言轻语，声气稳当，从容雅致，和绵长的时间融为一体，不像她，时间观念强烈，手表常时要拨快五分钟，赶车赶飞机开会活动早上几点几分起床几点几分早餐，几点几分开车几点几分开会发言五分钟还是十分钟……时间像一条坚硬的绳索绑在身上，被急迫感敲打着，语速快得都能把自己噎着。

她停在了这"一时"上。一时，佛在舍卫国……一时，她看了看手表，十点了。

楼下有细微声响。她下楼，靠楼门那间房门已是大开。

云筝在里面，她双腿盘坐着侍弄茶具，七八只青釉小茶杯，手边一把煮茶的黑色铁壶，茶台也是一整块上好的金丝楠木，上面花口更多。茶台上煮茶的电磁炉隐在一小块横截的深色树板上，茶台边靠墙有一具多格的架子，列列摆满小茶壶。另有四五只煮茶的铁壶错落放着，日本铁壶，专门煮普洱茶的，壶要养，都付过了款，她们帮养。养，就是每日轮番使来煮茶，"壶不养有铁气的"，养上三个月买主再来取。

墙上有两只条幅，短的一只是："竹喧归浣女，莲动下渔舟。"长的一只："桃源一向绝风尘，柳市南头访隐沦。"还挂了两方木雕——梅和松。一只玻璃框镶了幅山水，淡淡的，远处一溜山，近处几棵枯树。元人风格。也许是仿倪云林。"倪云林啊，听老仙说他有洁癖的，说有次他留朋友过夜，朋友咳嗽咳了一声，他就整夜睡不着觉。天亮朋友走了，他就在屋里找那朋友咳出的痰，他觉得咳嗽了肯定咳出一口痰。屋里没找到，又到外面去找，外面有棵梧桐树，树上有张树叶结了霜，有一点灰白色，他觉得那就是痰，于是让用人把那棵树上所有叶子都摘了，统统烧掉。这才放心。"云筝知道的总是不少。

"不过他会吃。师傅说，古时的书法家画家大文人都很会吃的，苏东坡和蔡襄都极会吃。"有关倪云林会吃，云筝似乎更佩服。

跃豆又细看那花梨木桌子，中间有抽屉，两侧雕花，桌面仍是一把铁壶，陶茶罐，两函线装书，深蓝的函套。角落挂一把古琴。茶台正对面靠墙一具高大的玻璃橱柜，陈列了（陈列，而非储藏）各式名目的普洱茶，是有名头有年份的上好普洱。

之之入屋，径坐到茶台的另一面。云筝说："饮茶吧。"之之问："什么茶呢？"

云筝拿主意道："那个吧，拿那个八七年的熟普吧。"之之似乎觉得不够好："那个呀……"便取出一饼紧密的茶饼，掰了一块放入洗茶的细钵，洗完茶，放入铁壶煮。一面煮一面用滚水烫洗茶杯，滚水亦是一只铁壶烧好的。云筝手执的铁壶样子古朴，壶壁有细密的菱形纹，仿佛出土文物。茶杯也是古雅的，四只圆口，四只六边形，色泽有微小差异，一律青釉。缈碧？苍筤？或者天缥？跃豆忽然想到一串颜色的古称。多年前在图书馆古籍特藏部看到的古色谱难得地浮上来。

茶台面上波浪式纹理忽疏忽密。

云筝兼有茶人的散淡和女尼的专注，她身上若有若无的仙气，与渐渐升起的茶香缠绕着袅袅上升，合成某种不可多得的上等好茶……第一泡，第二泡，三人慢慢饮着。见她动作轻盈优雅，跃豆也拎了拎那把铁壶。一上手，才知这壶竟是沉的。

"怎么不见弟弟和乙宛，还有小毛？"跃豆奇怪地问。之之轻声道："弟弟和乙宛早上就过来了，乙宛要读书写字，弟弟管她。小毛不知去哪了。"

"这个茶如何？"云筝问。

跃豆说："挺好的，我不懂茶。"云筝又说："要不尝一尝生普吧，另外一种味道。"

之之就从角落一只茶罐取出茶饼，又是洗茶煮茶洗杯倒茶。跃豆端起自己那杯凑近鼻子闻了闻，点头道："这个好，明显有清气。"

弟弟和乙宛也进来了，弟弟一副严峻的神情，像个恪尽职守的小先生。乙宛握着只手机，她先望望弟弟，又望望之之。弟弟说去吧，到门口打。她同她爸爸通电话，门没掩上，听到乙宛连连"OK，OK"。跃豆甚是奇怪，一个小孩子，从广西圭宁送来滇中上私塾，读的是诗经写的是大篆，讲起话来却是满口的OK。

每餐的菜都会有番茄。几乎每个菜都加了番茄。白菜炒番茄，豆角炒番茄，晚上会有咸菜蒸腊肉，有时有一小碟酸黄瓜。云筝说酸黄瓜至寒凉的，最好不要吃。

总是到饭时小毛才兴高采烈进来，喻二弟总是严峻肃穆。众人总是噤声吃饭。有时小毛会教训乙宛："饭碗里不要剩下米饭粒。"乙宛时常眼泪汪汪，但也总是能忍住。

乙宛写字的房间算是学习室，没有茶台，墙上有两个条幅："好花若处子，嘉树来鸣禽"。整块木头做成的长条桌长板凳。气场兼气质兼气派。桌矮矮的适合小孩写字。跃豆坐落试了试，觉得比自家的桌椅明显舒服。

乙宛和之之面对面写毛笔字，乙宛用一种黄色毛边纸，写的不是常规的楷书，而是篆体。握笔也不是常见那种，是用三根指头捏笔。看她写的几个字，一个像个"桃"字，结果不是，是杨柳的"柳"。字帖天头的空白处有印刷体"佳杨及柳"。有一个字很像猪字，偏旁豕，这边做一个肩膀的肩，她正在写的是一个"鱼"字，笔画很多，但一望而知，是条挂起来的鱼。

大篆是由之之教的，之之说："小孩子写大篆至好的，小孩子临楷书，一写就写僵了，不能临楷书，尤其不能临唐代的楷书，要临呢就从源头开始，临大篆至好。"

她也并不看跃豆，只是低头一味说，像是自言自语，当然不是，是讲给跃豆听，因她不懂。

"你临什么帖呢？"跃豆绕过台子看她的帖和字，是《曹全碑》。

"《曹全碑》挺好的，我们家什么字帖都有，所有的字帖。""你教我吧。"跃豆才一说，她很快嗯了一声，就手拿起方才用的毛笔，讲："现在学校里小孩学的执笔其实不够好，是折着手腕的，那样会压着肺经，写久了伤身。"

看样子她是教惯了人的。

三指握笔法，据讲是苏东坡的握笔法，现在失传了。三指握笔，就是拇指食指中指捏笔，"这样，你看，运笔自由放松。"她一边转着笔讲。

她得了喻范的真传，一讲就讲到了气息："书法特别要讲气息，凡人的息很浅，在喉咙，圣人的息呢很深的，在脚底，呼吸要很粗的话就找不到自己的息。驻笔，要同时止息，止住呼吸，这样人就在定境中。"难得她样样都头头是道。跃豆心里直叹，一般女孩子哪会讲气息，更兼定境，现在的文化人也大都不讲。

乙宛写完了大篆就自己趴在长条凳上看图画书。喻二弟坐在角落一动不动，在看一本书，他坐得很直，正襟危坐。

之之望着自己跟前的字，仍不紧不慢讲："那种描红最是不可取，书法不是练字，不能描的，书法呢，是练自己的内心，练气息。"

她只顾讲下去，并不在意跃豆听没听，也不介意她会否厌烦。那样子有点像上课，课没讲完是不能罢休的。

"……临帖不必临得跟帖一样的，首先要放松要定住，一笔下去，有停有行，不放松就很硬的。字好不好看无所谓，要自己享受。小孩子才练字呢，大人不用练字，练字跟书法是两个概念的。练书法，气息练得又沉又稳，气脉贯通，手指腕臂都很灵活，而且人很安舒，人不安就会有病的。要观察哪个地方紧，马上就放松哪个地方，一紧张力就在手指上，传不到笔尖。放松的时候准确度最高，灵敏度也是。练书法就像练做事，不能急。其实就四个字：提，按，驻，扭，有驻扭才有厚度。"

她拿笔蘸了墨汁，在纸上慢慢写着，一边仍悠悠道来："气不通肯定写不出来，就要养气，气满了跟住气息行。临帖临成一样是很丑的。"她写了一笔，"就看这一笔，气不够，硬拖肯定就不行，笔画不可能那么直，直不是自然规律，整体协调就好，中国人做事都是曲线的，太极呀……《曹全碑》在隶书里至好了，优雅清秀。我爸不让我写魏碑，魏碑粗壮构架大，很厚。"

她不徐不疾稳稳的，既像讲给跃豆听又像讲给自己听，还像回顾复述她老爸的话。喻范一年到头在外云游，越来越像神仙，孩子们就称他"老仙"。

楼下一大间房，几只大书柜，满柜书，也是厚实的木案台，墙上仍是老仙的书法，不同的，是有两台大电视。

晏昼四五点，人人聚到这间屋子。几个人坐的坐企的企。乙宛对住一台大电视看《西游记》，不时笑得嘎嘎响。几个大的看光碟，《民国名人》，竺可桢、陈望道、徐悲鸿、丰子恺、张大千、于右任……四只大书柜比书房的书多，《五灯会元》《弘一大师文集》《庄子》《老子》。有一本《杂草的故事》，跃豆拿出来，是一个叫理查德·梅比的英国人写的。书腰上有字："当代不列颠最伟大的博物学作家，比人类更爱旅行的是杂草"。也有少量文学书，托尔斯泰的《童年·少年·青年》，还有《约翰·克里斯朵夫》，缺了一卷。

滇中　诵

天黑以后……

在滇中天黑后他们陆续上二楼，一路不言不语的，她不明就里，便也跟上。到门口，只见屋里地上铺有六七只棉坐垫，原来是禅房。弟弟身上披了件柘黄色的披风，正在系披风上的带子，云筝之之手里也各拿了一件同样颜色的披风，正要披上。她看得错愕，本来觉得这里清静自然，却忽然出现几大张柘黄色的披风，柘黄是赤黄，大太阳的颜色，故感到凭空出现了一堆戏服……也许他们有什么秘密仪式。

气氛肃穆，仿若隔了层透明屏障，似乎不该侵入他们的特殊领地。她一时站在了门口，他们几个也望住她，两头都有点发愣，不知如何才适宜。愣了十几秒她才小心问道："我可以进来吗?"她敛起声息入了屋，和之之一侧，在一只坐垫坐下。她在前，之之靠墙。之之帮她找了个小薄被盖腿。众人盘上腿，坐好，弟弟一声"关灯"，灯就肃了。窗口有外面路灯淡淡的光，弟弟背窗坐着，他手持一串又大又长的念珠。念珠微微发亮。

"嗡——那——"弟弟领诵，十七岁少年消失了，你闭目听到一个布达拉宫的资深喇嘛发出的腹腔共鸣声，厚而深而远。"嗡——那——"群声涌起，世界消失，少女们的嗓音变得深浅不一地厚，远远近近地远，雌音尽失，她们的人也不知是在前世的哪一世中……

她觉得自己像是置身于一座庙宇，但又不是。

他们念很长的咒语，越念越快，从不换气，连绵不断，"南无萨多南，三藐三菩陀……"忽闻"訇"的一声，只见人人用拳头打额头，再打左肩右肩心窝喉咙处，每打一下就"訇"一声。她听出，在他们密密麻麻的咒语中有六字大明咒，唵嘛呢叭咪吽。跟她之前听过的很不同，不是短促的发声，像唱诵，介于唱和诵之间。她平常姿势坐着，没盘腿，觉得累。不停地变动姿势，仍然觉得时间漫长。

将近一个小时才结束，开灯，起身，他们解下赤黄色的披风叠起放好。她问之之是不是很累。"不累不累，每次做完人就很舒服，神清气爽的。""这么长时间诵咒怎么会不累呢？"之之宽舒微笑道："金刚念诵是不累的，不是用喉咙念，是唇齿不动的，只有舌头动。"

那些咒语是什么意思呢？

咒语是没有意思的，就是人跟天地跟宇宙的交流。

我家老仙讲的，咒不可解，不必解，不应当解，意在言外。

她从前听过六字大明咒，别的咒就都不知道了。之之告诉说，一个叫净法界咒一个叫护身咒。那个用拳头捶额头和胸口的是什么咒呢……那个不是个单独的咒，是念完护身咒之后的金刚拳印。最长的那个咒，是南无飒哆喃三藐三菩陀。前两种咒要念二十一遍，六字大明咒要念一百零八遍。

真是新鲜，她一直认为念咒是巫术，却是声音法门，通往天地宇宙，与天地感应，不可思议。按之之的喻范式说法，人的思维是有限的，念咒不必思考，直接对天地。还有呢，念咒是练五脏六腑的，因不同的发音对应不同的器官。所以，竟可健身祛病。

她跟随这里的节奏，起床不吃早餐先打坐。没多久她也能盘坐上二十分钟了。以她的年龄而言算是进步快，五十多岁僵硬的下肢还能双盘起来，她甚至有些小小的得意。打坐完吃两只大红枣，然后读南怀瑾。十点多她出去买菜，穿过几条街就到农贸市场。

开头几次是乙宛带她去的，她时常迷路，这一片房子实在是太像了，要问路才能找到地方。集市货不少，除了卖菜，还有卖衣服的，大花的宽腿裤、帽子、书包等。还有卖大馒头的，抚仙湖的小白鱼五块钱一斤，菠菜两块五一斤，佛手两块五一斤，腌的小鱼十五块钱一斤，枸杞菜一块五一把，还有霉豆腐，包浆豆腐是三块钱一袋。菜不算便宜。有一大柱青色的芭蕉，类似密集炮弹、从树上直接砍落的一大柄，已经有几十年没见过这样整柱砍落的芭蕉了。五块钱一柱。

晏昼她也去书房写毛笔字。书房那张金丝楠木大台，矮，写字至舒适。她意识到自己家的书桌都太高了。书房常时乙宛一人在,她每日临大篆,有时弟弟坐壁隅看书,有时之之也在,也临字帖,人人噤声不语。案台上厚厚一垛毛边纸,笔筒里好几支毛笔,中白云小白云羊毫,都是至普通的竹笔杆。之之说老仙使最秃最破的笔,两角钱一支的笔也能写出很好的字。几个人同用一只大砚台,墨汁每次只倒一点点。

让自己放松、定住。《曹全碑》。

好不好看无所谓,要自己享受。练气息,沉沉的稳稳的。之之找出一幅喻范临的《曹全碑》"武王秉乾之机翦伐殷商",与字帖不一样,如"王"字,末笔很长,之字也是,那一捺也是很长,但有味。

她低声道:"不如就临老仙这一张……"

之之马上应她:"临墨迹最好的,碑和帖都看不到气息的,看不到气息和行笔,看书法,一看法度二看性情,墨迹最能看性情的。"

左手背托住右肘,她还帮她纠正了姿势。

不时也让乙宛陪她去河边行行。

过几条街,穿过大马路就是河。每次过马路,乙宛总要望望半山腰的一幢白色建筑,她爸爸来过一次,就是住在那里。

"想妈妈怎么办呢?"

她仰头指天上:"妈妈就在那里。"

行了两步,她又认真讲:"想妈妈就看圣母像,圣母就是妈妈。"

"圣母?谁告诉你的?"跃豆奇怪。

乙宛认真道:"是之之姐,之之姐说的。"

"跟之之姐出去,大家以为之之姐是我妈妈,跟老哥出去,你猜他们以为老哥是我谁?"

"以为是你哥?"

"不对!以为老哥是我爸爸!"她一路说话。

望见竹子,她就讲:"我还以为竹子是甘蔗呢,他们都笑我。"现在小孩连竹子和甘蔗都分不清,这时代真是变了。圭宁的竹子其实多得很。

见了狗,她就说:"狗以为水是平的,就跳进去,你知道变成了什么吗?之之姐说变成了落汤鸡。我问之之姐,为什么不是落水狗呢,之之姐说因为我是属鸡的。我跟之之姐睡觉,我说我告诉你一个秘密,你以后当我妈妈好不好,之之姐大笑,她说我这么年轻,怎么可能跟你爸爸结婚呢!"

一条大河,据讲是引湖水而成的人工河,河面宽阔,有北流河的两倍,水清流深，河边有大片沙滩，有高大的棕榈树，高高低低好几层植物，步行甬道，一段铺青砖一段铺石子，也有石子和青砖花插着的，稍旷处甚至有一尊瘦长薄透的太湖石，颇讲究。本地有烟厂，想来财政收入大大的。岸边植物各各不同，红花和黄花交错，也有桥，步行的石桥木桥、过车的大桥，一应俱全，堪称完美。天气晴朗时，可以望见下游隐隐约约一片香蕉林，香蕉林旁边有一片灰绿发白的植物，看不清是什么。

有时是晚饭后出来，空气好，不冷不热，润润的，风永远不会大，至多一点细风，偶尔落雨，亦只是雨丝。晚饭后快走的人极多，所有城市均如此。

天刚落暗，河两边灯光忽然亮起来，亭台楼阁、高矮建筑、沿河的树，亮亮崭新一片，望之甚是璀璨。忽见一座堂皇的圆形建筑，通体栀黄暖色光，走近一看，却是厕所！上下两层，墙上蓝色的男女厕所标志，宽楼檐，檐下密密圆孔，圆孔里藏着弧形灯罩，有奢丽高档之感。河边是铺天盖地的灯光，地灯无数，树灯无数，建筑外墙垂挂下来灯光瀑布，大剧院，也有夜总会，豪华的娱乐会所。

也有高音喇叭跳舞，但不叫舞，叫养生健康操。

有人宣布开始，高音喇叭轰隆隆就滚出贝多芬的《欢乐颂》，没两下，忽然又接上了广东音乐《喜洋洋》……这个养生健康操是一节一节的，每节都有名称："花开富贵"，要双臂从肩膀向上打开；"扭转乾坤"是两边扭腰；"喜跳龙门"则原地跳跃；"齐心协力"……

姑娘们围灯穿珠，手中的珠宝闪着润润的光。

云筝之之小毛乙宛，四个女孩子围住一张楠木台子，一只浅浅的圆铁皮盖盛着许多散珠，琥珀砗磲银珠，青金石绿松石，金红银翠烁烁闪闪，她们屏息凝神，一粒一粒穿起来。穿成手串或者长念珠。

这房间有两具玻璃柜，陈列各式玉手镯、象牙挂件、玛瑙挂件……件件品质上乘包浆显见。小毛兴头介绍：那种青蓝的叫青金石，这串长念珠，青金石就是主珠，青金石，佛教里代表智慧，要穿108粒。中间隔着那颗呢，叫隔珠，用珊瑚银珠蜜蜡绿松石做装饰。这粒三眼珠呢，用来穿佛头的。

有两串白色珠子非常漂亮，望之似象牙，但比象牙略白，古色谱中的山矾白大约就是它。原来是砗磲，还是从西藏过来的。怪不得，跃豆自己也有只砗磲手串，比这个白得多，自然跟这个不能比。她的是新砗磲，她们的是老东西。

女孩子手上都戴了首饰，两手都满了，一边是细细的玉手镯，另一边是珠串子。之之和云筝除了手上，连颈项都挂了长念珠。跃豆发现，首饰在她们身上比陈列在柜子里更显好看。

珠子是客户定制，她们戴，是帮别人养，要戴上身一段，养好才交给买家。

小毛不帮别人养，她戴她自己的，是父母专门给她的，共有三样。她摘下来让跃豆看，手腕是串琥珀手珠，隔了两粒银珠，还有一颗砗磲。有块方形的玉坠，还有只象牙雕的兔子，细细的极生动。那只象牙小兔子在黑暗中会动。

之之有时起身给妈妈打电话，问某串珠子如何穿。

跃豆在一边看看这个又看看那个，每颗珠子都拿起来捻捻，还凑上鼻子嗅嗅。她大多数没猜对，即使猜对了，产地也是一笔糊涂账。之之跟昆明的老师学过，老师是古玩世家，奶奶那一代就开始有收藏。据之之讲，他本人很厉害的，玉石珠宝香道，样样精通，还有老家具茶叶铁壶。

"那只蜜蜡是鼓形蜜蜡，那琥珀叫罗汉琥珀，这个蜜蜡是地中海蜜蜡，这个是藏区老砗磲，用紫檀木片隔一下最好了，这个蜜蜡也是藏区的老蜜蜡。老仙的两串佛珠，有一串整串都是老砗磲，108粒，那个玛瑙是汉代的，绿松石是西藏的绿松石，隔珠是蜜蜡吊坠，这老玉中间是雕空的。"

之之一讲，珠宝们就从洪荒中再一次诞生，更是烨烨响亮。

云筝也凑上来看，说这个老砗磲的手串，上面那隔珠是老紫檀木的。

之之又摆出另一串："老仙这串，非常了得，非常非常之好。"

她把佛珠铺在楠木案台上，顿时满室生辉。光华璀璨说的就是它们。"主珠这种琥珀，可不一般，是琥珀根，隔珠的两颗青金石都是上好的，这个蜜蜡是藏地老蜜蜡，看这只象牙珠子这么大，还有这么大一个珊瑚吊坠，这两粒砗磲是极老极古的，这粒，凤眼菩提，真正的凤眼菩提，极少有的，两粒银珠亦系老银珠，有点发黑了。大绿松石，这只小猴子是玛瑙做的，还有这颗最大的，你猜是什么，是象骨头，象骨，挺老的，象牙白里渗了淡黄，看不出它是象骨。底下这只如意蝙蝠，珊瑚雕的。看这串念珠，不是通常直线排列，珠子和珠子之间会分叉，中间又挂上了玉葫芦和玉平安扣。"

世上罕见宝物都在了这上头。

跃豆心想，之之云筝也是这偏僻之地的珍宝。或者，她们竟是藏着珠宝的一小片静谧湖泊。

她忽然莽撞道："不如你来给我穿条手串。"

之之沉吟一下，像是拿不准，但还是慢慢穿起来。跃豆欢喜着，看她穿上几粒木珠，又穿了粒白色的玉珠，再穿了四五粒木珠，掂起粒银珠比了比又放下，仍穿了粒玉珠。一串手串眼看成了形，既清素又贵气，整体色调是檀褐间以玉瓶白，跃豆实在欢喜。

不料，之之手腕一抖，半串珠子哗啦一下全解散了。

257

她也不说什么，只双手搁在台上顿住，并无重穿的意思。也不看跃豆。似乎沉思。

跃豆一时怃然。母亲没交代过的事，她果然不好擅自做主。

之之是件件从母命，给跃豆饮家酿的酒、熏艾、打坐……无一不是，但她从北京大老远到滇中，住了近十日泽鲜却不来见，她始终解不开这个谜团。

又或者，是让她参？到底不像。

小乙宛讲话，除了满嘴OK，还总爱说"可是"，"我今天要读新概念英语了，昨天就读了一些，可是我告诉老哥，老哥说我昨天作业没做完，可是我已经做完了……小毛姐姐的干爹来了，可是，那我喊他什么呢，我是喊他干爹，还是喊邓老师呢……可是老哥把肥腊肉切成丁拌在米饭里喂来哉（狗），可是他让我洗碗，可是我碗不能剩一粒米饭……"

跃豆问乙宛，喜不喜欢老哥。

"有一段时间不喜欢。因为老哥老骂我，可是之之姐说，那不是骂你呀，是教育你呀。本来就是你爸爸让你来这里，让他教的，你爸爸不管你，让老哥管你。可是之之姐说，老哥罚你不吃饭，你看他还陪着你不吃饭。她说，名义上是罚你不吃饭，但他自己也陪着你不吃，等于说他罚你就是罚他自己了。可是……"

"可是，可是……"乙宛终于没"可是"出来。

俞家弟弟不像外面的孩子，十七岁的少年，有种往时气质，第一眼看他有，之后一直有。他天生就有些超拔的，按佛家说法，许是前世修过。儒雅平和中正内敛，一种世家子弟加平民子弟的往时青年。她用手机给弟弟拍照，他安详端坐，在手机上看弟弟的照片，仿若年轻时的梁思成。

那个客人黑壮敦实，来了直接就上二楼书房。乙宛一个人在案台做语文作业，用铅笔写上头的生字。客人入了门。乙宛就去找之之，之之说，不用管，让他自己写书法就好了。客人是烟厂电工，上夜班，白日很闲散。他平时做棋盘加工，这次是去大理一趟刚回来。他每次来都是找之之，此番特地带对榧木镇纸来，机雕了规整的梅花及印刷体楷书，一方是"梅花香自苦寒来"，另一方是"宝剑锋从磨砺出"。自然是要给之之的。

整栋楼阒静无声，只有六岁的乙宛陪客人。

乙宛问："你写字吗？还有一支中白云呢，你写字吧。"她一动，就打翻了泡笔的瓷筒，水流了一地，她赶紧去门口拿拖把，小毛却忽然冒了出来，斥道："拖把要拿着走，别拖着走！"

客人写了半页书法，腻了，顺手拿过乙宛的语文书，像念经一样读出声来。读了半页，又放下了。他问乙宛，你之之姐呢。乙宛说，在那边房间。客人站起身出门口，向那边房间探了探，门紧闭，他又返回了。

他问乙宛："之之在干什么呢?""之之姐在弹琴。"乙宛头也不抬地应了句。之之一直在隔壁关起门，她不见客，也不请他喝普洱茶，只请他自己写书法。书法写腻了，读小学生课本也读腻了，他就用小学生的铅笔蘸上墨汁写字。除了六岁的乙宛没人来陪他，他百无聊赖，却不走，要一直等到之之出来见了才甘心。

跃豆去看她们的琴房，只见房间空阔，仅两木案，靠壁的窄案摆了一溜书，墙上有两幅喻范的字：海内存知己，天涯若比邻。墙上挂着两张琴，案上也摆着两张，之之正在摆弄其中一张。

古琴令跃豆肃然起敬，她慎道："你要弹琴吗？你弹吧，我在旁边听。"

之之说，是在养琴，琴要养才能好，都是帮别人养的。

她便听之之讲古琴，琴品如何，如何养又如何学。她则始终保持一个门外汉应有的敬畏，某种自叹不如。

想不到，之之为学琴还哭了长长一日呢。

"一开始我妈不同意去学的，哭了一整日也不吃饭，只好让学了。去南京学了五年。四个人一起，有一个出家师父，一个是中医院院长，院长当时就把琴买回去了，几万块钱。后来又去昆明学，十个人一起请老师，一周的学费是一千六到两千。以前全国只有一百多个人学琴，现在一个城市就三千多人学琴。从坐姿指法学起，调弦，然后学识谱。

"《梅花三弄》《忆故人》《良宵引》《阳关三叠》《石上流泉》，还有那个《鸥鹭忘机》。《良宵引》是入门曲，挺难的，《鸥鹭忘机》是道家的曲子。也不用弹太多曲，有的人，一生一世弹好一支曲，就是半支曲都能成大师。弹出空灵韵味，苍老古朴就可以是大师……学院派就是表演，老抠那个节拍，古琴不能，就是自己跟自己弹，与天地沟通，比赛更不应该，心态好就是最高分。我总是最迟钝的那个，老师也不理我。"

"很搞笑的。"这话听得跃豆一愣。

她却又正色说："古琴这种，不是娱乐，也不是表演，就是个修身养性。我学的吴门派，南方风格，轻微淡远。气不清不能弹，心不清、指法不清都不能弹的。"

她还教她认琴谱。

一个字含八和二，就是第八星的一半，这只字下面钩，是指法，里面有两横就是左手钩在二弦上。

"抗战那时,玩家都跑去重庆了,成都本来有几多老琴的,后来全收掉了。这把琴,刚拿来时火气很重,弹久了,就松一点,透一点。声音古朴才是好琴。有的琴有虫子啃了,就有一种松透的味道。一把琴,上头松下底坚,上头是天,下底是地,两块板放在水里,上面那块板会浮起,下面那块板会沉落,上漆都要上十几道生漆的。"

"很搞笑的。"她又来了一句。

"很搞笑的。"这话使她枯燥的琴论生动起来,她虽然会的不少,终仍让人觉得在背书,像是喻范硬灌的一套。又或者,即使是背来的也了不起,天下人要学点东西,谁又能不背呢。

"搞笑",一个学古琴的人,以这种流行语描述古琴,仿佛前面那一番古奥从高处跌落。也或者,是她作为一个琴人的自谦,不愿把琴事讲得太玄妙神秘。也未可知。

之之起身让出琴凳,跃豆对琴坐下。

琴是对着了,却不识首尾。

她就指点,这是琴首,那是颈,那是琴肩、身、腰,又翻到背部、雁足、龙池、凤沼。七个弦眼就是七星,十三个点是一年十二个月,加一个闰月,中间最大那个点就表示是闰月。

又拨了几只音,"古琴有散音、按音和走音,散音就是大地,沉厚;走音是表示人的心情变化;泛音呢,指天。"她忽然想起什么,一笑说道,"北京郊区有个人长得跟狮子一样,他收了一堆老木,专门用来做古琴。那个,奥运会开幕式的那个古琴,就是他做的。有个北京姐姐来休假,她来我这里学,基本功没问题,不过呢,学古琴是挑人的,有的人很僵硬,有的人吃得太多,肚子太大,都不适合。"

"很搞笑的。"她又一笑。

她不免又提到老仙,提到老仙她的话就更像是老仙讲的了。

"现在的人,哪有心境体察自己的气息跟天地沟通……古琴反正也不可能普及的,小市民不可能学,只能靠隐士、禅宗、文人。小市民哪里懂得空灵,懂得余音,懂得音断意不断,不懂的人会躁,弹不出那种沉、圆、厚的声音。反正,同书法国画的道理一样,从道家来的,我家老仙时时都讲,艺术的心法在道家,中国自古没宗教,都系信仰天地宇宙的。

"老仙始终讲,中国的文化就是天地的文化。西方的文化呢……总之西洋乐器都是练得人抽筋,钢琴小提琴,一律搞得人抽筋。在学院几累的,大汗一身身出,很搞笑的。"

这回她是真的笑了。笑完接住讲:"节拍,要停几多时间都要抠,人越搞越僵硬,不能练的,一练就有匠气。古琴呢靠心性,靠领悟,是玩来的不是学来的。最最要紧,古琴尤其不能表演,不能用来取悦别人,让别人喊好的,就是自己的心情,古人是左琴右书,手上拿卷书,旁边放张琴,看书会意了高兴就拨两下,就是这样。"她也顺便拨了两下。

"很搞笑的。"她仍以"搞笑"结束了这番长篇琴论。

电工客人从两点多坐到五点多,太阳都落山了,之之一直不出来,五点半过了,客人说他要走了,乙宛说,那我就叫之之姐。

之之这才从琴房里出来:"走了?把你写的字带走吧。"

电工一脸憨笑着。之之又说,"要不然我帮你裱一下,托个底,回家你可以挂起来。"电工殷勤笑着:"这对镇纸是榧木的,木头可好了,是给你的。是我专门从大理带过来的,这个榧木十几年才能晾干呢,有桂皮的香味,几好的木头。"

之之说,多谢。客人就满意地走了。

他刚一出门。之之就皱眉:"这字难看死了,俗不可耐,木头倒是好木头。"小毛说:"要木工给刨刨,刨掉表面那个字就行了,上面的梅花留着也可以。"忽然她眉毛一挑,"要不然送给那个谁,那个兰花协会会长的太太。"

泽鲜一直没回,她打了电话给之之,转告跃豆安心住着,她去桂林,要再过一个星期才能回。

注卷：姐弟

鸡乸：母鸡。**硬颈**：固执。**依厄**：婴儿。

——《李跃豆词典》

章一　往时

有十几年，跃豆完全把米豆忘记了，不通声息，从未写信，连电话都不打。他结婚了，不知道，他离婚了，也不知道，他又结婚了，同样不知道。他早早生了女儿，本来是知道的，因她回家见到了，甘蔗就放在母亲大人这里养着，但她很快忘记了。直到甘蔗考上大学，她才依稀记起，有一年她回家，傍晚时分，望见米豆抱着孩子企在走廊，光线正斜在走廊的这一头，米豆以一种正面直抱的姿势紧贴着女儿，父女两人黏在一处，一动不动。

那种全力以赴的紧张感使跃豆震动。

后来米豆离婚，再婚又生了个女儿，这些一概没有印象，亦从未过问。远照只得提醒她："米豆的细女生得好似你的。"这时跃豆就不搭话了，她听出是探她的意思。母亲也及时刹住话头，不再劝她过继甘蔗当女儿。

别人看这对姐弟总是奇怪的，认识米豆的人，从来不信跃豆是他的胞姐，反之亦然。两姐弟多年来形同陌路，跃豆并不觉得有何心虚沉重，她向来不认为自己要照顾米豆。有次回家继父说，米豆现在很孤寒，你有钱就要帮他一点。她只有一句：我没钱。

只有看到幼时两人的合影，她才会意识到，这个脸上肉乎乎的男孩是弟弟。

姐弟俩竟是同父同母的呢，比起异父异母的萧大海（他是萧继父带来的）、同父异母的李春一（她是李稻基前妻的女儿）、同母异父的萧海宝，跃豆和米豆实在血缘最近。

是的，一条藤在土里冒出头，又在一片乱石泥淖中左冲右突，藤条就这样开了叉。这两个人，一个成了荔枝，一个成了薯菇子。

早年有几个零星片断倒是印象极深的。

他尖叫一声，像只老鼠蹿进一堆裤腿的缝隙中……那时她八岁，奉母命去幼儿园接米豆。

从龙桥街到县幼儿园实在遥迢，要穿过几只路口、一口塘、一段伴有沟渠的公路、一个全县城最闹热的菜行。路面铺的是砂子，不是河边沙滩的沙，而是细石砂，大卡车装着生猪鸡鸭拂拂开过，细石砂挤到中央，凸起一道屏障，任何车轮，碰到砂障都会扭上一阵S步，若是单车，"唰"的一下跌个满面沙。所以，公路段养有几匹马，夜里马安顿在庙里。清朝早五六点，马匹出来，钉了马掌的铁蹄咼咼咼咼踏在龙桥街的青石板上，一路留下热腾腾的粪便。公路段使一只木板耙绑在马屁股后头，双手压紧木耙行行向前，不一时，公路中间的砂障就耙拢一堆，之后再重新分配这堆砂子，匀匀耙向各处。马吃得好，屁股肥讷讷，马们出入屙屎在登龙桥的青石板上，学童上学，日日行过马屎粪。

这条路她烂熟，一路到幼儿园，既不会跌落塘亦冇会摔落沟，她挨着路边的桐油树徐徐而行，一闻卡车的拂拂声就立地企停。

伴着马粪和砂和木耙和卡车，一路行到菜行，之后转右，一条泥土路打水田中间开出的，碌碌粗大的瓦管（自来水厂供水的）接起，一直行到大门口。门口极是气派，方柱，一墩矮木台，士兵企在木台站岗。皆因院内有人武部、县委。

"睇见未曾，大门口的解放军叔叔，欺只捣蛋就捉返回。"

她一直以为，门口的士兵就系专门捉幼儿园出逃的细依，因亲眼见到过，越狱般逃跑的捣蛋鬼被大院门口的岗哨捉返去。直到高中她才恍悟，大门口的哨岗根本不是捉逃跑小孩的，他们保卫的是人民武装部和县委。

县幼儿园就在这只巨阔无边的院子里。

她去幼儿园接米豆，这时她已攀过很多树。多次偷过龙眼，偷过芒果李子番石榴和杨桃。一入县委会的大院,她就要先上树执几只杨梅再讲。此院人少草多,遍地杂树,老杨梅树结了一树杨梅,肉红与缥红的杨梅在最高处,她攀不着,就摘了几把半生不熟的肉色杨梅,一路吃一路行。

幼儿园的地坪上只剩落米豆一个人。

米豆见到跃豆很欢喜,跃豆见到他却皱起眉头。她望了米豆一眼,只觉得他又缩细了一圈,下巴更尖了,面黄钳钳的。她认为一个脸圆圆的小孩才应该是她弟弟,而眼前这个米豆是他拙劣的替代品,于是她立即把米豆看成了一个与她半生不熟的小孩。她不由得又多望了他几眼,不错,脸系尖的,一只眼系双眼皮,一只眼系单眼皮,她确认,还是那个米豆。

她掠掠他的衣袖:"行路嘞,企着做乜嘢嗯声!"她并不牵他,让他跟住后尾底行。

她衫袋装了四五只杨梅,边行边吃,间她回头望见了米豆,就同他讲:"杨梅好酸好酸啊,无知有几酸,你一吃,牙齿就着酸掉,再也生不出来了。"米豆眼巴巴望着,他从未吃过杨梅,亦不知"酸"是何意,更不识牙齿酸掉的后果。他跟在跃豆后尾,半跑半行,她企停等他,吃过的杨梅核就手掷向路边水田。

行到菜行,杨梅只剩最后一粒,是最不成器那种,细得难看,小手指尖那么点大,青悲悲、硬杰杰的,跟铁一样,是只僵果,不可食。

她张开手掌给米豆望了望,他正要捏住它,她一扬手却扔掉了。

僵杨梅落入人堆,米豆锐叫一声,不可思议地飙到了杨梅的落点,他在人堆挤挤挨挨的腿间爬来爬去、摸来摸去,险些被人踩到。

跃豆拖起他,他膝头肘弯满是泥,几粒沙砾陷入他手掌,手掌瘦而薄而腥,脸上也沾了泥,头发有条禾草,散发出咸萝卜干的咸气,他的鼻涕眼睇就要落到嘴了,他拼命唧,唧一下,鼻涕缩回去,马上又出来了,赶紧再唧……忽然他不唧鼻涕了,他张开大嘴哭起来,哭得满面都是鼻涕。

她感到了震撼。

震撼着又迷惑,不明白米豆何至于搏命去捡这只僵杨梅,之后又没命地大哭,难道一只杨梅就值得他哭断气吗?

对她而言,各类水果极平常,唾手可得。防疫站后门有禽龙眼树,她觊觎了五分钟就冲出门捡瓦砾,她手持瓦砾,奋力掷向累累龙眼果,中弹的龙眼扑簌簌落了好几只,那时她四岁。自此,她连喊带笑连滚带爬开启了她的顽童时代——偷果子除了解馋,更是为了快感。杨桃子在树叶间闪闪烁烁若隐若现,她望见不免手痒,奋力一跃一攀,摘到手的杨桃子都系酸的,就用铅笔刀切成片腌入玻璃樽……番石榴树至矮,树杈却多,哪怕没挂果,她亦要攀上树杈坐上半分钟,树杈低矮,逗人攀爬。稔子是野生，满山都是，圆鼓鼓又甜又软，有人执来卖，一分钱一竹唛。木瓜树实在难攀，太直了，摘木瓜要使一根竹竿顶。

至于芭蕉，她同吕觉悟是不要的，树上的青绿芭蕉断不能吃，她们要执芭蕉花，嘞汁水。她对黄皮果从不觊觎，除非熟透，否则苦辣苦辣的，脷田（舌头）要麻上半日。荔枝至好，伟大的岭南佳果没有之一，但，面对荔枝她也无计可施，果未熟，守树的就来了，人或狗都够恶。芒果呢任何时候都是多的，芒果使她的铅笔刀广开用途，这时径，芒果未熟，核未坚，果肉尚是白的，她用铅笔刀削成小块用盐腌。无论腌多久都是又酸又涩。偷执到的李子也酸，她在防疫站后门的青石板上用石头砸烂，再使盐腌。

米豆从未有过这种时光。

他没命地大哭，满脸鼻涕，像只满面鼻涕的老鼠，惹得她也起了悯心。

她开始哄他，却不知如何哄，尽管已经八岁，但从未哄过小孩。

"哦哦——依厄睡觉觉啰——"

她眨眨眼，记起了大人哄细伢睡觉的调子，便伸手胡乱拨拨米豆的头，"哦哦，哦哦——"。米豆抽搐两下，立时停住了，像老鼠获得一粒大米，瞬间乖起来。跃豆稀薄的姐弟之情总算启动，她好歹意识到，作为姐姐，若占了上风，就应及时摸摸弟弟头。

米豆向来不像上过幼儿园的人。

像独己在洞穴的幼兽，不识觅食，无玩伴，他不说话也不唱歌，人人都识数，他不识。他碰到算术就像撞着了鬼，他缩起身子，好像算术是一大坨猛跑的石头，不缩就着撞倒。全家吃饭，饭桌上好容易有了韭菜煎鸡蛋，米豆撄了一筷子刚刚送入嘴，正香喷喷嚼着，继父的话却落下来："米豆，我问问你先，17加8等于几多？"他浑身一颤受到了惊吓，17和8，此时已不是抽象的数字，而是卡住他喉咙的东西，17和8，这两个数字横在了他的嘴里，顶得他的面腮胀鼓鼓的，他含着不动呆若木鸡……继父得意起来，"几多啊？17加8等于几多？"他又问了一铺。

米豆急得翻起了白眼，他嚼起来，一下一下地，数字和鸡蛋韭菜搅成一处，他又嚼又咽，但，两只数字变成两根又硬又长的刺狠狠地卡住了他，真是奇怪他竟然被噎住了，他大口喘气抓紧了拳头，嘴里的东西终于咽下去，不过又塞在了他的胸口，他脸色发灰，眼看就要发痫……

算术使他落下胃病，但是他还是从小学读到了高中。那些年份无使升学考试，比算术难缠得多的数理化此时也统统瘫痪了。初中的英语他还得过九十分呢。

米豆就这样油盐不进，他跟世界是隔了一层什么，一层灰蒙蒙的名堂。

三岁时刚刚听识圭宁话就去了江西,虽吃到了丰城的罗山豆腐乳和冻米糖,却要面对一片片的叽里咕噜咕噜叽里。他定然蒙了蛮长时间。等到终于拨开迷雾爬出来,却又回到了广西圭宁,粤语方言的嘎里嘎啦嘎里嘎啦又使他蒙了许久,还没回过神就被掷入幼儿园。这园子里可没他认识的人,也没他听熟的话,那些嘎里嘎啦咔嚓咔嚓的声音像蚊蠓,整日整夜在头顶上下飞飞来去……幼儿园的学前教育除了使他变得更像一只老鼠并无别的用处。

他怕人,缩头缩脑,不吭声,任何问题他一律回答:"哦啊。"没闻他大过声,更不尖叫唱歌,有人看他,他就目光一闪闪到一边去。他歪着头,似笑非笑,像是沉浸在一种情景里,这情景使他长期保持一种微笑,你以为是苦笑,却不是。

话说,米豆三岁之前跟外婆在香塘乡下,她遥遥望见他坐在外婆家的地坪上,在满地晒着的狼蕨(一种柴草)中,旁边有只花鸡嫲带一窝小鸡崽,还有只柴狗,地坪角有间泥砖房,隔成两细间,一间堆柴,有只鸡窝,鸡窝有时有蛋。另一间是粪坑,有两块砖,中间铺了禾秆灰,屎一屙落地,草灰就裹住,是天然无臭处理。

他给五个舅父逐个命名:磨谷舅父、担水舅父、破柴舅父、江西舅父、阿宝舅父。他给一种芥菜命名为"红丝芥菜",又给一只细鸡崽命名为"侬厄"……这些她都想起来了。

她遥遥望见了豆腐——他们去邻村睇人做豆腐,一块大白布挂在竹竿上,下底滴着豆汁,磨碎的黄豆变成豆渣。两人边咽涎水边行回,田埂满是狗尾草,外婆坐在塘边钩花,她的钩针一晃一晃发出明锐的光。一只黑鸡嫲,因抱窝,五舅插了柄又粗又硬的羽毛入它的鼻眼,它硬颈不屈,坚持抱窝不生蛋,阿宝舅父捉它到塘边,一道黑色的弧线划过之后"骟"的一声,鸡嫲落到塘中央。它没命扑腾,头颈一沉一升,眼看就挣不动,塘面只剩一撮羽毛,不料它一抖,硬把自己抖出了水面,它湿淋淋皮包骨爬上了岸。她和米豆在塘边荡,并头目睹了这惊心一幕。

那一次,她十岁米豆七岁,母亲大人又要结婚了,姐弟俩去了外婆家。

然后,阿宝舅舅担一对簸箩,米豆坐后尾,前头的簸箩装了几只大萝卜。那时径米豆的脸是圆的,老母鸡生的蛋都给姐弟俩吃了,加上豆腐和豆腐渣。两个的脸都是圆的……作为临别赠礼,外婆给了一张崭新的五角钱,她盘算,一返回县城,这五角钱就收归私人银包,她的银包是外婆手工钩花,半只巴掌大,里衬绿布,外面是白色的钩花,非常之好。

她跟住簸箩一路行,禾田、鱼塘、树、竹,河边纷纷闪闪,她脑子里跳荡着一条算术式:$1.15+0.5=1.65$(她 1.15 元的私房钱加上这 5 角)。她心情愉快,河水越发清亮,狗尾草更加爽逗。

行至清水口,舅舅嗯声间问道:"跃豆,外婆畀你嘅五角纸呢?"他拿了那五角钱一头入了代销店，一转身就又出来了，他给姐弟俩一人一份零食，是一方黄糖，火柴盒那么大，是裸的，没有包装，另外还有两只饼干，这些东西最多值一角钱。她的五角钱眼睁睁就没有了，她的算术式从 $1.15+0.5=1.65$，变成 $1.65-0.5=1.15$。

真系暗寮底。她简直要哭出来，一抬眼，米豆竟是喜滋滋的，他举着那一块黄糖块，对着天。"鸡谷子，尾婆娑，鸭乸耕田鸡唱歌，泥鳅抬轿碌碌转，鲤鱼担担探姑婆。"

那桩下流勾当，连她自己都忘光了，惊世骇俗的事情，从她叉开的大腿开始，越来越清晰。

谁能想得到，她竟做过那样一档事。几十年后，当她发飙，死缠烂打冲锋陷阵要为米豆争取每月休息一日的权利，当她的正义感爆棚，当她抓挠头皮的苍茫时分，她忽然记起了那不堪的一幕，于是，闪电般、眨令般彻底照亮了沙街二楼的那个房间。

在这之前他们干什么呢？

是去吃饭。

一个八岁，一个五岁，姐姐带弟弟去吃饭，从沙街到龙桥街防疫站，吃完饭再一路带他回。姐弟俩在防疫站搭伙，一份饭菜一角钱，为照顾，食堂开出了半份菜，缩了一半的菜也像一名儿童。那几日家中无大人，也没有钟，当阿姐的负责时间，一见日影移到天井的墙上，她就大声喊："米豆——"木呆呆的米豆听闻喊声如梦初醒。

两人行至东门口再转右，始于登龙桥的青石板在烈日下晒得滚烫，她光着脚飞快跑过，米豆则趴在木栏门向马房里的马张望。吃完晚饭两人再回到沙街，没有大木门钥匙，出门时小心虚掩，回时一推就开，青苔的凉气阴阴荡上身，整幢大宅空无一人，天井也比外底暗了两成，静，空气黑绿。姐弟两人从第一只天井的楼梯口上楼。那不是他们的家，家在第二个天井旁边的一间房，不知何原因，那几日是住在前楼的二楼。

她叉开双腿坐床上。还不到太阳落山时径，天光充满，二楼真系太高了，一排窗对住沙街，窗口天光流泻，屋里亮爽爽的。她摆弄一本书，没有图，全是字，甚是无聊。

见米豆奀拉头壳，她就把书立到他面前。

"识睇冇？"她问。

他受到了惊吓。

267

黑压压的铅印字列着队活起来，他拼命瞪大眼睛，以免阻到那些字……他一只字都不识。他既不识，跃豆就开心得很，她决定教他认字。

随即拣出一只"的"字，喊他认。

"睇准未曾？这只字读作'的'，你睇下，一页纸里有几只的字？"

他的手指头在纸上摸来摸去，仿佛字是凸凹的，一摸就能辨出。她一页页翻过去，发现越来越多的"的"字。望见一只"的"字她就拣出一只。每拣出一只就让他认，他傻傻望住……忽然大喊一声："'的'字！"

他激动得想哭，声音发哽……茫茫的，除了外婆他几乎没有熟人，爸爸，他竟然从没见过，妈妈也是疏的，谁知道她在哪里。眼前这个跃豆，也是才冒出来的，虽是姐姐，也不见有个姐姐的样子……外婆，外婆是最熟的人，也不见了……待在这陌生的房间，完全没了依傍……四面的墙是白的，日头影在那上面……日光他倒熟识，却又晃眼……他识了一只字，一个熟悉的东西，他欢喜起来，揿过书，在那上头找，他自己就找到了！

他欢喜得大喊："啊，啊——"

跃豆喊他再认一只字，他却木呆起来，无精打采的。他只要依偎着一只"的"字。一只就够了。

时间重新坠入无聊。

"生孩子！"

这开天辟地的名堂令她全身沸沸煮滚，她立时就把米豆拖到床上，叉开两腿，把他摁到自己的腿根中间，他的头离她尿尿的地方还有点距离，她就拖着他的两只胳臂出力拽，他的头壳硬硬的、圆圆的，他的双肩紧贴着她的大腿根，除了隔着一层衣服，各个部位被她调节得严丝合缝。

她重新躺下来，一只硬硬、圆圆、热乎乎的东西顶住她下面，她感到无比舒适，有讲不出的快慰感。

他一扭动，她就喝道："别动！你一动就生冇出了。"她使出下半身的力气顶他的头，同时令他："你亦使一粒力啊，动一下啊，你不动还是生不出。"他就小心蠕动……再蠕动。片刻，她自己欢呼道："生出了，生出了。""啊——啊"她学婴儿的啼哭。

而米豆仍闭住眼，像是在确认自己是否真的生出。她用一种前所未有的、初生的母性唤道："侬厄。"

墙上的那一大块日头影不见了，房间里昏暗起来。

这时辰，实在更应该生孩子的。

她与米豆讲:"我们再生一次啊。"

他很乖,眼睛少有地亮,也就重新摊在她两腿之间,重新用他那硬硬、圆圆、热乎乎的头壳抵住她。她补充了第一次没有想出来的细节——把衣服撩起来,用床单盖在肚子上,"哎哟哎哟好痛啊!"她假装分娩剧痛,喊个不停。

她一次次把米豆生出,直到自己尽兴。

隔日,生孩子的游戏已经陈旧,她要想出新的花招。她想放火,点燃一张旧报纸,却没找到火柴,这个常时在李阿姨家的床底重复多次的勾当让她想起李阿姨的婴儿,那个脸皱皱的、红得像犸狫屎忽(猴子屁股)的侬厄,她就对米豆讲:"你都生出来了,那你就系侬厄。"

在米豆的一片懵懂中跃豆捉他入怀,她横抱着弟弟,把他的头搬到她的臂弯:"你饿了,你应该啼哭。"米豆不哭,她就出力拍打他的脸和屁股,至诚打。米豆委屈得刚刚哭出一声,她又不满:"哭得太大声了,你刚生出,没几多力气的。"

她摁米豆的嘴到胸口,掀起自己的衣襟——

那是八岁女童排骨式的前胸,跃豆险些就丧了气。不过还好,乳头是凸起的,她用食指和中指夹住前胸的皮,把小得只有绿豆大的乳头送入他嘴里。一阵温热湿润柔软从这粒绿豆传到了她的全身……他含着,她拍他的背,喃喃低吟:"侬厄,哦哦。"他便吮嘬起来……对一只完全谈不上是乳房的乳房如此沉迷,她既感满足又感怜悯。绿豆感到痛了,天光也已散尽,斜对面畜牧站门口的路灯漏过来的很稀的光,房间一片朦胧……

虚拟的生育和哺乳,在八岁就一次性完成了。她盲目的母性得到超前的满足,于是萎缩。她完成了,就早早抛弃了。

她怀疑,八岁就乳腺增生,这跟模拟的生育和哺乳有关……她把米豆生了三到四次,每生一次就撩开一次上衣让他含她绿豆大的乳头。到了第三日她彻底厌倦了,又过了几日,开学了,米豆又不见了。

到秋天,她摸到自己右边乳头周围有硬硬的核,圆圆扁扁的一块。出于恐惧,她告诉了母亲大人。而远照是相信科学的,北京医疗队正好来圭宁,乳腺增生这种正规的科学名词就出现在了跃豆的身上。

一个阿姨,一口来自北京的纯正普通话,她语调温和,手指轻柔地按在跃豆的"排骨"上。然后帮她拢了拢衣襟,说:"不要紧的,吃一点药水就好了,药水也好吃的,酸酸甜甜。"一口标准的普通话,她的声音也是酸酸甜甜的。

然后她就站在药房门口的大芒果树下等候,药房没这种药水,要现配,卷头发的高药师使一只玻璃量筒,在大玻璃樽和细玻璃樽之间来来回回兑药水。然后母亲大人拿了只药水樽出来,满满一樽乳白色浑浊液体。药师说,有点酸咪咪的。远照极愉快，认为女儿够幸运，碰到了北京医疗队的专家。本以为，一个八岁女孩的乳腺增生是件麻烦事，不料专家从天而降，来自伟大首都。专家讲没几大问题，而且，药水很便宜的，在自己医院就能配。在走廊碰到人，她就举起手上的药瓶给人看，仿佛值得炫耀。

章二　梁远照

细佬哥：小孩子。

——《李跃豆词典》

梁远照年轻时是个活跃分子，她打过篮球呢，中锋，是工会组织的，还去比过赛；她还演过戏，扮演一个受日本兵污辱的姑娘；她还游泳，唱歌，也喜欢睇小说，踩起单车拂拂生风……她八十多岁时对这些津津乐道，跃豆也依稀想起三四岁时她曾带去县礼堂看话剧，一只现代戏，人物装扮全无稀奇，她极感枯燥无味，五分钟不到就睡着了，她美美地睡了一大觉，等到被拍醒，睁眼一看，头顶灯已经大亮，像着了火烛……有关游泳，是在那一年，领袖发出号召，"到江河湖海去，到大风大浪中锻炼自己"，县城里的国家青年（吃国家粮食的、有单位的年轻人）纷纷响应。没有游泳衣，弄了条西装短裤，是天的蓝颜色，全县城的女青年都是这样的西装短裤下水……她骑单车带女儿去独石湖，跃豆七岁。游泳是时髦的词，她是一个喜欢讲新词的人，游泳、游泳，一说游泳她就脸上放光，然后她就让女儿爬上自行车后架。独石湖里有几只木桩，高出水面两拳头，她放孩子坐住木桩，自己在木桩旁边的水里扑腾，扑腾一下企起身，再扑腾一下企起身，水只浸到她的腰……孩子于是无师自通明白了，所谓游泳，不是什么怪名堂和新名堂，游泳就是凫水，在水里扑腾。

新名词都是破坏人生的，固然使人兴奋，同时也使人慌乱。

她是冲冲闯闯的，孩子还在肚子里她就去容县考试，才两岁，她又要求去桂林学习，独己去的，第一次出门，"阿时呢，单位啱啱成立，总共三只人，没有独立会计，就去政府卫生科领工资，卫生科消息至灵通的，有日去领工资，听闻有只名额去桂林，我就坚决要求去。"

阁楼上有几本旧《收获》，居然是她订的，母亲大人真是时髦。难以想象，以她一个人的微薄收入，要养跃豆米豆两人，还要兼顾外婆，偶尔资助小叔子李禾基。巨大热情从何而来？1965 年的《收获》，厚厚六大本，封面单色，大大的"收获"二字，旧苍蓝、栀子黄、荔枝红，还有一种鸡屎般的褐色，也像老僧衣。里面有插图，是线描，它们堆在沙街旧客栈的阁楼地板上。无论如何，远照的钱都是不够使的，但她时常以欣悦的口吻说道："得咽，我去借互助金，记账就得嘞。"互助金，工会的金融互助组织，每月领工资时扣掉五元钱。一个经常要借账的人，从日常的酱油饭里挤出钱来订杂志，算得上热爱文学。

她又要结婚了。

对于家里突然冒出一个男人，远照甚是犯难，不知如何向孩子交代。

跃豆幼时眼睛喷火，时常要追问几个为什么，有关鸡蛋花、太阳、沙子、马房、畜牧站的大蟒蛇、森工站的木板、路灯的电线、剪下的头发……样样刨根问底。这种对万物的兴趣，可以算作好奇心和求知欲。但，如果见到生人总是要问问来龙去脉，那几乎是一种刁钻。沙街这条街，生人最多，街尾是码头，船在码头跟前插下长长的竹篙，跳板行落一列男人女人和小孩，他们默然而行，行入水运社。有一日跃豆望见沙街口企了个生面小姑娘，她就行上前，要同女孩讲话，结果她话才讲出一半，小姑娘就冲她猛翻白眼。跃豆盯住她的眼白望，怀疑系盲眼人，她伸出巴掌试探着晃了晃……小姑娘嗯声间蹲下，又飞快起身，她还没醒过神，腿上就挨了一粒石子，真正迅雷不及掩耳。女孩又向她吐口水，嘴里喊出一些古怪的音节，既不像玉林话也不像容县话。隔两日，跃豆才闻知，这哑女是有关部门专门接来，针灸治聋哑的。

韦医师阿姨就来跃豆家，她不找远照，直接找跃豆。"跃豆啊，我同你讲几句先，你有个新阿爸了，系好事哪，知道冇？"

跃豆摇头："冇知。"

韦医师叹道："你阿妈几不容易的，你长大就知道了。"跃豆却断然道："长大我就去至远至远，远远行开，再也不回屋了。"韦阿姨惊得脸上的皮肤都皱了起来："你阿妈边滴阻到你了，她听到冇知有几伤心。"

姐弟俩见到了继父萧伟杰，韦阿姨让两人管他叫阿叔。萧继父戴副眼镜，望之斯文且有学问，不过跃豆很快知道，其实他懂得的还不如自己多，跃豆的学问来自英敏家的一本《十万个为什么》，她热衷于告诉别人，天空为什么是蓝色的，树叶为什么会落，蚂蚁搬家为什么会下雨。另外呢，在热天，这个萧继父总是光着膀子，每每吃过夜饭，总要叹上一句："又食佐一餐啦。"似乎是，一日吃了三餐就是极大的胜利。

跃豆听了，心里立时嗤之以鼻。

萧继父曾在湛江的南海舰队当过几年后勤兵，识讲几句广东话，口音堪称纯正，有广州的气息。方言也有强势和弱势，粤语以广州和香港话为正宗。几句正经的粤语托着，萧继父就更威严了。

他做事爽利，在厨房，他邑邑邑破柴，铁镬一冒烟他就放油，捉起一大把空心菜在空中抖两下，然后刺啦一声，紧接住一阵生铁撞击声，镬铲翻几下，拍几拍，空心菜的菜茎拍扁，好入味。他手指捏起一撮盐向镬头里一飙，再一翻就装菜碟了。他识炒食瓜，食瓜的皮和肉跟冬瓜一样，食瓜更瘦长，是冬瓜的拉长版，既然拉长了，肉也紧一点，所以要切得薄薄的。嚓嚓嚓嚓嚓，就是这样。他不看刀，也不望自己的手，嚓嚓嚓嚓嚓——冬瓜就切成了薄片。他还识做滑水豆腐，也是切成片，白水煮滚后跟手入镬，再煮滚，放油盐，旁边一只碗放一勺淀粉使水化开，手指在碗里搅两圈，哗地倒入锅，淀粉变透明了，豆腐又滑又软。这个滑水豆腐，跃豆上高中时他教会了她。

于是萧海宝出生了，同母异父的弟弟，基因大异。海宝很白，跃豆姐弟黑而瘦，海宝的头发天然卷，微棕色，跃豆姐弟都是一头黑硬直发。海宝小跃豆十一岁，天经地义的，她应该给他洗尿片。但她不想洗，她向来不听使唤。

"你系大姐头喔。"

她嘴一噘："我不想当大姐头。"

远照和萧继父两人满怀喜悦端详新生的海宝，他们议论道，眼睛像她，鼻子像他。

"他的脚指头像我！"跃豆猛然插入一句。

两个大人同时瞪大了眼，她便也瞪住他们："就系啊，无中有系啊？"远照低了头，萧继父却笑了："羞不羞。"

他竟扯到了羞耻，这让跃豆火冒三丈。

既然海宝跟她不像，她就坚决不洗他的尿片。海宝的尿片便都是萧继父洗了，他烧一锅热水，哗地倒入脚盆。尿片只有滗过，尿气方可除掉，萧继父连这个都知道。洗完尿片，他就一一晾在天井的铁线上。

她倒过一次海宝的屎盆——

一只破瓦盆是专门给他屙屎的，屎不臭，稀黄稀黄的，有点腥，她端着屎盆去粪坑，只有二十几步，才行到一半，她胸口的胆水就翻起来，一阵阵顶到喉咙，她挣扎着快行几步，倒完屎出来，干呕声猛冲猛撞，滚滚蹿出，窄长的走廊放大了这声音，像鬼嚎。萧继父笑着同远照讲："你睇你睇。"

远照永远是个大忙人，她把海宝向跃豆臂弯一放，吩咐说："抱阵先，抱到渠睡熟。"

一个婴儿就在了跃豆的怀里，三只月大，粉嘟嘟软塌塌闭住眼睛。跃豆望了望，觉得这只侬厄还算爽逗。于是她逗起来，让他吮自己的手指头，或者吮手臂——这个也几爽逗的，她的手臂上被他吮了红红的一小块，吮着吮着他就睡熟了。如果他不耐烦哭起来呢，她立时比他更不耐烦，她就把他向床上一撂，狠道："哭咧哭咧，哭得越大声越好。"

她腻透了。她抱海宝的兴趣实在有限。她想出去同吕觉悟她们疯跑呢。

我们要去农业局做"白毛女"的游戏，农业局院子有只砖砌的台子，我们假设这就系奶奶庙，我们披头散发，假设自己为白毛女，打橘子树丛（代表雪山）飞奔至台上，再一个个从台上跳落，人人跳得兴高采烈，黄世仁自然是没有……

农业局的院子有很多橘子树，矮矮的，不比小孩子高。还有扶桑树，也是矮的。有一种甲壳虫，我们管它叫黄虫，是黄褐色。另有蝴蝶的幼虫，跟蚕蛆长得一样，却鲜艳，身上一道明亮的柘黄，一道细细的墨黑色，一道碧山绿，身体的两边还长着一簇簇毛，细而尖而硬。它们从树上掉下来，吧嗒一下。明明是从槐树上掉下来的，不知为何却叫樟木蛆。

与树叶、与花苞、与虫子有关的游戏叫"做灶"。

这个词，只有用本地土话讲出来才会有味道。灶，音调上扬，念"豆"的音，它是小小女孩歪着头说出的词。做灶，我不会用普通话说出这个词。音一变，事则变，硬施施的，毫不爽逗。

我和吕觉悟行入农业局的院子，一入大门就望住橘子树傻笑，那些花苞，玉白色的、闭得紧紧、全未开的花苞，那就是我们的菜。

我们假装它是鸡，八角钱一斤。但是，很快，我们就不想让橘子花苞叫作鸡了，因为前面出现了扶桑树，扶桑花的花苞更值得叫作鸡，它又大又红，红得像鸡冠，它还纹理清晰有光泽，且有只柄托着，好极了。一摘摘了七八只，满满一捧。

我和吕觉悟捧着扶桑花，一前一后去到张二梅家。她家门口有只极阔的骑楼，是正方形的。房间也很空，墙上挂着她爸爸穿军装的照片，戴着大檐帽，很威武。她家大人经常不在家，偶尔在家，也很和气，她爸爸讲一口北方话，妈妈是本地人，在服务公司卖馒头和豆浆，夫妻俩一心一意要生个儿子，对女儿们并不介意。她们姐妹五人，五朵金花，一朵接一朵生出来。

我们在一块空地上各自划定自己的家。

我找了块井盖，吕觉悟找了块大石头，二梅三梅用树枝拦了地盘。纷纷捡了瓦片假装是锅碗瓢盆，大大小小，摆了一地。要买菜！要有集市！张二梅思路开阔，她振臂一呼，我们狭窄腻熟的游戏一下就扩展了规模。于是农业局的院子就有了一个虚拟的菜市，各种卖菜的摊子摆了三尺长！摘了树叶假装是青菜，揉了青草假装是韭菜，扶桑花蕾是鸡，橘子花当什么呢？就当竹丝鸡好了，那种长着白丝羽毛，骨头是黑色的鸡，价钱至贵，开刀动手术的人才买来吃的。又捧来沙子当大米，用口盅装上自来水，是油，或者酱油，石子当鸡蛋是不消说了，管它圆还是不圆，统统五角钱一斤。吕觉悟不怕虫子，她抓来黄虫当鸭子，又弄了两条樟木蛆摆上，讲系鱼。作业纸撕成一片一片的，充当钱，小的一角，大的五角。我们既当卖主又当买主，既要守着摊子，又要蹿出来买菜。讨价还价，你来我往。大家买了鸡又买了鱼，买了鸡蛋又买了青菜，人人心满意足。回到石块围着的家里，切的切，炒的炒，添上油加上盐，又盛在瓦片上，比真的更丰盛诱人。

还要办水利呢！

是在农业局院子挖一条拳头大的水沟，除水池边，院子悉为泥地，我们以瓦砾做铲刨土，居然也干成过一铺。再就是，一堂激烈对抗之游戏，分成敌方我方，互捣对方老巢。游戏就叫摸营，一人跑，一人追，后出的那人携带了新的能量，一经触碰，即算被击毙，但有一绝招可救人于险境，就是大呼"圈之"。

圈之就是暂停。好吧，暂停，一切重新开始。

外面的世界无限广阔，翻腾着热气和啸叫，花和草，汗湿的后背，以及河。跟河有关的名堂就更多了，河这边的码头河那边的船厂，河滩的沙河里的船，船上经过跳板下来的船家妹……还没讲少年之家呢，我们的少年之家全国闻名，国家领导人曾经亲临视察，有全国先进之称号，有狐猪蟒蛇猫头鹰，有图书室，甚至还有电影上的木船，是用桨来划的，而非竹篙，还有带轮的旱冰鞋……

谁又甘心在家里抱一个屎尿不识屙的婴儿呢。

我不但腻透了海宝，也腻透了天下的婴儿。

远照至宠海宝的，自始至终，从零岁到四十岁，直到永远。

萧继父倒是不宠，一有错马上就打。萧伟杰认为，细佬哥一定要教育，教育就是狠狠地打。幼时他打得不算狠，到了十几岁，他就用木棍打，木棍是从松木柴里拣出来的，有刀柄那么粗，要紧的是长，有桌子长，一头还岔出一节树杈。他真是趁手，一趁手他就打得震天响。

他打海宝，更打大海，他当然不打跃豆和米豆，因不是亲爸，他由衷地自觉。

在海宝之前，本来只有姐弟俩，一日，天上掉下来个哥哥。他来了，站在沙街妇幼保健站门口，有点害羞的样子。萧继父两头介绍，这是哥哥大海，这是妹妹跃豆。他威严地对大海说道："叫妹妹！"大海就说："妹妹好。"

大海高个、白皙、头发天然微曲，鼻梁也是高的，不像跃豆和米豆，是塌鼻子。他知书达理的样子,说话腼腆,气质竟不像乡下长大的。之后大海又不见了,然后她也把他忘了。过了很久,他才又出现。

米豆很快改口叫萧继父阿爸,跃豆不叫。

远照说:"你都冇知,你阿爸瞒了我几多事的……"她差点讲出了李稻基曾经加入过三青团并且上过国民党的宪兵学校,但她紧急关头刹住了车,这个交关要紧,无论如何不能讲。她讲出的是,李稻基瞒住了他在安陆老家有老婆的事实,而且还有一个十岁的女儿。

母亲认为,这已足够严重,女儿听了定会摈弃亲爸。

不料跃豆毫不震动,她头壳一转,立下判断,这些乱成一箩麻的名堂同她无甚关系。跟父亲有关的她只记得一件,就是三岁时正剥着的大龙眼被他夺走了,挨了打,发了烧。

她一声不响行开了。

有日萧继父来县城,他来沙街望跃豆,见孩子只吃一碗白米饭,没有菜。他立即出门,带回一条长长的食瓜,他切了一小段,炒成一碟,同她讲,每次你就切一节炒来食,够食一个礼拜了。他教跃豆生火:"木柴呢,破成手指大小,互相架住,下底留一点空隙,空隙里塞入一点松毛,或者纸团,若系没有,就先点一根最细的柴引火,等架着的细柴燃着了,再轻轻廓大柴上去。"

那时萧继父尚未调到县城,他退伍回来,组织部门一望档案,系海军部队复员的,跟水有关,就分他去离县城很远的抽水站。

萧继父来家后,伙食大大改善了。礼拜日他就弄来活泥鳅,这些市面上见不着的名堂,不知他何处整来。

扁扁的藤篮装了半篮,底下托着芭蕉叶或者莲叶,泥鳅们黏糊糊地挤成一箝。他得意非常手上生风,扁篮一翻,哗地倒入瓦盆,再捉一把盐,猛地掷入盆中,泥鳅们痛得吱哗乱窜,火辣辣舍命跳。他快手快脚生火架镬,说时迟那时快,镬头已经冒烟,不用油,泥鳅们就烤熟了,放入碗柜,一连吃上两三日。

也有别的小鱼,石暗鱼和塘角鱼。塘角鱼有个民间传说,讲:有只水鬼,在南海受了欺负就到圭宁的塘里安身,这塘里的鱼呢,本来食牛屎,几腥的,骨又硬,后来水鬼去大容山百丈潭搬来沉香,又钻通暗河引来百丈潭的水,这塘里的鱼就变得又肥又靓,骨头亦变软了,半点都不腥……萧继父对这种故事嗤之以鼻,从鼻孔喷出大大的一声"嗤"。他相信科学,不信神话。

他还识包饺子呢,自从来了萧继父,全家过年就吃到饺子了。

饺子系北人之饮食,岭南人,过年系要劏鸡的,白斩鸡蘸上芫荽葱头沙姜晒油,这才够像样。而饺子,不过是云吞的一款,几不隆重,且麻烦,面皮几难碾的,菜肉还要剁成馅包入面皮。有馅不如做成芥菜包。饺子这种吃食，必是与新政权有关，解放军一路打到海南岛，1949年以后就留下来，当了县长副县长、局长副局长，他们逢年过节包饺子，这种北人"捞佬"的名堂，就此成了身份象征。

复员退伍军人，个个识包饺子，萧继父更是讲不出地能干，那些繁复的程序，他一个人就搞定了：一、把面粉变成一坨有弹性的面坨；二、面坨扯成细长的一条；三、切成一节节，绝不能比甘蔗的节长，只能有手指横着那么厚；四、软软圆圆的小面团用手掌心压扁；五、擀，擀面杖当然是没有的，他用一节竹筒。其实擀字也没有，我们叫作碾；六、先头剁好了猪肉和韭菜，放油盐拌均匀；七、就开始包了，面皮当中放一羹馅，两手一捏，圆鼓鼓的；八、还要煮啊，老天！锅里冒着白色的水汽，这时他再次摆上了一副骄傲的神色，仿佛仗已经打胜了。他骄傲地舀几次凉水倒入锅，真是古怪。

在哥哥出现之前，姐弟俩还见到了大姐李春一，原来还有一个阿姐呢，她从天上掉了下来。

春一忽然就来了，她是李稻基的乡下妻子生的，同父异母。她给姐弟俩一人一只领袖像章，纽扣大，红底金像，亮光光的，全县罕见。她讲她要参加革命大串联，不但要去伟大的首都北京，还要重走长征路。"世界是你们的，也是我们的，但归根结底是你们的，你们年轻人，朝气蓬勃……"她在天井旁边的灶间教跃豆读了一段。

世界是什么？她信任的世界是《十万个为什么》里的世界，而非春一口中的世界，再说她也不是年轻人。而且，她对朝气蓬勃这个词生得很。春一是家族骄傲，读书永远第一，考上了全地区至犀利的高中。现在的词，学霸。她顶多十八岁，却要同远照的领导谈一谈。她昂头行入办公室（就在进门的第一间），劈头问道："我妈梁远照，她在四清运动中表现怎样？"口气绝非一个中学生，倒像领导的上级。领导认真起来，讲："梁远照表现不错，和地主家庭划清了界线（划清界线的结果就是，外婆回乡下了，由跃豆去幼儿园接米豆，还带他吃饭睡觉）。"革命使李春一意气风发，势如破竹。她也是大气的，一张口就管远照叫妈，声音朗朗。她明亮、耀眼，幽暗的房间和天井和过道，以及墙上的日影，无不光灿起来。

全家从沙街的旧客栈搬到了医院宿舍，一排泥砖房子，墙皮半脱，屋前一条两指深的明水沟。远照家在这排泥砖屋有两个房间，里面那间，窗外有禽巨大的人面果树，两禽芭蕉，带箣的簕鲁。

萧伟杰要求孩子们在矮凳坐好，他要开只家庭会议。

"一切行动听指挥，"前南海舰队后勤兵萧伟杰以领袖语录开了头，"大海和跃豆,你两个,星期日要上山箆松毛。"

大海不作声,跃豆说她不想去。

萧继父断然反问:"不去打柴烧乜嘢呢?使乜嘢烤熟泥鳅呢?使乜嘢煲饭烧水?"为了更像真理在握,他使用了正宗粤语。

一旦用了代表权威的广东话,这事就不可逆转了。

关于柴,它们在这里冉冉上升……那些千奇百怪的柴火……最先浮上来的是木糠。木糠,锯木头落下的粉末,像米糠,也像黄豆面,我知道怎样烧木糠——先要筑紧,在中间留一只孔洞。用吹火筒立在炉膛中央,边倒木糠边筑,筑紧实了,抽出吹火筒,一只光滑的孔洞就制成了。废报纸,团皱放入孔洞,点上火,孔洞壁的木糠燃起来,黄色的火,它不会是蓝色的……过一时,火势弱了,用一只铁钩,钩一下,火就又起来了。

食堂是烧谷壳的,有间屋专用来放谷壳,它没有窗户,常日不关门,半屋子谷壳散发出呛人的气味。灶火正旺,灶门很陡,谷壳在灶里层层燃烧,火势比木糠饱满明亮……伙夫用簸箕铲上满满一簸谷壳,嗖的一下向灶门猛一送,新到的谷壳盖在快要燃尽的谷壳上,如同接力赛。那时我家还没搬到医院,我只偶然一见,更觉神奇。

街上开始流行蜂窝煤,人人叹为观止,认它高级。因本地只产瓷器不产煤,煤就贵重过瓷器,又因煤来自远处——不但来自远处,它还来自时间:据讲系几百万年前的树变成的,要到地底下深几十里的地方运出来,而且,煤、煤球、煤矿,这样的字眼常常出现在一些伟大的地方,"毛主席去安源",一幅油画;"家住安源萍水头",《杜鹃山》柯湘唱的,那个安源就是煤矿。还有呢,《红灯记》里的李铁梅也捡过煤球。可见非庸常之物。全县城就跃跃欲试,街上片片空地一时都晒上了自制蜂窝煤。像堆萝卜,家家户户堆起一堆散煤和一堆黄泥,黄泥作为一种黏合剂,除了粘紧煤,还可增加蜂窝煤的分量和体积,它使一堆煤变成一堆半或者更多。

有人发明了用药渣做成蜂窝煤——

与木糠相比,药渣更粗糙且复杂,各种树皮草根,在医院制剂室的大铁锅里熬上几昼夜,它们分解、疲软、松散、一败涂地……之后摊在制剂室的地坪上。医院的人家,家家制过药渣蜂窝煤:药渣黄泥拌均匀,用一只带柄的铁模罩头摁下去,用力摁,再倒模出来,只只药渣蜂窝煤实打实就出来了,有模有样的。药渣烧过之后,创造力激发的热情也就陈旧了,药渣到底不好烧,就不烧了。于是打回原形,重新成为药渣。

那么多柴还不够,除了木糠、谷壳、药渣、树皮、松毛、树枝和劈柴、蜂窝煤……还不止，我们的柴还包括太阳。

一排白铁皮桶排在洗身房前的空地上，盛夏午后，太阳晒到水里，桶壁上起一层细细的水泡，水泡慢慢破裂，桶里的水渐渐变暖。在夏天，那是我们的洗澡水……日光帮忙把洗澡水烧得温热，节省无数柴火。晒过的水要早早用掉，太阳一落山水就变凉了，淋在身上起一层鸡滋。

我和吕觉悟还不远万里去酒厂洗澡，酒厂的热水一分钱一桶。当然是的，烧自己的柴不如烧别人的柴……一人挎着一只桶奔赴遥远的酒厂，我们在桶里放上毛巾和换洗衣服，穿着木鞋。下午四五点，太阳正高，我们从沙街出发，行过供电所和龙桥街口，白铁桶撞着腰胯和屁股，木鞋击石发出响亮而混乱的声音，如同一支丢盔弃甲的部队。要过一条独石桥，红色的朱砂条石（晋时葛洪就是打算用这些朱砂炼丹的），中间是青石桥墩，桥面两拃宽，没护栏，下面全是乱石，一发大水，远近河水嗷嗷喊。然后我们光脚行在河岸上……然后，闻到一阵猪屎气，猪仓到了。猪仓到了酒厂就不远了，空气中的酒糟味先是淡的，然后越来越浓。酒厂里热气弥漫。热水在一只大池子里冒着气。两人各拿出一分钱，买到一张热水票，龙头拧开，热水马上注满白铁皮桶，真是容易。目瞪口呆之后，一人一桶热水拎入酒厂的冲凉房，换洗衫裤搭在木门上。

腥：脏。

——《李跃豆词典》

晴朗的冬天就去食堂担热水。过操场旧产科，上马路，太平间院子的门敞开着，要在到达太平间门口之前过马路对面，过了马路也不向那门口张望。只有确认门是关着的，才会眺望那院内的木瓜。木瓜高而瘦。

食堂紧邻外科病房，从窗口望得见病人睡在病床上，他们百无聊赖，打着石膏，颈上吊住绑带。有人趴在窗口望这边，这边人气沸腾，做好的饭菜摆上大案桌，热气腾腾，打饭的人行出行入，手里捧住饭盒或饭盅。

接到滚热的水，上肩，沿着供应室制剂室门诊部旧产科返回，然后穿过操场，跨过水沟，行过篾席遮拦的厨房和人面树浓荫掩映的过道，把一担水放在了洗衣台旁边的空地上。而水还冒着热气。

她从不记得米豆担过热水，也不见他洗过澡，从未见过他拎一桶热水入冲凉房，也未见过他洗衣服。她不知道他是在哪里。

她只记得姐弟俩在一只光秃秃的山坡上打柴。在老家山区。

两人合一只畚箕，虽有只竹笆，却不见松树，那草稀疏得不堪。一笆下去，收回来不过几根烂草尖。她憎恶打柴,站在坡上远望,连绵的丘陵,望不见大路,也没有河。

她问米豆:"记得外婆家冇?""哦。"他迷茫应道。

她又问:"你知我们圭宁在歆只方向啰?"

米豆不应,他勤勉拔草。他撅着屁股揪着几根草用力拺,这种草根深茎韧,手掌勒出道道深印,却总薅不下来……

老家的这些,她总要一次次地从漫漫的时间中捞出来,她给它们以氧气,它们活转过来,向她瞪着往时的眼睛。

这一年是清晰的刻痕,防空洞、山岭、翻起的新泥、鸡丁锄、山上的战壕、防空演习、啸叫的警报、珍宝岛……深挖洞,广积粮,不称霸。

姐弟俩由春一带回邻县的山区老家,汽车马上就开,米豆忽然不见了,春一急得跳脚。晕车,汽油味浊而闷,浊气四处压来,直入五脏六腑,想呕,呕不出,呼吸不畅,四肢发软,五脏六腑翻腾,搅起胆汁,嘴里又酸又苦。第二日换了辆运生猪的大卡车,车厢里铺了一层干稻草,车顶盖了一大幅油布,算是挡住了日头。卡车上一股极浓的六六粉气味,呛得三人猛咳,一声赶着一声,咳成一片。车一开,又晕得天地旋转,她呕在稻草上,再扔掉。

两人住在五叔家,五叔三个孩子,一岁到六岁,个个稀里哗啦龌龊——

拖着鼻涕、头上沾着草泥、衣服不是长得拖地就是短得露出肚脐眼、衫袖口结了厚厚一层硬壳,是擦鼻涕擦的。五婶指望跃豆能带这三个孩子,她忍住厌恶,给最小那个揩鼻涕,黏糊糊滑溜溜冰凉凉的鼻涕让她恶心,她闭着眼,把这摊鼻涕从孩子脸上揩下来,再擦到草堆上。

五婶冷眼望了,一句话不讲。

米豆真仁义,跃豆不带孩子他来带,他才七八岁,他不停地给三个孩子揩鼻涕,食指和拇指捏着鼻涕使劲甩,甩不掉就蹭到台阶棱或者灶间的柴草上,他不怕龌,他自己也是龌兮兮的。他对陌生的一切安之若素,客家话听不懂,他乖,仿佛听懂了。

当地吃萝卜腩——一大镬水,萝卜整条放入,加几大勺粗盐,烧一蔸树根熬它,熬个三日三夜,熬到一镬清水变成半镬黑水,萝卜呢,成了烂烂的棕黑色,捞起放入瓦缸,吃饭时用筷子夹出半截。熬出的黑水用来当酱油,炒菜时放一点,菜虽有了咸味,颜色却是暗黑的。

米豆至诚欢喜。

极稀的粥,日日餐餐黑乎乎萝卜腩。晚饭倒是有米饭,但那米饭也不是煲的饭，叫捞饭。连水带米一大锅煮开，再使一只竹筲，半熟的米捞到一只小木盆盖上盖，如此焖熟。米汤呢，喂猪。晚饭的菜总是葱，葱可不是调料，它是自己炒成一大碟，一人撩一筷就光了。有新鲜木薯，生产队分的，春一讲，新鲜木薯剥皮切成片，用猪油炒，特别好吃。盼了几日终于知道，五婶不让炒木薯片，要晒干放住，先不吃。

有日晏昼家中无人，春一领跃豆去储物屋拿东西，只见大大细细坛坛罐罐铺一地，她闻到一阵熟悉的咸萝卜干的香味，循味揭开一只细瓦罐，果真是。她不停吸鼻子。春一站了一时，确认她有处理两根咸萝卜干的权力，就挖出两根，去灶间舀了小半勺水缸水洗过，让跃豆空口当零食吃了。

米豆从不惦记回圭宁，不惦记上学。

唯她无比饥渴，不可遏止地要翻过一面山坡去眺望小学校，学校上课的钟声（是挂在屋梁的一截锄头）一响，她就会一路奔跑，一直跑到别人的教室门口。她从自己家带了一支铅笔和一只本子，米豆什么都没有带，他七八岁了，除了她教给他的那只"的"，似乎不认识别的字。

想起这个，她想找一本书来考考他，却没找到。

用带来的铅笔写了信，寄给母亲大人梁远照，问何时能回去上学，再晚功课就赶不上了。之后日日等回信，一直等，如此半年。

以为永生不能再上学，以为吃一根咸萝卜干都将是一种奢望。她总是听闻自己身体里断裂的声音咔嚓咔嚓响。在老家的葱与黑色萝卜腩的气息中。

那绝望的声音绵延了许多年。

有一种说法是：远照再嫁了，两个孩子理所当然归李家养，自然不会有人让姐弟回去了。前面一句春一不会说，后面这句，春一是确凿讲过的。看她日日等信，她不忍。

除了打柴揢草、擦鼻涕、吃萝卜腩，她再也想不出米豆的任何事情。没人想到他应该上学，他不惦记，仿佛安稳，从未听他念叨圭宁和妈妈。

他也不生病，跃豆却生病了。

发烧，全身都是软的，头昏，嗓子和胸口都像着了火，辣辣地痛，却又感到冷。她做梦，梦见一只古怪的石狮子，在梦中眼泪滚下来，冒着烟。还好米豆知道叫来五叔，五婶捣烂葱姜做了一碗热粥，她咽下去又呕出来……病好了，人变得古怪，仿佛对一切视而不见，整日不作声，也不干活，无论打柴还是带孩子。自己发着呆，到了吃饭时间，就站到灶间门口，一碟葱，或者一碗包菜放到饭桌上了，就自己盛饭，然后夹一筷子菜，捧到睡觉的屋里独己吃。

安陆山区对跃豆是一场噩梦，对米豆不是。

他也浑身腥兮兮，但不是因绝望而腥，他腥得自在，没人嫌他腥，他自己也不嫌自己腥，有时忽然见他是笑的，但不知他为何笑。总之他是一点都不委屈的。跃豆一向爱干净，现在比他腥，她不洗头，头发结成了饼就让它结，梳不通就不梳。她也不洗澡，衣服呢，有两月没换过了。

她是打算死了就算了，她的腥是自暴自弃，米豆是自在。

薯菇子：马铃薯。

——《李跃豆词典》

半年之后，姐弟俩回到母亲身边，在县城上学。她记得米豆吃饭的样子，灶间的一张矮饭桌上，他低着头，飞快地搛菜，一碟苦麦菜，他搛了一筷放入嘴，正要嚼，萧继父就开始发话，他喜欢饭桌教子："搛菜呢，只夹自己面前的，无要搛别人面前的，无要乱翻菜。"

继父换上一口正宗广东话，神情威严。

远照配合着："米豆，听你萧叔讲话。"米豆就含住嘴里的青菜，等萧继父讲完才小心嚼动。继父却又问起算数题，灾难再次在饭桌上到来：17+18，27+48，29+35，他三四年级甚至五年级了，早早就越过两位数进位的加法，但他硬是被卡住了。人木了一时，眼看他嘴角下撇，眼里含了一泡泪……他本来能算出的，但一嘴饭菜，又众目睽睽，他蒙得很。

跃豆有一点愧疚，因她占据了缝纫机的背面，那是家中唯一像桌子的地方。她在那上头做作业，而米豆，不知他在哪，也从未见他做过功课。

那房间的窗口朝向公路，是公路拐弯处。拐弯，且上坡，所有汽车经过都要大按喇叭，卡车轮胎碾压路上的砂石子，重浊的嘎嘎声灌入房间，直灌到床。两张床摆成直角，空当处两条凳，扩两只糙板木箱，没有桌台，有张椅，是公家的，漆成酱油似的檀褐色，椅背有号码。

缝纫机是重要家具，它缝补衣服时固然重要，但不缝衣时更重要，因机头一翻，面板变成平的，正好是张桌子。跃豆日日在缝纫机上写字，做作业和记日记。她还在上面写过一篇论文呢，关于化学元素的量变和质变，还做过一把游标卡尺和一个原子模型，一概在此。但她没见过米豆，也没见过大海在这张"桌子"前坐过一秒钟。

她不知道米豆这时在哪里。

那间朝向公路的房间，两张床顶成直角，床底下摆着各自的解放鞋，鞋面鞋肚一层灰尘。跃豆比米豆更爱赤脚,那张医院子弟的合影,仅她一人光着脚丫,照片上也有米豆,他排在倒数第二,头歪着,脸比他小时候的照片尖多了,他的脸越来越尖。他的衣服是谁洗的呢?估计是他自己,你没有帮过他,你只帮家里洗过蚊帐被铺。冬天撤下蚊帐春夏撤下厚被,一概是她帮手洗晒。蚊帐被套装入桶,拿到河边,卷起裤腿下河,捧起这一篸织物向河里一抛,流水不断流过,在水里荡几下就荡净了。

她不记得和米豆一起洗过衣被,一次都没有。蚊帐被套要两个人同时拧,一人一头反向使力,两头的水挤到中间。对面那头次次都是母亲。她也想不起米豆做过别的:破柴、择菜、洗碗、扫地……他是一个被忽略的人,一个影子,一个吃饭时在饭桌上含着菜的影子,若非他跟一道两位数的算术题在一起,他是模糊发虚无法对焦的。

四五年就过去了。她高中毕业下乡插队。此后绝少见到他。

章三　乱麻

咸鱼:对尸体的蔑称。**椰菜**:包菜。

——《李跃豆词典》

算术像堆乱麻,再次纷纷扑来。

米豆在瓷厂当了三年拉料工之后,禾基叔叔千难万难帮他调动,他就回了老家的县城,五金店站柜台。不再天天烈日烘晒,在了有屋顶的店里,锁头、铁线、钢管、电线、灯泡、插座、针头线脑……他欢喜得很。

只是算术又来了,且都是带小数点的,搅得他更乱了,他要一样样认,一样样记住。他又觉得他更适合在烈日下推料车。一个月下来,店里的货还没认全,账也没算清楚,他又调动了。一调调到离县城最远的公社,熟人一个没有,又要自己煮饭,他不会,好啁,就去供销社搭伙饭,他没胃口,好啁,又去米粉铺吃,吃了肚子却发胀,好啁,他就出门走动行路消化。

他随地安顿心情,样样安之若素。

他拐到屋背,一片菜地种了椰菜和葱。他行到葱跟前,想起细时在老家吃的葱,一整碟的葱头葱叶,他想起那葱的味道,那种葱不辣,一炒就软。在没有食欲时,他就念想老家山里的炒葱捞饭萝卜腩,以及灶间柴草气。

这里他一个人都不认得,他只认得葱。

没人讲话，不怕的，他就同葱讲，他喊道："喂——"这声音吓他自己一跳，他四处望望，除了远处有只人低头割菜，并无别人。他再睇眼前的葱地，风吹过，直溜溜的葱一阵摆动，他睁大了眼："吔……"他认为葱听闻了他的招呼，就蹲下身，低声道："喂，喂。"这次葱睡着了，一动不动。"吔？为乜嘢啯？"他不甘心，连连叫道，"喂喂，喂喂喂，喂喂喂喂喂喂喂……"他打算把睡熟的葱叫醒。

吔。

吔？为乜嘢啯？

喂喂，喂喂喂，喂喂喂喂喂喂喂。

喂喂，你地识无识听啊？

识听无识讲啊？

风总算来了，葱们起伏摇摆。

他心满意足回到五金店后面的小屋子，屋子有扇细窗，是木门，透过道道窗棂望向外面，只见一片灰蒙，样样望不真。天说黑就黑了，他仍然心满意足。他没有洗脚，也没有洗手脸就上床睡觉。没人让他洗，他不嫌弃自己。

次日他又去葱地："喂——"他像见到熟人，微笑起来，"喂喂……"他睡得几好，气是足的。

望了一阵葱，又望望邻近的椰菜地，椰菜亦变成个半熟人。他穿过椰菜地向前行，前头有片灰绿色高出一大截的植物，他近视，望不真。米豆的近视有些古怪，从不见他看书，竟然近视。他一径向前，要望睇这溜灰绿是何名堂。到了跟前才望真了，原来是甘蔗地，叶像茅草，打根向上出了好几节蔗，这在外婆家也有，他还见过榨糖呢，也是在外婆家。他伸出手指刮了一下蔗皮，一层白粉沾到指肚。

"喂喂，你地识无识听啊？"一朝一晚，他去探望葱们。

好啰，他决定，葱这些植物，是识听无识讲的，这没关系，他想要讲的也不多。甘蔗呢，有点不好，它们的白粉让他皮肤发痒，叶边的细齿又割得手臂一道道痕。不过有葱，算正负相抵了。

一夜，窗口伸入半张芭蕉叶，光亮亮滑捋捋的，又肥又大，他欢喜极了，起身至诚望，伸手一摸，凉沁沁的，他真钟意啊，天热光身睡在芭蕉叶上，至爽逗。他探头望了望芭蕉木，吓了一跳，这秆身几肥大的，大过日常见过的芭蕉秆，设若放入北流河，坐得落两只人。

第二日一起床他就去探芭蕉木，他望了又望，奇怪，它并不在窗外的墙根。

他就对住空气讲："你真系犀利的，夜间行远路来探我。"他一路行，穿过葱地、椰菜地、甘蔗地，他望见了一禽松树，比海碗粗不了几多，毕竟是松树，树底落了松须，树旁边有一只坟。再两步，真的望见了一禽芭蕉木，他拍拍秆身："哈，就系你就系你！"

夜晚芭蕉叶又打窗口探入，它奇怪地唱着一首童谣，这歌谣米豆也会唱："头辫尾，垌垌企，担水夫娘碰着你，喊你冇哭就冇哭，俾条咸鱼你送粥。表兄哥，表兄哥，问你几时娶老婆？"

就是这时，他忽然结了婚。

一个村姑，一只圆滚滚的肥妹，一不做二不休就收服了他。谁知道她是打哪来的，对全家上下（包括远照一家和禾基一家）而言，她是从地底拱出来的，对米豆而言，她是芭蕉木变的。

圆圆肥肥，周身胀鼓鼓。一只熟透的果子，轻轻一碰它就跌落了，落地之后自己滚动，直滚到米豆的怀里⋯⋯有的果子是容易的，比如木瓜，见它变黄了就拿条竹竿，对准它的柄，一顶，它就跌落了；另有些果子，熟了都不落，要人来执它，荔枝、龙眼、人面果、黄皮果，使竹竿，竿头做一只开叉，对准一权树枝，出力一掰一扭一拖，咔嚓一声，树枝筋断骨裂，连叶带果夹在竹竿的叉上⋯⋯第三种，必是生时就要收，香蕉，青色时辰就成束割落，放在家里嗯熟（焖熟）。放在哪里呢？放在米缸，盖好盖，放它七八日，就嗯熟了。

你系边一种呢？

肥妹既是地里生出，亦是天上跌落。米豆找那禽芭蕉木，从五金店的后背行到葱地，过了椰菜地、甘蔗地到一禽松树下，她就生出来了⋯⋯她比他大两岁，米豆不介意，好嘅，他们去公社登记结了婚。

夜里米豆听闻墙外有喧哗声，他探头一望，空落落的墙外不知打哪来了一队芭蕉木，一见他，它们就齐声唱起一支歌："一二三，穿威衫，四五六，罩扣肉，七八九，新娘大哭冇知羞。"

米豆大声与肥妹讲："我知了，你就系芭蕉木变的。"

闻此事，远照大吃一惊，随即也就踏实了。她从医院调回妇幼保健站，谓之归队，不但做了副站长，还当上了县政协委员，是一生中至风生水起的日子。她还入了致公党，这个致公党了不得，有海外关系才能入的，兄弟远章在香港，香港，它的的确确是海外，这样远照就有了一块合脚的垫脚石。梁远照，她遇到事情会找领导，以侨属的身份，以政协委员的身份。

她竟办成了件大事，以一己之力，把萧继父调到一个好单位。

萧继父本来在公社抽水站，属农林线，也叫作农林系统。有几十年，人人都像蚂蚱绑在线上，不能自由跳动，从农林线调到工交线，所谓过线，跨系统调动，其难度系数，相当于从南极到北极。

她在走廊拦住县领导，事情就成功了，萧继父调到了最大的水泥厂管仓库，有进货权和出货权。他时常去南宁出差，给远照买回漂亮的塑料凉鞋和短袖衬衫，也给跃豆买了一双好看的凉鞋，她读高中了，不再打赤脚。

米豆和肥妹，生米煮成了熟饭，在遥远的、另一个县的乡下，米豆过起了他乱七八糟的小日子。肥妹竟是个懒女人，她人是不懒的，手懒。逼仄的房间，东西乱丢一气，床上乱笆邋像垃圾堆，啃了一半的发糕，蜷缩的袜，衫裤揉成一团，米豆一出门，比以前更皱，柜台一站，连老顾客都要疑惑。肥妹手懒，眼风却不懒。她爱瞥人，有开车的男人经过，她会瞥上好多瞥。

"植物都系懒的。"米豆得出结论。既然肥妹是芭蕉木变的，她的懒就是必然，更加讲明，她至诚系芭蕉木变成。

一对女儿落生了，又白又肥的双胞胎。

米豆把手背放到婴儿的脸边对比，他像黑人，女儿像白人。他取名为大厄和二厄，厄，侬厄的简称，侬厄，方言，婴儿。肥妹的奶水足，人也像面包圆圆的。米豆奋力给她买猪蹄炖黄豆下奶，大厄二厄居然够吃。

满月时米豆觉得厄字太古怪，音也不好喊。大厄就改为甘蔗，二厄改为桃花。

远照越来越忙，她升职当上了站长，抓业务，搞试点，保健、体检，她又要考职称，她是小学文凭，却要考主管医师的职称。了不得，在县里可是顶级的职称。要考英语的，从未学过。

"有何种学习方法啰？"她问。

跃豆回在家，一句硬邦邦的话回过来："何种方法，两只字——硬记。"

再难她亦要考的——背单词，名词、动词、副词，妇产科有五道题，她估中了三道，好歹过关。操作亦要考的，侧切、会阴侧切、吸引剖宫产，这个她会。正要考试，她被喊去白马公社做剖宫产。"怎办啰，跟职称考试撞车了？"请示卫生局管事的，就免了考。却又要写论文，这下真系至难的，远照愁得睡不着。好在，阿韦愿意帮她，韦乙瑛医师，医专毕业，有水平，建议她搵出两篇业务总结，帮她改写成一篇《病例分析》。对此梁远照永志不忘。

要去开很多会，自治区、地区、县，各级卫生局组织的检查团，去各地检查。还有六长考试——医院院长、妇幼保健站站长、防疫站站长、皮防站站长、药检所所长、卫生局长，正职副职，集中考试，培训、听课、记笔记。远照的一手钢笔字是几好的，她年轻时发奋的结果。她还拓展了保健站的业务范围——小小保健站，开起了留医部。之前仅人工流产一项，有了留医部，生孩子就无使去医院挤了，这里更近城区，送饭方便，又清静，再讲，人人信任梁远照站长，"至有经验就系渠啰"。不过，当然，有大出血还是要找急救车送去医院，贫血的、妊娠合并症的、骨盆狭窄的都不收。她多次去南宁，卫生厅附近的几条街，条条她都熟透了。

荔枝季节，她拎一篓新执的荔枝上南宁，一种叫"桂味"的荔枝，贵过普通荔枝两倍，核小，肉厚，甜度足。早上七点动身，晚上七点到，太夜了，她径去天桃路的军区招待所住落。荔枝隔夜总是差成色，天又热，她逡巡一圈，开了空调对准荔枝吹，她真系有办法的。

她有时是去进器材，有了荔枝，她笑盈盈的，进个器材也并不难；有时是去开会，她的字写得真不错，总有人夸。

就这样，她到达了人生巅峰，当上了职称评定委员会的评委，从政协委员当到常委。她能干、要强，十分泼辣，且头脑清楚，识分析，能断事。

时常有人说："远照啊远照，梁副啊梁副，你这么犀利，儿女都不及你喔。"

忽然米豆离婚了，不经意间，肥妹从植物变成了动物。

米豆也明白的，是因为门口的风，路边拂拂开过的卡车带来了风，一有车开过，芭蕉叶就全力挣扎斜向风的方向，一日，肥妹不见了，她带走了桃花，给米豆留下了甘蔗。

米豆就一边上班一边带孩子。

甘蔗自己玩，她摇晃着穿到前面店堂，米豆给她一只锁头，她马上把自己的脚拇指砸了。米豆望了望柜台的货，铁线不能玩，她会捅鼻孔，钢管，也不能，手指头探入就出不来了，电灯泡，一碰就碎的……甘蔗一无聊就出后门爬葱地，她拔葱，塞入嘴，辣得满脸鼻涕眼泪。她又爬去甘蔗地，地里有只猪正在乱拱，她就同猪耍，猪呜噜呜噜的，她也学会了高低不同的呜噜，蔗叶割破了手背，猪还帮她舔……

总之是一塌糊涂。

远照大惊，"不得的，怎得啰"。于是，甘蔗被接回圭宁县城，远照一边上夜班一边带孙女。真是了不起，也真是没规矩，更是平常心——一个电影（大概是《小武》），小偷捉入派出所，所里老警察与常规警察大不同，不精干也不够严谨，甚至一脸病容，他是皱的、老的、随便的，他不停地咳嗽。更让人错愕的是他带着小孙子来处理小偷，他硬是平常心。

说到底，小偷偷东西其实也是平常之事。

小县城是比大城市更具平常心的。

白日甘蔗就在诊室停着，远照帮人睇病开处方，甘蔗在屋隅玩空药盒。有人要生了，她让产妇家属帮忙睇住，不准甘蔗闯入产房。有次疏忽，甘蔗竟闯进去了，她望见了外阴消毒，还睇到产道露出半只婴儿的头，她一概不哭不喊，仿佛早已身经百战。产房经常不关门的，夏天热，更加不关，只在门口的中段挂了一截白布做门帘，白布正中有一只西瓜大的红十字，以示庄严。产妇时时叫喊，血气阵阵涌出……"哇"的一声生出来了，称重、包扎，头发湿漉漉地抱给家属，远照这才回到值班室，一看，甘蔗在椅上睡熟了，幸好两张椅是对摆的，两面都有椅背。

碰到大出血要送县医院，远照手脚利索，她迅速找出一条绑带，拖过甘蔗，绑她在诊室的桌腿上。

一唥：一口。**周时**：经常。

——《李跃豆词典》

米豆又独己在山区供销社，日子狼狈。一日日过，过齐一日，夜里睡觉，第二朝起身又开始过一日。衣服龌腻，龌就龌，不怕的，屋里乱笆邋，乱一点有咩要紧，不怕。领导没有好面色，他望见了，无甚反应。他想不起来洗身，先前系妈妈喊他洗，后来是肥妹喊他，没有人喊，他就忘记了。等到身上有了味道，不好闻，他皱皱眉头才谂起。要紧的是他的胃，没胃口，吃一唥就发胀，医生建议他食面条，不怕的，他就自己买了挂面，用白水煮上一碗，吃半碗，剩下半碗到晚上再接住吃。

他不去望葱了，那片地改种了番薯，他不喜，因番薯吃得他肚胀痛。甘蔗地仍然种甘蔗，只是诗意早已消失，一行近甘蔗地他就发痒。他有时企在屋檐底望远处的芭蕉，芭蕉还是好的，他起了兴致，才行两步却又累了。他靠在墙上，抱着肩膀，这个姿势有点像父亲李稻基呢，不过缩了水，是一个删减版，少了好几个码。

他望向芭蕉那边的云，云是红的，什么红呢，柿子红。但很快渗了灰色，再后变得全灰。

萧继父使用了正规的粤语，认真同萧大海谈话：
"渠系你嘅细佬，你都系要帮渠嘅，你无帮边个黎帮。
"你呢度有无有编制畀渠。
"你个厂长都系我揾同乡帮你先得做嘅，宜家你要帮翻细佬。"
大海是个好青年，始终是父亲的骄傲。这个骄傲是用棍棒打出来的——一根粗柴棍，有时甚至是一截劈柴，每每打得惊天动地。不是作态，是真打，从不留情。

每个学期期末，萧继父就用正规粤语问孩子们的考试分数，跃豆分数次次高过大海，他很恼火，他的火沿着柴棍倾泻到大海身上……

萧继父坚信大海能成才，越是坚信他就越打得狠，只有一顿棍棒下去，他才觉得既对得住自己，亦对得住亲儿子。挨打之后大海居然不恨他老豆，真系奇迹。他努力学习，劳动课不惜力，不嘴碎，且出落得一表人才。插队了，他就去，两年就从农村出来了，工农兵学员，上的是中专，化工学校。

他毕业了，不几年当上了厂长，虽是几十人的小厂，但，他有辆吉普车呢，非常之烂，极其之旧，车门没有玻璃。车是厂里的，他随时可用，若去外县开会，他就坐上这辆又破又旧满身是土的吉普车，在到处是坑的公路上风尘仆仆，仿佛从第二次世界大战的战场直接开过来。车虽破，却威势，坐在司机旁边，腰挺拔，目视正前方……萧继父用正规粤语谈话之后，大海把米豆调到了松脂厂，回到圭宁母亲身边。

新的生活又开始了——

我们的米豆，他每朝五点半起身，先去买馒头或发糕。每次买七只，朝早两只，晏昼三只，入暗再吃两只，要夜里八九点才回到家。

吃了馒头他就出发，带着他的干粮和水叮叮当当的，他踩单车踩到一处坡坳，这里有只茶摊，他总要歇下来坐一时，这处坡坳是他习惯性的消停时刻，他不慌不忙行到一片平坡，我们的米豆，他略侧着头，以普通话、以朗诵的腔调诵道："我有一个梦想……"这个句式不像米豆的。是规范语言、书面语，像梦一样高拔虚幻，完全是他生活的反面。

但空气是肃穆的。

跃豆一直不明白，米豆何以热爱书面语和普通话。溯其源头，大概是他三岁去江西待过两年，远章矿务局的同事邻舍都讲普通话。还可追溯到他五岁，她教他认识的那个"的"字，在粤语地区，整个粤语体系都不会有一个"的"字，"的"，是一个古怪的、北地的、异己的名堂。

源头之二，老家那半年。老家是客家话地区，客家话接近普通话，史上几次大迁徙从北方迁来。大姐李春一肯定也影响了他。她是重点中学高才生，规范训练的普通话够她到了北京不怯场。回老家种地，是从云里跌落，她却既不消沉，亦不怀疑时代，倒时时想激扬精神。于是跃豆和米豆，就时常望见春一对住一垄红薯地或者菠萝地背诵领袖诗词，"中华儿女多奇志，不爱红装爱武装……"她迷茫着给自己打气。

米豆热爱普通话、书面语的音节。他至诚认为，春一大姐面对菠萝地朗诵的那些领袖诗词代表了深奥和高档次。"啊,红军不怕远征难,万水千山只等闲,五岭逶迤腾细浪,乌蒙磅礴走泥丸……"

他用普通话诵完了"我有一个梦想",然后仿照大姐,朗诵了一首《长征》算是应着景呢。他越岭入山收松脂,可不正是,万水千山加五岭逶迤。他激昂起来,眨眼之间却读完了,他仍不尽兴,再一次诵道:"我有一个梦想……"咩嘢梦想呢,他再想不出普通话的句子。

而母语滚滚而出,圭宁土话他的母语,像野蜂。

他就对着满山的松树呢喃:"松树昼夜流出松脂至好,松脂生成石柱生成芭蕉秆至好,系啊,做禽芭蕉木几幸福啊,企在泥里就结得出长长一梳芭蕉。芭蕉秆,落到河里一路漂去西江再漂入珠江,漂漂漂直漂到大海……"

他至诚向往大海呢,唯有成为芭蕉秆他才可漂去大海。那一路的水浪在他心里一浪一浪的。

也梦想自己识开卡车,开得快过火车,开去至远的广州。

广州他没去过,梦想中,广州的楼屋高过山、鸡蛋堆到天棚顶、玻璃珠子(女儿至喜欢)满地都是、米粽里的肉比东门口买的要粗得多,因他亲眼望见一车车生猪运去广州。关于开车,一只书面语窜到他嘴边,奔驰。啊奔驰,圭宁土话讲,拂拂开……"骏马奔驰在辽阔的草原",他甚至五音不全地唱了一句。

设若他识开卡车,肥妹就会坐在他身边,他一捏她脸上的肉她就咯咯笑,像只母鸡……梦想过后他继续走村串户,转完一村再去下一村。村里有人给他咸萝卜和米汤,他觉得真系好,几好啊。他拿出自己的冷馒头,就着米汤和咸萝卜,一口一口咽下去。

他早就放弃了坐办公室的理想,再不考虑去这里那里,做这样或那样。他每日下乡收购松脂,一分钟一分钟过下去,用远照的话讲,日子流流过。

凭着上游的水势向前流动,遇到阻碍、坑、漩涡,他一概不着急,就让日子自己过下去。

米豆的松脂时期跃豆见过他一次。那时候,她与霍先的恋情陷入僵局,霍先在郊区出外景,她给他写了好几封信,他一概不回。为了稀释难熬的分分秒秒,她干脆回了圭宁,这样她就不用等信了。

她在楼顶闲望,正好米豆回来。

他支好单车,在一楼的水池边冲了手脚,甘蔗趴在产房门口的椅子上,她一只手捏空药瓶,一只手捏爸爸的旧袖套,是松脂厂的劳保用品,甘蔗时时要捏它在手,吃饭玩耍,概不松开。睡觉要放在枕头边,白日揞鼻,或嘴舔,这只袖套全世界至齷,沾满了甘蔗的涎水、鼻涕、眼泪水,她坚决不准洗,拿开了就要死命大哭。

跃豆知道这个,她幼时紧紧抓住的是自己的头巾,一条粉红的针织方巾,中间有三朵印花,四周是绿叶图案,外婆在方巾的一角绣了"跃豆"二字,带到幼儿园当枕巾使。有次回家,见母亲使这头巾当抹脚布,她一把抢过:"怎么用我的头巾擦脚啊,我要收好的。"母亲这时也想了起来:"你细时想外婆睡不着,就揪那上头的线。"总之是幼时缺乏安全感,抓件亲人的物品,心里就安定了。

米豆抱甘蔗上楼,甘蔗一路紧紧搂住爸爸的颈脖,米豆一步一顿,仿佛甘蔗有千斤重。上了楼,米豆也不入屋,就站在走廊上,那里没有别人。父女两个一声不响,异常安静,像两头受了委屈的动物。

正是做晚饭时径,一束夕阳从透空的水泥墙壁照进,射在父女俩的身上,烨烨一团。

她又有很多年没见到米豆。

时代即使猛烈摇晃,也不见米豆慌张。他像某种蕨类植物,没有水也能活着。松脂厂倒闭了,眼看就要失业,别人焦虑,他永不焦虑。他没有任何人脉,有人脉他也不会找。他的事都是别人着急的。

远照托熟人让米豆进加油站,他就高高兴兴买了辆老旧的二手摩托去上班。车的力气不够,冲不上斜坡,他就安慰车,他拍拍车头,又拍拍坐鞍:"冇怕啊,冇怕啊,我至诚出力就上得。"他推车,偓着身,背有点驼,耸肩,有点似老人,也像孩子。加油站在半山坡,屋子里一床一桌,还有电风扇和黑白电视,地上有只电炉,八百瓦的,屋角有大扫杆,又有长镰刀,样样他都欢喜。他夜夜守在加油站,常时半夜要起身加油,这他也欢喜。前任在门口贴了副对联:"顺风油站名实在,纯正油料在此加。"这个太普通了,他另写了一副:"赤橙黄绿青蓝紫,谁持彩练当空舞。"字不靓,内容表达了他的心情。

他又结婚了。

红中是军队子弟,在水泥厂食堂做工。他们生了一个女儿。米豆又把她叫作侬厄,他一叫,就想起大厄和二厄,准确地说,是想起二厄桃花,自从桃花跟了肥妹,他就没有再见过她。听讲肥妹嫁到了湖北团风,桃花跟继父改姓蒲。

跃豆把米豆忘了。她不但忘了米豆,家里的其他人她也忘了。

她过年不回家,极少写信,从未给米豆、海宝、大海、春一写过一封信,他们也没给她写过信。大学毕业的第一年她回来,萧继父以一口正宗广东话与她讲:

"你领到佐工资,买副眼镜俾你母亲先得。""要眼镜做什么,也不见她戴过。"她淡然答道。

多少年来,父系李姓家人把米豆当成自己藤上的瓜拉扯,时时淋水培土。

米豆盖好了新屋(是红中娘家的功劳),春一从玉林来庆贺,她带来一块大大的玻璃匾屏,镜面水银光滑,四角有大朵红花,上方写着:李米豆新屋落成志喜,下款为:大姐李春一、姑姑李穗好、表姐李平(表姐从母姓,蔑视父权可谓时代先锋)、叔叔李禾基,志喜。匾屏挂在门厅,是墙上唯一的一块匾,够大、够新、够喜庆,亮晃晃的,屋子平添新气象。

跃豆竟不太知道米豆起新屋,更无新屋落成的概念,谁知道新屋落成要有进人仪式的,还要贺喜、摆台,亲朋好友要来捧场,第一次见到这块匾屏时,新屋已变成了旧屋,新镜屏也成了旧的,边缘生了锈。

一件至大的大事在她眼里纯属庸俗。她即使知道也是要沉入海底的,一丝波纹都不会翻在她心上。米豆没有报知她,她也未从母亲大人处得到消息。这个弟弟,早就在她奔赴自己的自由中掉失了。

她在生了锈的贺喜镜屏下坐着,望见上头的字,望到那四角的红花,觉得非常俗气,极其不符合她的审美趣味。她一颗心高居在上,再一次庆幸自己早早就逃离了小镇。

这时禾基叔叔发话了,因她从北京回,叔叔特意赶来相聚。

讲起米豆,松脂厂解散了,他在加油站只是临时工。叔叔以一名国家干部的语气讲:"跃豆啊,你去找县里领导谈谈,你若找,县里会给你面子的。"

她断然回绝:"我不认得他们。"

"不认得也不要紧的……"

叔叔刚开导她半句,话未讲完,她就抢出一句:"县里哪里会帮我的,我没这么大的面子!"她以历尽失败从未成功的神情说道,"我无权无势,没有任何东西能同他们交换,人家是不可能帮我的。"

她不相信一切,她把自己打扮成一个六亲不认的人,或者,她早已是一个六亲不认的人。

多年后她读到一位知名作家的书,书中写到,过春节书记和县长来给他拜过年,面子足够大,为他姐姐从小学民办教师转为公办(他姐姐比米豆强得多,有一大摞模范教师荣誉证书),他去求过县长,还写了一篇《故乡的春天》发了省报大半版。均不成功。最后一次,是全县的民办老师统统转为公办,事情才成。

她庆幸自己没有去求县里。

谁能帮得了米豆呢，他是这样缩头缩脑，同人讲话，不是望天就系望地。同学聚会，他是从头至尾不作声的那一个。谁问他一句，他简直不堪惊吓。他周时是魂不守舍的。

他的魂在何处，无人能知。

海宝一个人已够远照头痛，读书、求职、婚配，样样都是一座山。嗯声间氮肥厂放长假了，不用上班也不发工资；嗯声间裁人了，嗯声间，哗啦一下，大树倒下了，国企改制卖给私人了，统统扫地出门。萧伟杰病了，很快亡故，远照要去广东的私人诊所打工挣钱。一个女流之辈，要鼎力扛起这个家（家等于海宝）。

母亲帮不了米豆。

米豆每月工资统统交给红中，衫袋周时一分钱没有。身上没了钱，米豆更加不用想事情了，由红中帮他惦记。红中一想起来就同他讲："现时你系日工，做一日是一日，喊阿姐帮你揾只正式工作，睇大门都得。"

跃豆不知哪里有这样奇诡的岗位。

就在此时，禾基叔叔跌伤了腰骨。老天对米豆真好，两夫妇欢欢喜喜去了叔叔家，从此米豆不用找工作了，他每日帮叔叔擦身翻身按摩，推轮椅带叔叔去晒太阳，红中呢，做卫生，买菜做饭，每月他们都有工钱的。

伙食不错，两人都胖了。

章四　青苔

米唛：量米筒。

——《李跃豆词典》

说他是遗腹子也不算太不靠谱。

虽他生后两个月父亲才去世，但他一眼都没见过爸爸，他出生时李稻基已经住入南宁的医院，至病逝，中间未曾回过圭宁，婴儿米豆亦未去过南宁。死后李稻基就地火化，葬入公园边缘的一片荒坡。连骨灰，米豆都未见过。

米豆一生向往爸爸的身高，每次见过大姐或者叔叔，回来就要同人讲："我阿爸几高的，几英俊的。"他用了英俊这样一个书面语，说完笑一下，目光烁烁。有日他忽然同跃豆讲，阿爸眼角有一颗痣，跃豆横他："大姐才有痣呢，阿爸没有的，又没有照片，你怎个知呢。"米豆嘴一扁，就想哭。话又讲回来，当屋角的米缸偶尔发出呜呜风声,当天井厚厚的青苔浮浮飘起苔气,她也觉得,米豆跟父亲,未必就没有某条隐秘通道。

他向来把爸爸的身高当成自己的身高,把李谷满的美国当成自己的美国。

李谷满,叔叔李禾基的独子,在三个女儿之后迎来了儿子,作为一个有文化的、大学毕业的人,叔叔给儿子取名谷满,匪夷所思。

不过李谷满没有辜负这个名字,且有突破,或者叫溢出。

一个偌大的谷仓,稻谷不但堆满了,且还漫出来,还有什么比这更富足的人生!李谷满智力超群,读书一路高歌猛进,从广西偏僻小县一举考上了清华,之后斩获了美国的奖学金,留了洋,最后谋得了职位,在波士顿定居。他的妻子是上海人呢,兼之北京大学毕业的。讲起那些国外的洋大学,小城一概不知,只有提到北大清华,才是人人肃然。李谷满,他在美国生了两儿一女,健康美丽干净整洁,五口白牙在草坪上闪闪发光。

全家族每一个人,见了面都要不停地讲到李谷满。

比起所有亲戚,米豆更热衷于此。

不但要谈论谷满,更要谈论美国。既然他代替李谷满照顾父亲,美国就部分地成了他要维护的国家。即便他仅见过谷满一面,最远只去过南宁。

"美国啊几好嘅,细侬都不得打嘅,乜人打细侬都要判坐监嘅(美国多好的,小孩都打不得的,谁打小孩都要被判坐牢的);美国人牙齿都不痛的,细细就要保护好牙齿。"米豆自己常常闹牙痛,他对这条最羡慕。"美国人呢也不胃痛嘅。"米豆自己胃不好,稍多食就发肚胀,美国人不胃痛是他臆想的结果。

去过美国的二堂姐送给他一只冰箱贴,微型的自由女神,灰青色,两根手指合在一起那么大,米豆带回圭宁,给妈妈看过之后小心贴上冰箱门。他常在二堂姐的手机上望见美国,美国的空气树木、集市上的南瓜、大片的草坪、一幢一幢不同的房屋、有英文字的店铺,以及李谷满一家五口白得耀眼的牙齿。

他代替李谷满姐弟四人服侍瘫痪在床的叔叔,吃得好住得好,他真满意啊!

谁又想得到,米豆的甜蜜生活生生被跃豆搅了。

二十多年来她对米豆不闻不问,嗯声间跳出来,是的,米豆服侍叔叔七年,二十四小时陪侍,算得上全年无休,"为咩不能请人替米豆几日呢?"再者,三个女儿,"为咩不能各替上三两日呢?"

她的天问无止无休。正义在身。

那一日在南宁,小姑姑、婶婶、表姐,加上跃豆,一行四人走在林荫道上,她们陪她去睇二手房,朝早睇了三处,下晏昼还要再去两处。四月的南宁还不算热,穿得住一件长袖单衣。行在凉爽的树荫下,人人心情舒畅,表姐和婶婶在前,她和姑姑在后，一行人要去素菜馆自助餐。

但小姑姑提到了米豆。

"米豆在禾基叔那边蛮好的，营养好，身体也好些了。"她本意是宽慰跃豆，因米豆最可怜，且无能，加油站解散后，去一家宾馆上夜班，不出一年，宾馆又不办了，买断工龄，此后他就无业了。他永远没能耐，永远在危机中。还要供甘蔗读大学，小女儿上初中。叔叔正好腰出了毛病，米豆去服侍，工钱比当保安高，且包吃包住。小姑姑觉得非常之好，米豆总算有了着落。

不料想，跃豆忽然就发作了。

她正义感爆棚，一气讲个不停，她语速急骤，语气硬邦："米豆照顾病人，二十四小时陪护全年无休，夜里随时着起床，总有一日要崩溃的。"姑姑怔了怔，停下脚步，睁大眼睛望她。她又快行几步，婶婶和表姐行在头前，她赶上两人，讲出同样的话。

她越讲越有道理，"人的权利""奴役"……

严峻的词倾泻而出，心中是一股正义的怒火。她们极其错愕，断料不到，她有如此犀利看法。婶婶不望她，只目视前方，紧绷脸，连连讲道："不做了不做了。"

跃豆对婶娘的反应全然不顾，蚊蠓挤在她脑子里：他们的儿子在美国，见天晒出幸福生活，一家五口，阳光草坪……叔叔三个女儿，一到夏天就内蒙古避暑，婶婶不出国也不避暑，但她远远躲在南宁清闲，一家人，巨细事掷给米豆。简直是奴役！这真让她怒气难平。

米豆总是对李谷满的美国生活津津乐道，这也让她不爽，他竟然认为，既然叔叔的亲儿子远在美国，由他李米豆照顾瘫痪的叔叔是特别合适的事。

他还怀着欣悦报知跃豆，"她们搭伙去呼伦贝尔大草原避暑了"，似乎那三姐妹去避暑就等于是他去避了暑。呼伦贝尔大草原激发了他的诗意遐想，他压根就没想到，三姐妹应该照顾她们的父亲几日，好让他得以休息。

他到了无我之境，仿佛圣人却不自知。

她就突然发飙了，既然发飙，她就要把此事进行到底。

她给米豆发短信，时文字，时语音。若语音，她就讲圭宁话。她谆谆引导："这样服侍叔叔，属二十四小时陪护，在医院就系特护喔，没有休息系不正常的，无衷冇听闻讲过咩，人不休息，至怕早晚垮掉。就算每周不得休一日，起码一只月休两日，哪怕一日。至起码至起码，逢年过节要有休息。"她没有讲出的还有：虽然付他工资，看上去不少，但跟他的付出相比，是不对等的。

发完他，又发大姐春一。还转给表姐和姑姑。她把自己摆出来，亲戚们夹在中间,左右为难。是的呢,支持了她就等于谴责叔叔一家。

她却是越来越亢奋,简直疯狂。

前时她从南宁坐长途大巴回圭宁,旅途也没磨损她的激情,一到家就同母亲聒噪,振振有词。正义和道德感鼓荡了她,她又讲起了人的权利:"米豆居然觉得不休息是天经地义的。他们家一儿三女,人人都躲开。你讲系无系?"母亲大人只有连连应道:"系啊系啊。"

"这件事只有我能站出来。"确实,米豆的事远照不好吭声,谁都认为。梁远照不太有资格谈论米豆的休息。

跃豆自己呢,实在更无资格。

这么多年她都去哪里了?自长大离乡,她只见过米豆两次,或者三次。

一尾奋力游向远处的鱼终于到达了一片宽阔的水面,越游就离那片旧水塘越远,那旧水塘狭窄肮脏不再能滋养她,即使世界发大水,她所在的水域和米豆的水域也不能互通……她对弟弟不闻不问,没支持过他起屋,没帮他找过工作,连过问都没有,现在他在叔叔家,有收入,有稳定的生活,能吃好饭,有病也有表妹们帮开药。这时她却跳出来声讨李家。

她的力气是哪里来的?她的正义感有无隐秘的来源?或者仅仅是,为了拯救自己即将缩塌的激情?

远照一边回应一边内疚,她应得不够明朗。她对米豆的照顾也不够。

"李家付你几多工钱呢?"在短信里她径问。

要知道,文明世界的文明之一就是不能问别人的收入。但,难道不应该问吗?当然要问的。短信过了许久才回复,话也是岔开一句讲:"我的问题,由我自己解决。"她觉得这口气不像他自己的,像叔叔的语气。

米豆的手机非他独用,是与红中合使,短信相当于发给全家。红中也跟米豆一起到叔叔家,这夫妻俩,一个服侍人,一个专事买菜做饭拖地洗衣。想起来,他家等于请了两个保姆。

她就更生气。

不是吗?两个用人,没有休息日,岂有此理。

既然占了正义,她就决意胡搅蛮缠,直到解决为止。她的插手让李家头疼。她不停地讲,米豆总有一日会崩溃的,顶无住的,实在不行,请人来替渠一日都无得咩?等渠每月休息一到两日,如果实在无人顶替,休息日必须翻倍工钱,不过话讲回来,身体垮了,钱有何用?

米豆对钱完全没有想法,直到五十五岁,他唿声间想起自己没有养老保险。"系嘞系嘞过阵唿了(是了是了这下坏了)。"他在过不少单位呢,瓷厂拉料工,用一只小推车，运坯泥去制坯车间，烈日暴晒炕烤；乡镇供销社，站柜台；松脂厂，收购松脂；宾馆打杂；加油站加油……滚滚浪潮上漂的一根稻草，漂着滚着跌着，厂子一倒闭就被买断工龄，领到很少的两万元，二十年的工龄就销掉了。养老保险不可能，因无闲钱。

有关养老，米豆领有叔叔的一句话。叔叔讲的，只怕米豆活不过四十八岁。话说得残酷。

这话由米豆转述来，她听得惊心。

米豆非但不惶遽，反倒添了胸有成竹的欣喜。他眼睛竟有了亮光，人企得直直的，身子往上一抽，说："禾基叔讲嘅。"

他向来认禾基叔叔的话是真理。

既然有可能活不过四十八岁，养老保险就是一件蚀底的事。讲完此话，他脸上浮起天真的微笑，仿佛是，只要不用交养老保险，四十八岁死掉倒是件极好彩的事。

一个比铁还坚的难题，最后是老天帮了忙。

刚入十二月，叔叔突然病情加重，好好的如何陡然变糟？向深里想，跃豆受到了惊吓：设若此事同米豆要辞工有关，那就……她无从知道真相。即使不知道真相，却不代表某件事情不会发生。

煎熬中的叔叔，会否自己故意跌落床？

她甚至在千里之外听到了那"咚"的一声。他们那质地优良的实木地板、一尘不染却弥漫着腐烂病气的房间、常年卧床永远无法平整的棉布衣服、丧失了全部肌肉的枯柴般的身体。

惊吓和沉重开始蔓延。

若跌一跤的想象是真的，那就是你，是你李跃豆，把叔叔逼入了医院……

同时，她真的开始担心米豆的身体了。以她进出医院的经验，脸色很差，又干又瘦的米豆，他的最后一丝力气最后一丝血色最后一点精神，不出三日就会榨尽。她提出，即使要陪夜，千祈无得两日连着，千祈千祈。米豆发来微信，是语音："冇使守夜嘅，就系送送饭，系至轻松嘅勒。"过了几日，连饭都无使送了。叔叔入了重症监护室，再也吃不落饭。米豆就返回圭宁了。

病危通知书一下，第一时间，叔婆堂妹们就通知了米豆，让他们两口子赶过去。他们是把米豆当成自家亲人。但，对此跃豆却有另外看法，是以小人之心度之：处理后事多繁杂啊，红中一去，买菜做饭搞卫生，她就包了，婶娘堂妹们不必沾手。米豆呢，则可指哪打哪。

叔叔五日或者六日去世了，到了八日，在美国的李谷满一个人赶回来，到南宁会同小姑姑表姐，一起坐火车返回玉林。

假如小姑姑不给她打电话，她将始终不知叔叔去世，那条她和叔叔全家之间的沟壑就越发清晰，更加深不可弥。这是李家乐于看见的吧。也未必她不敢正视。生而为人，谁都会有缺点，她最大的缺点就是不喜欢亲戚，而她对自己的救赎方式就是，接受自己的缺点。

尽管如此，她还是给米豆微信转了账，让他代给叔叔买花圈。

隔了几日，小姑姑打电话来，说叔叔的丧事办得很圆满，叔叔的遗产，留下的钱每个孩子一份，给米豆也同样一份，就是说，他把米豆视同己出。接着小姑姑讲，那个全年无休的话再也不要提起了，太伤感情了，永远都不要提起。

正是北京最冷的日子，她穿着羽绒大衣在外头缓行，清鼻涕流出来，她一边吸着鼻子一边把手机贴在耳朵边，"……人都不可能做到十全十美的，叔叔一家对米豆很好，病了都是堂妹带他去看病，用自己的医疗卡给他付的费……"无论如何，因为小姑姑对她最好，所以她保证，永不再提。是的，没有历史的真相，只有对历史的叙述。任何事情都是说出来的，如果永远不讲、不提，一切就能安稳。

看上去，她是扳回了一局，像是赢了，又像没有。

赢了是米豆真的得到了休息日，没赢的呢，是李家把她当成了彻底的局外人，禾基叔叔去世，他们只告诉米豆不告诉跃豆。整个家族抛弃了她，她终于，又一次成为独己一人。

唥声间：忽然。**瘦杰杰**：瘦。**叹世界**：享受。

——《李跃豆词典》

母亲大人点评道："米豆这个人，头脑简单几轻信的，任何人讲任何话渠都信。听闻巴马的水医得好糖尿病，渠就信了，就讲要跟车去巴马，运几桶水返回。街边碰到个人，讲渠肠胃不好，人黑瘦，唆渠吃一种泻药，讲要先泻光，再吃补返回。渠本来就瘦杰杰，一泻哪里得，渠讲别人系好心，就试。一试就着事了，屙屎水，瘦得不成样，眼凹得像只鬼。半粒判断力都冇有。上次阿光喊渠去珠海荡，渠就同阿光上街啰喂，跟手，手机就打不通了。至易上当的，喊去珠海，珠海哪里是你去的，渠卖了你都冇知。"玉葵这边搭腔说："系啊系啊，有专门割肾卖的，着割肾就衰势了。"

从头衰到尾的米豆，他是谁呢？

米豆并不认为自己衰，他做起了保安。

那小区只有一幢楼，小得不能再小，这也是他钟意的（大的小区他记不住人家的车牌号)。他的照片贴在门口,排第二,第一是队长。照片里他穿着保安服,天真欢喜的样子。小区门口的保安房有阁楼,阁楼上有两张床,到夜能睡觉。保安室还有监控呢,屏幕上有十几处即时录像。桌子是板栗的颜色,椅子是土黄色,红色的电话、一只卡带录音机,壁角还挤了只椭圆大镜,业主淘汰的,另有只藤睡椅,能摇。米豆得闲就坐这睡椅,摇摇又摇摇,小小地摇,又猛地一大摇。他欢喜着,在心里唱起来:"摇摇睡,摇摇睡,摇大阿妹好做队,摇摇愁,摇摇愁,摇大阿妹好望牛。"实在摇得逸啊。

他觉得自己几叹世界的。

有雨声,阵阵雾气在跃豆眼前来来去去,这个米豆,他是谁呢?

在半明半暗中跃豆望见多年前的天井,他企在青苔中,青苔在他身后一层层堆起,托住了他的腿,他的腰和肩,而他目光灼灼,向着天空似笑非笑。

或者他是青苔的孩子呢?

青苔系独己生独己长的,全然靠天,有雨水足够。她闻青苔唱起一支歌:"大大落,大大停,莺哥骑马过塘胜,乜人捡到莺哥蛋,界回莺哥做人情。"这歌真是耳熟,是细时在外婆家常时唱的。她仿佛明白了,青苔原来也是有嘴的,只是你望不见。她侧耳再听,这时却是另一只声音唱起了另一支歌"鼻涕虫螺出出角,你冇出,我就捉,三哥二哥上民乐,买便苦瓜共豆角。"细声细气的声音,有一股潮湿气。鼻涕虫螺,是的,就系蜗牛。

细小的蜗牛从她的静脉攀到她的耳朵里,它稳稳地坐在那里,它说:"就系啊就系啊。"她不晓得那意思,却也仿佛晓得。

她也坐在了青苔中,她头顶是往时晾衫的铁线,铁线上挂着一箬毛线,正滴着赪红色的水。她记得,天井的边缘有两盆指甲花,一盆粉白一盆粉红,但此时,两盆指甲花都是月光的颜色,真是不可思议。

这个米豆,也许是圣人呢,一个天使,一个不自知的圣人。或者,半是憨人,半是圣人。想想吧,他服侍了三个老人过世,先是萧继父,头尾都是他守夜,长达数月。其次是大舅父,他在米豆家住了十年。还有,禾基叔叔全年无休的七年。

遗腹子李米豆,他永远不可思议,五岁时在沙街,他先于跃豆听到米缸里的声音,先于跃豆知道米缸底部通向别处,那些水声和斑鸠的叫声,以及隐隐可闻的父亲的声音。那些声音过滤了他,过滤了现世的数字和价值,所以,他成为现世的守护天使。

她遥遥望见米豆行在山顶公园的路上,一只狗跟住他,他大步行,又小步行,正着行行又侧着行行,狗也跟着忽左忽右。太阳斜斜,穿过荔枝树和凤凰木的枝叶,地上团团光斑,他唱道:"氽氽转,菊花圆,阿妈叫我睇龙船……"下面是什么呢,他眨眨眼,谂不起来了。他就望了望天,对住天讲:"至诚好嘅,总之至诚好。"山顶公园全城至高,有风吹来,高高矮矮的屋顶在初起的夜气中飘忽着,米豆睁大眼,望住这片若动若静的屋顶。暮色渐渐升起,即将四合,黑色的水面,波纹一圈圈荡开,她望见水面的倒影,是米豆五岁时的脸。

疏卷：火车笔记（三）

一 食

有关做散工，我很想把自己的经历送给罗世饶。我这么一想，眼前就出现了县氮肥厂。县氮肥厂曾经是庞然大物，国营大工厂，它在通往民乐公社的路上，县城的郊外。从医院宿舍门口公路下斜坡，激烈左转上坡，然后是连绵的上坡，旁边有很密的尤加利。氮肥厂食堂每一份菜的菜面都有肉且是肥肉，还有洗澡间一排一排的。我无比羡慕。我从不觉得氮肥厂的空气有粉尘有刺鼻的化学气味有机器的噪声，我真切感到，氮肥厂有某种醉人的香气，那香气不是花，而是炒猪肉的香，令我心醉神迷。

那只圆形的巨大氨水池，居然是我亲手盖起来的。是高中一年级的暑假，继父找到氮肥厂管施工的同乡，我得以去氮肥厂做泥水小工。按日计工钱，即日工。

氮肥厂边生产边基建，每日慢慢吞吞盖厂房，我和七八个小工一起，对着一堆水泥、沙、石子，放水搅拌。每人握把铁铲，翻来覆去翻搅。太阳暴晒，铁铲重滞。有几日是建一幢两层的楼，用推车装上水泥沙浆推上一只坡运到升降台，升降机连车一起升到楼台上，一车倒空，放下来，再接着运下一车。另有几日，建一只氨水池，是圆的，刚刚挖好地基，还用不到升降机，我们一人一担，把搅好的水泥浆挑到地基边，等大工用手铲，一铲一铲，砌地脚。

我晒得像炭黑。脸上的皮先有一块晒焦了，然后翘起，然后它就脱掉了。手背和胳膊的皮也都陆续脱掉，它们脱得参差不齐，全身都是花的。每日工钱七角。每个月底结工钱。快到月底的一天，工头给我和另外两人每人一张饭票，让我们到本厂食堂吃上一餐午饭。

整个20世纪70年代，我向往任何工厂食堂的饭食。食堂每餐有肉——菜面上的几片肥瘦肉，何等晶莹透亮，油汪汪闪闪颤颤，稀薄的肉香以少胜多，在弥漫灰尘的厂区，肉香压倒一切。我迎向这一阵又一阵的肉香，尽最大的力气把它们吸进我的肚子。在国营工厂食堂吃饭是一项极大的福利，外面没肉，这里有，且比外面便宜。

临时工的理想就是有朝一日，经由某种神奇途径，到工厂里当上一名正式工人，每日三餐，手里提着饭盒，昂然行入食堂，排在一队打饭的队列后，等着轮到自己。他们的早餐是有馒头的，还有豆沙包，蒸得松软，又热又香甜。还有黏稠的热粥，还有切成粒状的咸萝卜和豆腐乳。正餐不必说，到了晚上，夜班工人有免费夜宵，他们穿着工装满怀幸福走在去食堂的路上，女工这时尤其好看，她们的头发掖在帽子里，露出圆润姣好的脸庞，堪比月亮，却比月亮更生动，她们刚刚洗过澡，脸上红润有光，雪花膏的香气跟随她们……

靠近锅炉房有列列冲凉房，有喷头，有挂钩，温热无尽的水从喷头化作细细水丝落到身体上。在县城，无人能有淋浴喷头。即便是县直机关，农业局、林业局、水利局、粮食局、防疫站、森工站、畜牧站，也都一概没有。这些单位的冲凉房在院子的一角，在水龙头旁边，洗衣台一侧，几间洗身屋，低矮、木门上不到顶下不到底，外面能望见里中洗澡人的脚，个头高的能望到头颈。木门上方用来搭衣服，从身上脱下来的腥衣，以及要换的干净衫裤，一律搭在门头上，腥的搭一边，干净的搭另一边……吃过夜饭，要冲凉的人就手挎白铁桶来了，手腕搭着换洗衣服和爽毛巾，桶底放上香皂盒，皂盒在桶底滑动，咣咣响。五步开外，望见哪间冲凉房是空的，他们快步行去，干净衣服和毛巾向门头一搭，占了窝，再慢慢去伙房打热水。灶房有只大铁镬，用来蒸馒头和烧开水，单位小，没有锅炉，一切靠这口大铁锅。木柴堆在屋角，那种大树根，劈成几截，最是耐烧。要洗澡水可就要自己动手，火拨旺，等上一时。水面上有些油不碍事，盛水时用木瓢一荡，油荡到一边去。洗澡水用不着太热，盛个大半桶，再加一瓢凉水到桶里，顺手向大铁锅里加入几瓢水，就妥了……然后拎着一桶水，走之字形（这样最省力气），晃着荡着到了洗澡间。他们脱光了衣服，大声唱起了歌："红岩上红梅开，千里冰霜脚下踩……""洪湖水呀，浪呀么浪打浪呀，洪湖岸边是呀么是家乡呀……"有时也唱刘三姐：

"哎——什么水面打跟斗啰，嘿了了嘞……"

在树上，总听闻唱歌声……我在农业局和畜牧兽医站的围墙外听了无数次"红岩上"和"洪湖水"，歌声在男人的喉结间滚动，带着男人特有的厚实粗浑之声在洗澡房窄小的四壁汇聚之后穿过木门和天井，直到围墙外的槐树上。歌声从树叶间摇晃着进入我的喉咙，我的声带也震动起来，"洪湖水呀，浪呀么浪打浪呀……"这些歌抒情着，罗世饶在树上也唱起来，那时候就是这些歌，"共产党的恩情比那东海深……"

……五月槐花开满了树，他坐在树杈上，前后左右都各有一串槐花沉沉垂下，又白又香，沁人肺腑。忽然一声银铃般的女声打洗澡房传过来，它圆润亮滑，像一丛丛旋转着的槐花花瓣自畜牧兽医站的院子里漫过来，一直漫到槐树下，沿着树干上升到达他的头顶。它上升的时候不再是花瓣，而是一道银光，而她的歌声也越来越明亮，一直照到五脏六腑，"红梅花儿开，朵朵放光彩，昂首怒放花万朵，香飘云天外"。他盼望的女声陡然来到，超出了预期，再说它在槐花盛开时分出现，总有几分神奇。唱完了这首"红梅花儿开"她接着唱"洪湖水浪打浪"，第一句歌声出来，浪花就在树底泛起，一朵叠着一朵升上来，缭绕在他坐着的树杈上。他听得入神，花飞水流中那句"共产党的恩情比那东海深"迤逦而出。罗世饶他甚至没有感到隔阂，竟然觉得这一句也是好听的了。之后她换了一种声息唱"绣红旗"，"线儿长，针儿密，含着热泪绣红旗，绣呀绣红旗"。这声息虽然细而低，却似乎没有洗澡房的遮挡，它是裸在院子里的。他拨开两串槐花，伸长脖子向歌声处张望，望见洗衣台前站着一个年轻女子，她拍打搓揉着衣衫，始终没有看到她的脸……后来他问了畜牧兽医站的炊事员，却根本没有新来的年轻女同志。

……工厂女工在热水喷头下洗过冲过，满脸红扑扑地走在去食堂的路上。国家的工厂，夜宵免费，无比诱人的福利。有了这夜宵，国营工厂堪比天堂，食堂的大门如同天堂的入口。厂里的夜宵说得上是非同小可，在不同的夜晚轮番登场的是肉粥、米粉、面条、红糖粥。浓稠的粥里有一点肉碎，香得让人流泪，加上生姜和葱花，热气腾腾盛在一只大木桶里。有时还有鸡粥呢，鸡肉比猪肉更有一种鲜美，称之为"甜"。鲜美的热粥送入嘴，人既愿意让它们在口腔多多停留，让鲜美布满全部味蕾，同时又迫不及待要咽下肚，让辘辘饥肠早一秒钟享用这美味。一碗热热的肉粥下肚，物我两忘……第二晚是面条，面条是奢侈品，大锅里面香四溢，放了一两只鸡蛋搅在面里，丝丝黄嫩，也照样有酱油、生姜、葱花……米粉在第三夜出现，虽是街面上常见的吃食，因油更多，且是免费，所以当然，要比街上米粉铺买到的汤米粉好吃两倍……第四日，这回没有肉糜了，是糖粥。即使是至差的糖粥，也极好。糖，凭票供应，晶莹透亮的白砂糖，收藏在每一家至顶上的柜里，要等到大人不在家，孩子才敢攀上高处，偷偷捏上一小撮放入手心。厂里的夜宵是黄糖粥，不是白糖，是黄糖，黄糖是好东西，暖胃补血，生了孩子要喝黄糖水。这种黄糖，一块一块的，坚硬紧实，用来炒猪肉，须使菜刀削出几薄片。坚硬的黄糖来自本县的甘蔗地，灰白瘦高条的甘蔗生有一层白霜，冬季时分它长成了，就地砍收，捆成一捆捆，挑到生产队的糖榨，巨大的木头做成糖榨，互相咬紧，蔗汁榨出，倒入锅里熬，放在池里晾，它就变成了黄糖。

我喜欢听人描述夜宵……一个星期下来，上夜班的工人尝遍了人间美味。而我们在烈日炙烤的空地上搅拌水泥浆，翻来覆去，这时有人讲吃，吃不到嘴的夜宵从水泥和沙、石子和铁铲中升起又落下，枯燥的时间会过得快一些……

我抬头望向食堂，食堂屋后有一翕高大茂密的尤加利树，枝杈多且长，有一杈甚至伸到了食堂的屋脊。我立时爱上了这翕树，我想象自己轻盈攀树而上，顺着那长长的树杈跳到屋顶，站在大锅的上方。大铁锅里咕嘟着的肉粥已然黏稠，马上就可出锅了。粥香升起，穿过瓦缝奔向我的鼻孔，我望见一个围着围裙的中年妇娘正在切一把葱，葱一切好她就要把粥盛到木桶里了。我需要一只长柄竹筒从天而降，就像杂货铺里卖酱油那样的，深深的竹筒，把里头的竹节掏掉，再绑上一根绳子，待她转身去拎木桶我就揭掉屋顶一块瓦，我的竹筒探下再探下，直入那刚刚撒了一把葱的肉粥里，像打水一样，一侧一抈，满满的一竹筒肉粥就会从粥锅上升再上升，直至屋顶，从那片揭开的瓦洞到达我……

在匮乏的日子异想天开是对自己的慰劳。事实上，早中晚三餐，我有时不吃早餐，县城很多人都不吃早餐，一天两顿，米饭，就豆豉，或者咸萝卜。晚饭炒一两个青菜，有时也有煎豆腐。

世饶和窦文况吃得还可以，有猪油，是从食品公司弄到的猪板油炼的猪油，每月一回，窦文况带回一包渗着血丝的猪板油，他负责切成块，烧火净镬，如果板油沾了水，一下锅就会迸出油星，不过他已应对熟练，捉起锅盖一盖，板油在锅里闹上一阵就不响了，弄小火，板油无声滋出油来，自己慢慢缩小，浮在已经炼出的热油中……等油渣缩得不能再小，就好了。稍晾一时，趁热倒入瓦罐，凝固之后它平整紧实，一色鱼眼白。拌在热饭里，一碗白米饭顿生姿色。青菜不能隔夜，有豆腐至好，用很少的油煎一下。第二日出门掭上两块放入饭盒，加上米饭和咸萝卜，用网兜带上去上工。到晏昼歇工吃饭，人人一只饭盒，打开吃，人人也都是米饭咸菜……咸菜各是不同，同是咸萝卜，有的是一整根，不炒，有的横刀切短，随意炒干，讲究的是斜刀切成月牙状，用青蒜炒。有的是蒸豆豉，放了剁碎的油渣，豆豉粒粒黑而亮；或者蒸梅菜，或者是炒大头菜。有菜就是好的，咸菜也不错。带的饭，都是上一日剩的。

这一日，天上忽降一餐好饭食，千真万确，工头分俾我们四个人每人一张饭票，硬的、窄长的一条，有油渍，我完全不觉得这上头的油渍腥腻不堪，反倒感到，正是有了上面的油渍，才显了它的富足，以及外人不能染指的排他性，以及隐隐的高人一等的气质。这饭票并非一次性使用，它一趟趟流转，从食堂回收到会计室，又从会计室里再次卖到职工手里。

手心握着这枚硬硬的饭票，荣耀地站到食堂窗口前，一份热气腾腾的饭菜就捧到了手上，令人难以置信。饭正冒着热气，菜是炒得碧绿的空心菜，面上有几片猪肉，是肥的，带皮，皮和肉都是亮晶晶黄澄澄的。我们坐在食堂的条凳上吃完饭，还盛了一大碗木桶里的冬瓜汤，汤里冬瓜有不少，一分钱不用，人人都捞得几片。吃完饭从食堂出来，工头正站在那禽矮小的木瓜树跟前抽烟，他问："如何？"我们几人互相望望，一副饭饱之后的憨傻样子。下晏昼我们尤其卖力气，铲得更快，挑的水泥浆也更多，话也多了，有人还讲了个笑话。收工时我们才明白，人太多了，要裁掉，我们几个，去结账领工钱，明朝日就不用来了。中午的饭钱从工钱里扣。

二　贵阳

从贵阳北站到昆明南站现在两个半小时就到了，每天有六趟高铁。若前两年去，我可能会选 K 字头的快车，8 小时 37 分。但那次我没走这个路线。

三十八年前那次就更遥远了。

如今只记得大学同学小苗的婚房，猪肉，以及一片红色的罂粟花。猪肉出现在夜里的火车上，一头剖成两半的猪，半夜时分从窗口爬上来一群农民，他们把半边开了膛的猪搁在我座位前的小茶几上，这头猪有半只嘴一只耳朵一只紧闭着的眼，半边身体和一条完整的尾巴，它头朝车窗平放着，像一具全身赤裸的尸体。猪头正好对住我，血腥气和生肉的腻味罩着前后左右，我又恐惧又恶心，既没办法弄开这头猪也不可能离开这个位置。过道里满是人，我的座位靠背上也坐上了一个人，一个老妇娘，她的屁股正好顶住我的头。扛着半扇猪上车的农民甚至还带了杀猪刀，黑暗中快速行驶的列车呼啸着，雪亮刺眼的刀刃闪闪发光。一个抽烟的人把燃着的火柴捅到猪皮上，发出一阵焦煳气味。

到贵阳，小苗来接我，她是我在这座城市唯一认识的人。小苗说前段贵阳流行霍乱，现在基本控制了。她带我去买猪肉，在菜市上我看到了那半扇剖开的猪，我想也许就是跟我同一辆车过来的。

有关那半扇猪肉，一直以来记忆鲜明，还有更多的什么呢？我全忘了。

不久前碰巧发现了旧笔记，原来，当时是这样记载的：

半夜在一个小站停靠，上上下下的人、大箩筐、小箩筐，乱哄哄一片。从窗口跳进几个大小伙子，紧接着便从窗口塞入整扇整扇猪肉，有半扇猪"啪"的一下放到我跟前的茶几上。眼看还会有更多东西打窗口塞入，我几次要放下窗玻璃，每次都是放到一半又被顶开了。好在双方心情不错，我们聊了起来。他们是准备回家办喜事的，并非长途贩运，为首的小伙子在铁路工作，他主动拿出一本去年的《收获》给我解闷，火车摇荡，我只读了汪曾祺的一个短篇。车厢闷热，他们要开窗，而我感冒了，不能吹风，开窗关窗，一时拉锯。那位领头的小伙子很是迁就我，他几次主动放下窗子，招来同伴的不满，后来又拿出苹果给我，临走时送给我两本新买的电影评论小册子（我没要）。两个小时后他一一指挥所有人员物资下车，自己最后从车窗一跃而下，鲤鱼一样，头都没回。

小苗那时候刚结婚，她把婚房让给我住，我始终没见到她的丈夫，却享用了她的婚床新被子……我不记得是在哪里看到那片罂粟花的了，不像野生，也许是人工种植的花田，蓝天下有一种艳异，明亮的太阳从敞开的青天之上直抵罂粟花，那花瓣薄如蝉翼，檎丹红，跃动飘忽闪烁接近火焰。高原的土质也是红的，褐红、缥红、柿红层层间叠，红得无边无际地老天荒，在日光下红得灿烂。但我不记得具体是在哪里了，我身边没有小苗，没有任何人，花是艳红天是湛蓝的。

大学时"古籍整理"课，期末考试要考一些重要古籍的基本知识，书名、著者（或注者）、体例、成书年代、主要内容等，现在能想起来的，仅剩《十三经注疏》，此外，好像还有一本徐光启的《甘薯疏》……《十三经》的经名小苗怎么也背不下来，班上的大姐胡同学就教她背，拆成五字口诀，逐字逐句与她说。两人坐在床沿上，胡大姐是一口纯正的普通话，小苗是一口贵州话，她始终不说普通话。四十多年过去，现在想起，历历在目。

小苗是高干家庭，胡大姐是高知家庭，两人之间相差甚远。想起来，我暑假回广西，有一次胡大姐还送我去车站，她告诉我，若无座位，可以坐在行李上，一直站着会很累很累。

我跟小苗很多年没有联系了，我加入了大学同学的微信群，但极少发声，小苗亦如此。听说她已定居上海，女儿在上海买了房。胡大姐常在群里出现，她定居美国，无儿女。疫情时，捐出了一万元。

火车上放的歌我第一次听到，有几句让我心里一动。"我敬你满身伤痕还如此认真……我敬你万千心碎还深藏一吻……我敬你生死茫茫还心怀分寸，我敬你人去楼空还有刀有盾。"

三　番石榴

一阵风声从火车上方的播音器传来，非常熟悉非常遥远。它们从多年前的《智取威虎山》传来。穿林海踏雪原的奇观，那种超出我们日常经验的风声。课文上有词叫"北风呼啸"，我们坚信，只有在电影里、那种伴随着飞扬雪粒的风声才称得上呼啸二字。在祖祖辈辈终其一生都没见到过下雪的北回归线以南的我们圭宁，"茫茫雪原"，那完全是非物质的，非人间所有。那被我们赋予的诗意，被我们夸大的奇观，被我们始终热爱的，是那雪的幻影。

威虎山还有土匪。我们这里的十万大山历代都系著名的土匪窝。上一代的亲戚中曾有人当过土匪吗？那是讳莫如深尤需小心掩埋的。现在我知道了，表哥罗世饶（是，他现在是我小说中的人物），他大哥上山当了土匪。1949年这位大表兄正上高中，二十几个解放军进城，解放了圭宁。他跟父亲上山当了土匪，当然他们有部队番号。然后他们被剿灭，被俘虏，在体育场的斜坡下被枪决了。此外泽红的爸爸在自传中说到，1950年秋残余土匪仍藏在大容山，秧地坡村驻有剿匪解放军。

我和泽红泽鲜对此一无所知。

那些暗号，那些切口。脸黄什么，防冷涂的蜡，怎么又红了……容光焕发……那称兄道弟的江湖匪气。那百鸡宴，那把整个山洞点得通红的火把。我们同样喜欢人民解放军把他们歼灭，我们喜欢解救普天下劳苦大众的嘹亮口号，喜欢正义的一方……京剧样板戏中，少年的我们至钟意《智取威虎山》，但我们不喜京剧腔。到后来，即使我们也有些适应了，仍是打死也学不会，终究还是不喜欢。

火车上的广播又播了另外一首，"红岩上红梅开，千里冰霜脚下踩，三九严寒何所惧，一片丹心向阳开。红梅花儿开，朵朵放光彩，昂首怒放花万朵，香飘云天外……"这首歌携带的往事无限多，自幼儿园始，那时有外地剧团来演《江姐》，老师去看戏，回来教唱了"红岩上红梅开"。那个外号黄毛的老师，老姑娘，时常穿件短袖衫，胸前绣了菊花，还穿条天蓝色的裙子，她在窗前的葡萄架下给我们放半导体里的"小喇叭"节目。此外我记得西园，西园的番石榴树和杨桃树以及迎春花，以及跟汪策宁肆无忌惮的日子。

汪策宁说大年初一就可一起玩。无论男女老幼，没人能在大年初一就从家庭抽身而出的。他竟然可以。

我向来不愿回家过年，不喜家人团聚。故每过农历年我就如丧家之犬，找不到人玩，吃饭也无着落。一过年，单位食堂就关门大吉，人人回家过年。汪策宁真利索，不必陪父母，也无须陪老婆，他说我们晚上可以在一起，他妻子另外找地方。有关他的妻子，我跟她处理成了一种奇特的关系——年轻时的自己如此洒脱宽幅，是现在的我难以想象的，故我要大笑我要歌唱，我要让它们再次来到纸上——我给她介绍了一个男朋友（电影厂导演），在明园让两人见了面，她穿着高筒靴呢料冬裙，不光比我时髦，在整个南宁也是时髦的。她和导演相见的第一面互相觉得有眼缘。

玩的地方算得上别出心裁，汪策宁的脑子我是欣赏的。向来我能想得出来的消遣只有邕江边或者南湖公园，再就是最热闹的新华街，那里有新华书店，还有老友粉。少时在老家小镇，大年初一我也只是和泽红姐妹到西门口十字街头转一圈，此外无处可去。

汪策宁建议去西园玩。西园和明园这两处，是全广西至著名至高级的园林式酒店。明园我去过多次，一号楼二号楼三号楼直至七号楼，走廊里的华美地毯，大礼堂舞厅、咖啡座、缓坡……棕榈树铁树美人蕉枇杷树桉树，外地的知名人士来就住在明园，导演编剧著名作家等。我在明园的大礼堂见到过丁玲，她那时八十多岁，穿一件红花衬衫，外套白色钩花外衣，整个礼堂都坐满了人，估计是看稀奇去的。但西园我从未去过，在邕江对岸，更偏远更幽静更神秘。据说西哈努克亲王就曾住在这里。

我不知道怎样才能进入西园，万一门卫拦下来……但，汪策宁骑车在前我跟尾在后，骑着车就进去了，连车都没下。大年初一，西园甚萧条，是空的，无人来住，清洁工保安厨房工一概不见。西园比明园要大四五倍，极其辽阔。太大了，唯有骑车才逛得过来。果树林连片，楼宇隐隐现现……出其不意地我迎面碰上番石榴树。

这里的草坪真多，我从未见过如此浓密、均匀、样样都恰恰好的草地，哪怕是人民公园，哪怕南湖公园。所谓纯粹，说的就是它们。是经由人工过滤的全无杂质的它们。多年后我才对这种草坪起了批判，觉得它们不够多样，不够野性天然。但那时我觉得，这西园的草坪像外国电影一样，我对它们充满了敬佩。西园的楼阁一座又一座，隐藏在成片绿色中露出令人惊艳的一角。流水小桥、池塘水榭，园中之园，曲径通幽。大树是真的大，大而高，雪松、樟树……一簇一簇的迎春花开了黄色的小花。

忽然我望见了番石榴树。在20世纪80年代，我从未在南宁见到过番石榴，更见不到番石榴树。我以为这种树只生长在我老家，是一种地域狭窄的小格局水果。非但只生长在广西圭宁，甚至，只生长在我家对面马路的园子里，只出现在初中同学罗明艳家的水塘边。现在番石榴到处都是了，北京上海，像样些的超市都会有番石榴，老家路边更有大片的番石榴果园，一畬畬整齐密集低矮，树上结着超自然的硕大果实……太大、太普及，21世纪的番石榴变庸俗了。

20世纪80年代在西园碰到番石榴使我惊喜，仿佛大年初一回到家乡。不回家并不意味着我与家乡有仇，我只是不喜与七大姑八大姨无数的舅舅无数的表哥表姐们说一些空洞的话。但我极其热爱家乡的植物，热爱家乡的番石榴荔枝芒果菠萝芭蕉牛甘子桃金娘黄皮果龙眼……西园的园林设计者果然不同凡响，番石榴之后，我又看到了杨桃树。

我第一眼看到杨桃树第二眼就看到了满树挂着的青黄色、黄绿色、五棱的杨桃果！杨桃树的左边和右边和后面，一棵两棵三棵几十棵，我发现这是一大片杨桃树，足足一个够规模的杨桃园。老家的杨桃树没有这样满树挂果的。在圭宁它是最卑贱的水果，没人卖也没人买，太酸了。小学时我和吕觉悟吃一切地上长的植物，除了草（其实草也吃过几种），也包括不成器的水果，比如酸杨桃，我们用玻璃瓶腌杨桃吃……我们总是要仰头瞄准那些至青至细的杨桃果，我们喜欢它们在枝头晃动，凡跌落地的杨桃我和吕觉悟都嫌弃，我们要树上的、新鲜、正在生长、还没长成的杨桃。就其生长期而言，这些杨桃和我们的年龄相仿，它们的酸涩和我们的生涩一致。

大年初一在西园，我和汪策宁站在杨桃树林前，一阵风吹过，叭叭叭又吹落了好几只杨桃，先前掉落的已铺了一层，烂熟的、熟过头的，烂甜酸气味浓浓叠叠……偷杨桃！"偷！"一个响亮的声音，携带着生命力从喉咙冲出。我一脚踩入树底，连拽带扯，飞快拽落七八只，我把执到的杨桃一股脑塞给汪，因路边有一丛怒放的迎春花被我望见了，面对满地杨桃我大声唱起来。所谓大声歌唱并不是修辞，是真的，我听见自己往昔的声音从绿色的杨桃唱到金黄色的迎春花，当然我唱的既不是杨桃也不是迎春花而是红梅："红岩上红梅开，千里冰霜脚下踩，三九严寒何所惧，一片丹心向阳开，向阳开。红梅花儿开朵朵放光彩，昂首怒放花万朵，香飘云天外……"20世纪70年代、80年代、90年代、21世纪，这些歌时常会毫无征兆，滔滔而至。我不像汪策宁会五种唱法，会把一首歌唱得完全不像这首歌。我只会一种唱法，就是那种，反反复复听到的、广播舞台电影的那种唱法，"烽烟滚滚唱英雄，四面青山侧耳听，侧耳听，晴天响雷敲金鼓，大海扬波作和声……"

那段时间我整日穿着那件披风式呢短褛。我从未告诉过别人这件短呢披风的真正来历。有年冬天我和北京几大电影制片厂过来的摄影、演员、制片、美工组成一只草台班子去云南拍摄少数民族纪录片，一名跟男友来玩的女演员极是羡慕我的短呢披风，她是北影演员，演过电影《红楼梦》史湘云。这件披风得到了来自大地方的人的加持，我便彻底忽略了它的地摊来路。

对的，它就是在新华街的地摊上买到的。

在孤身一人的许多个夜晚，我总是听闻铁门"咣"的一声，初一没有月亮，天出奇地黑，我和汪策宁像特工一样潜入铁门轻手蹑脚上楼梯，策宁拎着的塑料袋鼓鼓囊囊，里面像藏了只弃婴。来到一扇陌生的门前，他摸出钥匙开了条缝，我们像图谋窃取机密文件的特务迅速闪入了门内。那是他们楼上一户人家的房子，春节全家回老家过年，策宁的妻子借了这间房子给我们用。

在遥远的南宁岁月，如此奇葩古怪的事情真的出现过吗？

摇晃着的火车引领我向过去的深渊滑翔——进入一间陌生的房间，我立即觉得我和策宁两个人都有些古怪，他好像比平时高瘦，他的目光甚至有些凛冽，那个陌生的房间使我想到，许多刑事案件都是从爱情开始的。

但是他说："看看她在袋里装了些什么？"他把塑料袋往床上一倾，骨碌碌滚出几只金黄的大橘子，新鲜光滑有喜气，顷刻，这陌生的房间就充满了喜庆。塑料袋里的弃婴消失了，变成了干净的寝具床单和枕巾，他说这些都是她特意准备的，床单和枕巾叠得方方正正，鲜明地散发出清洁剂的淡香，她还准备了毛巾牙刷漱口杯子，甚至还有一张广播电视报，还有一筒卫生纸（这个尤其让人佩服），这些她全都妥妥地装进了塑料袋留给我们……这样的20世纪80年代简直不像真实的。

在火车的轻微摇晃下我想了起来，那个胸襟辽阔的女子，她叫齐梦阳。是的，没错，这个名字被时间推得实在太远了，远得几乎望不到影子。对，就是她，她本人在这些物品中微笑着，周到而妥帖，似乎，她的目标是要改变平庸的生活，她超越了时代，也超越了性别的狭隘，她从来没有认为策宁是她的私人财产，他们从来都是自由的，他们可以自由选择自己爱的人并与之做爱。她真是前卫，在女性主义在吾国登陆之前就成为先锋，认定女性有享受性爱的自由。莫非一个崭新的时代已然降临而我并未意识到，莫非，一种新的生活观念生活方式已然出现在我们这蛮荒之地。

策宁在陌生人的床上铺开了齐梦阳准备的床单，上床做爱就好像是她的召唤而非我们的私通（私通这种词太陈旧了呀，人的身体难道不是自己的）。床单和枕巾虽新洗过但仍然散发着她的气息，这时我觉得我们是三个人睡在了一起。不得不承认齐梦阳的身体楚楚动人，她是那种丰盈的女子，身上各个部位都是圆圆的，看上去就像文艺复兴时期的绘画中那些裸体美人。我甚至见到过她的裸体，那是策宁专门拿来给我看的，有十几张之多，他想让我也拍几张给自己留作纪念。策宁说："趁年轻，给自己的身体留个纪念有什么不好，再过十几二十年，你的身体就会变得面目全非，到那时候，你想看也没有了。"

他就拿来了齐梦阳的裸体照,有两张是全裸,其余是三点式。

我从未见过一个熟识女人的裸照,脸上顿时像烧着了火。策宁启发说,身体是最尊贵的,一点也不肮脏下流。他说拍完后他去借个暗房,自己冲洗,然后销毁底片,全部照片由我本人保管。我没有被说服,机会永远失去了。想想年轻时,大概也是有着优美曲线,像植物一样开放的吧。

想象和记忆总难分开,这个夏天它们奇怪地纠缠着神出鬼没。齐梦阳她仿佛真的侧卧在我和策宁过夜的那张陌生的大床上,在我和策宁之间,她的身体几乎要挨着我的身体,她的头发又黑又亮,绸缎般地倾泻在枕头上,与从她家里带来的枕巾一起,散发出一种特别的香气。她的臂膀、乳房、腰、臀、腿各各凸起和凹陷,圆润饱满浸在微弱的光线中,像一片夜晚的森林里不同植物开放的花瓣。不过我仍然觉得三个人是丑陋的。

而那些金黄色的橘子,它们也永远消失了。

散章：葱，绿荣

码隔：台阶。**日间**：白天。

——《李跃豆词典》

是的，火车轻微摇晃，体育场从天上移到了沙街，她望见大河从体育场的主席台流过去，一直流到沉鸡碑。

但是且慢，她是坐在一辆公交车上，对面是一个女人。她觉得女人极面熟，却想不起来是谁。她侧脸对窗，向外出神。窗外一片空地，几无可望，她在耐心等她转过脸。这女人很像六感学校的孙姑娘，非常之像，当然孙姑娘也有点像她李跃豆，鼻梁略塌的、肤色蜜色偏黄，神情也是沉思的。她也再次望向车窗外，此时翻过的地上有一捆葱，北方那种，葱叶奄拉葱白饱满壮实，但是奇怪，南方如何有这种大葱呢，且是孤零零一捆。

女人总算转过头，几乎就是脸对脸，她确信，只消眼神对上，她定能认出她来。但她越过她的脸，眼睛望向远处。"你好。"她同她搭话。她的眼睛终于停在她脸上了，不过并没有认出她来。

难道自己改变得很厉害吗？她专注地望着她，确信自己真的认得她。

车门忽然开了。"我要去收葱。"女人嘟囔着下了车，跃豆跟在她身后也下了车。她跟在她身后，先下了一条圩，行到地头，那捆大葱却不见了，变成了几垄菜地，其中一垄种满了葱，不过不是刚才望见的大葱，也不是圭宁日常食用的细葱，也不是插队的六感的细葱，而是，你忽然想起，是老家山区的葱，比大葱小许多，但比小葱又粗一倍，葱白短，葱叶修长苗壮，它不是给任何菜做调味的，而是单独炒成一只菜，炒葱。

一只粗瓷大盘盛满了翠绿的葱，炒熟的葱叶变得柔软，热气散起，你闻到了久远的葱香，那不是蘸白斩鸡的生葱香，而是炒葱的特殊气味，只有老家山区才有，你明白过来，葱确实是有一个品种，是用来单独炒菜的，或者就叫蔬菜葱。

一个几十年前的地名浮了上来：绿荣。你早已忘个干净，但此时，在半明半暗中，它从河里浮上来，停在了一碟炒葱上，绿荣，是的，就是山区老家所在大队的地名，绿荣大队。

那女人揪了十几根葱，又在地边打根上的泥，然后她站起来走，你也跟住一路行。心里想着去大队等妈妈的信……那捆葱引她行在一条细路上，路边全是五色花。

火车摇晃，体育场的主席台有张底朝天的方凳，方凳的四只脚缠着毛线，不错，毛衣是自己拆的，找到起头，一抻，毛线徐徐拉出，越拉越长，然后，就缠在底朝天的四只凳脚上。你拆的是自己的毛衣，枣红色的，也可能是母亲的毛衣，也是枣红的。米豆的大概也是同样颜色，想不起来了。毛衣越拆越大，越拆越硬，似乎有双无形的腿撑着，立在了舞台中央。绕着毛衣拉那上头的线……一只胳膊拆了半截，但，拆了一圈之后发现，这只半截衫袖又生长了，长得全全乎乎，就像从未有人拆过它。你沮丧得想哭，这时有人在耳边讲："睇下先睇下先。"

毛衣自动拆了起来，有只无形的手牵着线头奔跑，毛衣迅速消失，一层层的，仿佛一个人一点点消失。领口不见了，接住胸口也不见了，一条手臂变成了半截，然后整整一只衫袖不见了，另一边衫袖也不见了，最后剩下窄窄的一圈，最后最后，连这一圈也消失了，一件毛衣完全消失了，再看那凳子的四只脚，光溜溜的，毛线已变成弯弯曲曲蓬松的一把，摊在舞台的正中央。

有木柴燃烧的哔剥声，浓白的蒸汽打舞台的四处涌来，赪红色的水自天花板滴落，滴滴答答，母亲大人喊道："快去拿脚盆来，脚盆脚盆……"赪红的水积了一摊，就像劏鸡褪毛的水。你想起来，这正是烫毛线的滚水。枣红色的毛线袅袅冒着热气。

红色的水滴在天井的青苔上看不出颜色，青苔太厚了。有讲话声从幽长的走廊那头传来，是李阿姨结婚了，有人塞给她两节甘蔗，是红皮的，拇指长短，"吃喜糖吃喜糖""甘蔗，甘蔗"两个声音交叉重叠着。她从天井的窗口攀入李阿姨的婚房，躺到了婚床上，一点不错，两床新缎面棉被，一床红缎，一床绿缎，水一样闪着粼粼波光，她伸手摸，又软又滑。她脱光衣服钻入，阿蓉却木呆呆的不动，她一扯，阿蓉的衫裤都扯落了。她盖上了红缎被，阿蓉盖了绿缎被。

嗯声间有人掀开了棉被，一只苹果碰到了她鼻头。歆咄来的靓苹果呢？红得像红缎被面。远婵姨母说："阿蓉死开了，你知吗？她吃一只苹果就死了。"她脸上无悲色，头仰着，对着空中，好像有一个人站在空中听她讲。她讲阿蓉嫁的那人不好，她吃一只苹果就死掉了。你不明白这两者之间有何联系，她嫁的那个人不好，和吃一只苹果就死掉之间有何关联。远婵姨母躺在一张木沙发上，奇怪这木沙发不是在米豆家的堂屋，而是在天井，在天井的正中央，在厚厚的青苔上面，沙发的四只腿也生满了青苔。

沙街的房间一片昏暝，唯壁角的米缸放着光，是黑釉的光，越夜越亮。她听闻米缸里有水滴声，像水龙头漏水滴到水缸有回声。她坐在床沿屏息听，水滴声又变成了流水声，像有条河流入米缸。她问米豆："听闻未曾？"米豆应："早就闻了。"

远处传来鸟的咕咕声。米豆忽然缩小了，只有日间的一半大，堪比一只食瓜，他圆圆短短的身子滚落床，摇晃着行到了米缸边。他全然不是日间的蔫货，眼中竟然有了光，他双手攀住米缸沿，讲："阿姐你放我入米缸，再盖住盖，肯定就知系咩人了。"

她蛮横道："系斑鸠，识未曾，斑鸠斑鸠，咕咕喊的就系斑鸠，你只傻嘢。"米豆一屁股坐落地，他像被人打了一棍，嘴一扁，要哭。她使脚尖踢他的屁股："闷咩鬼（泪点低的人）。"米豆抽泣说："阿爸在里中，阿爸在里中。"

她忽然想起，米豆自出生起就没见过父亲，他怎么知道是他呢。她光着脚再次行近米缸，她掀开盖，米缸却是空的，一粒米都没有，米缸里黑洞洞的像只洞口……

在梦中她憬然有悟：原来，那就是往时的入口，穿过这只米缸，方可去到昔时。

她和吕觉悟在体育场的尤加利树上，这也令她纳罕，她们向来不攀这种树的，树皮极厚，开杈极高，又没有果子，鬼才攀它呢！但她们正坐在尤加利树上，正对着主席台的侧门，她们说要定定望住这只门，姚琼定准系打这只门入的，有人见她同大春亲过嘴。奇怪整只体育场空无一人，黑麻麻的，只有舞台有灯光，这灯光是缥红色的，就像浸了红毛线的热水，红色的光从舞台后背照到沉鸡碑。后背的墙不是封紧了嘛，何时开了只大窿。

沉鸡碑的水极其满，非常之满，定系上游大容山落了大雨，那水也是浸了红毛线的……

但她发现其实也没在尤加利树上，而是在槐树上，因她头顶是满树槐花，就是畜牧站门口的那禽槐树。这禽树不容易攀，是吕觉悟先攀上，再拉她一把，她一只脚顶在树干上，一只脚尖抵地，吕觉悟在第一只树杈上一拉，她就上去了。吕觉悟说，要行到屋顶才能望得见。她想起来，是要去偷睇新娘睡觉，畜牧站同志刚结婚，张二梅她们已经偷睇过了……踩在瓦上，光着脚，身又轻，她觉得自己像只猫，不料，刚一踩，瓦就碎了，她直直跌落地，不偏不斜，正正跌落畜牧站门口的石灰池。她全身浸在滑腻腻的石灰浆里，幸亏，生石灰已化成了熟石灰，不然定会烧得体无完肤。她身上又黏又湿，冷得直颤，她想她宁死不要脱开衫裤。一群狗在石灰池边围住，狗喊道："新娘，新娘，新娘。"

她爬起身，去河边洗石灰，这群狗一直跟着她行到码头，它们在她身后吠道："新娘，新娘。"她行落码头的码隔（台阶），狗跟住，水位有点低，她蹲着探身撩河水，却无论如何都撩不到水面。嗯声间她身上一阵冰凉，人就在了河中。原来是吕觉悟来了，狗也不见了。

那捆葱引她行在一条细路上，路边全是五色花。那女人说："快到大队了，你拿住。"说着就把畚箕塞到她手里。她低头一望，畚箕里全是斩成一碌碌的红皮甘蔗。"葱呢，葱呢？"她问。女人说："大队有人结婚，我们去吃喜糖吧。"

人极多，大队地坪都满了，她望见郑江葳和潘小银在人堆里一闪又不见了，主席台上并排放着两把空椅，她听闻有人喊："李跃豆李跃豆，坐住坐住。"与此同时，一个面目模糊不清的男人坐上了旁边那把椅子，她很想望清他是谁，但始终看不清，只闻见一股烤烟的气味，她心里明白，这人该是带队干部罗同志。这时有人在她胸口挂上了一朵大红花，大红的纸花，大过她的脸。嗯声间听闻宣布："知青李跃豆的婚礼现在开始……"

她极力挣扎，要从梦的边缘冲出来。那梦有层透明的膜，很韧，她拼着全身的力一冲，终于冲到了黑暗中。好歹逃过了婚礼，真是庆幸。但，那个女人是谁呢？

注卷：六感

重叠的时间

湿漯漯：湿漉漉、湿淋淋。

——《李跃豆词典》

六感日记早就销毁了，但我记得它们的样子。

共七本，大小厚薄不一。

最大那本比巴掌略大，最小的，是半只巴掌。塑料套封，四本红的，丹朡红；一本黑的，骊黑色；两本蓝的，一本湖蓝，一本扁青蓝。

黑色封面那时极少见，是泽红去南宁玩荡，回来送我的，封面印有玫红的花和金炽的叶。湖蓝和扁青蓝，湖蓝那本有两只喜鹊，一只站在一块石头上向上望，另一只从空中正迎向它，周围有石头和草，还有牙绯和米白两种浅色的花，花苞像玉兰，开了的却像扶桑。

湖蓝色的厚本子是彭老师送的，他和庞护士住我家对面。他家日日房门大开，我每每经过，总是一眼望见两张床，一张正对住门，一张侧着，贴窗有张两头沉书桌。彭老师是退休的高中语文教师，他家常年悄无人声，夫妻一人一张睡椅，各自闭目养神。窗外是医院废弃的操场空地，长长的铁线，晾满床单和衫裤，隔着衣物是繁梭的玉梧公路，解放牌卡车隆隆而过，运载生猪鸡蛋白糖和水泥。在汽车喇叭声和砂石路碾压声中，彭家因为静寂而不同凡响。有时他们也虚掩门，大概是在午睡。奇怪的是，极少见到他们吃饭，唯有上厕所才出门。

虽在对门，却从未想到要去他家玩，设若他家有书，像韦医师家有小说《红旗插上大别山》，李阿姨家有《大众电影》，阁楼有《第四高度》，英敏家有《十万个为什么》，那我定会去，但他家毕竟没有书。直到我插队，直到泽鲜邀我同去彭家。那时王爸爸已从供销社回到了教育局，是他让泽鲜去找彭老师倾偈。

那一次，夫妇二人刚从上海探亲回来，彭老师极健谈，讲了许多，他识古诗，会草书，又能画画，还识打太极拳，他讲什么我们都听得一愣一愣的。近邻七年之久，竟不知对门就是见识的源泉，我追悔不已。我想学新诗，他说他不懂新诗，这又使我一愣。因他刚去了上海又去杭州西湖，便讲到白居易的"孤山寺北贾亭西，水面初平云脚低"，苏东坡的"淡妆浓抹总相宜"，杨万里的"毕竟西湖六月中，风光不与四时同"。

一串串新鲜名堂像珠宝在他屋里蹦跶，蹦得最高的一粒是：高尔基开始投稿时一连投了许多次都不被采用，但他毫不灰心，总是投，最后成了大文学家。这使我倍受鼓舞。

夫妇俩送我这只本子，扉页写道："跃豆同学留念。"签了夫妇二人的名字。我想起来，这并非祝贺我考上大学，那时录取通知书尚未到来。传闻我的政审有道德败坏一条。那是我的至暗时刻，我预感，即使高考分数够高也难被录取。那时因发表了诗歌，电影制片厂来人调我，条件是，去厂就必须放弃高考，彭老师提醒，任何厂都不如上大学重要。高考前十天，我到底重新复习去应考了。而情势急转，眼看两头落空前程无望。

那朝早，我一开房门就望见对面屋两人同时起身，庞护士讲，这是我们给你的，你将来一定会有出息的。她脸圆，讲一口软润苏州话，彭老师清癯硬朗，点头。而外面下着雨，阵阵冷风。

在细雨冷风中我一路骑车回六感，先回自己的竹冲村，立即又去水尾村知青点见带队干部罗同志。他坐在门廊的竹椅上抽竹筒烟，水烟屎噗噗喷落在地上。他不说话，我便也不说。场面很是难堪。此人对你有管理权而又意味深长地沉默，这说明你的衰势将越滚越大，你要放弃所有的幻想听天由命，你要……直到水烟屎落满了一地，直到烧火的炊烟漫出——稻草不够，烟浓白，烟囱有问题，烟从烟囱接缝处从瓦缝从灶间门涌出……他说："李跃豆，你回来就好好劳动改造自己，将来还是有机会的。"他一边讲，一边吸几筒水烟，肮脏的水烟屎噗噗喷落到地上。

我感到自己头发湿漉漉的，头壳冰凉着变得越来越大。

紧接着晏昼就出工，挑粪，给烤烟施肥。第二日雨更大了，没有出工，中午文良波从水尾村来找我。他和罗同志同一个生产队，有关我堕落成落后青年的四点，是他告诉我的。

文良波，王泽鲜男朋友，泽鲜刚刚与他分手，他来同我最后谈一次。

他让我转告王泽鲜，他说你们做事太轻率，过于残忍、卑鄙，幸好是遇上了他这样好做试验的人，不然是会发生悲剧的。他说他不是爱情至上主义者，襟怀坦荡没有私心……到最后，他说到了我。他说外界对我的议论非常之多，各种熟人、同学、同届或不同届、同班或不同班的，还有生产队的社员，人人都议论我，贬远多于褒。他认为有必要让我认清自己的处境。我想，大概此举能减弱他分手的痛苦。既然我如此恶劣，而泽鲜跟我是密友，几乎可以认定，泽鲜远非纯洁的仙女，与这样一个已然在污泥中的人分手，未必不是好事。

文良波用了残忍、卑鄙这样极端的词，我极度震惊，久久无语。他凭什么认准泽鲜跟他分手与我有关？他用了"你们"，仿佛是我们两人先拿他做了恋爱试验，现在又拿他来做分手试验。实在荒唐。

文良波和泽鲜同班，两人如同金童玉女，人人看好。隔年春天，两人嗯声间出了问题，那时径，未来的喻范尚未出现，真正的原因我始终不太清楚，泽鲜也已插队，我们见面很少。我陷在自己的低洼处，无心顾及她。事隔多年，我想起来，文良波来竹冲村找我做最后一次交谈，是要给我沉重的一击，以对冲他受到的刺激。

反手：左手。**实稳**：肯定。

——《李跃豆词典》

我确信自己已把当年的日记全数销毁了，但这次"作家返乡"，回六感前我又找到了它们。有两种可能，一是我的确销毁了，但我希望它们未被销毁，在虚空中早已消散的东西重又凝聚回到原形，我便又找到了它们。另一种可能，是我从未销毁过，只是以为自己烧掉了，在动手的一刹那改变了念头，我没有真正划着那根火柴。

在半明半暗中，我望见五本红色笔记本，经过四十年，腥红变成了葭灰，塑料面的光泽已然消失，但另外的光泽却从内部生出。它们变得有些神奇，尺寸大得不可思议，在似梦非梦中，它们大如桌台，对空气也有了浮力……

这些本子在六感的乡道浮了起来，像是漂在水面。它们的下方，是车辙深深的黄泥路，两边是稻田，或者山坳，或者竹丛、树木、水塘，或者大队的房屋，学校的厕所与厨房，还有狗，还有猪，那头黑色的猪如同眨令（闪电），在水面以下蹿动穿梭。当然还有一只鲜明的公鸡，甚至，一只胎盘。那只刻有五色花的喷筒也是有的，不过并不是朝早出现在我宿舍的门口，而是在我的床底下，包在一幅油布里，隔着油布透出光。

在半明半暗中它们都还清晰。

其中一本，封面是毛泽东手书的"为人民服务"，有枚空心小五角星。扉页是毛主席语录，我甚至记得那上面是罕见的"保守机密，慎之又慎"。另一本封面是一枝梅花，内页插佛山剪纸，我知道那剪纸剪的是《红色娘子军》里的洪常青，他单腿直立，绑带、布鞋、袖标，左腿前屈抬起，右手反手举一把大刀，刀把上飘动一大片红绸，腰部以下还点缀着三朵大小不一的红木棉。

那本"南昌"，封面是两朵薄紫色牵牛花，里面的插页颇有些闲情逸致。有盆兰，芜绿底米白花，还有一丝翠黄边；竹林里有黄鹂；还有向日葵这时代之花。那本"丰城矿务局"纪念册是远章舅舅带来的，第一页有行红色小字——"全世界无产者，联合起来！"封套内有张年历卡，一个解放军面对大海，他双手捧住一副长筒望远镜，题为《我为祖国守边防》……本子有插页，是北京的各著名地标，彩色摄影，依次为全国农业展览馆、北海公园、故宫博物院、工人体育馆、天坛，一律蓝天白云……四十年前北京遥远而神秘。经由这些细节，我确认自己其实未曾烧掉它。

封面有束兰花那本，扉页是自己的笔迹：甘洒热血写春秋。彩色插页全是武汉——武钢（许多烟囱和屋顶）、中央农民运动讲习所旧址、解放大道、武汉长江大桥、东湖……东湖是黄昏的景色，夕阳浮在天边，满天晚霞，一道霞光映在湖面上……这只笔记本仿佛预言。命运玄妙，本子是1975年，两年后恢复高考，做梦似的到了武汉，学校就在东湖边的珞珈山上，武汉长江大桥、农民讲习所、解放大道，它们仿佛自动降落。命运是否真有前定？每隔一段我都会对空气发问。

对我而言，下乡插队的起点是电影院门口。但回顾插队生涯，免不了还是从县革命委员会知青办公室开始。

知青办，一个领取上山下乡物资的地方。上山下乡物资，意味着一个中学生忽然拥有一套崭新结实的被子蚊帐，既不费布票，亦不花自家钱，那种天上掉馅饼的心花怒放、梦中笑出声的喜悦，物质富足年代的人们再也不能理解……

我大步行在陵宁街上，母亲推单车在前我在后。想到插队我按捺不住欢喜，大学停止招生已近十年，作为县城青年，不插队将永无出路。即使留城，也只能做散仙，每日从东门口荡到西门口，再从西门口行回东门口。阳光猛烈，一树树栀黄色的花也变得金黄炫目，树上的叶子是细细的长圆形，像花生叶。我完全不怕做农活，学校里多的是学工课和学农课，我早已种过花生、玉米、黄豆、红薯、甘蔗、水稻，插过秧、割过禾、晒过谷、挑过粪水、喷过农药……我并不热爱指令性的劳动，长年累月永无尽头令我胆寒。但闻政策是，插队三两年即可招生招工，小镇青年人人向往城市，好吧，南宁和柳州的国营大工厂，有希望。

插队就不必回家，这是另一重欢喜。

我对家厌倦至极，对家人也早就不耐烦，无论父母还是兄弟。母亲说我把家当客栈，她说得对极了，设若不必回家吃饭睡觉，我断然是不回的。我坚信，此生最大的自由就是离开家庭，所谓家，不过是一个有着无尽家务的牢笼，再艰苦也比在家好，我所能想到的艰苦的极致就是挑粪水，满满一担粪水实在是有点重，再就是用铁皮车推大木头上坡，这两样我高二已经做过了，这是我的底气所在。

大成殿的红墙和文化馆的白墙映衬着栀黄色的花，一树又一树。母亲大人亦是高兴的，作为一名助产士，全城的人都认识她，行在街上，她要比别人花上更多的时间，一路上有人同她打招呼，梁医师早晨好！梁医师食佐未曾？梁医师我屋啊个崽……她满脸放着光应道："系啊系啊，食佐饭未曾？"

下乡物资靠墙堆放了三大堆：棉胎、蚊帐、被套。崭崭新、实稳稳，散发出新鲜棉制品的好闻气味。一个家庭要置办齐这么一套绝非易事，布票和钱，无论如何都是不够的。人人生起欣喜感，知青办公室一片节日气氛，那个向来严肃的李主任也被物资的光彩泅染上一层暖暖的色调。

蚊帐有两种颜色，漂白的和未经漂白的，前者漂得雪白，后者则微黄，是一种米汤的颜色，棉的本色。我挑了米汤颜色那种。一个声音赞许道："这种好这种好，别看现在这样，将来越洗越白，漂白的呢，现在虽白，日后洗洗就黄暗了，越洗越难睇。"还有棉胎，五斤重，又松又软，棉花充分张开着。还有被套，斜纹布，桃红条纹相间在素白底上，结结实实的一等品。一份个人财产领到手了，贴皮贴肉，更贴心贴肺。

一个家长大声讲："感谢共产党，感谢毛主席，感谢李庆霖。"知青办李主任说："系，系要感谢李庆霖喔，这些嘢先前都没有的，赶上好时候了。还配带队干部，下乡头年，有国家统一配畀粮油，每人每月有十元生活费，又有安置费拨到大队，起屋买农具，真系要感谢李庆霖喔。"李庆霖，在1975年是一个响彻海内的名字。

除了铺盖，鸡血针和胎盘汤我也隆重地记得。

事隔多年，往时的鸡血针已然沉底，鸡血到底打入我的手臂未曾，已非一件确定的事。只有公鸡仍是鲜明如生，但它不是在医院的乒乓球台上，它彩色的羽毛是在六感，在禾秆垛的垛顶上，且它永远和潘小银在一起。

只有胎盘确定无疑。

我家吃胎盘的历史由来已久……母亲大人宣称，胎盘是高蛋白和氨基酸，十全大补，一只胎盘等于三只鸡。

作为接生最多的助产士，母亲要弄到一只满意的胎盘亦非易事。那一日朝早，下夜班回家，只见她神情亢奋得反常，眉开眼笑地从藤筐拿出一只腰子形状的器皿，亮白的搪瓷，扁平，边缘是深浓的龙胆紫颜色，她刚到手的新鲜胎盘就在器皿里小截小截的，像花生米那样长短。她的亢奋延续到将剪好的胎盘倒入砂锅，加上生姜和酒，按炖鸡做法，松木柴大火烧开小火慢炖……插队的前一天，我吃到的胎盘极其鲜美，毫不夸张地说，胎盘汤的醇厚度堪比鸡汤，而鲜美度则更胜一筹。至于它的滋补度，我相信母亲大人的说法，是鸡汤的三倍。

我从要求进步的青年堕落为落后青年，罪名之一，即是以胎盘贿赂大队书记。此事令我念念不忘，每当我回顾插队生涯，一只滴着鲜血的胎盘就从幽暗中浮驶而来，横亘在开往民安公社的大卡车面前。它也总是横在通往六感的乡道上。

砾：畦。一砾菜地。**人地**：别人。**生弓**：没煮熟的饭。**水乎**：浅水沟。**应承**：答应，承诺。**正手**：右手。

——《李跃豆词典》

回顾插队生涯我还会望见一辆解放牌大卡车，它停在县礼堂门口的空地上。人不少，但时代孕育的红旗招展锣鼓喧天并没有，大卡车的车头也不见大红花，我有些意外却不扫兴，我像一只不用喂食就唱歌的鹦鹉，前一日饮下的胎盘汤化作火焰在血液里跳动，一首歌自动跑到了喉咙里，"赶快上山吧勇士们，我们在春天里加入游击队"。我几乎就要唱出声来。赶快上山吧李跃豆，我们在夏天里躲开家庭和父母。

早在半年前我就抄录了高尔基的《海燕》，"让暴风雨来得更猛烈些吧"。我设想自己是一只湿漉漉的海燕，已然飞入暴风雨之中，我在蓝色的巨浪中连飞带蹦。是的，那身体里的自由的元素已经挣脱了我的躯壳，而庸俗烦琐毫无诗意的家庭被我远远地甩在了身后。

在乱簕邋的人堆里我攀上那辆大卡车，车厢里一半是行李，一半是人。人杂乱，同车不识一人。卡车从县礼堂门口空地出发，开过公园路，路面空地晾有一簸簸桂圆肉，甜腻味招来了苍蝇和灰尘，一个男人在箍木桶，柴刀背敲得铁箍咚咚响。卡车开过东门口，米粉铺的蒸笼正冒着浓厚蒸汽，有人坐在桌前食米粉，杂货铺一闪就过去了，隔篱酸萝卜摊有两只小学生正举着带缨的酸萝卜，边啃边等找散钱。东门口，学校大门口的凤凰树、医院宿舍的平房、我家的窗口、长着老鼠脚迹的操场、大园、旧产科、枇杷树、门诊、太平间、留医部一一闪过，然后，下一个坡路过农械厂、农科所，再然后地区水泥厂，再然后十字铺——转右过了民安河，开入一个大院。

卸落行李，人入会堂等候。会堂是空的，没椅凳，人人都在门口企住。没有吕觉悟和王泽红，仿佛无依无靠，有种生生的悬空感。嗡声间望见郑江葳，又见了潘小银，这二人，高中两年，潘小银坐在我的右前方，郑江葳则在左前方，她两个都高过我，但我出于一种古怪的蛮横，始终要坐教室最尾一排。

在公社礼堂，我和郑江葳潘小银三人站在一处，感觉是在学校下乡劳动前的集合。小学初中高中，我们劳动的工种和次数能与一支散工小分队媲美：担砖挑石基建，去气象站种花生红薯，去校办农场种甘蔗，去环城三队插秧割禾、修水利，大战涟岸湾……我们班甚至比全校别的班多出两样：一、制作腐殖酸铵；二、下乡体验生活。只有我们班才会有这些深度溢出教学的名堂……

"要系我们分在同一只大队至好的。"郑江葳说得像掏心窝。我则虚应着："系啊系啊。"我扭头四处张望，潘小银也扭着身子四处望，她扭得和我不一样，她一只脚跕在另一只脚跟前，一只手叉着腰，眼睛乜斜着，似笑非笑的。

一宣布，果然我和郑、潘正是分到了同一处：六感大队。我们分到了不同的生产队：我竹冲，郑覃上，潘水尾。大队和生产队干部来领人，他们不作声，认准行李，一下子放上单车后架，利索绑上麻绳。我们戴住笠帽，挎上白铁皮桶跟在后尾。出了公社大院左转，行到尽头，拐落一只极陡的坡，过一条河，就入了山坳。已是晏昼，太阳极毒，田里也不见有人出工。我们跟在大队干部身后闭嘴行路，他们骑车，我们行路，拉开距离长了，他们就停一时，等我们近了，才又上车踩一段。一面是山，一面是垌里的田，田垌插了一半秧，有几片插满了，有几片还空着。山秃秃的，没有大树，松树仅海碗粗，针叶稀疏，遮不住日头。

村口嗡声间拱出一堆睇热闹的，挤成一笸喇。地头足够宽，她们却硬要挤作一处，挤着壮胆似的，一个赛一个缩在后头。人一挤，笠帽就歪了，人人侧身举着笠帽，一堆人像翕古怪的树，伸出圆而厚的大叶。

然后喜莲就来了，她一米七几，少有的高，身条粗壮五官厚实，头发茂盛得头皮都铺不下，比起到我们学校冬训的宁夏女篮最高的那个"白牙"，她更有一种蛮荒的巨人感。她光脚板行在路上咚咚响，一对崭新的大水桶在她肩上轻得晃里晃荡的。她也不讲话，似笑非笑，她担一担水，哗地倒入水缸。她是生产队派工帮担水烧灶的。

转身找行李，行李不见了。一个方脸黑肤女孩蹿跳出来，大声喊："我知在歇嗮，我知在歇嗮！"

她领入一间空屋，我们的行李就堆在地上。

屋子很暗，虽有一只窗，窗外的几禽大荔枝树正好挡住了光。地上是发暗的黄泥地，筑得不平，高高低低，角落还有些松土。除了我们的行李，整间屋子空无一物，床、桌、椅……连块木板都没有。

夜里难不成要睡在泥地上？

起码要找一抱干稻草垫在地上。泥地我们也睡过的，我们早已身经百战，有次秋季农忙假，全年级下乡帮割禾，整整十日睡泥地，男生一屋，女生一屋，地底铺一层禾秆，早起围住一口水井洗漱，男生何同学，随身带了把口琴，他吹起来，口琴声悠扬，劳动甚至有些浪漫。但插队并非短期劳动，不知要过几多年。

透过荔枝树的重重树影，我望见窗外有一只稻草垛，时值七月，早稻刚刚收割，禾秆是新鲜的，粟黄间杂着隐隐芜绿……就来了好几个壮劳力，各人搬来条凳木板、铁锤竹竿等杂七杂八的名堂，地不平，他们现用铁锹铲土，又是敲，又是垫木片，他们干得极慢，似乎很不当回事。

我和高红燕又拐到灶间，天还早，才晏昼四点不到，我们企在门口望喜莲烧火。

她蹲着。即便蹲着也仍是高大的，灶台显得矮，灶间显得窄。她向灶里烧了一把火，火烧尽后用一根棍子捅了捅，我以为她要再加一把柴草，她却不烧了……这一切都在我的理解力之外。她切了一块肥猪肉，在新的大铁镬里来回擦，铁气浓厚的新镬涂上了一层油光。三婆企在灶间门口，指导讲，再磨一磨新镬头臭铁气。三婆家就在对面，前后左右都是她家的屋，灶间是她让出来的细屋，隔壁小屋放了她的床，还有一架纺纱机……

喜莲始终公事公办，不与我们搭话，也不笑。

三婆是好的，拖着她关节僵硬的腿行出行入，拿出自家的油，又拿出盐，又用一只葫芦瓢装了把花生米。她笑眯眯，慢悠悠，一趟趟运，她把东西放在灶台上。她的一条腿是僵的，行起路一拖一拖，她的眼睛生有玻璃花。

我们企在屋子里，不知如何是好。

人都是生人，孩子们瞪大眼看，老人向我们笑，但也都不知讲点什么好。让我们坐，吃茶。坐了一分钟我们又站起来了，东睇睇，西望望，几只细佬仔也企在门口仰头望我们。地上有鸡，有狗，有花鸭，它们穿梭往来，在地上寻寻找找。晏昼饭已经吃过，就在这堂屋。屋里摆张八仙桌，屋外也摆了一张，家长、知青、大队和生产队干部，帮忙的劳动力，这家的主人，整整两桌。挤，但都坐下了。菜很多，还有酒，倒入印花的玻璃杯，菜一律大海碗，只有炒花生是碟装，一只小瓦盆，装大半盆炖豆腐。有煎鱼、炖肉，还有一只白斩鸡，另有豆角茄子白菜，满桌丰盛，跟过年是一样的了。队里的人兴兴致致，饮了几啖酒，满脸通红，见有人行过，就大声招呼，强拉来，向人嘴里塞入一块鸡肉。一餐饭吃到三点，时间过得特别慢。

那些在空屋子帮垒床的人，简直就是磨洋工，他们东敲敲西捣捣，一点点活老半天也做不完。

见我们疑惑，他们就互相讲："日头不落山就铺床，人要发懒的。"

我和高红燕一望，太阳还高着呢，一时都泄了气。他们又安慰道："快了快了，也不真的要等到日头下山，那是老话，现在系新社会了……"

无所事事，又转到灶间望喜莲烧火煮饭。只见新镬头已擦得油光光的，青菜也洗好了，人呢，正在切猪肉，新刀一点都不利，她出力锯着，切下来的肉一坨一坨，厚得不成个样子。不过既然人就生得粗壮，切的猪肉粗笨，亦是相配。切完猪肉，她一望，没有柴，就转到屋后的禾秆堆扯禾秆，禾秆是集体的，用来喂牛，谁扯生产队的禾秆就算是偷。但知青不同，村人认为，知青既是公家的人，公家人烧公家禾秆，让他们烧去吧。于是喜莲就去扯禾秆。我跟她行到禾秆垛跟前，禾秆刚刚收割，异常新鲜，散发着成熟植物根茎的气味，它们以一禽苦楝树为中心，筑成一只高大的稻草垛，像堆巨大的蘑菇。

我在撕剩的日记本中寻找，那只名为二炮的公鸡，一匹叫小刁的猪。小刁，它是我和高红燕去民安的猪行买回的，猪笼系了条艳异的红布，这些都没有记下，只有一笔带过的"与高红燕去买猪花"……狂犬疫苗倒记了一笔，我晚上挑水，踩了黑狗一脚，结果它咬了我一口，过了十天家里人找到狂犬疫苗，我隔几天就骑借来的自行车去公社卫生院打针，现在才知道，狂犬病一个星期就发作了。

这些都没有记下：我们荒草丛生的自留地，潘小银给我的煎鲫鱼，她包鲫鱼的芭蕉叶，她周时不换的蓝布衫，高红燕用玻璃瓶装着带来的黄豆炖猪脚，赵战略的蘑菇，集体户养的鸡，生产队分的番薯……甚至韩北方，几乎也没两句。我看到频繁出现的词是——

任务，公社，报道会议，通讯稿，县武装部，形势，排练节目，空降特务，县广播站，实弹射击，竹冲的山脚，挑水淋烤烟苗，家人训话，知青会，文体活动，擦枪，凯旋，小组学习，《红旗》杂志《重视对水浒的评论》，赶稿，送稿，防御寒露风。开镰收割，秋风扑面……青年民兵，阶级敌人的罪行，报道员集中，大队讨论，小整风，集体评议有错误的队长，集中评论毓山大队岭嘴生产队反大寨的行为，学大寨的规划，决心书和郑江葳写大队的那份学大寨规划书，地区知青积极分子代表大会……有关上山下乡运动新的指示精神，扎根，这个严重的词在一个严重的时刻当然也记下来了，上级精神有变，知青都要扎根农村。若再像往时那样，下乡两年就招工招生全部走光，就是"拔根风"。公社会堂，六个扎根派上去做了慷慨激越的发言，郑江葳也上去讲了，她神情反常……

小台钟。时间一分一秒。

直到簟箩，直到担簟箩去公社粮所买米，这才算记下了生活。

带队干部罗同志也是一只高频词，他与知青点诸事相关：柴、米、菜、出工、排练、学习等。覃上队，郑江葳所在的生产队，它也出现了许多次——时常去她那里写稿，"……两人挖空心思，编出一篇群众来信，实在无计可想，就此交差。外面一直刮着西北风，还飘着雪雨，不顾天寒地冻，戴起笠帽披上雨衣步行至大队盖发稿章，之后又顶风冒雨步行十几里泥路，专程赶去公社邮局发稿。发完稿就去公社找郑记者，他不在，便立即返程。到半路衣服全部淋湿了，天也全黑，当机立断，就近去了水清塘的知青点，吃了晚饭，又住了一夜……天空乌云笼罩，地上泥水横流，苍茫天地间只有我们两个人与风雨搏斗。这就是我们战斗的青春（何等浮夸！）。"还有，某月某日雨转晴，清晨返回竹冲的路上，望见往日苍绿的山头似戴上了白帽，原来山顶落雪了……还有氨水，当年它实在是一道亮光——继父搞到了氨水，打电话到大队，大队文书喊人带话，让我回县城帮办手续，是出乎意料的好消息……碰上郑江葳联系的拖拉机要回县城拉一趟氨水，搭她的顺风车回去。

双脚溃烂，我只记得肿痛发烧，但日记中我记下了与此相关的铜石大队，记下了狂泼的大雨。那次拖着一双烂脚去铜石大队开会，我发起了烧，坚持不到次日，"散会时天地瓢泼，雷鸣电闪，骑单车回城已不可能，是郑江葳和陶今红冒大雨出公路，帮拦了一辆运水泥的大卡车，在暴雨中我爬上车头位，一路白茫茫水幕，卡车发动机的声音半点不闻，车内外异常猛烈激暴雨声。司机全神贯注瞪视，而前方望不见路，到我家对面的公路时雨势仍不减，我在路边下车，然后冲过瀑布般的雨幕回到家中。"若无记载，郑江葳和陶今红为我冒暴雨拦车已经忘光了。

此外还有养鸡场。

有日，队长嗡声间讲，上头要村村成立养鸡场。一大早队长站在粪屋前的空地上，向覃屋的方向喊道："每家每户，都拿一只鸡来啊！"——他又穿过刘屋的地坪，边行边向大门口说，"快点啊，你们先去，不要让人家讲闲话。"队长是刘屋的，更要严于律己。他穿过了地坪向路边走，隔着村路对着郑屋那边喊道："各家各户——先拿一只鸡来，再出工，今日割禾——割山脚阿片。"他喊一声，说一句，一声长一声短，甚有喜感。

我和高红燕负责登记，我拿着纸笔，她蹲在鸡笼边，来一只鸡，她就开笼门，鸡捉入,又关上。一片杂乱声中,村里姑娘妇娘捉了自家的鸡来,大声细声重叠:"捉熟鸡吧,捉熟鸡(公鸡阉了就叫熟鸡,养来吃肉,不能配种,没阉的叫生鸡,可配种)!""鸡场个毛,养个鸡×!"生鸡和熟鸡、光颈鸡、三黄鸡、来杭鸡,有人慷慨,抱了只稀罕的竹丝鸡,那鸡全身羽毛雪白,骨头是黑的,在竹冲的土鸡群里,竹丝鸡是洋小姐。有人抱了只抱窝鸡婆来,鸡婆像病人,又像犯人,它的翅膀被麻线捆住,鼻孔穿了条羽毛。乱声之中鸡飞着,人撵着,鸡毛在浮。一共募集了二十九只鸡。它们全数塞入两只巨大的鸡笼里。笼是新的,队长让三公连夜赶织,漏夜倒了几条粗毛竹,众后生破竹削篾,竹篾的清香在地坪散了一夜,一丛毛竹就变成了两只装得下猪的大鸡笼!然后,鸡场宣告成立。

我和高红燕担鸡满畈行,哪片田刚割过稻,有谷,就放鸡出笼,等它闷头啄,我们则扁担一横,就地坐落。有关放鸡,我写了一首夸张的诗,七八十行。

一小块一小块的禾田,东割了一块西割了一块,远远望去,禾田只巴掌大,生产队的人正在那边割禾,人也细细的,矮矮的,弯着腰钻在禾里,割下的禾各自堆在脚边。收割后的禾田光秃秃,像剪毛兔,露出肚皮上的道道青筋。土鸡是二十九只鸡,有十九只母鸡,六只熟公鸡,两只小公鸡和两只大公鸡。此外,鸡笼底每日都有一层鸡屎,担到禾田,我们就地倒鸡屎,鸡屎被满满一笼鸡踩得坚实,倒不出来,就用扁担狠命敲,"咚咚咚"一阵,鸡屎就敲松了。

夜校还让我想起一首歌。孩子们流着鼻涕,头发上沾着草,手是黑的,衣袖上是亮晃晃的一层硬壳,高的高,矮的矮,放喉喊叫,唱得全都走了调,谁也听不出唱的是什么。只有我知道,是我教唱的《小山鹰》,"小山鹰飞得高,红卫兵志气高,小星星明晃晃,红卫兵眼睛亮,林海宽又广,处处是战场,消灭狐狸和豺狼,我们紧握枪,紧握枪"。

竹冲村没有祠堂,是要比我知道的一些村更素寒的。

我外婆家的香塘村是有祠堂的,罗世饶他们的大同村也有祠堂。我去过的萝村,祠堂更是非同小可,抗战时期曾当过无锡国专的课堂,冯振(山围村人)曾代理校长,山围是我外婆的外婆家,她所说的同族有个表叔当过大学校长,大概就是指冯振。[冯振(1897—1983),字振心,号"自然室主人",从1927—1949年,一直担任无锡国学专修学校教务长兼代理校长,其间还兼任江苏教育学院、正风文学院、上海暨南大学、大夏大学、交通大学和无锡江南大学教授。]

祠堂是公家地盘,学校可设祠堂内。竹冲村只有一间泥屋是公用的,先是用来堆牛粪,上头要求办夜校,就做夜校,要求开养鸡场,也当了临时养鸡场(那些鸡秋天集中,到冬天就又回到各家去了),上头又要求各村办幼儿班,夜校屋就又成了幼儿班。

夜校里没有光,几乎望不见。屋顶的亮瓦漏下光来落在地面上,地上有只坑,孩子在坑里尿了一泡尿,再找来木棍,热尿和泥搅得爽逗,他们不再愿意唱歌。

幼儿班历时十几天,夭亡了,我只来得及教一个游戏,是我在幼儿园里经常做的"丢手绢"。我让孩子们围成一只圆圈蹲下,然后教唱:"丢,丢,丢手绢,快快地丢到小朋友的后面,大家不要打电话,快点快点抓住他,快点快点抓住他。"一个孩子问:"手绢系冇系毛巾?"更多的孩子不明白为乜嘢要丢手绢落地。没有人见过手绢,想象力丰富的孩子认为手绢是一种戴在手腕上的圈。有关电话,孩子们一致认为是"颠话",就是,不要把话像颠球那样颠给旁边的人。全大队只有一部电话,孩子们谁都没去过大队。

当年郑重记了许多的、那些当头一棒的消息,现在看来,完全是笑话。

"……昨日泽鲜去民乐公社给泽红送东西,泽红听闻我回城了,今天她争取到出公差的机会回来,她又去附城公社喊吕觉悟也出来。泽红告诉我一个震惊的消息:我们六感的带队干部到母校同校'革委会'郑主任说,李跃豆名利思想严重而且骄傲自满,后来郑主任用我做反面教材教育他女儿郑放歌,放歌好心,让泽红转告我注意,不然前途堪忧。

"某月某日星期六,阴。趁去公社开会之机,回了一次家。积极分子落选,发誓两只月不回家,避开熟人及家人。只怨自己没能坚持,结果一到家就迎来了一场劈头盖脸的训斥。家里人说,公社的插青专干梁同志同他们讲,我在下面大事做不来,小事又不做,还骄傲自满,所以这次知青积极分子代表大会没评上……被狠狠地训了一顿,极感冤枉。到了十点,想到找泽鲜谈谈,正说着话,泽红也回来了。我们都知道了新精神,上头要号召知青扎根农村,形势严峻。"

有关阅读,倒是郑重其事记下了——

"借来一本《学习与批判》,有几篇极有兴趣,《唐代社会与文学的发展》《漫谈看一点文学史》。连载的《鲁迅传》《胡适传》《汪精卫卖国记》……不觉就到了四点半,这才想起煤油灯的灯罩昨晚刮风打破了,该去买一只回来,否则晚上就没法点灯了。到大队代销店去买了灯罩回来,看到还没做饭,才意识到他们都回县城了,只剩我一个人……

"某月某日,上面发给知青小组一批书,有《数学》《气象知识》《社会发展史》《生物基础知识》《中国近代史》,共十本……

"某月某日晴间雨,看了《人民文学》1976年第二期和《天津文学》1976年第五期……

"某月某日晴,在街上碰到高中语文老师罗老师,他曾在县文化馆工作,听说在北京也待过很多年。我同他讲想学写诗,他对写诗虽表示赞同,但劝我不要读古诗,亦不要写长诗,单写短诗投去《玉林文艺》,并且又提倡多写报道用作练笔。这使我听得很糊涂,报道跟诗完全是两回事,怎么练笔呢。"

在我十七岁到十九岁,头脑里的压缩罐头就是这些零碎压成的。

有关路,眼下的"作家返乡"的21世纪的路面让我意外,再也没有比这更不适合踩车的路了。大大小小卡车、中巴大巴、无数小汽车、堪比蝗虫的摩托车,它们嗖嗖擦身而过,步行尚且心惊胆战,骑车定会被撞倒。谁能想得到,这路比四十年前更差,日夜不停的载重卡车,再新的路,一两年就变成搓板路。

而1975年的玉梧公路,新铺的柏油路面是爽净的苍墨色,光滑、平整、宽阔,两边的马尾松枝条合拢形成拱顶,一只又一只大下坡,车身轻盈如飞,那时我常常骑到马路中间,并放胆踩成S形。农机厂过了是农科所,一排带着圆形百叶窗透气孔的平房坐落在山坡上,水稻平整,片片翠粲芜绿,接天连地直到地区水泥厂,灰色的厂房,灰色的锅炉和烟囱,样样都是巨大的,置身田野,更显巨大和古怪,像灰色的怪兽,把天也弄灰了一块。但它也是有些神圣的,它并非县里的水泥厂,而是地区级的,它在远处,在高处,故它的巨大和古怪是神秘的。但它很快就过去了。之后道路空旷,无可期待,两边的马尾松围成一个隧道,幽暗、深远,不知通向何方……收工之后踩车回县城。在有月光的夜晚,几乎近梦。有次公社知青汇演,散场后众人径回县城,单车立时如一道水流,一阵风或一群麻雀,转眼就漫在了玉梧公路上,整个路面都是我们,从右边横到左边……月光沁人肺腑,越过黑暗的树影阵阵落到我们身上,有人唱起歌,就是那一首:"赶快上山吧勇士们,我们在春天里加入游击队……"

学校前面仍是一片禾田,四十年后仍然是……禾田上浮起宋谋生。

宋谋生,黑、瘦、寡言,不合群。下课独己坐教室,放学独己行,不疾不徐……寒露风起,秋季稻正扬花,风一吹,谷粒就会变瘪失收。于是布置突击劳动,我在教室大声喊:"每人都要带喷筒喔,没有?哪个没有就连夜赶做。斩一截竹,竹节壁钻几只窿,另用一根棍,一头缠上旧布,旧布这头塞入竹筒,拉棍子,一抽一压,活塞运动,跟打针的针筒一样,竹喷筒就好了……"事情虽然简单,但对一个动手能力差的人,不免就是焦虑的源头。焦虑了一夜,天亮时,有人来弹门,声音细碎如幼兽。开了门,只见地上摆了只竹喷筒。喷筒是新的,未等开口问,宋谋生一闪,像只老鼠飞快溜掉了。

我往时写过这一段,事实上,这不是真的。

竹喷筒并没有在我的宿舍门口，而是在我的床底下。夜半，忽闻一阵风声，既非宿舍左侧龙眼树叶的咔啦声，亦非后墙木瓜树那大得离谱的哗哗声，而是松涛，是风穿过松针的拂拂声。风我知道，就是害得谷粒变瘪的寒露风，但我不明白松树在何处，要知道，学校方圆八里无松树，只有越过一大片田垌，行上一段光秃的山脊，一直行到牛背山的山肚，那里才会有一片松林，我曾上去打过柴，是亲知。风吹过层层松针是极好听的，壮阔无比，绵绵密密不绝，但，当它们停在你床底就纳罕了。

我也并不怕鬼。幼时在沙街我是怕的，后来接受了吕觉悟爸爸的科学观，早已不怕鬼了。插队时我既不怕鬼也不怕黑，我时常没有电筒就行山路，和潘小银步行两个小时去公社看电影，散场再步行回。我每个夜晚都独自从生产队去学校，天地都是厚厚的黑。现在再也没有这么黑的黑了……

松涛声停在床底甚是奇异，我伸手摸枕侧的手电筒，没摸到不过我发现其实不需要电筒，房间里有了隐隐的光，就像月光从窗口照了入来，但我肯定自己没有开窗，那两扇木窗我连白日都关紧的，后窗没有，即使有更是不开，后面是荒坡，即使有人种了丝瓜也仍然是。光是温温润润的，我姑且称之为月光。月光从床底透上来，并不太亮，但也决不暗。我望见木板搭成的矮桌上一沓作文纸，那上面的一张，作文题历历可见，"一只人变成的鸡"，真是古怪极了，你何时出过这个作文题呢？所有的作文题都是语文组出的，不外是"一个热爱集体的人""一个勇于与阶级敌人斗争的人""一个艰苦朴素的人""记一件难忘的事"。

月光从床底透出，勾头望，床底角有坨油纸包着的嘢，米喽大小，三节电筒长短，大概它在那里许久了，有两张蜘蛛网围住了它，两只蜘蛛都肥努努的，蛛丝根根完整闪亮。估计不是枪。手够不着，只好去屋角拿了锄头，那时人人屋里都有锄头或锹铲，每周至少两次劳动，老是没有工具至难看。我使锄头一撩，油纸包连同断掉的蛛网捞了出来，里面包的居然正是竹筒做的喷筒，它不是新的，也并不旧，是恰恰好的样子，不大也不小，不长亦不短，它油光闪闪润滑。我如获至宝拿起，只见上面隐隐有刻痕，摸到电筒一照，照见一团五色花，四五朵挤作一处……我毫不纳罕，既不质疑它的来路，亦不觉得有何诡异，再正常不过了，这正是我的竹喷筒，因为五色花就是我每日两次熬的药，用来治烂脚的。

就是这样。

但我仍能想起来，天亮时宋谋生还是来弹过门，声音细碎，他来交他的作文，上一日他让我看，我不满意，于是他拿回去，朝早补交。我刚接过作文，他就飞快溜掉了。像只老鼠。

竹冲到学校有一小一大两条路，小路沿坡行，经水尾村，路边垄垄红薯烤烟都系水尾村的,再行过竹丛和树和一户有狗的人家……另一条是机耕路,是大路,能行手扶拖拉机,属黄泥路,雨天是水坑和烂滓,晴时是坚硬的车辙,以及深浅不一的泥坑。往时每日步行,来回竹冲。在有单车之前,日行四趟。代课老师是在生产队记工分,在队里分粮食,午饭和晚饭回知青点吃,夜里才住校。

若下雨,我就穿那双黑色的橡胶水鞋,新买的,黑而亮,中跟,一上脚,人立即挺拔,仿佛亭亭玉立。我喜欢穿着这双自己买来的水鞋行在细雨飞扬的路上,戴一顶笠叶帽,雨点落在帽檐如同落在陈年的落叶上,响声沉实而富有弹性,笠帽有一股落叶气息,戴上它,仿佛企在千年老树的树底。也时常踩单车,半旧的永久牌,男式、双杠、半边链盖。多年来我向往女式自行车,向往它的小巧、低鞍、斜杠,最钟意的是斜杠,女人不必如男人,以一种狗撒尿的难看姿势跨上高鞍横杠的男式车……骑车,行不得番薯地,我拉起车,哐当哐当从知青点落到大路,这路有拖拉机碾出的车辙,如两条平行小路,中间突起,还生了青草。

我喜欢这样的路……吃过夜饭天就黑了,我骑行在车辙里,四周黑黢黢,一不留神单车就顶到中央突起处,连人带车猛然颠起,忽一时腾空,忽一时落地,撞击着升升降降,像坐在一匹奔跑的马背上……有时我绑手电筒上车头,车一颠,光亮嗯声间左,嗯声间右,有时索性只照天上。墨黑的夜里,车头绑了手电筒的单车如同一头奇怪的野兽,目光如炬。我右手扶车把,左手举住手电筒,难度接近杂技演员。行惯了夜路就少使电筒了,跌倒过几次。四肢着地,前右拍着一块石头,前左探着一洼水,后右陷在了一摊烂泥里,小腿一片冰凉……我跌落稻田,还好,只是双脚陷在泥水里,我拔出脚,扶车放稳,撩起一捧泥水洗小腿上的泥,上田塍,再上斜坡,到了学校宿舍,换上解放鞋入教室,晚自习刚刚开始。

我曾带韩北方来过一次六感学校。韩北方,广西大学学生,桂林人,来县里开门办学。那次我回家治脚,嗯声间泽鲜一脚跨入屋,神秘道:"跃豆跃豆,我今日睇见了几只大学生!"我和泽鲜从未见过大学生,在概念中,那是一类珍稀物种,年轻,戴眼镜,读某种深奥的书、讲某种深奥的话……大学生我一个不识,母辈中,唯远章舅舅考上了江西共产主义劳动大学,但所谓劳动大学,谁知道呢。泽鲜兴奋地讲:"这帮大学生系广西大学的,机械系,来县五金厂开门办学。"说着她眼里就有了光,"这个韩北方虽学机械,倒热衷文学的,人也热情。"他实习结束就回南宁了,我没见到他。我写了一封信寄去,很快收到了回信,且有满满五页。他的字异常工整,写得方方正正,谈论理想人生国内外大好形势。

过了半个月,我收到他邮来的《文艺学习资料》,附有短信一封,说寒假期间他回家路经玉林可能要到我处。

不久，他径来竹冲村找我。他忽然就来了。

我正在喂鸡，一敲糠槽，在坡地上找虫子吃的鸡们伸长颈向我飞奔而来。它们跟我到柴房抓糠，又跟我去灶间拌饭燺，伸长颈咯咯叫，又啄我的裤腿。一路再跟回柴房门口，那四只母鸡，一黑三黄。黑鸡的冠子红得像块红布……

身后有自行车响，一转身我望见了韩北方，虽未见过面，但我知道那就是他，他也知道这就是我。

就是这一瞬，天地皆静。

在正午的阳光下，四周极其静肃。一个人都没有。小孩、牛、狗，也都没有。我愣着，看他在太阳底下停单车，他动作流畅有种城市人的洒脱，他肩膀宽宽、个儿高高的……他抬起头看我。突然出现的韩北方让我又惊又喜慌乱无措。我说："这自行车，太阳晒。""不要紧。"他说。我用力扛车入柴房，车有点重。他赶紧到我身后接过车把，他呼出的气触到我的后颈。靠得这么近，我有点慌。天真高，太阳真亮。两个人暴露在一片光晕中。

永生的金色的时间，它们重叠着。在之前和之后。

当我无可挽回地错过了一切，当我的前方越来越空旷，我就越是看见那个几十年前的自己。一种遥远的模糊，同时也遥远的清晰。我曾以为它们消失得无影无踪，但米糠和稻草带我找到了它们。

是的，米糠，因搅拌鸡食我两手沾满了米糠，我去灶间洗手。两手搓来搓去，我问他吃过饭没，他说没关系。我又紧张又懵懂，不明白他说没关系就是没吃。我傻头傻脑又问了一遍，他便说还没吃。我一时又慌乱起来，我说怎么办呢，他微笑着说没关系。他说的是普通话，嗓音悦耳，语调更好听。但我不会讲普通话，小县城的女孩会朗读普通话已属不易，口语是大难。我喃喃道："怎么办呢？"我听到这声音很奇怪，不像是自己的，这使我越发紧张，同时也更木呆，整个人一团混乱。我转来转去，像一只被尿射中的蚂蚁。韩北方安慰我，说他一点都不饿。他按了一下我的肩膀让我坐下。我刚一坐落，立即又跳起身，我从米缸翻出半扎挂面，举到鼻子跟前给他看。但我立即发现这挂面格外黑，比日常要黑许多，像发了霉的细篾条。他又说没关系。他跟我到灶间，很有兴趣地看我用稻草烧灶，有他站在旁边，我觉得灶台上的油垢、地上的鸡屎、水缸沿的灰尘全都分外刺眼。

看他吃完饭，我望望天又看看地，就决定带他去六感学校。

我在前，他在后，行过红薯地，我就找话头："这几垄是我们竹冲的，那几垄是水尾村的。"行过满是禾茬的稻田，我就讲："刚刚割完禾，地还没犁。"

面前有一条引水圳，尺把宽，一抬脚就跨过去了。圳里的水很清，地头正在灌水，圳水流得欢快。

"这怎么形容？"他忽然问道。

我懵然："什么？"他指指水圳。

我愣了一时之后意识到，行过一条水圳就要形容它，这才是一名有文学抱负的人所为。

如何形容呢？面对一个讲普通话的人，我不知道如何形容。好在，一句领袖诗词闪电般救了场。"更有潺潺流水……"我犹豫说。

"好。"他马上以热情滂沱的声口朗然接诵，"更有潺潺流水，高路入云端。"我接上："过了黄洋界，险处不须看。"他又接："风雷动，旌旗奋，是人寰。"我再接："三十八年过去，弹指一挥间。"二人合："可上九天揽月，可下五洋捉鳖，谈笑凯歌还。世上无难事，只要肯登攀。"

我难以想象自己曾经这样。

一男一女站在稻田上，一人一句，用的是普通话，像舞台上演对口词，这样生弓的事情竟不像是真的，极像拙劣的编造（当然不是），在一个泥尘滚滚的时代，这种生活模仿戏剧的片段大概不在少数。我十七岁那年的确就是如此，扎着羊角辫，站在稻田里像颠妹一样大喊："可上九天揽月，可下五洋捉鳖。"喊过对口词之后，我感到全身十分松快，每只毛孔都张开了，心中极是感奋，望见天高地阔，远处群山清晰起伏，总而言之，我站在稻田里把秋天、田野、韩北方，通通都提升到了一个前所未有的高处。

一种气场降临了，它罩住了我们。水圳里的水、两边的青草、脚下的禾茬、田里掉的谷穗，以及远处的鸡和狗、天和地、虚空和万有……我们静穆缓行，不再讲话。干稻草的气味在空气中飘荡，它在我体内托举着肌肉和骨头，我微醺着在一种漂浮感中移动。学校就到了。

房梁上挂着一块铁片，我指着说："这是钟。"来到一只鸽笼般的小木门，我说："这是我的房间。"我开了门，房间里有股霉味，亮瓦漏落的光正照在白铁桶桶壁。我坐床沿，他坐小矮凳。矮凳紧靠着我的"书桌"，上面的书计有《鲁迅在厦门》《理想之歌》《上海中小学生毛笔字作品选》《沸腾的群山》《野草》《朝花夕拾》《剑河浪》《哲学名词解释》。学校里一个人都没有。我的腿离他的膝盖很近。他的手指细长匀称，是外科医生的手。我说："星期天，没有开水。"他说："没关系。"我的枕头鼓鼓囊囊的，压有我的一本日记本，里头全是流水账。他以大地方人的气派说："回去我给你寄一点书来。"我欣喜道："多寄一点。"

我不记得小刁有否跟在后面，或者它那时已经跳栏逃跑了？我只记得有一群麻雀，我们行过禾田的时候一直在头顶飞，我们停，麻雀也停，我们行，麻雀也飞起。大概也许，它们听闻这条细水㕭"谈笑凯歌还"，认为比较爽逗。

亮瓦投下的阳光从铁桶移到了墙上，我跳起来："快收工了。"我慌慌张张关了门，和韩北方行回生产队。我一路行一路担心，社员收工望见他如何是好呢，如何向村里的妇娘们介绍他呢。朋友？同学？亲戚？说同学没人会信的，他明显比我大（后来知道他大我八岁），说朋友也是奇怪，一个讲普通话的人，来自大地方，我如何认得。亲戚，什么亲戚，无衷系表哥？这就更有嫌疑，我好像事先望见玉昭她们鬼头鬼脑坏笑。我一路闷头行路，不再讲话。

玉昭她们一眼就认定韩北方是我的"伙计"。

伙计这个词在六感是这样理解的：结了婚，伙计就是丈夫或妻子，没结婚，伙计则是恋爱对象。除此再无别的解释。那日我和韩北方从学校回到知青点，正巧碰到生产队收工，她们望见我和韩北方在田塍里行，立即喜不自禁，个个眉开眼笑，仿佛天上落了馅饼。我们刚行到知青点门前的空地，喜坤喜凤喜月她们一干人就跟着行过来，她们装作路过，笑嘻嘻望望我，又睇睇韩北方，也不讲话，也不行开。

路上跟住我们的那群麻雀也跟到了，它们在知青屋门口空地飞上飞落的，忙得不停闲。我让韩北方赶紧走，他微笑着，说，好。然后跨腿骑上自行车。他在车鞍上还没坐稳，姑娘们耐不住一连声审问。她们同声问道："渠系乜嘢人呀？"她们挤眉弄眼，成为地上另一群高大的麻雀。

这群麻雀喳喳叫道："系伙计呀系伙计呀就系伙计呀！"

很快我就收到一封厚厚的信，撑得信封快裂了。我回宿舍才敢拆开看，原来是韩北方自己写的诗，有十几页，题目叫《理想篇》，大致如此：理想之歌的音符/在我的心中奏响，/啊，奏响过九千遍；/理想诗篇的语言，/在我脑海里翻滚，/啊，翻滚过一万重……/冲垮了旧的传统观念/呵，红色的激流/把我送到广阔天地……/勇敢的鹰，飞吧！/迎着暴风雨/搏击在长空中/翻动在大海里！

我们真心热爱宏大叙事，书信、日记、写文章、恋爱。当时的读物是《理想之歌》《运河赞歌》《放歌集》《金光大道》《艳阳天》《沸腾的群山》。那时的韩北方，除了被时代局限，还被地域困住，设若他生在北京那样的文化政治中心，身为一名干部子弟，看到的书就会有所不同吧。他陆续寄来他的诗作，他用复写纸把这些诗誊写一式两份，一份寄给我，一份送广西文联他老师。

老师是一个以民歌体专长的老头，参加过著名彩调剧《刘三姐》的歌词创作。七年之后我到南宁，认识了莫雯婕，才知这老头就是她的父亲。每次看完韩北方的诗习作，莫老头总是讲："大而空，是不行的。"莫老头劝韩北方读一点民歌，特别是未经文人整理的原始民歌,他收藏了几大本。老头还告诫道:"凡印在书上的民歌,都是整理过的,味道大减了。不管写什么,一定要学习人民的语言。"老头很认真地讲这些。韩北方没有入耳,他勉强读了几首,觉得民歌太土,琐碎,且还有点下流。韩北方不明白这样的东西如何学习,他认为这个莫老头大大落伍了。没多久,他看到了供内部参考的白封皮书《文艺学习资料》,这里面有浩然的《生活和创作》,《沸腾的群山》《征途》《剑河浪》的作者的创作谈。于是他另起炉灶,开始写小说。

我收到的信便没有了诗,他谈起了小说:"小说要有鲜明的时代精神,深刻的主题,生动的人物形象,虎头、凤肚、豹尾,起承转合,发生发展高潮,要注意色彩节奏,要动静结合,状物和抒情结合,对话和心理结合,等等。"写完这些他感叹,写小说比写诗难多了。

他连续不断的信都是那样,大而空,理想、人生、国内大好形势,以及与学习资料高度认同的文学观。这些信一封又一封,粉色的信封,正中一朵大大的玫瑰,我的名字就写在这朵玫瑰花蕊里……收到信我总是脸上一阵发热,真像一封情书啊,那么厚,又频繁,还有粉红色的玫瑰。我总要立即回到宿舍,关上门,但,每次拆开信,十几页从头看到尾,却什么都没有,带感情的话半只字都找不出。我看它像看一张白纸。它太四平八稳了,经得起贴上墙壁。

在一个清肃的年代,情书就是这样地健康上进,经得起组织审查。设若出现了一两句什么,就有可能被当成耍流氓的。

唯有落后青年如潘小银,才能光明正大谈论爱情。有次去公社看电影,路上她忽然讲:"爱情系几好的。"我吓了一跳。爱情这种名堂,是小资产阶级的玩意呢,能避则避之,断不能公然讲出嘴。潘小银不愧是学过魔术的,她随时有魔性。在半明半暗中我就望见她忽然掏出一捧火,就像杂技里的火流星,呼呼猛转,我顿时眼花缭乱目瞪口呆。她以黄色小说的语言径问:"你心里爱过谁没?"

这话当头一棒,打得我头昏眼花。太突然了,简直祸从天降。我无法回答这激烈的问题。两人行路的摩擦声唰唰震响,震得神经紧张。但我不由得想起韩北方,他的那些粉红色玫瑰信封,端端正正写在玫瑰中央的我的名字。

这是爱情吗,还是革命友谊?

母亲大人却认定这里头大有名堂。

她认为,我和韩不但是恋爱关系,而且还到了悬崖边,我一不小心就会跌落。她痛心疾首:"一失足成千古恨啊,你知无知!"好像我已经跌落,再无救回之可能。

一日,母亲大人拿出十几封信摆在我面前,一色粉红玫瑰信封,每只封口都拆开了，极是触目惊心。下款写着苏州，却是韩北方寄来的。我全然不知他把信寄到了家里，大概是为我着想，未成年女知青，恋爱不但是道德败坏，还会直接影响招生招工。所以呢，信寄到家中最稳妥，让母亲转交的意思就更明确了。作为男朋友，他的条件非常不错的，样样都高出我一头。不料母亲如临大敌，她痛心疾首，反复说："一失足成千古恨啊，这么早谈对象，一生一世就沤在乡下了。"

我担心这些信写了过分的话，我一封一封细看，却是什么都没有。

但在六感，我仍每周收到韩北方的信。每星期，那些粉色的玫瑰都会出现一到两次，暧昧、频繁、如期而至，让人心跳并怀有期待。在办公室，一见他的信我就感到自己爱上了他，我手捧着厚厚的信回宿舍，一路上我对他的钟情不停地加温，回到房间立即掩上门，仿佛他的信是一件见不得人的东西，然后我在矮凳坐落，背靠住以门板和砖头搭成的"书桌"，小心翼翼拆信。我快速游览，从第一页到第十页，但，一句感情的暗示都没有，青春、理想、奋斗、努力，谦虚谨慎戒骄戒躁，团结紧张严肃活泼，跟报纸上的文章毫无两样。

读完信之后我就不爱韩北方了。

但我却写信上瘾，再者，我收他的信也已上瘾，若无他隔三岔五寄来的粉色玫瑰信封，我的办公桌就是空的，我下第二节课回来，一眼望见桌面空荡荡，我会感到空虚，为填补空虚，我会到处找当日的新报纸，试图找到夹在报纸里的我的信件。

真是奇怪，不读他的信时，这个人是高大俊朗的，说话的声音好听，腔调也高雅，骑车姿势也轩昂，他的信却不能为之加分，他频繁的，越来越厚的信没有使他更具实感，反而像一些虚假的面孔，隔着他的真人。一封接一封的信，就像一张接一张的假面具，越积越厚地贴在他的脸上。

韩北方的长相我已经忘记，脑子里只有一个高大的影子。有次回圭宁，在旧物中找到他的照片，共有五张，他背着双手站着，远处是桂林的山；或者在一丛树前回头一看，或者侧面向远处眺望，都是自然和生动。这时我才发现了他的俊朗……一个人的审美（对人的判断更不止于此），在十几岁和成年之后，实在是两不相同。

早已不知他身在何处，我早早把他丢失了。

我唯一一次见到他就是在那个秋天，在六感大队竹冲生产队的知青点，天是蓝的，日头已斜，他推着自行车，一跨腿骑在了车鞍上。一群麻雀飞起来，他挥了挥手。队里的姑娘齐声问道："渠系乜人嘢呀？"

在写过他之后仍然写，一次次重叠，大概就是你空虚的心所能做的了。

有关黑猪小刁，我有过许多不实之词。但它确实陪我夜里去过六感学校，那时它已奇迹般地拥有了山羊般的敏捷，多次跨过半人高的栏木，到甘蔗地和番薯地刨坑，咬断过无数利而坚的甘蔗，番薯藤更是不在话下。按三婆的话讲，它成了精。成了精的小刁不但像狗一样矫健迅猛，更不可思议地学会了狗吠。在那些独己走夜路的日子里，迷蒙的路上，灰紫色的雾罩满天地，路边和远处是形状不同的深灰和浅灰，它们分别是近处的禾稻、树木、竹丛，稍远处的房屋和更远处的山，这些深浅不同的灰色团块使我觉得自己是在云中行路，不仅我行到了天上，小刁也行到了天上，有时望见闪着水光的塘，我知道，连水塘也到了天上。

经由小刁，我确信人类的祖先是一种外形像猪的动物，它们生长在2.5亿年前的南非沙漠里，是智人的直接祖先。后来它跳栏，成为一名自由的猪就更是事实了。作为一头猪，它有着诗人和壮士的双重灵魂，是我亲眼所见。想当日，它两眼炯炯有光，周身木炭般乌黑，它在扁长的猪笼里待售，我一眼就相中了它。

在猪行，尚未命名的小刁它目光炯炯，身黑如炭，笼篾上扎条红布，在一片乌突喇杂中鲜明夺目。卖猪人捉它出笼，它眼睛水汪汪的，手指轻轻一碰，它一颤。我们用单车驮它回村，路上颠颠荡荡，嚎声嘹亮。回到知青点，我们便折腾猪圈——盖房剩了两辘松木，村人帮锯断，以竹篾绑之，夹道前后一拦就成功了，猪赶入拦起。淘米水、细米糠、剩饭、剁幼幼的番薯藤，我们用大铁镬熬好猪食，粗瓦盆盛上，它吃得猛，全鼻入饲料，吃得叭叭响。

头三日，我们憧憬它长成大肥猪，日后宰来吃肉。而腊肉挂在屋檐下的丰收景象在我们寡淡的饭桌上晃来晃去，但第四日我们就懒了，收工后再无余力。一饿，它就跳栏，有一日终于跳了出去，它如猫如豹，伏地蓄势、助跑、冲刺、跳跃，一次又一次。

猪栏加高一尺，它就添两尺斗志，它又伏地、助跑、冲刺、跳跃，肌肉一收缩，一爆发，猪喉咙发出一声怪叫，比人高的木栏，"拂"一下就跳蹿出去。它变得身体修长匀称，肌肉紧绷，无一赘处，它奔跑的速度撑得上一只狗，它跨过了越加越高的猪栏，如同一道黑色的闪电。

它不再需要我们喂。每朝早，太阳还未出，它就跳将出去，甘蔗地红薯垄，它能吃的可真不少，再说，也没人要求一只猪拥有集体财产观念，只要它不过分，谁都不会赶它。到晚黑，如同一名守纪律的士兵，它按点回栏睡觉。有日赤脚医生赖四眼来竹冲要给它打针，几个人摁不住，又踢又咬。赖四眼说，我就不信，明朝日睇我如何治你。小刁听了不言语，当夜逃脱，一去不复返，消失在茫茫黑夜之中。

那时的五色花开得一苑一苑的，每苑有半拳大。花极臭，十几朵小花团成一只花球，一团里有大红、橘丹、栀黄、明黄的四五种颜色。我不喜欢这种花，色彩过于强烈，咄咄逼人，望之像有毒。有毒的植物多是药，它果然也是，且是专门治我的。

那次文良波来竹冲队找我，有关我堕落成落后知青的六点，是文良波告诉的。第一，逃避劳动；第二，在男知青家里过夜；第三，和落后知青潘小银混在一起；第四，给支书送胎盘；第五，看不起贫下中农；第六，对大队文艺队的排练演出撂挑子（第五、六两点可能是我自动脑补的）。

"逃避劳动"的罪名使我想起自己的一双烂脚——

红、痒、疼、起泡，水泡化脓，成脓泡，脓泡溃破，成溃疡，终至发烧。人又蔫又瘦，眼窝凹得像饿了十日。后来我看到蒋兆和先生的《流民图》，觉得自己那时候就像其中流民之一。是水田里的高温浸坏的，夏收夏种，插秧，三十七八度的高温，一脚踩落，烫得又跳上田埂。下田没几日脚面就出了泡，先是几粒，接着就成了片，不久漫到小腿。按我外婆的说法，大概是我前世没修好，弄得皮肤这么脆弱。同样每日浸十几小时，别人的脚都没事……早上出工，十点多回来，十二点多再去，两三点回来，四点再去，六点多收工，夜里九点多又要出工了，要打谷。打谷机是大队的，各生产队轮流，要抢着使。队长一喊，晒谷场就拉起了大灯泡，照着一匹机器……柴油的气味在机器里翻滚，机器轰轰轰轰地响起来，马达飞转，谷子和稻草从那边飞旋而出。传送带间，人分两列，成捆的禾稻拆开、抖散送将入去，有人用一只大板推把谷推到一边，有人拿一只大铁叉，又长又尖的铁条伸出，状如獠牙，要把脱粒之后的稻草叉出……直到深夜，有时十二点，有时半夜一点。电影《苔丝》里也有这一幕，但那不是深夜。

逃避劳动大概就是这时候开始的。

是谁让我用五色花洗脚的？我已经记不起。我热爱中草药，知道有火炭藤雷公筋月亮草鱼腥草芝麻草车前子，等等，县医院药房的地坪时常晒有各种树皮草根，小学时上山采集中草药，我采回过一束芝麻草。

五色花我早就认得，它是臭花，出奇俗艳，在县城，从沙街尾到河边一路多的是，去小学的小路也多，它开在独石桥的桥头，旧医院宿舍屋后，旧妇产科后背……竹冲也有，我一眼就认出了它们，灌木杂树丛中，星点几撮耀眼的明黄和艳红。每日朝早，别人出工后我就动身出门采药，通往粪屋的小路、屋背的土坎、水塘边，我折上几枝回到知青屋，拗成小截，摁入药锅，加水，盖盖，用生产队的禾秆点火煮药。

五色花是我逃避劳动的奖赏，是我的烂脚召唤来的灵魂伴侣，那时我为何不就此写一首诗呢？

竹冲的五色花执光了，我沿着地垄去水尾村。现在我还能看见自己那双脚：膝盖以下直至脚面，密密一层水泡，大如花生，小如绿豆，痒，发红。先是一只水泡化了脓，紧接着是一片水泡变成了脓包，我双脚浸入滚热的五色花水，用一条毛巾撩药水到腿肚，一次又一次，之后拧爽毛巾，敷在一片水泡上。病情仍在发展，需要搓破水泡皮洗掉脓水。一件腌臜濑欻之事，身在其中，并不觉得腌臜。我逐只侍弄脓泡，每一只都洗到，等全部脓泡处理完毕，半日就过去了。

我每日在知青点洗脚，一日洗两次。采药、煮药、敷药，无法出工。晚上用了药，看上去清爽了，不料第二日水泡又生了脓，周而复始，丝毫不见好转。五色花本身有股臭味，臭得让人头昏。我的毛巾是腥黄色的，手也腥黄，双脚既黄又黑，一片焦土，水泡们取代了原有的皮肤，水泡不复存在之后，在水泡的废墟上是毫无遮盖的烂肉，粉红，溃败，没有好的希望。

某月某日星期一，晴雨，可恨的烂脚，膝盖以下全都生了泡，有的化了脓，每日采草药熬药洗脚治脚。屋前屋后的五色花都被我采光了，又一路采到水尾。

某月某日星期六，晴，任何事情都要想到最坏的结果，做最坏的打算。去年左眼患结膜炎时，一个多星期还没好，我就替自己设想了失明的结果，而现在我的视力已恢复如常。但我的脚面实在肿烂得可怕，先好了，又复发，复发后一个多星期不但不消肿，反而越肿越厉害。我不禁想，万一双脚不能保存，成为一个残废，在和平环境犹可，若是战争环境，实在不堪设想。

某月某日星期一，晴，病情恶化，下午便发起烧来，终于放弃了自我坚守——回家治疗。到家刚刚坐下来，无人问发热的体温、脚上的痛痒肿胀，劈头盖脸就是一顿猛烈训斥，家里人阵阵数落，我一言不发。

在男青年家过夜的事，日记居然也记下来了——

某月某日，我和郑江葳驱车疾驶在玉梧公路上，当今晚大队部开团员会时，谁也不知道我们去哪里了。下午公社开完会，时候还早，我和郑江葳便决定去务塘采访，正好有人带路。沿着一条陌生细路到了务塘。我们是第一次来，人地两生，不过有回乡知青Q帮忙，采访顺利完成。之后Q的妈妈捉住我们的手坚决不准走，非要留下吃夜饭，我们就留下了。干脆，连团员会都不去了，在堂屋聊天，Q的妈妈找来了队里有见识的人陪我们，他们讲起美国国务卿基辛格，说完基辛格又说黑格，说了天又说地……用木柴在堂屋烧了一堆火，后背有点冷，正面是暖的。夜越来越深，要回队也没法回了，报道也没写，终于在他家过夜了。完全是始料未及。今天是紧张、浪漫、奔波，最后惊险地度过的一天。极有趣。

　　某月某日星期二，阴，在务塘吃了木薯才溜回竹冲。以后再也不敢去务塘了，太麻烦人家了。晚上顶着四五级偏北风步行至覃上队，和郑江葳写稿子，只写了一半就写不下去了，只好睡觉。

那次也有郑江葳，罗同志却不讲她，只讲我。

给支书送胎盘确有其事。

胎盘是好东西，到现在还是。人生了重病，总认为胎盘至补，就要想方设法整来，煮好捧到病人嘴边。那时一切凭票供应，肉类难得，胎盘就成了民间的上上补品。母亲有妇产科的便利，我家总能吃到。插队前一日，母亲给我炖过一只胎盘，回家治烂脚时，她又弄了一只给我补营养。

秋天，她让我送支书一只胎盘："你们大队支书的老婆来揾我睇病了，她常年妇科病，要补下，我应承她一等到有靓胎盘就捎给她。"我觉得母亲大人真是神通广大，竟然认识支书老婆。剪好的胎盘倒入饭盒，"咕噜"一声，饭盒浸满了血水，不断不断冒，倒净它再冒出来。她找了两根橡皮筋箍实，又包了两层塑料纸，再使绳子勒几道，勒得像只枕头粽。她担心支书老婆不会煮，又在一张纸条上写了一二三四，葱姜糖酒……

我一路骑车到六感，想着胎盘不能久沤，路过竹冲连车都没下就径去大队。支书屋开着门，人不在，却坐着学校的宋、张两老师，宋是民办教师，教初二语文，张教高中物理，是代课教师。看到他们我很意外，我是第一次在大队部碰到学校同事。

宋讲支书出去了，一阵子就返回。张也很客气，他推了推旁边的条凳，讲，坐住等吧。平日我同宋张二人都不太过话，看他们对我友善，我就把饭盒放上办公桌，我对宋张二人说："这是我阿妈喊我带给支书的胎盘，给他老婆治病的。"然后我就一屁股坐到了条凳上，没坐稳我又一下跳起来，手忙脚乱地解那上面的绳子，边解边喃喃道："捂了这半日，再不打开盖就要沤坏了。"绳子系成了死结，我从门角找到一块锋利的瓦片，锯了好几下。绳子锯断，塑料纸刚一打开，里面的血水就流出了桌面，有点腥，但我又觉得不怎么腥，同时我意识到这很讨人厌。我心慌意乱，一时不敢看宋张二人，我扯了一张旧报纸擦桌子，一边低声说："真不好，真不好。"我听宋说道："不要紧的，不要紧的。"我抬头看他们，只见两人脸上平和，没有让我难堪的意思，这才有些放心了。

我慌慌张张行出大队地坪，才想起来我家的饭盒还在里面，我家只有这一个饭盒，使了好多年。幼时母亲常用这饭盒带回好吃的，夜班有夜宵，她常省下米粉肉粥带回，有时开会，就带会议剩菜，扣肉、鱼、酸菜、烧猪肉、豆腐饼，它们混杂零碎样子难看，却因各种味道互相渗透而异常醇厚……这样一只饭盒，是我从小到大的八宝箱，装满了至味的记忆，它让我想到扣肉、鱼、酸菜和豆腐，想到扣肉上面的那层又酥又软甘醇无比的肉皮，我就折回去，准备找一个东西腾空我的饭盒。

刚到门口，就闻一阵破口大骂狂飙而出："什么腥臭的东西！弄到这里来，今日真衰！真系衰八代！"是张的声音。

"就系就系。"宋亦声声附和。

我惊蒙了，但一只脚已经踩入门内，再退不出去，他们也很诧异，不明白我何以又折了回来。我讲不出话，我觉得我的身体是轻的，世界一片荒寂……他们也不说话，也不看我，只是坐着。空气很静，我听到自己喃喃说道："我回来拿我的饭盒。"但我望不见饭盒，也望不见桌子，望不见任何人。

世界在漂浮……行出很远我才发现自己已经在了机耕路上，我身体的感觉一点点恢复，我望见禾田已经收割过，田里立着稻草人，脚下的路是硬的，有点发白，而我的手上，并没有拿饭盒。

到年底，忽然支书换了，新支书上台。新支书讲："作为知识青年，给大队支书送胎盘，道德品质有问题。"罗同志找我谈话，他背着手，打水尾村的地垄行落来，一种沉甸甸的东西也跟住他从地垄一级一级行落。我紧张起来，不知如何应对，唯有破罐破摔的念头。

罗同志从土坎落来，先望见我们的猪栏空了，连一点猪粪也干硬了。

"猪呢？"他问。

"猪还没回栏。"高红燕应。

赵战略说："猪系几聪明的。"

"还想着它回栏呢，我问你们，有几多日没喂猪了？"罗同志又到柴屋望了望，柴屋亦系空的，仅有几撮稻草，连鸡做窝的草都不够，"不接受贫下中农再教育是不行的。"

讲完这句，罗同志望定我，他不再讲喂猪的事，而是讲起了潘小银。

我以前写过潘小银，所谓骑上红色大马在六感的天空……那些叙述不过是文艺青年的把戏，没有根底，虚飘。我难以原谅自己曾经写出这么文艺的东西，且拿出来刊发。

潘小银，她却也真是个人物。她知道如何能使村人兴奋。她用左手插秧——她不是左撇子，也不是不会插秧，她要秀给人看——表演一个知青如何不会做工。

她总是无师自通的,一眼就知村民想看知青出洋相。果然,妇娘姑娘们大为兴奋,从水尾传到竹冲,妇娘姑娘人人笑讲,那个水尾村的知青妹,她反手插秧的呢!潘小银知道人人都在望她,她就用正手托了秧,反手掰一坨秧下来,也不插入田里,她要在手里捏好几捏,捏出水来才插落田,插得也不齐整,歪的。

　　妇娘姑娘们也想看我和高红燕出洋相,我们不出。

　　我们插秧不但快,且齐整,从初中到高中,我们插过好几年的秧了。学校的实验田,附近的生产队,插秧割禾季节,学校就放农忙假。农忙假不是假期,是不上课全日劳动。这时候我们就会走出学校,去水田插秧。割禾插秧,早就是寻常。

　　潘小银出名地懒,自然不是装的,是无论如何不想出力。几难见她出工的,今日出了,明日肯定就不来了,后日大后日,她也多半不来。据罗同志统计,潘小银插队大半年,总共出工的时间不到半只月。她被点名批评,落后典型,她听着,不羞愧,也不激愤,亦不故作轻松。她有时还是骄傲的,因为她出名。她是喜欢出名的,她行入公社会堂,人人扭头望她,她是落后典型,但她更是一个美人呢!故她钟意开会,大队的会和公社的会她都不缺席,她要在会上招摇,惹很多目光。

　　她反正就不出工,先讲肚疼,是痛经。别人痛经只痛一两日,她要一直痛。好容易肚不疼了,她就头晕,她当众倒下去,把人吓得不轻。一只月过去了,潘小银还没出工,我们成日泡在晒烫的水田里插秧,或收割一季稻,一个月下来,我的脚背小腿生了水泡化脓发烧,她来竹冲陪我小半日,回去讲自己也溃疡了。

　　罗同志找她谈话,讲到前途,出路,她听着,不作声。罗同志想找家长,却找不到。她懒,不出工,但她并不犯法,难不成关她禁闭?

　　她有一只半导体,这我知道。但在罗同志提问之前,我并不觉得有何不妥。他峻急问道:"你们谂下,半导体是随便借的吗?人家又不是有两只半导体,他自己还要听,他借给你,是什么意思?"

　　借半导体,借就借啰,又有何奥秘呢?我全不明白。

　　罗同志又讲:"这不是明摆的,那个人要同潘小银谈恋爱!"

　　我吓了一大跳,谈恋爱,真系太严重了,资产阶级生活作风,它散发着妖气,既诱惑,又禁忌。为了表明自己远离资产阶级生活作风,就要时时表现出对恋爱深恶痛绝,而且,还要表现出无知,如此才是一个纯洁的人。我听潘小银讲过那个陆一民,新荣供销社采购员,回乡知青,二十二三岁。他把自己的半导体借给潘小银,让她带回六感,讲任何时候还都可以,半年一年都没关系。

　　罗同志断言,这,就是谈恋爱。

　　我们听得懵懂。

　　我们一向认为,恋爱是远处的一只妖怪,没承想,这只妖怪变作一只半导体收音机。罗同志又肃然说道:"潘小银还不承认,怎么不是,你们要劝劝她,悬崖勒马还不迟,再这样,是要毁了自己的。"

半导体收音机,我见过,只比肥皂盒大一点,但极其奢侈。

有日潘小银带了这只半导体来,在竹冲的厨房,在黄昏,天正在暗下来时分,它神秘的内部传出电影插曲,《闪闪的红星》里的《映山红》:"夜半三更哟,盼天明,寒冬腊月哟,盼春风,若要盼得哟红军来,岭上开遍哟,映山红",极是抒情悦耳。多年后我意识到,潘小银非但没被毁掉,她还开出了花,她既懒散,又英勇,她的花开在路上,六感和新荣的机耕路,自行车和供销社,五色花和左手,电影和映山红,到处都是她的花。

罗同志在知青会上讲:"你们这么年轻,万一出了事怎么办?谈恋爱谈出事情来,全国都有,我们县,我们公社也有,希望我们六感大队不要出现这种事情。出了事情,尤其是女知青,出了事情你们至吃亏。"这些话,公社知青大会也讲过了,知青周专干讲得极是痛心疾首:"你们这么年轻,万一出了事怎么办?出了事情我们还得给你们开证明去做手术,不做手术怎么办?让你们把孩子生下来啊?让你们结婚啊?这怎么行!你们还没到法定年龄哪。严要求,亦是你们父母的希望,希望我们一定要管住你们,尤其是女知青,出了事你们最吃亏,男的拍拍屁股行开了,你们找谁去!所以奉劝你们,千祈千祈,不要谈恋爱,要谈以后再谈,等你们到了年龄,我们就不再管了。"

这一番摄人心魄的话让我们五脏发紧,气都不敢咷。恋爱、手术、孩子、结婚,这些词一个比一个严峻,一个比一个恐怖。忽闻一声抽泣,空气绷得快要裂开了。我不敢回头。

罗同志认为,我应该帮助落后知青潘小银。

他说潘小银所讲的一切都不能信,他对她太了解了,他与她父亲同一个厂,那是全厂有名的"潘大炮",什么都敢吹,一日到黑尽吹牛,不吹牛就受不了,此外生活作风亦不正派。按罗同志的讲法是:"什么种子发什么芽,什么藤上结什么瓜。"这民间谚语后来被加上了一句:"什么阶级说什么话。"罗同志是个善良的人,他没有把阶级斗争放到潘小银头上。

我和潘小银混并非是要帮助她。我与她荡,是钟意她那些奇离古怪的事情。

她的名堂多得很呢,她讲女生的腰要软才好睇,腰如何才能软得像蛇一样呢,那就要——每晚夜临睡前,吃自己的头发根。谁要是想腰变软,就要时常吃自己的头发根。她强调,不要吃落发的发根,而要从头上现揪,要新鲜的头发根,这是陆地坡那个杂技世家的祖传秘方。我似乎从未亲见她吃自己的头发根，她到底吃没吃、若吃了有没有效果，我心里一直疑惑。到底也没有搞清楚，且一直没机会问她。

生活有无数窗口，其中一扇是潘小银帮我打开的，她打开的方式是吹牛，或曰虚构与非虚构。

她喜欢讲剑。

"爸爸每夜都要去树林练剑的，风雨不改。他双手舞双剑，转起来水泼不入。"潘小银以水泼不入这种夸张的超现实形容词震慑了我，多少年来深铸在我脑中。潘小银一边讲一边踢腿，踢腿是她的毛病之一，有时在东门口行街，行行行行，她嗯声间猛然踢上一两脚，然后再接住行路。我想这是她学杂技落下的毛病，她学的那项，必是蹬缸、蹬桶或蹬伞。我看过表演，舞台中央放张方桌，人仰躺其上，双脚顶住只木桶，蹬得像电风扇呼呼转。

她踢着腿随即兴奋起来，她讲她的脚筋跟脑筋系连在一起的。如此，她踢过腿之后就讲武功，讲她学了三只月，是老豆揾人教的，赤手空拳对付两三个男人没问题。她眉飞色舞，顺着话头就讲到她爸爸舞起剑来水泼不入。

我并不觉得她吹牛，我确信是真的，此后我认定，谁舞剑，若做不到水泼不入，则是未达水平。后来看《霸王别姬》，虞姬舞剑，我便总盼她的两柄剑变成一片闪闪的圆形银光，但从来没有，任何虞姬，双剑舞时总是空隙很大。我每每遗憾不已。

我坚信潘爸爸舞起剑来是真的水泼不入，他的宝剑寒光闪闪飞旋如风，壮阔而寂寞，沉默且热烈，犹如闪电、月光和流水风云际会，不是我们肉眼凡胎能望得见的。但我知道，这是另一世界里的事，另一世界的剑，她爸爸影子里的爸爸，另一个世界的树林。

事实上，宝剑是不存在的，她家只有一把自制铁皮剑。

铁最经不住空气，一眨眼就会生出一层红黄锈，再眨眼就会生出两层或三层。两三层锈堆在一起，像麻风病，或烂涩泥，坚硬平整的铁生了麻风，一碰即碎，屑片落地，剑身立时惨然变薄。所以，铁，是绝对不能当剑的，更别讲铁皮！真正的剑是造化神奇，铜与锡神秘的配方于烈火中冶炼复冶炼，几百年才能出来一把。好吧，潘爸爸去县里的五金厂，给他的铁皮剑镀了一层铬，于是它变成了另一种意义上的银光闪闪。

在平庸的日子里，我热衷听潘小银吹嘘，讲她武艺如何高强，赤手空拳打得过三个身强力壮的男人，这令我至为艳羡。

潘小银讲，她不出工是去跟人学武功，有一只高人，行止不定，时而在陆地坡，时而在县城的僻静细巷，有时径还会云游到陆川容县。我想跟她学，但她从未露过一手。她更常讲的是恋爱的事。

我只在书上见过恋爱，对真人恋爱十分好奇。她喜欢用爱情这样文艺的词，讲的却是跟爱情无关的身边男女事。

高中时她神秘指出邻班的一位转学女生如何不同，让我观察她的身材、脸上皮肤的光泽，断定她必与男人睡过，而她在陆地坡与杂技班主两夫妻同居一室，这也让我感到，她在男女的神秘领域必定无比深入，是我所无法想象的。

潘小银，她从未被驯化，就像杂技里的火流星，猝不及防就转动起来，让人眼花缭乱兼目瞪口呆。爱情这种书面语用圭宁土话讲出嘴实在古怪，仿佛祸从天降，这个书面的禁忌词语突然由潘小银这样一个不看书的人嘴里讲出，它的音量被扩大了数倍，震得行路的摩擦声唰唰骤响。

"作家返乡"，大队人马上车时我才想起牛背山，我仰头一望，它就在那里。

它就在那里，沉默了许久。

牛背山使我想起打柴的事。本来打柴就是打柴，朴素的日常生活，我偏要在日常生活中寻到戏剧性，是的，戏剧性能使我与外部世界之间建立一种更强烈的关系。于是，在十多年前的小说中我虚构了空降特务。

现在我已经意识到我的戏剧观过于狭窄，"我可以选取任何一个空的空间，称它为空荡的舞台。一个人在别人的注视之下走过这个空间，这就足以构成一幕戏剧了"（彼得·布鲁克《空的空间》）。还有这样一种定义：发生于观众和演员之间的事情就是戏剧，所有其他都是附加的（转引自铃木志忠《文化就是身体》）。这样看来，完全可以不用虚构空降特务就可以获得某种戏剧性。

基干民兵实弹射击是真的，捉空降特务不是，当年我为了戏剧性，让空降特务降落到了我们知青屋对面的牛背山。同时，把我打柴的经验置换上，扁担是真的，爬山也是真的，隔着扁担坐在山上、又湿又凉的地气从草根升起、松脂的气味，这些都是真的，夜气苍灰窃蓝，自四面八方飘来。松脂在我背靠着的树上，气味芬芳馥郁，一阵又一阵。这都是真的。在漆黑的山上又累又饿。茅草割破了皮有些辣痛……就实感经验而言，这些都是真的。

当然，公社的武装干事没有随我们一起上山，特务没有空降到我们知青点对面的牛背山。就是这样。为了故事的完整性，为了让它有头有尾，这段故事的结尾是原地解散。

生硬：不成熟的事情。**裹跌**：摔跤。

——《李跃豆词典》

不免想一想插队时做过的工：

去深山扛过木头，仅一次，不记得是做什么使的了，山路拐弯及过沟最难行，庆幸没有袭跌受伤。担过树丫，大树枝叫树丫，从主干砍落，松树的树丫单叫松丫，烧瓦用。瓦窑就在村头，我们从山里担来的松丫堆在窑头两边，丈把长。烧窑的时候点火，松树枝熊熊燃烧，窑顶冒出黑灰的滚滚浓烟几日几夜。上山挑石头，仅一次，用于知青屋打墙脚。我们挑着空畚箕上山，东寻西揾，队长让我们上山我们就上，但我不认为这树木繁茂的土山会有石头，却真的有一块，在一畲树和一丛灌木之间，这石头年深日久，上面锈迹斑斑，与土同色，比土的颜色略深，僧衣褐。用扁担敲，有坚硬的唪唪声。

使牛犁田，仅一次，出于好耍。初冬或者深秋，禾稻割净，田是干的，没有一坑坑水，泥也软，田里满地稻茬。所谓犁田，就是把禾茬翻过来压在底下，泥翻上，晒晒打打松松，然后，种几垄番薯花生黄豆。我们去田冲出工，老用正赶一头水牛犁田，一头灰水牛，它稳稳直直，打田垄这头向那头行，老用扶犁跟在牛后尾。我向来认为，犁是所有农具中至有观赏性的，犁把弯得像张弓，是天然完美的整根木头做成，犁头的锐角虽锐利，同时也敦厚，有一种难以言喻的农具性，它紧紧镶嵌在木犁把上。老用扶着犁，像是丝毫没使力，犁头以一种舒服的角度嵌入田里，它自动向前，一块一块的泥土就翻出了，均匀地、姣好地、一块一块、一片一片、一瓣一瓣……土地次第开花。几好睇的，赏心悦目。我自说自话就跨入田里。"我来犁我来犁，俾我犁下喂。"我声声喊道。老用"吁"的一声喊牛停，我就扶住了犁把，扶住之后我就不知该如何办了，我问："如何做呢？""你就扶住行啰，跟住牛啰。"牛自己行起来，它不欺生，老实，一步一步行，但我感到犁变得很重，是角度不对，犁吃土吃得太深，滞住了。禾田没有一大瓣一大瓣地翻出花来，它不但没有开出花，它还生出了牙齿，紧紧咬住我的铁犁头。牛聪明，知道不能生硬死拉，它适时停落，老用帮我拔出犁头，重新嵌入。这次我注意不能让犁头立得太直，结果矫枉过正，犁头入土太浅了，它从田的表面划过，牛觉得身后一轻，它拖着犁忽悠忽悠跑起来……

我的犁田生涯一共不超过一刻钟。但，若要清点自己做过的活，我总要把犁田放在首项。此外我还耙过田，耙田是真的出工挣了工分。耙田的技术含量不如犁地，双手用力压住铁耙即可。早春田里一放水，犁过的泥土泡软了，光脚落田，跟住牛行行停停转转，铁耙耙田，粗泥耙细，一趟一趟地耙，转着圈耙，转完一圈再一圈，直到和水分离的泥土变成泥浆，直到水土交融。这时赤脚踩在水田里，脚底窝就有腻滑的无限舒适，但这个舒适感不是留给人的，而是留给秧苗的，秧苗嫩，从秧田移插到陌生的新田，需要光滑细腻与水交融的泥土。

水田片片闪亮，水牛在田里哗啦哗啦行，牛背闪了灰色的光，牛蹄扬起的水也闪闪落落。看到耙田的人一副开心样子，我便自告奋勇耙田，从牛栏里赶了头大水牛，扛上生产队的铁耙下了田。我扶着耙，跟在牛后尾满田跑，耙田极耗力气，要不停地走动，不停地走向下一只冰冷之泥窟。这时你的注意力被转移了，不会注意到脚冷还是热，你需紧盯前面的铁耙，紧紧扶稳，否则，十几只铁耙齿会剐到脚。

有人教导讲："你累了，就喊牛企停一时。"我就喊牛站停，我冲它的后背喊道："哈——"牛异常乖巧听话，它立即企停。我和牛企立在水田中央，我扶耙喘息，牛老实站住，田里的另一头牛和使牛人绕着我们娴熟地转圈。转到我身边劝道："明朝日你还是别做这个了，去插秧吧。"我意识到，所有的人，连同我的牛和他的牛，也都是这个意思。

队里的粪水池又宽又深，舀粪水，就要使长柄粪勺。池边的灰沙是结实而气派的，称得上干净，从不闻臭气。我以为好。

村里人却别有睇法："好咩嘢好，连臭气都冇，还不如塘里的水呢。"

于是我又明白了，作为粪水，如果不臭，那是极丢人的。它的确不如水塘，那塘里好歹有小孩屙个屎尿。

屎尿都是宝，人人都要宝落自家粪坑。队里的粪水坑无人撒尿屙屎，作为粪水坑，长年累月，它贫瘠而孤寒。村里人觉得不妥。他们就喊五保婆去那孤寒的粪水坑屙屎，男人们倒是宽容，姑娘们却蛮横，她们向五保婆大声喊："去，你冇去生产队粪坑屙屎乜人去呀！"

五保户老太婆，全村至老，七十几岁了，也许竟有八九十，她头发稀疏，头顶扎只鬏，满面核桃皱纹。无子无女，独己住在刘姓和赖姓之间的一只细屋，屋里仅一床，还有只水缸。房内无窗，门口有只灶。她也出工，队长每日派工，让她去花生地揾草。她的活都是一个人做的，可做可不做，是用来给她每日五分工。她一个人在地里，戴顶烂笠帽，四周是番薯花生或者黄豆，周围一片一片的全是庄稼，没有人。大太阳时候，她在的那一片田那一片地太阳都比别处大些似的，所以呢，她是一副烤焦了的样子：黑、焦、瘦、干，好比一截树枝。

刚来时我们帮五保婆担过一次水。电影上，八路军每到一只村子都要帮老乡扫院挑水的。我们要同农民搞好关系，给村人留个好印象。

于是，学雷锋做好事。电影里帮老乡担水，我们便也帮老乡担水。

帮乜人呢，当然是五保户，五保婆这么老了，她挑着小半桶晃晃荡荡的，行行停停，她只担桶底一点水，够日常吃，她大概从不洗澡，小屋散发一股臭味，她身上也是。担水是个重活，我们每次也只担得大半桶水。一路行田埂，还要上坡，上了坡还有七八级青石台阶才到她家。

一路上全村人都望见了,村里人讲为咩要帮五保婆担水呢,等她自己担。我们讲我们学雷锋呀,她们觉得更费解了。姑娘妇娘们愤愤然,觉得我们学雷锋没学到点上,尽干些没用的,与其给五保婆担水还不如给生产队拾点肥呢。

我们担来水,倒入五保婆的水缸,喘气大声道:"某婆,我们担水畀你啦!"

按照电影里的剧情,她应该满心欢喜笑眯眯捉一把红枣或者花生塞给我们,至少也应该是一只番薯,但她只是疑惑、戒备兼懵然,好像我们担水只是戏弄她的一种方式。她不笑,也不讲唔该多谢,也没入屋拿点什么。她只是企住,望望我们又睇睇我们的水桶,再望望水缸。忽然我们想,她到底算不算贫下中农呢?万一她是地主婆呢?没有人告诉我们。

我从未听她讲过一句话,从不作声,难道她是哑巴?小孩子嫌她臭,向她掷石子,又吐涎水。村里的姑娘们冲她喊:"五保婆,去,去队里的粪坑屙屎!"她就老老实实去生产队的粪坑蹲坑。

队里的粪坑没有门,任何人路过都望得见她蹲着屙屎,擦屁股时她用屁股对住门,用一根棍子蹭屁股缝,不遮不掩,不慌不忙。她把光屁股对着门,光明磊落,理直气壮。

我们用生产队稀薄的粪水种烤烟。秋收之后,我们一垄一垄整地,在地垄挖坑,一列列,一只只,整只营养坯放入坑里,压住松泥,再淋一勺粪水。烟苗居然长起来了,烟叶有芋头叶大,昂首挺胸威风凛凛。让我想一下,也许不只是粪水,估计淋了化肥,圭宁县氮肥厂生产的氨水。那个氨水池我算是出了一份力的。化肥如此不可思议,我们对它的敬畏延续了许多年。直到有一日,知道了它终究不是什么好东西。好好的地,本来松软有弹性,一年一年,土地吃下化肥,一年一年它就换了一副心肠……

我们摘烤烟,咔嚓一瓣,咔嚓又一瓣,生烤烟的气味让人头晕。

烤烟了,村里的烤房在油榨隔篱,全村人坐满一地坪,地坪满是竹竿,一支竹竿配两条绳,生烤烟就一竿竿编织好送入烤房。烤上一日一夜或者两日两夜,我到底也没问过……大火熊熊,青绿的烟叶摇身一变,去尽水分变成柘黄,本来是厚的脆的,此时变软了,青时散发出一种令人头晕的气味,这时却变香了。

然后就拆烤烟。地坪上,人人坐一盏矮板凳,叽叽咕咕一片,一边拆落烤烟再叠好烟叶,烟叶泥沙多,每张烟叶我都举起来抖一抖,之前叠好的我也一一拿起来使力抖……忽闻村里妇娘喊:"哎呀别抖别抖,泥都抖落了。"

为什么不能抖掉烟叶沾的泥沙?

直到快收工，我才总算明白，烟叶上的土正可压秤，收购站过秤时重一点，拿到的钱就多一点。

又让我们种四季豆，于是四季豆开了紫色的花，三角形鼓鼓的，在豆藤上花插着，一朵一朵向上开，一直开到竹竿顶。

就结豆荚了，手指般大小长短，肉质的豆荚闪耀青灰的颜色。恰到好处的时候就要执落，不能太老，亦不能太嫩，每朝早都要执一次。收购站实在是挑剔的——老的不要，嫩的也不要，太长的不要，太短了也不要，弯的不要歪的不要，只要直溜溜端端正正一点毛病都没有的。送收购站之前还要挑选，四季豆放在手心，握住拳头，两边不能超出一公分。

挑选过的四季豆送到公社收购站，最后，其中的一部分又跟着我们返回了，它们惨遭淘汰，因样子丑陋，不够整齐光溜。

泥沆：泥坑。

——《李跃豆词典》

一直以来，我都觉得县城太小，小而平淡，我羡慕泽红去过南宁，吕觉悟去过柳州。插队之后，我的眼光有了巨大翻转。插队时间越久，我越感到县城是个大地方，热闹繁华，它甚至是辉煌的。县城有华侨电影院，有少年之家，少年之家门口有溜冰的斜坡，有百货公司糖烟酒公司大众饭店，工商联大厦有四层楼高，有照相馆文具店新华书店，有邮电局和县第二招待所，有无比辽阔的县体育场和灯光球场。还有县政府大大小小的机构，粮食局农业局二轻局卫生局教育局水利局交通局畜牧兽医站，还有森林工作站，有监狱。有炸药局，有蛇仓，还有荔枝场。此外有文化馆和文艺队，文艺队的歌声从旧天主教堂传落大街。当然还有县医院，县医院有留医部，有供应室、手术室、X光室、太平房……还有防疫站和妇幼保健站。这些公社下面都没有。

在四面黑魆魆的夜晚，县城总会在我的念想中出现，但它变得越来越远了。它每出现一次就被我放大一次，每放大一次它离我就越发地远。夜越深县城越远，有时候它会飘到天上，我昂头望它，它闪着无数星星，就在正上方，望得见，却去不到。天亮之后，县城仍然远，而我们要出工了，我们光着脚，前一日挽起的裤腿尚未放下，腿肚还粘着泥。

下乡一个多月后，我们盼来了全公社知青第一个集中日。

日子尚未到来，集体户就有了节日气氛，空气雀跃而轻盈。我们知道，集中日这日不必落田出工了，在连续出工三十几日之后，我们十足做腻了。没有星期日，每日早早下田迟迟收工，农忙还没过去，我们终于可以停闲一日了。集中日，一只闪光的日子，在连续的强体力劳动之后它被擦得更亮了，它发出的光更加璀璨。在集中日，我们还能吃到公社食堂的饭菜，那是用大蒸笼蒸的米饭。瓦饭盅像机关饭堂一样，这代表了一种文明。在集中日的映照下，我们提前望见了那些瓦饭盅，它们在空无中照着我们的脸，如同灶里的火光。瓦饭盅圆形平底，内里是发亮的黑褐釉，外面浅米色。瓦盅隔热，手感粗糙舒适，县机关食堂一色这样的饭盅，一层摞一层，放入一只大大的木蒸笼，盖上大木盖，湿布捂住缝隙，白色的蒸汽噗噗升起来，雾气弥漫。县城机关的孩子都是吃这种瓦盅饭长大的。

集中日到了，大朝早，我们拉上单车冲落大路，连跑带跳。路上的凹凹凸凸我们一概不管，照头照脑直撞过去，单车轮弹得老高，身上斜挎着的帆布挎包拍打着胯部，实在是太拉风了。还嫌不够，单手扶着车把一边望向田里——

望见我们拉单车冲上大路，田里的人大声问道："系要出圩啊？听会呢？"

"系啊系啊，系去公社集中开会呀。"我们大声应道，然后跨起一脚，脚底一蹬，向着公社的方向飞去。知青去公社开会是记工分的，记了工分，在年底可分到实物或工钱，我们记了工分占到便宜，却从不把工分放在眼里，我们总是那样没心没肺。

十七八岁都是如此没心没肺吗？

第一次集中日，我们再次见到了民安，我们望见了一个新的民安公社所在地，它简直有十个旧的民安那么大——

它被我们放大了，那些无处可去的夜晚，那些需要在半夜打谷脱粒、一日一日连着插秧的日子，它们变成了一些折光镜把民安圩改变了。民安，它全然不像我们一个多月前见到的样子，不是那样窄腥，它屋檐不低房屋也不少。我们迫不及待地想要见识见识这个民安圩，行行荡荡这条唯一的街。

民安圩这条圩街，一个多月前我们一眼都没望，或者，即使望见了也像没望见，我们是从县城大地方来的，对小地方没兴趣。现在呢，我们从泥土拔出脚来，它也打地里重新生出来了——我们望见一只商店，里面柜台围了一圈，有售货员企在柜台前，啊这就是民安的百货商店了。单车向墙上一横一靠我们就入了店，一排排货物都是见过的，这时却又有些生了。我们一样样望过去，宛如初识：肥皂、电筒、火柴、糖果、布匹……虽没县城的百货公司大，货物也少得多，却也使我们眼花缭乱。啊真是爽逗，饼干是圆的，扎头发的塑料绳真鲜艳，手电筒至有气势的，多得成了堆，三节电池的长手电筒，还有电筒用的小灯泡，有很多鞋，军绿解放鞋，还有几双凉鞋呢，棕色的塑料凉鞋，甚至比县城的更好看，有镜子有发卡，唯布匹不好，那花色实在是太土了。

售货员是好看的，乡下顶尖标致。她知道自己好看，所以倨傲。知青望她她也望知青，两下里，互相探寻，一眼扫过来，一眼扫过去，两厢都故作淡定。

有人来催开会，到了公社大院，它也比第一次见时要阔宽，会堂几乎有学校的礼堂那么大，而且呢，人潮汹涌，全公社的知青聚拢了，上一届的上上一届的、同一个学校的、同过一个文艺队的，男生和女生，那些全校出名的人，他们竟然都到民安公社插队了。望望这个，望望那个，这个那个都有些新鲜。

就开会，表扬先进、批评不良倾向、提出今后要求。小组政治学习，批宋江、追查政治谣言……总算散了会，大家又纷纷拥出，唯一的街上灌满了好几届知青。我先去邮电所寄几封信，又去新华书店转一圈。有个打铁铺，两人打铁，你一锤我一锤，打好的锄头、镰刀摞在旁边，一种新鲜的铁灰色和铁气味……饮食店门口有两只大蒸笼，火正旺，蒸笼里的香气散到街上。店里吃食不少，除了米粉，还有包子馒头发糕，包子有菜包和肉包，菜包的馅有豆腐干、咸菜和猪油渣，馒头里放了糖，闻着甜丝丝的，松且软。粽子，跟县城一样包成三角形。

正是圩日，街两边摆满了担只，都是一担一担挑来的，箩筐、篾篮、畚箕，青菜、番薯、木炭、药材、鸡蛋、鸭蛋、咸萝卜干，或者，只是一担柴。我们从这些担只间行来穿去，打街头蹚到街尾，我们望见了猪行，细花猪在竹笼里憋头憋脑的，泥地凹凸不平，地上有猪屎。行过几步，又有鸡屎，刚孵出壳的鸡苗和鸭苗，细碎的吱吱声、毛茸茸的活物。

不觉行到街尾，街尾是某大队的合作医疗站，孙晋苗就在药房给人发药——一间大药房，架上盒盒瓶瓶的是西药，有细抽屉的半面墙是中药，这样中西齐全的药房，远非寻常大队合作医疗站可比，我猜它开始时是私人的，后来公私合营，变成母亲大人说的联合诊所，再后来，变成了这个大队的合作医疗站。

在《漫游革命时代》中，我写过人人苦练一技之长。事隔多年，我仍依次看到篮球、小提琴、二胡、扬琴、笛子……笛子使我想起县文艺队的大头卢，想起《草原上的红卫兵见到毛主席》《催马扬鞭送粮忙》这永恒的笛声。学校文艺队本无扬琴，有一日忽然有了，一个女生和她的扬琴出现在舞台上，她手捏两根竹槌，叮叮咚咚边敲边唱："红棉花开红万里，红水河畔歌声起，歌声起哎，尼啰——尼啰——"

吕觉悟热爱科学。她爸爸在供电所，订有《科学实验》杂志，她妈妈，五金厂工人，不识字（后来扫盲了）。与此相对应，她的心一时高，一时又低。高时她狂想，有朝一日要参加制造原子弹。她时常提到表哥，那是一个至至顶级聪明人，从未摸过汽车,但系呢,一辆汽车在草原(我至今不知她表哥如何去了遥远的草原)野路上坏掉了,前不着村后不着店,这时表哥就大显了身手,无师自通掀开车盖,东敲西捣一番,居然修好了。吕觉悟对此无尽钦佩,她说她表哥若能出国留学,讲无定哪一日会得诺贝尔奖。就是从吕觉悟嘴里,我和王泽红才第一次知道,世界上最犀利的奖叫诺贝尔奖……有关原子弹氢弹,吕觉悟一出嘴就明白这个讲过头了,至荒唐。即使破天荒地推荐上大学,断不可能去国防工程,她和王泽红的父亲都有历史问题。王爸爸王典运,从教育局下放供销社,当供销社的采购。吕爸爸吕沉,从水电局下放到供电所。我爸爸的历史问题我半点不知,反正他死了。

吕觉悟放弃原子弹之后打算组装收音机,她买来了电阻和二极管,但忽然又改了主意,觉得修单车更实用,至要警惕的,是收音机容易滑向偷听敌台。她就决意专攻单车了,工具现成的,就在床底或壁角,一只木做的工具箱,扳手、老虎钳、起子、锤子,她还翻出一盒像猪油一样的名堂,黏糊糊的,闻之有股肥皂味,是她妈妈车间的机械润滑油。

吕觉悟至诚同我讲,她在玉林的表姐讲的,以后知青可能通通扎根农村,冇会再招生招工了,除非有特长。吕觉悟打定主意,若十年都回不去,她就自己返,在东门口摆只修车摊谋生。

我回到生产队,见高红燕带了只麻袋来,麻袋鼓鼓囊囊散发铁腥味。她掏出一堆乱七八糟的工具放在墙角。不多时,她就在屋檐下拆开了自己那辆单车,车头在东,坐鞍在西,两只轮子重叠靠住柴屋门口,车链像条蛇瘫在地,她拆开滚轴,掏出滚珠,一只只擦净黑垢,又一只只摁入一盒黄油中,她的手是黑腻的,膝头垫了块补丁劳动布。高红燕打算,她的修车摊子将摆在县二招的斜对面。

泽红铁了心学医,从不改变。西医没法学,她就学中医。她跟乡下的一个表哥背汤头歌,还学认中草药,买了一本书。

与潘小银相比,我们起步都迟了,她高一就跟人学杂技,还学武功。难以想象。一个姑娘妹,早早就知道读书无用,随随便便就旷课了。即使上课,她也是懒洋洋的,人也不坐直,斜靠着弄她的头辫。她打散辫子,揪落一根头发,放入牙齿间一抿,嚼着发囊根的肉吃下去。我记得并未见她吃过发根,但此刻,我却真切地看见她嚼了发根,也许是我的想象力忽然强劲了。总之,她如此古怪不免让人担心。她告诉我,此为秘方,可以使腰变软。练杂技必须腰软,下不了腰,师傅绝不会多讲一句话,他根本不教你。她隔日去一次陆地坡,有时住在那边。她讲她正在学火流星,一条长绳拴住两只杯盏,杯盏放油点着火,然后就舞起来,在头顶飞舞,在身前身后身侧拂拂飞,舞成一只圆,杯盏里的火连成一片,像一道金色的圆环。她现在是在绳子的两头各绑一块石头练习,她将来还要学咬花顶碗,牙齿咬住一朵花向后弯腰,头从两腿间伸出,头上再顶一只碗,眼下呢,腰不够软,还不能学这个咬花顶碗。

插队后潘小银不再讲她的火流星和咬花顶碗,她说杂技不能防身,武功可以。此番她的师傅是在容县,圭宁到容县六十里,从县城到民安已经行了三十里,再三十里可到容县。她的师傅武功极是了得,全圭宁无二。有关容县,历史上是大地方,叫容州,出过大军阀大人物。往时有钱人家都要送子女去容州读中学。容县卧虎藏龙,有几多世外高人的。她师傅在国民党军校做过教官,授人有术,她仅练了只把月,现时即可徒手对付两三个男人。

我不识趣地问她,何不喊你爸爸教舞剑呢? 潘小银头歪着,仿佛沉浸在某片银光中,过了一时,她从虚拟的银光中退出,以无限遗憾的口吻对我讲:"系啊,真正的高人都无会传功畀人嘅,再讲一般人亦学无会。"

十七岁到十九岁,我迫切想要跳出农村这潭烂泥涅。

幼时我是喜欢乡下的,我钟意外婆的香塘村,有河有竹有蚕,那蚕一簸簸的在祠堂的地上,不远处还有只大祠堂,后生姑娘在大祠堂练节目,是削竹钎的《竹钎舞》,姑娘们一唱一跳就成了越南姑娘,竹钎是用来做陷阱的,对付美国鬼子,那一年的口号是"支援越南打美帝"。外婆家的姑娘多,文化高,有好几个高中生,我读过《红岩》,她们也读过。她们还唱歌,"烽烟滚滚唱英雄,四面青山侧耳听,晴天响雷敲金鼓,大海扬波作和声",男男女女大声唱,我也听会了。人人言语有趣。我跟上山,执木薯叶给蚕吃,一路有言笑,蚕吃着也是光彩烨烨的。当然香塘村还有外婆,她钩花,床头还有本旧旧的书,上头的字我不识,故我外婆是神秘的。

即便如今,我仍觉得外婆的香塘有种响亮繁茂的气象。是茂密的大树永远有满树的叶与花与鸟,纵是一只被缚住翅膀的母鸡,也能有一团光拖曳着。

六感的竹冲村确实清寒,不但简陋得连个祠堂都没有,整个村仅有一个外出工作的同志,这同志是在地质队,有次回来探亲,到知青点同我们聊了聊,我们只觉得这个村的工作同志实在太少了。年轻人倒有一个两个是高中毕业生,可都不在村子里,他们去了林场,并不在生产队干活,向来不熟。一起下地干活的后生姑娘,连小学毕业的恐怕也少。几个姑娘说自己是文盲,我并不信,后来才知竟是真的。后来一个一个地就出嫁了。

村里更显荒寒。

乡间劳作本自然之事,今时看来,更是健康之生活方式。但,人一旦被集体劳动禁锢,身心总要日渐干涸。

队长一吹哨子就得出工，每日三节工，一切作物听从上级指令，收成交给公社收购站，户口固定在乡下，终年劳作，所得无几，极度的底层感。

我日夜盘算，走马灯般，设想种种可行的特长。从高二始，每每同泽鲜行街散步，我总是要同她讲，一定要学一样东西啊，未来是严峻的。严峻这个书面语出现在我们的倾倒中，很增添了端肃。

我买过一只口琴，但一直吹不成曲。

一只口琴就是县城青年全部的音乐生活，理想与文明、浪漫与梦想的象征，每个有想法的小镇青年都有一只从西门口文具店买来的不超过五块钱的口琴，哪怕不吹，仅置于抽屉或枕边……某日，我忽然痛感生活之无聊，于是，拿上五元巨款，从东门口沿着骑楼一路奔赴西门口的文具店……一只小巧的长形盒子，上海口琴厂，镀亮的琴身闪着银光，里面镶嵌细细格子，像春天刚出的竹叶绿，青青粲粲的。回到家，我含着口琴吸气、吹气，口琴发出和谐悦耳的呜呜声。

口琴是我的秘密，我把它藏入床底的小木箱，在特别的日子里才拿出来，我基本不吹，但有一只口琴藏在床底和没有是完全不同的，它提供了对未来的想象从而象征了未来，它是我未曾实现的特长，是隐藏的能量，是一只豹子，我召唤它的时候它就一跃而起。

这只口琴激励了我的奇思异想，在我的一技之长未能落地之时，我嗡声间想到要成为一名作曲家，我按捺不住，马上就把我的秘密告诉了泽鲜。泽鲜从文良波那里借来了《怎样创作歌曲》，我异想天开地认为，凭自学就能来一首类似于《亚非拉叔叔阿姨请你到我家》，据说那就是一名四川知青写的。

我马上设立了一本音乐日记，以我在小学音乐课（实质上是唱歌课）学到的简谱谱曲，每日都在本子上写上几行。那段我热衷用毛笔写日记，这本音乐日记也是用毛笔写的，有一首《万年青》，是自己写的歌词，而那些谱曲的符号，那些阿拉伯数字，那些短横与圆点，如同一些密码，过后自己也看不懂了。

"音乐日记"仅持续了一个多月。

那是我一生中无数盲目莽撞的一小莽。

某日我和吕觉悟再一次谈论特长，我们时常在焦虑中。对她而言，即使学会修单车也还是不够，而我，除了在文艺队跳过群舞一无所长……我忽然讲出了自己的口琴，我以为吕觉悟会大吃一惊，她没有吃惊，她应道："系啊系啊，我亦买了只。"我们在去往五金厂她家的路上，上一只很长的坡，是沙石路，我们的解放鞋在沙子上碾行，发出巨大的沙沙声。吕觉悟也买了一只口琴，我木箱中的光芒暗淡下去，我很快在她家见到了她的口琴，跟我的一模一样。

我很快忘掉了口琴，插队的行李竟然没带上。乡下天黑后到处都是黑魆魆的，屋里是豆大的火水灯，漫长的暗夜中我想念过我的口琴，但没几久又忘了。后来我的口琴不知去向，崭新而来，崭新而去。

我仍觉得，这些微弱的瞬间养护了我……

泽鲜学画画。县城的有志青年画画的不在少数。我则打算好好写稿子，插队后，我被郑记者吸收进公社报道组，此路径顺理成章。

我和郑江葳都是报道组的，整整一年，我们每个夜晚都熬夜写稿，为了采用率更高，我们约定，无论谁写，一律署二人名字，李跃豆郑江葳，或者郑江葳李跃豆，如此，我们的名字就会频频出现在郑记者的办公桌上，进一步，出现在全县的有线广播网中（女播音员以一口介于广州话与圭宁话之间的官话播道：圭宁县人民广播站，宜家开始广播本县新闻，下面是民安公社报导员李跃豆郑江葳来稿……）。我们奋力打开局面，春耕生产、修水利、平整土地、秋收、大战寒露风……写个不停。

狂热的愿望鞭打我们——瓦上队有个妇娘阉猪，真好啊，我们刚刚在公社听闻消息，立时就奔赴陌生的瓦上村，路生得很，两边的草一蓬一蓬的四仰八叉伸到路中间，一条细路像是陷在地里。我们如同饥饿的豹子，嗅着气味一路寻去。好得很，《半边天阉猪》，一个现成的题目从天而降，铺展在通往瓦上村的细径上，我们的头脑里出现了二号标宋（谁都不需要一个有新意的题目，广播站不需要，《广西日报》也不需要），我们已然生出野心，决意要向《广西日报》冲锋……我时常去郑江葳所在的罩上村，收工之后步行去，在她的蚊帐中并排坐住，她打手电筒，我仰头望蚊帐顶，你一句我一句，我讲她写，或者她讲我写，句句都是陈词滥调。我们不需要生动新鲜的语言，只认定这些陈词滥调，因它们是从报纸来的，报纸有强大的势能，有重量和光，我们追寻着——"谁说妇女不能阉猪，这是封建主义的陈规陋习……"越像报纸上的话就越好。蚊帐里诞生了我们的金句，我们心满意足地睡去。无论何时何地，只要稿成，我们即时赶去大队部盖公章，公章盖在稿纸下方，稿子结束处。我们自己在文末写道："报道属实，可以采用。"然后到大队部，从文书处拿来公章盖上，鲜艳的红印一盖上，稿子立即成为庄重的稿子。我们一刻都不愿耽误，总是在傍晚收工后立马踩车赶去公社邮电所寄稿，趁着夕阳余晖，饿着肚翻过两只山坳。公社邮电所已经关门了，不过不要紧，门口有一只绿色的邮筒。投过稿件，民安圩已经散圩了，泥路一地杂乱的稻草和菜叶。

年底，我们都当上了县广播站的"优秀通讯员"，奖品是一只红色塑封笔记本。所谓荣誉，是社会秩序的重要构件。从幼儿园的小红花开始就是。

本以为，这将是荣誉的起点，就像一脚踩中了跳板，会直接蹦到下一只，这第一只跳板是第二只跳板的积累，我以为，既然写了大量通讯稿，又有墙报和排练文艺节目，自己已然做出了成绩，是当然的先进知青。

事实却是相反，我一脚踩空迎来当头一棒。

负面反应超出了我的想象。本以为，先进知青仅仅事关荣誉，无非是不够风光而已。未料面团持续发酵，日子变得日月无光。总是有人暗示，评不上先进，意味着，招生招工都不会获得推荐，长此以往，便真的要在乡下一生一世了。

我终于如梦初醒，优秀通讯员非但不是跳板，反倒是绊脚石，非但不能给前程添砖加瓦，反而会变身为大大的泥坑。

一条分界线划开了插队生涯，我不再写通讯报道。说实话，我也已经厌烦。我知道它们是怎样写出来的。

有次大队通知我和郑江葳去开会，说是来了位大记者，要我们提供素材。人被通知从各生产队赶来，坐满了一屋，正中间一个中年男人，他的后背对着窗口，整个人轮廓分明，有着一股大地方的阵势。支书首先讲春耕大忙、上级指示、大家发言……所谓素材，实在是古怪名堂，又如何提供呢？讲咩嘢啰？大家你望望我，我望望你，无人作声。冷场片刻，嗯声间郑江葳讲："我来讲一点。"她讲了一点两点三点，记者听着，一言不发，也不点头，亦不笑，并不做笔记。郑江葳无视大记者的淡漠，镇定地把自己的几点讲完了。无论谁说什么，大记者一概面无表情，自始至终，他只言未讲。奉命提供素材的人始终不知讲的有用没用。

我不想回生产队出工，也不想回家，一回家就被大人催着回六感，意思是亡羊补牢犹为未晚，要奋起直追，追谁呢，自然是郑江葳，现在不追，日后就追不上了……

我在大街的骑楼底行来行去，骑楼底暗，不招眼，还有多条楼柱，砖砌的四方柱，用来顶住上面的楼底，你要是望见了谁，又不想让谁望见，你就躲在随便哪条砖柱后。路过东门口时我望见了文化馆，那两只石狮子不见了，大木门敞开着，推笼还是推在一边。里中悄无声息，过一只大天井，上几级砖阶，宽敞的厅里有几排报刊架，除《人民日报》《光明日报》《解放军报》《广西日报》，还有《人民画报》《解放军画报》，居然还有杂志，有《红旗》《朝霞》和《诗刊》，也有《广西文艺》和当地的《玉林文艺》。

阅览厅够得上阔朗，除室隅有个老翁，几无别人。文化馆的人拿了几张新到的报纸夹入报夹，再背住手在阅览厅逡巡一圈，之后就消失在侧门了。新到的报纸散发出令人愉悦的油墨香……仍然一个人都没有，极静，我探头踮脚，侧门行入。里面是只小天井，细长，生满青苔。青苔竟然厚过沙街旧屋，大概平日总是人迹罕至的。

阒静使我得到莫名的抚慰，经历过疯疯癫癫、犹如失控的木偶般的时间之后来到此，心里甚感妥帖。见那墙有只圆门，我从圆门穿过，望见孔庙大成殿的水池，水池无水，池底结着几坨干淤泥……原来这是通向大成殿的门，怪不得墙是朱红色的。大成殿也无人，我穿行了好几只天井，沿纵横过道走廊，穿过了几道门，从天井到水池和池上的曲桥，所有的门都闭着，每只窗都是关紧的。我放松下来，而门外就是东门口，如此闹中取静之地，真是再理想不过。忽然我对招生招工没了兴趣，只想着，将来若能混进文化馆，当一名每日换报纸的人至是理想。

民安圩的尽尾是民安大队的合作医疗站，民安大队，是民安公社所在地，相当于一个省的省会，在这里插队的知青，处于金字塔的顶层，而民安大队的合作医疗站，就是金字塔的最顶尖，克里姆林宫顶上的那粒红星。合作医疗站（大队办，集体所有）与民安卫生院（公办，归属县卫生局，国家的）在同一条街上，一个圩头，一个圩尾。

大家公认，孙晋苗进了合作医疗站，那是全公社最好的位置。

学医永远令人羡慕，世间所有的一技之长，加起来都比不过学医，最乱的乱世都有饭吃，权势再高也会生病。想想唐朝孙思邈，闻讲海龙王都找他看病，老虎有病也只好挡在路上候他来。话说孙晋苗的爸爸是南下干部、县氮肥厂厂长，但系呢，孙爸爸并未同公社打招呼，一切都是下面所为。我一向不以为有何不妥，黑暗、腐败、不公平、不正义……我没有公平这个概念，孙晋苗既然是我的朋友，一切就是好的，就是对的。她不用下田出工，又可学医，很好。

我与孙晋苗，小学初中同班，七年同窗，少有交集。她永远在前头第一排，我永远在至尾一排。我并不知道她插队就在民安公社，下乡那日没见她，从大卡车到公社大院，又分大队分小组，一直未闻她的名字。

有日忽然在公社邮电所门口碰见，她兴高采烈唤我的名字，我望见她也异常欢喜，两个人都欢喜得快哭出来了。

他乡遇故知就是要哭的——这就是插队和没插队的分水岭。

"他乡"的讲法很可笑，我们也明白，踩车两小时就到东门口，"他乡"一说，实在是乱用词。但一个他乡的境遇千真万确降临到我们身上。他乡不是地理，它深存于我们的内心。学校生活已永去不返，见到同学不由得格外欢喜。

"跃豆跃豆你去我那里荡吧，就在圩尾，几近的。"她喊道。我们立时兴高采烈吱喳着向圩尾行去。

一个小门入得来，只见大地坪晒着切成片的中药和乱范喇的草药，直满到地坪边，这令我精神大振。铁线上晒着衫裤，有一排平房，啊，孙晋苗竟然有单独的一间。

拥有单独住房至是奢侈，我便享受她的奢侈，一到公社就住在她那里。她认为我是一个有想法的人，她亦是。有想法的结果是比赛谁睡得更迟更夜，仿佛两支蜡烛，互相辉映。她专心致志画她的素描，我就专心致志看书，到深夜她还毫无倦容，我也让自己打起十二分精神。无尽的深夜变得肃穆……最后，我先熬不住了："不然就睡觉吧。"她立即弹起身，似乎就等这句话。她拎水桶、我端面盆，水井就在院子里——天啊再也没有比这更便利的了，要知道，担水向来是艰苦之事，几步之内就有水井，这也够奢侈。

初冬，井水清凉，星空澄澈，颇为切合我们高远的情怀。

但是蚊子嗡嗡来了，蚊帐已经拆洗，身体毫无遮挡。孙晋苗沉着地找出蚊香，她点了一盘又一盘，一共点了四盘蚊香，床的四只角各放了一盘。她双手一拂，说："肯定可以了。"如此豪阔，点四盘蚊香！我家至多点一盘，大多数时候不点，直接在蚊帐里用火水灯烧蚊子。

孙晋苗对我意义非凡，她继承了她南下的北方爸爸豪爽义气的一面，她全力帮我，写信给她在广西大学中文系的姨丈，请他寄书，很快，书就寄来了两本，《现代诗韵》和《高歌向太阳》，晋苗说以后还会寄来，并且，我写作碰到问题可以写出来，由晋苗寄他再答复我。她还神奇地找到了一本《唐诗三百首》和一本《杜甫诗选》，这是我认识的人都没有的，纸页黄而薄，望之古旧，想来极珍贵。但我很快就不再看，因高考恢复了，我上了大学，她去了一处工厂，之后失去联系。多年来我不太记起她，更谈不上回报一二。

四十年后打听到她的电话，她在海口，按点退休了，她早已不画画，改为瑜伽和钢琴，她女儿博士后已经出站，女儿女婿双双留上海交大任教。一切都不错，就我们的起点而言，可堪骄傲。

时间中的两只铜钹，总是不能互击，她一次次亮出她手中的那只铜钹，我的那只，沉在无尽苍茫中。数十年后，两只铜钹都已没了互击的动力，她要做瑜伽……即便补上那种敲击的姿势，发出的，也不再是往时的声音了。

许多年没去河边了，尤其夜里。自从搬到医院宿舍，再没见过夜晚的北流河。最后一次，是那次，我从少年之家回沙街，被一只狗狂撵，跌入畜牧站门口的石灰池，周身沾满石灰浆，吕觉悟陪我到河边，还有几个邻舍也陪去。他们蹲在码头，我跳落河洗身，夜色中，望得见身上的白色石灰水在青暗的河水里慢慢散开流走，由浓到淡。

"返乡活动"的音乐致敬晚会就在北流河边。晚会到一半，一个中年男人到我跟前，他非常有信心我知道他，他说他是陈普里。

我果然知道这个名字。我从未见过他，也算不上认识，但我知道他，他跟郑江葳有关。郑江葳，我一直视她为竞争对手、前程之阻碍，却从不反躬自问，一不得志就赖她。到了六感，觉得处处被她压一头，乃至自暴自弃。

有的人五十岁还不成熟，郑江葳十六岁就成熟了。高一时她找我谈话，她说："跃豆，去操场行行，好冇啰？"之前我与她反目，有一两周互不搭理。听她讲话恳切，我迟疑了一时，就跟了她去操场，操场那时还有两畲大凤凰木，炽红如火的凤凰花正满树繁盛。"跃豆，我总羡慕你至有个性，学习又好，我如何努力都比不上你。"听了这番话我就至诚舒服了。

然后她讲起了自己，学习基础打得不好，不像我，在县城读小学和初中，她从小跟父母在公社下面，连县城都很少得来，又讲起幼时的乡村生活，如何偷土豆，如何烤来吃，如何吃胀了打嗝……她忽然讲到她弟弟郑江民，郑江民初中与我同班，学习顶尖，性格内敛谦和，女生对他多有倾慕，我亦然。郑江葳说："江民不同，他天分好，聪明，什么都学得好。"她讲得不错，作业发下来，我总是拣出他的，迅速翻开扫上一眼。他的字潦草难看，页面极不整洁，但他每道总是对钩。讲到郑江民我无端有了柔情，而且，很不争气，耳根发热了。

尽管如此，与郑江葳同到六感，我仍有冤家路窄的感觉。事事碰在一处，同是公社通讯组成员、理论学习组成员，一起排练节目，采访写报道、开会讨论发言、送稿回县城，在大队出学习墙报……不折不扣生成孪生姊妹花。但，做了同样的事，她成了全县的先进知青，我则成了反面教材。我极感不公，极度消沉。许久之后我才意识到态度决定一切，只要你居功、骄傲、看不起能力低的人，你的一切成绩就成了负面的东西——但我仍然是那个骄傲、看不起人的人。

青春期的愁闷向来无穷尽，那时更是团团乱麻。她二十一岁，我十九，都觉得年纪已经很大，一切千头万绪没着落。只要还在乡下，就不能谈恋爱，不能接受别人的倾慕，也不能流露内心的情意。一切需严藏。而我们的青春就要荒废了……有许多令人忧愁的事，邻大队的老知青，插队七八年，少数人离开了，多数人浑浑噩噩，一个女知青嫁给了当地农民，生了三个孩子。有的病退回县城，有的去新疆当盲流。初中同学罗明艳，闻传她怀孕了，又打胎了，是引产……一切都惊心动魄。

与郑江葳疏远后，我对郑江民也不再抱幻想。他去民乐插队，听讲也未评上先进知青。我自顾不暇，对郑江民也已淡忘。有一夜在大队排练，落了细雨，别人都没来，只有我和她。她少有的愁闷，想讲点什么又不讲，这种神态我从未见过。嗯声间她说："有个陈普里……"然后她又不说了。然后她又说："陈普里……"我望着她，她沉吟片刻说："你可能会喜欢他的。"我从未见过这个陈普里，直到四十年后，陈普里忽然出现在我面前，他断定我知道他，他说他叫陈普里。

我颇感意外，即使年近六十，陈普里仍然是个俊美人才，有点像87版电视剧《红楼梦》里的柳湘莲，或者县文艺队的男主演孔繁伟，温文尔雅又落落大方……从未见过面，不知他为何断定郑江葳同我讲过他、而我一定记得这个名字。我心中震动。我说："见你我太高兴了，让我给你拍个照片发给郑江葳吧！"他说好的，随即企好等我拍照。他穿件格子衬衣，外套鸡心领薄羊绒背心，规整端正。背景的光线较亮，他的脸较暗，但眉目清晰，容长脸，细长的眼睛，单眼皮，五官雅秀，他灿烂笑着，望之年轻丰润，他说我快退休了。我不便多问，始终不清楚他在什么行业，是何位置（后来听讲他是市医院的某一任院长），尤其是，当年他和郑江葳是怎样认识的。现场很乱，人极多，不便交谈。他隐到光线更暗的角落去，没多久就不见他了。

隔日我给郑江葳发微信，她回说："他大概也快退休了。"两人的话如此相同，令人感慨。郑江葳当年看中的人算得上不同凡响，是我没料到的。

那一年冬天国家恢复高考，举国震动。我和郑江葳同到公社高中赴考，我考文科，一次即中；郑江葳考理科，落榜。次年再考，上了中专，是广西的水利学校，之后留在南宁，水利设计院，极好的单位，有一定权位，她对自己感到满意。郑江民与我同年上榜，他考上北京邮电学院。在县医院体检时，我和他各拿一张表格在几只科室转来转去，在走廊里碰到数次，他神情凝重——血压有点高，要复查。是王泽红的妈妈给他测的血压，复查过关了，他送了她家两袋麦乳精。他低头从门洞出来，又低头骑上单车走了。

我与郑江民从未有联系，20世纪90年代我到北京，与他同在一个城市，但互不通音讯，直到圭宁中学百年校庆，才在校园再次见到。我行过水塔边的大木棉树底，迎面来了几个人，其中一个高瘦、神情平和，我们停下，互相端详。

片刻我才认出他来，郑江民，当我叫出他的名字时才发现，除了头发稍稀疏，他其实没大变。他把我们初中同班看得重，班主任、物理老师瞿文希非常宠他，把自己的饭票给他打饭吃。次日我收到吕觉悟几条短信，为郑江民抱不平，说他自己使几百元的便宜手机，捐给学校一万元，学校对他冷淡，是一个官本位的校庆。她还转来郑江民的短信，短信说，瞿文希老师当年在饭票背后做记号，写的是老师在北大时的学号，多年后他还能背出。老师现在湛江，他想去探老师，想我们一起去，李跃豆、吕觉悟、王泽红，我们几个一起去，由他负责机票和湛江的住宿。

而我对郑江葳的偏见一直延续到那一年。

那年有活动到南宁，住在邕江宾馆。晚上郑江葳约上姚红果，吕觉悟约了王泽红，两对人分头来宾馆探我。我是脑子进水了，或者终是潜意识里有隔阂，几十年不散。我与吕觉悟讲得火热，对郑江葳却判然两别，而她安静坐着，也并不插话，显示了她的风度和涵养。

我公然让她和姚红果先回去:"我和吕觉悟还有事,等我外地回到南宁再停一日,到时再约。"等于是逐客。我同郑江葳自1977年冬天高考后从未见过,跟姚红果倒还有来往。我甚至不知自己有多恶劣、多深地伤害了自己的同学。我从外地再回到南宁,以为聚会已定好时间地点,结果当然,姚红果说郑江葳出差了,而她要去北海……此时我才如梦初醒。

那次百年校庆,历届知名校友为头排嘉宾,我班占四席,我在其中,不免心下得意。散会时人流汹涌,从八十岁到十五岁,人稠得黏成团。一时望见熟人,一时又冲散了,初中和高中的同学、同届邻班的、文艺队的,照相、旋聚旋散,这个喊来那个喊去。学校安排到县二招午饭,众人络绎向那边行。郑江葳特意找到我问:"你是去县二招吃午饭还是同我们几个一起?"她报我以平常心,毫无芥蒂。

她叫来林同学的车,送我去吃饭地点,几十年过去,她在班上仍有威信。吃饭在一偏僻简陋处,不当街,入了小巷又拐几只弯,做房地产的林同学,是他特意找的餐馆,说此处的猪是自己养的,油没问题,青菜也是自家菜园刚刚执的,样样安全。为了印证,林同学带我们看了菜地种的芥菜。

一日,我接到郑江葳的微信,是条语音,说建了六感知青群,若愿意就拉我入。于是我就入了六感知青群。不几日,六感群扩充至二十几人。我每日在群里望见大家红红绿绿的合影,花前树下,或是水池边,或一片山,一座屋,她们举着V形剪刀手,摇着鲜亮的纱巾,双腿交叉扭身侧头,咧嘴灿烂而笑。视频也常时发到群里:一只坪,十几个妇娘,四五长裙又四五短裙,红的黑的,黄的白的,乐曲经由高音喇叭更其欢腾,视频上一个比一个戏谑,一个夸张地撅屁股,下一个就不按节奏使劲蹦,再下一个,左右摆臂,刻意超出正常的幅度,接下来一个呢,像母鸡张开翅膀上下抡……人人欢喜得很。欢喜着又重新排了队,每人从头起范,做双手握缰绳骑马状,她们在虚拟的马背上骑得欢爽逸乐……

这时径,中国大妈广场舞已被著名策展人引到著名的威尼斯国际双年展,国家层面也有了比赛,广场舞更加爽势了,天性也都解放了。

视频和照片都是女生,没有男生。

我们竹冲的高红燕赵战略罗东,一个都没在群里。无人能找得到她们。潘小银倒是在群,只不闻发声。郑江葳每朝早在群里发一张图片,是一朵花,配以楷体:早上好。

疏卷：滇中

滇中　茶

  他们的六和茶庄我至今历历在目。一入屋就是上百平米的大门面，高高低低茶台书案，靠墙一列玻璃柜，柜内佛像茶壶茶具各式好茶，墙上轴轴相连的书法绘画。几把椅子各是紫檀、老花梨、金丝楠的，椅子上的花口，总让人想摸一摸。还有那只茶几，虎皮纹的，水波纹，花梨中极少。

  之之指了一处："楠木，如果是高海拔高寒地带，水线就窄，年轮就密，低海拔的，年轮就松。这只金丝楠的茶台是缅甸进来的。金丝楠木吸地里的矿物质，越接近根部金丝就越多，'二战'时候美国人砍来做枪把的。"

  墙上除了喻范的书法条幅，还有扇画，也裱了放镜框，沈周一路风格，另有一幅是仿倪云林的，仿得有味道。还有一幅山水画，是清代老画。柜子旁边的台子上放着一尊观音像，之之也指点说："这个老物件是清代传过来的，华宁窑。"我一一看过去。茶台上有民间大碗，粗瓷，味道够。许多套小茶碗，一套一套的，青花，彩绘，都是老物，一把紫砂壶，上刻《心经》，一对镇纸是酸枝木，皮是白的，有一半暗红。茶盘是金花梨木。

  靠墙一列大缸，土窑烧的那种大瓦缸，一缸装泉水，泉水由专人从山上运来。

其余几大缸都是普洱茶饼。之之掀开缸盖，让我看里面的普洱茶。只见一饼一饼的茶摞着，用白纸包，白纸上印有红字。之之说："那时候中茶公司倒闭，一批老茶堆在仓库没人要，一大堆裸茶，谁都不愿意要，现在变成四千块钱一砖了，当时十块钱一砖都没人要。还有些很好的茶，百年以上的古树茶也没人要，都不懂什么是真正的好东西。还有台地茶就更没人要了，台地茶质量是差些，但也是不错的。老仙正好认识一个中茶公司的职工，就通通要了。你看这个数字7572，75就是指的1975年开始做的，1975年批准生产，72是茶厂的代号，这个料是七级的料，那时候云南有四个茶厂，勐海茶厂、昆明茶厂、下关茶厂、普洱茶厂。"

六和茶庄是喻范泽鲜开来品茶卖茶会友的。吃过晚饭，我和之之、小毛、云筝几个一路，穿过几条街走路去。有次路上遇到一个男人带个小孩，他向云筝打招呼。之之说是云筝的大学同学，那时有人开国学班，教《大学》《中庸》，这个男生去听课，之之去教书法，也认识这个男生。之之说："那时候老仙住在师范学校里，主动打电话说要教他们，最后坚持下来的只有云筝一个人。"路过药店时，云筝进去买药，药方是太极师傅所授，调脾胃补气的。淮山一百五十克莲子五十克薏米五十克茯苓五十克，一律打成粉带回去，每日煮粥时，淮山粉盛五勺，莲子粉茯苓粉薏米粉各一勺，与粥一起煮。

几个人一边行街一边聊天，云筝说："师傅（她如此称喻范）让我们听最好的音乐养最好的花。他不让我们问，问他也不说。到最后做完了再总结。"之之接上来说："老仙年轻时候去了一些地方，见过大学的教师，一些有名气的人，觉得也不过如此。老仙天赋很高，才华横溢，后来读了南怀瑾，觉得很深很好，老仙现在火气去尽了。"云筝说："师傅本来想给我们传授南怀瑾这套学说，太深了。又转向西方音乐和美术，他只花很少时间就见效，让我们领略很美的东西。"

两人讲话气息细细的，仿佛声气一粗，老仙就会一眼瞟来。

云筝一到茶庄就上垫盘起腿，双盘腿煮茶、洗杯、倒茶，一样一样的，优雅流畅娴熟。我在堂里转悠，恍若隔世。

有三十几年没见喻范了。

当年他是个狂人，把一切不放在眼里。他打碎了泽鲜并改造她，使她崇拜服从，并相信女性的智商不如男性，女性应该为爱情牺牲，而为爱情牺牲的本质就是为男性牺牲。我大三大四那两年不停地与泽鲜争论，写信或者当面，决裂之后又复合，讲了狠话之后又后悔，终于几十年不再联系。

他报考了浙江美术学院和广西艺术学院，两边都未获准考，泽鲜就觉得是浙江美院的教师水平还不如他，故看不出他的价值。他又集资了两万元和一位第一流的生意家办了一所照相馆，他对泽鲜说，不考大学了，因大学毕业后没有自由。他们准备赚足钱后关闭掉生意，买一辆摩托车到全国各地画画。

但两个月照相馆就垮了，政府不肯贷款，他便又背起了画夹，先去了南宁，参加一个艺考补习短训班，泽鲜也为此调动了工作，到镇上小学当音乐图画教员。本来她在教育局管理仪器，工作轻松，且单独住一处幽静的院落。为了喻范，她的放弃仅仅是一个开头。

那段时间，她的信全是如何给文良波做媒，她觉得自己到底有些对不起他。我自然认为她变庸俗了，在我的词典里，做媒、媒婆是彻头彻尾丑陋之事。我认为她完了，就跟潘小银一样，彻底完了。一个艺术青年，如此急剧地下滑到水平线以下，我痛心疾首。

喻范去北京考中央美术学院的美术史专业，他只花了两天时间急就了一篇论文《论古希腊艺术形成的社会基础》，交上去，轻而易举获得了准考证，泽鲜更加觉得他是天才。但还是落榜了，据说考题很浅，如文艺常识，不过是考某某人的出生年代、近年优秀影片的片名，他怎么可能关注此类"常识"。泽鲜说，若不失手，将来出国留学的机会是很多的。看泽鲜一副崇拜的样子，我却要打击她，说我不相信只考这种浅显无聊的"常识"，肯定有一些需要深入论述的论述题……她让我到他们那里听音乐看画册，我说不愿意见喻范。

"你真记过。"她埋怨说。"不是记过，我对他就是有看法。"这种僵持性的谈话后来越来越多，我那时候太要强，对最好的朋友毫不体恤。

反过来，喻范大概认为我等智慧不够吧。记得在南宁时他来与我谈过一次，说有上等慧根的人如何，中等慧根的人如何，低等慧根的人又如何。在他眼里，我大概属于慧根不足，不能与之为友。他与泽鲜大概就是这样说的。泽鲜断然离我而去，也是顺理成章。

命运猛烈翻篇，现在已经翻了无数篇了。

喻范成了神仙。我的看法也已完全翻转，大有今是而昨非之感。

一个神仙，不知他的一日是如何过的。云筝说："师父的生物钟同别人不一样的。"之之说："他在南宁和在云南也不一样，春夏秋冬不一样。他看人看得很清楚的，高人看人都是看得很准，一个人，哪个能做事，哪个能同人交往，把握什么度，茶庄的商机，各种木材的生意，都是他定。样样都要顺势，按照禅宗、道家的智慧来做的。他样样事都想得很清楚，以前他是修自己，现在是修大家。他办个夏令营，收费都用在小孩子身上。总是凌晨三四点就起床，生炭火，养壶，铁壶和紫砂壶都要养，再就是打坐念咒。"

"念什么咒呢？"说到咒语，我不由得用心。

"就是我们念的那些，老仙说字越少，威力越大。他那种金刚念诵法最厉害了，弹舌不动齿不动唇。他平时不同家里子女一起住一起吃的，他都是自己在茶庄待着，早上四点到中午不见任何人的，见人做事都等中午过后。他说见人之后就有浊气。浊气不能带到作品里，写字画画都不能带浊气。早上他也不怎么吃东西，至多吃点花生、核桃、莲子粥、黑米粥，粥都用炭火煲的。他每日吃极少，向来不吃寒凉的东西，水果在地里长，这些都是阳气不足的，往时使明火，现在都使阴火，电炉电磁炉，这些都是阴火，阴气哪里不重的，就更不能吃寒凉之物，他一觉得自己有点寒凉了，就烤艾条。他时常讲每个人的根器是不同的，身边徒弟很多，看得最清楚了，每个人的根器都不同。老仙也弹古琴也饮老茶，还听交响乐写书法，说学乐是养人的，互相生，五行养人，养人就不是玩物丧志。有时候他说精气用光了，就要去菜市转一圈，很好玩的。晚黑他又打坐念咒，又是金刚念诵。"

有时云筝和之之都不去茶庄，只剩我和小毛两人。云筝不舒服，小毛说："她在禅房打坐休息。不舒服在禅房休息就好了，也不用吃药。"之之是要教人学琴，"有个小女孩，家里特有钱，她来学琴，一次课一千块钱。"小毛又讲。

两人一路行，路过一家素餐馆。小毛忽然止步："你听，什么音乐？"小毛说这个餐馆的老板就是去印度修行的，是个佛学博士。

小毛口无遮拦，又极爱说话，路上几乎一刻不停。

"我们几个小孩，都会一点点琴棋书画，样样有所涉猎。"我问："你也会弹古琴吗？"小毛答道："会弹一两个曲子，就那个《良宵引》，下棋下不好，老哥让我二十子都不赢。"

"你不上学，要比同龄的孩子少背很多无聊的东西。"这个我倒欣赏的。

小毛欣然道："是啊是啊，我跟你讲个笑话，老师提问，说你们的衣服是自己洗，还是妈妈洗，回答是妈妈洗。然后问，是手洗还是洗衣机洗，回答洗衣机，再问，是自己放入洗衣机的，还是妈妈放的，女生是自己放，男生是老妈放入洗衣机。"

"你不会同英语班的同学讲你从来不上学吧？不然觉得你像个怪物。"

"那当然，要是有人问我在哪上学，上几年级，我就讲在五中，上初二。"

通街暗暗的，没太多人，唯两边的铺子有一半还开着。整条街就只有小毛喋喋地，说了又说。

"老哥会唱的歌我都能接上，还有苏联歌我也会唱。我还知道之之姐喜欢哪首歌呢，就是那首《春天里》。老爸喜欢京剧，还有那首用玉林话唱的歌，'今晚夜，你下塘洗身，我揾无见你'。"

"你们都讲普通话，会讲圭宁话吗？"我问。

"不会讲，只有之之姐会讲玉林话，她在玉林生，会讲几句玉林话。在桂林，没人听得懂圭宁话，我们全家又都不会桂林话，只能讲普通话。"

她仍讲老爸："只有我和云筝姐在老爸面前能随便讲话，他们都怕老爸，之之姐、老哥、我妈都怕老爸。老爸跟我妈同上一个学校，上同样的课，一样的老师教，老爸还是旁听生呢，老妈念不出来，老爸就特别厉害。不过我妈生了三个孩子，又生孩子又要带孩子，又考虑生计，还推销茶叶，顾不上的。"

小毛这样看待妈妈，我心里虽一阵收缩，却也不能与她说什么。泽鲜献出了她的全部，孩子们大概认为都是应该的吧。

一路聊到茶庄。通常是，云筝已在里面收拾，擦灰尘、洗茶杯、煮茶，她总是双盘端坐做这一切。云筝煮好茶给两人斟上，她自己也慢慢饮。我饮了两杯就不饮了，起身在堂里瞎转，小毛跟着，一边转一边聊闲天。在一幅扇画前刚停住，小毛就在旁边说："这是张老师画的，张老师是民间的画家，画山水，传统山水，一幅画可以卖八百块钱，从宋代到晚清，主要的画张老师都能临下来，他走的是正路，烧菜一流，他是在昆明的，有只店，让人帮看着。古玩行里有行规的，珠宝，要是没有师傅点头，不能让人看的，也不能估价，他经手过很多老画的。"

茶庄样样都现成，也有金丝楠木一类长阔木案，铺着长长的垫毡，有宣纸，各种毛笔砚台一应俱全，案上和架上都有不少字帖。小毛说，写字吧。她拿过毛笔蘸上墨，照着字帖写了两只大篆。我找到《曹全碑》，写了第一个"君"字，又找了一只"煌"字写了。觉得是不应有的难看。小毛就说，字无所谓难看好看的，就写一个性情。这话说得与之之完全一样，自然也是老仙传授的。

她手腕有两串玉珠子，刚见时我觉得粗鄙，好好的手腕，竟戴两串玉珠子。后来晓得是帮别人养玉。"小孩子养玉最好了，小孩子有阳气。你看我这边，"她撸起袖子给我看，"这边有三串呢，这串是青金石的，这个是玉手镯，这是蜜蜡的。"又说："我最喜欢我自己那个手串了，有一粒砗磲，十二粒蜜蜡两粒银珠，还有一粒玛瑙一粒莲台菩提，还有两粒黄金砗磲，今天没戴。我还有一只象牙小兔，之之姐的是象牙蟾蜍，她的不见了。我给你看过的那块玉牌，是爸爸给我的生日礼物，老爸最喜欢我了。"

在茶庄停了总有一个小时，两人又沿原路一路行回。

小毛说："这个六和堂茶庄是老仙的地盘，他骑电动车来回，日常都在茶庄，他不待家里的。"

老仙的地盘，云筝比之之更像女主人吧。这个念头大概也不是毫无来由。果然就听小毛说，云筝姐主要守茶庄，茶庄没有人守也不行。小毛并不觉得我是外人，她又一五一十讲我听。

"开始的时候,父亲对云筝姐倾囊相授,之之姐很不平衡,挺郁闷的,她小时吃了很多苦,父亲却不怎么教她。父亲让云筝姐晚上守茶庄,老哥呢,也很喜欢守茶庄,他也去。云筝姐就觉得不信任她,然后就给我父母打电话,说根本不像她想象的那样,白天连饭都没吃。那时住在师院那边,云筝姐和之之姐两边靠我传话,两人不太说话,之之姐说什么,就让我不要告诉云筝姐,云筝姐跟我说什么,也让我别跟之之姐说,我转头就都告诉对方了。我两边传话,都靠我,传来传去,她俩现在成了知己……还有呢,韩国电影《医道》,之之姐和云筝姐都看了,《医道》是传徒弟不传儿子的,之之姐看了还是很郁闷,还是不平衡。"

行几步,她话题又转了:"老哥伪装得很好。谁都不知道老哥喜欢谁的歌,但我知道。哈,他喜欢汪峰许巍一路的,喜欢那个,'我想要怒放的生命'。"

有好几条路可以通到菜市场。其中一条,餐馆极多,一家一家望过去,雷记瓦缸,有麻辣螃蟹、风味鳝鱼、酱水鲫鱼、干椒辣子鸡、瓦片烤肉、柠檬鸡丝、家乡洋芋片、家乡腊肉……各种汤,海带排骨汤、霸王花煲排骨、花生莲子排骨汤、番茄排骨汤、绿豆排骨汤。有早点,早点吃米线,猪脚米线、豆腐米线……有一个叫带皮牛肉庄,贵州风味的,清汤牛肉火锅、红汤牦牛肉火锅、干锅爆炒牛肉、贵州酸菜腊肉火锅。清真店,傣家风味店。还有野山药火腿鸡,纯天然绿色火锅……一个野生菌火锅,是土鸡加野生菌,野生菌是竹荪、鸡油菌、牛肝菌、青头菌、红冲菌……有一家思茅风味园,很古怪的有一个叫麻辣猪脑,望之吓人。

菜市在一处略高的台地,透亮蓝天底下一片鲜艳货品,水淋淋绿色青菜,红的西红柿、米白的豆腐、浅灰的蘑菇,人的衣服也是鲜红艳蓝的,透彻的光使所有物品色彩饱满。一些菜不认识,样子纳罕,那些认识的菜也与圭宁的不大同,黄瓜、冬瓜、白菜,不是粗一点就是细一点,不然就是长短有异,或者茎粗茎细、叶子或肥或瘦,望着总是新鲜。这里的臭豆腐,是拌上豆豉酱油一起蒸的,还有一种腌茄子,腌熟肉,萝卜丝干拌米粉蒸……菠菜两块五一斤,佛手也是两块五一斤,芭蕉五块。绿色的芭蕉,一秆一秆地卖,五块钱一秆,有一种腌过的小鱼,十五块钱一斤,枸杞一块五一把,包浆豆腐三块钱一袋……有个女人专门卖自蒸的馒头,就在菜市入口处,一只大大的白铁蒸笼立在她身后,她的馒头又大又松又软,望之诱人。

每次都买一些青菜豆腐西红柿,抚仙湖的小白鱼见了也总要买一点,仅五块五一斤。还有一种拌辣椒煎熟的鱼,十八块钱一斤,蒸一下就可以。云筝说寒凉的东西不买,萝卜是寒的,黄瓜也是寒的,腌了之后更加寒,尤其不能买。豆角和空心菜是性温可食的,但是农药太多,也不买。蘑菇可以买,蘑菇是寒的,炸着吃可以。她们饮食讲究，一般是，煎小鱼、土豆烧辣椒、空心菜、枸杞叶子蒸腊肉、蒸小鱼、炸蘑菇，再加碟红薯叶子和煎粽子。或者是，土豆烧胡萝卜，黄瓜炒鸡蛋加上红灯笼椒、干烧豆角、蒸毛豆腐、枸杞叶，或者是包浆豆腐加西红柿，空心菜同豆豉姜蒜炒一炒，蒸肉片，熟猪肉切成片蒸，蒸鸡蛋、煎年糕。

滇中　香气

之之到我跟前低眉道："我爸打电话来了，让转告你，说喻范向你问好。"三十几年没见，我对这问候有些意外。

他当年蔑视一切的疏狂样子，没考上的浙江美院和广西艺院、垮塌的短命的照相馆、艺考补习短训班、为考中央美院美术史研究生急就而成的《论古希腊艺术形成的社会基础》……

久远的事情像风一样刮来，又像风一样散去。

喻范现在早已不是喻范了，他是孩子们的老仙，是云筝的师傅，是挂着的书法下款的六和老人，许多人眼中的世外高人。他以三十年前的旧名问候，令我受用。

"你爸爸现在做什么呢？"

之之想了想答道："他现在研究唯识。""唯实？是否唯一的唯，虚实的实？"我生疏地问。之之迟疑间，云筝把一碟胡萝卜炒青豆放到饭桌上，微笑道："是唯一的唯，认识的识，唯识。"她又稳稳道："师傅讲唯识就是研究人的念头的，人的念头是一层一层的，相当于心理学，不过，唯识要比西方的心理学深奥多了，研究了唯识，就知道心理学粗浅。"

老仙现在人在南京，之之说他要在灵谷寺住一段，灵谷寺有玄奘法师的顶骨碎片。他还要访一访之之的古琴老师，往时之之在南京学古琴，住在老师家，他们是朋友。之之也去过一次灵谷寺，古琴老师带去的，灵谷寺住持还请喝了一百年的古茶，老师在寺里弹了曲，是《遁世操》和《普庵咒》。

又听她们聊天。有个哥哥，一个白领哥，苏州人，这个朱哥在上海大公司工作，一日他读南怀瑾，昼夜不停，读完了全集，就抛开一切去大理鸡足山，用石头搭了间小石屋，住下修行。这个小石屋他们也去过呢，与这个哥哥很熟的，还拍了照片回来。云筝说着就从手机里翻出照片给我看，他们有极多修行的道友。众友称喻范为师傅，称泽鲜为老师。小毛小时急病，一个画家抱着小毛跑着去医院。有一个英国人看到了就问这是谁的画，之之打开画，英国人惊呼，哎呀，这是莫奈的画。滇中这个地方挺好的，有一对美国夫妇也在这里住下了。

云笄活泼起来就讲起了西双版纳，原来她不是天上来的仙女，家是西双版纳的，上海知青后代。

她讲的是一条大蟒蛇，"母蛇被猎人杀了，留下八只蛇蛋，母鸡孵蛋，孵出了小蛇，呀，八只小蛇都扒出来了呢，就留一条小蟒蛇陪孩子，孩子呢，没事就骑蟒蛇身上玩，后来送了蟒蛇去动物园，蟒蛇愁得不吃饭"。讲完蟒蛇还未尽兴，又讲孔雀。她小时养过孔雀的，"小孔雀很难养，比人还要静，不能受惊吓的，一吃不对就拉稀"。乙苑抢了问："那孔雀吃什么呢？"小毛嘴快，也抢道："吃五色花，你看它羽毛几鲜艳好看。"云笄说："五色花是有毒的呀，不能吃。"我想听到蟒蛇成精的故事。当然没有。

之之小毛老哥几个，曾去大理爬过鸡足山，亦称拜山，云笄讲过几日还要去，几个孩子纷纷抢说，要去要去要去。立时兴兴头头，盘算起几时动身，谁留守，说家里没人肯定不行。我就说由我来留守。几人听了只是一味笑。

因讲到鸡足山，几个人就又要说朱哥。

朱哥竟是个英雄，能逆了时代，从大上海大公司辞职，芸芸众生都是没有慧根的，朱哥有。女孩子们眼睛闪闪的，连弟弟都加入了。那个朱哥，从上海辞了职，就到石头屋里修行，还去了印度尼泊尔，去了佛陀悟道的菩提伽耶。鸡足山上有老鼠的，老鼠什么都吃，油，要倒扣一只玻璃瓶，不然老鼠就偷油吃了，要炒菜了，一看，油瓶是空的。要是我们上山，就给他抱一大抱蔬菜，还有油、大米、面，在山上我们做面饼吃。洗澡怎么办呢，用一只大铁锅烧水，然后使一块木板垫着，人站在木板上洗澡。

他们披上栀黄色披风的样子我也已经习惯。

晚饭后去禅房做功课，他们修密宗的仪轨。栀黄色的披风或许是仪式的一部分。披上披风的一刹那，他们将不再是凡夫俗子，而与神接通。

我坐固定的位置，单腿盘坐，每次也能坐上二十分钟。他们依次念诵净法界咒、护身咒、六字大明咒、二十五个字的准提咒、一字大轮咒，每种咒语由慢到快，从他们的胸腔涌出。黑暗中他们念诵的声音浑厚苍老，无边无际，重重叠叠，无休无止……我感到自己完全沉在这片声音之中，那些咒语已经听熟，就在我的喉咙中，不过我不会念，因不会换气。他们给我一本薄薄的书，怎样观想呢，书上说，要观想光明照遍全身，身体被融化掉，如此就可达到真空妙有之境界。云笄说："师傅讲了，都说《金刚经》是讲空的，其实佛没这么说，只是说过去心不可得，现在心不可得，未来心不可得。空，只是方便的说法。"她忽然又转换一种语言体系，说，"师傅又讲，不承认因果是现代人类思想潮流最可怕的一面。"

下午他们又在一楼的大房间待着。乙宛想看《尼罗河》，小毛想看枫丹白露的油画，我进来时两人正吱喳着。电视有两台，一台正放《煌煌书法（二）·草圣故里》，讲的是张芝和张芝的书法。之之正看着，她的学生来了，是个八岁小女孩，妈妈说孩子手指疼。之之说，小孩子手太嫩了，手指要弹到起厚茧才行，不然就先学泛音。

父母的朋友跟孩子们都熟，客人来看东西，看书法、茶叶、古琴、铁壶、金丝楠木、黄花梨，等等等等，通常是云筝或之之陪着。小毛说："再过两个月，到七八月，来的人就会更多更好玩，更热闹了。老爸会回来，义父的女儿、儿子从英国留学回来，还有云筝姐的弟弟也从版纳来，他放假了，会带狗来散步。老爸说这次回来教古琴围棋书法，画是教丙烯画，丙烯颜料没有油画好。教老哥、云筝姐、之之姐，还有我，老爸来往的朋友挺多的，还有我的干爹，回去之后再来，到时候来办夏令营。"

他们一再谈起鸡足山，云筝和大家盘算，坐火车一夜到大理，晚上十二点的火车，朝早六点就到大理，可以住在青年旅馆，AA制，自助餐每人五块钱。乙宛也要跟去，说她有压岁钱。我不再说留守了，也要跟去。大家只是欢喜地笑着。

我没有问之之，她自己告诉我她们的前史。

"……小时住在漓江边的大圩古镇，漓江边风景是绝好的，就是总要逃亡。生弟弟时老爸自己接生，他从来没接过生，上午出生傍晚就逃亡，坐上火车，火车特别颠，弟弟头顶的囟门还没合，刚刚生下就到处躲，躲来躲去，经常躲在寺庙里，那是计划生育的人不会去的。小孩子剃光头，方丈带他睡觉。弟弟小时头大肚子大脖子细，营养不良。妈妈也没有营养，只吃南瓜和面条，奶水也不够。孩子们都是自己玩，就在漓江边玩，老爸放任小孩去江边，他从不担心孩子被淹死，常说走了就走了。妈妈怀小毛的时候已经四十几岁，也没打算要，结果怀上了。怀上了就是打坐修来的。小毛更是超生的。小毛不姓喻，她跟我妈姓王。

"乡下艰苦，就靠老爸带学生。生活成本也低，几角钱一堆菜，学生帮洗澡剪头发，生蜂窝煤炉，生火炒菜煮饭。买菜就用一对簟箩，每朝早沿漓江边行去，一路行到集市。每日就吃一餐饭，日中一食，过午不食。我们在江边洗澡，学生写生。生活清苦也不觉得，有信仰就不怕。本来想投靠南怀瑾，后来没有去成。桂林人情还是冷，云南人热情，做茶好，气候也好。别看小毛现在跟谁都能聊，以前特别别扭，谁都怕她，跟谁都闹别扭。她也是我爸自己接生的，生下小毛，父母就外出，剩我一个人带小毛，小毛日日尿床，地上东一泡尿西一泡尿，她用毛笔蘸着尿到处画，她一哭我就打她。一整日都见不到爸妈，就是我管她，她还老尿床，时常一个人关起门谁喊都不应,叫她帮点忙也不愿。妈妈一次次讲她,一次次改过来。

"超生查得非常紧,非常非常紧。生小毛就把我和老哥都送去乡下,父母去别的地方,他们托朋友照看我和弟弟,我小时候分不清楚男女,一看弟弟不见了,就大喊'妹妹不见了——'老见不着父母,时间太慢太久了。那时候小,天天盼父母来,老不来老不来。他们托朋友,后来朋友又托朋友,朋友又托朋友的朋友的朋友,托来托去,转了好多手,都不知道在哪了,差点找不到了。后来我妈一直催我爸找,这才找到了。小时候在漓江洗澡,爸爸就在岸上唱歌,用玉林话唱玉林的歌:今晚夜,落塘洗身了,我揾你无见……"

"今晚夜,落塘洗身了,我揾你无见……"之之用玉林话唱了这首民谣,那是喻范以前唱过的。

我总觉得就像歌里唱的,在夜晚,是谁下水塘洗澡了,找也找不见……并不是父母找孩子,而是孩子找父母。水和黑夜都是茫茫一片,谁也看不见谁,谁也找不着谁。幼年的绝望是大伤痛,想来,是靠打坐抚平了。

我一直以为,泽鲜无论如何都会从外地赶回见我,毕竟有三十多年没见了,且是她邀我来滇中的。不料之之再一次告诉我,妈妈又来了电话,讲要去香港,可能近期回不来了,让她留我多住些日子。既如此,我就决定还是先回去。我看了地图,打算先到大理,再去丽江。之后直接从丽江飞回北京。

然后我们走在大街上。

滇中真是气候宜人,阳光明亮天湛蓝,大朵大朵的白云。不冷也不热,不潮也不干。之之、弟弟唯稼、小毛、乙宛,加上我五个,兴兴头头大步小步,一路行在大街上。

小毛带到了一处院子跟前,入门一屏大大的隔断屏风,一组灰色旧瓦,如连绵不断的镂空花瓣,屏风两端各有一整根圆木柱。屏风后头放了只旧药柜,柜面是几列巴掌大的小抽屉,柜边有排坛子,坛壁一尘不染,闪着土釉的光泽。一碌木杆绑着几只旧轮胎,表示粗放的风格。

院子很是不小,有矮树,还有一缸大芋头叶子,中间一桌青年男女正热烈谈笑,有两个染了满头黄发,桌面一律铺条纹织锦粗布,宽宽的回廊下排排座位,木椅木桌,每桌摆两小盆瓦钵绿植,椅背靠两只不同色系的工艺靠垫,颇为讲究。檐头挂下几只红灯笼,中间一只毛泽东像,碗口大,黑底,侧面木刻风格,红五星帽徽和红领章,领袖手书的小字"为人民服务"……小毛说,里面还有呢。就拐进去,果然隔了一个院子又有一方空地,上面是葡萄架,方桌面上铺了玻璃板,一面砖墙刷了石灰,白底上又做了黑木头的装置,角落里安了一盆高高的绿植,另一角放了一小束野菊花。太暗了，抬头一望，顶上很合时宜地装了只灯泡。

每到一处，小毛就兴奋地问："怎么样，怎么样？"

"真好真好，有味道，北京也不过如此，滇中蛮时尚的呢。"我连连应道。

他们选了二楼的一处位置，二楼无人，开着的窗户正好望得见院子里那桌男女，亦能望见院里别处风景。就让之之点菜，之之很快点好了：板瓦烤臭豆腐、板瓦烤豌豆腐、稀豆粉、罐罐米线、炒卷粉。这也太素简了些。我想加一个鸡汤，之之断然说："不要鸡汤。"曾听泽红讲过，之之个子矮，就是因为营养差。泽鲜却认为正好相反，是之之小时在阿婆家吃鸡吃得太多。一顿饭花费很少，最贵的板瓦烤臭豆腐才十二块钱一份，罐罐米线才八元一罐，五个人加起来也才四十块钱。餐具有种土拙之美，有一番讲究。板瓦烤臭豆腐，就是放在真正的瓦片上烤的臭豆腐。罐罐，指的是一种大口瓦盅，一层一层的釉彩。

细烟袅袅上升，然后散开，上升，再散开，终至消失。香而沉的气味在室内蔓延，天地静了下来。

在滇中我第一次见识了打香。

云筝搬出全套器具，一样一样摆上案台。一块黑色的毡垫，一只古琴形状的套盒，她一层一层打开套盒，一只一只取出摆好，还有耳挖大的小铲子小勺子，有香炉香盒，还有一些玻璃小瓶子。一只长方形的香炉，香炉盖是镂空的篆体字，叫篆香炉。

她盘腿坐着。两只玻璃瓶，一只装香柏粉，一只装沉香粉。之之悄声说："别小看这些香粉，最普通的沉香粉都是很贵的，真正上好的沉香粉，一小勺香就点掉一栋别墅。香道很难的，在日本，香道师学二十多年才能出师，徒弟光打灰就得学三四年。"云筝是在昆明学的香道，就住在老师家，一天打三四个小时香。香道老师是个杂家，茶叶珠宝都在行，她住在他的店里，算员工，亦算徒弟，不光不用交学费，还给零花钱。这个香道老师以前是跟喻范做生意的，是中茶公司的员工，文房、琥珀、蜜蜡、珊瑚都懂，是个世家，老昆明，以前做珠宝的。

云筝打开一只玻璃瓶，是老师用茯苓沉香当归自己配的香粉，另外两只瓶，一只是日本的香粉，一只是台湾的香粉，都不算太贵，二百多块钱一克。她又拿出两只瓶子，一大一细，大的一瓶是芽庄沉香，芽庄是越南的一个地名，这种沉香三十三块钱一克，到了市场价格要翻一倍。她又举起一只细长的小玻璃瓶，说这个是至好的沉香，奇楠沉香试用装。奇楠沉香是海南沉香之一，这个最贵，市场上很少见，即使有也贵得吓人。

就开始打香灰，云筝把瓶里的香柏粉倒入一只古琴状铁盒搅拌，用一只小银铲

（叫香铲？）慢慢搅着，一边轻声讲："打香急不得，以前在师傅家，一日要打三四个小时，师傅讲，打香像修行，心要沉气要稳，要慢慢慢慢打，搅拌，要密而不实，很均匀，杂质要夹出来。"搅得差不多了，她掂一片薄铁片（也许叫香压？）压住香灰，这薄铁片也是古琴形状。这时她又换了一套器具，用一只云纹香篆放在香灰上，香粉倒入镂空的香篆，再使一只小铜勺……可以点香了，云筝取出火柴，轻盈一划，一小朵金黄的火苗靠近香篆，她的手稳稳的，剔透圆润，火苗微微跃动，大家屏气敛息。一线烟袅袅升起，若有若无，烟的形状不停变化。从无形到有形再到无形，慢慢升起又慢慢消失，若有若无，大道至简。细烟袅袅上升，然后散开，上升，再散开，终至消失。香而沉的气味在室内蔓延。众人无语。天地静默。

笺

香严童子，即从座起，顶礼佛足，而白佛言：我闻如来教我谛观诸有为相。我时辞佛，宴晦清斋。见诸比丘烧沉水香，香气寂然来入鼻中。我观此气，非木非空，非烟非火，去无所著，来无所从，由是意销，发明无漏。如来印我得香严号。

——《楞严经》

注卷：县与城

一 《梭罗河》

这首歌我最早是听泽红唱的。酷热的南宁，在人民医院护士宿舍走廊的阴凉中，泽红以她那口带着浓重白话口音的普通话以及那远非准确的节拍唱起来："美丽的梭罗河，我为你歌唱……你的源泉来自梭罗，万重山送你一路前往，滚滚的波涛流向远方，一直流入海洋……旱季来临，你轻轻流淌，雨季时波涛滚滚，你流向远方……"此前我几乎没听她唱过歌，她生得比泽鲜好看，但从未进入过文艺队，从小学到初中到高中，她甚至连班级的文艺节目都没有参加过。

她比我早四年去南宁。第一第二年没考上大学，到第三年，她考了广西人民医院的护士班，读两年，毕业直接在广西人民医院就业。

我大学毕业分配到南宁无处可去，是先投奔的她。

从武汉坐一夜车到了南宁，没有人接，我自己取出了托运的全部行李包括几箱书，然后雇了辆三轮车直奔人民医院的护士宿舍。事先我没跟她说（我以为某人会来接我），她和她的同屋都没下班，房门是锁着的，我就把书和行李堆在她宿舍门口等着她回来。我在她的宿舍住了一夜，第二日才去报到。我的派遣证是到省文化厅（那时叫文化局），具体单位由文化厅再分配。管人事的干部问我老家在哪儿，我说是在邕宁，她说好，那你就去广西第二图书馆吧。就这样定了。又住了一夜，第二朝才去图书馆报到。七七级是特殊的一级，12月考试，春季入学春季毕业，我去报到的时候快要过春节了，单位正在发甘蔗，一捆一捆的，每人分到一捆绿皮甘蔗，人人喜气地扛上肩。

报到后，单位派了唯一的一辆吉普车运我的书和行李，而且我分到了一间宿舍，一个大房间，一排平房中的一间，后来这间房住进了三个人。2019年11月我来看，这排平房还在。

我时常去找泽红，她宿舍是两个人住，两张架床，我可以睡其中一张架床的上铺。过一条马路就是她们医院，职工饭堂不错，饭菜品种是我们图书馆所不能比的，我们单位只有一种菜。

有日她同我讲，对面居然住了个剧作家，就是走廊斜对面，几乎是门对门。他家一日到黑尽放港台歌，什么邓丽君呀。泽红觉得邓丽君格调不高，所有港台歌曲都庸俗不堪，剧作家居然听港台歌曲，所以他也格调不高。但她的看法很快就变了。

我至今仍能望见那条夏日的走廊。

在南宁无尽的酷热中，走廊散发出某种清凉的光，当然它其实没有光，几乎是暗的，因没有窗。只有当某一房间的门敞开，开着门的那一小截才会有亮光。泽红走在走廊里，一时出现在亮光里一时又隐没在黑暗中，她身上带着亮，当她在光线里她就变得更亮，她的脸甚至是耀眼的，她在黑暗中也带着微光——那不可思议的微光从她年轻的身体内部散发出来。

剧作家教会了她唱《梭罗河》。她整日唱《梭罗河》，整栋楼共用一只水龙头，《梭罗河》从房间唱到水龙头的下面。

水哗哗流。两个人都同在水声中。

她跟剧作家去了大明山又去伊岭岩还去了水库，还去了郊外一个有溪流和鹅卵石的去处，她在一禽树底下执到朵蘑菇，灰色盖，白茎，整朵蘑菇厚憨圆实，美好得像童话，却比童话真实，因它带有土腥味。

泽红身体里那朵爱情的蘑菇长得飞快，茁壮、浑圆，仿佛童话般的爱情。她怀抱蘑菇，生机勃勃——

然后他们就私奔了。

吕觉悟管剧作家叫"阿只"，翻译成普通话就是"那个"的意思。我们的王泽红，就跟"那个"比她大二十岁，有家室的男人私奔了。

私奔，多么浪漫和危险。有多浪漫就有多危险，有多危险就有多浪漫！必须想象一条大河，波涛汹涌涨满水，两个人手拉手不明底细向里跳。或者明了底细也要跳，不跳不行了——20世纪80年代离婚是一件极其严重的事，要八年抗战，八年十年尚未成功的有得是。双方都要脱几层皮，头破血流，两败俱伤。先要单位出证明，而单位是断不会出的；又要调解，由单位或居委会出面，调解是很有耐心的，工会、妇联，轮番上门谈心，不厌其烦；又要有足够的证人，证明两人感情破裂，而证人是永远都凑不够的，谁愿意去拆一门婚呢，要天打五雷劈的。好了，为了证明感情破裂，就要打人和骂人。这真是难坏了。

我亲眼看见了一桩，男方政治上很有前途，但他执意离婚，宁可不要前途也要离婚。他有个相好，等了他八年，已经三十四五岁了，她不能也不想再去找别人。他们煎熬但不退缩，决一死战。有日一个同事拿了张表给我，要在上面签名，证明夫妻感情破裂。同事说，这样下去是会死人的，男方很绝望，八年了，再离不了婚他只能以死相报，那女的很爱他，说要死就死在一起。虽然对男方毫不了解，我也毫不犹豫就签了名。

即使在20世纪80年代，离婚也不光彩，私奔更是十恶不赦。泽红和她的"那个"，两人都是英勇的，他们手牵着手，向着恶，向着千夫所指，纵身一跃。真是振聋发聩，外省沉闷的天空雷声滚滚，两个人像一道光芒，"那个"有妻有儿，妻子贤良儿子聪明健康，但他不能舍下泽红。私奔后又当如何呢，世间的高山大海茫茫无际，泽红她不要想这些，她只要爱情。

泽红伤透了父母的心，她放弃了公职以及全广西最大医院的神经内科护士的职业，更兼放弃了户口。她的父母痛心疾首，如花似玉的女儿，名誉毁了，谋生的职业也没有了。

过了五六年，"那个"终于离了，两人如愿结成了婚。他们生了一个儿子叫小粒子，是正式婚生子，父母心里的一块大石头也终于落了地。风清云淡，万里晴空，他们有一辆大奔驰呢，这在20世纪90年代像童话般不真实。

这时他们又回到南宁。南宁发展迅猛，要回来相当不易，托了很多关系才办成。日子却忽然变得不好过。"那个"亏空了，奔驰车拿来顶了债。而且呢，他又是糖尿病，又是高血压冠心病，单位报销不了医药费，连看病都看不起了。泽红没有工作，当然也无收入，粒子上幼儿园还要交赞助费，她只好到棉纺厂食堂当洗碗工。

还好，他们开了家"文学米粉店"。也是忙得梭梭转的，时时阵阵，老板娘王泽红总要进进出出不停，到晏昼，"那个"就坐在店门口，像抽大烟的，或黑社会收保护费的，或者干脆就像一头病熊，漠然面对人间。

起早摸黑，小粒子每日脸都不洗就送去幼儿园，星期日就让他一个人在家。心肝宝贝，旷世恋情的结晶，一碰到米粉店就龌兮兮的。他待在屋子里，小脸是龌的，小手是龌的，小衫裤也是龌的。房间里的龌乱他已经习惯了，他鼻涕蹭在脸上和袖口上,像个贫困乡村的孩子。他很安静,不躁,这一点,太像泽红了。

泽红不慌不忙,她永远淡定,周时都是端然。

朝早五点就要起身,去很远的西乡塘进当日的新鲜米粉,她踩三轮车,来回一个小时,回到店里正好开门。她点燃灶火,大锅里有一锅熬好的高汤,是大棒骨熬了整整一昼夜才成的,浓极了,又浓又白,有肉骨汤特有的浓香,现在,只需把汤煮滚。她舀一大勺高汤入小铁镬,灶里的蜂窝煤刚刚点着,不够旺,她就边等边洗葱,再切成葱花放在大海碗备用,葱花前一日还剩有,蔫了,她把新葱和旧葱混成一处,几倍的新葱盖过了旧葱,旧葱不见了,统统变成了新葱花,碧绿清新兼之有喜气……铁镬的边缘起了小水泡,水泡越来越多,汤面的热气也由稀到浓,它们飘着,从汤面上飘起来。好了,汤大开、米粉入镬。油盐酱,又加脆皮、炒黄豆、叉烧和切细细的酸菜,再一翻,就好了。左手撮上一撮葱花,右手端起镬把,葱花向镬里一撒,就手倒入海碗。顾客是装修包工头,要赶去工地,他不怕烫,吃得稀里呼噜的。又来了两吃客,泽红也更见利索,她同时在两只灶放上小铁镬,她一边一勺高汤,动作麻利,只三四分钟,米粉就上来了。

同时来三四个人她也有办法,大锅的灶腾出来,在灶上加一块铁板,大灶变小灶。等于三只小铁镬都有了灶眼,一时间,灶前灶后,热气腾腾的,泽红就像一个在舞台上敲架子鼓的人,一阵迅猛的动作,一片叮当起伏声,米粉下锅。炒黄豆碰到米粉,是无声的,葱花落在汤里,也无声,却都仿佛有声有色地热闹,色当然有,算得上缤纷,白的黄的绿的,檀红的是叉烧,暗黄的是酸菜。色香味俱全。"那个"是美食家,文学米粉店甚有水平。

也有人要吃干捞粉,那就简易,米粉在沸水里一过,拌上熟油生葱酱油,又几片叉烧加一小羹炒黄豆,筷子搅几搅,入嘴溜溜地滑。

"那个"这时候变成了一个无用的人。他病了,没有精神,有时在医院躺着,有时在家中躺。精神好时他就来店里,也不干活,端碗不是他干的,收钱也不是。

他只是坐在门口。

他坐在门口抽烟。脸是黑的,从前他黑得神气,黑得结实响亮,现在变了,黑里就泛着黄,像一块掺了黄泥的煤。他乌黄乌褐地坐在门口,抽着烟,他不看人,却又在看。他的眼睛小小的,有一种凛然,发着冷光,这光不是散的,它聚气,有种气场,这气场罩在米粉店门口,有些令人生畏,又有些令人生疑。

泽红说:"你坐在门口,哪里还像个米粉店,简直就是大烟馆,谁还敢来!"

这话竟不假,"那个"在门口一坐,米粉店就像了大烟馆,烟气弥漫,气氛诡异,来吃米粉的人一望,是不要入的。"那个"不管,他一高兴或一不高兴都要坐在店门口,他是真性情,生意是无所谓的。他对待自己的病也是真性情,糖尿病不能抽烟喝酒，也不能大鱼大肉，但他百无禁忌。比起20世纪80年代初，他已经很胖了，方凳子有点小，他就靠在墙上。有时他虎视眈眈观察人，更多时他也不看人，目光是远的，却不散，也不空，因他看的是几年前的岁月，那时候他是江湖上有名的豪侠之客，广交天下名士，身边红袖添香，青春做伴好不快意。现在想来像一场梦，却又不像，眼前这个女人进进出出，从梦里走了出来。他望着泽红，从前的世界渐渐远了。

朝早到黑，八九点才没有客，泽红半掩店门，抹桌洗碗扫地，还要连夜做好叉烧，炒好黄豆，一边熬大锅高汤，洗上几把葱，还要切酸菜。泽红一点都不马虎，跟着"那个"，她的嘴也变刁了，样样都要精当才觉得好。她每日忙到半夜，累得倒头便睡，只是马虎了小粒子。小粒子，这个心肝宝贝，他不再像个心肝宝贝了。泽红豁脱，对吕觉悟说，粗放粗养，健康。

我和吕觉悟去过一次她家。

先到她店里，看她给人端上一碗米粉，看她收钱，别人给她一张百元大票，她要找给人九十八元皱巴巴的散钱。已经是下午三点多，她还没有吃午饭，我们看着她端一碗米粉三咦两咦吃起来，一边说，这是顾客硬讲里面落了灰不要的，她说："他不要就给他换一碗，他不吃我来吃。"她一日三餐已减为一日两餐，早餐和中午饭合在一起吃。

小粒子周身灰扑扑，有股隔夜的馊味。陈旧黯淡，颓败的气息充满了每只角落，到处都是龌龊毲邋的。我忽然想起医院宿舍那排泥砖的平房，那跳荡着的她和泽鲜的花衣服，美丽、丰盈、豆蔻年华，泽红泽鲜，加上最小的妹妹，三姐妹拿着一根绳子走出来，她们跨过门前的水沟，落在操场上。她们跳绳，绳子一闪一闪的，扬起又落下，繁茂的老鼠脚迹和车前草在她们的脚下。她们的身体生长着光芒。

仿佛一只珍贵的器皿已破掉。

我不忍看到一个颓败的家落到泽红头上。但她从容稳阵，淡然道："就是这样的。"她显然比我更懂得生活的本来面目。我们站在门厅里片刻，没喝水。然后就离开了。

"我现在就是这样的。"泽红说。

玉林到南宁那趟火车，十一点四十的那趟，我和吕觉悟和泽红都多次坐过。有次和泽红，她拿出一沓照片给我看，那是在北京，"那个"与影视圈相熟，安排她进了一个剧组管服装道具。她同我讲，剧组要拍70年代的戏，让她临时演一个角色，没台词，只需坐在那里。她没答应下来，因要剪头发，剪一个很难看的20世纪70年代的短发，她不愿意。她去了北京很多好地方，香山北海颐和园，我那时候还没到北京，每天在图书馆上班，对她周游全国还能在北京进剧组拍戏艳羡不已，也感叹"那个"的能量。她给我看的一沓照片都是"那个"给她拍的，用的是高级相机，她脸上的雀斑比普通相片清晰数倍，几乎看得见颗粒。她说雀斑才好看，俏皮。她笑容灿烂双眸明亮，看上去，是无论怎样挥霍都挥霍不完的无尽青春。她开玩笑说要生个私生子，那时候她还没结婚，"那个"还没离成婚。她轻松幸福对前程极有把握。私生子上不了户口怎么办呢？她完全不焦虑，"孩子的父亲会有办法的"，"那个"的神通广大已经多次向她证明过了，她仰慕他的能耐。

命运的天平终于赶到，"那个"没多久就去世了，糖尿病引起的心脏病，很突然。剩下泽红，没工作，带着个上小学的孩子。她四十多岁了，还能找得着工作吗？还能找得着人结婚吗？没工作又不嫁人如何生活呢？

没有人知道这些。

关了米粉店，她开始推销保险，那真不是人干的，要看多少白眼才能签下一单，泽红又从来都是一个矜持的人。婚姻介绍所此时就起了作用，一个英国男人，见面双方都满意。她准备一个人漂洋过海，孩子交给"那个"与前妻生的儿子，孩子同父异母的哥哥，他已有三十多岁，是个大人了，收入稳定，对弟弟很好，她可以放心。但她到英国做什么，只是跟一个陌生男人过日子不成？没有朋友、父母和亲人。而婚姻介绍所，到底不能让人踏实。

她就放弃了。

泽红经历了比我们更为精彩的人生，说得上是波澜壮阔。一百个女人里都不会有一个私奔的，一千个，甚至一万个。私奔，这个惊险的字眼，是世外的自由和爱情。遍体鳞伤的天堂。时间之外的时间。

与泽红相比，泽鲜是另一种私奔。她和她爱的人离开这个社会，头也不回。她的私奔更英勇无畏吧。更彻底，更传奇。

二　陈地理

有关陈地理的想象一部分来自我的父亲，当然其实，我对父亲毫无印象，除了一只硕大的龙眼。

另一部分来自陈蓉的父亲，我对她父亲也几乎一无所知，这个姨丈，我只记得他的脸特别白特别特别白，闻讲他以前教高中，我认识他的时候，似乎无业。

母亲说，李稻基年轻时上过桂林的宪兵学校，还入过三青团，这是他的历史污点，故，不可能入党，即使参加过土改工作队也入不了党，永远是副职永远不受重用，永远郁郁寡欢。

后来我读王鼎钧的书，知道宪兵地位高于普通士兵，宪兵学校是当时青年很好的出路。2019年4月我去桂林，极想找到桂林宪兵学校的旧址，结果朋友说，特意请教了一位专门研究宪兵历史的人士，回复说桂林并无宪兵学校。

我对吕觉悟和王泽红的父亲知道得倒是不少。

泽红父亲王典运亲手交给我一份他的自传。上一辈的人喜欢把自传给人，一百岁的姨婆也是，她有一份打印了两页纸的自传，也郑重交给我。大概觉得给我是最稳妥的。

王典运的自传，A4纸打印有二十多页，分成了几大部分："我生于1927年3月，是沙垌镇丹花村人，抗日战争初期，就读新丰中心校，当时有几个广西学生军到学校教唱抗日歌曲，组织指导演出话剧，我积极参加演出。每个周六晚上各班都有演讲活动。1942年2月，十三岁考上圭宁县县立中学读初中，脚踏草鞋，从丹花到圭宁，一天走六公里，双脚红、肿、痛、酸软、泛血泡。初中毕业考上本校高中。初中实行童子军训练。高中实行军事训练。每周两节，由教官在操场操练。初中生手持童军棍，裤带系一条捆好的绳索，头戴童军帽，练习救护伤兵、输送粮食、弹药。高中生头戴军帽，打上绑带，手持木步枪，进行各种步伐、队列、卧倒、射击、爬行训练，第六学期实弹射击，每人三发。

"1942、1943年日本飞机（敌机）有时飞来骚扰，学生闻警报跑到郊外躲避。一段时间，敌机频频骚扰，全校学生早上7时早饭后带课本到郊野森林树下学习，下午4时回校吃晚饭。1943年秋的一天，敌人从广东化州侵入华东，到六靖、白马、扶新，学生闻讯惊慌失措跑回家。我回到丹花时，国军已住满各家各户，时闻零星枪声，无剧烈战斗。第二天我赶两头水牛往更山更远的黄迡。敌人出黎村、容县后，学生才回校上课。

"1944年夏，我所在的初中53班，在一个周六去勾漏洞野营，中午师生带上被帐、炊具、柴、米、油、菜、画画用具，意气风发向目的地进发。到达后，在洞前宽大的塘边挂蚊帐，铺草席，搭造炉灶，烧开水，做晚饭。晚饭后在星星和月光下，在手电、煤油灯光中唱歌、跳舞、玩乐器、讲故事、做游戏，人人兴高采烈。次日早饭后，往民安镇登铜石岭，一览大自然景色，呼吸花草丛中的新鲜空气。美术老师指导学生写生，心情非常愉快。继之前往民安中心小学，本班最小的同学组成的篮球'飞虎'队与中心小学学生代表队进行篮球比赛后，高高兴兴返回学校。1945年夏，全校高、初中三十个班，一千三百多师生举行野餐活动。一个周六中午，各班携带镬头、煲等炊具，柴、米、油、盐、菜，浩浩荡荡步行到勾漏洞对面大斜坡做晚餐。顿时炊烟四起。晚餐后，心情愉快返校上自修。高中阶段，各班自由组织一些兴趣小组，我参加吕校长组织、指导的'摄影小组'，周日走出学校摄影，回校冲相底，晒相片，应用物理化学美术知识，理论与实践相结合。

"1941—1947年一些沦陷区优秀教师逃亡到圭中任教，如上海语文老师朱造中、广州化学教师张资丰、英语老师陈传熏、山东英语老师孙玉芸等。北中原有之优秀教师有物理吕焕祥校长，语文李矫西、庞湛中，解析几何陈拔鉴，平面几何陈光垂，立体几何李乃襦。此时期圭中教师水平较高，学生质量也较好。1947年下期，吕校长教授我所在的高中第八班第六学期物理，有一次连堂两节物理课完全用英语讲授。庞湛中教高八班语文，第五六学期，六次命题作文，规定用文言文写作。高中同学有时与沙街天主教堂神父（美国）用英语简短会话。

"1950年参加民乐夏季征粮工作。学习结束，调任新丰中心学校教师。十月全县掀起声势浩大的土地改革，抗美援朝宣传运动。新墟区政府和学校派我在新墟墟日向群众宣传。我站在街道中央的四方桌上，几次转移宣传地点，高声向群众宣传。后来又去新墟与玉林交界附近的鸭塘、月塘、新村、古红、雍墟、覃冲、白梅、杨碧坡、六厚、陈村、沙圳等十五个村，逐村向农民宣传。1949年12月，土匪在这些地方暴动，杀害十几个征粮工作的同志。1950年秋，残余土匪仍躲藏在大容山，秧地坡村驻守有担任剿匪任务的解放军。覃冲、白梅村位于秧地坡村高山背后与大容山交界偏僻荒山中的小村。为了安全，两个武装解放军陪伴我入山宣传。每到一村，召集全村男女老少，坐在收割后的稻田里开会。宣讲土改政策和抗美援朝形势。大家从头到尾一声不响，专心倾听。

"土改是在新墟区苏底白村。入村首先深入各家访贫问苦，之后选定一个苦大仇深的贫雇农为根子，与其同吃同住同劳动，建立深厚阶级感情，由他逐步开展串联，而后召开贫下中农诉苦会，有苦大仇深的贫雇农带头上台诉苦，激发大家的阶级感情，孤立地主阶级，挖出土匪恶霸。苏底白村挖出两个匪霸，经上级批准，召开公审大会，执行枪决。枪决前一天，队长命我草拟枪决布告并抄写好，公审时我为法庭书记员……四清运动，调任县供应经理部（即后来县供销社的农业生产资料公司）。

"'文化大革命'开始后，教育科拉我回去批斗……

"10月供销公司集中被批斗者八人，住烤烟复烤厂管制劳动，并随时叫某某到公司接受批判、斗争。吃饭各人自煲，单位每月每人发十几元生活费，有时用一点油盐送饭……"

王典运的自传专设了家庭篇，谈到了老伴，泽红泽鲜的妈妈罗瑞，罗阿姨平日总是病恹恹的，年轻时居然到香港做过工，是1946—1947年，在香港三光电力织布厂做过两年工人。我看得大吃一惊。

吕觉悟家的事情更让我吃惊,她有八分之一的德国血统!吕觉悟,我与她幼儿园至初中同班,在沙街一墙之隔,一起攀树涉河混了十几年,但我全不知她这遥远混杂的血统。她最小的妹妹,绰号白妹,生得蓝眼珠黄头发,皮肤白得不像话。原来是有出处的。

觉悟的祖父是晚清秀才,当过知县,祖母是广州小姐,西关妹,有德国血统。但她的黄发蓝眼白肤似乎只传给了小妹,觉悟有个堂姐叫兼慧,眼睛也是蓝的。兼慧的姐姐叫白檀,她也黄头发白皮肤深眼窝蓝眼珠,还有个深圳表姐,肤色也白。吕觉悟在微信说:"哈哈,这白人遗传基因就是强大。"

她这个奶奶是爷爷中了秀才去广州娶的,是第二个老婆。1911年后爷爷在陆川中学做教员,后来就回家过上了地主生活。吕觉悟说,她爸爸是在香港读过大学的,叫达德学院(查百度:香港达德学院是20世纪40年代末在香港建立的大专院校,校名取自《礼记·中庸》篇:"智、仁、勇三者,天下之达德也。"),柳亚子都做过他的老师。后来开旅馆、做烟生意,再后来,首任县长徐维皆把他从陆川带来工作,当过平政区区长。

怪不得吕爸爸知道的比谁都多,原来柳亚子还教过他。

由于毛主席诗词,我们都知道柳亚子是同盟会的,国民党左派元老,清末著名的"南社"领军人物,那首《七律·和柳亚子》,高中时我们人人背得很熟,"饮茶粤海未能忘,索句渝州叶正黄。三十一年还旧国,落花时节读华章。牢骚太盛防肠断,风物长宜放眼量。莫道昆明池水浅,观鱼胜过富春江"。但凡需要自我宽慰,我们总是脱口来上一句"风物长宜放眼量"。

幼时住沙街旧客栈,客栈窄长幽深,我告诉吕觉悟我家这边有鬼,因我能听闻鬼的脚步在青苔上行行停停,她讲她家没有鬼。她家和我家隔一扇墙,她那边也是同样窄长幽深,墙上有厚厚的硝土,往时系盐仓,堆着旧物。

我不信这种陈年旧屋没有鬼。

她说她家就是没有鬼,不光她家没有鬼,我家也没有鬼,别的地方一样没有鬼。她爸爸说要讲科学,世界上根本就没有鬼,要破除迷信。

吕爸爸知道的事情特别多,我们问:"大海有几深?"

他微笑道:"有十几塘路那么深。"

我们又问:"月亮上有什么呢?"

他仍微笑道:"有很多沙子,还有凹形山。"

我幼时总担心月亮上的沙子会倾到头顶。还有那些凹形山,我想象是玉兔们的洞穴,桂花树就在凹形山的外面,它又高又粗,满树都是桂花,整只月亮都是桂花的香气。吕觉悟坐在我身旁的矮凳上,她与我并排坐,啃着只煮熟的番薯,热气和甜香从我左边的脸颊飘过来。

我跟觉悟说，长大以后第一件事是要去看大海，第二件事是要去看月亮。吕觉悟不吭声，继续啃着她的番薯。夜气开始有点凉，我又跟觉悟说，听闻月亮上很冷，从现在开始，我们就要多多准备厚衫。等到我们长大，厚衫裤肯定就够了。

觉悟相信科学，理性清朗，她吃完了番薯才发表意见。

她说大海不难去，她爸爸说的，但是月亮肯定去不了，月亮上也没有兔子和桂树。这是我和吕觉悟最大的一次分歧。我说有，她说没有。我说就是有，她说就是没有。我们终于吵翻了，各自搬了小凳子回家，整整两日不说话。到了第三日，我们各自站在自家的骑楼下，她望望我，我睇睇她，又各自行近一步，又再你看看我，我望望你，于是就和好了。此后，我时常去她家看她爸爸订的月刊《科学实验》，树立了正确的宇宙观。

只可惜，我的书法与文学见地没有早些得到开启。小学时，人人都说李跃豆的字好，吕爸爸让觉悟拿我的字给他看，之后觉悟告诉我：我阿爸讲，你的字只是写得熟，说不上好。我只道纳罕，不知问问清楚，怎样的字才算是好字。大学毕业后我写作，吕爸爸与我聊了几句，很失望，说，哦，你写的都是些虚无缥缈的东西啊。

觉悟给我看过一沓手写的纸页，为吕沉早年自述。一、个人简历。二、家庭情况。三、各时期的证明人。四、对党的认识。

吕沉生于1920年，"七岁读私塾，父亡，大姐当小学老师，支持上了一年中学，大哥上了航空机械学校，毕业出来当机械师，也支持上学。受地下党员某某影响，参加抗日宣传，曾想去延安，筹集了路费，没去成。1940年10月，被派在国民党第七军无线电站当报务员……亲戚在金城江开一家旅馆，去做登记和收费；后来改做贩运纸烟生意，将宜山制的纸烟运到独山；后来在独山合股开了一家烟仔厂，由妹夫打理。日本人打到桂林后，独山生意收束，搬到百色，也是做纸烟生意，直到日本人投降。1945年，妹夫到桂林当中学老师，我回到陆川。由某某介绍到广州桂成行当买卖店员，湛江医院的二姐介绍，到湛江事务局当过几个月的技佐，时为1948年2月。1949年2月又回到陆川，之后到圭宁参加工作，做平政区区长。20世纪50年代初接收组建县电灯局，在松须巷，后来到发电厂，再到水电局"。

"文革"时吕爸爸关在少年之家，是一间窄长的标本室，与猫头鹰、老虎、大蟒蛇标本关在一处。腿被打断了。家里人根本不知他被关在哪里，后来是听一个扫地阿姨讲的，这才去送饭。

陈地理被送去柳州精神病院那年全民开始挖防空洞，厂矿学校医院商店，各家各户民居，自家院子地下，某处空地，公园、土坡、巷道边，到处堆满了新挖出来的泥土，宛如地底下翻出内脏，散发出阵阵土腥气。就是这年，形势紧张，讲要打仗，精神病院亦执行指示开挖防空洞。康复得好、无暴力倾向的病人悉数分到了锄头和铁铲，人人在院子里锄的锄铲的铲，土挖松，铲入畚箕，挑去围墙边堆一溜。院子里很快出现了一列7字形壕堑，称"战壕"，短的那头连接病房，长的那头延伸到院子尽头的水井边。壕深足有一米五，宽处近一米，窄处也有五十公分，在两旁壕壁还挖了猫耳洞，椭圆的探进去，人猫在里，比壕堑更有遮拦。

防空洞挖好了，防空演习拉响了警报声，声音怪异呜呜不停，从低到高，又从高到低，像某种不可名状的巨大猛禽忽高忽低盘旋于城市上空。人人惊吓着跑入防空洞，直到警报解除。

敌机是从哪里飞来的呢？自然是从苏联，大家确凿知道，苏联已然变修，它迟早要打我们，我们要"深挖洞、广积粮"，苏联的飞机被假想着从乌苏里江、珍宝岛那边飞来，没人考虑飞机的续航能力，从北到南跨越几千公里是否可能，总之是上面布置下来的，层层级级执行，全民挖了防空洞，人人也都紧张起来。

这个月光皎洁的夜晚，一群白色的影子在黑麻麻暗喇喇（严禁开灯、打手电，也是演习内容之一）的病房排着队进入了自己挖的土壕里，一个男病人一下来就掏出家伙冲壕壁尿尿，紧跟着的一个用食指点在自己脸上说："羞羞。"一个喜欢唱歌的病人大声唱道："娘啊——儿死后……"刚唱一句就被喝住了。有人用指头抠壕壁上的土，有几个安静着，只看自己的手指甲。病房里有被关起来的一个，阵阵狼嚎似的叫喊传到壕堑里，夜深人静，像真狼嚎叫。土里的潮气升起来，从贴地坐着的屁股升到内脏，精神病人个个都是体壮身强的，湿气潮气全都不在话下。或者说，他们的精神远远超越了肉体。因为服了镇定药，不少人坐在壕沟地上就睡着了，睡着比醒时更像一个孩子。

时间过去，警报解除，白色的影子们一个个就都回到了病房里。夜更深了，没有查房，值夜的人也都折腾得睡香甜了。

第二日，同病室的病友发现陈地理的床是空的，他的被子掀开着，人不见。开早饭了，人仍不见。护士来发药了，人始终不见。护士是个中年男人，他的白大褂许久未洗，前襟油迹点点。大概一日三餐都是边吃边看报的，或者边吃饭边下棋，菜汤滴在衣服上他并不知道，就算知道，那又如何，他不会多加一点小心。

病区和值班室用一道铁门隔开，他手上钩着一大圈钥匙，开了锁，晃着腥兮兮的白大褂走了进去。他不像医生，亦不像护士，也不像杂役。那他像什么呢？他像精神病人中的一个，只不过，他穿了一件不同的衣服。他提只篾篮，里面装了药片——吃过早餐他就在值班室分药，铺上一幅旧报纸，药片从大瓶哗倒出一堆，再用手，几片几片拨成小堆装入小纸袋。"吃药了吃药了。"他在走道里喊。他行入病房，捉起一把药袋，以杂技般的动作分抛到每张床上，手腕灵活手指准确。"水呢？你们的水杯呢？昨晚的开水呢？咽下去咽下去咽咽咽……"

陈地理的床是空的。

"这个二床去哪了？"没人答。他环视一周，一床三床笑嘻嘻的，四床正在朝天上翻白眼。男护士自己答道，"上茅房了，那他的药片放他枕头上了，你们报知他。"于是他就到下一间病房去了。

陈地理有时承认自己有病，有时否认。时好时坏，关于治疗，也是时而配合时而捣乱。有时深夜，他会突然从床上坐起，满盈的圆月此时正照到窗口（月圆之夜会否影响人的精神状态，此事值得深究），他从床上坐起，仿佛梦中醒来，月光皎皎照入病房，柔柔的，厚而静，浸在月光里的一切物品都像换了一种色彩，它们变成了深浅不一的灰，深灰、浅灰、晴山灰、品月灰，在统一的灰中一切都剥离了白日的色彩变得安雅静穆，日常琐碎的生活场景湮没了，他仿佛闪身进入了一个特殊的时光通道，到达他心心念念的时光的支流中。

坐在床上，他身体中属于时间支流的那个自我昂然从窗口走出去，他越过了铁栅栏，毫发无伤……

他坐在深夜无人的井边，仰望那些望得见和望不见的星座。小熊座，北极星所在的星座，标示北天极所在；大熊座，著名的北斗七星；猎户座，组成大小两个三角形；七姐妹昴星团，那七颗星下方还有两颗，那是她们的父亲 Atlas 和母亲 Pleione，一家子的名字来自希腊神话；狮子座，流星纷纷之处，他望见三亿六千万年前海洋里的大鱼，卡车大的鱼在他身边游来游去，但他与它们隔着一层月白色的膜，互相间，谁也碰不到谁……然后，在水井边，他看到鱼类经历的大灭绝时代飞快地在他身边发生，如同电影里的快放镜头，动物体积迅速缩小，卡车大的鱼们变得只有脸盆那么宽，小的就更小了，有的鱼在他的眼皮底下就变得只有蚊子那么大了。泥盆纪末期，冰川延伸，一阵阵的涌浪涌到半途就凝结成冰了，冰川延伸到热带，海平面大幅下降，海水退到他的屁股底下，汩汩流入身边的水井里，水井里的水在月光下闪着深幽的银亮。他用吊桶打了半桶水上来，水清洌，并不是咸的。是海水经过了三亿六千万年的过滤，滤净了盐分……而小女儿陈蓉不知何故站在了围墙旁边，他上一次看见她还是在几年前。他从办公室回家找他的书，家里没有人，梁远婵也不在，门开着，没有人，邻居家好像也没有人，天井有晾晒的床单，水滴落在半干的青苔上；走廊是黑的，廊顶的灯没有开；公用厨房还无人开火。陈蓉不知去哪里玩荡了，他常常想不起她……梁远婵教育女儿不要学爸爸，一个书呆子，睇无见眼前的东西，谂的都是几万几亿公里远千万亿万年之前的名堂，虚空又虚空玄之又玄。

他去柳州那日梁远婵不在家，被组织去环城大队义诊，全国号召"向雷锋同志学习"，人人都要做好事，再把做的好事记在日记本上，每星期日，街上就会行过一列列肩扛锄头铁锹的人去义务劳动，或者替军烈属担水扫地……还安排了义诊。在生产队的水田里耘田的妇女被要求到妇女干部的家门口排队检查妇科病，她们一人拿着一根木棍，脚上还粘着泥巴，干部家门口的地坪上一溜湿漉漉的脚印。梁远婵在妇女干部家里的大床上，铺上一块消过毒的大布单，妇娘们在那上面叉开双腿接受她的检查。远婵本来是药剂师，被临时抽调检查妇女病。

防空演习结束，陈地理没有回到病房。次日朝早，男护士来发药，他再次问道："这个二床去哪了？"没人答，一床三床笑嘻嘻的，四床正在朝天上翻白眼。男护士说："你们这些人哪！"他把药片抛到二床顺口说，"算了，过阵时我再来。"

直到晏昼，病人自己去食堂打饭吃，没人发现陈地理不在。一直到入暗，吃过了夜饭还不见人影。这时径男护士又来发药，上午的药还在二床的枕头上。他慌着问："啊，你们讲，他去哪里了？你说，你说。"一床三床先还是笑嘻嘻的，看到护士的神色，立即吓住不笑了，四床习惯性瞪视屋顶，听到问话，他严肃答道："不见人。"男护士问道："什么时候不见的？"四床匪夷所思地指指屋顶，大概意思是，二床是从屋顶消失的。

男护士匆匆走出病房，他先在病区找了一圈，走廊是空的，厕所无人，洗澡房也没有，走廊尽头有处阳台，也没有，饭堂、开水间、工具间都看了。他走出病区，防空壕堑像一道巨大的伤疤趴在病房外空地上。男护士用手电筒一路照过去，直到水井边。水井没有异样，只是旁边的壕堑塌了一块。水井再过去靠近围墙处有一禽樟树和两三禽松树，男护士把每禽树的上上下下照了个遍，树底下和每杈树枝都看了，没人上吊，可疑的绳子和鞋也都一概没有，这时男护士放下了心。说实在话，他至怕病人自杀，这是重大事故。只要人活着，一切好说。

第二日陈地理还没出现，男护士报了失踪。

院方来人找了一遍，认为水井边的壕堑塌的那块有蹊跷处，找了几个工人刨开塌下的土，每一铲泥都看了……壕堑里十几只猫耳洞又看了一遍，有一些用来垫坐的稻草，离水井最近的那只猫耳洞有几根划过的火柴头，还有张纸片，是香烟壳撕下的。同室病人认出是二床的烟纸。本来全院禁烟，但男护士自己抽烟，禁得不严，有烟瘾的人都能搞到烟。陈地理有两种烟，大前门和经济牌，前者二角钱一盒，后者八分。两种烟岔开抽。猫耳洞里的烟壳纸是两种各有一片，前门牌香烟的背面有一些用铅笔画的点，点与点之间用直线连接，像一大一小两个三角形。无人能看懂是什么意思……若是北斗七星就能看懂了，那些年，北斗七星是中国著名神圣的星座，任何一个小学生都认识。因其神圣性，也都知道不能随手画，尤其不能用皱巴巴的香烟纸，更不能画了北斗七星之后就把它丢弃在潮湿杂乱的防空洞里。

陈地理画的不是北斗七星，他可能画的是猎户座。另一只烟壳的图案是细格子，手帕那样的粉红色，产自柳州卷烟厂，这格子纸背后写着一串数字，有许多个零。纸壳边缘还有一些极细的类似星星的符号（据说是宇宙符号），以及一些倒躺的阿拉伯数字8，设若小五世饶来了，他知道这个表示无限，而一个相信有另外一重时空的人，想来他的能量是足够大的。男护士认为，香烟壳背面的这些圈圈，不过是一个精神病人胡乱画的东西，既毫无价值，就随手扔垃圾堆了。他把那张画着点与线的前门牌香烟纸拿回值班室，放进了抽屉，和他的冬眠灵放在一起。

总而言之，无人能找到陈地理——男护士坚持认为，这个二床既然没有自杀，那他一定隐藏在病院里，他也不可能逃出去，再说他逃出去干什么，被人当成逃犯乱棍打死，还不如就在病院里享清福。男护士一向觉得，柳州精神病院是世上最适宜生存之处。在无聊的夜里，他打开抽屉时看见那个画着点与线的纸片时，就会对住纸片儿说道："真系傻瓜呀大傻嘢，这里有吃有住不闹心，比别处不知要好上几多倍。"

在很长的一段时间里，男护士每个夜晚打着手电筒，从防空壕堑的这头照到那头，有时他还跳下壕堑，逐一探察那十几只猫耳洞。自从那次防空演习之后，全市性的演习就再也没有举行过，防空壕堑的低洼处长出了青苔，猫耳洞里重新扯满了蜘蛛网，有些地段尿骚味特别重。男护士也顺便在壕堑里尿了一泡，之后从那又窄又陡的台阶上来，他从樟树底行到松树底，用手电筒把每禽树照了又照，然后像陈地理那样，坐在了水井边。

始终没有人再见到陈地理……既没有死在病院，也没有出院，他只是不见了。小五偶然想起他，断定他是在了一个平行的空间里。

三　麻雀

我不愿随镇上人称她为白寡妇，我对寡妇这类称呼有天然的反感。我宁可称她的外号"白骨精"，她也实在当得起。她皮肤极白，又极瘦，外貌与《西游记》里变作美女之后的白骨精是接近的。但你没见过白珍本人，"白骨精"这样的字眼有很多人会不适的吧。

她堂弟在玉林火柴厂当工人，热爱时髦，甩手操、红茶菌，没有一样不是得风气之先的。他还没结婚，闲得无聊，白珍又乐于为他张罗对象。他有时下班早，一溜烟跨上永久牌自行车就来了，他的车是很滑溜的，轴承珠隔月就上次黄油，轮胎的气也是足得不能再足，再足就撑破了。圆滚滚的车轮，即使不蹬也会自己向前飙。

落日时分他飙在玉梧公路的砂石路上，不到三个半小时就到圭宁县城，天光未散尽，路灯未亮，她正在吃晚饭。堂弟来了，支好车，一屁股坐到饭桌前，捉起碗里的咸萝卜就送入嘴，他饿坏了，嚼得咯吱响。看他咽了萝卜干，又看他掀开了锅盖，锅里没有多余的饭，她找出半扎扎粉，重新拨燃灶火。扎粉是好东西，水烧滚下锅，放点猪油、盐和葱花，其柔软细腻滑爽不逊湿米粉，却比湿米粉更贵气。堂弟看着白珍下扎粉，搅动，掀开油罐刮一点猪油，从菜篮里抩出一根小葱切细。

腾腾滚着的米粉，葱花一撒就好了。热气飘动，饭桌上的半碗蒸豆豉也愉快地等着这碗米粉，有了豆豉，实在再完美不过了，豉香饱满，撒几粒在粉面上，跃然点睛，不但米粉生动起来，豆豉亦焕然一新。白堂弟不辜负这碗米粉，连碗底汤都舔净。他一抹嘴，就陪白珍出门看电影。

白珍既喜欢电影，也钟意睇戏。戏是越来越少，这两年只有一场粤剧，《山乡巨变》，是梧州粤剧团过路，只演一场就去了玉林。戏虽不好看，照样挤满了人。白珍幼时喜粤剧，一个姑母唱过给她听，曲名《情赠香囊》她还记得。《山乡巨变》虽不能过瘾，但那种腔调道白，广东白话，就当是去了两个小时广州，要知道，广州，是相当于粤地中心的。那腔调也使她想到香港，香港，一个不能大声说出的地名，罪恶和诱惑之地。所有的梦境，就只剩了电影。

她就和堂弟去看电影了——

二场电影是八点四十五分开映，时间还没到，上一场还有几分钟才散场，白珍和堂弟站在台阶下，她掏出一粒硬糖给堂弟，两人各自送糖入嘴。这两个并排企住的男女，有点像恋人呢，有种心照不宣的亲昵，甚至暧昧，但谁又说得清楚。散场了，人挨人拥出，又等了几分钟清场才得检票入场。一个中年妇娘企在门口一侧，她在票上撕只口子，放人入。

华侨电影院，本县最堂皇的建筑，一排排枣红色的实木椅，椅背是白色的座位号，两边的墙壁弄得古怪，像有许多蚯蚓拉了屎，也像木菠萝皮，也像牛肚，也像蚁穴。电影院建于20世纪40年代，经过二十年的熏陶，大家都知道了，这种墙面是用来反射声音的，凹凸不平的墙面，声音反射到各个角落，它就不能聚集在一块发出恼人的回声。灯光暗下来，脑后一束巨大的光束从后上方放映室的斗状细口直打到银幕上，电影开映了。

这晚的电影是《千万不要忘记》，阶级敌人破坏社会主义建设，千万不要忘记阶级斗争……白珍和堂弟省略了这一套，他们津津有味地看那银幕上的人和楼房，大城市就是好看，打扮衣着讲话行路，俱好看。青年女工穿的工装裤真系时髦的，从裤腿一直延伸到前襟，两条阔布带打肩膀兜到后背，在后背交叉着连接到腰间。

这种工装裤唯大城市里的大工厂才有，小镇没有的，大街上不会有人穿，只有舞台，纺织姑娘的舞蹈。

莫名的是，在舞台上它时尚，穿到大街上，却是丑陋，尤其女人。它宽大呆板，毫无曲线，刻薄地说，它就是一件连体围裙，干活当然方便，美感则全无。电影和舞台就是这样一种能让凡俗之物摇身一变的魔术，它使一条平凡的工装裤飞离遥远城市的日常生活，高悬在小县城的上空，在黑暗的密室里熠熠生辉。白珍仰望着这条工装裤，神往呢喃道："我也要做条同样的。"纵然是一名社会闲散人员，她也要跟紧时世潮流。

审美被时世左右着，工装裤好看吗？

好不好看不要紧，全县城没人有，她穿了就是独一无二，行在大街上，她欣然错觉，仿佛自己是从某个大城市或者某一部电影里下来，直接行在西门口的十字街头。

电影的光影生生灭灭，"千万不要忘记阶级斗争"完全没有入耳，只有那条闪闪的工装裤。银幕上的声色，红的绿的一律好看。那只巨大的发电机组，亮闪闪的，烧坏了真是可惜，但万一爆炸也是很好看的。

堂弟所在的火柴厂，有几个年轻人最先学了甩手操和红茶菌。堂弟拾人牙慧，眉飞色舞告诉堂姐，这甩手操是如何包治百病。正当白珍心怀虔诚遵照指点，每日朝早奋力向后向前甩一百下，红茶菌却昼夜兼程赶来了……名堂像走马灯，很快轮到了打鸡血针。鸡血，鲜红的液体，是血气、血色的直接体现，这个东西令白珍兴奋。

她认为窦文况应该打，她喜欢他力气大，打了鸡血针他就更能……她抱着一只漂亮的公鸡行过公园路，天上一朵云跟住她，她行云亦行，她停云亦停。到拐弯的地方，云终于不耐烦了，云停下来拧成了一团，越来越多的云团聚在一起，雨就落下来了。晒龙眼的人大呼小喊，几幅大苫布，扯头扯尾，盖住那一大片正晾晒的桂圆肉。雨是日日都要落上一阵，叫做云头雨，日日来上一下子，忙慌中人人手脚迅疾，一大片簸箕眨眼间都盖上了，有几簸没盖也不要紧，淋了就淋了，回头使火炭熏烤下，纵有烟味，也照样是桂圆。

小五罗世饶，他也从树上下来了，就近到东坡亭躲雨一时。东坡亭，苏东坡流放海南路过圭宁时上岸处。从亭子看北流河，河面浮了几大朵泡沫，黄黄胖胖的疏疏几朵，泡沫杂了几根稻草，它们漂着浮着，就到下游去了。

龙眼季节过去，龙眼树枝叶寥落疏淡，累累果实已被取尽，汁液饱满的龙眼转眼间收缩干硬，它们被运到了外地，摆上货架，或药店里某一格木抽屉里。大片的空地再也不见一只簸箕，小片的空地换上了别的东西晾晒，龙眼核、草根、鸡毛、猪骨头，远看笆邋一片杂色。打鸡血针的人仍然打。

窦文况被白珍催着也去打了一针。打完了鸡血针就去菜行买月亮草，是江湖偏方。月亮草亦称月亮藤，每片叶是两只半圆，剁碎蒸猪肉或者鸡肉或者鸽子肉或者麻雀肉。月亮草在山里，有人上山锄来，担到县城卖。从劳改队回来文况瘦了一圈，瘦，且黑。他跟一个江湖上的人（罪名是反动会道门成员）学了两招，一是站桩，另一样叫"铁裆功"。他凌晨五点起身，起身前在蚊帐里搓他裆里的两只蛋球，把那玩意儿搓过来搓过去，直到它们发出热气。小五在另一只蚊帐里，在睡梦中听闻表叔裆里有肉乎乎的声音说道："够了够了够够了。"表叔就起身去天井的尿桶屙一泡热尿，尿声哗哗。小五感到文况表叔劳改回来后尿得更响了。尿过之后他就去天井边站桩。站完桩天还早，他向锅里放入两三条番薯，用干树皮点着之后才出门。灶肚里自己燃着，自己灭掉，变成炭，炭再自己闷燃着。等他回来，番薯就熟了。

而月亮藤带着白色的绒毛从山上下来，候在了菜市的路边。要跟月亮藤一起蒸的猪肉、牛肉、鸡肉、鸽子肉向来没有。但麻雀肉可以搞到。

那时起，窦家的墙上有了一支自制的气枪，枪管和枪膛都是五金厂弄来的铁管改成，既然断梁折臂的自行车他都能搞掂，枪管和枪膛自然不在话下。他烧炉化铁，烧红的铁水将这不搭界的两样钩连在一处。又找来桃木做成枪把。这支费心拼成的铁家伙虽丑陋笨重，却使窦家的土墙有了坚硬凛冽之气质。他还识制铁砂，在拉风箱的呼啸中铁变成了铁水，铁水倒入一小片砂模，冷却，铁砂就制成了，比绿豆细，仅仁丹那么大。枪和弹药都已齐备，小五跟随文况表叔去捕麻雀，他背着气枪和半袋铁砂，小五挎只竹篮紧随。

小五确信，天上飞鸟可以引导他的骨骼和血液、内脏和五官，他身上的一切向上升起，它们飞往天上，除了空气的浮力和它们祖先的遗传，一定有一种向上飞升的咒语，这种暗中的力量常人看不见。

怀着把神秘力量注入体内的渴念，小五帮文况表叔烧滚水。若打下的麻雀多，就用那只烧水洗澡的大锅，要烧开大半锅水极是费柴，他每日要上树拗几杈风刮断的树枝，他正手一抱反手一拗，树枝裂口处渗出珠状汁液，它们粒粒晶莹，散发出新鲜树汁的辛辣气味，他不由得多望它们一眼：不怕的，新枝很快就生出。

打来的麻雀放入瓦盆，将滚未滚的滚水冲下去潦（窦文况讲，大开的滚水会潦脱皮，水烧到起滋至好），瓦盆里浓白的蒸汽翻滚，麻雀的腥气直扑眼鼻……拔毛、剖膛、掏空内脏、斩掉鸟头，会飞的麻雀，毛茸茸的鸟，在人类的手上变成了丑陋无比的怪物：无头，有伸出的双爪，红色的肉收缩在皮里。窦文况用竹钎穿成一串，挂在灶膛上方的墙上。

小五日夜和麻雀们混在一起。日间剁碎的麻雀肉和月亮藤在锅里隔水蒸，蒸熟就连汤带肉吃落肚。到黑夜，那些无头的肉身愣愣地对着他。半年过去，他的身手更加矫健。他的身高开始向上蹿。

夏天结束，世饶停止了麻雀蒸月亮草的秘方。文况在木门框上画的那道用来量体高的杠杠，那浅红色的划痕已经褪色，划痕是裁剪衣服用的划片。白珍喜欢这种莲红色。作为小镇后来居上的裁缝，她每日晏昼去大众饭店的骑楼底摆摊。补旧衣的多，做新衣的少。她从一条裤子的裤脚抽出一根线，用这根同质同色的线来补别处的小破洞，她编成经纬，织成紧密平实的一小丁。所谓天衣无缝，大概就是这样。她细长白皙的手指拿着软尺轻轻碰着顾客的肩、腰、臂、臀，然后用她的莲红划片在衣料上画线。自从窦文况给她做了一辆小推车，并长时帮她拉缝纫机去大众饭店骑楼底，两人的私情就公开了。

莲红色的画线持续了很长一段，若不下雨，它就待在门框上，即使下大雨，它也毫不褪去，反倒更其鲜明，它嵌在木门框的纹路中，像是用铁水钩出来的，不但硬得像铁，颜色也崭崭入目，它是莲红，也是粉红、水红和梅红。

笺

舅舅捉来的那只鸡羽毛华美神情警醒，它的脖子和背部的羽毛闪着金红的亮光，尾羽是长长的墨绿色，色彩饱满沉着，它在厨房过道，一只脚拴着麻绳，绳子另一头系在劈柴用的青石板上。午后阳光浓盛，透过人面果树的叶子洒满了过道，地上鸡蛋大的光晕一圈一圈的，满地都是，公鸡站在光晕里，它全身闪闪发光，鲜艳动人，好像这满地的光晕不是从人面果树叶子上洒下来，而是从它身上漫出来的……我重新看见了它，在火车轻微的摇晃中，一只公鸡出现在我劈柴用的青石板上，在满地的光晕中，它神采奕奕。母亲从班上带回一只注射器，是高压锅消毒过的，发黄的粗布包着，布上印有暗红色的字：圭宁县人民医院供应室。舅舅一只手捉着公鸡的两只脚，另一只手掀起公鸡的翅膀，他拨开羽毛，鸡肋窝露出一道窈蓝色的血管。母亲从公鸡的血管里抽出半管血，她用酒精棉球给我消了毒，然后在我腿上一扎，很利索，这管鸡血就注入了我的身体。她做事从来都是这样不容置疑，稳准狠，快捷，有效率……鸡血针，这个神秘的事情，一个过时的时髦，它早就消失得踪影全无，现在它忽然从天而降，落到我的头上，那只公鸡尾羽金红墨绿流光溢彩，在人面果树下它的血进入了我的身体。

——旧作

四　花果山的龌孩

扯咩：歪歪扭扭。**水碑**：河坝。

——《李跃豆词典》

有日，花果山街巷来了个孩子，穿条扯咩红花布半长阔腿裤，清鼻涕挂了两挂，头发稀疏头皮发亮，有只苍蝇跟住，他行苍蝇也行，他停苍蝇亦停，苍蝇停在他头上露着脓头的疮上。

孩子是癞痢头。

远素姨婆买豆腐回来，孩子等她行近了，一声不作，飞快地抠了坨热豆腐塞入嘴。豆腐一口咬得大，他腮帮鼓胀，后脑勺的癞痢跟着一松一紧。他眼睛紧闭，耳朵通红……远素受这一撞，蒙了片刻，再看这孩子，就觉得一股血从心脏升到了头顶，不由得腿发软，不过她还是企稳了。

孩子颈细细的，眼睛微突、招风耳，耳壳薄得透光，这耳壳，正是她的庞天新的样子啊。

远素感到他跟她的天新有着某种神秘的联系。

作为1947年桂林医专毕业的高才生，她相信科学，但她亦信世上有神秘之事。她对天新是否活着半信半疑。设若天新死了，设若他转世，他的灵魂、那些飘着的东西，讲不定就落到这只孩子身上呢。

远素感到身上冒出了一股荒唐的力，她身一绷，拄住孩子的手臂，一路拄入屋。她先要给他洗头洗身，她倒好热水，剥光了孩子身上的龌衫裤。岂料还未入木盆，人就挣了出来，水溅到眼睛，他眯着眼冲她吐口水，弄得她也眯了眼。他不喜那瓷砖地，瓷砖地淌了一地洗发液泡沫水，他一滑，随着一声划破玻璃的尖叫，人已仰面跌落。

远素正擦地上的水，又闻厨房有拖凳声，一望，男孩光身企在一只方凳上，他肚褡奇大、四肢细瘦，这时更像只剥了皮的巨形青蛙。远素迷惑地望住他，仿佛不太明白自己整洁的厨房何以有此怪嘢，既非狗，亦非猪，她眼睁睁望住他踩住凳子就爬上了灶台。

他一脚踢开蔫掉的菠菜，抠开橱柜门——瓶瓶罐罐，玻璃铁皮塑料瓦瓷，他每只都捉出，一一开盖。先啃了几啖生腊肉，舔了几舔酱油和花生油，他并不傻，知道先用舌尖顶一顶，盐和胡椒，一口都没咽。一只广口玻璃樽系桂林腐乳，他伸手入去捉一撮……一只蟑螂冒出来,它是来引路的,长长的触须像手指摇着摆着,孩子跟住它,揾到了花生、龙眼干、饼干、番薯干、咸菜、黄豆、黄菽,还有只发霉的米粽。最后,黄糖和冰糖也着他双双捉住……他一样样塞入嘴,像只老鼠,嘴里不停地啃,边啃边咽,咽的时候又像一只公鸡,望得见薄薄的皮里鼓起的食物。

他啃了啖硬得像铁的生米粽,牙齿使力过猛,眼珠凸了出来,远素以为他马上就要吐掉这硬嚼了,结果他凸着眼睛抓紧拳头,几个来回,这口又生又硬又霉的米粽居然被他搞掂。

他望见了她,望见她的同时,他硬利的牙齿和钢铁般的胃顿时涌到脸上,这脸变得越发丑陋、狰狞。这脸正正对住她,发出一种类似声波的东西,一圈圈抵到她脸上。

顶着光,他望不清她脸上的皱,只觉得她像只人影,又瘦又薄,人系扁的,面又模糊,愁苦气一阵接一阵。

虽然天新从未有此野蛮行径,焉知人饿急了会变。孩子望了她一眼,又自顾自地啃起来。远素靠在厨房的门框上,天新和这个龌孩轮番在她眼前晃来晃去,一个叠入另一个,两人的颈额越来越像,在她的热切祈盼中、在她昏头涨脑时分,两人稳稳地合成了一个——而他肚裰吃得滚圆,头一歪,光着屎忽(屁股)坐在油腻的瓷砖上,靠着煤气罐,睡熟了。

远素给这个天上跌落的龌孩取了只名字:天落。并把他养在家里。

"世界上何等出奇的物事都系有的,你无信,我就信。"远素对自己讲。

"有一股气,肉眼能见无?不能,不能见的物事不等于不存在。"亦对远照讲。

她积极行动,丧失已久的力气拢起重新注入松弛的皮囊。去医院开药取药时重返旧地。水龙头旁大芒果树正挂果,早先天新在树下出力跳,低枝的芒果总差一点点……药房前的台阶仍如旧,磨凹的青砖是1947年她刚来时就有。那张乒乓球桌,成就了她和老庞的姻缘,她脚步未停,昂首行过。她感到自己身上又有了热气,积年的阴冷被芒果树上的蜜蜂、药房的台阶赶跑了。

她用草药熬汁给龌仔洗头,再敷以西药药粉。之后几乎是马不停蹄,从床底下拖出了抛荒已久的小黑板。她决心在治好癞痢头的同时,教龌仔认字。她要双管齐下,因为龌仔天落同时亦是天新。

看到远素半跪着探入床底拖东西,龌仔立即警惕。他先退到门口,警觉得像只猫。搁置经年的小黑板厚厚一层灰尘,一拖一震,尘埃腾起,呛得远素阵阵大咳。

远素满手灰尘,她望定这块重见天日的小黑板,早先很多年月(大概几十年前),它搁在矮柜上,一入房间,右手边,抬头就能睇见,上面是粉笔字:天、地、人、日、月……白粉笔,一头小一头大,像只糖果。一种叫做粉笔糖的糖,手指般长短、上细下粗、含有薄荷,天新时常把粉笔糖和粉笔弄颠倒——用粉笔糖在小黑板上写字,反过来,粉笔放入嘴吮。

龌仔硬是比天新捣鬼,他用脚踩住一支粉笔,这种微型的轱辘使他开心,他使脚碾粉笔,粉笔断掉了,又用一块砖头碾,粉笔碾成粉末,抓一把撒入饭煲,煲里有一碗粥……无论小黑板有否写上字,他都要用光脚丫在那上面搓来搓去。远素参不出其中的快感和意义,就对自己讲:"世上的几多事情都系冇意义的。无衷冇系咩(难道不是吗)?"

他对小黑板有种天然的仇视,认定这是只方形的箧箍,功能只有一项,那就是箍紧他,箍紧箍紧再箍紧。

远素就望见小黑板添了几道新的划痕。龌仔不钟意写字,他钟意铁钉,用来钉地上的死蛾子,远素用肉粽引他,她描述切成片的肉粽子煎得两面焦黄里头软,中间那块肥瘦肉滋滋冒油……远素又想起天新爱吃的芋苗酸——瘦瘦长长的芋苗,用酸水沤,一直沤到酸透再捞出来,切成一截一截放瓦煲煲,放猪油,放红色的辣椒,再放一点糖,酸中带甜,满满舀到大海碗,再舀一碗粥,滚滚的、烫烫的……而天新也钟意吃梅菜蒸肉饼,她就手剁肉碎,刀起刀落,打一只鸡蛋搅在肉碎里,同向猛搅。龌仔闻到肉香就站到灶边,她一勺肉饼连汤带汁摁到他的碗里。

拌着米饭,牙齿在过去的年月里无声嚼动。

龌仔在街上逛荡。他穿起了天新的衣服——三条西装短裤,都系最结实的斜布纹,板型挺拔,有两条背带。是老庞在广州和湛江置的,在圭宁,全县城的裁缝都做不出这样的西装裤。龌仔穿上天新的背带短裤,他细长的脖子、软头发、微突眼睛和招风耳……远素碰碰他的耳朵,同样薄薄的耳壳,她感到手臂一阵发麻——这实在不能不是她家庞天新啊。

闲人逗他:"知道你系咩人吗?鸡婆下的蛋。知道咩嘢系鸡婆?就系鸡、野鸡、街边鸡。知道你阿姆在哪里吗?按摩店、发廊、足疗养生房、洗浴中心。你去银角睇睇,去银角寻你阿姆,银角鸡至多,一间一间粘在一处,间间都有你阿姆。"

他就冲人吐涎水,他的涎水吐得稳准狠,简直就像是水枪射出来的。射中的人无不夺路而逃,即使在二楼窗口,也被他一唊吐中。

他行行停停,停停又行行,先去最繁华的西门口,又去十字路口的骑楼街。半边骑楼底都系卖吃的,一家店紧黏一家店,店店相连,勾肩搭背。各家的矮凳桌摆在骑楼底下,凳们都是一式的,要分也只分个你红我绿。各店的灶镬也一概放在骑楼的砖柱下,每柱一只,仿若各家门前蹲着睇门狗,每根柱子也都是深黑浅黑的,黑得厚就是生意好。齷仔在骑楼下的塑料凳中移行，东望西睇，见到一锅翻滚的狗肉，他就企停，吸鼻涕。

木板鞋咄咄咄咄一路响到公园，响到河边，岸边的大木棉花落了一片，树枝上还挂着鸡血红的几朵，天空艳艳地蓝，水光一片一片耀眼。上游有只水泥砌的水塔，圆、灰、像粮仓，又像加宽的火箭塔。沿新开的河边路，行过一禽禽榕树。有段泥沙路，泥沙间有石头，有草，脱了大板鞋行行停停，有方柱大门，门边有一竖直木牌，白的底，红字。不认得。

他兜兜转转到了体育场，摇晃着下到西河沉鸡碑，水碑此时正与河水齐平，水下的一层水草绿沉沉的，坡上尤加利树叶浓冠大，阴森得令人发冷，齷仔不知此处系旧时刑场，亦不闻冤死鬼的讲法，他凭空打了只战。之后没头没脑蹲在河滩上，他捡起几块扁卵石奋力掷向河中间，水太浅，击不起大水花。

天新的灵魂在此转了世也无不可，只是时间对不上。那些玄妙事，凡人如何得知？

齷仔走进岸边的菜地，那棵天新死前见过的木瓜树早被砍掉了。在原地有片车前草。据说车前草是一种占卜草，可以预见未来，尤其适用于人神两界界限至为模糊的时间。

他给远素带来的更多是惊吓。有次半夜远素听闻屋里有声音，既不像老鼠亦不像猫，声音打床底传出。她摸到床头的手电筒，向床底照，光柱打到了一只精瘦的光脊背上。她吓了一跳。

他叉开腿坐在床底下动不得，卡住了。她只得穿衣落床，探下床底弄拔他。总算松动了出来，只见他满头蛛网，眉毛挂一坨厚灰尘，一出来就连连打喷嚏，喷得她皮肤发痒。到次日，才知她那只推在床底深处的旧藤箱被他弄到了床沿口，一只小锁也弄开了……藤条箱是她爷爷置的，容县订货运到镇上，再由长工挑回屋。当年的结实、精致、巧妙都还在，黄铜的锁扣，细洋布的衬里。几件永不再穿的好衣衫，虽有几处虫蛀，仍叠得齐整。祖父给她的竹根镇尺，这方镇尺到她手已有五六十年。天新的一件毛衣、一只弹弓、一只用来刮痧的玉刮子……她重新端详藤箱，觉得东西不是少了，而是多了。原来的东西胡乱塞进去，天新的毛衣和一只帽，都挂上了床底的厚灰尘，其余的，也都歪皱着，齷得不成样子。

那只弹弓自然是不见了。

此外他总不穿鞋，光着一对脚丫，声息不闻就出现在厨房、门角、大床蚊帐侧，有次甚至钻入阳台弃用的旧洗衣机里……他行路无声已然像一只影子，忽然晃动又忽然不见更令她恍惚。

她恍惚着问:"你这只鬼,你系咩嘢鬼变嘅?"

他有时也穿鞋,一只木屐的胶绊脱了,穿不住,他干脆只穿一只,于是瘸腿人又成了独脚人。分明是孩子行路,听着却像瘸腿的老人。

确认了是醒仔,她才呼出一口气:"你这只鬼。"

这一日他来到了县体育场。大草坪上铺了好几张苫布,晒满了整整一坪,阵阵杂气缭绕盘旋——荔枝核龙眼核橘子皮槐花以及不知名堂的树根,邋杂一片,大概还有蚯蚓干,一股腥气至明显的。

他扑上去,从晾晒着的一片茶黄骨白椒褐的东西中挑挑拣拣。他尝了酸咪咪草根,是酸的,又尝了槐花,微苦,挑来选去,他拣了几块金黄的橘皮细细嚼起来。烈日顶头照耀,跑道的沙砾和中间的草升上氤氲热气,戏台两边的尤加利树林冒出了油。醒仔在炽热中晒成了一粒铁豆子,他又黑又亮,比起先前,他现在更加不怕晒了。他在两片苫布之间的草地上摊成一个大字,嫌晒,一翻身趴着,不多时就睡熟了。

一声惊雷震醒了他。睁开眼,只见乌云猛烈翻滚像只巨大的乌鸦,闪电抽在地上像无数大蟒蛇,蟒蛇背上烧着了火,满地乱跳乱蹦。有人戴住笠帽奋力拖苫布,晾晒的东西有一半都躲在了苫布下。他呆蒙片刻,一抖身,冲入尤加利树林。

醒仔到达树林时浑身上下已淋得透湿,连癞痢之间的头发都淌下了水。这时径,一条白亮的闪电从天空抽下来,不偏不斜,准准地抽到了他。

他哆嗦一下,仆倒在湿地上。

散章：梯

从体育场斜坡的尤加利树林穿过去，发现一片棕榈树，她一惊，圭宁与南宁竟变得这样近了，想是触到了天机。

一禽棕榈树挂着一幅大日历牌，一格格的，横的七格，竖的五格，那空白的格子上有一些古怪的记号，有三角形、星形，有圆圈，正中还有一只梅花形状的用红笔标注的记号。她看了又看，看不出名堂。有个女人从棕榈后闪出，她的眼睛比一般人的要大，她紧紧盯住她："你认得吗？认得吗？"

半明半暗中，她认不出这个女人是谁。那女人搂住她的肩膀，摁她到日历牌跟前，让她看。她用手指点着那只红色梅花记号："你肯定认得，就是你，他去找的就是你。"

她盯着梅花记号看，它忽然从日历牌上脱落下来，兀自在棕榈树间飘浮。

她跟着它上了一只斜坡，公园深处有革命烈士纪念碑，还有电视塔，全市最高处。她一直升上去，像飞，轻而易举就到了塔顶。

向下望，脚下的树木已经不是棕榈树，而是羊蹄甲。奇怪的是有一只米缸，黑釉闪闪发亮，不可思议。她想起来，叔叔曾讲过，父亲病逝南宁，就地火化，骨灰就埋在了纪念碑下面的斜坡。那时候这片山坡是荒坡，本来就是坟地。三岁时父亲去世，等到她二十四岁，命运就让她到这个公园里的图书馆上班，并住在这里。"命运这种东西，是人想象不到的。"她暗自想道。

隔着老远，她忽闻米缸传出声音，像斑鸠，同时也像自己的名字。

半明半暗中米缸闪闪亮，一只鼻涕虫螺在她耳边细声讲："就系入口就系入口啊。"那只藏在米缸的入口与往昔互通，而父亲，那个早早就消失的人，那个被米豆坚信又高又俊朗的男人，他在黑釉闪闪中穿梭。她早知道时间可以穿越，只是不知是从一念之间，还是从何处。原来是在涂满黑釉的瓦缸中。

很多年没到这公园了。她企在电视塔顶，望见了往时熟悉的一切。一个叫白龙潭的湖，湖上有水榭，水榭上有舞会，某一曲圆舞曲正响彻水面，成串的小小电灯泡在水面漂……她还望见了猴山，养孔雀的孔雀宫，说是孔雀宫，却只有一公一母两只孔雀。路边两排扶桑花，半明半暗中，扶桑花是深灰色的，她沿着扶桑花望去，就是那栋二层楼，淡黄色外墙，楼上有一排排落满了灰尘的书架。

她望见了自己——

正企在一把木梯上，踮起脚，费力打开至高那只书柜，她执到了一本书，但封面沾了层灰色的雾，怎么也望不清书名……楼后有列矮小平房，每间一床一桌，后窗由废弃的铁皮钉实，杂木和野草从墙根蔓延至窗口，她蹲在床前，用一只煤油炉和一只脸盆煮柚子皮……后门有条细路通向露天电影场，电影场荒草丛生废弃已久。有两年也放过电影。那次看了《杜十娘》，电影一散灯就肃了，没路灯，似乎也无别的人，在黑暗中她摸到了后门。

塔顶使她视力超凡，她望见了东葛路，那套两居室的宿舍，那张藤椅。汪策宁坐在藤椅上……还望见了床。床上方的白墙钉了幅奇怪图案的布，以做装饰，那幅穿着蜡染连衣裙披着长发的照片，就是汪策宁拍的。

有人敲门，她去开，是一个圆脸女人（似乎是他妻子），圆脸女人说："我在楼下看见他的自行车，我想来看看，天都暗了，你们难道还没吃饭吗？"她真的只看了一眼就走了。之后她与汪策宁骑自行车去了最热闹的新华街，当然此时她已经不在电视台塔顶上了，而是到了新华街的水塔，她在塔顶上。水塔脚下的街面支起根根竹竿，地摊摆成两列，她挤入人堆，地上一地衣服，一个男人手举一件西装喊，五十元一件，五十元一件，各样西装都有。

一件白色的女式西装摇晃着落到她身上……她后来一点都不喜欢这件衣服，但她至喜欢的呢短裱就是在这摊上买的，朱柿红的底，间有风入松的绿格子，像大披肩，也像一块飞毯，有着时尚先锋的超越气质。无人想到它来自地摊。

她想从水塔顶降落，却无论如何降不下来。她身体向下倾斜，却又自动回到了塔上。

那幅巨大的日历牌也升到了空中，还是那些不明其意的符号，还是一朵梅花，那个大眼睛女人站到了她的对面。她想起来了，是莫雯婕。她不能告诉她覃继业是来找过她，有次他捉住她的手出力摇，她没有抽回自己的手。两人单独去游了一次泳，不是在游泳池，而是在邕江下游，她躲在一只大大的木头垛后面换衣服，半身赤裸……多年来她忘记了这一幕，也忘记了他把她压在木头垛上，她打算半推半就，但他克制了自己的力比多，作为男人，殊为不易。这件事情过了三四年之后，莫雯婕才进了精神病院，压垮她的最后一根稻草不是自己，而是覃继业，他违反了出版条例。

她问莫雯婕："你好了吗？"

莫雯婕伸出她的手臂"你看你看"，她的手臂上全是针眼，大大小小像一片蚊蠓落在上面。

"你跟我来吧，来吧。"莫雯婕顺从地跟在她后面。两人沿着灰色的扶桑花行到平房的后门，"我来给你刮痧。"她让莫雯婕躺在她的小床上，用一片柚子皮在莫雯婕的手臂上刮，但她手臂上的针眼没有被刮掉，反而越刮越多了。

"你跟我到二楼吧。"她领着莫雯婕在图书馆绕行。她们绕过水池，行过一片青苔到了楼梯口。

楼梯口堆满了书，越向上行书堆得越多，落脚的地方几乎没有。她们踩着书入了书库，里面谧谧无人，唯有望不到头的书架。列列书架顶到了天花板，而天花板出奇地高。

两人推来一架木梯子。她攀着木梯上到最顶一级，却发现天花板又升高了，而她要找的书就在最顶格。这时旁边出来一架更高的铁梯，她从木梯横攀至铁梯，上到了更高的高处。她仰头望最顶的一格书，那上面，书脊也是粘着一层灰雾，无论如何望不清楚书名，但她心里知道，她要找的书就在这一格。她离这排书还差一臂的距离，虽望不清书名，但她断定，那本最厚的、书脊有一半红一半黑的书就是她要找的。

她喊莫雯婕找一根竹竿给她，她向下看，发现自己已经在半空中了，莫雯婕已经小得望不见了。她又大声喊了两声，这时候她左下方的木梯上传来一个女人的声音："我不是莫雯婕，我是须昭。"

她又疑惑又震动。须昭是她将要写的人物，名字刚刚取好，这个人物有三个历史原型，那两个都已不在，只有一个可能还活着。若活着，也已经一百一十二岁了。五年前她起意写这样一部书，四处搜集资料，去香港时还买过一些书。

最初一念是三十年前起的。在灰色的雾中她望见了那本《尤瑟纳尔研究》，里面的《阿德里安回忆录》选章，从此念念不忘。她喜欢回忆录的叙述语气，想着有一天也能够写一本历史人物的回忆录，以第一人称。所以这本书，她命名为《须昭回忆录》。

"是你么，须……"她差点按习惯尊称她为老师，话出口却变成了直呼其名。在她眼里，须昭是超越年龄的，她既不是四十岁，也不是六十岁，更加不是一百一十二岁。"是你吗？"她尽量平静，以低声问道。

女人粲然一笑，像从她年轻时的照片中走出来，连发型都一模一样，是当时的时髦短发。真的是她。跃豆问："你不是在山西长治吗，怎么到广西来了？"须昭笑而不答，跃豆说："我想起来了，不是在山西，而是在浙江茶场。"须昭笑道："我就是在广西呀，就在桂平马山农场呀，我在这许多年了。"

说着须昭递给她一根竹竿，她一捅那本书就掉下来了，正是她要的那本砖头厚的《日记1940—1945》，跃豆想起来问："这里头的T……是你吗？"须昭摇头轻声说："T怎么是我呢，T就是'她'呀，汉语拼音的Ta。"跃豆凝视她的脸庞，她的眼睛暗下去，人也瞬间缩小了，就像被放掉气的气球，跃豆想抓住她，她却像空气一样消失了。

注卷：泽鲜

荡街：上街。**咷阵先**：先歇会。**齷水**：脏水。

——《李跃豆词典》

在香港去了趟浅水湾，因萧红曾葬于此，刘颂联的学生又正要写萧红论文，于是一拍即合。三人微信群，地铁聚头。下了公交车昂头就见一幢窃蓝色巨楼，楼面浅浅弯曲，高而新。刘颂联说那就是有名的浅水湾饭店，张爱玲所写《倾城之恋》，范柳原与白流苏住过的酒店，不过高而新的那幢不是，矮的那幢才是。

《小团圆》里蕊秋住了很久的浅水湾饭店也是这个。

就下沙滩找萧红当年墓地。学生行前做了功课，查了资料，是浅水湾饭店向北一百七十步，当然墓早就没有了，1942年埋萧红骨灰处只剩一片沙滩，平缓，略倾斜向海。正是《小团圆》里写的淡赭红的沙滩，只是没有她描写过的星鱼，那种身上一粒粒突出的圆点镶嵌在漆黑的纹路间，像东南亚的一种嵌黑银镯。我倒想碰到这种星鱼，自然没有。后来问了刘颂联，说星鱼就是海星。所说的果冻鱼约略是海蜇。这个也没有。

几个人行来行去找到一龠树，照了相。

在沙滩坐着闲话，汉字的简体与繁体，粤语和普通话，粤语写作的可能性。刘颂联认为可以试，我觉得大难，很多音找不着对应的字，要改造的东西太多。方言过多，写读都是障碍，若方言太少，方言力自是减弱。又当然，阅读有些障碍未必是坏事，读得那么流利有什么好，不免滑腻。有些方言很古，放入句中，整个句子都会变得特别，不注释也大概猜得出。如此即可。

东一句西一句闲扯，忽然扯到了神仙，从神仙又谈到了信仰。

我去过的一处圭宁南部天堂山，山上野牛极多，本是村民养来耕地的，不种地，牛就跑入山变野牛，野牛生了小牛，小牛大了又生小牛，野牛越来越多，哪个捉到算哪个的。村民时常宰牛食肉，露天煮，铁灶铁镬立于地坪，女人们在天地间使斧头斩牛肉，对面是层峦叠嶂的群山。

闻半山腰有个女神仙，我就去寻了一次。山陡路滑多苔，雾极大，白蒙蒙隔几步就望不清，快到山顶才见那座砖屋，当地人称为庙，其实不是，只是一处旧屋，有个女人长住，女神仙指的就是她。据讲她先前在大城市当教授的，一日忽然到此，开荒种菜，担水煮饭。讲的是普通话，故非本地人，住了近二十年，算起来已有八十几岁。门头有"大仙殿"红漆字，门边墙壁各钉只铁架。用过的饮料易拉罐，一满罐烧残的半截香。石棉瓦，墙脚层层青苔。木门外面一道简陋铁栅栏门，上了锁。

本不习惯谈论信仰。熟人的熟人，朋友的朋友，谁是佛教徒谁又是基督徒，只能凭感觉。一个写诗的朋友时常从肺腑涌出一句"主啊……"但他没入教，说不喜欢那些信众。

近时听朋友谈起，说信仰可以令生命翻转。建议试一下虔诚祷告，如果有心灵感动，包括身体感应（流泪或全身发麻或脊柱过电或头部流汗），便能基本确定，他即刻发来祷告词。

但我没有试。

总觉得，谈论宗教信仰是一件危险的事。

宗教信仰不是用来谈论的。

刘颂联说的也并不多，只说要么大信要么不信，小信不如不信，否则心灵难以真正安放下来。他现在成为一个饭前默祷的人，内心坚定神情肃穆时常眼含热泪。他将来也许会成为牧师吧。

泽鲜不说宗教这种字眼，也不说佛教，也不说佛教徒。她只说，有信仰就可以一日只食一餐饭。有几年她日食一餐，大人孩子均如此。他们相信多吃无益，而节食则可保持头脑清晰、增强精神，故，午时一餐，过午不食，仅饮清水米汤。

她貌美、天真、纯朴，本来一切在正常轨道，忽然喻范来了，瞬间席卷而去，她坚信智力不如他，为他献出一切是件幸福的事情。早早结了婚，以她教书的收入维持两人生活。一两年间，喻范考美院不取，开照相馆也倒闭了，也是机缘巧合，或是他上一生修持过，今世接续上了，信仰坚定了他，两人远迁桂林乡下，泽鲜也就此辞职。那年代，辞去公职极其严重，意味着不再有稳定的收入。

我眼睁睁看着她渐行渐远，这位第一密友、自十岁起的多年玩伴，没多久，我就完全望不见她了。

高中时我擅自从自己班宿舍搬到低一个年级的泽鲜她们班的宿舍。讲起来奇怪，竟无人过问干预，人人觉得天经地义。两人同入同出，朝早沿玉梧公路跑步去体育场，跑道跑上两圈再回学校上早读课。我同泽鲜讲，早晨跑步系要锻炼意志，意志力的价值高于智商。那是我在医院浏览室的报纸读到的。她对意志力这样的词马上产生了崇敬之心，愿意陪我早二十分钟起床，在冬日黑麻麻的公路磨炼意志力，饿着肚子在辽阔的体育场跑两圈。我们跑完步到西门口，确信意志力这种东西已被自己秘密捕获了，它将使我们不凡，使我们的智商如虎添翼。

我们坚持用书面语交谈，因这显得高级。

许多词汇从未在圭宁诞生，口语无从说起。圭宁话还天然携带粗口。圭宁的孩子满嘴粗口是寻常事。有人到高中还改不过来。有个女生说另一个女生被豆浆烫伤的事，一开口就说："阿只猪瘪。"她自己竟意识不到这个词的污秽下流。体育老师听不下去，"你今朝早出门没刷牙吗？"他厉声叱道。我庆幸自己觉醒，免了被人呵斥。猪瘪、烂瘪、丢你嘞。大家都这么讲。孩子并不晓得其中的丑恶。大人见面打招呼："屌你只契弟。"就跟"吃了吗"一样，是最平常的惯用语。

泽鲜是我的净化器。

那些在街上乱逛的日子，为了同她用书面语谈文明的话题，口语连同口语中的粗口就被我摒弃了。我认为，只有用高级的词汇才能谈论高级的话题，《光明日报》《朝霞》《自然辩证法》……我认为自己读过的都是极高级的，吕觉悟家的《科学实验》，从西门口新华书店买到的《宇宙之谜》，这一切都是文明的、高级的，通通都是书面语，需要同泽鲜谈论这些高级的事物，宇宙之谜、神经元、光子……理想、意志力……我以土话的腔调诵读了这些词汇。

拗口而神圣的文明之词，给我们两个人都镀上了一层光泽。

每日里同出同进。出学校门，右拐上一短坡就到医院宿舍，那排泥砖平房，泥砖砌的墙，墙皮剥落，屋内是泥地，既无水泥，亦未铺砖，没有下水管道，龌水直接泼到门口，泼到屋前横着的明水沟。水沟浅得不能再浅，仅半掌深，水沟连着的空地称为操场，仅一头有篮球架，一个徒有其名的、半边的球场，篮板、篮架，一律歪斜，篮网自然没有，仅有一只铁圈，生了锈。屋后有芭蕉，似乎富有诗意，有一龕人面果树,老而粗而大,遮住整个灶间的屋顶。还有田垄,高的垄脊,两边沉落的水田,一边种水稻,一边种慈姑。小路可达龙桥街及小学后门,还可去环城二队。村子有农家有祠堂,参差错落着田与菜地与果树,还有鸡鸭狗。这些东西的好,要到许多年以后我才能意识到,早时我们视如敝屣。

我们只钟意远处,哪怕仅仅远至东门口。

待在家里意味着层出不穷的家务——破柴,或烧滚水,或擝出灶肚的火炭,放入瓦锅盖上盖,留待冬天烤火;有时要炼猪油,猪板油切成块,铁镬里放一点水,水干冒油,无声的油滋滋而出,猪板坨慢慢缩细,变成焦黄油渣。

为咩对油渣不感兴趣,为咩不奋力从冒着热气、炼油的铁镬里抓一块油渣送入嘴?为咩不愿守在炼油的铁镬边垂涎三尺……是的,琐碎的家务浪费生命,而油渣纯属低级之物。我要赶紧逃出家,去散步。

散步这个词是书面的,因而够高级。

本域不讲散步,讲行街,或者,荡街。

的确,"散步"与行街或者荡街很不同,行街或荡街均是玩耍,心无挂碍周身放松嬉皮笑脸……而我们两个,一个高中生一个初中生,一出家门就要紧张起来,简直要一溜小跑。为逃避家务,我先要假装上厕所。快速穿过公路,在落坡处的杨桃树底磨蹭到泽鲜溜出来……然后我们就正式开始散步了。

我们要求自己至诚正经、认真严肃地散步。这件叫作"散步"的事情,我们赋予它喜马拉雅的高度,然后专注精神沉浸其中——

我们不会东瞟西望的,我们望得多了,酸嘢摊、杂货铺、米粉铺、打铁铺,它们都是庸常事物,毫无光泽,而我们要高高超拔。遥远而高拔的事物一路贯穿我们的谈话:班主任家的阿婆去过海南岛呢,海南岛啊,至远,遥远南海上的岛屿,据讲冬天都无使穿棉衫,连毛衣都不必,阿边的妇娘妹,穿衫都露出肚脐眼的。我有个七姨在新疆,听闻新疆远得不能再远了,六日六夜火车才到。我又要压低声音报知泽鲜:"我舅父,排第四的远章舅父,他去香港了,舅父和舅母,他们全家都去香港了。"我对香港一无所知,只闻那边纸醉金迷,有几多特务。泽鲜则有一个亲戚在南宁,做文化工作的。将近四十年后我才知道,泽鲜的妈妈曾在香港的工厂做过工,吕觉悟的爸爸在香港读过大学,而这一切往时无从知道。

讲完了有限的几个远方,再也没有了。于是两人抬头望天,天上星星无限高远。国家取消大学已多年,两人决定自学,泽鲜要学画画,我打算两手准备:一是每日写日记,既锻炼笔力,也清理自己乱糟糟的想法,一日三省吾身,每日光阴不准浪费;第二就是学好数学,因为数学系科学之母。

"数学是一切知识中的最高形式",我在阁楼堆着的旧课本上看到了这一句,是用墨水笔写在数学课本的第一页，下面还有破折号，柏拉图。这些旧课本是远章舅舅留下的，他那时候已经到江西矿务局了吧。

只有与泽鲜，我才能讲出自己的远大志向。天文学，一个在天上闪光的学科，在灰暗的偏远小镇成为秘密的骄傲，那斑斓的壳装点了你的梦。是的，要为人类探索宇宙秘密，要学好数学，以便计算一颗星到另一颗星星有几多光年。

光年，璀璨而甜美，它激动人心的力量擦亮了小镇狭窄的街道。

于是两人就行到了新华书店。我买了《几何》《三角和代数》《高等数学》，准备自学数学，做一个接近光年的人……自学的消息像大黄蜂嗡嗡传来，郑江民买了十几块钱的书自学，堪称下血本，李一鸣也买了很多零件准备装收音机。有日全校开大会，我望见郑江葳拿了本英语。我便同泽鲜讲，也是同自己讲，不能只限数学，应宽泛涉猎。于是我们再次从东门口行到西门口，在新华书店，我看中两本书，《天体的来龙去脉》《火山和地震》，一并买了。泽鲜呢，泽红喜欢文学，泽鲜就帮姐姐买了一本小说叫《青春颂》，讲知识青年在农场的生活。有关小说，我的态度忽高忽低时常起伏，一本《西沙儿女——正气篇》，不好看，断定文学无趣。关于文学，我的观点来自书本：文学是生活的教科书。这就是我对文学的至高理解。

看过科教片《无限风光在险峰》，就又有了话题。行至水浸社的骑楼底，我就向泽鲜转述：喜马拉雅山脉的形成、气候的分代……喜马拉雅，这个遥远的词真使人激动，地球之巅那纯然的白，那孤绝的美。喜马拉雅，这几只字音也被擦得闪闪发亮，电影里纯正的普通话说出的喜马拉雅带着天生的磁性，一用圭宁土话即变得拗口。好吧，我就用蹩脚的普通话讲出这四个字：喜马拉雅。即便是生硬的普通话也到底是普通话，它变顺溜了，虽然蹩脚，却能顺溜，可见普通话硬是好。古时喜马拉雅是一片海，就叫作喜马拉雅海……我对电影的描述，是一派报纸腔调："科学工作者同大自然搏斗，他们不畏严寒缺氧冰塌雪崩，冒着生命危险，在喜马拉雅山进行科学考察，他们每前进一步都非常艰难……"

我又看了科教片《风雪流》，仍学舌给泽鲜听："要改造自然，使自然界的发展符合人类的需要，必须掌握自然的规律，学习自然科学，要为人类而奋斗，不惧怕牺牲……"同时我喜欢电影的新闻简报。为看正片之前的新闻简报，我和泽鲜赶到体育场，《西哈努克亲王访问桂林》，鲜亮的色彩骤现在小镇的灰色上空。我们还遇见了吕觉悟，吕觉悟，这个从头至尾的好朋友，她也是来赶《新闻简报》的。为了确认自己是小镇上的少年精英，我们要认真看那正片之前的《新闻简报》，我们关心国家大事，关心全人类。

心大过体育场，那么大的心是空虚的，装上的全人类也是空的，因没有具体的人。在装上的全人类中从没想到要装上自己的弟弟。

此时米豆在哪里？在干什么？他什么样子，穿什么衣服，全无印象。

一个空红亮响的时期，新闻简报里鲜艳的红亮颜色，震人的概念和口号，并不是生活中的语言……在空茫中罗明艳提了一篮番石榴来卖，她毫不害羞，昂头挺胸于人堆中穿行。陈真金也在人堆里钻来钻去，这个街上著名的咸湿佬，他妈妈是地主婆，面白，穿香云纱，烧水烟壶，还镶有只金牙。陈真金跟她一点都不像，他头发天然卷，鼻梁高。他昂首挺胸在人群里钻，虽咸湿却不猥琐，昂着头凛然前行，眼睛里散发出一股冷气。他曾在劳改队捞过沙。

"小小竹排江中游，巍巍青山两岸走……"对面铺位一位文艺青年老大姐，她的手机传出李双江的歌声，我不得不承认，就歌曲欣赏而言，我与她有着相同的趣味，假如不是看不惯她眉毛文得太深，我也许会同她聊上几句。当年《闪闪的红星》里的三首歌使我们如痴如醉，我迅速脑补了《映山红》中的几句，"夜半三更哟盼天明，寒冬腊月哟盼春风"……同时另一支插曲中的童声合唱又强劲地盖过了前面一首……至今我仍觉得，这首"红星闪闪放光彩"有一种纯洁的童贞。

这样我又望见指挥合唱比赛的那个自己。那个李跃豆。那个"她"。

合唱比赛，李跃豆选了那首《党的光辉照耀着祖国大地》，"茫茫昆仑冰雪消融，滔滔江河流向海洋。我们伟大的祖国，雄伟壮丽的河山。到处都照耀着灿烂阳光"。她觉得这歌如此好听。甚至在四十年后她仍喜欢那抒情的曲调。

经过四十年，那曲调仿佛被时间加持了，遥远的少女时光擦亮了它。

包括郑江葳在内的几个班干部憋着一股劲想要出奇制胜，绞尽脑汁设计了一款独特的队形，一只大弧形和两只小弧形：大弧在中间，小弧一边一只。说实话，这队形尤似一只蛾子，肚子鼓胀翅膀蜕化的巨型蛾子，但他们只看见独特看不见蛾子。李跃豆又提出，每人佩戴红卫兵袖章。"文革"初期她是小学生，没破过四旧没抄过家也没武过斗，也未亲眼见过砸孔庙、烧书、剪行人的裤腿，没有东南西北满地大串联。正的负的她一概不知，只觉得红卫兵袖章够威风。

她断然建议：全班每只人，穿军绿色上衣，配以红袖章。她确信，这身装扮最具精神性、前卫、响亮夺目。近似军装的军绿上衣人人有，是军装的拙劣翻版，小镇裁缝手笔，百货公司棉布柜台和纽扣柜台的组合。

全班就那样草绿斑杂出场了——

左臂红袖章，双手半握拳，齐刷刷跑步上场。她感到全场为之一震，她对这一震期待已久。她感到自己和全班同学坚硬地铸在了一起并且发出了强光，于是她抬起了手："茫茫昆仑冰雪消融，滔滔江河流向海洋……驱散云雾天空是多么晴朗……英雄的儿女们高举着战旗……"她第一次打对了拍子，全班六十四只声音也第一次拧到了一处，人人舍命，使出周身力气。在他们自己听来，他们的合唱所向披靡。

果然，一下台就有热烈赞扬，初中一年级的一个文体委员满脸通红对她讲，李跃豆，你们班唱得至好至好至好！小女孩的夸赞使她得意无比。比赛评委是各班的文体委员，毫无悬念，"跃豆们"的合唱夺得全校第一。

泽鲜说，他们班叮嘱她，务必要学会李跃豆打拍子这种打法，让她教。她一听，立地停落，"茫茫昆仑冰雪消融……"在水浸社的骑楼下，一个永远打不准拍子的人教一个有可能会打准拍子的人打拍子。嗯声间炝入一只古怪的声音，"忙忙坑轮"，含糊而尖利，一只颠仔正流着涎水望住两人，手上比画着。她们一望他，他更是大画大跳，"哈哈，坑轮，坑轮……"她们气他搅了局，又气他把昆仑说成坑轮。她纠正他："颠仔，不是坑轮系昆仑。"颠仔毫不理会，跳着喊"坑轮坑轮坑轮"。他声音尖利全身散发出臭气。

两人避开颠仔行返头，穿过公园行入细路，犀牛井通向农业局的细路人至少，一边是农业局围墙，一边是河。她再次教泽鲜打拍子。

河里有一只机帆船突突响，对面船厂飘来沥青气味，她的拍子打得更乱了。不料颠仔又出现了，他像只嗅觉灵敏的狗，一路跟踪到河边，他隔两禽树企停，也不再猛喊"坑轮"。泽鲜努力挥舞双手，说他们班也打算戴红卫兵袖章合唱。

不几日她在校门口碰到初二的历史老师，他特意等在校门口，望见她就迎上来讲："吓，李跃豆，那日你们班戴的红卫兵袖章出来，煞气得很，吓我一跳。"多年来她一直记得这一幕。

它镶嵌在她早已褪色的辉煌中，像只蹲伏的猫。

而泽鲜渐渐不再仰头望你，她清澈的眼睛若有所思。她变了，不再关心人类、宇宙、光年、改变大自然这些遥远的事物，她关心爱情。而我对爱情是鄙视的。我从未料到，会有某一天，我也会像她那样，遇上爱与痛。

《青春之歌》《苦菜花》《野火春风斗古城》《艳阳天》《战火中的青春》……传说这些书有爱情，我甚至读了《红楼梦》。连《红楼梦》都没有开启我的情感。语文梁老师讲，《红楼梦》系一部封建社会的百科全书，要注意劳动人民与剥削者的关系，看封建大家族系如何灭亡的。我对封建家族的灭亡几无兴趣，只对吃食有些许印象。我不光对古时的封建家族无兴趣，对所有的家族我都没有兴趣。我甚至不清楚什么是家族。"家族"这个字眼离我十万八千里。若非《红楼梦》，我甚至不知有这个词。我只知道亲戚，三姑六婆——父亲那边的三姑六婆和母亲这边的三姑六婆。我对所有的亲戚没有感觉，除了外婆。

书中的爱情打动不了你，你内心坚硬如铁。坚信自己将来要改造大自然，与天斗也与地斗，你是时代盲目而细小的传声筒……

但是泽鲜变了，她说爱情是至高级的精神享受。当然这话不是她讲的，是她的初恋文良波。爱情这个词，当它以文字在书中出现，看上去还是不错的，但，当它以口语出现，它就变了，变得生硬别扭古怪，直至丑陋……即使不是用土话，即使是用普通话讲出，在日常中，爱情这个词也是生硬和可疑的，很不合身。"我爱你"，这更其可笑，谁这样一说，刹那间，感情就变成一场不可收拾的笑话。

谁知道呢，书面语竟是这样生硬有碍。

泽鲜忽然跌落了爱情陷阱，我始料未及。

我们从东门口向西门口行去，我同她讲要去买一本上次见到的《宇宙之谜》，我等着她雀跃回应，嗯声间，却闻她讲："的确系的，爱情是至高级的精神享受。"她停住了脚步，两人刚刚行过陵城街大成殿门口，她就停在了桐油木跟前，她对我的吃惊浑然不觉，既然我知道许多事情，知道星球和星球之间要以光年计算，她认定我必知爱情是至高级的精神享受。

内心的火光映照着泽鲜的脸，她在一种不可名状的光晕中……

嗯声间她紧张起来，拉拉我的衣角，"他来了。"

"谁？"我问。

"他，文良波。"她异样地声气细紧。说到文良波三个字，她的声音骤然虚弱仿佛溺了水奄奄一息。她紧挨着我僵住颈目不斜视。大成殿门口没有骑楼底的廊柱可藏，她只得躲到桐油木后面。过了一时，她颤声问："他行远没？回头没有？"她嗯声间软下来，双手掊住胸口，"我行不动了，我要咻阵先。"她说爱一个人就会怕，越爱就越怕。

这样的逻辑让我极感困惑。

无形的爱情忽然显形，一个看不见的庞然大物，它从我面前无声行过。它让泽鲜虚弱和颤抖。

泽鲜担心会再次碰到文良波，于是我们不再向前行，而是左转去公园路，县二招、水浸社，一直行到大兴路。她抓住我的手一路快行，越行越快，越行越远……我们不再讲话。

所有人都认为文良波是泽鲜的佳偶，他出色，鹤立鸡群，是未来的画家。他画的连环画差点就出版了，总有一日，他的画定能上省级美展的，甚至全国美展。他又勤奋，每月坐火车去南宁见老师，他真是坚定自信，再没有比他更一往无前的了。兼之他还识拉二胡，是校文艺队的乐队成员，又兼之，他的生相亦是令人瞩目的，身材高挑皮肤白净。连空气都要撮合这两个人的，挡都挡不住，树不停地生长，花不停地开。两个人就像金童玉女，上天是要频频眷顾的……但是——

时间这把匕首，挥手就把这一切斩断了。

泽鲜去了玉林读师专，遇到了喻范，无论外形、前途、家庭，喻范无一比得上文良波，但他雷霆万钧，如风暴，摧毁了泽鲜原有的一切价值观。整个世界改变了，原来有意义的不再有意义，艺术、事业、工作、生活，成功和失败，生和死。所谓更好的生活不再有意义；所谓事业的成功、艺术的殿堂，万人景仰的大师，海边的别墅、悬崖上闪闪发光的白色房子——这些文良波曾经许诺给泽鲜的一切，通通，不再有意义。远离颠倒梦想，究竟涅槃……色即是空，空即是色……

她深信自己智力不如他，即便自尊被大大伤害也仍然追随，自愿为他历尽痛苦渡过所有难关。我眼睁睁看着，在她对喻范的崇拜中，被不对等的爱情塑造成了圣母。他需要她早婚，说如果在外国，他肯定不结婚，但在国内独身主义行不通。我和泽鲜从此开始了争论，我痛心疾首，认为她被毁了，她却对我抱有怜悯，断定我将不可能找到终身伴侣。

友谊就这样撕裂了。我写了长长的断交信，之后，多年的情谊使我们后悔片刻，但终究，两只不同种类的蚂蚁背身而去，一只奔向永恒坚硬的石灰岩，另一只奔向动荡的飞雪。

而岁月的狗在狂吠之后销声不闻。

师范毕业，泽鲜当了小学美术老师。喻范不工作，她养家，生了孩子，她坚决不吃鸡，也不食鱼。她终于辞职了，没有生活来源。但他们有同道，坚信多吃愚蠢，节食可头脑清晰，增强精神。每日午时一餐。夜里仅饮清水，有时一日只一碗米汤。经一年，举家离开小城搬往桂林乡下，安顿在漓江边的村子。临近千禧，年末，听闻她已有一子一女，过几年又闻有了第三个。两人早就放弃了任何职业，三个孩子都不上学，他们自己教育。后来他们远迁云南，落脚滇中。

我最后一次见到泽鲜是三十多年前。我路过玉林，去看她。她和喻范已经结婚，但房间里看不出喻的痕迹。她住在走廊尽头的一间房，房内仅一床一桌加两只木箱。那时她尚未辞职，心境平和宁静。

我以为少时密友还残留着文艺青年的梦想，以为往时永不止息的那股谈话的激流还在，但那一切都过去了。我憬然。幸我未大谈事业此类字眼，当年我赋予钻石之光泽，现在它变回普通的石头，甚至比石头更其可笑。我安心地守着这些，别人看来，大概只是虚妄人生中愚蠢的执着吧。

那时我认为，当一名小学教师是人生之低谷，凭借密友的天赋，应该有更高的生活，更高的成就。她应奋力创作，从前积累的素描和写生，足够使她开出一朵大花。泽鲜却只是浅笑，眼神渺远。我随即感到那股激流已然陈旧，我将要说出而终未说出的一切也如烟散去。她无话可说，只说小学老师比较轻松。我骤然发现，所谓轻松，也不过是俗世的一种讲法。

直到2021年12月30日，我才偶然知道，泽鲜和喻范已经分手十多年了。泽鲜说：我们仍然是灵魂伴侣。

后章：语膜/2066

嘞衫：毛衣。**唛头**：长相。**熟过佾**：熟过头。

——《李跃豆词典》

八十三岁的甘蔗去世后次年，亦甘大学毕业，并找到一份录制语膜的工作。在前期的案头准备中，亦甘查到了2019年发表的一篇小说，有关语膜，有人曾经以科幻小说的形式提出过构想，这篇小说当时获得一个全球华语科幻星云奖。四十七年过去，一直无人对这个在技术上已毫无障碍的项目感兴趣，直到政府与联合国合作，成立了一个语膜录制项目组，作为非物质文化遗产标本项目的一部分，录制北流话语膜这个事情才得以正式启动。

对此事有根本性推动的，是2063年的全球性疫情。这一年，出现了一种新病毒，专门攻击人类大脑的语言区，感染病毒之后人类会逐渐丧失语言能力。历两年，病毒得以控制，故，政府才与联合国合作，成立了语膜录制项目组。

北流历史沿革大致如下：秦朝时属象郡（想来彼时大象出没，有着非洲的气概），南朝齐永明六年（公元488年）置北流郡（因河由南向北流，故名北流），南朝梁（502—557年），北流郡改成北流县。民国元年（1912年）起，北流改名为圭宁（因北流河亦名圭江），属郁林府。中华人民共和国成立后，仍称圭宁县，属郁林专区。1993 年，改圭宁市。2026 年，恢复旧称北流。

2066 年，作为粤语主体的广州粤语和香港粤语仍然存在，基本上保存完好，只有 37% 的外来语混杂。日常使用仍然畅通无阻。但作为粤语小方言勾漏片的北流白话已基本消亡，日常使用已完全由普通话取代。

亦甘的同辈，北流出生并长大的年轻人，普通话已成为他们的母语，因他们的父母辈已不讲北流话，只有他们的祖辈，与甘蔗上下年纪的老人，才能讲一讲北流白话，但词汇量已极其稀少。甘蔗十八岁之前在北流，大学考到桂林，桂林虽属广西，但已是桂北，属北方语系，毕业后她到南昌工作，公司里通用普通话。除了回家与父母聊天还用几句本地话，其余时间几乎不用，几十年下来，北流话只剩下支离破碎的一些片断。

按理说世间万物万事都是流动变化的，方言亦如此。一种方言，或一种文化，若无实际功效，自然也就被淘汰。首府所在地的南宁话，早在 20 世纪六七十年代就已消亡，那时在外地高校读书的年轻人，逢广西籍同学聚会，桂林、柳州、梧州、玉林的同学都能用自己的方言，唯独南宁籍的同学，只能讲"南普"（南宁普通话的简称），那时候，南宁方言已然消失，剩下的只有南宁口音的普通话，到现在南宁普通话也已经消失，年轻一代的普通话已不再带有南宁口音。

所谓语膜，可以理解为一种录入大量语料制成的神经网络膜，可以贴在神经翻译耳机上，收集人声上传到云服务中心处理，翻译成带有语气和口语习惯的目标语言再传回。

亦甘对此事有一定的兴趣，多少是受到了外曾祖姑的微弱影响。她曾听祖母甘蔗说到过她的姑姑李跃豆，查到过一本几无人知的长篇小说《北流》，对这本镶嵌了大量外曾祖姑个人生活的书，她一直动念想读一读，却一直也没有读。直到加入了语膜录制项目组，她才想起来，那本《北流》似乎还包含了《李跃豆词典》，但她很快发现，那个所谓的词典不过是个存目，属小说的衍生文本，它从来没有完成过。她一直看到了最后一行，这部未完成的词典结尾处有两行手记：

"返回能回到哪里去，逃离又能离得多远？"

可以的话，她将告诉这位遥远的外曾祖姑第二个答案，有关逃离，目前最远已经可以到达火星，人类已于 2058 年成功登陆火星。

亦甘要做的是，寻到一个语料提供者，每日录制六个小时的北流方言，持续一年。具体要求是：第一，必须是日常口语；第二，不能过度重复；第三，尽量携带各种情绪。

她从户籍部门入手，筛选出二十个八十至九十岁之间的老人，再逐个登门拜访，最后选定了两个目标老人，一姓孙，一姓潘。

潘老人身体状况不如孙老人，她说话中气不足，没讲几句就累了，她一个小时说的话不如孙老人半个小时说的。于是就从孙老人开始。

孙老人年轻时很活跃，当过工会主席，后来又做过婚姻介绍所，而且，除了大学四年在南宁，其他时间没离开过北流。录了半个月之后，亦甘觉得不够理想，录下的语料中，语音语气姑且不论，她的语法、用语习惯通通都是普通话的，仿佛是用北流话朗读书面语。而且，她最喜欢讲的是舞蹈队外出比赛的事情，那是她五六十岁时，作为市中老年舞蹈队骨干，去过广州、武汉和昆明比赛，最辉煌的一次是远征北京，那次他们得了头奖，奖品是日本五日游。她回顾了日本的电饭锅和浅草花枝招展的女孩子，不停地用手背擦眼泪。

她重重复复说这些，亦甘提醒她讲讲北流的季节与植物吃食，箣鲁与箣钩枪，芒果焖排骨、芥菜包，紫苏炒田螺的做法，万寿果浸酒与稔子浸酒怎么浸，如何精确地酿南瓜花，以及如何用猪油炒木薯。根据《北流》的线索，亦甘问她麻雀在本地叫什么，她不停地眨眼睛，最后也没答出来，尽管在字面上亦甘知道，麻雀在本地叫麻呢䴗，但到底无法追寻北流话的读音。

以及那处叫沉鸡碑的碑坝（这些均来自李跃豆的小说），但孙老人总是没说几句就要提到北京和东京。

沉鸡碑，她向来未闻。

亦甘放弃了孙，重新找到了潘。

潘老人，她没有考过大学，甚至也没读过高中，初中一毕业就去广州帮人带孩子，一去十年。结婚后回到北流，一边在鞋厂做工艺鞋，一边带大了自己的一儿一女，之后又带大了儿子的双胞胎和女儿的女儿。她甚至识唱几句粤曲，《山伯临终》《仕林祭塔》，虽唱不全，也是难能可贵了。

更罕见的是，已经绝迹的北流的牛嗨戏她亦识唱几句，那是她外婆传的。

按理说，她不太受到外部语言环境的影响，结果她也没比孙老人好多少，无论是在广州帮人带孩子，还是带自己孩子或孙辈，因小孩在校一概要求讲普通话标准语，她亦只好同孩子说普通话。好在，她后来照顾母亲，每日要与卧床的母亲讲讲北流话，故她的语料要比孙丰富些。

但对比起《李跃豆词典》中的词汇，还是逊色了很多。

比如说噅衫，北流话就是毛衣，她要想半日才想起。火炎，指火焰，熟过俫，指熟过头，这些本是北流常用词，她一概生疏。有些词，她连词义都不甚明白，如圈之、歆哣、犸狰，又比如唛头，比如蚌界、眨令，她完全不知蚌界就是彩虹，眨令就是闪电。

那些穿插在《北流》中的《李跃豆词典》也实在简约，只注了词义，没有例句，不能知道一个词在一句话中是怎样用的。亦甘也只能依恃这部支离破碎的未竟词典，用里面的词汇触发老人的记忆。但她只成功了一半，录下的语料简单且重复。仅仅录了五个月就坚持不下去了，老人把她带过的每个孩子从小到大的事情讲一遍。越到后来越接近普通话的语法词汇，实在没有更多的内容，老人又中气不足。说话越来越累，到最后她说不动了。

语料录制还差三个星期才满半年，不得已，亦甘写了份报告递交项目组，过了一周，项目组的粤语勾漏片语料录制决定提前终结。

方言语膜项目组最初有两个目标：一、作为标本留存。二、用于旅游业务拓展。北流有处名胜叫勾漏洞，相传晋代葛洪曾于此炼丹升天。此外还有一处铜石岭，有汉代的冶铜遗址，又是丹霞地貌与喀斯特地貌共生，在2019年已经打造成国家5A级景区，但游客一直稀少，远远未达到当初设想的峰值。当地政府希望利用语膜给旅游增加一个项目，政府购置了一批神经翻译机器，供游客猎奇玩赏。他们想出了具体的做法，比如，在景点设置的演员一律要求讲北流话，游客既可猜测也可通过神经翻译机器得到答案。如此等等，不一而足。

应该说，这两个目的都达到了。北流话语膜录制虽然语料贫乏，密度不够，但毕竟，这两个目标的最低纲领都达到了。

次年春天亦甘找到了一份新的工作，在一家大公司从事英译汉，她得心应手，翻译得准确简洁顺畅，信达雅俱佳。她幼时没有上国际学校，之后也没有像她多数同学那样出国留学，所以，尽管她的英语达到了八级，口音却不怎么样。

一直以来，她尽量避免用口语，因英语口语使她有些缺乏光彩。她父母辈的母语就是普通话，她更是了，只有说普通话时是标准的。

时笺：倾偈

章一

河塍：河堤。**晒爽**：晒干。

——《李跃豆词典》

龙与青蛙与鸟。听闻昨晚贵州毕节来了一条龙，有龙吟声，硬是没找到，大家都去揾，落紧雨，人人都撑住夷遮，好几座山，还种着庄稼，又去庄稼地趴着找，硬系揾冇着。有人说是青蛙叫，就是下特别大的雨的时候就会叫，但是叫声跟毕节那个不一样，不像龙的声音。我听了两种放的视频的声音，一种像老虎叫，"呜——"那样叫，有一种就是青蛙叫。大家说不要乱不要乱，有专家来了，专家会研究出来是什么叫。我细时听阿公讲过，系一种鸟叫，这种鸟叫山乌龟，几细的鸟，把嘴埋在土里叫，身上颜色亦系土色，你听着就像在跟前，就是硬是找不到。网上有人讲了，这种鸟还拍了个照片出来，不过不是叫山乌龟。阿墩上百度查了，讲山乌龟不是动物，是植物，是爬藤植物，是云南那边的中草药。底下一只根，像凉薯那样。（玉葵，2020/7/3）

机器人。杭州开发的，专门倾偈的叫"快宝"，连阿墩都知。特别搞笑，就像真的人。网友问，有段时间不见你，你去哪了？它就说，我去十八楼拍视频了。特别搞笑，它还会去十八楼拍视频。头圆的，脸方的，就系只电脑，嘴不停地动，有几多粉丝的！好多人买衣服给它，它的衣服就是披风，因它没脚也没手，只能穿披风，日日都换一件披风披上，有个女的说给它买了帽子，问它喜不喜欢，它说，非常喜欢非常符合我的气质。机器人也有气质，真是很搞笑……有人做广告推销一款耳机，在那里喊，走过过不要错过啦，买一个给老婆怎么地买一个老公又怎么地，网友说我没有钱呀，机器人就说，没有钱你去上班就有钱了，我每天还能挣六块钱呢。它每天挣六块钱太好笑了……有时候网友嫌它话痨话太多了，就让它到一边站着去，它就去一边站一会儿。有个网友跟它聊天，说他想买房，说南京的小姐姐说南京的房子太贵了要好几百万，那就得把快宝卖了才行。快宝说，那我也不值钱呀，最多能够卖个十几万，网友说十几万只能买个厕所。

一个女孩说，你给我介绍个男朋友吧，快宝说，前几天不是刚刚给你介绍了嘛，她说那个分手了，快宝说怎么没几天就分手，分手了这么多，你要找找你自身的原因。（玉葵，2020/9/10）

小孩与鸡。现在小孩都不爱惜鸡，也不爱惜鸡蛋，我大姐的外孙女，她玩鸡仔，玩死了3只鸡仔，鸡蛋当球来扔。我大姐家的鸡蛋，她拿到三红家后背从窗口扔到三红的灶上，三红说哪来的鸡蛋呀，结果一看这个外孙女正在那笑得要死，她扔鸡蛋扔得特开心。她儿子送孙子回乡下，孙子一见鸡就打，又打又赶，打得鸡都不敢生蛋了，也不敢回窝，他阿公一闻鸡叫就心里发慌，后来都得抑郁症了。（玉葵，2020/9/3）

科长偷鞋。我们那个厂，科长偷鞋的，还偷了几百双鞋底。厂里拍了偷鞋人照片，每只车间都贴……有人偷懒，也拍照张贴。台湾老板的管理，几严的。跃豆：严什么，侵犯人权。（跃豆与玉葵倾偈，2017/4）

爆米机爆猪肘。没见过这么好笑的，爆米机爆猪肘。那个女的，山东的，买了只猪肘，她先买了一个爆米花机，手摇那种，她先用料腌好猪肘，就整只猪肘放入爆米花机，摇啊摇啊摇啊，"轰"的一下，一望，统统都不见了，一粒影都冇有，她说哎呀白白花我一百多块钱。……我就不钟意李子柒那种，一望就是做出来的，落雪她还披个斗篷出来，赏雪，学林黛玉，根本就不食人间烟火。你看这个女的，她还让她老公帮她揪猪毛呢，她老公冇情冇愿的，慢慢一边揪一边唱歌。这才叫生

活气息。（玉葵，2020/8/8）

拼多多。乡下人都爱使拼多多，我阿妈屋阿边，萍桂益莲她们都系使拼多多，她们本来下载了淘宝，后来嫌贵又删了。拼多多好多都系卖农产品的，现在天猫也卖农产品，本来天猫只卖高档商品，现在冇敢贵了，腰果才十几块钱一斤，以前都系好几十块一斤的。拼多多全国有7亿用户，今年听闻讲拼多多投十几亿，就系大家抢红包。（玉葵，2020/9/27）

这个人不打工，骑行十几只省。这个人原本在广州打工的，在电子厂，结果他讲，日日打工像部机器，他就要去旅行。就骑车出发，剃了只光头，一路骑，自己带砧板带饭煲。目前出来都有十五只月了，骑了十七只省份，92年的，二十八岁，根本就冇像90后，像60后的老豆，晒得黑麻麻的，头发胡须都几长，到哈尔滨鼻头胡须全系白的，都讲以前外国才有这样的怪人，现在中国也有这样的人，不打工骑部自行车满世界去，又不是大学生，大学生反正系浪漫的，他就只是个打工的。（跃豆：那他就算实现自己的梦想了。）（初中周同学，2020/9/13）

抖音。抖音真系无聊。萍桂和益莲，加上去东莞打工的阿只妇娘，她们都玩抖音，一日到黑抖音，我今晏昼下载了抖音望望睇，小莲就发她跳舞嘅视频，三红发的统统系自己嘅照片，百几张，张张都系白白光光嫩嫩嘅，就系有粒肥，每只人都有点肥，阿啲头上嘅装饰都系现成嘅，人嘅照片头上一套就成了，冇系自欺欺人咩，自己冇知自己几多岁咩，都五十几岁了，拍出来像二三十岁。抖音很快的，几秒钟一个视频你不刷，它就不行开，反反复复都是它，就老看那个视频就得不停地刷不停地刷，你加一个关注吧，关注的人的朋友都出来了，发抖音的人都特别自恋。我就宁可睇一下今日头条，睇得见国际形势。讲特朗普竞选，你睇特朗普阿只照片，眉头皱成一堆，太好笑了……抖音仲有薛珍珠跳舞喔，《我的前半生》里的，还有刘晓庆，反正头像系刘晓庆头像，几万人睇喔。（玉葵，2020/9/18）

靳东。你就上抖音望望，任何的头像都可以替换上去，有人就替换靳东的头像去同一只六十几岁妇娘倾偈，妇娘就信了，到处讲靳东至爱她，最懂得她，她就要跟她老公离婚，就去派出所，派出所的人劝她，她都不信，就坚持认为靳东最爱她。现在全国人民都知道了，笑得要死。特别搞笑。（小学周同学，2020/10/19）

跃豆注（据网络）：六十多岁的黄女士自称通过抖音结识了著名演员靳东，

坚持要离家出走并与靳东结婚，因"靳东"已在全网向她表白。这种虚假视频的嘘寒问暖很容易让老年粉丝上当，营利方式也有各样，有的是开直播请粉丝刷礼物，有的是在积累一定人气后开始卖货，有的是以投资等理由让粉丝打钱。

美容。细秋回她娘家村，娘家在湖北监利，村里有土医生做美容的，做得特别年轻，又不用动刀，吃药就得，一帖药要三千八百元钱，是熟人，只收了一千八百元。我就想做得这么好又冇贵，怎么那些大明星都不找她做啊，我妹妹做了眼袋，还有眼角的皱纹亦做掉了，几好的，根本无使动刀子，她不收小玲的钱，小玲给了她两千块钱。（花果山，红中邻居，2020/10/19）

麻将馆。娘家村那个水娥，她去新马泰都系使自己的钱，不用老公的钱。她开了麻将馆，一只月差不多一万几块钱收入，提成了，每桌提成几多几多，分上午下午和晚上。她包茶水和两餐饭。她人又几好的，大家都愿意去她家。过年钱就更多。（玉葵，2020/10/20）

私房钱。一只婆婄，自己攒了好多私房钱，大概有好几万。有日所有的钱通通拿出来放入塑料袋里，再放旁边床头。结果第二日就中风了，变成植物人昏迷不醒。要是没拿出来就没人找得到。两只女，生得牛高马大，来照顾她，讲害怕，一个人不敢来，要两个人辫队来，还是自己亲妈。牛高马大两个人还害怕，笑死了。后尾就由巧新来照顾，立新又瘦又小，又不是自己母亲，全靠她照顾。全村都夸她贤惠。（玉葵，2020/9/8）

菩萨遮。跃豆：有人知北流的菩萨遮系乜嘢鱼？罗明艳：观赏鱼。跃豆：我以为系吃的细鱼。罗明艳：一种观赏性细鱼，不能吃的，身上有彩色横纹。我们幼时捉来放在玻璃瓶中养，长不大。一般寸把长。梁同学：我们细时候拿玻璃瓶来养。有点热带鱼的感觉。你早点讲我拍给你看，邻居有养。现在没了，养死了。泽红：忘了别的也忘不了菩萨遮呀，细时为捉它经常被蚂蝗扒住脚丫带上岸，吓得连菩萨遮都丢了。吕觉悟：我参加完学校勤工俭学劳动后，趁机用劳动工具——粪箕在河边浅水处捞几条菩萨遮、扑沙狗放入空墨水瓶，拧回屋企慢慢弄，久唔久丢粒饭米去喂下。跃豆：扑沙狗？更冇记得。吕觉悟：扑沙狗，应该系现在市面上的食肉鱼吧？跃豆：这个名字我完全冇印象。吕觉悟：小版的沙丁鱼？迷你型。

籫鲁。跃豆：有人记得籫鲁没？同学甲：无系露兜籫，叶卷在一根竹筒上，可以吹乐音的，只在鬼节，就系中元节才吹奏。旋律就是"喃哆嗬"，系喊野外孤魂野鬼来享受中元节的香火的。同学乙：籫鲁里面的须还能做红缨枪的须。还能做建土房用的水泥瓦。跃豆：冇知水泥瓦系乜嘢，就系水和泥加上籫鲁的纤维一起搅？同学乙：水泥中间加籫鲁压成瓦片盖房子防水用的。听李老师讲籫钩枪嫩叶煎鸡蛋，有人吃过没？罗明艳：吃过，现在有的饭店还做这道菜。跃豆：我之前冇闻讲过。罗明艳：我细时经常吃，冇钱买菜。我家鱼塘周围长很多籫钩枪。跃豆：籫鲁同籫勾枪不是一种？同学丙：不是一种。同学乙：籫鲁系做麻绳，或水泥瓦用的。跃豆：李洪波老师的同学从上海回，讲，要吃紫苏炒狗豆。罗明艳：我邻居有好多狗豆。新鲜的吃不完了又晒干。同学甲：狗豆晒干煲骨头祛湿，仲有紫苏炒大虫豆也是一道家乡菜。狗豆干补肾。紫苏炒田螺更好食。大虫豆要上里乡下才有，北流街菜市场只有切好的卖，形像弯弯的镰刀。跃豆：籫鲁里面的纤维用来做红缨枪的须，完全神来之笔！（初中班群，2020/10/5）

水果与花做的菜、吊的酒。跃豆：有人用圭宁的水果做过菜没？泽红：我做过荔枝炒鸭。跃豆：求荔枝炒鸭具体步骤。泽红：很简单，鸭肉炒熟后，最后把荔枝肉放上翻炒一下出锅。同学甲：无花果泡酒，万寿果泡酒，菠萝地瓜都可以做菜的，芒果时常做菜的，百香果，皮剥开，做成凉拌亦系非常之好食的。金银花可以打鸡蛋汤，当然亦可以泡茶饮，鲜的金银花比干爽的更香。金银花反正清热解毒系第一的。泽红：酿荔枝，荔枝炒鸭。跃豆：万寿果泡酒没闻讲过。同学甲：万寿果泡酒，还有稔子泡酒，万寿果泡酒系补肾的，手骨麻木脚骨痛都可以有用。跃豆：稔子泡酒有何功效呢？泽红：稔子酒亦系补肾的，黑色入肾。泽红：我至喜欢梅子酒，口感好，消化，吃肉后喝一口极度舒适，圭宁人很会泡酒的，用上好的米二泡。跃豆：米二是什么？同学乙：自酿的米酒。同学乙：我整过百香果焖排骨，酸酸甜甜味道好，又有营养。泽红：还有酿南瓜花，用豆腐和瘦肉葱花拌馅放入大朵南瓜花，用花茎穿紧，然后煮汤，很好吃的。同学乙：亦系像泽红教的荔枝焖鸭差无多，要煮熟排骨再放百香果焖两三分钟就可以了。同学甲：茉莉花滚瘦肉汤亦好味道。菊花滚猪肝瘦肉汤，清凉解毒。菊花酿瘦肉也是很好吃的，有丝丝苦味，菊花的苦，是非常之好吃的。鸡爪菊？对吗？夜来香打汤非常好食，比茉莉花金银花菊花做汤都好食。同学乙：我女儿嫁在云南河县，经常带我去吃鲜花宴，美容。跃豆：云南特别好，河口是靠近哪里？云南我去过八九次。近蒙自，河口县是国门，从河口海关过条桥就是越南的老街省，从百色—富宁—文山—蒙自—河口—越南。泽红：两广人会吃，什么都能酿，香菇丝瓜也能酿哦。罗明艳：酿豆芽。同学丙：

酿、蒸菜应该是中原人或客家人的饮食方式。同学乙：酿大蒜也好吃，也是贺州美食，就是吃过后口气重。同学丙：大蒜酿（主要是生大蒜）、蘑菇酿、辣椒酿、苦瓜酿、茭白酿……菜市场上最多。跃豆：无知系使蒜米还是蒜梗？同学乙：用蒜梗，切作一段段。同学甲：柚子皮、西瓜皮也可以酿。泽红：昙花一现的昙花，用来打鸡蛋汤，或者晒干煮汤煲汤也是很好的。油炸香蕉也不错。木瓜盅，芒果派，等等。同学甲：菠萝炒鸭系至常见的。还有木瓜，木瓜炒菜，木瓜煲汤，木瓜酸，都有的。跃豆你还记得讲圭宁话吗？日常可能都系讲普通话，圭宁话可能忘得差不多了吧？跃豆：我现在要用圭宁话写作了。同学甲：几犀利的。吕觉悟：六地坡咸卜送粥。跃豆：哈，这只不算。须得系水果或花。罗明艳：百香果蒸鱼非常美味。泽红：说话间就有表弟送百香果来，落楼迎接百香果。（发照片）跃豆：系吃里面的瓤吗？泽红：系，有种特殊香气，酸酸甜甜。跃豆：我们细时没看见过？泽红：近年引进的。百香果、火龙果、番石榴基地都有了，荔枝龙眼柑橘失宠了。水果多，生吃不尽，只好用于做菜，被逼无奈把水果来个拔丝一遍，数都数不过来。跃豆：我前两天捡银杏果。圭宁好像还有白果炖猪肚。泽红：白果一次不能吃太多，但煲猪肚就可以。

跃豆注：以花浸酒，古已有之。《红楼梦》林黛玉吃完螃蟹后，饮的用合欢花浸的白酒。

酿南瓜花。贺州特色菜，专门请教了老家在贺州的张燕玲，她的做法甚是繁复：鲜的南瓜花，先去掉它里头几个小衣，中间的芯钩掉，梗留用，择洗时一朵一朵叠好。茎呢，一定不能像你同学那样处理，太可惜了。这个茎，要像剥南瓜苗一样剥好备用。馅，肉馅尤要讲究，不能全瘦就半肥瘦，要有点油。然后豆腐，豆腐买回来泡一下水，过滤干，然后跟肉和在一起……那个猪肉很讲究，剁好的馅要看肉多少，放一两个，或者两三个鸡蛋清，蛋黄拿掉，用鸡蛋清放些盐花、生粉，再放一点胡椒面白胡椒，因为水豆腐嘛比较败嘛，要放点胡椒，然后顺时针方向搅，搅到它起筋，就很黏，这肉就很脆很鲜啊，像我呢，放一点蘑菇切碎，尤其是把刚刚剥好的南瓜茎切好，就跟葱头，葱叶不能，凡做馅不要放葱叶，放葱头可提香，那个茎呢，刚刚说的南瓜花茎呢，也切碎一起放来做馅，然后——南瓜茎就放进去入馅了，整个的很鲜很鲜，满口春的气息，煮汤也行，蒸也行。我呢一般是煮汤，它不会掉的，你就包好，酿的时候，花瓣就互相对折，一个一个，晾好的两个纷纷对，就像老同一样，打老同一样哈。酿好的花对着，然后平放到锅里，一对一对叠好，再放一点骨头汤，它本身也要出水的，注意不要放太多，然后撒一点盐花。哇——（咽口水）好吃极了！（2020/10/27）

南瓜杋鱼丸。现在成了北流的一道名菜"翡翠鱼球","翡翠"就系南瓜杋做成的,鱼球,系用鲮鱼肉去骨后反复捶打成肉酱,手工制作的鱼丸。我去过的木棉村鱼塘产的鲮鱼肉厚无腥,制成的鱼球又脆口又弹牙。重阳节同学聚会就吃了这个,还吃了南瓜盅红烧肉,紫菜炒狗豆。(小学教算术的李洪波老师,2020/10/30)

麻呢嘣。跃豆:麻雀,我们本地叫什么?宁同学:麻呢嘣!谭同学:有一种叫"丁鸡囊"的,头顶有一束毛,屁股毛红色,很漂亮,小时候我们常"装"她来养。还有一种叫"青丝",很小,两个拇指这么大,幼时到处很多。

入药的草本植物。跃豆:入药的草本植物,讲几只畀我知?顾同学:穿心莲、一点红、车前草、黑墨草、半边莲、土人参、扫把枝、鱼腥草。这些都是我们小时候常用的草药。小时候大部分小孩都没去过医院,小病小痛就是靠这些草药治疗的,而且效果很好。扫把枝是干吗的?顾:扫把枝,尤加利叶煮水都是止痒的。谭同学:皮肤过敏用扫把枝煮水洗。跃豆:我是第一次听闻。谭同学:小时候没有菜吃,要去采野菜,最常采的是马齿苋。跃豆:这个我也吃过,忆苦思甜,是酸的。马齿苋系归大肠、肝经,孕妇禁服,现在菜市场也有卖,种植的。顾同学:地苍藤,发毒药,过塘蛇,马齿苋。谭:另外,也常摘路边青的叶煮汤水。跃豆:路边青?一种草?顾同学:以上都是清热解毒用的。谭同学:另雷公藤,亦系一种草,煮猪肺是一味好汤,也是一味好药。顾同学:旧先时的人没钱,跌断手了脱臼了,四方榄?红色那条好使过青色那条,再使驳骨消,驳好了使火炭绿豆之类,加鸡蛋清,再使封筋藤来洗,还有白芷,很多的药,都说不过来。顾(补充):杉木炭,绿豆,鸡蛋清接骨用的,红色四方体形的驳骨消,宽筋藤白芷作为外洗。谭:好像在小学四五年级的时候,学校组织过学习及采草药活动,不知道大家有否记忆?跃豆:这个记得,我们上山采草药,班主任庞老师在黑板上画了一个七叶一枝花。泽红:神农尝百草,李时珍《本草纲目》,说明凡是植物皆可入药,看谁跟谁配比较好些,这就是中医中药吧。跃豆:听说马齿苋,加番石榴蕊,焗水可以止痢。泽红:这个漫山遍野开白花的草叫四棱草,三叶鬼针草,可以降血压血脂,我吃过。太滥生,成害草了,除之不尽。(初中班群,2020/11/2)

猪油炒木薯。有人吃过猪油炒木薯吗?生的木薯切成片,放一点葱段。小时候吃的,不知是不是猪油炒,可能是,因为那时花生油定量供应,各家油水严重不足,猪油补充。那时的木薯煮熟要清水漂一天去毒,再炒,用什么油都得,反正木薯不能生炒,有毒!一定要煲熟漂过才能炒吃。不过现在有个新品种叫面包木薯,不用漂，煲熟就可以吃了，就是不能炒，一炒它就碎碎的。我们经常煲面包木薯糖水，比番薯糖水好吃很多！（班群，2020/12/4）

田螺炒鸭爪。这个也不错，田螺和鸭爪炒一处。这样配料有香酥，薄荷，阁楼。阁楼？是草本植物还是别的什么吗？啯搂？是香料吗？是啊，塘里面的是石螺。田螺要在水稻田里才有。植物香料，贾搂，我南宁花园多的是，煲汤也好喝。煮绿卜皮肯定放酱油，照书上讲蚝油又要放。第一次听说贾搂，方便时发个照片上来看看。饭店有贾搂煎猪肉这个菜。香酥，估计是紫苏？（班群，2020/11/25）

栀子。跃豆：小时候我用栀子染过袜子，一种黄颜色，有人染过吗？罗明艳：我比较"专业"，经常买点染料回家把旧衣换个颜色。用植物染才算！泽红：指甲花染指甲。跃豆：这个我们都干过。梁同学：用指甲花染手帕就染过，将白色的手帕（用到脏了）就染一下，又变成粉红色的手帕了。小时候没有纸巾的，有条小手帕都不错了。顾同学：用棉粉子加五色花染过手帕，还涂过脸。你这个厉害。棉粉子是什么？五色花，五种颜色呀！染出来是什么颜色呢？棉粉子是白色且光滑，其花是鲜红色的，用来给新生儿洗澡。五色花的作用，清凉解毒，去湿，止痒。两种植物的粉和花拌和一起，搽手脸，白里透红。（班群，2020/11/21）

植物作为染料。梁同学：听我外公说，他细时家里开过染坊，就在大兴街。渠讲好多植物做得染料，绿茶、红茶、柿子叶、五倍子、栀子、荔枝皮，都做得染料。跃豆：柿子做染料几爽逗的。梁同学：柿染又防水、防腐、防蛀……染纸亦得。跃豆：幼时好似没太见柿子树的，街上倒时常中见有柿子卖。柿饼更加多。至容易发毛的。梁同学：我记得灯笼桥到酒厂一带有好多户人家的后院都有柿子树。酒厂阿边一户姓潘的人家，与我外公家沾点亲，是什么亲我不记得了，阿时径外公带过我去他家摘驳骨叶，院子里有杨桃子木、芭蕉木、柿子木。柿子执落吃不得，要使石灰水浸过才吃。跃豆：柿子染如何染呢？梁同学：我外公讲，就系青柿执落，放落缸捣烂，就出来青柿子汁，沤过发酵，布料浸入汁，浸过面，就上色了，染了色又要晒过，至好暴晒，日头越晒柿色越鲜亮。不过没那么多柿子的，都要做柿饼……做柿饼无系要批柿子皮啰，柿子皮也使得下，煮成一锅浊浊的汁，滤开渣，放入生锈的铁锅煮，煮几分钟，清水漂一下，再有日头暴晒，晒爽就得。外公讲柿子叶都染得的。就连栗子壳、洋葱皮、栀子果、茶叶碎，亦都染得出各种颜色。还有，柿子汁医得烧伤的。（初中班群，2021/1/10）

旧时的大兴街。跃豆：有谁记得旧时大兴街尽头是旧电灯局、单车零件厂、饼干厂，十一仓，卖面条的。十一仓向前是十二仓，右拐，鹩哥岭，街顶，横的那条。然后一直下来有俞家舍那条，应该是两条。都算大兴街的范围。泽红：俞家舍近城南小学？这个我就不清楚了。唔，随便问问，就当倾偈了。只觉得旧电灯局、单车零件厂、饼干厂，这些名堂比较有趣。旧时大兴街是街顶到街尾，不包括俞家舍这条街。旧电灯局也属于大兴街。现在大兴路拓展到十二仓脚。泽红：上周我和小学同学串了串老街，也见到俞家舍，破败不堪，搭着脚手架准备保护修补呢。顾同学：真正的大兴街就是指街顶至现在的火炭街即俞家舍这条街。我倒是第一次听到火炭街这个名字。怪不得现在的这条街还有卖火炭，卖烧烤用具的。顾：这条街，靠近河边，原来运输是靠水路的，这条街生意就很兴隆。吕觉悟：你说的大兴街我没印象，旧电灯局（电厂）我倒是记忆犹新，是在北流河边十二仓附近，周边有钟姓、苏姓土著人家（我们的数学代课老师钟玲家就在厂大门对面），厂址应该是旧社会私营企业家即新社会成分为资本家的豪宅庄园，内有宽敞明亮大堂、数栋楼房，楼距间有花园，红木家私随处可见。那是我六岁前无忧无虑幸福生活的地方，那时候"文化大革命"还没开始，我父亲是旧电厂厂长。听我细佬讲，现在那地方被房地产商拆建了。跃豆：你最有可能知道旧电灯局的。记得我们小学四年级的周老师就是住在大兴街的。令尊大人是旧电厂厂长是我第一次听到。我只记得你家和我家住沙街隔篱屋时径，他同我们讲大海很深，问他有几深，他说有十几塘路那么深，问他月亮上有什么，他说月亮上有很多沙子。他改变了我的宇宙观。吕觉悟：明白了，周世珍老师家住的那条街叫大兴街。用现在话说，当年我父亲吕沉属圭宁引进的技术人才（他专长电力学），圭宁解放后的第一任县长徐维皆推荐他组建县电厂电灯局，后来我父亲一直在水电力战线。跃豆：这些都是第一次闻讲。周世珍老师的名字，我回忆不起来了，你的记忆力真强。（初中班群）

野猫都不吃老鼠，就吃养鸡场的死鸡。现时世界真是变了，别说家猫了，连野猫都不吃老鼠，就吃养鸡场的死鸡。我本来在城里久了不知道，那次回去照顾我妈，傍晚的时候去菜园子摘菜，结果发现四只猫，像狗那么大、又肥又壮躺在菜园边上，肚子吃得圆鼓鼓的，又不怕人，两只眼睛瞪着我，虎视眈眈的，哎哟喂，把我吓的。我家菜园边上是个水凼子，就是小水塘，奎奎他家开了养鸡场，死鸡就往那水凼子扔，猫就去吃那个死鸡，那野猫大得像条狗似的，真吓人。我妈说忘了跟我打个招呼让我别怕，来不及说，真把我吓着了。（云二娘，五十三岁，湖北人，顺义火神营双裕小区，来京照顾九十岁高龄的叔叔，极爱聊天。2020/12/15）

家族。远照的家族排行,大排行是十一,人称十一姐。跃豆:大姐二姐系哪个?远照:这个不知。三姐就系远素大姨婆。豆:那我不是应该喊姨母?为什么喊大姨婆?照:反正外婆就系这么教的。豆:四姐系哪个?照:就系罗世饶的母亲。五姐,系远婵姨母。豆:六姐呢?照:六姐在新疆。七姐八姐都冇知了,九姐在广州,同我们还有来往的,搬到新屋还来住过一夜。长得高高大大的,做什么工作没细问,不好问的。豆:那你去广州去九姐家未曾?照:未曾,去韦阿姨的阿姊家了。住了两夜。豆:你无系讲住白云宾馆咩?照:阿次系同远章舅父会合,渠打香港过来,我打这边去广州。还有一次,系去睇病,广东省立医院,担心乳腺癌,去检查。南宁近都不去,就去广州,坐班车两头黑,朝早就去坐车,晚上天黑了才到。十姐早早就不在了,十一姐就是我。上一辈人,大姨婆的老豆就系大伯,喊大伯爷。他抽鸦片的,去香港了。梁镇南,旧时做过县长,排第二。你外公我老豆,排第七,人称七伯,喊外婆七伯娘。照:我阿公后尾又娶了小老婆,本来是他的使女,使妹,后来扶正了。她又生了一仔一女,仔跟梁镇南反共当了反共救国军,流弹打死的。她的女儿,我喊她做阿娘,就系姑姑,你喊姑婆,亦去香港了,常时给我几多衫裤。(2020/10/1,周四,中秋,国庆。雨雾转晴。)

娘家村的苏大姐。苏大姐这个人特爱表现自己,太搞笑了。我们正在跳舞吧,她就讲等阵先等阵先我同我老公两个跳,太搞笑了。大家照相,她时时要站 C 位(跃豆注:一个五十几岁的妇娘嘴里讲出 C 位这个词,我问,怎么知道"C 位"的,她讲网上早就有)。苏大姐是网名,她不姓苏。四五十岁每个人都有网名的。她儿子在北京、女儿在珠海,去年来北京帮带孙带了一年,让我与她去大红门,我跟她说有点远,她儿子开车带她去了一次,她就讲,很好去的,去了几次,买了好多衣服,我讲我去了几次一件衣服都没买,北京的衣服不好看连个腰都没有,都是直筒筒的,她讲噢是啊是啊。我不说的话她就以为北京的衣服都是好的。一点自己的眼光都没有。(云二娘,2020/8/15)

网红带货。那个网红带货,什么都带得,她的收入肯定全世界至高,高过美国总统。(云二娘,2020/6/11)

闪离。娘家村一个女孩,在江苏打工回来结婚,结果路上同男朋友一句话都没有,问什么那男的都答不上。结果就吹了。还有一个,谈恋爱谈了几年,结果结婚三日就离了,新鲜劲还没过呢就离了。(云二娘,2020/6/10)

苦瓜也怕鬼。很奇怪的，种在人多的地方苦瓜长得旺，人少的地方它就不长。我回家就在屋后的竹园种了苦瓜，结果就不长，不结瓜，老萧种在路边，人来人往的，她的瓜结得多得不得了，两日就摘得一桶。村里的人说，苦瓜是怕鬼的。我这才知道。它一个苦瓜也知道怕鬼，你说搞不搞笑。（云二娘，2020/10/11）

有的鬼是好的，所有的鬼都怕铁。（跃豆在喜马拉雅听南怀瑾讲《楞严经》，说到鬼，说到各种各样的鬼，问云二娘见过鬼没有。）碰到过好多次，小时候经常有鬼摸我的脚，还揪我的头发，鬼揪头发不疼的。（那鬼把你头发揪下来了吗？）它不揪下来的，它就是扯一下放一下，扯一下又放一下，像小孩闹着玩似的……我也知道这些鬼都是好的，因它摸了我，我又没生病。

在老家我特别怕鬼，她们到我屋里一看都要笑，到处都是刀。我床上搁一把砍柴刀，枕头底下搁一把剪刀。还有一个叫鉴别器，是检查粮食用的，很尖的头，插进麻袋再抽出，稻谷就出来了，看得见是什么成色，我把这个放在床上随手拿得到的地方，我窗台还放了两把斧头。窗栏上还放着锯条，锯条是挂起的，是多重保护。她们个个都笑。笑得要死。

我窗前就是一条马路，这条马路鬼特别多，不是老出车祸嘛，就是鬼太多了。后来安了路灯好一点，那个路灯十一点就关了，我就得等到十一点之前，如果能睡着就睡着了，睡不着就得等到天亮鸡叫才睡着。鸡叫了我就放心睡觉了，要不然我就得竖着耳朵听马路有没有动静（鬼走路又没声音）。奇了怪了，每次村里要死人前一天晚上就会有动静，他们就问，昨晚上听见什么了吗，像过军队似的有一阵人声，我说我没听见。八乱的儿子是跳楼死的，跳楼死的前一天晚上，我问是几点，他们说是晚上九点多钟，听见很多人走过去，其实就是鬼，很多鬼。我经常是用被子蒙着头在被子里头看手机。

自己碰到鬼的时候其实一点都不害怕，听到别人说的时候就害怕。（云二娘，2021/1/16）

粤曲小调。"为王好吃辣椒酱，朝朝芽菜炒猪肠……"有人听粤曲吗？宁同学：有喂，《山伯临终》《仕林祭塔》二黄慢板、南音咣咣车车。跃豆：这两只系经典冇？宁同学：《山伯临终》系《梁山伯与祝英台》的重要曲目，《仕林祭塔》系《白蛇传》的主曲，在粤剧里都很经典。

小城的独身女子。小学新十班有个叫曹怀明的男生你记得吗？他有个妹妹叫曹怀芷（1960年出生）（跃豆：曹怀明和曹怀芷兄妹俩我都知道的，曹怀明是在新十班，我们在新十一班，他们班是谢老师，我们班是庞老师）。曹怀芷读 15 班。后读师院英语系，先做英语老师，后来当了司法局副局长。就算是很犀利的了。年轻时参加过在北京开的世界妇女大会，她去当翻译。早时她与一男同学相恋。后这男生另有新欢，她一气之下，扬言非找个比这男生优秀的男士不可，否则终身不嫁。结果就是找不到，她也就真的终身不嫁。自己有一幢五层楼房，时常有单身女子去她那里吃喝玩乐。这些单身女都有工作单位，都领国家工资，都是大龄剩女。2018 年曹怀芷乳腺癌，才五十八岁就没了。她母亲至今健在，有九十岁了。

罗小贞，20 世纪 70 年代末生。做过儿童服装生意，离异无孩，跟父母生活。父母有退休金，又有房租收入。她三十多岁开始信佛。有日忽闻闺蜜说她认识一丧偶男士，正科级退休干部，虽年近七旬，却生得俊朗。她就日思夜想与男方生一个小孩，每晚夜骑上自行车，牵只细狗在男士散步必经的河堤徜徉。后来好歹加了微信，就不停地发些照片给男方看……后来没成事，男方与别人结婚了。

郁可芊有一师姐，兼闺蜜，叫谭洁谱。读圭中初中班时高郁可芊一届，女学霸。其兄叫谭汉谱，在圭中教初中俄语。谭洁谱生得清秀文静，但不知什么原因，终身未嫁。人到中年时抱养了一女孩，母女相依为命。前两年郁可芊从上海回圭宁探亲，约其一见，但见已人老珠黄，还体弱多病。当年学霸英气荡然无存……（小学算术老师，微信，书面语，2020/11/6）

老鼠药酒。南宁乡下有种药酒，原材料是未长毛的老鼠幼崽。用来治筋骨扭伤、关节炎，敷几日这种酒就有效。梁同学：我家里以前也泡有，用刚刚出生还没有开眼的小老鼠放高度数的米酒泡。效果是不错的。跃豆：问你真是问对了。梁同学：我外公以前是骨科医师，在自己家里开诊所，在七几年前有点名气。后来年纪大了就不做了，八几年时过世了。可惜他的医术没有人接手，已失传了。跃豆：怪不得，七几年的时候，好像基本上没有私人诊所了，你外公的诊所是在哪条街呢？梁同学：大成殿对面呀！我在那长大的。跃豆：东门口文化馆对面，原来有个幼儿班，你记得吗？我三岁的时候先在这个幼儿班待了很短一段，还记得里面炒的咸菜放了很多油，四岁才去县幼儿园的。梁同学：我外婆家正正是在幼儿园隔壁（以前也叫陵宁街区委会），那个幼儿园我也读过。（初中班群，2020/12/23）

偷书。跃豆：泽红，你阿妈调到学校卫生室兼打理图书馆。1977 年，你在尘封的书库翻到禁书，偷出一本普希金的《青铜骑士》给我，你记得吗？好像还有一本《海涅诗选》。泽红：有这回事吗？我不记得了，我妹泽鲜从圭中图书室偷了一本《牛虻》回来，因第一次做小偷，吓得瑟瑟发抖，好几天回不过神来，我还安慰她，偷书不算偷……

小时候的事情。吕觉悟：你们还在这提儿时小偷小摸丑事。跃豆：小时候的事情跟你做得最多。爬树翻墙下河，样样都做。吕觉悟：还伙同文静的英敏偷偷摸摸混进县委会爬树偷生杨桃子，回来加盐煲熟收藏在床地底，耐耐又吃只。跃豆：这个我不记得，什么时候的事情？难道是幼儿园吗？放在谁家的床底下？这件事情有点奇怪。吕觉悟：偷杨桃子系在小学二年级左右，"文革"前期，学校不正常排文化课，学生自由散漫，有的是时间东游西逛。偷（摘）生杨桃回来煲，纯属年少无知调皮捣蛋玩玩。沙街，摘回来生又小细的杨桃，在一楼厨房生柴火用瓦锅煲熟，我们仨就把它转移到三楼英敏家床底，不敢放一楼你家，因为厨房天井旁住着李阿姨给李弟请来的保姆，上里七婆声音大嘴巴碎，我们尽量躲着她。跃豆：哇，我完全没有印象，你记忆实在是好，小学二年级时，防疫站是装修还是宿舍紧张，英敏是有一段时间住在沙街妇幼站，住了几个月，住在前楼的三楼。那个是旧时的客栈。后来当了保健站办公室和宿舍。我记得我和她站在办公室门口的走廊讨论什么叫"月经后"，讨论了一个晏昼也不明白。你这八分之一的德国血统还是厉害的。吕觉悟：过奖了，不好意思的哦。（初中班群，2021/1/3）

槐花与蛇，与老举婆，与狗屎公。跃豆：你记得我们攀树吗？攀对面水利局门口的槐树，执上头的槐花卖给收购站。吕觉悟：我们对面畜牧兽医站门前有几簕老粗大槐树，记得非常清楚。至于执花换钱就没有印象了，据说槐花能清热解毒，看着满树枝花花可变钱，贪小便宜，执花变卖给收购站，有此行为，不可排除。跃豆：我从不记得对面是畜牧兽医站，我只记得是水利局，难道你说的，有大蛇就是这里？吕觉悟：水利局在我们家这一排，你家对面是阿燕屋企，阿燕左侧交通局，右侧畜牧站，再右，收购蛇仓仓库。吕觉悟：想当年沙街机关单位密集，同龄小伙伴不少，有时又不失清净，挺怀念的。街头军烈属潘筱芳老师家隔壁住着一个刘二婆，街坊背地喊她老举婆的，我们经过她家门前必须加快脚步，为什么？因她家入门厅小阁楼上有一副大棺材……跃豆：我正要问你关于老举婆的事，粤语，老举就是妓女。她家有棺材我是完全不知道，还是你知道的事多。主要是样样都记得。（跃豆与吕觉悟倾偈，2021/1/8）

跃豆：你记得沙街口有卖糖粥的吗？与我们是同一列的。吕觉悟：卖糖粥？我们这列？没有吖，我们这排从河边算上，狗屎公屋企—水运社—我屋企（水电局仓库）—你屋企（保健站）—三婆十二婆（水运社五保户）—小学同学吕丽雄屋企—水利水电局—黄丽坤屋企—阿幼屋企—供电所—灯笼桥桥头宁同学屋企。哈哈，数来数去没有糖粥店安插之地呢？跃豆：在水利水电局旁边的黄丽坤屋企？狗屎公，我想不起来他这个外号了，很好玩，矮矮的一个人住。吕觉悟：狗屎公，长日右手拧只粪箕，左手拧只长火钳，在街上行来行去捡狗屎。长得挺清秀，笑眯眯留着一撮小胡子的，想得起咩？屋企门口干干净净，种有两禽大甘蔗。跃豆：甘蔗没想起来。吕觉悟：黄丽坤，后尾听讲嫁去北京了，她阿叔，教过我们初中政治。（跃豆与吕觉悟倾偈，2021/1/9）

《烧饼歌》。每年爷爷帮人写春联，都是他自己写的，不是书上的，他写累了介阳（我外甥）就帮着写，介阳写得一手毛笔字，人人赞叹。我还记得他帮抄那个《烧饼歌》，和爷爷两个人抄。《烧饼歌》就是写的刘伯温跟皇帝对话，朱元璋皇帝咬了一口烧饼，然后用碗盖住，让刘伯温猜那里面是什么，刘伯温就说是月亮被金龙咬了一口（"半似日兮半似月，曾被金龙咬一缺，此乃饼也"——查百度）。我不明白是什么，爷爷就说，月亮就是烧饼，金龙就是皇帝。我就记得一句，"二八胡人二八忧，二八牛郎二八月，二八嫦娥配土牛"，爷爷就是讲，胡人还要统治二八十六年，有十六年的担忧。（云二娘，2021/1/19）

我们叫北方人"捞佬"。宁同学：刘二婆那副棺材我也见过。跃豆：好像我们叫北方人"捞佬"，因他们讲一口我们听不识的"捞话"。好像是听吕觉悟说的。泽红：看来你是离开北流太久了，现在也叫北方人"捞佬"呀。（初中班群，2021/1/11）

捞妹。跃豆：记得宁夏女篮来我们学校冬训不？吕觉悟：记得在，阿些年我们小县城外来捞妹不多，镇中突然来了一拨皮肤水嫩红白高挑美捞妹觉得很新鲜，总找机会去礼堂过眼瘾。泽红：看宁夏女篮队员从身边走过，好像看巨人，有泰山压顶的感觉，仲去灯光球场睇佢地打球，把本地队打得稀里哗啦的，广西没有身高顶不住。跃豆：我记得一下课就去看她们训练，看得入了迷。有一个挺矮的，好像就是5号，叫"矮婆"，她技术最好，总是在很远就能投中空心球。有一个挺白挺苗条的，神情总是淡淡的从来不笑，至漂亮，外号"白骨精"。还有一个可能刚从农村招来的，脸圆圆的黑黑的牙齿白白的，我们取了个外号叫"黑妹"，她第二年又来了，就长壮了。宁同学：系叻，睇来靓仔靓妹大家都喜欢，我自幼时，日日去灯光球场睇，就暗恋了几个，高大的，皮肤白里透红（害羞）。（初中群，2021/1/26）

蛇仓的蛇。跃豆：沙街畜牧站的蛇仓的蛇，是哪里来的？是本地收购的吗？难道我们本地有很多蛇咩?吕觉悟:应该是中转站,外贸车经常走苍梧—梧州线。水运社也是走圭宁—梧州线水路。(初中群,2021/1/26)

早恋。我大姐的孙女叫莹莹,小时候挺有主见的,带着小伙伴玩儿。长大了真老实,你说她老实吧,她还知道早恋。(她多大呢?)就是前几年,十二三岁,读书读不好,有个男孩给她写情书,她爸妈笑得要死。她把情书藏在床底下,妈妈看见了,让爸爸也看,两个人笑得要命。人家都有很多奖状,她一张奖状都没有。老肖的孙女特别胖,她特别爱吃所以胖,长得有她妈妈那么高,报了个舞蹈班。(哪里的班呢?)在县城里头,每周六日就去上舞蹈班,你没看她那么胖,学得还挺快,那个莹莹就怎么都学不会,就是人老实。我大姐的外孙女还大几岁,叫枝枝,就特别会读书,有个男孩从小学开始天天都等她,她妈妈怕她早恋,问她,对那个男生有什么感觉,结果她说她妈有毛病。按理说莹莹的父母都不是老实人,都挺聪明挺精的,这两人跑到西宁去打工搞装修,很不错的,她妈妈还自己去学了美甲,说要开个美甲店。不过我们农村都说头生的孩子都是老实的,那个谁说的,第一个孩子都应该打掉,太老实了。老二就聪明,那个莹莹的弟弟,他就聪明得能把莹莹给卖了,今年还不到五岁,人鬼得很。(云二娘,2021/1/26)

石灰池。跃豆:吕觉悟,小时候我被一只狗狂撑,跌入畜牧站门口的石灰池,周身沾满石灰浆,是你陪我到河边洗,记得吗?吕觉悟:记得,应该是交通局门口的石灰池,因为交通局在基建中,需要把生石灰在池里用水化为熟石灰搞泥水浆砌墙。跃豆:可能在畜牧站与交通局之间。吕觉悟:我两个都很怕狗,又是经过刘二婆屋企门口小跑了一下,狗就跟着我们追,所以记忆犹新。跃豆:可能是怕她家的棺材。不过我细时肯定不知她家有棺材,不知道怕。吕觉悟:我怕她,她很恶的,主要是小孩子叫她老举婆,她就很恶。还拿一条棍子要打人。跃豆:我小时候根本不知道老举婆就是指妓女,一点都不知道,别人怎么叫我就跟着怎么叫。吕觉悟:她家门前多色指甲花开得很靓,有时候会情不自禁磨蹭磨蹭,慢慢行着赏花。跃豆:这个你说了我才想起来,本来不记得她门口有指甲花,我只记得阿燕家门口好像有花。吕觉悟:阿燕家门口有什么花我想不起来了,只记得其中有鸡冠花。阿燕的阿婆(四婆)常坐在门口旁青石板上织嘢衫。(初中群,2021/1/28)

书到今生读已迟。泽鲜:看照片你身体明显好了许多,人也更有包容与谦和。易经八八六十四卦,只有谦卦六爻皆吉,谦和与包容会获福无量。跃豆:南怀瑾的《易经杂说》?泽鲜:读过的。我们以前学佛修行,陪小孩读经典,看南老师的书,十几年就是这样走过来的,几乎与世隔绝。跃豆:怪不得弟弟学古琴这么容易上手。泽鲜:古琴是以前的读书人用来调心的道器,技法不难,重在读书与境界。泽鲜:书到今生读已迟,我们从小没有这个教育,读给下辈子用。(白露次日,2021/9/8)

章二

无系同……一样咩:不是跟……一样吗。

——《李跃豆词典》

垃圾。现在垃圾太多了,这点那点这点那点,一日就很多。泰国现在禁塑料袋,讲去超市拿只筐,还有抱着一只缸的,特别好笑。不禁塑料袋不行了,几百年都不融化,中国现在研究出一种能够融化的了。(云二娘,2020/9/2)

飞机票十几万一张。二表叔阿只孙去美国读书,刚去了半年,去美国读研究生。现在回不得了,要抢票。中国包只包机,一百五十只名额,现在报名的有两三百人,讲最便宜机票都要十万块钱一张,最贵的要二十三万一张,还有人抢,有的人全家都要回来,几十万喔,目前抢破头了。(米豆转述,2020/10)

……
……

章三

几耐:多久。

——《李跃豆词典》

跃豆与远照通电话。跃豆:阿妈,电话响了噉耐你冇接,啱先系炒菜冇?今日吃咩嘢菜呢,啱先炒咩嘢菜?远照:就系鸡蛋青菜、青菜鸡蛋,朝早蒸了一条排骨,使点生粉抓一抓。跃豆:排骨要蒸几耐呢?远照:蒸汽上来十五分钟就得嘞。跃豆:今日你哋几多只人吃饭呢?远照:就系三只人,玉葵在工厂吃,渠九点钟才回得到屋。阿墩嗰几日都在屋吃,无系高考了咩,教室做考场,放了四五天假,渠仲陪我打乒乓球。跃豆:天啊你噉大岁数仲打乒乓球?打几耐?我打五分钟就累了。远照：我就打十几二十分钟。跃豆：喊海宝陪你打打。远照：渠冇时间啊，他都要到暗回到屋，等渠有时间我就嫌太夜了。远照：米豆做手术，疝气手术系最小的手术，往时就系几十块钱，冇到一百块，现时居然要上万块钱，真系奇怪，往时就系做局麻，现时讲要做微创，做微创仲要全麻，就太奇怪了，做微创不得报销的，我也不好讲渠，等渠自己做选择。

海宝的女儿萧歌明。歌明，二本大学毕业，本来要考研究生，却没考，和同学一起去广州找工作，也是私企。说起来萧歌明的名字是海宝让跃豆取的，跃豆想起来十一岁时萧继父到家里来，他对跃豆说，希望她长大以后当一名女高音歌唱家，因他最喜欢女高音。跃豆很是纳罕。远照问，为乜嘢系女高音歌唱家呢？为乜嘢至钟意喜欢女高音呢？为乜嘢冇钟意男高音呢？萧继父不答。萧歌明，歌声明亮，跃豆觉得萧继父或许满意。跃豆微信：歌明，打针了吗？照常上班吗？歌明复：我住的地方跟公司都在天河区的，上个月底的时候已经打了第一针疫苗。前几天我们全区都有做核酸检测，我们这个区是没病例的，谢谢姑姑关心啦。跃豆：估计你还要租房子住，也不知房租有多贵。估计在广州也不会便宜。歌明：好哒，刚在吃饭，工资够房租的，我住城中村里不是很贵的。（2021/6/9）

跃豆向泽鲜买茶。跃豆：泽鲜，你们有淘宝店吗？我想买几件普洱送送朋友。泽鲜：有的，我们的茶是自己多年收藏，有各种山头、年份、仓储、生熟形状的不同，一般礼品茶，我们是根据顾客需求量身定做，然后手写包装再配上礼盒，固定的淘宝店倒是没有，我发些图给你看。（发来照片）泽鲜：这个竹筒茶是大益，5万一斤，太贵。跃豆：那我肯定买不起。泽鲜：你定出一份能接受的价格，我们就知道给你什么茶了。跃豆：价格（略）。泽鲜：你这个价格可以给你这个，就是1998年的，中茶公司的老熟茶，也是品牌，7581，打个六折给你，友情价。跃豆：那我支付宝转给你，或者微信，也可以银行账号。泽鲜：我们是东西发到你手上才收钱，现在我和唯稼还在北流，等他教完一周古琴课我们才能做你礼品，你看可以吗？泽鲜发来视频，关于"五音疗疾"——《黄帝内经》两千多年前就提出了"五音疗疾"的理论，《左传》中更说，音乐像药物一样有味道，可以使人百病不生，健康长寿。《黄帝内经》的《素问》中说"精神内守，病安从来"，《灵枢》也言"悲哀愁忧则心动，心动则五脏六腑皆摇"。这里的"心"是指包括心脏在内"主神"的整个神经系统以及精神心理因素。心养好了，才能真正使身体各脏腑功能正常，以达到"正气存内，邪不可干"的境界……在疗疾过程中辅以音乐疗法，而使得"一曲终了，病退人安"。跃豆：没想到弟弟唯稼都能教古琴了。当初是之之去南京学的，之之现在也教琴吗？泽鲜：之之在深圳，唯稼在南宁。我明天回老家新丰丹花。跃豆：丹花，这个地名真好听，等我什么时候回北流，就回我外婆家香塘。泽鲜：丹花村在奎楼顶大山脚下，奎楼顶高度与大容山莲花池仅差一米，我父母当年都是从大山里走到北流县城读书的孩子。（跃豆、泽鲜，2021/8/14，农历七月初七）

《神人畅》。跃豆：我听了一下《普庵咒》《良宵引》《鸥鹭忘机》几首，还是比较钟意《鸥鹭忘机》，管平湖演奏的。泽鲜：这个是《神人畅》。（发一个唯稼弹《神人畅》的视频）我：这个《神人畅》真好听，喜悦……我查了一下，《神人畅》，是唐代以前仅两首记载下来的以"畅"为题材的古琴曲之一，表达了昔日部落领袖"尧"祭祀之时弹琴，奇妙琴声感动上天，使天神降临，与人们欢乐歌舞，共庆盛典……六朝时期谢希逸《琴论》曰："《神人畅》唐尧所作。尧弹琴，神降其室，故有此弄"。此曲音调古朴粗犷，节奏铿锵。描述了神对人的感情，博大而宽宏。其淳朴自然的原始祭神舞蹈节奏使得曲风苍古雄健，中国传统文化中的"天人合一"观念在此曲中得到充分体现。泽鲜：弹得好的琴曲可以让我们直接和古人通神。跃豆：哪天我买一把仲尼式的挂墙上。泽鲜：可以让唯稼帮你寻一把，他们都是直接从扬州那边的斫琴师手上拿，性价比高。跃豆：我想在琴底刻一两行文字，相当于琴铭。琴，最好老一点才顺眼。泽鲜：是的，琴靠养，养养就老了，古琴就是弹简单的指法都很好听，不需弹完整的曲，你写作之余可以抚抚琴，也很享受。跃豆：又查了一下，那个张仲景，就是那个《伤寒杂病论》的作者张仲景，他还会斫琴呢。（斫，zhuó）（跃豆、泽鲜，2021/8/14，农历七月初七）

艾灸，养生。

泽鲜：你腹泻，就是夏天的湿气没排出去，现在秋天了，要排出去。排出去是好事，不要紧张。艾灸是可以的，艾灸要慢慢来，温灸，就那个肚脐旁边、丹田，还有中脘，灸一下停一下，再灸一下停一下。酵素，你这个身体是不怎么合适的，夏天排肠胃的湿气最好的药，其实是藿香正气水，药店都有卖的，一盒藿香正气水口服液，先吃半支试一试，半支半支试，慢慢就能把湿气排出去了，效果非常好的。

我们这个年龄，脾胃要小心护持，脾和胃要出了问题身体就很难调得好，吃什么好就靠自己的感觉，吃到舒服才能吃下去，不舒服就不能吃。

别的事情都不要忙啦，专心躺平调养，我40多岁时，身体是断崖式下降，就是感觉自己身体还可以折腾，吃什么都随便。当时小孩又小，各方面也是负担，就是奋不顾身吧，当时也没这个福报吧，然后身体就很糟糕，后来小孩也大了，放得开手了，自己身体也不行了。然后就不做事，就是调这个身体，吃中药艾灸啊，洗热水澡泡脚啊，摸索，反正调了好几年现在好很多了。

跃豆：哎呀，刚才我打坐，然后现在，吃一颗人参健脾丸，我现在每天早上吃一颗，吃了好几年了，腹泻呢，七月开始的，反正就是有点严重，后来好了……我前一段自己艾灸，每天下午艾灸，完全好了，中气也很足，然后就是前天不是吃了酵素吗？前天晚上泻得了几次，然后，昨天一天没问题，就好了。

泽鲜：听你的声音中气真的很足，声音也很亮，那就没问题啦。你一直艾灸是很好的，艾灸呢，它比针灸吃药都要好啊，很补元气的。也不能灸那么猛，有时候就是怕太猛了会伤到你的阴。

跃豆：不知道一次灸多长时间合适，就我切那个艾柱啊，烧尽得有三四十分钟，我就怕这个时间长了。

泽鲜：就这么一节不长。你先是灸前面那三个地方，肚脐旁边，丹田，然后中脘，就是胃那个地方，然后你感觉多长合适呢，就是灸到皮肤有点红了，有时候湿气重的时候还会发点水汽出来，看到几个地方都灸得有点红了，然后你自己感觉到，好像够了。艾柱没完，怎么办，就把艾灸盒放到大椎那个地方。

……有不舒服就不要灸那么多，是这样的，我们一般呢，就是灸了以后喝点老熟茶，一定要喝点老熟茶啊，一方面，这个熟茶呢，也排湿，也养胃啊，酵素呢，就有点刺激。我觉得你吃人参健脾丸是很对路的，很对头，但是还是要继续啊，因为这个脾不好，运化不好，人就会瘦，要健脾胃。

跃豆：这个艾灸，奇怪得很，前一段我没艾灸，还拉肚子的时候，那倒是口干的，现在艾灸反倒口不干……现在算秋天了，立秋过了，我还是想继续每天灸，又怕秋天艾灸会伤阴。

泽鲜：艾灸你灸了反而生津口不干，那证明你下焦寒极，就是你中下焦都很寒很湿，所以一灸，津液就升上来了，如果你没感觉到口干，就是秋天你都可以一直灸啊，有两种症状是会灸过了，一个是口干一个是头痛啊……一方面灸一方面你也要增加营养，就是灸了以后肯定胃口就会好，胃口好了你就要吃好一点，自己想吃什么弄一点，各种蛋白质啊，多吃一点。

然后水果青菜是要少吃，你艾灸了以后会发现你不大需要吃水果青菜，因为肠胃慢慢就暖了，一吃寒凉的东西就不舒服，然后呢，艾灸过头的一个现象呢，就是头痛，是因为你下面太虚，火就冲到头上面去了，这个时候可能要停一停，头痛的话就泡脚啊，用那个艾，烧水来泡泡脚，加几片姜啊，一泡脚那个火气就拉下来了。

跃豆：你说这些特别对我的情况，我这一段好像青菜没那么爱吃了，确实是哦，然后营养呢，现在每天吃三个鸡蛋，后面两个不吃蛋黄，中午吃点牛肉饼，加一个鸡蛋蛋白，晚上也是，晚上不吃肉了，就又加一个鸡蛋蛋白。然后还加了两顿，现在一天吃五餐，原来是加一餐粥，一餐是牛奶，现在粥不吃了，只吃牛奶，你看我体力恢复得不错，胃口也好，这个艾灸是很有用的。

泽鲜：牛肉很健脾胃，很补中气，然后，鸡蛋吃三四个都是可以的，不要怕吃蛋黄，你艾灸了，不要听什么胆固醇高，根本就是不够，光吃那个蛋白没有用的。

就是慢慢增加营养，等到一定的时候营养饱满一点，身体里这些东西，要有一种东西帮推动的，不吃水果了，可以泡点陈皮水喝喝，感觉看舒不舒服。实际上喝那个老熟茶是最好的，生茶不要喝啊。

跃豆：这个湿气，一开始真的很多，一摸一摊水，现在好像没了，之前我也是把剩下的放在大椎，但就是不能准确找到大椎的位置……还有，这二十几天基本上没喝茶，都是喝白开水，茶可能不一定适合我。

泽鲜：这个艾，它是可以自己找穴位的，这个艾盒，放在什么地方合适你就放在什么地方，一放特别舒服，放在那个地方就可以了，它不要很准确的。

茶呢，你的身体呢，原来是太缺营养啦，但又很寒湿，脾胃不好，所以就没有胃口，吃不进去，吃进去也运化不了，自然就没有食欲，你现在艾灸了，然后就慢慢增加营养，营养饱和到一定的程度，就想喝茶了，你看这些茶，都是那些大老板啦，官员啦，整天大鱼大肉吃的人，这个茶就很救他的命了。

就这样，不想喝就不喝，要靠自己感觉的。白开水你觉得口渴你就喝，不口渴，就不喝。或者喝点蜂蜜水呀，或者是泡点枸杞啊，桂圆哪，姜红枣桂圆红糖，这些都可以熬点水。

跃豆：桂圆不敢，我妈老要给我寄桂圆肉，我以前还放在粥里。早上我会吃两片生姜，用醋泡过的生姜，有时候会含一片干姜，这个都不错。

泽鲜：听你说这么多，觉得问题不大，打坐的人是有自我感悟力的，这样一直调下去会越来越好的，暂告一段落。分享一曲唯稼弹的《高山流水》。（跃豆、泽鲜，2021/8/17）

三个小伙伴聚齐。吕觉悟王泽红结伴报团去内蒙古旅游，北京集合，入团往赤峰。玉龙沙湖、浑善达克无人沙地、乌兰布统大草原，然后穿越张北草原中国66号公路。旅行团到北京解散，当日两人去看跃豆，跃豆病了，说话没力气，更无法一起去荡。本来想硬撑着请发小吃北京烤鸭，结果附近的烤鸭店装修了不开业。

三个小伙伴在北京聚齐是生平第一次，之前泽红要照顾父母，一刻也走不开，父母双双活到94岁去年去世了，这才有时间。觉悟呢，被深圳的医院聘去，平时也没时间。每年十二天假期，又要出国旅行，现在好了，终于一起出来玩了。

两人第二日凌晨三点起床，赶到天安门看升国旗，里三层外三层地远远看了看，泽红还拍照发了朋友圈，又去了雍和宫国子监北海公园后海，走了走胡同，尽兴而归。

过了几日跃豆病好了。跃豆：幸亏你们撤得快，北京连续两日大暴雨。吕觉悟：我们还算运气好。跃豆：看你们这一路玩得还挺好的，明年再去吧，带上我。天坛我都有二十年没去了。吕觉悟：看你讲话都没力气，我眼泪都快出来了，你身边又没有个人……跃豆：我现在好了，吃了你们说的那个肌苷片。吕觉悟：那个就是增强能量的，没有副作用。北京的药店这么奇怪的，便宜的药买不到。跃豆：后来我在淘宝买的，第二日就到了，马上就吃。我上网查了，肌苷片的主要药理作用是参与细胞的代谢，参与能量代谢以及蛋白质的代谢。看来还是可以吃。泽红：没有副作用的，我妈一觉得累就吃，寿到94岁。你太瘦了，要记得每日加一餐牛奶。跃豆：这个加了，前几日我每日吃五餐，像坐月子，还是有用的。跃豆：北海景山这些都不错的，毕竟是皇家园林。泽红：北京别的都好，就是地铁没有滚梯，害得上上下下都着使双脚。觉悟：像深圳，全部地铁都有滚梯的。跃豆：你现在一直上班也挺好的。觉悟：是啊，在深圳是个专家，人人都尊重，要是在南宁，退休了就只能到广场跳大妈广场舞。而且一年有十二日假期，五一十一还有假，就够了……现在方便通语音吗？

觉悟：……听你声音恢复了元气，好好休养就得了喝。跃豆：是，肯定不写了，跟你们去荡。

跃豆：哎，今天中午我望见一个很老的老头，怎么也有80多岁了，他扫码扫开一辆蓝色的共享自行车居然骑上去了，真系犀利！我就羡慕那些80多岁跳伞庆生的人，至羡慕那个，90多岁还走T台的国际超模，名字忘了。那真是生命不息……

（觉悟、泽红、跃豆，2021/8/3）

注卷：备忘短册

车衣佬、车衣婆：裁缝。**疏捞捞**：稀疏。

——《李跃豆词典》

防疫站：最早有记忆的住处。记得自己穿着开裆裤蹲在门口的一堆沙子前，好像屙了一泡尿，一个大人行来，讲："跃豆，你知未曾，明朝日你要去幼儿园了。"后来记起，再早些的记忆是在东门口的居委会幼儿班，一间大房间，吃白粥，一个婶婶端了一大碟炒大头菜，那大头菜放了很多油，亮闪闪香喷喷的。再有就是我塞一只龙眼入嘴，被爸爸打，我记得那地上是松动不平的灰砖。记得那房间没有窗，五十年后去看，却有窗，长而宽的大窗，暗红的木窗框。

显微镜：一只碗口大、长颈鹿形状的小小照妖镜，柳阿姨终日闭着一只眼睛对着它。显微镜这种高级器材，据讲全县仅一台。龙桥街0018号防疫站，左手边一只天井，有厚厚青苔，现在有比人高的草。也不是一般的草，大叶，中央有块洇开的黑斑，叫火炭藤，可入药。天井边昔时是实验室，仅柳阿姨一人。柳是全县唯一的北京人，一口地道京腔，她的生活方式连同腔调让人仰望。作为同事兼近邻，我妈跟随她的步伐，柳阿姨给儿女们订《小朋友》，母亲也给我订。那时李稻基早已不在，她一个人微薄的工资还要养一双儿女。还记得1966年最后一期《小朋友》，主要内容是打倒三家村，画面是小朋友横眉怒目挥着拳头。后来杂志再也没有来过……还有连衣裙，英敏的格子连衣裙来自北京，我妈借来让我穿上照相。照片上我歪着头，除了连衣裙，头上的辫子也是别人的，是照着英敏的样子编起，她的辫子都是她爸爸编的，她坐在小矮凳上，她爸爸拿把木梳，在她疏捞捞的头发上一下下摆弄，然后小心地分成两边编成辫子。我没人编辫子，时常对镜自剪刘海，贴着发根直剪到头皮。

细菌与乳腺增生：柳阿姨与细菌在一起的时间多于家人，这使她的细菌观坚硬不摧。在她的世界里，细菌笼罩一切，她坚信，人类需要时刻警醒，必要的时候要心有恐惧。她告诫英敏，跃豆之所以小小年纪就乳腺增生，就是平时不爱洗手，不洗手就摸自己的乳房，乳腺增生就是这样生长起来的。英敏是全县儿童中至至天真单纯的，脸非常圆，像月亮和苹果，眼睛是细细眯眯的。她相信任何人的任何话，有关不洗手就会得乳腺增生，实在太严重了，她特意喊我去后门，报以重要秘密。

英敏喊我到后门的龙眼树下，她紧绷住脸：第一点是，不洗手就会乳腺增生，这是至至要紧的，所以一定要洗手。第二呢，要穿鞋，地上的细菌极多极多的，细菌会打脚底爬上来，一直爬一直爬爬到身上。还有呢，第三，碰巧地上有铁丝有刺有玻璃，划破了脚上的皮肤，问题就非常非常之严重，破伤风，破伤风人就会死。这细菌就叫破伤风菌，可见细菌是至可怕的，所以，割破皮一定一定要打破伤风针（想起小学时挖防空洞，我的头被锄头剟破了鲜血直流，吕觉悟带我到水田中央的四方水井，用井水洗掉了鲜血，并未做任何处理，未包扎也未打破伤风针，实是万幸）。还有第四，她昂起头，似乎第四藏在天上，她眨眨眼，说，第四忘了，回家问过妈妈再报知你。

她重复讲，乳腺增生，就是因为不洗手，加上不穿鞋光脚行路，沾上了细菌，这是至至要紧的，所以呢，千祈千祈，一定要洗手。还有，千祈千祈要穿鞋。

英敏羡慕我打赤脚，泥地、青石板、沙滩、河水、青苔地，室内水泥地、砖地……光脚贴上去的那种腻滑、酥痒、松软、粗粝、冷或者烫……无穷的感觉，英敏也想试，趁她妈妈不留神，她就会脱下脚上的鞋，她的鞋是难看的男式包头凉鞋——县百货公司没有女式凉鞋，柳阿姨只能将就。

在男式包头凉鞋中，她的五只脚指头紧紧挤住，拗曲得像旧时裹脚，柳阿姨认为，这才够文明讲卫生。我的脚天然放纵，脚指头叉得开开的，脚拇指和第二根脚趾之间开着很大的叉，至滑难行的泥地我亦可牢牢企稳。那些雨后滑而坚硬的小路，比泥泞更难行，如同光滑的冰面，而我的脚非常好使，像原始人或大猩猩的脚。

小山羊：小山羊在办公桌被抽血。在入门右手边的办公室里，在桌面，绑着四只腿，它一边蹬腿一边拉出又黑又小又硬又圆的羊屎豆，只有花生那么大。几个大人围着它抽血，一个声音说"还没死"，另一个声音说"快了快了"，据讲是做实验。当天晚饭有炖山羊肉，分在瓦饭盅里，一人一盅捧在手上，羊汤上漂着几节调味的甘蔗。那是我第一次吃羊肉。

月经：作为医疗系统子弟，月经一词时常出现在大人的谈话里。我们早就知道，将来我们也会有月经，但在此事到来之前，我们想破了头也想不出月经是何种样子，以及如何处理，是否一下课就要赶紧跑去厕所屙出来呢？我们真是犯了难。更艰深的词是"月经后"，我们猜了整整一日，直到晚黑都无结果。到了次日，英敏一早就冲来告诉我，她想出"月经后"是何意思了，就是来了月经之后。对头的，可不是嘛！振奋之余，我们互相约定，将来谁有了月经，一定要赶快报知对方。我们怀着复杂的心情等待着，如临大敌，同时翘首以盼。

伙猫：防疫站的炊事员罗世植，部队转业，话多爽逗，大人叫他炊事员，有时候也叫伙猫。英敏英树喊他老罗，我也跟喊。他整日同英树荡，有时也带上我和英敏，爽逗的事件件都有他，偷龙眼果（被树主逮了现行），端脸盆放半盆水看日蚀……后来他娶了个漂亮老婆。

俞家舍：据母亲说，我落生后首个住处就是俞家舍，大兴街一七七号，这俞家舍，它非同小可，是民国时全县最好的私宅，做过地下党活动据点，后为商业系统宿舍。昔时李稻基在商业局，我妈初怀孕时住俞家舍二楼的向阳房间，结果他当了右派，降了工资，房间也搬到一楼，住一间背阴小房。隔年我落生，就住那里。不满三月搬走了。母亲调民安公社卫生所，没有奶，也没有牛奶，吃黄豆粉。她对外婆说，这是科学养育法。

十二年前我专门去找过，大门虚掩，宅内空荒，天井有好几进，拱门、楼阁、回廊、廊椅、廊柱，却人影全无。一直走到后门的推笼门处，推笼的每根圆木都积满了灰尘。这种推笼往时很多，现在几乎没有了，推笼这个名称也是许久才想起来。地上除了灰尘还有垃圾，纸箱板，墙根的青苔一直到二楼。没有居家气息，空气中混合着灰尘和青苔的气味，天井的草润泽茂盛……我有张三个月大的照片，想来就是这时照的，穿一件白色圆领衫，开裆花裤子，坐着，头发稀疏，额头饱满……见廊柱间拉了根铁线，晾有彩条毛巾，栏台上还有一盆虎皮掌和一盆栀子花。想来也是有人住的。

韦乙瑛：母亲大人至要好的同事、全医院最好的妇科医生，地区三八红旗手，市政协常委。她家是新中国气象，有新书，《红旗插上大别山》《踏平东海万顷浪》《欧阳海之歌》。她还兼管过医院图书室，借给我《放歌集》《红卫兵之歌》《金光大道》，这些读物是我的初期养料。2020年春我给母亲打电话，她说韦阿姨正在做饭，忽然头晕，马上送去抢救，没救回来。

拆洗：一件毛衣的拆卸就像一个人的消失，一层层地拆，人身一点点消失。领口不见了，颈脖不见了，接着胸口也不见了，一只手变成了半截，然后整整一只、整整两只衫袖不见了，最后剩下窄窄一圈，终于，连这一圈也消失了。至尾，一件毛衣完全消失，变成弯弯曲曲蓬松的一把。毛线被整整一个冬天驯服成许多小波浪小弯曲，需要暴力再改造，要用滚水来烫——滚水一烫毛线就变直了，捞起挂在天井滴水。毛线一概枣红色，脚盆里剩的淡淡水红色冒着热气，很像一盆劁鸡煺毛的水。毛线干爽之后平直柔软，它们重新又回到了我举着的双手上，线球越缠越大，从一只乒乓球变成一只柚子。每年孩子的毛衣都得重新织，加进新的毛线，让毛衣变得更长，以抵挡露出的肚脐眼。

鬼佬：罗小姐悄声用粤语讲，那几只鬼佬……我猛然想起，小时亦如此称外国人，我的小学同学陈子瑛是归国华侨，高中毕业后，有次他寄来了照片，照片背面注道："这是祖父在加拿大开的餐馆，有很多鬼佬来吃。"陈同学早已失联，无人知其下落。

7211小分队：一个有围墙的大院子，最早住过海军陆战队。7211小分队20世纪60年代还在，除了叫7211，还叫民警队。院子门口有方形砖柱，有葡萄，葡萄美酒夜光杯，我和吕觉悟要专门去民警队看葡萄，它们还没长成，只有绿豆那么大。我们就先摘葡萄叶吃，纵然又酸又涩，我们仍是钟意的。我和吕觉悟对民警队的两样事物抱有极大敬意——罕见的串串葡萄，同样罕见的海军陆战队士兵。我们曾去民警队军民联欢，下午五六点，太阳高照，我们在民警队的地坪高声唱："天上布满星，月牙亮晶晶，生产队里开大会，诉苦把冤伸，万恶的旧社会，滔滔血泪仇，千头万绪，汇成了一条河……"

中学礼堂：门额有两个楷体字——"礼堂"，二字凸起在墙面，端庄肥实，是李宗仁手书。李宗仁1965年回到内地，同领袖在天安门城楼上亮过相，但我们弄不清他到底是正是邪。我们班孙晋苗曾经问过班主任庞老师，李宗仁是好人还是坏人，庞老师无法回答。据赖最锋讲，图书馆建于民国二十七年，各界筹资，李宗仁、黄绍竑等新桂系人物也都捐了钱。礼堂采光差，暗，一层无窗，二层是敞开式的楼台，但光线无法到达礼堂内，全靠亮瓦采光。学校文艺队常在礼堂排练，若去工厂演出，下午四点半就集中到二楼楼台化妆，由文艺老师调好底彩，每人拿枚细镜对着脸涂，涂好了，扑一层粉算是定妆，然后用一支扁头眉笔画眼线眉毛，眉毛画得黑而发亮，极其失真。这时天光慢慢暗了，互相望望，已经人人都不再是白日那个人。整个楼台半明半暗的，有一种超现实的诡异气氛。

有段时间文艺队练功，一三五练功，二四六练声，早操时间我们不用做操，直接就去礼堂。这时我们总是脸上骄矜着，端然直身而入。

礼堂门口有一亩巨大的老人面果树，前几年砍掉了。

打鸡针：一日，我们医院的孩子被喊去集中，到了就见注射器和消毒包摆在乒乓球桌上，地上有几只公鸡，颈尾的羽毛墨黑金黄暗绿，身上闪着光，只只抢眼。大人们捉了给公鸡抽血，涂上酒精消毒，一针下去，沉甸甸一管鸡血就抽出了。我们吱哇乱叫，四处逃窜，比鸡飞得还快。医院的孩子们本不怕打针，我们身经百战，见过世面且热爱科学，但打鸡血实在太诡异离奇，鸡的血，为咩要打到人的身上呢，无系要让人变成鸡咩？孩子的问题大人是永远回答不出的。

圈之：暂停。我有四十年没用这个词了。这个文雅的词也许不是粤语地区共有的，可能只是游戏的专用词。摸电线杆的游戏，分成敌方我方，互捣对方老巢，游戏就叫摸营，一人跑，几人追，后出的那人携带了新的能量，一经触碰，即算被击毙。但有一绝招可救人于险境，对方冲来了，眼看就要被摸毙，情形无比紧急，这时候你只要立时站定，大喊一声"圈之"，游戏就被按了暂停键，谁也不能再击毙谁。

县文化馆：门口有两只石狮子，黑瓦白墙，阔大厅堂，令人猜想它的前世。青砖台阶上去是正面敞开、只有三面墙的阅览厅，有几排报架。左侧一只圆门，满月般好看。月门连接天井，青苔满井长长一溜……窄廊、细门，一路阴凉。细门直通大成殿。红色墙壁的大成殿，门口有两亩高大的桐油树，结桐油籽。

对口词和三句半：20世纪70年代流行的表演形式，对口词是一人一句，末句合，为了增强气氛，则一人拿镲，一人拿锣，再一人拿鼓，说完一句敲一下，或敲三下。对口词适宜战前动员、行军、劳动等。三句半显然来自民间，前头三句是完整的，也是一人一句，最后是半句，三人合说。有一种民间的幽默。对口词可以根据需要一直对下去，三句半每段则只有三句加上最后的半句。

尤加利树叶：大叶桉的一种。小学时学校每日煮一大锅尤加利树叶汤让我们饮，预防流感。"尤加利叶防流感，你不记得啦，小学时'文革'大串联，感冒流行，学校无系熬了几次这种臭水给我们饮，谂起未曾？"吕觉悟在微信群里说。紧接着有同学更正，是细叶桉防流感，不是尤加利。沿河岸一直到酒厂，一路都是开芸黄色小花的尤加利树，我和英敏常去河边捡花柄，学种菜人家的小孩，用花柄穿成手镯和耳坠项链，再用指甲花染红。

鼻涕虫螺：蜗牛。我始终觉得用鼻涕虫螺作名比蜗牛更像，蜗尚可理解，牛的样子不知从何谈起，而鼻涕虫螺，它缩着时像只螺，伸出软体就像一只虫，又黏又软，白溻溻像鼻涕。我总觉得米豆就是一只鼻涕虫螺，慢而又慢，且软溻溻的。他的人生轨道如同蜗牛在树干，留下一道黏而透明的爬行轨迹。

针灸治聋哑：那时的报纸杂志纪录片，开足马力推出新生事物——针刺麻醉，一个人躺在手术台被大开膛，没打麻醉药，小小银针就搞定了。电影一放，震惊世界。另一神奇是针灸治好聋哑人，据讲，针刺哑门穴，先天的聋哑人都医得好。一首颂歌应运而生响彻大江南北，一种名为铁树的植物也顿时为世瞩目，那首歌以它开头："千年铁树开了花，开了花，万年枯树发了芽，发了芽……"

封包：即红包，小城的礼数。每次回去，要奉母命给人发封包，只要是在家族这棵树上的，管它枝枝杈杈，见面就要发，不然呢，母亲就没面子。每次到家母亲就讲，这次一定要去探谁谁谁，顺便探谁谁，要给封包的，至少呢，每人五百。她以不容置疑的口吻告诫道："禾基叔的女儿女婿外孙，一概都要有，大姐姐夫、他们的两个儿子儿媳妇、孙子，也都要的，小辈的一人两百。"单这一家就要准备九只封包。这一长串的名单中又再加上了海宝的岳父母……名单总是越来越长。"见面不给封包，人家会睇衰的。"意思是见面若不发红包，人家就会低看你一眼，连带全家都低看了。宁可你不回来，她也不愿受这种"睇衰"。我与她讲，久没回家过年了，不如今年回去看看。她沉吟片刻，说，还是别回算了，过年太冷了。我估算了一下，过年回，远近亲戚前辈晚辈同辈来拜年，至少至少，封包是要上万的（够我去三次柬埔寨看吴哥窟）。这笔账她也算过了，并且认了命，认可女儿并不是什么成功人士，只是一介穷文人。"文人向来都系穷嘅。"她以平和口吻同门口的妇娘婆讲。并没有怨。是命数如此。命数，这个庞然大物，人不可抗拒。

红包使人窒息，也是不能在故乡定居的理由之一。

幼儿园：我和吕觉悟时常回忆幼儿园的春游。要知道，春游这个词，从20世纪60年代到70年代，全县城只有我和吕觉悟在用。春游不是去田野，而是去马路对面的坟地，在两只坟头间执青草野花。除了春游，我们要讲到春天在后门种玉米，讲到矮矮的林园长和高高的钟老师，钟老师用脚踏风琴唱道："请坐好——"我们则答唱："坐好了——"周末回家前我们要唱："亲爱的老师再见亲爱的老师再见，现在我们要回家了，再见再见再见！"我们要排队上厕所排队进入寝室，有老师在寝室门口逐一摸我们的额头，临睡前我们还要吃水果，一只荔枝、半根香蕉、一小块木瓜、两瓣柑橘……还有呢，做游戏，丢手绢，找呀找呀找呀找，找到一个好朋友……表演节目，我当炊事兵，吕觉悟当侦察兵……

半个世纪以来，我和吕觉悟一见面就控制不住要谈论幼儿园，其热衷程度，相当于两名无可救药的球迷谈论一支解散多年的球队，那只早已不存在的足球无论多么陈旧肮脏，它都会在我们跟前跳荡，滚滚向着前后左右……我们的脸闪闪发光，我们的唾液经久不衰，在县城的范围内，县幼就是这样站在科学文明的高处，它高踞在那些街道办的幼儿园之上，有着光荣与骄傲。佛经里说的，贪嗔痴慢疑，"慢"，大概就是这样。

陈趣和陈蓉：我的大表姐和二表姐，远婵姨母的两个女儿。陈趣，貌美如花，高挑苗条，皮肤是凝脂里透朱酡，嘴唇像涂了胭脂。人呢，却脾气暴躁。她到合山水电站当工人，回来学了一口广东话，谁都看不上。冷天她穿一件有毛翻领的深蓝色棉大衣行街，头微仰，高傲，像外地来的文工团员。陈趣婚后仍暴躁，后来听讲她精神不正常，一直未生养。

陈蓉大我一岁，她木呆懵懂，与她玩不起来。有次我和泽红泽鲜在操场上玩，远婵姨母走过来，面对我们背诵了一条毛主席语录："我们都是来自五湖四海，为了一个共同的革命目标走到一起来了……"我很纳罕，她怎么跟我们小孩子背语录呢。接着她就说，你们不能欺负阿蓉。说实在话，我们没有欺负她，只是跟她玩不到一起。我很久才恍然，是姨母见小孩不带陈蓉玩，她背这条领袖语录，觉得能帮到女儿。

陈蓉2003年去世，死于一只苹果。到死她都懵懂。

新生儿随访：妇幼保健站的项目。母亲退休返聘，每周就去做新生儿随访。逢一三五,带上随诊包,装上听诊器体温计之类,还带一杆老秤。她骑上单车,一踩脚踏,单车就到了街肚,她身手矫健上落迅捷,向来如此,直到70多岁还身手矫健。她去做新生儿随访,骑车在大街上,或者行路在骑楼,时时有人向她招呼:"梁副,早晨!""梁副,去边滴啊?""梁副,我屋里的依呃(婴儿)额头有一片红的。""梁副,得闲入屋饮杯茶先。"从街头到街尾,人人认得她。

我甚觉此事爽逗,回家的几日跟她随访,入了不少人家的内室。粮食局农业局商业局教育局单位宿舍……龙桥街高禾街豆腐社水浸社……环城一队二队三队……绕过天井走廊,穿过荔枝树芒果树黄皮树,入到砖房砖楼泥屋,一直入到产妇坐月子的内室,浓厚的奶腥气,婴儿尿骚(比成人的尿淡,有甜气),汗味、食物气混成一片,凝固不动,窗是关着的,蚊帐下垂,年轻的产妇坐在蚊帐门,婴儿在帐内摊着手脚熟睡。我妈掀开蚊帐望望,讲:"依呃没咩事的,几好的。"又问,"你本人怎样,营养好不啰?""好的哪,一日吃三只鸡蛋。隔几日吃一只鸡。"我妈就以权威口吻嘱道:"青菜亦要食的,维生素要紧的。"如有长辈在旁,母亲大人就同长辈讲:"要吃青菜喔,以前山区坐月子不吃青菜,不讲究科学不得的。"又讲,"窗也要开的,空气要流动,产后风跟这个没有关系的。"

机关的产妇与草根阶层明显不同,家里空气是流动的,窗是开的,明亮,气味新甜。屋里自然也乱,乱中却有一番整洁感,皆因所用一应物品都是新的好的爽净的,蚊帐也白,毛巾也新,奶瓶立在矮柜上,只只剔透,一听麦乳精,一只大瓷杯,产妇穿件高领薄毛衣坐在椅子上。我定睛一望,却是中学时的校花,文艺队队友,一号女主角。她容貌未变,皮肤仍是凝脂白透酡红,娇嫩吹弹即破,她真的与扮大春的男生结了婚,一对璧人岁月静好。这是第二胎,男婴白白胖胖。大春入了军队,此时正好休假。我问他部队是做什么的,他说是舟桥部队,在水面搭浮桥的。

母亲用一块大布包起婴儿,打一只结,随身带的杆秤有两拃长,用秤钩钩住那只结,一举起,立即放落。"我来睇下,"她按住准星,低头一望,"哟嗬,八斤二两,发育几好的,属优等。"

腐殖酸铵:一种驼褐色的汁液,气味类似塑料,那种新买的塑料胶鞋就是这样的气味。高二那年我们班忽然接到任务,要在学校厕所里制造腐殖酸铵以做肥料。在我们的小镇观念中,酸嘢一概是肥(具体说就是油水)的反面,就像酸菜酸萝卜,或别的什么酸东西,吃了就会刮掉肚里的油水。腐殖酸铵,这里头的酸字可真是令人起疑。

但,这是我们化学课的教学内容和考试成绩。腐殖酸铵,它不在课本上,它在学校厕所旁边的那只大坑里。我们班光荣地成了全年级的试点,每到化学课和劳动课，我们就扛上锄头，在化学老师和班主任的指挥下，径往厕所后面奋力挖坑——全校只有我们班有资格去厕所挖坑，这给了我们可堪骄傲的荣誉感。土坑要挖两个乒乓球台那么大，一人多深，土质却不好，一锄就是碎石，锄头直冒金星，泥也不结实，动不动就塌了，天又总落雨，永远有半坑水浸着，要全班人马用粪勺舀水入粪桶，再担到厕所的粪坑倒掉。这一来，新挖的土坑也像是粪坑，粪便的气味飘来飘去，我们挑着水穿梭往返，这一点又像抗旱。

腐殖酸铵，在我们的骄傲中变得响亮而神秘，无人知道这是何等名堂，我们也不知，正因为不知，我们更加起劲地舀光了坑里的积水，又光着脚跳进烂泥里继续挖。弄来禾秆铺在坑底，到很远的纸厂担来废水浸稻草。稻草大概跟腐殖有关吧，这是容易腐烂的东西，纸厂废水应该跟酸铵有关。我们光着脚走在通往纸厂的青石板上，胡乱揣测。这两样东西泡在一起，据说是要产生一种腐殖质。腐殖质是好东西，是未来的肥料。

沤了一个月后，化学老师宣布，经过化学反应，腐殖酸铵已经制成，可以当肥料了。我们用铁锹把坑底的稻草拨弄上来，但，新世界没有出现，化学反应没有发生——稻草非但没有沤腐烂，反倒更鲜艳挺拔，像是刚刚从稻田割回。又再看废水，废水也仍是原先的废水，它没有变成别的什么，望之更黑，一种茶黑茶黑的颜色，还漂了层锈。传说中的腐殖质没有看到，连影都没有。我至今不知纸厂的废水和稻草能否沤成腐殖质，在我的想象中，腐殖质应该像蚯蚓拉的屎一样，松软、微黑，散发热气，不湿也不干，类似粪便却又不臭，等等。

腐殖酸铵必须制成，我们把茶黑色的水一担担挑到田里。下午两三点，太阳正好，我们的禾苗正苗壮，它们一蔸蔸站立在水田里，秀丽、挺拔，每一片叶子都均匀地晒到了太阳。这都是我们亲手插的，"禾苗迎风点头笑"，这是真的，有一点风吹过来，一层绿浪自远而近，禾苗大概就是这样笑的。但我们要把腐殖酸铵倒进去了，这种焦褐色的水，稀薄的液体，散发着塑料气味，它真的能滋养我们的禾苗吗？

就这样，可笑的腐殖酸铵倾倒在禾苗中间，水田变成了褐色，仿佛污染。

体验生活：高二下学期，我们班下乡体验生活一个星期。全班六十三人分成十个小组，下到民乐公社各知青点同吃同住。全校历届历年无此先例。我们班顿时令人瞩目，出尽风头。

菜行：菜行就在体育场下面，是个极爽逗的去处。浸在木盆的狗豆、酸笋和酸菜，各种瓜，矮瓜、香瓜、石瓜、苦瓜、丝瓜、南瓜、石灰瓜；青菜、芥菜、空心菜、芥蓝、苦麦菜、椰菜、卷心菜、春菜、生菜、玻璃生、枸杞菜和七里香；各种豆、荷兰豆、蛾眉豆、四季豆、豆角。连同花生黄豆绿豆红豆芸豆黑豆，豆子跟鸡和鸡蛋们在一起，鸡在簟箩里，都是母鸡，花的黄的，羽毛浓密有光泽，脸是朱殷红，冠是鹤顶红，只只精神，它卧在稻草里，主人抚着羽毛，人鸡安详。有人来看，鸡和人一齐仰头望，眼神清澈无辜。它们旁边是咸菜，摊在竹篮里，底下垫禾秆，竹篮周围一片醇香。咸萝卜、大头菜、梅菜，都是非常香的，洗一下就能直接吃了。

又有柴，一担担的，树枝和劈柴。也有木炭，生了孩子要使木炭烤尿片，一盆炭火，上头架只竹筐，尿片搭上，白气薄薄升起……有时能望见月亮草，想来是因叶圆，故称月亮，茎叶又有层细密的灰白绒毛，是毛茸茸的月亮。糠摆在柴和炭旁边，有粗有细，细的是细糠，粗的就是粗糠。

熟菜是烧猪肉、烧鸭、叉烧、扣肉，案前案后都是肉香。20世纪70年代只有一种熟菜，就是烧猪肉，剁上一小坨，在闪着油光的秤上称了，用宽大的桐油叶裹着带回家，皮是黄脆的，肉是白的，每个孩子分上两片。鱼，放在浅浅的脚盆里，也放木桶，但木桶太深，不如脚盆一眼可见。塘角鱼至生猛的，半死不活从未有，精气神永远饱满。黄鳝不爱动，在水里深思。另有鲫鱼、鲤鱼及鲈鱼，圭宁的鲈鱼不是别处说的鲈鱼，而是胖头鱼，叫大头鲈，一种头特别大的鲢鱼，闻讲在广州，这种大头鲈就是吃头的，剁下头来卖，鱼头贵过鱼身。塘角鱼清蒸，鲤鱼鲫鱼切成块煎，或者先煎一下，再加姜和酒和水焖透，叫炆，比红烧更原味。大头鲈直接加水炖汤，放两只红枣，汤甜鲜美。

那时径样样没有，唯有豆腐例外。即使在乡下外婆家，拿了黄豆就去豆腐房换，或者自己做，用村里的大石磨磨黄豆，豆粒泡得肥肥胖胖，放入磨面的细圆孔，推磨，磨嘴出来，变成豆浆和豆渣，豆浆煮开，稍晾凉，点石膏就得到豆腐脑，用大石头隔棉布静压脱水，则成豆腐。在县城，卖豆腐的地方永远有十几块石头，有两块石头就是我和吕觉悟的。它代表我们排队。早上六点钟，天刚蒙蒙亮，我们就结伴排队买豆腐。到地方一看，昨天我们的石头还在呢，柚子大的青石，是我的，半截赭红砖头，是吕觉悟的，我们把石头放进队伍里，就算是排上了队。

采草药：我生下五十六日母亲就去采草药，去的是大容山，之后她又去六感采草药，曾在大队部住了几日。我第一次采草药是小学三年级，老师带上山，连采带认。庞老师教大家认七叶一枝花，她画在黑板上，七瓣叶，中间一朵花。好听的名字可以赋予事物神奇的色彩，我们那时坚信，能执到七叶一枝花为至幸。我记得的有芝麻草和雷公藤，吕觉悟还记得采过马齿苋、瓜子菜。据说马齿苋根可以治痔疮。

我家门口生满了车前草，此为常用草药，百草之母，许多古老的药方都有它。英国理查德·梅比（被誉为当代不列颠最伟大的博物学家）的书中有手绘，同我家门口的车前草是同一种。"它那贴地而生的叶坚韧又富弹性，不怕踩踏。你可以踩过去，碾过去，甚至开车轧过去，它们依旧继续生长。甚至越是被践踏，它们就越是生机勃勃，而长在它周围的脆弱植物早已被摧毁。根据交感巫术法则，车前草是压砸或撕裂伤的良药（从某种程度上说，这一点确实是真的。车前草的叶子里含有很高比例的单宁，可以收敛伤口和止血）。"

提子：我一直困惑，明明是葡萄，为何要叫提子。后来明白，提子是进口的葡萄。它跟我们的葡萄不大一样，皮厚肉硬，汁少，皮肉难分离，不易剥皮。据讲提子是香港传过来的，因来自美国，所以贵，二十多块钱一斤。

白斩：斩字虽暴力，但，白斩永远是一种无上隆重的烹饪法，若你没在岭南生活过，一定感到匪夷所思。一只鸡白水煮熟捞起，"咚咚"斩成块，码入碟奉上台，望见这一盘白寡，北人定认为我们疯了。北人和我们的最大区别就是，他们连青菜都要放酱油，一没酱油，就觉得天要塌下来。我们对酱油法嗤之以鼻，任何菜，一放了酱油，这个菜就搞砸了，不但难看得要命，且味道发酸，我们喜欢未经污染的原味。

我一向视白斩鸡为至味，皮黄肉白热腾腾捞到砧板上斩成块的鸡肉，从砧板上的斩剁声开始，葱蓉蒜蓉、特有的沙姜、葱头，切碎的芫头、芫荽，上面一层熟花生油，完美的蘸料已是无上诱人，放上饭台就是节日气氛，蘸了蘸料的白斩鸡块油汪汪亮闪闪的软滑颤，入嘴的那一刻，闪电般传导一种过年的幸福感，再也没有比这更铭心刻骨的食物了。许多食物都可以白斩，白斩鸭白斩鹅白斩肉，当然还有白斩猪脚，这种白斩猪脚横扫所有的熟食摊。但，鸭不如煲汤，鹅呢，不如变成烧鹅，五花肉不如做成扣肉，而猪脚，天生就系做白斩的，陆川猪的猪脚用来白斩，最是皮爽肉滑，肥糯不腻。

车衣佬、车衣婆：裁缝。我们管缝纫叫车衫，车衣，裁缝就是车衣佬、车衣婆。沙街口曾有只车衣铺，铺里有只车衣婆，姓叶，我已全无印象，吕觉悟倒还记得，她在沙街住的时间比我长。圭宁县城的车衣铺集中在街顶。母亲大人说："去街顶找人度身置件新衫畀你先。"这就意味着，我快有新衣穿了。

大蟒蛇：吕觉悟记得沙街有畜牧站的蛇仓，有多条大蟒蛇。有次，一条大蟒蛇溜出来。吕觉悟的外婆说，这条大蟒蛇本来要成精了，结果着畜牧站捉住，成不了精，它不甘心，就跑出来。我问米豆记不记得蟒蛇，他说记得。有关大蟒蛇我全无印象。

入暗：傍晚。往时圭宁话没有傍晚这只词，讲入暗。但现时小孩都不用这词了。母亲说："你系入暗时生的。"如此，我的出生时辰是在酉时。

姑姑李穗好：小姑姑身世惨痛，因是女孩，一落生就被丢到粪坑尿桶边，好在有一堆禾秆，她躺在禾秆上三日三夜。前头有了五个孩子，养不活，不要她了。她命硬，三日三夜不断气，禾秆没有生出狗虱啮她，老鼠也没来啃她，没有水喝，更谈不上奶，三日三夜没吃没喝。阿公坚持不要她，但是阿婆来了。阿婆在厕所门口，闻她动，阿婆就从禾秆堆上抱回了她。姑姑发奋读书考上了电子工业学校，早早脱离了家庭。毕业后发誓去离家最远的东北，就去了齐齐哈尔，在这名字古怪冰天雪地的至远城市工作了许多年。一直没结婚，三十多岁又回到了南宁。我考上大学，姑姑寄来了新买的呢子短大衣，还有皮棉鞋。每年暑假我不想回家，就到南宁找姑姑，在她的单身宿舍挨过漫长的假期。

"我爱你"：1999年，在成都拍电影《诗意的年代》，众人议论，"我爱你"用方言怎么讲。徐星说，就说钟意。的确，方言说"我爱你"非常别扭，这种新词向来不贴身。也无人讲得出口。讲出了也像假的。

出山：把去世的人送上山埋葬。第一次出山是在高二暑假，在氮肥厂做日工，卢同学从屋顶跌落身亡。那次是砌氨水池，盖到二层楼高时，拌好的水泥用钢绳滑轮送上，卢同学向前拽斗车，一脚踩空，人跌落地，当场气绝。工友去买入殓的衣服，是普通的白上衣和蓝裤子，还有一双布鞋，白底黑面带襻。工友一一拿给大家看，不停地问：还可以吧？还可以吧？扎花圈是就近用相思树，细长叶的相思树叶绕成一环，扎了四五只。我们跟在棺材后面送她上山，棺材坑挖好了，坑边堆着新掘起的一垄土，泥腥气一阵阵……下山时绕过满山稔子树，裤脚上全是草籽。卢同学高瘦略黑，学习好，是校排球队队长，出事前一日她还看我的掌纹给我算命，第二日人就没了。

执骨：人死后葬三年，到时间掘开棺材执骨，放入瓦罐二次葬。执骨后的棺材坑为长形深坑，坑底生满草，尤以狼蕨为盛，它们状似凤尾，油光水滑长势凶猛。有的坑来不及生草，泥土新黄，比起冥褐色的旧泥，新泥更像山岭的内脏。棺材坑里陈旧的头发粘成片状，是亡者的遗存，头皮腐烂，骨肉分离。坑里还有旧而烂的衣服。

氮肥厂：曾是县里最耀眼的国营工厂，海宝的原单位。20世纪90年代卖给个人，工人遣散，至21世纪，工厂渐废弃。20世纪70年代我高中暑假去氮肥厂做过散工，氨水池就是我们那时建的。有次回来，吕觉悟让妹妹觉秀带我去看，整个工厂已然是残骸了，氨水池散发腐水的臭气，架空的管道锈迹斑斑，大片大片的锈片支棱着，随时要掉下来，一排排洗澡间的木门歪斜朽败（想当年在厂里洗澡是极好的福利），里面有干掉的大便。废弃的厂区举目尽灰色，灰扑扑的高矮软硬方的长的扁的圆的，水泥墙、带坑的厂道、屋顶、窗、树草、干掉的水池、杂草丛生的花坛……灰得静寂。正是下午五点多，厂房上空铁灰的厚云忽然裂开一条隙，一道异常耀眼的赪炽金光照在这片死去的废旧厂房上。

氮肥厂的遗骸横陈二十年，但它终于被铲平了，它变身为一片密密麻麻的住宅，文友一指，那就是圭宁的安居工程，安居房和廉租房都在这里，只见一片光秃秃的房屋，没有树。建于1972年的氮肥厂至此完全消失。那一年的大事记，县志里留下了一行字：7月，县氮肥厂建成投产，开始年产合成氨3000吨。

地区水泥厂：它不隶属县里，而是隶属地区，所以，它是一个高级的工厂，福利好，人人神气。中学驻校工宣队就是从地区水泥厂派出的，有掌管全校的大权。我随校文艺队去过几次水泥厂演出，厂里派一辆解放牌大卡车来学校接，我们面带彩妆，搬上道具乐器从敞开的后挡板攀上卡车，十分有面子。

我记得它灯火通明的大球场、水泥台阶、平房宿舍、堪比县礼堂的厂礼堂。一个工厂的礼堂，舞台却有射灯，有追光，一排黑色的圆筒灯悬挂在舞台口沿的上方，气派非凡。当灯光转暗，扮演吴清华的张大梅就在一朵圆圆的追光中疾步趋前，仿佛自带一圈神奇光环……后台化妆间有贴墙的大镜，水泥厂文艺队的老师见多识广，她带着广州口音，指点我画得过黑的眉毛说："果度，眉毛淡一滴，到中间黑一滴，到眉梢再渐渐淡，就自然了，系无系？"她用一支棉签按我的眉梢，一边讲，"自然了就好睇了，从头至尾一样黑很假的。"学校的文艺老师可从来没教过这些，我们受到的规训是：先抹一层凡士林，再抹一层肉色彩底，扑上腮红之后定妆。画眼影和眉毛是用一支细扁毛笔，蘸上油彩，先用红色，再用黑色，画成的眉毛又弯又长，从头黑到尾，眼影是锐利的，犹如一根小小的长矛，妆后的眉眼自然与生活相去甚远，既像古装戏里的旦角，又像民间面具。

水泥厂就是这样高级，虽是工厂，却拥有更高端的文艺范。当然还有宵夜，水泥厂的宵夜是鸡肉粥！难以置信，计划经济时期，鸡肉如同传说。水泥厂食堂的鸡肉粥香气阵阵，直蹿五脏六腑——大碗盛好，摆成两排，暖手、吹气、吸溜，鸡肉粥下了肚，全身已是暖洋洋的，却忽然又有一大钵米粉捧上来，水泥厂的豪阔令我们头脑一片空白。

我同郑江葳还去水泥厂借过一次演出服装。大队知青排了舞蹈"大红枣儿送亲人"，演出需要道具和服装，那种浅浅的篮子、丹红的大襟衫和漆绿的宽腿绸裤子，两人一致认为，篮子无所谓，服装是成败之关键，没有醒目的丹红和漆绿，舞蹈将会大大缩水。水泥厂舞台的后面、化妆间的旁边是道具服装间，我曾望见里面挂有一排排灰色军装、藏族长裙，也有正红色的大襟衫和墨绿色的绸裤……郑江葳去大队开了证明，两人骑车径往。路上下起了雨，又冒雨前行，湿漉漉骑到水泥厂，但管服装的人不在，就又冒雨骑回了生产队。

今时见到地区水泥厂，已是一片灰暗萧条，像是从几年前的氮肥厂吐出来的。路边的过磅处，高大的框形建筑还在，当年整辆卡车整体过磅，县城少年大开眼界。废弃的厂房边有几畦新翻开的地，有人在上面种了芥菜和生菜。

厕所：医院平房宿舍，马路对面有个泥屋公厕，该公厕不是医院的，属县城环卫队，泥砖墙，墙皮脱了一半，与乡下猪圈不相上下。两只蹲坑，一边男一边女。隔几日有一老头打扫。蹲坑也是泥的，没有水泥也无砖，便坑亦浅，前一个人的排泄物赫然在目，未经发酵的粪便臭气难忍。医院里干净体面的人也只能上这个厕所，他们走出厕所后总要在杨桃树下站一时，仿佛窒息之后需自我复苏。坡坎旁边有翕大杨桃树，叶丰茂，杨桃是甜的。传说1949年有匹马埋在树底。

小便则用尿桶或尿缸。有两间洗身房放了尿缸，高的矮的豁了边，散发着尿气。冲凉房有一半没了门，仅一间既有尿缸又有门，门却关不实，很大一道缝，望得见里面的人，更令人不适的是尿声，尿注进尿缸里，声音放得很大。有些人家用痰盂解决，更多的是瓦罐，叫尿煲，单耳的砂锅，边缘有年深日久的尿碱。

尿水是卖钱的，五角钱一担。晏昼无人，陌生人担对空尿桶，在窄道里探头探脑，装过谷壳的房间走出一个老伯，"系果度系果度（在这里在这里）"，买尿的人一勺接一勺打尿缸舀出。"果滴尿系最好嘅啦，一滴水都无冲助嘅（这些尿是最好了的啦，一滴水都没有兑的）……"满满一担尿舀好，五角钱银纸递到手上，一担尿稳稳担起身，他沉沉而行，溅出的几滴尿水落在过道的青石板上，凸起的石块或人面果树的落叶也沾上了尿气。

千千祈：最早我听外婆讲的这只词。仅有字音，当时未看到字。待看到字觉得真好，古雅。千祈，千千祈。我是在远章舅舅的信中第一次见到文字。

笺

东京奥运会开幕式上，出现一个抹着口红、身着绿色碎条（即日语的"短册"）服饰的女性舞者山田葵。21岁的山田葵出生于长野县松本市。她的舞姿细腻婉约，扭动身姿，呈现各种肢体语言；脸上阴森无笑容，只有痛苦、悚然的怪颜表情，好似异界之魂在人世间游荡。满视野的绿色碎条布状，隐喻她扎根于家乡的郁郁葱葱的森林之中。因此，她又是森林之子，诠释着欢乐与寂灭这个人类共通的主题。——《财新周刊·副刊》2021/8/16

又笺：

昨天发了朋友圈，误以为日本短册是一种服饰的名称，结果不是，短册是指那个碎条。一大早学识渊博的友人发来微信指出：

短册（たんざく）：(1)〔細長い紙〕长条诗笺，长条纸。

短册に句を書く/把诗句写在诗笺上。

(2)〔たんざく形〕长方形。

大根を短册に切る/把萝卜切成长方块儿。

短册并不是一种日本服饰的名称。《财新周刊》所云"东京奥运会开幕式上，出现一个抹着口红、身着绿色碎条（即日语的'短册'）服饰的女性舞者山田葵"，短册是指碎条，不是服饰。

知无不言，请兄宽恕。

"短册是长条硬纸，一手持着，另一手在上面写诗。日本的纸店都有卖短册的。"

——作者注，2021/8/17

异辞：姨婆的嘟囔，或《米粽歌》

督：堆。一督屎、一督尿、一督痰。**杰屎忽**：撅屁股。
——《李跃豆词典》

工对农，农对工，白马对新丰。明对暗，淡对浓，九夏对三冬。北流河，水非东，涩界系长虹。斑鸠暗，鹧鸪重，佩剑对弯弓。铁翼饭桶河，五人攀竹篙。十万大山挫上颈，两边藤骡去悠悠，上里牛，下里牛，唔知使到日当头，颈渴吃啖田中水，唔使终日眼泪流。圭江桥，雨潇潇，你吃深山岭上草，皮就拎来做鼓敲，敲得惊天动地愁。洞勾漏，河北流，圭江入海水悠悠。

岭南几多岭，大庾岭、骑田岭，都庞萌渚越城岭。黑脚公鸡白脚狗，十二童军拯起手，问你左手是右手……去宾阳，开诊所，大兴街，几好嘢，一百文纸一幢屋……水仙已乘鲤鱼去，一夜芙蕖红泪多。老庞识凫水，凫水凫得九回肠，唔得地久对天长。白马心远地自偏，种榔菊花泡茶饮。春既老，夜将阑，唔得悠然见南山。

斟杯酒，饮啖水，在欹哋？在唔哋？系欹只？系唔只。

寒对暑，湿对干，兔生铁翼飞上天。横对竖，窄对宽，黑子对弹丸。黑鹊飞，沉鸡碑，来对往，密对稀，葵花对烟丝。朱犬时同运不同，窑窑升火众为功。土高炉，难睇丑，泥烟囱，喷黑烟，光漫红，云反射，红光映天地。地底燃，黑一片，乌鸦铺在天。黑狗出，白狗入，入到门口钉枚箭，喊人挑，着人掘，快顶回屋等明日。多对少，易对难，众人捧米来吃饭，芭蕉心，狗豆断，稻田无水一尺几，野菜爬上几垄田。

一嘈两嘈三嘈，四五六七嘈，样样都傢倒。

你讲如何就如何，耳鬼洞对鸡丁锄，龙眼瘦，荔枝肥，红泥兼黄泥，贵州山，阿边泥，秋寒妇念寄边衣，黄泥兼红泥。山蚂蝗，落大雨，支援世界革命上上吉，唔系听敌台。大列巴、米粽糊，缅甸近，苏联远。罗村罗，香塘香，山川对草木，石桥对禾田。咸湿佬，西门口，民警队，有葡萄。体育场，望街岭，墙根有只睡八字。龌仔来，系转世，耳鬼壳，招风耳，沉鸡碑，发大水，雷公有眼否，一眨令人就唔见了。

暗擒底，攞返去。几多年，嗷多年。

离对坎，震对乾，一日对千年，丑牛无草望浮萍，小球藻，番薯藤，日日蒸三层……浮牛背上骑肿猪，持管莫窥天，黄豆粒粒数，万众花生麸。蛇过桐，打恰浪（哈欠），大容山深有大虫。四条河，四不清，每鑫稗子提住心。行东门，出勾漏，剑麻变竹钎。

行止千万端，谁知非与是？南宁养老院唔去了，八角对桂皮，地豆对慈姑，猪㙟菜对灯芯草。洞勾漏，人长寿，政府开发来旅游，勾漏洞，洞勾漏，勾漏未到改罗浮，交趾出丹砂，西河朱砂石。葛洪炼丹升上天，长寿乡是乌有乡。照相就照相，一百零一岁，展览就展览，衰柳耐秋寒。

马骝儿，撑彩旗，得粒肉咩又嫌肥，得碗粥，又嫌稀。桐子落童子乐童子撑红旗，桐子落童子乐童子箍红箍，桐子落童子乐童子坐铁皮，桐子落童子乐童子翻墙氽氽转，翻墙翻过乜嘢街，翻墙翻过大成殿，大成殿，有莲花，莲花池中乱笆遢。桐子落童子乐童子捡箴纸，箴纸龌，点火烧，烧得唔直腰。唔直腰，斩香蕉，斩齐香蕉斩黄竹，斩黄竹，织黄笼。黄笼光，照谷仓。谷仓冇粒谷，仔仔㙟㙟哭。桐子落童子乐，细时青悲悲，童子跳舞穿红衣，红衣抽风发羊癫，杰屎忽，袭腰骨，噗噗声，阵阵雷。公园路，大桥头，童子唱歌氽氽转，氽氽转，菊花圆，炒米饼，糯米团，阿妈叫我睇龙船，我唔睇，睇鸡仔，鸡仔大，唔准卖。落雨大，水浸街，阿哥担柴唔准卖。

一日东风三日雨，三日东风冇米煮。

辛亥一一年，无衷唔识咩，去却一，拈得七，上下四维无等匹。人有七窍，北斗有七星，竹林有七贤，瓢虫背上七粒点。民国六年生落地，吾属蛇，系细龙，风对雅，象对爻，巨蟒对长蛟。三叶鬼针草，七叶一枝花。花菖蒲，火藻芦，好彩有得阿公扶。老豆无客醉如泥，远近对高低，抽鸦片，败家子，稔子对黄皮。人人有前世，落絮对游丝。三世有因果，天知地亦知。蛇对虺，蠹对蛟，麦穗对桑苞。桂林栖霞寺，日本鬼来犯，中华锦绣江山谁是主人翁？我们四万万同胞！强虏入寇逞凶暴，快一致持久抵抗将仇报！家可破，国须保！身可杀，志不挠！上海武汉齐沦陷，上万文化人，撼撼来桂林。桂林几犀利，十几家报纸，印书又印刊，印刷所，多箧邈，汉口长沙撤退人，唔去重庆来桂林，剧团合唱团，唱歌演戏多，马戏都睇过，空中飞人马戏团，钢丝绳上袭跌死。七星岩，象鼻山，日本战败又开学，接住又读一年半。藤箱行水路，长工担回屋，北流河，水滔滔，黄茅对白荻，绿草对青萍。食粥食饭，青菜豆腐南瓜冬瓜，青菜粥番薯粥南瓜粥……人生不相见，动如参与商，死去何所道，托体同山阿。

黑笸笸，湿溻溻，臭哼哼，滑捋捋，肥讷讷，软笸笸。

山羊大，跳上山，人人都做甩手操。鸡公鸡公你莫来，你来一针戳中你；红茶菌，鸡公崽，健身效果一般般。鸡谷子，尾婆婆，鸭嫲耕田鸡唱歌。鸡丁鸡丁鸡丁锄，挖洞挖洞耳鬼洞。广积粮不称霸，十一仓，十二仓，十三十四十五仓。二月黄瓜豆角米，三月山鸡扒坟髻，四月番薯哽死仔，五月苦瓜酿糯米，六月狗过田头捉来使，七月又望十四节，八月番薯芋头抵，九月重阳铲坟髻，十月收拾五谷米，十一月冬至大雪底，十二月包粽最爱大糯米。洞勾漏，河北流，灵川入海水悠悠。

老鼠酒，陈皮茶，黄豆对芝麻。来苏水，吞落喉，远禅从尾衰到头。梁远照，齿皓对唇红，宵夜对早餐，支援五元钱，读出训练班。一嫁又二嫁，厚衫再薄衫。火烧桥，东门口，西门口，体育场，一夜流到沉鸡碑。优对劣，凸对凹，青竹对黄花，菽麦对桑麻。黑狗出白狗入，入到门口钉枚籀，东风菜，至贱嘢，吃落胃，大寒冷。

哭哭又笑笑，阿公担米上街巢，买回一枚钓，钓到腾腾跳。寄上三百元聊补无米之炊，恭对慢，吝对骄，水远对山遥，屋轩对门槛，雅赋对民谣，踩单车，贯双挑，烛灭对香消。油灯常彻夜，骤雨不终朝。泥屋天凉风飒飒，圭江地隔雨潇潇。岩对岫，涧对溪，塘岸对河堤，体育场对尤加利。东北阵阵陨石雨落，大火球落蘑菇起。黑箍成一片，菊月有人啼；龙正翻身隼长嘶，云对雨，水对泥，白璧对玄圭；马齿苋，猪嫲菜，扑沙狗，菩萨遮。丁鸡囊对麻呢嬲，田螺岭对涩岸湾。洞勾漏，河北流，灵川入海水悠悠。十一月冬至大雪底，十二月包粽最爱大糯米。

沙对浪，象对爻，巨蟒对长蛟，天文对地理，蟋蟀对螵蛸。车前草，至堪熬，止血治伤占卜。秋雨猛，山雀跳，金翅银翅狂飙。金环蛇，变巨蟒，银环蛇，变长蛟，山苤苤，水淙淙，鼓振对钟撞。金环银环斗春风，醉胆对吟魂，铁皮猛，过河川，至洞庭，日月若出入其中也。千里马，九霄鹏，大成殿霞蔚对云蒸。金蛇昂首桐子落童子乐，桐油童优桐油童游。洞勾漏，河北流，灵川入海水悠悠。

一粒米，一啖饭，吃猪红屙黑屎。

一碌木，一砾菜，一督尿，一番蚊帐一苑草。

天黑了，睡唔熟，天又快光了，反正耳聋了，样样听唔见……石鼓文，文石鼓，落落珠玉，飘飘缨组，仓颉之嗣，小篆之祖。眼耳鼻舌身意色声香味触法，鼻根尚可，火气味、银纸气味、白头发气、树脂气、日头气、人影气，无衷野猫闻到鬼。太瘦了，冇冇肉，后背床板硬，剩落骨头磨。至怕光，又眼疼……天新系只灰色胎，渠讲在河底，手指天就系银河。庞天新，投胎了，神识入肉身。点燃火，闻到有股子弹气。火味铁味粘肉身。念念皆空，地水火风……

尾章：宇宙谁在暗暗笑

> 宇宙谁在暗暗笑？轻轻送人间仙乐处处飘
> 女孩沿路赤脚在跳，忘了青草随她心情慢慢摇
> 最老的东西是什么？是大家出生已学会唱的歌
> 永远青春是什么？大地的歌每日每夜唱和
> 鸟儿何以要在叫？想给这人间仙乐处处飘
> 雨儿何以降下了？是不想孤独的风儿静静摇
> 老人何以老了？听不到人间仙乐处处飘
> 少年何以变大了？难道听不见微风依然默默摇
>
> ——粤语老歌，歌词来自网易云

　　半明半暗中我坐在火车里，窗外白雾一团连一团，像云。车厢内没别人，阒然无声。白雾散去，车窗外骤现深阔峡谷，峡谷顶部是苍灰色岩石，自腰部以下是芜绿植被，一转弯，大片花木赫然在前，我认出是鸡蛋花树和凤凰木，满树繁花烂漫，凝脂白的鸡蛋花和丹霞红的凤凰花层层参差，而一片开着窈紫花的羊蹄甲也迎面驶来，真是奇怪，北回归线以南的植物出现在这里……嗳声间闻一女孩子的叫声："哋，哋，芭蕉苞！芭蕉苞！"听着耳熟，扭头看，竟是乙宛。她何时跟来的

呢？问她，她抿唇一笑："就系跟住你，就系跟住你。"

泽鲜再次约我去滇中住住。她说上次我去她碰巧不在，这次她一定在，我们可以打坐写书法还可画画。有了微信，人如同住在隔壁时常可见，与她虽不聊天，但她晒出的茶（书架上的、大缸里的、一饼一饼的上面贴着红字的、古雅的茶具里散着热气的、透明的器皿里透着的）、老仙的书法、案台上的笔墨纸砚、小院的盆栽茶花、茶山的风景云雾，常时都在朋友圈见到。

动身前与泽鲜说了，她说她正好从圭宁回到了滇中，母亲已经起不了床，平时泽红照顾，这一个月泽红休息，去了趟西藏林芝看雅鲁藏布江。泽红一回来，她就到滇中了。喻范仍然不在，他去苏州的灵岩寺访宏度住持，可能要住一段。之之小毛还有云筝都在，弟弟跟师院的老师到敦煌洞窟画壁画去了，其他的孩子都在。她没提到乙宛，算起来，乙宛已经到了上学的年龄，估计已经不在滇中了。

奇怪的是我从未梦见过他们，但我梦见过乙宛。我对乙宛的紫蒲色衣裳有种莫名的熟悉感。

有次我与乙宛沿河边一直行去下游。河边的沙滩有很多小孩子在挖沙，大人们在旁坐看，有人兜售塑料的彩色小桶铲子。我幼时在北流河的沙滩挖沙玩，脚手沾满闪闪发光的石英。有时挖出小号的瓷碗瓷杯，就在沙上摆酒席，瓷碗装沙子，酒杯盛北流河的河水。闻讲这些都是葬死人用的冥器，我们倒也不惊惧。在旱季，我们则撸起裤腿涉河去对岸，河水总是刚刚浸到大腿根。再深我们就止步了。每次都有吕觉悟，有时加上姚红果。

我想起来问："你怎么总穿紫色衫呀？"

乙宛的紫衫是她外婆买的，但许多圭宁话她都不知道了。普通话，越来越成为她的第一语言。"那你知蚌界吗？"她不知。"你知眨令吗？"也不知。

蚌界，就是落雨之后天上出的虹。眨令，是闪电。

连我也几乎忘掉了。

我们一直行到下游那片芭蕉林。乙宛指住一只垂下的芭蕉苞问："这是什么呀？"她不认识芭蕉花的苞，紫蒲色的壳一层一层包住芭蕉花，芭蕉花落了就变成一梳梳芭蕉。乙宛站在芭蕉木下，她身上的衣服同芭蕉苞是一个颜色。是芭蕉苞一样的浅紫。忽然她问："我是不是芭蕉苞变出来的呢？"当然完全是有可能的。

她欢喜道："那我妈妈也在芭蕉林的。"

"我妈妈肯定忘记她已经死掉了，她以为她活着，她就来了。她肯定就在芭蕉林里。"她又说。

仿佛有风，宽阔的芭蕉叶摇摇动动的。

乙宛的讲法让我感到新鲜——人死掉了，只要她自己忘记她已死去，就随时可以返回世界。我想起米豆说他见过爸爸，大概就是这么不可思议的。

再一直行。到近看，原来不是别的，远远望见的那溜灰绿泛白的植物就是甘蔗，蔗叶绿尘似的，油紫色蔗茎，秆秆直立，正是那种，我幼时在大人婚礼上吃的紫皮蔗。我教乙宛认竹子与甘蔗：除了都是瘦长，其余叶与节，形状颜色一概不像。也当然，本来就是两种不同的植物。她用手指头掠了掠甘蔗皮，点点又摁摁，一时蹭了满指头白粉……甘蔗林发出沙沙声，仿若动物钻过去。

河面阔宽，像北流河夏天涨大水的样子。涨大水时水是浊的，这河却是青绿，与北流河春天的水色近之。望着河水，那个我一直没有丢弃的、平行命运的小说隐隐浮上，从河底浮上了河面。在这段芭蕉林甘蔗地面前的河面上，那个十岁的女童长到了十六岁，出嫁的日子是满地是葱的冬季，收割过禾稻的田里是一捆一捆的葱，非常大捆的葱，一捆一捆摞得像堵墙，像山……

探向河面，水面映出我幼时的脸——

那时候我也有一件紫花衣裳，比乙宛的更新，是刚上身的新衫，我去河边洗衣，手一松，新衫就被水流推远了，慌乱抓几下，没抓住，眼睁睁地，紫花衫在河面浮沉了几下就卷到了水下。它时浮时沉极像只腾腾抲的鸡乸，因没想到是水流所驱，只看这紫衫忽然变成鸡乸着实纳罕，我纳罕着又懊恼，挎了白铁桶回到家，忐忑报知母亲大人。母亲豁达："流走了就冇穿啰。"第二年夏天，我正在厨房择空心菜，几个小伙伴从大门一路跑入来，喘住气讲："跃豆跃豆，你望望睇，快粒望望睇，系无系你啊。"她们手里捧着一件湿漉漉滴答着水的紫花衫，我一看，立时懵然呆住。不可思议的事情落到头上，犹如一根大棒砸中后脑勺（与触电的感觉几分像，幼时我想试试触电，曾用手指头碰开关上的铜片），世上真有此等神奇事，上一年丢失的东西，下一年又自己回来了。她们是在沙里找到的，它没有被水冲走。

在人生的早年，奇异的事情总是这样此起彼伏。

宇宙谁在暗暗笑？大概就是这样的笑。那首歌，"女孩沿路赤脚在跳，忘了青草随她心情慢慢摇"，讲的无系正是你李跃豆咩，一年有十个月打赤脚，脚指头生得就像大猩猩。

天空渐渐透亮，湛蓝湛蓝的，跃豆望见一道彩虹，七种彩色都是竖的，整道彩虹横得笔直，极像她幼时做过的梦。但彩虹自己慢慢弯起来了，弯成拱状，有人在她耳边喊道："蚌界耶，蚌界出来了!"一个小女孩就在蚌界的正下方，她齐根剪去了留海，露出整只额头，她身旁站着一个年轻的女人……她发现自己坐在了高山索道上，峡谷、草地、开满花的鸡蛋花树凤凰木羊蹄甲树，都在索道的下面。索道越来越高，峡谷越来越矮，眼前是朵朵白云，她心中一震，啊，这是要穿过云层了！

……一阵浓雾般的白茫之后，列车缓缓下坡，一转弯，一条大河陡然在了面前，丰满青绿的河闪闪水光，岸边树木丰茂，一一望过去，她认出是马尾松尤加利苦楝树乌桕树，更远处仿佛还有她的鸡蛋花树凤凰木羊蹄甲树，也有竹丛，甚至还有芭蕉木甘蔗地和萝卜地，一样不少地都在这里。而左前方，雪山半掩在云中，山形壮美奇瑰，阳光正照耀山头。在半明半暗中她憬然有悟，原来，北流河跟着她，一直流到了丽江，又从丽江流到了滇中。

在滇中图书馆下了长途客车。天仍然是阴的，大团大团的云，雨丝阵阵。她在细雨中给泽鲜发微信，意外地没有回复。好在这条路两年前走过多次，已经很熟了。

她拖着行李箱走在密密的水泥高楼间，若有若无的雨丝落在她的头发上。行过三四条街巷时才收到泽鲜的微信，说大家都去通海了，他们在通海租了只小院，这院子亦是样样好的，可煮茶饮茶，可弹琴写字，夜里还可生火，收茶也方便，小院就在杞麓湖边，此时湖里开满了荷花，完全是良辰美景。滇中到通海只五十公里，有公交车。公交要三个半小时，若打车，一个小时可到。

她就转头出大路。

雨丝细细似有似无。在雾状水分中一条芜绿色藤蔓从水泥高楼的缝隙中伸出，它穿过了水泥的墙壁，一条又一条的藤生成了一片气根，气根上面是一片森林，杂草打地里钻出来，车前草、金盏花、夏枯草、三色堇、牛膝菊、牛蒡、贯叶泽兰、千屈菜、虞美人、藜、田旋花、风茄、烟堇、聚合草……这些来自远处的杂草不可思议地就在细细的雨丝中长满了，而她幼时就认得的鱼腥草、四棱草、三叶鬼针草、七叶一枝花、地苓藤、发毒药、过塘蛇、马齿苋、路边青、雷公藤、宽筋藤、鸭舌草、白水草、贴金帕、四叶萍、地根头、油稀草、鹅儿草、蒿子草……它们同样生猛，它们不加雕琢在光中和雨中充满勃勃生机，她真切地望见少时吃过的马齿苋，还有酸咪咪，那种学名叫酢浆草的三叶草，凤仙花上有一只小虫，一条藤攀到两层楼那么高，用做苦艾酒的艾草长到了腰那么高，一种心形的叶子布满了斑点，还有水葫芦，她不知道水葫芦何以到了这里，只知道，它们的生命力极其旺盛，幼时水塘里的水葫芦几日就生到堆起来，互相挤着拱出水面……除了水葫芦，别的水生植物也猛然拱了出来，水菖蒲、花菖蒲、火藻、芦竹、水生鸢尾、兰花三七、水葱、慈姑、梭鱼草、水生美人蕉、黄花鸢尾……杂草们在幼时小伙伴的点名声中眉开眼笑，装点着被水泥钢筋侵占的土地，它们浩浩荡荡营造了一种梦幻气氛。

一种永生的天真烂漫。

她停下来，看见白色的蝴蝶和蜜蜂飞来飞去，野鸡飞起身拖住长长的彩色尾巴，松鼠飞奔，它们看见松果扑扑落下地。在它们的上面是一片大大的森林，她望见龙桥街晒蚯蚓的黄婆就在这里，她拎着一个茶麸水的水桶……绞麻绳的老人、后脑勺扎头辫的水上妹、卖猪红的、洗菜和洗衣服的妇娘、沙街码头旁边的狗屎公、屋里放有一副棺材的刘二婆、挎一篮番石榴去卖的罗明艳、咸湿佬陈真金、坐在青石板上打唥衫的四婆、种菜的、发豆芽的、卖酸嘢的、卖菊花茶王老吉的、卖糖粥的、杂货铺卖豉油的、做木桶木凳、做竹器的、裁缝……沙街上一条大蛇在飞奔，那是从畜牧站的大铁笼溜出来的，米豆大声喊："快睇快睇快粒睇——"她没望见，吕觉悟望见了，吕外婆企在门口诧然敬佩道："这条大蛇成精了！"

在无尽的岁月之后，她才看见这条大蛇，它飞奔着，从码头扑向了北流河，它已然成精，并将有一只新的名字：蛟。她在虚空中望见，这条大蛇将要乘北流河的河水一直去往西江珠江然后奔向大海……而罗世饶望着程满晴，他拿下了她头发上的一根稻草。一百零一岁的远素姨婆健步行在森林间，她向着一只巨大的蜘蛛网走去，在蜘蛛网后面她望见了儿子庞天新。李跃豆，她看见自己穿那件被河水冲走的第二年又自动回来的紫色衣衫，在看见自己的同时她看见了郁郁葱葱的甘蔗林，在甘蔗林的旁边是母亲大人梁远照，她穿着天蓝色的西式短裤骑着自行车，一个穿紫衫的小女孩坐在自行车的后架上。成群结队的灰色水牛迎面行来，水牛背上停着白鹭，白鹭飞向大树停在树枝上。

2013年12月—2019年9月8日，初稿白露日
2020年7月20日，火车笔记版
2020年9月3日四稿，气根版
2020年10月19日五稿，注疏版
2021年5月21日，第八稿后又改一遍，为《十月》杂志终校版
2021年9月8日，第十稿，白露次日
2021年12月30日，改定于北京东四十条

《李跃豆词典》补遗

牛嘿戏：即牛娘戏，被认为是最低俗的民间文艺表演形式，类似采茶戏。牛嘿，指母牛（牛㜑）的生殖器。牛嘿戏一般在乡下地坪上演出，内容不外是忠奸良暴谈情说爱，野腔野调，没有剧本。演完，村人请吃一顿以做报酬。

黄绿医生：黄绿又叫黄六，是不经科班出身的游医，江湖郎中，略懂点医学或根本不懂医学，全靠骗人赚取高昂诊费药费。北流在改革开放初期，有大批人流窜到广州或深圳开诊所医院行医，赚得盆满钵满。

鸡窝塘：地名，听着很熟，想不起来是哪里。请教李洪波老师，始知在陵城郊区丛义村一带，已开拓为新城区。现名桂塘。本地官员嫌"鸡窝塘"不雅，用"桂塘"代之。正如嫌"鬼门关"不吉，用"贵人关"代之。

水浸社：去十二仓的必经之地，近北流河，发大水易浸街。有县二招。

黄丫角：一种黄色的、状如塘角鱼的鳗鱼，我一直以为它是塘角鱼的别称，其实不是，它的角要比塘角鱼更长且更尖锐，肉质更鲜嫩，25元/斤，而塘角鱼13元/斤，在北京，黄丫角35元/斤。北京没有塘角鱼卖。

簸箕夹：桂东南的一种毒蛇，鼓起气来腹如簸箕大，缠绕小动物能活活夹死。

狗毛蛆：一种毛毛虫。

倾大圣：聊天。

灰佬：灰佬和爬灰都是骂男人的粗言。意思是对方有不正常、不正经甚至乱伦的言行。后凡遇到对方言行不正常或不正经便骂为灰佬或爬灰。爬灰，《红楼梦》的用法与北流相同。爬灰原意是指与媳妇乱搞的老男人（公公与媳妇不清白），后延伸为骂行为很伦阵（糟糕）的男人。

阿舍：称父亲。

娘婆：母亲。

交关：小气。

艮，或抑？（找不到相应的字）：指恶心。

米羹：粥水。

米助：一种糕点。

契弟：伙伴。

沉坠：啰唆。

一哥：江湖老大。

一娘：大姐大。

夫娘妹：女孩子（原支册作"妇娘妹"，读音应为：夫娘。下同）。

夫娘㚻：妇女。

夫娘婆：老妇女。

吹牛嘿、车大炮：说谎话。

马格：台阶。

米公、米婆：媒人。

猪天梯：是指猪头上颚部位，猪头口腔顶部，猪头软骨组织，颜色为白色。

吉枪：插入。

苍公、苍妈：男人、女人。

屎忽痒：忽然犯的过错。

乱绝来：捣乱。

天黑爽：应为天嘿爽，意为天下间最爽。在北流话中，"嘿"，音与调与"黑"均不同。

弊家伙：糟糕。

牙擦头：纠结。

牙哑：顽固。

唎梨：吝惜。

百蔗：多管闲事。

盲头耗：无知。

吃晏：下午茶。

由甲：蟑螂。

晒油：一种糕状酱油。

沙翁助：一种小吃，用糯米粉做的糕点，助是糕的方言。煎堆，一种用糯米粉油炸的糕点，皮薄内空，皮粘糖浆和芝麻，酥香粘牙。沙翁助之所以有"沙"，就是糕点外蒙上一层白白的炒豆沙。沙翁助很白，猜想可能是与白头翁有点关联。

白糍助：炊熟了的糯米粉皮包裹一团黄豆糖沙。

含卜楞：全部。

乞嚏：打喷嚏。

睇衰：鄙视。

争交：吵架。

暗襟底：吃哑亏。

阴功：指上一世做了坏事，这一世倒霉。

梭到死：忙碌。

发牛痘：发呆。

广棍佬：应作光棍佬，即单身汉。

署署定：笨笨的。

系马罗：发出的疑问。

发烂渣：无理取闹。

昂居痴扇：其实是戆倨蜘腺，白痴。这种说法完全没印象。李老师说，有一出粤剧叫《刁蛮公主戆驸马》就是说那个驸马爷是戆直的。蜘腺作占线解，原意是打电话拨错线，或打电话不通。

马事文：无聊。

白捻：小偷。

镬头：炒菜的铁锅。

架撑：即撑架，修单车时把单车挂在木架上方便检查修理，那木架便叫撑架。后来延伸为一切为工作提供便利的支撑物。

趁圩：赶集。

刹气：操心。

去街荡：上街玩。

阴湿：狡猾，阴险。

甲硬来：霸道。

砰砰佬：砰砰是象声词，其实用锵锵也行。就是儿时常见到的挑着一担破簟箩走街串巷收破烂的人，一边敲着小铜锣，发出砰砰（或锵锵）的声音，一边吆喝：

收烂铜烂铁，收鸭毛破布玻璃瓶洋锡皮……（李洪波老师）

四大名菜：扣肉、白斩鸡、炸肉、菊花鱼。炸肉就是把切成件的腌制入味的半肥瘦猪肉挂上薄薄的一层米浆，然后投入油锅中炸至金黄或焦黄，然后捞出沥干油分上盘摆宴席，底下往往垫一层炸花生。菊花鱼则把鲩鱼（也叫草鱼）切割成菊花花瓣状，再裹上米粉生浆投进油锅里炸成金黄。油炸时要十分注意"花瓣"的定型，一瓣一瓣的不能粘连。整条鱼上盘像盛开的菊花。草鱼20元/斤。

尿黄：蚂蟥。

懵哥：指头脑错乱或醉酒状态。

发辣：指火起，发怒意。

灰老鼠：也是骂男人的话，指对方办事不力、糟糕、无能、失败。

大裤：外穿的长裤。

叉哥：短裤。

耸果：北流方言，意为怎样，怎么啦。

蚂婆：也叫傻婆。也叫妆妈、窗妈，即三八婆，神经婆。

补遗部分，为试读本出来之后，2022年2月收集到的北流话词条。主要是三部分：一、之前漏的；二、少数极端的方言，我没听说过也没用过，请教了前辈李洪波老师；三、极少数是之前出现过，但音、义、形有些差别的。（作者注）

2022年2月9日，农历正月初九

北流

别册 织字

北流语和普通话缠绕而成的文本

林白 著

长江出版传媒 长江文艺出版社

北流话，针尖大的微小方言
　　　　　　　　——题记

引：蜘蛛为何在洗澡时出现

麻雀叫什么？
闪电叫什么？
彩虹叫什么？
麻雀喊做乜嘢？
闪电喊做乜嘢？
彩虹喊做乜嘢？

织

你睡在一只鸟的心脏里/它的名字叫织//用尽毕生的力/织并不存在的那块布//无尽的线自青草上升/越过泥泞与肿胀的空气/升至空虚//带着刺果的织针丘陵河谷/抵达猎户星座或某种阴影//而这一块布/是结实的/植物与河水的经纬

蜘蛛，北流话叫什么？无论如何，想不起来。查粤语翻译软件，是叫蠄蟧。依稀想起，好像，北流是叫蟧蠄。蟧蠄、蟧蠄，是蠄蟧二字倒过来。

还是觉得不太像。到初中微信群问，吕觉悟说，蜘蛛，是叫蛯蟰 lao zhao，宁同学说，北流南部上里那边叫蠄蟧。我一想，上里离广东更近，粤桂交界处。如此，我们北流的北部（所谓下里），叫蟧蠄大概差不多。

还是信任吕觉悟，试着读蛯蟰，一直读得不像。到夜里，洗澡时径，嗯声间想起来，是叫蛯蟰，不过不是 zhao，而是 zao，lao-zao，我觉得自己读对了，那一瞬，一只蜘蛛闪闪发光，蛯蟰、蜘蛛、蜘蛛、蛯蟰……洗澡、冲凉、洗身，洗身屋……洗身屋到处都是柴草，山上打来的柴草晒干了堆在柴屋里，柴屋墙角上方有只很大的蜘蛛网。插队时，我们是在生产队长家的柴屋洗澡，春夏秋三季就在厕所洗，厕所有一面没墙，门是半截竹门，冷风穿堂过，到冬天没个洗澡处，这时唯有周队长的柴屋暖和，柴屋地上有块坚硬的灰沙地，是用黏度很高的白黏土和沙按比例调制，拍打而成，硬度像水泥地。2016 年春天"作家返乡"活动我回六感，生产队长的泥土屋早就塌了，我带弋舟、李浩、朱山坡去看我当年洗澡的地方，地上一片青草，那块坚硬的灰沙地还在。生产队长夫妇早已过世，两个女儿都去县城定居了。我们四人站在残墙上拍了张照片。

到了第二日，再试着读蛯蟰，好像又读不对了，刚说出第一个字，第二个字被卡住，怎么都说不出来，一说出我就想到"醪糟"这个近音词，字音是对的，声调不对，则完全不像。

便又到初中群里发语音，请吕觉悟说语音我听。吕觉悟说：跃豆，就系蛯蟰呀，阿嘚蛯蟰膜，冇记得了咩。她讲到蛯蟰膜，当三只字连在一起，我才完完全全地、轻而易举地准确读出来了，蛯蟰。我同时确认这个字应该读zao，而不是zhao。宁同学有一个更简便的办法，他说，你就想着普通话读成"老赵"，基本就对了。

麻雀叫什么？

闪电叫什么？

彩虹叫什么？

麻雀叫麻呢嘢。

闪电叫眨令。

彩虹叫蚌界。

还有，菩萨遮与扑沙狗，都是什么鱼呢？你纷纷想了起来。一些丝线闪着光，它们在空气里飘。只要伸出手就能触碰到。

你也像一只蛯蟰。

在墙壁的角落，织网。与灰尘、与旧砖、与草在一起，织一只蜘蛛网、蛯蟰膜。

笡、㩧、嚆、攋、䄎、挷、摇、

踤、

簕、笍、邋、掟、冚、

蛯蟰、

劰、琪、舰、

脼、㮕、爊、龠、涊、

鎊、揟、噍……

织字。

亲爱的蛯蟰，亲爱的蛯蟰膜。

前章　香港

闻讲在香港唯有讲英语才算受过教育，无论买嘢或住店，使了英语才得睇重，冇就着暗擒底。若系讲粤语，就要差一等。

无衷冇识调整自己适应世界咩，老了，每日都更加老，谂过了，喜剧态度，至有效，保护自己。喜智与悲智，打歆哋见过嘅只生造词冇记得，总之脑洞大开。总之，去香港当成喜剧就可以，成为喜剧人物、置身事外睇自己出丑，无衷冇系令人欣慰咩。

如此这般，我就企在了自己设定嘅喜剧嘅高处。

我答复邀请方，愿去香港浸会大学国际作家工作坊一只月，讲演、讲座、朗读、班访……连同参观。

想象自己在香港一只月几难熬，准备了几页字帖，换了只手机，下载了酷狗音乐软件——之前觉得"酷狗""搜狗""优酷"嘅啲嘢，都系啲古怪名堂。

阿段时我听到《身骑白马》，上网搜歌词，忽见有只版本系梁北妮。真系谂冇到。梁北妮五岁去香港，后尾入了香港无线艺员训练班，当歌手，一直冇红。我知梁北妮名字来源，北，圭宁的河，北流河，系父地；妮，即尼，印度尼西亚尼嘅尼，四舅母系印尼华侨。《身骑白马》梁北妮居然唱过，实在巧得出奇。

时间虽一只月，季节打初冬到夏，又打初秋到冬，理渠噉多，只装几件衫，我打算，无论咩嘢场合，按自己至舒服嘅来穿。一只箱就搞掂了春夏秋冬衫裤，托运行李，又脱开羊绒背心，一律塞入箱，剩一件羽绒衫穿在身，反正一到香港，羽绒就着脱开搭上手。

落暗到香港，睇见一片璀璨，海边山腰间，高楼灯光多范逦。往时总认为，高楼丑陋，大自然壮美。睇嚟冇系。

机场在新界，浸会大学在九龙。接机林小姐接到一幢大楼，NTT，要住上一只月。戴小姐等在门外，超短头发、干练、淡然——在电子邮件中联络了一年。

内地阿边，接待人员一律热情过俾，戴小姐淡然，我认为够高端文明……戴小姐俾我各种卡、表格、打印纸，一沓港币，系前半期酬金。林小姐帮连上Wi-Fi，带我去大堂连住阿只西餐厅，洋派，玻璃杯晶亮，餐具一律啷眼，黑色店服服务生企得直直……立时就有一串英语劈头来了……周身有顶硬，我又定定神，同戴小姐林小姐讲，我请你两个晚餐好唔好？两人有些意外，林小姐微笑，戴小姐讲，会有时间一起共同进餐嘅。

之后渠哋告辞，一拧转头就消失在餐厅厚重弹弓门外。

我在西餐厅睇来睇去，第一次无人带领食西餐。假装淡定。

西餐啲嘢真系古怪，包头菜、主菜、甜品，名头生冷……想食粥，梗系冇有。要一只炒青菜，亦都冇有。最后要只奶汤、一只奶油蘑菇饭，共九十元。两样都系黏糊糊，睇又睇冇顺眼，入口更加古怪。

勉强吃了三分之一，买单出来，好像冇吃着饱。当然，其实就系冇饱。行过半条街，肚越嚟越饥。至八点几，决定再次出门吃舒服。同前台打探，出门口转右，街口再转左，等灯过马路。马路地底有大而长嘅字：望右。香港车系靠左行驶嘅，按习惯过马路，易着撞。

在生地方过马路至诚要谨慎。好彩有中国字。睇见红十字，浸信会医院，浸信会，嗰啲都系香港正有嘅……红十字，放之四海而皆准。

红十字对面就系24小时便利店，7-Eleven，我以为同北京，吃嘅用嘅，一间铺就搞得掂……结果只买到牛奶。只铺面少过北京好多嘢。又行几脚又行几脚，唥声间望见，楼底有只亮光光圆灯笼，楷书，"粥"，嗰哋有粥！快快行落楼梯推开门，果真系粥，各种粥，猪肝粥、鱼片粥、鸡肉粥……仲有各种粉。我恍然，原来系返到我细时饮食圈了。

唔该，我想食一碗生滚鸡粥。
我唥声间讲出句广东话。听上去有啲生，又有啲熟。
恍惚间闻开票女人讲：鸡粥卖撒助啦。
卖撒助啦。卖光了。
系，卖撒助啦。广东话……油烟气、碗气、台气、地上的腻气……米粉店，一毫纸……一角钱叫做一毫纸。
开票女人、开飞，不错，冇错，开飞就系开票，往时老家小镇向来都系开飞，今时极少讲开飞，内地普及普通话，所有学校、服务行业一律普通话，细佬仔在屋企，即使冇讲普通话，亦都使用书面语了。据讲提高读作能力。
……粥店跑堂两个男人，与西餐厅服务生同样，黑衫。黑色时髦，好睇，简洁、凝重……黑色T恤、围条深枣红围裙。

我跟一帮人行，浸会大学、廊桥又廊桥，工作坊宣传海报——书写世界，分别系：美国……印尼……土耳其……来自伦敦但不是英国而是芬兰和尼日利亚混血儿的……还有马来西亚华文作家，还有你，李跃豆。
一路行，冇有围墙，学校同街道连住……乐富市集，买到一把水果刀……购一只卡，"八达通"，既可以坐公交、地铁，便利店又使得，到处充值。林小姐教我认了一只圈K便利店，多过7-Eleven，一只圈，圈一只K，圈K。在乐富上台阶落台阶……要打的士就喺呢度，呢度，嗰哋。街道窄，有的士停在嗰哋。一个巨大的电影广告，人人拎住大包细包，电扶梯滚滚向下，向深处……去坐地铁，一站……九龙塘，记住九龙塘嗰个地名。九龙塘地铁站上高系一只大型超市。"又一城"，名牌服饰箱包、溜冰场、餐饮、咖啡、影城……奢侈品……

导览全程英文，林小姐负责。我一句听唔识，工作坊请了一个叫欣欣的女生来帮。欣欣早三只月打北京来香港，研一。

打一处幽僻马路攀上几段台阶，又陡又斜，林小姐以普通话告诉我，上面是一个很大的公园……上到最后一级，顿现一片大大的台地，就香港而言，极其辽阔，甚至阔过北京鸟巢，足球场排球场篮球场，场场连住，周围一圈暗红跑道……嗰侧有几禽大凤凰木，凤凰木，老家中学操场两禽，都砍掉了……Lazy bones，一只英语单词蹿出，冇错，就系高中英语课文《半夜鸡叫》，地主周扒皮半夜学鸡啼喊长工们起身做干……英语杨老师，福建人，早读课渠冇都冇来，喊我领读……我早时仲教过英语先，乡村中学、民办老师，二十世纪七十年代，插队，大队小学，教育要革命，小学变成了小学初中高中一体……ABCDEFG，我教过一首字母歌俾学生，学生人人开心。

还好，我告诫自己以喜剧的心情看待一切。还好，志愿者欣欣陪同并翻译，以普通话特意告知，香港的车是靠左行，过马路一定要看右边而不是惯常的看左边，香港的车很快，容易撞着……还有就是，香港的厕所全都是坐的，没有蹲坑……放心吧，我一定会踩上去的。为了不给内地丢脸，我一定会在踩上去之后仔细擦拭鞋印。有点好笑。

我庆幸自己早在一年前学会了微信，无论戴小姐林小姐还是欣欣，都加了微信，方便联系，否则就是长途。

唯港荟高档酒店餐厅前廊，刘颂联企在阿嗰。我同渠两人初次见，互相睇睇，有人介绍讲，呢位刘颂联博士，主持"海内外华文写作"演讲嘅。

一齐行入唯港荟大厅，中庭高，阳光打高处汇入，高墙生满各种草本植物，生满成面高高墙，草们缜密茂盛，造型有威势，真好睇，我仰头望，茂密嘅草高高低低层次错落，我认出，嗰啲草就系外婆屋阿种狼蕨。

白色台布长桌……一个外国女人安排众人坐，短发，一口英文讲得拂拂声……刘被安排坐我对面，外国女人向我讲一句普通话：可以吗？我心口一松：好好。我问刘，这个金色短发外国女人是什么人。刘轻声讲，她是工作坊主任，亦是今次国际作家访问计划主人，西尔维亚·文森特，美国籍博士，研究西夏文的，写儿童文学，对当代中国文学不太了解。

两人倾偈。刘讲出个旧友名字，我立时就揾到救星了……全然生暴西餐菜单，纵然有中英双文，我都有啲怕——上一次正式西餐要追溯到几多年前，且都有人哋帮。不知所措慌乱，睇到刘颂联，我就讲，你来帮我啦……前菜、主菜、甜品……一团乱麻中，刘颂联帮我逐一确定，前菜有鲑鱼，生嘅，胃顶唔顺，就要了一只汤，主菜要了鱼柳，见到有肥肝其实都几馋，肯定……不要紧，我来点一个，分一点给你……甜品两款，有冰激凌太凉，不如要一只花饼。

成台都系讲英文，主人同英文们互相拥抱，一个在另一个耳边颊边啧啧有声……嗰种场面相当于电影，就当一场戏在眼前放一次……长发及腰土耳其女诗人，主人大大熊抱，迎接及腰长发，土耳其微笑，开心。工作坊主任文森特一口美式英文，语速飞快……气氛甚是热烈，我一句听唔识，但有刘颂联坐对面，我也就放松了。

唔该。
忽然我讲出一句粤语。
唔该多谢。刘吃惊道：原嚟你识讲粤语吖……系，老家广西系粤语区，句式、语法、音调……

老家土话转换成广州粤语，音调铿锵，居然一句接一句……周围嗰英语……异域感消失了，语音飘来飘去，像地球上嗰自然生物……化身为某种灰蝶类，蝶类话听唔识……乡下狼蕨打墙上生出，爬到我脚底……

我把自己嗰粤语称为广东乡下话。粤语以广州话和香港话为主流，别处粤语都算作广东乡下话。

"你不如试试粤语演讲。"刘颂联讲。

渠认真讲，甚至肃穆，绝对无系讲笑。我嗰几句夹生广东话，就同演讲黐上了……我向长桌两边望望，只见戴小姐坐在张台至远处，穿件棉质细竖条衬衫，正低垂眼。

花饼上嚟嘞，三边形洁白骨瓷盘，白色扭曲芝士饼摆满生果鲜花，深红浅红浅绿深紫，另有米白浅黄浅紫嘅花瓣点缀，又有细细绿叶……有人要了另一种甜品，骨瓷盆上一只玲珑剔透细细玻璃罐，又有小半罐艳红液体，摇摇欲动……冇人知，系用睇或者用嚟食嘅，大家互相问，互相观望……玻璃罐口托一只玻璃漏斗，上面装了朱古力雪糕，雪糕上面都有生果。赏心悦目好靓嘢……

粤语演讲，改变演讲嗰性质，难食牛扒变成鲜花芝士饼……在雪糕同鲜花饼之间，阿嗰种声音一再响起：你可以试试睇粤语演讲……可以试试睇……粤语自动旋转，放出光，上升，上升至墙上栋企生长嗰狼蕨里，狼蕨疯长，外婆嗰狼蕨，阿啲圭宁土话，广东乡下话，亦就系粤语。

粤语唔讲聊天，讲倾偈。

咽个倾偈几有学问嘅，倾偈就系倾佛呀。倾偈，我自细就讲倾偈，聊天、谈话、侃大山……都在廿岁以后。到铜锣湾中央图书馆，我就如此开场：

各位好，今日晏昼我来呢度同大家倾偈……

粤语不讲下午，讲晏昼，一个演讲的下午是可怕的，但一个倾偈的晏昼则让人松弛。尚未到来的下午变成了一个晏昼，咽只晏昼我认得，我认得无数个晏昼，有啲晏昼我在北流河撩水，有啲晏昼在树底捡木棉花。所谓演讲，不过系又一只晏昼咽倾偈而已。我无使扮喜剧人物，大方还原回一只日常咽自己……"莫斯科大火的时候俄国人都在同仇敌忾保家卫国？不，他们大部分只是在生活。"在冒出一句莫名其妙的话后，我感到自己重新认识了日常生活的价值与美学。

爐几分钟就得嘅嘞……电视里一个厨艺节目，爐，啊爐就是烫啊，养生，爐脚……水太烫了，太爐了……捡回来，执返来……一个老伯……明天……听日……中学生的性教育，一个女孩对着镜头说：同男仔一起就会有细佬仔……怎么知道怀孕了呢？会恶心啦……搵拺……

生疏的字音，从几十年前的沙里翻滚上。

粤语、广东话，电视里一只字一只字，忽远忽近……远到通向细时北流河，近到在身体某一处……粤语电视真系离新鲜响亮，好听过普通话电视……我仰头由窗口望去，一粒星极其明亮，空气透彻。天星移动，一闪一闪……县广播站咽女声响起，圭宁县人民广播站，宜家开始播音嘞。五点四十分，天色仲黑，有啲冷，我打被窝爬出，冻冰冰咽水……牙齿……行到门外底，对面杨桃树黑黝黝，我开始在废弃操场跑步……地面咽草，场边竖起咽木桩同铁线……行过龙桥街青石板路，跑步到体育场……

你好，食乜嘢？

我发现校区内就有吃粥的地方。

步行五十米入大楼，滚动电梯，再滚动电梯，过廊桥，整面墙壁画，银行取款机、阔大过道摆好多台，招义工、学习广东话报名、手工制品、唱歌弹吉他、联想电脑同U盘、面膜、洗发水……像条墟。忽然望见有只牌，一只箭头：粥、米粉、米线。就跟住行入只门，下滚动电梯，落只门再落只门。

你好，食乜嘢？

一个身穿绿色T恤的瘦女人问道。渠生得像韦医师，阿个细时隔篱邻舍。刷八达通，皮蛋瘦肉粥，21元，外面要35元。我大声讲：

"唔该。"

返回房间,我开始试讲粤语,系咽系咽,明显,使粤语讲,语速自然就慢,使普通话发言,我总系语速快到讲冇真,快到换气哽住自己,快到好笑,快到自己听冇识自己,快到似过街老鼠……唥声间谂到,除了演讲,几场诗朗诵,都使粤语如何?居然从来冇谂过……诗系文字文本,朗诵变成一只声音文本,使普通话朗诵同用粤语,系两只不同文本……一月你仲未出现/二月你睡在隔篱……我在房间里对窗口大声诵了一遍。咽首旧诗,在粤语中语调铿锵,变成首新诗。当然系,普通话只有四声,粤语有九声。意味也有改变,有啲悲情。

我要思考,谂嘢……一思考,一谂嘢我就要食嘢,来香港胃口苏醒了……我买了杏仁饼、松子、朱古力、无花果、新鲜菩提子同苹果堆在地毯上码成一溜,我同打扫卫生阿姨讲:个啲嘢都无使哟嘅,唔该。清洁下厕所就得嘅嘞,唔该。闻我讲粤语,且有口音,清洁阿姨就问:你系台湾嚟嘅系无系?无系嘅,我喺北京嚟嘅。但既然讲粤语,阿姨就当我系自己人,同我商量,礼拜五要换床单,嘢太多,不如我今日就换助,好无好?好嘅好嘅,要无要我帮你,无使无使。唔该阿姨……

为咩嘢刘颂联一建议粤语演讲,心里马上轻松……我边吃苹果边谂。香港苹果非常香,原来之前吃过咽苹果都冇够好,原来好苹果系嗽样咽,咽啲打日本、韩国、加拿大进口咽苹果,就系一只繁荣文明咽香港,吃入嘴,味道几好……仲有牛奶,冰箱拿出一盒牛奶,速溶麦片,公用房间微波炉……下午茶时间,晏昼茶?好像也没这么说过。咽只时间应该吃啲嘢,胃按照香港节奏运行……咽哋咽课都系晏昼15点到16点半,或18点半到20点半,或14点半到15点半,人人无使早起。

出门落楼,楼道冷气足,披上披肩正抵得。我使广东话大声向保安大叔打招呼……讲普通话我心理畏缩,少跟生人搭话。粤语使我勤快,在楼道或者大堂,远远望见清洁工或保安,我就欢喜:早晨!天晏了,我就讲:食佐饭未?渠哋开心,保安大叔每次见到就帮推开门,阿只门有点紧,不太好开。

联福道窄,不过仲系几虔诚。

街两边正开花,羊蹄甲,紫色、粉色。今次可以确认,羊蹄甲就系紫荆,1965年定为香港市花。戴小姐讲,其实,紫荆应该叫洋紫荆,与羊蹄甲唔系同一种植物,两者非常像,望见串串豆荚就系羊蹄甲,只有花同叶冇豆荚嘅就系紫荆。

大学无门,系城区两大片建筑,故只有校区,无校园。学生穿衣,九成黑白灰,双肩包,抱住书,生机勃勃……转弯,半圆行政大楼,联合道,巴士总站,行人路，大片砖红色地面网球场，树，好多树，越来越多……又见凤凰木，广西老家嗰凤凰木，片片豆荚，坚硬、棕黑，状如大刀……小学阿时径课间游戏，淘气男生们使坏，捉住一只女生，女生就顺势英勇，双手自动背到身后做着绑样子，男生挥树枝押渠去大凤凰树底，渠高昂头，十足电影英雄人物……一只男生揾嚟一柄凤凰大豆荚，渠讲：大刀来嘞喔。渠使"大刀"锯女生头，嗰时径上堂铃呤呤响……同样嗰凤凰木，七十年代悉数有有了……

见公园围墙有广告，八段锦，老人培训班称"长者训练班"，又雅又尊重。门楣有黑色沉稳隶书：联合道公园。我一行入，一眼睇见有大大嗰鸡蛋花树，叶宽大、厚、叶脉清晰，花似破开鸡蛋，中间黄，系蛋黄，边缘白，系蛋白，树杈繁，开叉低……嗰种树我幼时成日攀高攀低，后尾砍掉了，内地阿边总系冇停斩树，老树就少……行到公园深处，望见广西老家阿种马尾松、细叶榕、羊蹄甲、桉树、木棉树……树龄足，从容、威势……

欢迎会在钻石山。之前去了南莲园池，戴小姐讲，香港呢边叫园池，北边叫园林。蓝天白云海与山、高层建筑之间，园池，木结构，庙宇，有恢宏感，厚实斗拱，斗拱下底揿住一只龇牙咧嘴木雕壮汉，日本浮世绘。古朴暗红、灰黑、白、水榭、木桥、古树、池水及倒映，内地园林有同样，谂起日本。即使有去过日本亦感到和风，而和风，当然基本上系唐风……文化断裂演变，唐代在日本留落来……

分别界观音、佛祖、药师佛、地藏王菩萨功德箱放入香火钱。买了小盒檀香盘香，细细一圆筒。180元港纸。纯檀香。

欢迎式，台上有排英文字同巨幅地球图案，主题系：书写世界。茶点系中式，蒸饺、芋头糕、蒸笼盖住，都系热嗰……全球化，只要饮食冇全球化就得。音乐表演，古琴。致辞。活动揭幕仪式，每人发一只地球仪，用一支笔指点住自己所在国家。嘉宾合照，朗诵，赠书，礼成……朗诵环节我上台，使广东乡下话讲起几句开场白，之后，广东话朗诵诗……音韵悦耳……生平第一次在公开场合朗诵，居然粤语，居然好听。松弛且兴奋。散了，记者采访，问，点解谂到用广东话朗诵。系丫，点解呢？为乜嘢呢……

先去联福楼吃了肠粉，八达通充值500元。回房间换了件正规衬衣，斜领套头，领口有灰色重叠缀折，袖口有两道镶边和袖扣……过海演讲，要穿一件像样衫。林小姐来NTT带过海，讲戴小姐在阿边等，戴小姐屋企就在港岛阿边，礼拜日渠冇来学校。

过海，过红隧，过路费十元。林小姐用普通话：三条隧道，价格都不同。如果打的士排队，就要排单程过海的队，不用付他往返过路费，如果不排这种队，在路上打，要问他过不过海，可以用一个波浪形手势，的士若过海，可以停下来。不过四点多钟打不了的，司机交车换班的时间，他还要洗车、交接发，他不停车接客的。林小姐一路交代。

铜锣湾高士威道香港中央图书馆，维多利亚公园对面，大大的字，圆形喷泉、地球仪……香港喜欢地球仪……很大的图书馆，有各种展览，演讲厅外面摆着演讲者的推介书目，收得齐全……演讲之前图书馆人员来让签字授权，现场录像要放在网站上。

人不多，不过也有几十个，陆续有人进来……前面的、中间的位置算是坐满了……我没有虚荣心，人多人少有咩要紧，一大片空座位，不过系一片浓缩丘陵，高高低低，我的开场白就在这片丘陵落下来。

各位好，今日晏昼来啹度同大家倾偈……

害怕发言是有语言的压抑，一开口就大脑一片空白……普通话地区是强势地区，普通话也强势。为咩你一上大学就蒙了，很大程度因为语言，语言压抑和压迫……话讲出来总觉得声调不对，一边讲一边疑惑，所以……

散场后一行四人去找一家小店饮下午茶。我们跟在刘颂联身后，铜锣湾的小街巷，高高低低，不怎么平，头顶高楼间，一小块一小块不规则蓝天，极其蓝艳，仿佛失落在此的拼块……暗红建筑，好几层停车栏的铁艺栅栏里汽车屁股挨着屁股……小店门面非常有趣爽逗，繁体汉字、日本字、英文杂糅……潮民、公家电报电话、自家制造、红白蓝、堆叠在门口的袋和饮料箱。门口拉有小半截门帘，红色布门帘，仅够挡住颈部以上，一个黑衣女人正企在门口，就着光线翻开一只小本子……谂冇出啊只店系卖咩嘢啊。

他们在这家小店的旁边找到了一家小店，吃了最普通、最典型的下午茶——热奶茶、鱼柳四方包。

刘颂联说，戴小姐，你家就在这边啊。

同行作家不会粤语，会普通话，大家就都讲普通话。

戴小姐说，是啊，小时候就在这边上的小学。大学同学都说你家在铜锣湾啊，那是贵族的地盘，其实哪里是。

戴小姐掏出一张旧照片：你看，这是我小时候。她让我看。我看了说，怎么你小时候像个男孩。戴小姐笑道，是啊是啊，同学都说我抢弟弟的衣服穿。说完她满意地看着我，似乎她等着的就是这一问，仿佛我讲中了最关键的一点，两人就拥有了某种共同的秘密。她整个人前所未有的轻松愉快，高冷不见了。与她相处变得更自然，我拿不准是因为自己会讲粤语还是因为别的什么。

我等着戴小姐讲更多，但她不讲了。倒是刘颂联讲起了小时候，谈到普鲁斯特《追忆似水年华》，刘颂联读的是法文原版，他曾留学法国。

用过下午茶，戴小姐就先告辞回家了。看着她大学女生般的背影（当然年龄远远不止了），我心想，这个戴小姐，可能一直都没有成家。我忽然想起大学同学邱湘楣，她们有一点像，但又说不上是哪里像。邱湘楣后来去了美国旧金山，说在那里才能找到她要的生活。

之后三个人仍不尽兴，说不如坐轮渡过海，这样可以看海景、夜景。于是又在铜锣湾的人丛中挤来挤去挤到地铁，坐地铁先到中环，再一路走到天星码头坐船。路上极其热闹，有很多外国白人和黑人，有很多亚洲人，说唱弹拉扭着肢体……水晶球，一只巨大的水晶球晶莹剔透色彩变幻离地三尺与一个男人的身体若即若离靠近又弹开上上下下左左右右……与人流一起往前过闸口，仍是刷八达通。在船上看夜景果然是辉煌的。无数光块光柱光点光弧光斑光叠着光在暗黑的海面上荡着升上天空……红帆船出现得突兀，是为内地游客所设。不到十分钟就渡过了海……闪烁的光从海上繁殖，无尽繁殖到了九龙这边，尖沙咀，仍然辉煌着，一幢凹进去的巨大建筑，半岛酒店，著名而神秘……维多利亚港，香港文化中心，芭蕾舞、歌剧……旁边的天文馆可躺地上看电影……躺在地上看电影，我想起1988年在广西电影制片厂时，厂里开大巴去广州观摩苏联影片，在香蜜湖看了一次躺在地上看的360度的电影，也许是180度。

星期日我去尖沙咀，隔海睇一片高楼，落雨，文化中心空地上只人冇冇，阵阵机油气味飘过，轮渡在上风口。机油……谂到柴油桶，夜晚海面，浪头浪尾，人……反正，有人揽住一只柴油桶渡海去香港……冇会有人问梁远章点样去香港，无从想象，模糊一片。五个舅父中，四舅远章已经至好彩。二十几年前，我写过一部小说，《晚安，舅父》，写了五个舅父。一部中篇写五个舅父显然冇合乎规范，投到一家杂志，编辑讲，五个舅父太多嘞，应该集中写一个至多两个舅父，小说就系要写好典型环境典型人物。我冇钟意咽种，五个舅父压缩成两个冇意思……我即刻重写一只信封，改投别处。

我高中阵时，四舅梁远章到了香港，在沙田某个白鸽笼住落。我对白鸽笼印象系无数阶砖、无限延伸，堆叠，密不透风、坚硬又窒息……一只癫佬敲开门，执嘢走啦执嘢走快滴啦，再吾执就火烛喇，快啲滴执嘢行嘞，再吾执，一滴嘢就烧清光，到时人又冇钱又冇，乜嘢都冇晒……嘴唇边有一粒美人痣咽舅母唔知去歆咻了……舅母德兰，屋企影集上有一张相，黑白三寸相，典型嘅热带美人，印尼华侨，混血儿，难想象远章娶到嘅只热带美人……

广西小镇屋企又老旧又系木头，地板阁、门板、窗挡板、头顶木梁……一燃就样样燃，㘅㘅燃，火扑灭，烧焦木头冒黑烟，有啲人屋企门口放只大缸，缸里时时阵阵装住半缸沙，缸瓦窑生意不断……

我细时独己在空阔阔公用灶间扑火，火系我点燃的，胆大妄为，一擦火柴就点着张旧报纸……火苗打旧报纸蔓出，我又抄张纸接住火苗，火苗㘅㘅声就连成一片……一只人都冇有，整幢屋，只人都冇，天井、水缸、青苔、窗，空得吓人，离大门口仲几远，奋力捧起重重大瓦盆，成盆水泼到火里……好彩肃嘞，冇就衰嘞。

细时至钟意擦火柴玩，红色黑色火柴头，摩擦阻力、紧贴感，声音有时清脆轻盈有时滞重，一阵灰烟从无到有，一阵硫黄气迸放……人哋嘅房间，李阿姨屋企，阿张结婚大床床下底，我捏只火柴盒钻入人哋床地底，床地底系空嘅，冇放嘢，床下底竟然冇蜢蟀膜——冇有蜢蟀膜嘅床底系奇迹，门角同屋角，阁楼同柴堆，蜢蟀丝打一头够到另一头，蛛网就结成，蛛丝闪闪发亮，旧年灰尘变成片状。

我尤其钟意巢穴，细的、仅能容身的空间，护身铠甲，相当于怀抱，不必讨好，不会落空，这类巢穴是我自行认定的，厕所、冲凉房、被窝、床地底……李阿姨屋企床下底，有一小片着我探到滑捋捋……坐在地底，床板烧出硬币大细烤斑……我盼望整只阁烧起，火光冲天，哔哔剥剥……到今时，我钟意火柴远胜于打火机。打火机缺乏美感，工业时代，丑。

……火柴，细细匣，像细柜桶，拉开又合上，一面涂有火药，阿面黑色涂层称之为火药，集合火，整装待发。长短划一的火柴棒高举着它们圆圆的头壳出来了，火药集合在它们的头部，两方用不着互相辨认，嚓的一下，魔术般地闪出一朵金黄色的花，它是飘动的，热，且随时熄灭，故深具虚幻气质。

无论老了几多岁我都迷火柴，每到酒店就要寻火柴盒，茶几上，圆的或方的，木的或玻璃的茶几，一只小巧火柴盒显得贵气，静卧不动，非同寻常。大多数时间它未被使用，有时它的边缘有了擦痕，这使我痛惜，不过同时也释然。拿到床头放着，离店时不忘收入行李带走。

我钟意晚黑出门散步……黄黄路灯光，路面有大字——望右，认真向右边望，冇车行，远远望，25M小巴站点有两个背双肩包的学生在等车……25M，奇怪的名称，站牌形状亦奇怪，像只机器人，头顶一只圆，下底接两截方块，第一截广告，一个光身婴儿，第二截系各停车点，我担心记冇住古怪地名，手机拍落……羊蹄甲、紫荆，夜间认冇出，一律闭合住叶，花、豆荚隐在暗影里……

到联合道拐入公园，球场晚黑都满人，缓跑径，好多人疾步快行，衣服扎入腰，耳里塞住耳机，密密脚步，全然无声，一个跟住一个，像是去远处，不知所终，又像是通去梦境。人脱去了现实的壳，行入另一只维度……

阿妈喊我到香港一定揾舅父，我一直冇去，一直拖住，我对远章舅父有睇法，细阵时渠呃我，讲辣椒系甜嘅，我上当吃入一大啖，辣得满眼泪……饭台一碗青辣椒，切成一圈一圈，手指粗篱青辣椒，青皮白瓤冇辣气。四舅父讲，跃豆你知无知，辣椒无系只只都辣嘅，有甜有辣，篱只肯定系甜嘅，你冇信，试试就知了。见我冇信，就更加认真讲，篱只肯定系甜嘅。我边滴会呃你嘅，我禁冇住夹一啲放入口，甚至冇使脷田顶一下试味，一下子就嚼起来。毫无防备，烈辣刹那充满口腔。我眼泪顷刻涌出，既是辣，又有羞辱，我既恨自己轻信，又恨四舅坏。

但我特别钟意舅母。

他们早时返来住过半只月，就住在沙街。远章舅舅先返，过几日德兰才到……阿时径梁北妮三岁，可能是同外婆在香塘乡下。德兰舅母带我上街，行到东门口，见有人卖番石榴，地上摆了只竹篮，人踎住。番石榴有长有圆有大有细，有白有青有黄。舅母就问：果滴番石榴几多钱一只？她的粤语，比广播站的女声更接近广州话，洋气而柔软……也像水果，汁多酸甜。渠篱酸甜同本地酸甜有所不同，舅母教我唱一条粤语歌："酸酸甜甜真上好真上好，卫生又讲究，一分一件，人人都有……"

我亦还渠一首粤语歌："风湿又痛腰骨又痛，耐耐又痛滴滴，耐耐又痛滴滴……"镇上每只细佬仔都会唱，打街头唱到街尾，再打街尾唱到街头。见到老人拱背行路，嘹亮童声即刻升起，"风湿又痛腰骨又痛，耐耐又痛滴滴"，天籁歌喉，没心没肺……风湿和腰骨痛，以为极爽逗。

我问外婆：我篱腰在歆吔？外婆应：细依冇有腰篱。

德兰舅母腰细，屎忽大，像只大南瓜……渠一啲都冇娇气，要知道，女人一旦娇哆气就着歧视，冇单止街上遭人白眼，背后人人吹耳鬼窟。呢个人做咩咁娇气嘅……渠钟意牛甘子、甘荚子、藕子。至钟意篱啲古怪水果。

她拎半桶热水到冲凉房洗澡，阿妈在旁边讲，我帮你揾无好咩，德兰讲，唔使唔使，我自己得嘅嘞。灶肚细树根喈喈烧尽，火喈喈肃渠就舀水。她动作麻利，水面上漂有油星眼眨都冇眨一瓢就伸入。

炒菜铁镬烧水就有油气，薄薄一层膜，有时望冇见，但闻得到油气。我都抵无得油气冲凉水，况且仲要用桶拎入冲凉房。德兰舅母居然抵得住。

德兰仲抵得住粗陋厕所。

013

粪坑、屎坑，乡下厕所都系粪水坑。大便落下，粪水溅起，溅到屎忽。干粪坑招来苍蝇，苍蝇铺满一片。水粪坑有粪水盖满，乌蝇冇落得脚。阿年返来执骨，细舅父阿宝盖了新楼，厕所仲系原来阿只，阁楼架空，下底深两米，便秽如高空坠物，咚咚有声，因距离遥远，粪水和臭气都不能升上来，算是乡间至讲究……粪坑左后方拴住一条竹篾，竹篾拴着一束揩屎忽竹篾……

沙街的厕所亦算文明，水泥砌成，有斜度，水一冲，都算虔诚……好彩咽阵，德兰有住去医院宿舍阿边，马路对面小矮泥屋公厕，泥砖砌，墙皮脱一半，大小同乡下猪圈差无多。两只蹲坑，一男一女。隔几日有老嘢打扫。蹲坑都系泥，冇水泥，外婆称为红毛泥、冇砖。便坑浅，屎一嚕嚕赫然在目，冇发酵，抵无住……

德兰舅妈同我去过一次陆地坡。阿年生梁北妮，她喊远章写信，邮寄一包咸卜去江西丰城。打咸卜讲到萝卜，又讲到陆地坡……沙街码头转右，沿河行，一边圭江河，一边农业局。行到犀牛井，高围墙，围墙上头有东坡亭，当年苏东坡在此处上岸，着贬海南，过路上岸吃了餐饭……犀牛井大六角形，井台阔朗朗，井台边有溢水沟道，先洗桶底，再水井打水，冇使整腥井水。细佬仔钟意在溢道外沿洗脚，成日光脚行沙地泥路，脚底全系泥沙，细佬哥单腿企，第二只脚在犀牛井溢水渠晃来晃去……

我同德兰舅母行过井边玉兰树，玉兰花叭叭落。风吹过后成地都系……有几个细佬哥树下执玉兰花，执一朵向身后一抛，再执一朵向身后一抛。一路行一路唱道：落雨大，水浸屋，阿妈叫我担柴卖……德兰讲，呢个歌我细时唱过，就唱出后面几句……落水大，水浸街，阿哥担柴上街卖，阿嫂出街着花鞋，花鞋花袜花腰带，珍珠蝴蝶两边排，排排都有十二粒，粒粒圆亮无疵瑕。

行到万寿果树我又谂起一首：月光光，照地堂，虾仔乖乖困落床……

德兰接住后尾几句：月光光，照地堂，年卅晚，摘槟榔……她的广东话更加纯正……槟榔香，摘子姜，子姜辣，买菩达，菩达苦，买猪肚，猪肚肥，买牛皮，牛皮薄，买菱角，菱角尖，买马鞭，马鞭长，起屋梁，屋梁高，买张刀，刀切菜，买箩盖，箩盖圆，买只船，船浸底，浸亲两个番鬼仔，一个浮头，一个沉底……她居然从头到尾记得。

我又谂起一首：团团转，菊花圆，炒米饼，糯米圆，阿妈叫我睇龙船……我唔睇，睇鸡仔，鸡仔大，担去卖，卖得几多钱？卖得两百钱，买件威衫好过年。德兰说，最后一句唱得不同，卖得三百六十五个仙……我记得自己三四岁的时候在一块空地上转圈，很硬的地面，旁边系外婆，她说别转了别转了，跌倒了跌倒了……月亮很白，能照得见人影，外婆教了一首关于贼佬的童谣……月亮光光，贼佬偷糠……

仲有：鼻涕虫螺出出角，你冇出，我就捉。三哥二哥上民乐，买便苦瓜共豆角。

……河瘦，水清，桥像突然变高了，桥枕板冇连在一处，有一脚宽空隙……陆地坡嗰边桥头亦有一禽大榕树，更大，树干底部有一只大树洞，藏得住两只细佬哥……四处无人，风光冇错，有山有水，拔地而起的灰色石山远远近近浓浓淡淡，有一幢山喊做望夫山，河边一丛丛高大竹丛……德兰哼起了歌，不过无系粤语，系普通话。"宝贝——你爸爸正在过着动荡的生活，他参加游击队打击敌人哪我的宝贝，他参加游击队打击敌人哪我的宝贝，睡吧我的好宝贝，我的宝贝，我的——宝贝……"

我们行在大片萝卜地中间。六地坡系沙地，泥土松软，有大量细沙，萝卜在沙土如鱼得水，变成一条鱼，出力向水面拱，几下就拱开了，土里飙出高高一截，望上去每只萝卜几开心……一直行到萝卜地尽督，尽督系几禽马尾松，马尾松的后面又系一大片新萝卜地，沙地亮，萝卜地亮，萝卜叶闪闪发光。一只金黄猫打萝卜地飞快溜过……

顶髻朗，红屎忽，企木丫尾掘掘，飞去外婆屋吃生日，吃个乜嘢菜，吃粒豉核。

德兰舅母先带梁北妮到香港，华侨身份申请，顺利获准。表弟帮揾到赛马场打杂工……一家住公屋，日后的歌手梁北妮，时常去公屋后背，面对大海，着无数高大厦阻隔、断成一小块一小块。

隔一年，远章越过深圳河，新界登陆……渠先等了一年未获批准，决定自己过去。那时候陆路仅罗湖桥，铁路桥，两边能人，窄，要边境证，保安农民过去种地……水路有深圳河、深圳湾，深圳河系界河，公共嘅，河道有啲宽有啲窄，深浅各有同……快嘅话几分钟就游得过，窄处掟一粒石子掟得过……深圳湾系内海，内海连住香港，香港连外海，打深圳湾出去有很多离岛，好多路径……二十世纪六七十年代，香港人口少，好揾工，好多人都揾得到自己本专业。毕业于江西共产主义劳动大学的梁远章，分配到江西丰城矿务局，又到桂林矿业学校进修过半年，矿务资历，香港政府招募到地质勘探队，去过西贡海面各个离岛，测绘火山岩、节结石。岛屿一摊摊牛屎，老家圭宁香塘，岛上植物，一种叫落地生根，叶肥厚，夹在书里三日就打叶边生出根须，细细白白，即冇水冇空气，自己都生得出……读书人都执过嗰种叶夹入书页……岛屿原住民系客家人，啲屋好过香塘乡下，香塘小学系地主家宅，冇窗檐，雨水直接流到窗上……海岛路边望见客家人嘅土地公，伯公伯婆神位，坟墓大小，敬有香……岛上仲有一只天后庙，可求平安符……地质队住在村里，有一日休息，渠去求了只平安符。

二十世纪九十年代远章德兰两公婆打香港返来办外婆执骨重葬，之前远照做了只梦，讲阿姆托梦，身有啲冻，脚有啲潮。远章打香港带来只风水佬，身材高大壮实。我跟住，一座山翻到另一座，远眺近望，煞有介事，山连绵，凹陷同皱褶……选中一处，地势高，正前方系山坳后头系更高山岭。

德兰老了，嘴唇边的美人痣变粗了，肉乎乎不再俏丽……她企在外婆屋池塘边，抓紧时间要讲清楚，"带回嘅金项链系假嘅，纯属装饰……"，两人一起上坡，祠堂边小夹道，去粪坑……梁北妮，曾经改名梁碧妮，北字在香港难走红，而碧，外婆冯碧英嘅名字……碧妮仍未走红，又改返回。闻讲渠已移民澳洲。

众人下山时闻远照问：北妮几好嘅？结婚未曾？远章：好嘅好嘅，就系唔知几时嫁人。又问：驰仔都几好？远章望望德兰：好嘅好嘅，讲要去澳洲读书。

此后德兰再没返过。

工作坊去新界西贡，出海。在西贡体育馆的西贡码头上船，包了一艘船，一个导游。全程英语。导游曾是地理老师，一直讲地质形成……海浪摇摇，英语滚滚……手中的激光笔点在大屏幕的地图上，忽东忽西，出于礼貌，人人专心听他上课，海景山景云和天，兀自流转……我一句不识，戴小姐翻译，断断续续……戴小姐坐到身边，准确、连绵、一句接一句翻译。大概就系同声传译。我们坐在众人对面，戴小姐悄声粤语说：阿几个鬼佬……我一震，鬼佬、番鬼佬，细时就系噉咁称呼外国人，原来香港亦系……而且，出自英语流利嘅戴小姐，又如此场合……鬼佬不含任何贬义。鬼佬终于抵无住，美国诗人提议导游无使讲了，等大家睇下风景。

先上一只岛，原住民老屋，民居、庙宇。一地牛粪。客家人，有"土地公"……沿细路去睇二十世纪七十年代老民居，路边见到一种叶，一望就知正经系落地生根，执一张夹在书页，过三日叶罅就生出细细丝，白须……民居同二十世纪七十年代沙街屋企有啲像，窗更细，方形，无人住，门敞开，堆了树枝垃圾。又见到树林里有坟墓，灰沙拍成嘅半圆，结实白色、暗旧青苔、泥斑。

我熟知坟地，幼儿园时黄老师带去散步，一带就带到一处坟地，吕觉悟记得系小白坟，我记得系大白坟，幼儿园全县地势至高，我两个手拉手下坡，手拉手过马路，行到野地，一片空地中间有只拱起的坟墓。不是水泥的也不是土的，是灰沙，跟香港这边见到的完全一样……石灰和沙子、黏土配成一定的比例夯实，极其坚硬……我们坐在这只豁了黑洞洞大口的坟头上听黄老师讲故事，她的长辫子垂到坟头……有一个"天后庙"，我和明娜进了香，讨了只平安符。又到另一个叫桥咀岛的岛，有不同颜色的岩石。火山岩石……沙滩边有高大的树木，沙滩上有裸身外国男女，另有隆起的土石坡可供攀登……一条火山岩石的路直通到另一片小岛，下午三点，潮水就会淹没这条路……

在中环一家会所吃晚餐，会员制，外人不得入。会所有种旧式贵气，水晶吊灯、拐弯木楼梯、高墙衬、外国人窃窃私语、英语的服务生，一切闪亮。

一位长发女子跨着大步一阵风旋入，印度人，肤色黧黑、斜披长纱……与个个拥吻，到我跟前，礼貌握手，但凡高档地方都系西餐，牛扒冇敢食，担心消化，最后要了炒牛河，一碗白粥，一个上汤豆苗，每件一大盘。有人帮我要了对筷子。

餐前餐间，佢哋一直倾偈，神情严肃。我一句听无识，戴小姐低声同我讲，佢哋系喺谈论电视每日大量报道的事……我默默食白粥同豆苗。

之后去隔篱艺穗会朗诵。艺穗会，一家酒吧，专门用于英语诗人定期聚会朗诵自己诗歌，有十五年历史。来了二三十个外国人，全英文，各种风格……

上午没有课，有时下午也没有课。没课我就去联合道公园，寻一处空地做八段锦，双手交叉向上伸展，拉筋……有上年纪嘅人行到近处，主动同我打招呼：早晨。我欢喜应：早晨。更多时候，我坐椅睇树，咽哋树极好睇，一蓊一蓊睇过去……凤凰木正正开花，叶像凤凰尾，一羽一羽，冇结荚，但我知凤凰木荚，长且硬，像大刀；木棉树高粗，树身且灰白，树叶颜色绿得浅；鸡蛋花树都够老，低处就开叉，如果在老家，我就要攀上去……羊蹄甲树，叶如屎忽，圭宁满大街都系……所有树我统统识。我打一蓊望到另一蓊，心里妥帖。

坐够了我就去乐富广场。在超市买一种日本苹果，49.9元/4只，咽哋苹果都系四只一卖。日本苹果，香、甜、汁足、渣少。

晚间有课，我先去联福楼吃馄饨河粉。然后等在NTT大堂，等戴小姐来接。上课地点在OEM大楼，要上坡过马路，过两只红绿灯，打台阶上山再自动滚梯，颇有啲复杂，会迷路。

路上同戴小姐倾两句，咽间大学在校学生万几人，每年学费四万两千港币。在附近租房，月租金五千港币，若在中环阿边房租更贵，十几平米，每月七八千港币。

尖沙咀药店极多，陆客来，后生人买包，上了年纪就买药。我撞入一只店，问深海鱼油，乜嘢鱼嘅鱼油？每粒嘅剂量：1000单位？2000单位？产地系阿拉斯加抑或系澳洲？每瓶几多粒，几多钱？问得多，伙记冇耐烦，伙记态度令我意外。大概对内地客都有啲冇耐烦，乐富阿边，我一讲粤语老板娘就开心，像系撞到自己人……尖沙咀我讲粤语唔中用，带口音嘅粤语，广东乡下话，且有拖大旅行箱……伙记就讲，睇你就无系买嘢嘅人。非常不客气。但我居然笑了，自己并未觉得自尊被践踏,所谓心胸开阔了,或者脾气变好,或者,心情冇错,我居然笑笑,使我嘅广东乡下话讲:唔该你,系丫我就冇系来买嘢嘅,不过仲系要唔该你。我发现咽种针对游客嘅店,每瓶深海鱼油贵过乐富一百文左右。

  灯红酒绿穿穿插插,之后来到一条街,两边大榕树,睇街牌,系弥敦道,已是晚间八点,望见一家川菜馆,入去点了一盆酸菜鱼,一碗米饭。酸菜鱼298元,结账时350多元,原来要加收10%的服务费,送的一碟花生米收十元,不刷八达通和任何卡,只收现金……之后又逛,再去维港。空气很透,没有油味了,广场上有三人弹吉他唱歌……

  戴小姐在合同上定好的日子发了另外一半港币,厚厚一沓装在信封里。抽出来,觉得港币很好看,渣打银行、汇丰银行、人民银行,不同银行的图案不同,有的是狮子,有的是锁,汇丰的是地面的标记。拿到钱正好是周六,于是周日就去逛中环。高楼巍峨,但也没有巍峨到不可思议,街市繁华,也没有繁华到令人咋舌。倒是在闹市中见到几只公园,颇感舒适。日头出来,有点热……揾码头坐轮船过海,问路,问到一个山东女孩,来港工作一年,问她码头,她也手机导航。过一个隧道,两旁全是休假的菲佣,她们每周休息一日。不到十分钟就到尖沙咀天星码头。水手深蓝色水手服,头发全白的老头,戴了深蓝的手套,拉粗粗的缆绳。

  有日去铜锣湾跑马地睇夜场赛马。一大嚿金黄招牌,深蓝会标。极多入口。F口,墙上有各种数据,无所适从。有窗口,不同的窗口,电子屏幕上密密麻麻一排又一排的数字,无知系做乜嘢使……一个制服后生,热情耐心,赌马有四种方式,一二三四……

  我冇打算整明白一二三四,生暴嘢,一听到就到蒙嘞,加上一二三四就更加到蒙……我选至简单阿种,押某匹马入前三名。歆一匹?我冇知,歆匹都冇识,睇到牌子上有马名、骑师、配磅、练马师、排位、马龄、评分,马上就要开场,来冇及。

  只看马名。

  马名出乎意料,匹匹都系古怪——越影、金满载、幸运欢笑、光芒再现、喜益善……随便指了一匹,服务生小哥讲咽匹出得太迟了,第八场先出来。我就赌了一匹第一场就出的,名字叫飞霞。去窗口交下注,下注五十港币,赌咽匹马跑入前三名。然后看咽匹马咽基本介绍,骑师莫雷拉,配磅一百三十一磅,练马师蔡约翰,排位第十……竟然赌了一匹排名第十的马……人真多,会员区和非会员区都满了……头顶漫天星星,对面高楼华灯,马场光明崭亮……马仔牵着马绕场遛三周,我望见了自己赌咽阿匹马,一匹黑马,非常有架势。全身油黑闪闪……

阿只马仔绿裤黄衣黑帽目不斜视……嗰匹马嗰骑士亦系至英俊，一件艳丽玫瑰红骑士服，前襟后背各有六颗大大嘅星，非常耀眼夺目。渠在场地中间就跑起来，从出口出去，半蹲在马背，一眨眼，箭一般飞起，一秒钟就消失冇见了……

　　飞霞在欤咃呢？但系，前头电子屏幕出现一列马，齐头并驱，全场都企起身……人人奋力呼吼，既像加油又像叫骂……丢那妈！一个男人怒吼。丢那妈，粤语他妈的，我们广西小镇每日此起彼伏。小镇的丢那妈轰隆隆打上空飘来落到香港铜锣湾跑马场……丢那妈你只契弟，既可咒骂又可亲热……我亦企起身望住电子屏幕，第三号飞霞在阿几秒钟成为我嘅马，有一匹自己嘅马在奔跑与没有一匹自己嘅马奔跑，系完全冇同样嘅……千祈、千祈，我望渠跑入前三名绝非想要赢得赌注，而系因为，世界赛马史沉积下来的、安娜·卡列尼娜和包法利夫人们漂亮的帽子、面纱、尖叫、私情，以及种种莫名其妙阿啲嘢，以莫名其妙嘅方式囤积在大脑皮层，以及通过下注，我闪电般驯养了它，激流汹涌而出……它跑了倒数第三……第二场开始后我来回行，像只行家挤到前头相马。广东话在人群中高高低低，某匹马嘅肥同瘦，行路嘅样子歪斜或者不歪斜……阿伯你好，吾该帮我睇下嗰匹马点样。都好嘅，你买助嗰匹马？系。买助就系好嘅嘞……广东话就系家常话……后面几场每一场我在心里默默押上某一匹马，但再无会企起身出力喊……下注同没下注截然不同，真正嘅赌徒冚嚟嘢身家押上……眼红四肢颤，烧烳铁水打赌徒头顶灌入……

　　修大坝时径远章舅父协助施工，结果受伤……申请当地理老师，未果。不过渠申请到公屋，交少少房租，后尾住入中环邨屋，公屋都系好嘅，后有山前有海，仲有大树，走廊晒得到太阳。时常有人来做义工，房间细一啲，十几平米，不过样样齐全，厨房卫生间一样不缺。梁北妮少返来。驰仔去澳洲读书，德兰信了宗教，脱离家庭，去阿啲偏僻地方修行。

　　远章四舅父独己过。自己煲自己食……有时径渠会谂起旧屋阿只颠佬，阿时渠每日来敲门，火烛啦赶紧执嘢走……生活寂寞，颠佬来敲门都系好嘅……每个星期三量血压，电梯旁边嘅一间屋，系民建联嘅议员办事处。有个的士老伯也来量血压……一个人就系孤寒啊，以后点做呢？两个人一起在太极拳长者培训班。每朝打太极拳，野马分鬃白鹤亮翅……

　　阿妈喊我去探四舅，地址电话抄在一张纸……我迟迟冇打电话，我同阿妈讲："要系我㧬就冇去，香港噉大，我又冇识路。""你又无使去佢屋企，佢约只酒店同你见面嘅。""至多在电话里倾几句偈。""亦得嘞亦得嘞。""不过我无知倾乜嘢。""倾乜嘢都得啊，随便倾嘞……就倾几句上一次1992年外婆执骨重葬，渠同舅母返来……"

直拖到快离港我才打电话。

一打就通了，女声："哈啰，边位？"对纯正粤语，尤其是香港粤语我不太接得上，便只好用普通话："请问这是梁远章的家吗？"对方也用普通话："请问你是哪一位？"

等我把自己来龙去脉讲分明，对方才讲："我爸爸前日刚过位了。"

当然就是梁北妮本人。不过她既然没有想起我，我也就没多讲什么。就是那个曾经唱过《身骑白马》某一版本的三线歌手梁北妮，她生于江西丰城，矿务局宿舍人人讲普通话，不讲方言，普通话算是她的母语。在港人中她的普通话算得上是字正腔圆。她肯定听她的爹地讲过我，那次四舅父回乡执骨，我曾送过一本书俾舅父。

在香港，所谓作家，不过就是写稿佬。

梁北妮三岁时跟父母回过圭宁，她电话里的声音跟跃豆在酷狗里收藏的《身骑白马》无可辨。来港前我碰彩听到，搜了酷狗，见到梁北妮的名字，这名字是外婆取的，"梁中尼，中国同印尼"。外婆一言定音。到底又改中作北，不是指北方，而是北流河的北。上百度查了查，梁北妮毕业于某期香港有线艺员班，那期没有特别出名的艺人。

我钟意阿首《身骑白马》，尤喜歌中镶嵌的几句闽南话："身骑白马走三关，改换素衣回中原。放下西凉无人管，一心只想王宝钏。"

我在香港没有找到舅舅，却仿佛找到了母语。

后尾几日集体去广州。广州向来系圭宁人眼中至大城市，好过北京。

梁远照医师在二十世纪八十年代去了趟广州。远章寄俾远照一笔钱，喊渠打圭宁去广州。远章自己打香港过广州，他在广州的宾馆给远照预订了一间房。远照第一次去广州，她先请假。一个新时代来到了，海外关系（港澳台亲属都算），脸上有光彩。远照因海外关系入了致公党，从繁忙的妇产科调回妇幼保健站，算归队，保健站副站长，街上人人称她梁副。梁副要去广州了，大城市，香港嘅细佬同渠在广州会面，系件荣耀事，渠一得意就要同人倾几句偈。同卖猪肉嘅讲，听闻讲喔，广州嘅猪肉都系打篱边运去嘅……又同卖鱼嘅讲，广州肯定冇有圭宁嘅种塘角鱼甜味……又同卖菜嘅讲，果滴空心菜广州都买冇到，我宜家多买滴，去广州就食无到嘅嘞。

她同友韦医师讲，阿韦，楼顶嘅啲薯叶你就执来吃食蛤，我去广州五六日，返黎就老嘞。她在楼顶种了几禽红薯，专吃薯叶，她又勤，成日使尿桶接尿上楼顶淋薯藤，薯叶发得一大片……韦医师也有个表姐在广州，韦表姐钟意浸青梅子，一到收梅季节就买好多斤，使只广口玻璃樽，盐水，青梅浸成黄梅，软了，鼓鼓变皱皱就腌好了。吃白粥，白粥每日都要吃咽，一只细碟，搛一两只梅子，放啲白糖，梅子捣烂，同白糖捣入味，餸粥至靓。酸梅子炆排骨炆猪脚，做成酸料捞米粉，一律好。

圭宁到广州，直达班车两头黑，朝早六点动身，晚黑七八点到……冇晕着车居然就到了……广州亦有推笼门骑楼卖中草药嘅卖狗卖猫嘅买鸡卖鸭嘅……揾到了，宾馆标准间，两张床，有电话有电视有冲澡嘅，不过厕所无系跍坑，系坐式马桶……坐住欸会屙得出？好在远照身手矫健，渠后生时打过篮球嘅，中锋，工会组织嘅，全县机关干部比赛。五一、十一，渠就入了县职工篮球队，抱住篮球，人堆里左冲右突，手里嘅篮球出力向前一抛，球虽冇投中，仲系几犀利嘅……在广州嘅宾馆，她果断脱落凉鞋，她的脚足够大，大拇指同第二只脚趾隔得宽。夹得住任何嘢……她光着脚丫子稳稳踎在光滑嘅马桶沿。解决完她跳下马桶，洁白的马桶沿没留一点点印痕……

远章请十一姐远照在广州酒家吃饭，厅堂照面一畚大榕树，远照见到榕树很欢喜：哈，箇畚树……远章要了烧鹅，要了虾饺。远照一边吃一边叹，广州嘅烧鹅真系几好食嘅……他们说起了二伯父梁绍甫，因梁绍甫屋企嘅烧鹅亦系至好食，远照细时在香塘，阿姆带去二伯屋企荡，二伯绍甫，大地主，民国县长，身着西装威风凛凛……她记得二伯嘅大庄园，一栋两层楼高嘅火砖楼房，第一次见到玫瑰花、鸡冠花、牡丹花、茉莉花，十几只用人穿梭，有人专门淋花有人专门炒菜，吃嘅嘢眼花缭乱，烧鸡烧鹅烤乳猪，兼之仲有蛋糕水果……二伯嘅女梁远美请她饮咖啡，她第一次见到咽种黑乎乎嘅饮品……梁绍甫被镇压了。

有关镇压，还有最小的叔叔，中学冇毕业就上山做土匪，后尾着捉到，也枪毙了；大伯父逃去香港……不过远章二十世纪七十年代到香港阵时大伯好老了，就住在西环坚尼地城的西环邨公屋，远章去探过一次，老人拄拐棍带渠去一处走廊，企在阿哋睇一片海景……几十层高楼之间有一小片海景，真正嘅海，仲睇得见远处灰色岛屿，望得见天上白云，睇到有船打海上开过……

远照吃烧鹅，远章饮茶，他端一杯菊花普洱茶，慢慢饮。十一姐你食你食……"听闻讲，大伯在西门口铜枝巷呢处私产房归返还嘞。"

远照："系啊系啊，早几年就算归返还咗嘞，冇有人去办，冇人去住落黎，等于一样都冇得。"

远章："系啊系啊，冇有后人系无得嘅。"

酒家店堂播着香港的粤语歌曲，远照就讲："听闻讲梁北妮好出名嘅喔。"

远章："出名有咩好呢，一滴都无好。都无知佢同边个拍拖，佢早就搬出佐嘞，唱歌妹无好嫁嘅，嫁出去便系人哋嘅人嘞……"

就讲到了米豆……远照表示愿过继米豆俾远章……"米豆性情几好嘅，向来无见过佢同人顶颈，至识服侍人，服侍大舅，又服侍养父，畚屎畚尿，人老了总系要人服侍嘅。"

讲妥之后远章就回香港了，远照返圭宁。行前买了扎粉和面条，"广州嘅嘢样样都系靓嘢嘅"。她坐上长途班车，太阳一阵暗一阵明。对面卡车呼呼开过。运鸡蛋生猪，都系运去广州嘅……远照心满意足，除了一大包扎粉面条，还有两把折叠伞，细包放一只女式手表，手表装在一只小盒子里，远照再用手帕紧紧裹住，系远章送俾跃豆嘅，啯一年，跃豆大学毕业。

米豆到底没来香港，远章适应了他的独居生活，长者护理中心的义工每周一次上门探，渠冇咩嘢病，只是膝盖有点痛，后来居然好了。每只月两次，约上隔离，过境去深圳浸温泉，佢仲报旅行团，内地两日游或者三日游，去过佛山，去过顺德，去过汕头……周围嘅粥店粉店烧味店都一家家排好了，粥，鸡蛋瘦肉粥、生滚猪膶粥、鱼片粥、鸡肉粥，渠都钟意……米粉，干捞粉汤粉肠粉，自细至合心水……烧味一个星期一次就可以了，烧鹅烤乳猪脆皮鸡脆皮鸭，一概好嘅，一个礼拜选一样，油亮亮嘅烤乳猪烧鹅脆皮鸡，烧味五宝拼盘最好，每样两件，码得好好嘅，卧在椭形碟端上……总之胃口好身体就好，身体好胃口就好。

米豆不愿来香港，理由系，渠一个人都冇识，既冇识人又冇识路……仲有，渠怕煤气爆炸（二十世纪八十年代广西小镇还没烧煤气），渠只会识烧火柴火……而且呢，香港嘅字亦肯定冇认得，阿哋字都系笔画好多嘅，他看到过四舅写给阿妈嘅信，信上的字笔画好多……渠仲担心香港睇病贵……"我总系牙齿疼嘅，肚又发胀……"

戴小姐来 NTT，陪我去广播道的广播大厦做录音采访。广播道就在附近，步行上坡……采访人圆脸朗朗，明眸灼灼，她生在云南，父母知青，父亲上海人。北大本科，硕士在香港中文大学读。

采访人问：你的作品中有同性恋的描写，请问你有过类似的经历吗？

如果在二十年前有这种问题，我一定视为冒犯。现在完全不介意了。"对呀，主要是同性恋取向的人对我有天然的好感，她们喜欢我，在一群人中她们一眼就会看中我……"采访者语速很快，我也跟着飞快，想慢也慢不下来，最终变成了不假思考。

采访结束，在大厅合影，在香港电台的红色 logo 前，我和戴小姐一人企在一边，戴小姐穿灰色布衣，下身是设计款式的黑色宽腿裤，短发，笑容灿烂。比起邱湘楣，跟她相处更加放松。

我坐在椅子上，又睇了一轮联合道公园的大树，鸡蛋花树、木棉树、凤凰木、羊蹄甲……我望见阿禽大大嘅红豆树，幼时叫火水豆，火水豆捡来放入火水灯，盏底红豆艳艳。红豆树枝条折来做花圈，枝条软熟柔韧，细叶浓翠绕成花圈，安上白纸花，送去墓地……眼前的红豆树现时是灰色的，青翠隐在深夜，但望得见它们结荚时的一挂挂、一蓬蓬、一串串，它们裂开时，粒粒红豆落下，在夜空中簌簌有声。

卷一　为了米豆的正义

我叔叔 6 日去世了，也许是 5 日。我不太确定……我委实不是要照抄加缪的《局外人》开头，千真万确。这事他们没有告诉我，只告诉了米豆。六日北京还是重度雾霾，橙色预警，七日下了点小雪，总之六号七号两天我都没有出门。我在家里写东西……我一向把手机调成静音，似乎这样就可以保证我内心安宁。

是小姑姑打来电话。小姑李穗好，我与她很多年没有联系。前年我忽然想回南宁买套二手房，与姑姑接上头之后，她冒着南宁的大太阳替我看了几套房子，又帮我交了一个新楼盘的定金，还陪我到现场摇号。在人山人海红旗招展高音喇叭震耳欲聋的一个棚子里听了一个又一个与开发商有关的大咖们讲几句，耐心等候一只又一只大咖们的手从玻璃箱里捞出号码，在过尽千帆皆不是之后（准确地说，是叫到一百多号还不中的情况下），我们退出了会场。

一番折腾之后忽然醒悟，完全没有必要在南宁买房子，当初是昏了头。相识的人纷纷买房，三亚、珠海、威海、北海，直到澳大利亚……消息如一片迷雾，一时就被迷住了眼，或者，是被时代热潮裹挟。早就应该意识到，买房是一个巨大的陷阱，引诱你将一切积蓄投出去把自己钉死……醒悟之后断念。然后，顺理成章，我把小姑姑抛到了脑后——我已经一年半没跟她联系了，包括春节这种难以免俗的大节。

那几日橙色预警八日八夜，高速公路连续封闭 192 个小时，地铁限速，航班延误或者取消……

直到八日，总算出现了久违的蓝天。上午我收拾了一些旧衣送到邮局寄回圭宁，之后去银行，十年前存的两万元，居然有五千多元利息，凭空多出这一大笔钱，心里感到非常满足……更加不愿意手机乱响，依然静音。

直到下晏昼五点多才见有三只未接电话，都是姑姑打来的。有一个就在一分钟之前。我打过去，她讲，跃豆啊，我正在火车上啊……我听闻乱笸邋一片嘈杂，她说他们一共四个人都在……表姐、大姐，还有李谷满……李谷满是我堂弟——叔叔的儿子。叔叔在生下了三个女儿之后迎来了这个唯一的儿子，作为一个有文化的人、一个大学毕业的人，他给儿子取了谷满这样一个土气的名字，真是匪夷所思。

啯只名字，李谷满一啲都冇辜负着，仲有突破，或者讲溢出，就系讲，一只阔谷仓，稻谷冇单只堆满，仲漫出来，仲有乜嘢更爽逗啯人生？

李谷满智力超群，读书一路高歌猛进，打广西小县一举考上清华，又斩获美国奖学金，留洋，最后谋得职位，波士顿定居……渠老婆系上海人喔，本人系北京大学毕业啯。讲起阿啲国外大学洋名称，小城冇乜嘢反应啯，讲到北大，人人肃然起敬……李谷满，渠在美国，生得两儿一女，健康美丽干净整洁，一口口白牙在草坪上闪闪发光……全家族每一个人，见面讲到李谷满，只只嘴冇不停。

米豆至热衷，虽然渠只见过谷满一面，至远去过南宁……"美国啊几好嘅，细侬都冇得打啯，乜人打细侬都着判坐监啯……美国人牙齿总冇痛啯，细细就要保护好牙齿啯……美国人呢总冇胃痛啯"，羡慕美国人牙齿是因为他时常牙痛，至于美国人从来不胃痛是他臆想的结果，他自己胃冇好，吃一啲嘢就肚发胀。羡慕了一通美国，最后总要归结到李谷满，"李谷满系至犀利至够力啯，全广西都冇几个"……

出于复杂的历史原因、个人心理，我向来不钟意米豆讲这些，亦向来不谈论李谷满，我不认为美国人是人类楷模。无论米豆如何红光满面讲起美国与谷满，我向来不置一词。

米豆真心觉得，阿姐既然不作声，那就是同他一样，对谷满能在美国这样的国家里教上大学充满崇拜……米豆平时找不到话头，唯有在美国这件事上，他对自己的见识感到满意，"……美国的海鲜好好食嘅，十美元就得嘅嘞……"这是听去过美国的二堂姐讲的，"……自由女神像，我都有嘅……"阿只系冰箱贴，微型自由女神，灰青色，两根手指嗽大，二堂姐买的旅游纪念品，俾米豆一只，另一只贴在冰箱门……米豆成日在二堂姐的手机上望见美国，美国的空气树木、集市上的南瓜、大片的草坪、一幢跟一幢不同的房屋、英文字的店铺……校园枪击案，美国警察提枪在电视新闻晃荡，米豆认为，既然李谷满在美国，这些美国警察与他李米豆就有了更多关联。

>一二三，穿威衫，四五六，罩扣肉，七八九，新娘大哭冇知羞。
>
>——北流童谣

禾基叔叔过世，只讲俾米豆，冇讲俾我，当我系彻底局外人。无衷冇对咩？你向来漠视家乡和亲人……人格不完整，感情冷漠，向来就系家庭的局外人……多年不变，检讨完了依然如故。

但这次，我感到强烈不爽……阿边第一时间通知米豆，米豆立时动身……假设小姑姑不打电话俾我，就无会有人报知，连米豆在内。此事自然无使介耐，但，冇嗷简单……我相信，渠哋系以咽种方式讲界我知，我同老家、同禾基叔叔全家都闹翻了，争跂争嬲（粤语通用：生气）了，早该料到有这一日，事实上我也早料到了，渠哋肯定认为我料到不够，信号越来越强烈，自从叔叔住入重症监护室，米豆就带回了我往时送俾叔叔嘅书、普洱茶，米豆讲，阿婶讲渠哋冇睇书亦冇饮咽种茶……冇几耐，阿婶又喊米豆俾返回我送叔叔嘅字……一幅毛笔字，称之为书法，有一两年我临了汉碑，自以为字有了些样子，就送了一幅给叔叔……叔叔喊人装裱，又镶在了镜框……阿婶讲，你哋攞返去，冇攞我就当垃圾丢开。

如果不明白这是一种侮辱就太迟钝了。

他们对我厌恶到了极点。

他们是对的。

因为我极不像话，要帮米豆争取休息的权利，我坚持认为，米豆照顾叔叔七年，属二十四小时陪护，全年无休，除了农历年三十返几日，初三就着赶回安陆县……我三次回圭宁米豆都冇得回……为咩冇请人替米豆两日呢？三个女儿都在身边，为咩冇替得一两日呢？

我发出天问。

我不计后果，不讲情面，分别向小姑、大姐、表姐提问，甚至阿婶（丝毫不考虑她当事人的感受），我毫不顾忌地与她讲，米豆，过年才得回两日，全年无休啊，夜晚黑随时着起身，渠夜晚冇稳，身体垮掉嘅……日日对住个病人，心理好易崩溃嘅……

阿时径——

阿时径，那次，我们一行四人，南宁林荫道、大学池塘边，行得悠悠游游，她们陪我去睇二手房，上午睇了三处，晏昼仲要去睇两处……四月嘅南宁，讲春光明媚冇啲假，但仲冇算热，穿得住一件长袖单衣不至于身上汗津津……行树荫算得上凉爽，表姐同阿婶行在前，我同姑姑行后尾，我们打算去素菜馆吃自助餐……咽种素菜馆南宁到处都系，养生，便宜，每人十几元，素菜品种极多，连蘑菇都有几种，莲藕花生南瓜冬瓜黄瓜苦瓜豇豆白菜茄子芹菜……应有尽有，粥和羹，各种杂粮，蒸玉米蒸红薯蒸芋头……门厅有佛家经典，免费自取，普度众生，不像北京，素菜馆是高档消费场所……我们吃得心满意足，前一日已经吃了一次，打算再去一次……

是小姑姑先讲到米豆："米豆在禾基叔阿边几好嘅，营养好，身体也好些。"她本来是宽慰我，因米豆至可怜又无能，加油站解散，他先去了荔枝宾馆，成日上夜班，不出一年，宾馆又豪倒了，买断工龄，后尾渠就无业了……米豆永远没能耐，永远危机……甘蔗隔年要高考，细女读初中……叔叔正好腰出了毛病，米豆去服侍，工资高过当保安，包吃包住。小姑姑觉得特别好，米豆总算有了着落。

小姑姑身世惨痛，一生落就着丢到粪坑角落尿桶边，阿㕼有堆禾秆，三日三夜睡禾秆堆……头前有了五只侬，养不活，不要她了……条命咚咚硬，三日三夜冇断气，禾秆冇生出狗虱啮，老鼠也冇来咬……冇水吃，冇奶水，三日三夜冇吃冇喝。阿公坚持冇要渠，阿婆就来了。企在粪坑门口，闻渠郁，阿婆就打禾秆堆抱回……姑姑发奋读书考上了电子工业学校，早早脱离家庭。毕业了，去至远至远的东北，齐齐哈尔，名字古怪，冰天雪地……在阿边好多年没找男朋友也没结婚，又回到南宁，三十几岁，在机械厂当电工，还是没男朋友还是没有结婚……我考上大学，她买了呢子大衣、皮棉鞋寄俾我。每年暑假我不想回圭宁，就去南宁住她宿舍，挨过漫长假期……俾我工厂食堂饭票打饭吃，厂里有电影我就自己去看，她上她的夜班……

到北京后我再也没联系她……她不怪罪，整个家族，她最宽容。无论我做什么她都觉得有道理。2015年我再次见到她，她同我讲，米豆在叔叔阿边蛮好的，又有收入，身体也好过往时。

但我像神经病，嗯声间就发作了。

我讲米豆照顾病人，二十四小时陪护全年无休，夜里随时着起床，总有一日会崩溃㖞……姑姑大吃一惊，完全没想到……我又快行几步，阿婶同表姐在前头，我赶上渠哋两只，讲出同样嘅话。

我越讲越有理。一不留神就讲出阿啲严峻大词，"人的权利""奴役"，我心中一股正义怒火。阿婶、表姐非常错愕，未曾料到我是如此严峻睇法。

婶婶不看我，她目视前方，连讲不做了，不做了。

我权利意识大发作。我想到，李谷满在美国，成日晒出幸福生活，一家四口，阳光下草坪……三个女儿，一到夏天就内蒙避暑，阿婶不出国也不避暑，但她躲在南宁清闲，一屋人，巨细事样样揣俾米豆……我实在怒气平添……我谂，此事不能罢休，要大吵，冇得随渠哋奴役米豆……

我就发短信俾米豆，同渠讲，咁样照顾叔叔，属二十四小时陪护，在医院里就系特护，冇有休息系冇正常嘅，即使冇得每周休一日，起码一只月休两日，至起码至起码，逢年过节要有休息，成日冇得休息，人垮掉嘅。我冇讲出嘅仲有，虽然每只月有工资，看上去不少，但同付出相比，冇够对等……发了米豆又发大姐李春一。又转俾表姐同姑姑，我就系要每只人知道我嘅态度。

姑姑表姐夹在中间，不知如何是好，支持了我，就等于得罪了叔叔一家。

我越来越亢奋，甚至有啲癫狂。

我打南宁坐长途大巴回圭宁，激情未被旅途磨损，一到家就同母亲聒噪，我振振有词，充满正义道德感，我又讲起人嘅权利……"米豆居然觉得嗳样就好了，唔知自己拥有休息权利，居然觉得冇休息系天经地义。渠哋屋企一仔三女，人人都避开……我实在睇冇落。"

阿妈觉得我讲得很对。系啊系啊，她连连应道。

已经有六年了，无人觉得米豆需要休息，至少每月休两天……我同阿妈讲，只有我才能站出来，冇有人替米豆着想。亲戚认为。嗳多年梁远照只顾得上细仔海宝，根本冇顾着米豆，当然冇资格去讲米豆嘅休息……我其实也冇有资格。

嗳多年我都去歇哋了呢，做咩嘢呢？

自从离开圭宁，一共只见过米豆两次，或者三次。我对自己嘅细佬都懒得理，从来冇支持过渠，冇畀过渠银纸，冇帮渠调动工作……连过问都冇有……渠服侍叔叔，有收入，有稳定生活，吃得好饭，有病表姐表妹们会畀渠搵药，帮调养……嘅阵时，我跳出声讨渠哋，李家人都觉得意外。

我不认为谁应该意外。人要休息，就系嗳简单……系啊，为咩嗳多年没谂到嘅件事。为咩嗳多年阿妈也没谂到过嘅件事……阿妈应我，系啊系啊。

没有应有的响亮和明朗，也没有我的燥火，阿妈复杂中有内疚，她没能力帮米豆搵到工……她找了她堂兄，安排米豆在加油站，未入编制又买断工龄冇有养老，只能当保安……不过同样，阿妈都未曾帮海宝搵到工，海宝也系当保安。在县城，保安差不多系至尽督。

既然是二十四小时陪护全年无休，"渠哋到底俾你几多工钱？"我发短信，径问。难道不应该问吗，我是在帮渠……我的短信他总系过了几久才回……回复也是岔开一句讲："我的问题，由我自己解决。"回复的口气不像他自己的，像是叔叔斟酌考虑过。

米豆的手机非他独使，他与红中合使一只手机……我发俾渠嘅短信相当于发俾全家……红中也同米豆一起去，帮手买菜煮吃搞卫生……谂起身，他家等于请了两只保姆……我就更加嬲。两只用人,冇有休息日,岂有此理。

占了正义就气壮,我打算胡搅蛮缠……我同阿妈讲,我就系要不停讲,直到解决为止……我插手,阿边就头痛。我不停讲,米豆总有一日着崩溃嘅,应该请人替下渠,一只月休息一到两日……请不到就应该俾渠休息日工资,休息日工资要翻倍。等身体垮了,钱仲有乜嘢意义呢?

   狗吠汹汹,大舅来拜冬,揭开鸡笼拜鸡公,鸡公飞上石榴树,石榴开花满树红。

——北流童谣

一九九几年阿次我返回。

阿次系继父病重,肝上的毛病,渠一直有肝病,一直吃护肝药,乜人都睇无出,睇上去渠身体好,能做、能吃……一日渠在水池边青苔地滑袭跌了。重重跌一跤,送去医院讲系脾破裂。入院留医,病情陆续加重……守夜,每晚都系米豆,大海同海宝都冇守着。大海阿时径仲系松脂厂厂长,忙,海宝不忙,宠惯了,娇贵,阿妈讲海宝吃冇了苦。阿妈讲喊米豆去守,"渠听人虾惯嘅就畀渠守啦!"米豆冇系萧继父亲生,更有用。

服侍大小便,帮继父按摩揉肚,使手抠板结大便,像石头嗷硬……米豆讲,肚硬就系憋有硬屎,硬屎抠出来肚就冇硬了,他帮继父扳成侧向,使手抠……县医院又建议拉去中心医院做检查,做CT。使担架抬人上救护车,颠一只小时到玉林。做完检查再颠一只小时返来,天热,救护车里气味难闻,继父一副绝望的坚强……阿妈上了车,又落来,讲头晕。继父不作声。我妈讲仲系米豆陪去啰。米豆就陪去。

检查白做了。腹腔里全系腹水,CT一片朦胧,无法探明……医生讲不管是肝硬化还是肝癌,腹腔里带了血,一般就冇医得了。历年经验,冇超得过三只月。最后三只月,日日都系米豆陪。远照感冒,发烧了,海宝讲头痛,心又跳得要紧。大海仍然忙,工厂快歇倒了,要揾人租出厂房。帮老工人办养老保险……冇人替换米豆,米豆更瘦更黑了,劫得很……继父开始吐血,换到重症病房,病房时时阵阵有人死。尸体包俾一只工头处理,工头雇咽雇工有时径推来一部单车,有时拉来一架木板车,尸体五花大绑,绑在单车后架,使一条龌毛巾遮住面……有时尸体拖到板车上,"嘭"嘅一声像捉一条麻袋,完全无遮拦,雇工一边搬尸体一边骂骂咧咧……继父吵要回屋,同所有人吵,拍床摔碗跺脚。总讲亲人们要合起来整死渠。发过嬲又后悔。又讨好服侍渠咽米豆。要米豆帮渠回屋。他想死在屋企,想在屋企断气。

临终前被换了一个病房。阿处离太平间至近。就在晾衣场旁边，死气打屋顶罅飘来，落到一盒木瓜树上……仍然系米豆陪护服侍，吊药水、喂食、擦洗、端便盆、陪讲话、捶骨、按摩……米豆也撑有住了，请来一只男陪护，两人轮换。男陪护系只吉佬（结巴），文盲独身长年陪伴濒危患者……面对将死咽人，男陪人以刺激他们为自己至大爽逗。病房门口一运过尸体，神色阴沉古怪咽男陪人就兴奋，对神志尚存的萧继父讲，萧……萧……萧同志……咽只系、系、系……系咸鱼（粤语，对尸体的蔑称）……萧继父用最后的力气申明，他不要这个陪人，他要米豆陪在身边……见到米豆之后的第二日他开始昏迷，从半昏迷到深度昏迷，连续输液六天六夜之后在凌晨两点去世，他咽下最后一口气的时候，身边没有别人，只有米豆……远照、大海、海宝，三个人都在家里等电话。

我再次见到米豆的时候十一年过去了……他老了一点，但眼神还是儿童的眼神。他欢喜地叫我阿姐，有一种"事情终于又好了起来"的神情……他的工作没有了，但他的女儿甘蔗考上了大学，不是普通学校，而是一类本科，是师范大学里的艺术系，她分数够高，是第一志愿录取……这可不得了。米豆甚至得意起来，他从来没有得意过……他说，大姐说的，大姐的两个儿子都没有考上一本，二本都没考上，只上了大专……大姐李春一，那是家族何等的骄傲，当年何等的高才生。

我又很多年没回来。

我对家乡一向不太惦念，家乡正是我要逃离的地方……我也不惦记我的亲人，并且认为，那些歌颂母亲伟大的论调最是陈腐，若有人与我聊起自己妈如何古怪暴戾不近人情，我会认为这是洞察人性的深刻眼光，当然我自己的母亲并非如此……我只是不常想到她，我跟母亲不熟，而我从小怕生人，经常会犯上一阵生人恐惧症，忽然手心冒了汗，忽然大脑一片空白……

不怀念故乡，也不在意亲人……我坚信，我在欸哋故乡就在欸哋……把语言当成自己的故乡，这是海外人士……我就在国内。如果坐飞机是三个多小时，加五个小时的汽车，早上出发，落暗就到屋企，但我一直没有回来……在日复一日的写作中，我扔掉了从前的一切……

长久以来，我总觉得梁远照是一个叫作妈的生人。在别扭的青春期，不能同在一个屋顶下，她进来了我立即出去，她在家，我就出门乱逛……

与兄弟姐妹也始终像生人，大姐大我十岁，不在一个县里，她独自在外读书，名校高才生，按米豆的讲法，如果冇系"文化大革命"，大姐定准系居里夫人，读书至犀利，次次考第一……哥哥大海，从早到黑冇说话，我十一岁才认识他。弟弟海宝，细我十一岁……大海和海宝两人姓萧，我同米豆和大姐三人姓李。

"《红灯记》呢，李玉和李奶奶李铁梅，一家三代本冇系一家人，你睇铁梅。"

阿妈讲。渠以为我在意姓氏血缘……渠就系盲目,我立时厌恶。

母女之间隔有重重迷雾,渠望冇清我,我睇冇清渠。现在睇来,一切拧巴仅仅因为我觉得他们都是生人,我向来冇擅长生人变熟人。

但系米豆呢?

  大大落,大大停,莺哥骑马过塘塍,乜人捡到莺哥蛋,畀回莺哥做人情。
——北流童谣

我要回忆米豆嘅一生。

阿时径我九岁,米豆六岁,我同渠打外婆屋回街上。渠坐簟箩肚,我跟箩尾。

阿时径渠圆圆嘅,有点肥讷讷。外婆打理渠得虔诚,鸡乸生蛋,当日就蒸鸡蛋羹俾吃,仲有新鲜豆腐……外婆俾我五角纸,我盘算等回到县城,嘅五角钱就得放入我包钱嘅手帕,手帕一层又一层,最外底一层系幼儿园使嘅手帕……每个小朋友,前襟别一条手帕擦鼻涕,手帕叠成一长溜,别在胸口特别乖……第二层系外婆手工,她钩的线花细银包,巴掌一半大,衬了绿布,外底系白线钩花,至靓嘅……里底我使一张香烟锡纸,形状不规则,银光诱人,我包住攒嘅一元一角五分钱,我一路行,禾田、鱼塘、树、竹、河边,纷纷闪闪中我脑壳里一直跳荡一条算术式:1.15+0.5=1.65,真系至爽逗……河水越发清亮,狗尾草越发好睇……

行到清水口搭汽车,细舅父阿宝问,跃豆,外婆畀你嘅五角纸呢?他拿了我的五角钱入代销店,一转身又出,俾我同米豆一人一份零食,系一方黄糖,当地土产,火柴盒嗽大,光身冇包装,另外仲有两只饼干,嘅啲嘢至多值一角钱……我嘅五角钱一眨眼就冇有了……我的算术式从 1.15+0.5=1.65,变成 1.65-0.5=1.15。

暗擒底,我立即,极其失落,非常不甘……米豆喜滋滋,举住阿块黄糖块,对着天。

  排排坐,望公鸡,公骑马,入竹围,竹枝竹栅栅到马肚脐。
——北流童谣

我同米豆幼时,有几只片断:一、我去幼儿园接渠,标志系只僵杨梅;二、在沙街,我带过渠几日,标志性事情有两样——我教会渠认"的"字,再就系,我做了一件下流勾当,喊渠摊在我两只大腿根之间,充当我生出的依厄;三、阿妈要结婚,我同渠在乡下外婆屋企两只月;四、"深挖洞"阿年,闻讲苏修要侵略,全民备战,城镇人口疏散农村,我同米豆由大姐接回安陆老家山区,住了半年。

在我去幼儿园接渠之前，渠系只生人。为咩渠系生人？因我从来冇见过渠。

系嘅渠去歔咘了呢？五十年后我妈讲，去歔咘了，跟外婆去江西了。米豆三岁之前跟外婆在香塘乡下。后尾了，在江西丰城矿务局的远章舅父生孩子，头生女梁北妮，舅父喊外婆去帮手，外婆带米豆，一路汽车火车、跨州过省、不远万里（我八岁的时候学习领袖老三篇，特别喜欢这个词，《纪念白求恩》中说：白求恩同志是加拿大共产党人，他不远万里来到中国）去到江西丰城，停了足足一年半。

算起来，米豆见过的世面早过我……三岁就坐过火车，当然在车上渠主要系睡觉；渠吃过阿边嘅罗山豆腐乳（用来下粥，有点臭）、吃过丰城嘅冻米糖（纯属零食），远章舅父扼渠吃过田螺辣酱。

然后米豆随外婆返回到广西。

后尾渠也入了我读过的县幼儿园，简称县幼。

冇见渠像去过幼儿园嘅人，一粒都冇像，像只在洞穴独己长大嘅动物，冇识觅食，冇有玩伴，有嘢吃就吃，冇嘢吃渠就冇吃，望上去安静乖巧，也可能根本冇力气，渠又瘦，面又尖，冇作声冇唱歌……若渠上过树偷执过果子，就不至于尖叫着窜入人堆捡阿只僵杨梅了……幼儿园里教过简单嘅算术，人人都会从一数到一百，但渠冇识数数，更冇会算术，小学开始，渠碰到算术就像撞着了鬼，他缩起身子，好像算术系一大嚿奔跑嘅石头，不缩着就着撞到……全家吃饭，饭桌上好容易有韭菜煎鸡蛋，米豆揼了一筷子啖啖送入嘴，正香喷喷噍住，继父的话却落下来：米豆，17加8等于几多？米豆浑身一颤受到惊吓，17和8，好像冇系抽象的数字，而系卡住渠嘅颈嘅嘢，17和8这两个数字横在了他的嘴里，渠嘅腮帮顶得胀鼓鼓，他含着不动呆若木鸡……继父得意起来，几多啊？17加8等于几多？他又问了一遍，米豆急得翻起了白眼，他噍起来，一下一下的，数字和鸡蛋韭菜搅在了一起，他又嚼又咽，两只数字变成两条又硬又长的筋，狠狠地卡住了他，真系奇怪他竟然被噎住了，他大口喘气抓紧了拳头，嘴里嘅嘢终于吞落喉，不过又堵在渠嘅胸口，渠脸色发灰，眼睛就要发痧……

算术一算就胃病着事，不过渠小学、初中、高中，时时升得上。究其原因，系嘅啲年份冇使升学考试，只要屋企冇有政治问题，只只人都读得到高中毕业，阿啲难缠得多的数理化，阿时也统统瘫痪了，初中英语渠仲得过九十分呢，一句系伟大领袖万岁，另一句系伟大的党万岁，他差不多都写对了……不过事情系嘅嘅：阿只学期开头到后尾，日日默写嘅两句万岁，只只人都是一百分。

米豆油盐冇入，同世界隔一层，一层灰蒙蒙嘅膜……三岁时径啱啱识听圭宁话，结果就去了江西，虽然吃到丰城嘅罗山豆腐乳和冻米糖，但是面对一片片的叽里咕噜咕噜叽里，他肯定蒙了很长时间。等到终于拨开迷雾爬出来，却又回到广西圭宁，粤语嘎里嘎啦嘎里嘎啦，渠又蒙了，仲未醒过神就着扔入幼儿园……这园子，冇咄渠只人冇识，也冇有渠识听冇话，阿的嘎里嘎啦咔嚓咔嚓，像蚊蠓，在头顶上下飞来飞去……幼儿园学前教育，渠变得更像只老鼠。

渠几絮啯……怕人，缩头缩脑，冇作声，任何问题渠一律应：哦啊……冇见过渠大声讲话，更冇尖叫唱歌……冇望人，渠侧住头，似笑非笑，无知沉浸在歛咄，渠时常像笑，你以为系苦笑，冇系。

一阵眨令，谂起沙街，阿只旧时客栈……打县幼接回渠，屋企冇大人，按推断，可能系我带他两天，我八岁他五岁，我带他打沙街去龙桥街防疫站吃饭，再带返回……我们在防疫站搭伙，一份饭菜一角钱，半份菜，五分钱半碟菜，本身像只细佬哥……四点半开饭……屋企冇有台钟，日头影移到天井墙上我就大声喊米豆，他如梦初醒……

我同渠行到东门口再右拐，始于登龙桥（我曾以为是它的谐音灯笼桥）的青石板在烈日下晒到炀，我光脚飞快跑过，脚底炀得腾腾跳。米豆趴在木栏门向马房里的马张望……吃饱晚饭我们打防疫站回到沙街……冇有锁匙，大木门冇有锁，我们出门时径虚掩，再入门也仍然虚掩……门一推开，带着青苔气味的凉气阴阴荡上身，我同米豆冇再向深处行，在第一只天井的楼梯口就上楼了……我们屋企在第二个天井旁边阿间房，阿几日，我同米豆住前楼的二楼……

我又开双腿坐在床上……五点半钟仲未到，天光充满，二楼真系太高了，一排窗对住沙街，太阳光打窗口入来，房间亮光光……我摆弄一本书，冇有图，全是字，大概冇系爽逗书，我一阵无聊，睇见米豆夺拉着头……我安书企到渠面前，识睇冇？

渠着惊吓到。

铅印字黑压压，列列郁起身，渠拼命瞪大眼睛，免得阻到阿的字……渠一只字都冇识，我决定教渠认字……我拣出一只出现频率最高的字"的"，喊渠认……"睇准未曾？这只字读作'的'，你睇下，一页纸里有几只'的'字？

渠手指头在纸上摸来摸去，好像字系凸凸凹凹，一摸就摸得出……我发现了书中越来越多的"的"字，我一页页翻过去，见有"的"字就拣出来。每拣出一只就喊他认，他傻傻望……嗯声间大喊一声："的"字！

他激动得想哭，声音发哽……茫茫苍苍中，除了外婆他没有熟人，爸爸，他竟然从冇见过，妈妈也是疏的，谁知她在歛咄。眼前啯只跃豆，也是啘啘冒出来的，虽然系阿姐，也不见有阿姐的样子……外婆，外婆系最熟的人，不过也冇见了……在啯只生房间，完全冇依靠……四周啯墙系白啯，日头影在阿上高……日光他是熟的，不过啷眼……他识了一只字，一样熟悉啯嘢，他欢喜起来，揾过书，在阿上高揾,渠自己就揾到了!他欢喜得大喊,啊,啊——我要渠再认一只字,渠木呆起来,无精打采……他只要依偎着一个"的"字。一个就够了。

嗯声间我想荡一只生依厄嘅游戏……我揪米豆落床,自己叉开双腿,摁渠到我两只腿根中间,渠嘅头离我尿尿嘅地方仲有啲距离,我拵渠两只胳膊出力拽,摁渠嘅头贴紧我腿,渠嘅头壳硬硬、圆圆嘅,渠双肩贴住我嘅大腿罅,除了隔层衫,各部位我调节得严丝合缝……我摊落床,一只硬硬、圆圆、热乎乎嘅嘢抵住我下底,无比爽逗,讲冇出嘅爽……渠一扭动,我就喝道:冇准郁!你一郁就生冇落……我使下半身力气顶渠嘅头……我又令:你使一粒力啊,郁一下啊,你冇郁仲系生冇落来……他就蠕动……过了一时,我自己欢呼:生出来了,生出来了,啊——啊——我学婴儿啼哭……渠闭住眼睛,像系确认自己是否已经真生了出来……我用一种初生嘅母性唤道:依额——(方言:婴儿)

……墙上一片日头影冇见了,房间昏暗。嘅时径更应该生依额,我同米豆讲,再生一次蛤?渠好乖,眼睛亮烁烁……重新又摊在我腿罅,重新使渠硬硬、圆圆、热乎乎嘅头壳抵住我……我补充了第一次未曾使过嘅细节——撩开衫、床单盖在肚皮上、喊哎哟哎哟……

我一次次"生"米豆出来,直到自己尽兴。

马骝儿,撑彩旗,得粒肉咩又嫌肥,得碗粥,又嫌稀。

——北流童谣

八岁就乳腺增生,同嘅种模拟生依厄喂捴,无衷有关系咩……我"生"了米豆三四次(或者四五次)之后,细节用尽,出于游戏本能,已被驱动嘅盲目幼稚嘅母性,我拵渠入我怀……依额,哦哦,我来喂你吃啖先……我先把他的嘴摁到我的前胸,那里隔着布,又硬,我毫不羞耻地掀起自己嘅衣襟……一排胸脯骨,还好,乳头凸起嘅,我用食指和中指夹住前胸嘅皮,乳头细得只有绿豆大,送入渠嘴里……一阵温热湿润柔软,传到全身……渠含住,我拍渠嘅背,渠出力吮……对一只完全谈不上是乳房的乳房如此沉迷,真令我诧异……绿豆痛了,天光亦散尽,斜对面畜牧站门口嘅路灯漏落稀稀嘅光,房间一片朦胧……

乳腺增生,无衷就系嘅样增生起来嘅咩?

英敏同我讲,阿妈讲,因为不讲卫生,有细菌,才着乳腺增生。渠阿妈柳阿姨,一上班就眯起一只眼睛睇显微镜,渠只眼变成显微镜,咩嘢都睇出好多细菌……细菌论者,前因后果因为细菌,渠同英敏讲,跃豆不穿鞋,地上多脏啊,你

033

到显微镜看看,成千上万、百万、千万、上亿,多少细菌,不穿鞋细菌就全都跑到脚上了,从脚上往身上爬……所以讲,不穿鞋走路就着乳腺增生。

我半信半疑,抬起脚睇脚底,阿哋光溜溜乜嘢都冇有……我同英敏企在生满青苔嘅台阶,我盯住英敏阿双男式丑凉鞋(县城没女式凉鞋),开始出力至诚谂:假设青苔上有无数睇无见嘅细菌爬上我嘅光脚板,但是难道,它们专门不爬英敏的塑料凉鞋咩?专门冇爬她的脚颈咩?若果细菌冇本事爬她的脚颈,又歇爬得上我胸脯……卫生防疫站,全县至卫生,一入大门就嗅到消毒水,在所有赤脚细佬哥中我踩到嘅细菌肯定比第二只细佬少,人地都冇着乳腺增生……一通胡乱推理之后我决定继续光脚行路……

  哭哭又笑笑,阿公担米上街婓,买回一枚钓,钓到蹦蹦跳。

——北流童谣

仲有,我十岁米豆七岁阿年,在外婆屋企两三只月。阿啲时间空间,我阿妈谈恋爱结婚……

屋企嗯声间冒出一只男子,阿妈实在冇识如何交代……我细时眼睛常时喷火,喜欢问几个为什么,为乜嘢,为什么,为乜嘢,有关鸡蛋花、太阳、沙子、马房、畜牧站大蛇、森工站木板、路灯电线、剪落啲头发……刨根问底,嘅种对万物嘅兴趣可以算作好奇心和求知欲。若系针对人,见到生人总要问问人地嘅来龙去脉,几乎就系一种刁钻……沙街嘅条街,生人至多,街尾系码头,船在码头水面插下长长竹篙,跳板行落一列男人女人小孩,默默行,行入水运社……我同吕觉悟成日去水运社门口张望,望见一排排架床,像学校宿舍,上层下层铺满被褥,被子缩一团,奀拉一截出床沿……

韦乙瑛医师来我屋企讲,跃豆啊,我同你讲几句话。你有一个新阿爸了。系好事哪,知冇?我摇头。冇知。你阿妈几冇容易嘅,你长大就知道了。我说,长大我就去至远至远,总冇返屋了。韦阿姨惊得脸上的皮肤都皱了起来,你妈边滴阻到你了,她听到无知有几伤心。

  鸡啄啄,鸭啄啄,得只田螺大家嘬,阿公嘬,阿婆嘬,阿叔嘬,阿嫂嘬,大哥嘬,二姐嘬,阿弟来吃冇肯嘬,想发恶,就着阿公叮头壳,啄!啄!啄!

——北流童谣

米豆一次都冇挑过热水。我向来冇记得他洗过澡,冇见过他拎一桶热水入冲凉房,从来冇见过渠换洗衣服搭在冲凉房木门。亦冇见过渠洗衫。

我不知渠在歆咇。

只记得在老家乡下,在一个光秃秃的山坡上打柴。

系,我要不停地从时间的洪流中挑选出这样一些时刻,把啯啲时刻从时间的漫漫洪流中执出来。我要做一只蚝蟧,要结一只蚝蟧膜,接着、等住,在时间的空气中。

合一只畚箕,虽有一只竹笓,冇见松树,只有疏捞捞啯草。一笓下去,收回来几根烂草尖……我憎恶打柴,企在坡上远望,连绵丘陵,望冇见大路,望冇见河。

我问米豆:记得外婆屋企冇?哦,他迷茫应道。

又问:你知我哋圭宁在歆只方向?

一个身穿红毛衣的女孩也来打柴,她肩着一只空畚箕……我吃惊地发现,她的毛衣是裸穿,外面没有罩衫,这是我第一次见到有人直接穿唥衫在外头……唥衫珍贵,万不可弄龌弄烂……我曾在新华书店墙上望见过水彩宣传画,一个戴红领巾男孩,就是噉啯穿了件深红色唥衫在外面,他头顶斜上方,有一圈放金光天安门……我谂,啯个迎面过来啯打柴女孩可能来自特别大啯大城市,渠啯毛衣袖口破了,前胸黐了根柴草。渠望我一眼,我亦望渠一眼,然后她就行远了……

听闻他们全家都从大城市下放乡下……她失去的,远远超过毛衣,在所有的失去中,毛衣变得无足轻重……而米豆在勤勉拔草,他没看见这个裸穿毛衣的女孩。他撅着屁股揪住几根草出力拽,这种草根深茎韧,手掌勒出一道印也薅不下来……

阿年有防空洞、城镇和周边的山丘、翻起的新泥、丁字锄、山上的战壕和翻起的白骨、防空演习、啸叫的警报、珍宝岛、七亿人民七亿兵,万里江山万里营……深挖洞、广积粮,不称霸……

我们由大姐李春一带回安陆县的山区乡下,汽车马上就开,米豆忽然冇见了,春一急得跳脚……晕车,汽油味重而浊而闷,四处压,直压入五脏六腑……想呕,呕冇出……呼吸不畅,四肢发软……五脏六腑翻腾,搅起胆汁,嘴里又酸又苦……第二日换了辆运生猪大卡车,车厢铺有层干禾秆,车顶盖一大幅油布,算是挡住了日头……卡车上一股六六粉气味,又浓又呛,三人猛咳,一声赶着一声咳,直到开车,车一开,就开始晕,我呕在禾秆上,再扔掉……米豆居然冇事。

住在五叔家,五叔三个孩子,一岁到六岁,个个稀里哗啦醒——拖鼻涕、头上黐草泥、衣服不是长得拖地就系短得露出肚脐眼、衫袖口结了厚厚一层硬壳,是擦鼻涕擦的。五婶指望我帮带三只细依,我讨厌渠龌兮兮……我抵住揾拃,帮最小阿只揩鼻涕,黏糊糊滑溜溜冰凉凉,令我恶心,我拧过头,揩下这摊鼻涕,再擦到草堆上。五婶冷冷望住,句话冇讲。

米豆真系仁义,我冇带细侬渠带,他才七八岁,就知帮三个孩子揩鼻涕,不停揩,食指和拇指捏住鼻涕出力甩,甩冇开就蹭到台阶上或者灶间柴草,渠冇怕腥,渠自己亦系腥兮兮……他对陌生的一切安之若素,客家话听冇识,他乖,仿佛听识了……

当地吃萝卜脯——使一大镬水,萝卜整只放落,再加几大勺粗盐,烧一只树根蔸,熬个三天三夜,熬到一镬清水变成半镬黑水,萝卜呢,成了烂烂棕黑色,捞起放入瓦缸,吃饭时就使筷子夹上半截直接上桌。熬出的黑水做酱油,炒菜时放一点,菜虽有了咸味,颜色却令人生疑。

米豆竟然欢喜。

稀得不能再稀的粥,日日都系黑糊萝卜脯。晚饭倒是有米饭吃,阿啲米饭亦无系煲嘅饭,叫捞饭,连水带米一大锅煮开,再使一只竹筲,半熟嘅米捞到一只小木盆,盖上盖,饭焖做熟。米汤呢,喂猪……晚饭嘅菜时常系葱,葱可不是调料,它自己炒成一大盘,一人一筷子就光了。有新鲜木薯,生产队分嘅……新鲜木薯剥皮切成片,用猪油炒,特别好吃,但五婶讲木薯要晒干放着。

有晏昼屋企没人,大姐带我入一间储物屋拿东西,里面大大小小坛坛罐罐,我闻到一阵熟悉嘅咸萝卜香,我循味揭开一只小瓦罐,正正就系咸萝卜干,在圭宁特别普通嘅嘢,在嘅处系要藏住……我不停地吸鼻子。大姐企了一阵时,认为她有处理两根咸萝卜干嘅权力,就打坛子掏出两根,去灶间舀了半勺水缸水洗过,我空口吃了。

米豆渠总冇谂回圭宁,总冇谂读书去学校。我日日夜夜谂,时常翻过一面山坡去睇阿边小学校,学校钟声(挂在屋梁的一截锄头)一响,我就一路狂奔,一直跑到教室门口……我从圭宁给自己带了支铅笔同一只作业簿,米豆什么都冇带……渠七八岁了,似乎不认识字。

我冇记得了,曾经在沙街二楼的黄昏中一次次"生"渠落来,但想起了曾教过他认识"的"字,我想揾本书考考他,但系一本书都揾冇到。

我带来的铅笔用来写信,我写俾梁远照……我问阿妈,我们几时可以回去上学,再迟回去功课就赶冇上了。之后日日等回信,等了半年,冇等到。有一种讲法系:远照再婚之后,让春一把两个孩子带回老家,意思系,李家的孩子让李家的人养,嘅只系天经地义嘅,当然就冇可能再回圭宁了……当然远照讲,怎么会!

在饥渴中,我十分想念小学同学,就写信俾渠哋。吕觉悟、王泽红、张二梅,每人写一封,放入同只信封,寄去圭宁县龙桥小学某年级某班,一个月后如愿收到一只鼓鼓信封,里面塞进了七八页纸,每个人都写了回信。

除了打柴拔草、擦鼻涕、吃萝卜腩时的微笑，我再也谂有出米豆的任何事情了。冇人想到他应该上学，他不惦记，仿佛安稳，从没听他念叨圭宁、妈妈……他也不生病，我生病了，发烧，全身发软，头昏，喉咙胸口都像有火浇，辣辣痛，又一阵冷。我睡梦梦见一只古怪石狮子，在梦中我眼泪滚落，吱吱出烟……还好米豆知道喊五叔，五婶捣烂葱姜做了一碗热粥，我吞落又呕出……病好了，人变得古怪，对一切视而不见，成日冇作声，也冇做工，无论打柴还是带孩子，自己发着呆，到了吃饭时径，就企到灶间门口，见一碟葱，或一碗椰菜放上桌，就自己舀饭，再搛一筷子菜，捧去睡觉屋，自己吃。

老家山区对我系一场噩梦，对米豆冇系，渠全身龌兮兮，但冇系因绝望而龌，渠龌得自在，冇人嫌渠龌，渠自己也冇嫌自己龌，有时嗯声间望见渠笑，但不知渠为何笑……总之渠系一啲都冇委屈。我一向虔诚，咽时龌过渠，我不洗头，头发结成了饼就让它结，梳冇通就冇梳。我亦冇洗身，衫呢，有两只月冇换过了。日间夜晚我总谂，死了就算了，我咽龌系自暴自弃，米豆系自在。

　　撑船哥，撑我过，撑船老大哥，小心撑我过，快快撑我过，保你有老婆。
　　　　　　　　　　　　　　　　　　　　　　　　　——北流童谣

阿间朝向公路嘅房间，两张床摆成只直角，床底下摊住我同米豆嘅解放鞋，每只鞋一层灰尘……我比米豆更钟意赤脚，阿张医院子弟合影，只有我一个人光着脚丫，照片上也有米豆，排倒数第二，头歪着，脸尖过他细时照片，他的脸越长大越尖……他的衫裤估计系自己洗的，我冇帮过渠，阿妈上班极忙……冬天撤下蚊帐春夏撤下厚被，都系我帮手洗晒……大件蚊帐被套装在桶里拿到河边，卷起裤腿下河，蚊帐被套向河里一抛，流水不断流过，在水里荡几下就荡净了……

我冇记得米豆同我一起洗过大件嘢，被铺蚊帐，一次都冇有……蚊帐被套都要两只人同时拧，一人一头，相反方向拧，两头的水挤到中间……我对面阿头系阿妈。我也谂冇起米豆做过别样：破柴、择菜、洗碗、扫地……渠系一个着忽略嘅人，一只影子，一只食饭嘅阵在饭桌上含住菜嘅影子，若非与一道两位数算术题在一起，渠系模糊发虚无法对焦嘅……

至记得渠有次尖叫一声，像只老鼠窜入一堆裤腿缝隙中……我八岁，奉母命去幼儿园接渠。龙桥街到县幼儿园系一条几里地嘅远路，要穿过几只路口、一口塘、一段伴有沟渠嘅公路、一只全县城至闹热嘅菜行，阿条公路系繁忙嘅省道（也许是），阿时径没有柏油，水泥珍稀，公路上铺砂子，不是河边沙滩的沙，而系细石砂，大卡车装住生猪鸡鸭拂拂开过，路面砂障挤到中央隆起一道屏障，任何车轮碰到这道砂障就扭一阵 S 步，若系单车，"唰"一声就跌倒了⋯⋯所以，公路段养有好几匹马，马房就在登龙桥嘅庙里，朝早五六点，马就出来了，它们钉了马掌嘅铁蹄呙呙呙呙踏在龙桥街青石板上，一路留下热腾腾马粪⋯⋯公路段的人拴只木平耙在马屎忽后尾，见嘅件事情特别爽逗，我立时企停，睇公路段嘅人双手压住木耙，耙耙耙耙，公路中间高低不一嘅砂子耙成小山一堆，再匀匀耙向各处⋯⋯马吃得好，屁股肥讷讷，屙屎在登龙桥青石板，我们每日上学都着绕过几泡马屎，但它们从来不在公路中间屙屎⋯⋯

我八岁时径去幼儿园接米豆⋯⋯阿时我攀过很多树，偷执过龙眼，芒果和李子，番石榴和杨桃⋯⋯一入县委会嘅大大园，我就决定先上树执几只杨梅再讲。大大园里少人，多荒草，多杂树，老杨梅树结了一树杨梅，红色杨梅至高，我攀不着，就执了几把肉米色（半生不熟、接近熟）嘅，一路吃一路返回幼儿园接米豆⋯⋯

幼儿园地坪上只剩落米豆一个人，渠见到我几欢喜，我见到渠却皱起眉头，渠比我头脑中嘅米豆又细了一圈，渠下巴更尖，面黄钳钳⋯⋯我认为一个脸圆圆的小孩才应该系我细佬，而眼前嘅只米豆系渠拙劣嘅替代品，于是我立即把米豆看作另一个与我半生不熟嘅小孩。我又睇了渠几眼，觉得渠仲系阿个米豆，但我同渠仍然不亲，于是我掠了掠渠嘅衫尾脚：行路嘞，仲企着做乜嘢！我并不拉渠，喊渠跟住我后尾行⋯⋯

我嘅衫袋装了四五只杨梅，我边行边吃，我同米豆讲，杨梅好酸好酸齎，你一吃，牙齿就着酸掉，再也生冇出。米豆眼巴巴望住我，他从来冇吃过杨梅，也冇知乜嘢系酸，更冇明白牙齿酸掉的后果，他跟在我后尾，要半跑才跟得上我，我企停等渠，吃过嘅杨梅核顺手掷向路旁水田⋯⋯

行到菜行，我衫袋里杨梅剩了最后一粒，系杨梅里最冇成器阿种，无知怎样混入嘅，极细只，细手指指尖嗷大，青悲悲、硬杰杰，像铁阿样子，估计系只僵果，永远生冇大⋯⋯系完全吃冇得嘅，我俾米豆望了望，渠正要揑住，我一扬手就搧开了⋯⋯僵杨梅落在人堆中，米豆大喊一声，不可思议，高速飙到杨梅落点，渠在人堆各式挤挤挨挨的腿髀爬来爬去、摸来摸去，几次差粒人踩着⋯⋯我拚渠起，渠两只手掌满手都系泥，有几粒砂粒陷入渠又瘦又薄手掌肚，脸上也沾了泥，头发上仲有条禾草，系使来绑咸萝卜干的，渠嘅鼻涕眼睇就要落入嘴里了，渠拚命嘞，嘞一下，鼻涕缩回去，马上又出来了，赶紧再嘞⋯⋯忽然渠冇嘞鼻涕了，张开大嘴哭起来，哭得满面都系鼻涕。

那是我生平第一次感到震撼，我既震撼又迷惑，不明白米豆，为咩会没命地捡这只杨梅僵果，之后又没命地大哭……

各类水果对我而言极平常，伸手可得……我四岁时径防疫站后门有一龛龙眼树，我捡了好几块瓦砾，奋力掷向累累龙眼果，中弹嘅龙眼噗簌簌落下好多只，我连喊带笑连滚带爬，我嘅顽童时代就开始了……我偷果子主要冇系解馋，系为了爽逗。杨桃树上的杨桃子在叶子间闪闪烁烁若隐若现，我一望见不免手痒，奋力一跃一攀，执到手嘅杨桃子都系酸嘅，如果冇使铅笔刀切成片腌进玻璃瓶里，再坚硬嘅大牙都顶冇住……番石榴树至矮树杈至多，哪怕没挂果我也要攀上树杈坐上半分钟，树杈低矮，逗人攀爬……稔子系野生，山上到处都是，圆鼓鼓又甜又软，有人执来卖，一分钱一竹唛……木瓜树至难上，太直了，又有树秧（即树汁），执木瓜要使一根竹竿顶……芭蕉我们冇要，但我们要执芭蕉花，吮阿里面嘅汁水，有粒甜……我对黄皮果从不觊觎，知能止咳，但它生时太苦，即使熟了，皮亦系苦辣苦辣……荔枝至至好，伟大、岭南佳果，面对荔枝我胆小，有人守，或者有狗……小学一年级，芒果未熟，核仲未变硬，果肉仲系白的，我使铅笔刀削成小块使盐腌……无论腌几耐都系又酸又涩……李子也系，我在防疫站后门的青石板上，用石头捶阿只偷来嘅李子，也用盐，盐系炊事员小罗俾嘅……

米豆从来冇有过嘅种时辰。

米豆没命地大哭，满脸鼻涕，他像一只满面鼻涕嘅老鼠，令人可怜。我开始哄他，但不知怎样哄，尽管已经八岁，但我从未哄过细佬。我在三十岁之前讨厌细佬，尤憎恶啼哭细佬，尤其是，哭得满面都系鼻涕的细佬……我谂起大人哄小孩睡觉，哦哦——依厄睡觉觉啰——我伸手胡乱摸摸他的头，哦哦，米豆，哦哦米豆……他抽搐两下，立即冇哭了，老鼠获得一粒无形大米，立即乖起来……而我对他稀薄的姐弟之情也就此启动，我意识到，作为阿姐，如果占了上风，就应该及时抚摸阿弟的头。

无形的大米对老鼠如此重要，我心有恍悟。

我时常疑惑米豆到底系冇系我屋企嘅，我冇太记得见过渠，冇记得同渠在一张饭台吃过饭，也冇知渠到夜睡在歇地，渠忽然就冒出来了……我问阿妈，米豆细时在歇？我好像冇太见到渠。阿妈讲：阿阵时我下乡啊，冇就系跟外婆嘞，冇跟外婆跟乜人？她以反问的形式完成了回答。

哦，系，跟外婆在香塘乡下……坐在地坪满地晒着的狼蕨（一种长得像凤尾的草，做柴）中，旁边有只花鸡乸带一窝鸡崽，仲有一只柴狗，不远处有间泥砖屋，间屋隔成两细间,一间堆着晒爽柴草,顺便铺了只鸡窝供鸡乸生蛋……另一间系粪坑,有两块砖,中间铺有禾秆灰,一屙屎,草灰就裹住屎了,冇龌亦冇臭,文明程度罕见……米豆在外婆家起名俾五个舅父:磨谷舅父、担水舅父、破柴舅父、江西舅父、阿宝舅父,一种芥菜渠命名为红丝芥菜,一只细鸡崽,渠命名为依厄(婴儿)……

有次我亦去了,我十岁、渠七岁,因阿妈又要结婚了,我同米豆在乡下外婆屋企住了几只月……去睇做豆腐,一块大白布挂住竹竿,下底滴水,磨碎嘅黄豆过滤,变成豆渣……又行田埂,阿段田埂满系狗尾草……外婆坐在塘边钩花,渠嘅钩针一嘟一嘟,利光嘟眼,钩花组成枕套、盖布,钩花,系外婆受过良好教育嘅标志,普通村妇不识钩……一只黑鸡乸,因抱窝,赖抱不下蛋,着五舅插了一柄又粗又硬嘅羽毛入它鼻眼,它硬颈不屈,坚持抱窝不下蛋,阿宝舅舅捉它到塘边,一道黑色弧线划过,"蝙"的一声,鸡乸落到塘中央……鸡乸无系鸭,它的尖爪没法划水,眼睇就要沉了,塘里只剩下一撮羽毛,不料它一抖,硬抖自己出了水面……我和米豆在塘边荡,共同目睹嘅一幕,我们张着大嘴,啊哇乱叫,黑鸡乸在塘里扑腾得精疲力竭,湿淋淋皮包骨爬上岸……

离开外婆家阿日,阿宝舅舅担对簪箩,米豆坐后尾阿只,前头簪箩装了几只大萝卜,我跟在簪箩后尾行,行过一条河,水浅,有条石桥,石桥旁边有丛高高竹,竹尾弯很大嘅腰,过河不远系清水口……舅舅问,岩先外婆畀你嘅五毫子呢?作为临行赠礼,外婆俾我一张新嘅五角钱,我爱钱,同时爱攒钱,攒了钱后又使钱在正处,据讲系摩羯座嘅天性……

  鸡谷子,尾婆娑,鸭乸耕田鸡唱歌,泥鳅抬轿碌碌转,鲤鱼担担探姑婆。
                ——北流童谣

在正确使用金钱嘅件事上我无师自通。七岁半时,小学校组织去勾漏洞,据讲晋朝葛洪曾经在此炼仙丹,炼成仙丹吃入肚就变成神仙飞上天了……我哋系嘅样去的,行路去,排成队,行八里路,睇齐石洞再行路回县城,每只人要带一份饭去石洞吃,冇带饭就冇准去,因为有可能着饿晕……我屋企冇有大人,必须带在路上又要在石洞吃嘅饭……我冥思苦想一整夜,次日一早拿出两角钱(我一共攒了八角钱),去东门口买了两只肉粽,肉粽有糯米,又有肥猪肉,比普通的饭便携好吃……我嘅妙计系,同我们班嘅寄宿生做交换,用一只粽子换一张她的教师食堂饭票,咁样呢,我既能在出发前吃到像样的一餐饭,在石洞又有肉粽……正如我所预料,寄宿生欣然与我交换,她正愁没有饭盒装饭呢。

作为一个七岁半的小学生,我认为自己实在够聪明。

米豆对钱完全冇谂法,直到五十五岁,渠才嗯声间谂起冇有养老保险。系嘞系嘞过阵嗯了(是了是了这下坏了)。这时径渠早就买断工龄,冇有公职,在老家县城照顾瘫痪嘅禾基叔叔。之前渠在瓷厂当拉料工,一只细推车,做坯嘅坯泥拉去制坯车间,每日烈日暴晒……又在乡镇供销社企柜台、松脂厂收购松脂,宾馆打杂,在过加油站,当过保安,渠一直冇有闲钱。有关养老,早先米豆有叔叔一句话,讲,担心米豆活不过四十八岁。话残酷,亦非原话,米豆一转述,我听得惊心,米豆非但冇惶遽,反倒欣喜,因为可能活不过四十八岁而胸有成竹……渠眼睛灼灼,站得直直,身子往上一抽,讲:禾基叔讲嘅。

渠向来认禾基叔叔的话系真理。

顶髻朗,红屎忽,企木丫尾掘掘,飞去外婆屋吃生日,吃个乜嘢菜,吃粒豉核。

——北流童谣

国家动荡,叔叔也动荡。国家稳定,叔叔也稳定下来,喊米豆去老家安陆县城荡两日,睇到米豆又黑又瘦,个子比李稻基矮了整整一头,谂到渠生落来就没见过父亲,不免心里升起怜悯。

他问米豆:将来有什么想法没有?

米豆:我读了大专了,我想坐办公室。

叔叔:你系工人编制,想当干部坐办公室系不可能的事情知道吗?

有关编制,有关工人编制和干部编制之间的区别,米豆听得满头雾水,不过他做出了恍然有悟的样子,而且马上就认了命。米豆是个很乖的人,从此再也没跟任何人提办公室的事……虽然认了命,他仍然向往坐在一张书台前,渠理想嘅书桌有三个抽屉,在上面摆一支英雄牌钢笔,仲有一只摊开的簿……多年以后,当他以五十多岁的年龄成为一名小区保安,每日坐在小区门口的值班室里,跟前就系阿种三屉桌……

米豆竟然热爱诗歌喔,二十世纪八十年代的青年人人有此嗜好,不过我怀疑,无论是我还是他,对那种分行排列、隔几句就押上韵的东西的热衷系天生的。证据有三:一是我曾在屋企揾到过一本新诗集,《红松》,扉页一排竖行字:李稻基 1955

年购于圭宁县新华书店;二、我打阿妈手里要到了两本生父旧日记,随手翻到一页,赫然望见他抄了一首艾青的诗;三、我和米豆姐弟俩对童谣有着不可思议的兴趣,在外婆屋地坪,我大声唱,米豆一听到押韵的字就向上跳,团团转,菊花圆,阿妈喊我睇龙船……一般小孩都是边唱边转圈,我唱到转、圆、船就特意拉长,等米豆跳完得喘阵气……大大落,大大停,莺哥骑马过塘塍,乜人捡到莺哥蛋,畀回莺哥做人情……咽首跳得冇敲密……狗吠汹汹,大舅来拜冬,揭开鸡笼拜鸡公,鸡公飞上石榴树,石榴开花满树红……

睇来米豆对诗歌的爱好源自基因。渠在烈日下运坯料,头壳谂住阴凉处一张书桌,嘴里却喃着鼻涕虫螺出出角,你冇出,我就捉。三哥二哥上民乐,买便苦瓜共豆角……鼻涕虫螺就是蜗牛,我向来觉得鼻涕虫螺比蜗牛更靠谱,蜗尚可理解,牛的样子不知从何谈起,而鼻涕虫螺,它缩着时像只螺,伸出软体就像一只虫,又黏又软,白塌塌像鼻涕。蜗牛在远处的树干上爬,休息时径米豆企在树荫底下,蜗牛在树干上留下一道黏而透明的爬行轨迹。工友教导渠,慢慢行,无使做敲猛,做猛亦冇得多钱,个个人都慢慢行就至好嘞……

拌枣子,拌入梨,拌入山中做花狸,黑脚公鸡白脚狗,十二童军拯起手,问你左手是右手。

——北流童谣

向来系李家阿边扶持米豆。

米豆起好新屋,大姐李春一打玉林来庆贺,她带来一块大大咽玻璃匾屏,镜面水银光滑,四角有大朵红花,上方写有:李米豆新屋落成志喜,下款为:大姐李春一、姑姑李穗好、表姐李平、叔叔李禾基,志喜。匾屏挂在门厅,是墙上唯一的一块匾,够大、够新、够喜庆,亮晃晃,屋企平添新气象。

我第一次见到咽块匾屏好多年都过去了,镜屏边缘生了锈……我冇太知米豆起新屋,也冇知新屋落成,更冇知新屋落成时分要有进人仪式,要贺喜、摆台,亲朋好友要来捧场……一件至大咽大事,着我沉至海底,一丝波纹冇见。他冇讲着俾我知,我亦冇打别处听到消息……只细佬早就在我奔赴自己咽自由中丢开了。

我在生了锈咽贺喜镜屏下坐住,望见上面咽字,睇到四角咽红花,觉得非常土气,非常不符合我咽审美趣味。我一颗心高居在上,再一次庆幸自己早早就逃离了小镇。

起好屋我去过一次米豆屋企。阿时新屋已变成了旧屋,水泥楼梯破损,栏杆系筷子粗细嘅铁线焊接,已经生锈,整幢屋潮气弥漫……阿时径,甘蔗刚上初中。二楼有甘蔗嘅房间。我在甘蔗房间望见两样嘢,一系镜,大过巴掌,椭圆,粉红色塑料边,镜面有一块水银刮掉了。镜子虽然不济,甘蔗倒系算好睇嘅……她当得起一面最好嘅镜。你想象不出,又黑又瘦又土、缩头缩脑的米豆能生出这个漂亮的女儿,皮肤细白、眼睛水灵、嘴唇红润像蔷薇……镜子因她而有了灵魂……镜子没有她就是平庸的镜子,她没有镜子则不知自己容颜,一个无法欣赏自己的人,不可能有关于自我的想象,永远到不了遥远的地方。

我在一篇小说写道:

"甘蔗一照镜子,镜子立即明眸皓齿……春天的光从她眼睛蔓延到嘴角鼻子和额头,春天点燃了野火噼噼啪啪发出耀眼的光芒……她觉得自己实在是像一个明星……她桌子上还摆着一件观音塑像……这使我诧异和不适。在我成长的时代,观音是绝迹的……直到大学毕业,我从未记得自己见过观音,后来有很多年也没见过……观音是很老的老太太、特别老的老太太,老到与这个时代一刀两断的人才会有。

"……她把它供在桌子上,墙上贴着一张从练习簿撕下的纸,用钢笔写着'观音'——既然写了观音两个字她就安心了……她还将一把自己做的扇子插在观音的身后,在观音脖子上挂一块塑料八卦,还围了一串贝壳项链……还插了几支香,香炉用塑料瓶盖代替,里面装着沙子……杂乱无章丑陋不堪……那时我预感,她难以进入稍微像样的社会阶层,她茫茫无依,塑料的八卦、塑料瓶盖里插的几支香、插在观音后背的纸扇子,此外再无人能保佑她考上大学。

"但她摇身一变,蝉蜕了,化蛹为蝶,过几年我再见到她,她刚刚考上本省师范学院。甘蔗居然能考上一本,人人意外。米豆压抑不住喜悦,不停地说,连大姐的两个儿子都没有考上大学本科,大姐说甘蔗实在是太争气了……大姐李春一,她在玉林的中学里教重点班数学,两个儿子都只考上了专科学校,大专……这样一比较,甘蔗简直是一个奇迹。整整一条街都无人考上一类本科。米豆告诉我,邻居说他家风水好,是一个凤凰窝,专门成就女孩子……

"甘蔗穿一件白色镶蓝边的水兵服,合体而轻盈。方形的大领子飘在脖子的后面,洒脱不凡,同时又有少女的意蕴和些许浪漫情怀,她依然白皙,身材苗条,是她提升了这套水兵服,而不是相反……我妈认为甘蔗考上大学是她的功劳,与她的决策有直接关系,在上高中的关键时刻,分数不够,我妈当机立断择校,拿出了五千块钱择校费……甘蔗非常幸运,碰到了一个很好的数学老师,突飞猛进,从及格线突到八九十分……她就飞升了,像嫦娥吃了仙丹,脚一蹬,脱落了身上的重重泥壳,抖掉了她塑料外壳的破镜子、观音上的塑料八卦、墙上俗艳的明星图片、潮湿天井的淤泥、破水缸、充满污迹的木沙发……她把过去的自己抖掉了，升到了屋顶的瓦上……

"天井的蓖麻生机勃勃……你知道蓖麻是做什么用的吗？蓖麻籽系一种药，能医屙不出屎，消肿拔毒治疥癞癣疮，烫伤水肿，直至口眼歪斜、跌打损伤……我一直以为蓖麻首先是一种麻，像黄麻一样，长老了拔出，水里一浸，皮浸烂刮掉，刮出来缕缕麻丝用来搓成麻绳，拿到沙街码头捆货……但蓖麻不是干这个的，它是大戟科植物，首要任务是提供蓖麻籽，提供一种叫蓖麻毒蛋白的东西，可用来医癌症……"

我在米豆屋企生锈的贺喜镜屏下坐，就闻禾基叔父发话了。阿次我打北京返来，叔叔特意赶到圭宁见我。

渠以家长的口吻讲米豆的事，松脂厂解散了，米豆买断了工龄，他在加油站系临时工……叔叔以一名多年国家干部嘅语气讲：跃豆啊，你要揾县里领导谈谈……要去揾，县里会俾你面子嘅。系，我应该请教叔叔，如何揾，揾县里乜嘢部门，乜嘢领导，具体如何措辞。

但我断然回绝：我不认得他们。叔叔说，不认得也不要紧的……我对县里的领导没有任何信任，我以历尽失败从未成功的神情跟他说，我冇权冇势，冇任何嘢同他们交换，他们是不可能帮我的。从那一刻开始，叔叔意识到，这个侄女已无可救药，她不相信一切，六亲不认。

后来我读到一位作家的书，书里讲，过春节书记和县长去给他拜过年，面子足够大，为他姐姐从小学民办教师转为公办（作家姐姐比米豆强得多，有一大摞模范教师荣誉证书），他去求过县长，带去过烟酒，还写了一篇《故乡的春天》发了省报大半版。均不成功。最后一次，是全县的民办老师统统转为公办，事情才成。

我庆幸自己没去求过县领导。

谁能帮得了米豆呢，渠时时阵阵缩头缩脑，跟人说话，冇系望天就系睇地……海宝一个人就够远照头痛，读书、求职、婚配，欵样都冇省心，渠又想调动，等阿妈或者大哥帮渠走关系入广播电视台或者银行或者商业局，喊渠考试呢渠定系冇考的，渠至怕考试。忽然海宝氮肥厂放长假了，整日无使上班亦冇发工资，忽然裁人了，忽然，哗啦一下，大树倒下了，国企改制卖给私人了，统统扫地出门……萧继父病了，很快亡故，远照退休要去广东的私人诊所打工挣钱……实在是……

  鼻涕虫螺出出角，你冇出，我就捉。三哥二哥上民乐，买便苦瓜共豆角。

                 北流童谣

"要俾封包喔,一定要俾!"阿妈口口声声讲。

本以为,打北京带了礼物,大箱子装回了丝巾、茶叶、手袋手包挂件,国外带回的小玩意。不料这些通通没有用。与直接的钱不能相比,"冇得喔,一定要封包喔。"

于是弄了一堆红包。

要去看禾基叔叔,路过玉林时顺便去探下春一大姐。封包就系红包。

"要俾红包,至少每人五百。"阿妈不容质疑,立即摸出一沓新新旧旧红包纸袋塞俾我。"不够我嘅哋仲有……叔叔嘅女儿女婿外孙,反正在身边的,一概都要有……大姐春一、姐夫、两只舅、两个新妇、孙,亦都要俾红包……小辈的一人两百就得了。"

我向来不送亲戚礼物,这次自以为周到,已经大有进步……但母亲看不上,她说这些你也可以送,不过一定要有封包……本以为,送不同的礼物出自不同的情谊,有念想,能留存……变成礼金,毫无差别,一切扯平,且强人所难,连从未见过面毫无关系的海宝的丈母娘也要送上一份……我再次决定,以后要少回家或者不回。

后悔自己不该自投罗网。

隔了一日,又谂清楚了,俾不认识的人红包,系俾母亲面子。所谓面子,就系渠想要人夸奖女儿几有出息、几识事,渠又几有福气……一个到了八十岁还要拿自己的退休工资补贴儿子的人,两个儿子都是保安、都没有养老保险也没有医疗保险在整条街每户都有汽车唯独她家没有的人。需要这只面子。

阿妈大朝早起身,去阿间熟食铺,买了两斤现斩嘅白斩猪脚。她坚信阿啲系正宗陆川猪,在陆川养大、大卡车运到圭宁,而很多号称陆川猪猪肉都系陋嘢……肥肉白如凝脂,蘸料系秘制嘅,里面嘅沙姜味更加沙姜……渠仲要夸这家铺嘅刀工,斩得几好,讲,斩得又薄又成整……渠打开塑料袋,拿出一片白斩猪脚,赞叹着观赏片刻……真系斩出花来了。赞什么东西出了花,系阿妈对某种手工的最高赞赏……她放三斤提子、两斤白斩猪手入一只袋,实在太重了……但她觉得这样才算是光彩照人,她自豪地说道,我来拿我来拿又不用你拿……八十岁的梁远照,拎这一大堆东西,带上我,坐三轮车去圭宁汽车站搭长途汽车……先到玉林,我十几年来第一次去阿姐家(也许是二十多年),见过了大姐姐夫、她的两个儿子、两个儿媳妇和两个孙子一共八口人,照了合影,给了每个人红包之后,又从玉林赶去安陆县。

在禾基叔叔家我见到了米豆,喜气洋洋、心满意足,渠啱啱打南宁返来,叔叔去南宁医病，渠跟去照顾，南宁啊，一个省会，一个大城市，一个满城绿树的、每年有东盟来开会的大城市，渠真系太钟意了。多年冇见，米豆变得虔诚整齐，穿了件乌云颜色灰衬衣，他甚至扣上了最顶端嘅顶扣，衣服第一次冇系皱巴巴的……她从来冇见渠穿过白衬衣，要就系深灰，要就系铁一样嘅铁灰，整只人像乌云一样。虽已十一月，仲系有三十度，虽然三十度都算凉爽了……婶娘没打南宁返来，讲要帮女儿带细侬。隔了一年，我发现这是编的理由，婶娘其实一个人住在南宁一个高档小区的大房子里，为了躲开病人……人年纪大了，没有什么不妥，既然他们有钱就可以花钱雇米豆，自家人躲到南宁去。

那一次，我用在米豆身上的正义感还没有被激发出来……

叔叔家的日子确实很好，四室两厅，油汪汪红木地板，红中专门煮饭搞卫生，四处擦得一尘不染，我们到时，她正系着围裙在厨房煮菜，她胖了……叔叔精神头不错，坐得起身，自己吃得饭，欣赏得我带去阿幅书法……他说话的中气甚至是很足的……视力听力脑力都好，米豆每日帮他按摩，久卧床居然没生褥疮，极少见……碰巧系农历十月初一，据讲要食杨桃煮芥菜，于是一人一碗。我妈长途跋涉带来的提子和白斩猪脚，只有米豆两口子感到兴奋……

阿妈以为的盛大家宴冇出现着，饭桌上只有我同阿妈加上米豆两公婆——叔叔三个女儿都冇在，婶娘自然冇在。那三个女儿，一个在珠海，一个在南宁……在南宁的第二日就要去美国，仲要带大姐的孩子一起去美国见见世面……因为李谷满在美国有大房子，可以住下来……二女儿来过又走了，她给远照母女看微信上的照片，跃豆阿时仲冇微信，米豆也冇有，他冇有智能手机。二女儿开导说，微信可以拉一个群，一发照片，全家就睇见了……阿上头照片里绿色草地，蓝天白云，李谷满的两个孩子和他妻子在阳光下……

    上石壁，下石壁，中间红鲤跳踢踢。

——北流童谣

正义感系噉嘅爆发嘅——

我和小姑姑、婶婶、表姐三个人行在绿荫下，南宁暮春，人人心情松爽。我就突然爆发了，现在想起来，是因为小姑姑提到了米豆，说米豆现在在叔叔家很好，有饭吃有工做，身体好些了，人也胖些了。

我想起好几年没看见米豆了，每次我回他都不回，都要服侍叔叔脱不开身。

强烈的正义感就狂飙而出。

休息的权利、全年无休、不把人当人、以亲情掩盖的奴役（这句好像没说）—

串串严重字眼，在南宁的春风中一个一个从我嘴里蹦出，像一发发炮弹，把亲戚之间的情义轰得七零八落。

一有正义感，连续几日徒劳的奔波就振奋了……我感到自己太有道理了，无衷冇系咩？无衷冇系因为，你们帮了他，给了他工钱，就认为他可以一年到头不休息咩？

大家都愣了。

锋利如刀，在亲情融融的气氛中狂飙而出。如此突然。

没人能回答上来。要知道，不论是小姑姑还是婶娘，都是来陪我看房子的……一个又一个小区的门口，等着衣装整肃的房地产中介业务员拿着钥匙满头大汗地跑来……一个个门洞、狭窄的电梯、不同的楼层、不同的房间，拧开水龙头，打开各个房间的电灯，厕所厨房墙壁有无漏水，天花板开裂否，探头窗外，有无餐馆油烟，折腾了好几日……没有感谢，却忽然蹦出来一串正义的声讨。

真系冇识事。

各人在树荫底下默默行了七八步十几步，忽然婶娘也爆发了：不做了！不做了！无使他做了！她七十多岁，瘦弱，脸上涨红着……她的恼怒使我意外。对她意外也对自己意外，多年来自己都系很闷的人啊，语言向来不够犀利，也极少跳出来帮别人争取任何权利……正义感爆棚了，语言马上就自动磨砺了……

接下来，气氛沉闷。一行四人去吃素餐，每人默默托盘、默默在行列中前行、默默取菜，再默默坐下来吃，不再有第一次自助素餐的你招我呼……接下来的两三日我都极振奋，直到离开南宁。我住表姐家，有关米豆若不能每周休息，至少每个月让他休息一天，我同表姐唠叨了好几遍。表姐总是沉默听我说完，并不表态。我就坚持逼问：你讲系无系？表姐才不得不应：是啊是啊，不过挺难的。完全没有我期待的鲜明立场。表姐的意思是，叔叔家也很难。

陡然而生的正义感仿佛打了鸡血，我写出一条极长的短信发俾远在玉林的大姐李春一，突兀讲：米豆向来身体差，年纪也大了，再不帮他争取休息日就来不及了……同时我也发短信俾米豆，要渠明白，全世界劳动者都应该拥有休息的权利，尤其是，他接近二十四小时陪护，半夜仲着起床服侍，时间长了心理会崩溃……国家规定你知道吗？节日加班应该系三倍嘅工资……她毫不客气问：他们到底每只月付你几多工资。

短信发过去大半日都冇见回复。

直到晚上九点几分才有简单一句：谢谢姐姐的关心，我会注意休息的。

我不甘心，又说，无衷冇识每月请一两日临时工代替咩？最低限度，每月休息一到两日……一年三百六十五日，全年无休，说得轻是他们不够体谅人，说得重一点就是他们不够人道，哪怕每月休息一日，不一定要回来探阿妈，自己放松一下，他们家可以请护工替你一两日。

讲得严重了，米豆开始强调啯几年有休息啯。

女儿结婚时，休息七日……岳母去世时，连续休息了四日，回来办丧事。而且呢，红中也经常回去，每次回去都系婶娘打理叔叔，他觉得叔叔全家对他不错……这一说我更加证实了他几乎全年无休，除了女儿结婚、岳母去世这样的大事……我又笑又气，他真厚道，把老婆的休息也算作他头上。

我不由得死缠烂打：叔叔全家对你固然好，无衷你冇要命了，二十四小时，整整七年，世所罕见……米豆回答说，谢谢您的关心……

在甘蔗考上大学阿年我回来见到米豆，之前很多年就已经把他忘记了。第二次是百年校庆回来，趁便去叔叔家看他，在这之前，我又把他忘记了。然后到了这一年，我忽然想起来要维护他的休息权利，我越系知道自己不够资格，就越系不依不饶。

我确信，除我再也无人能过问米豆啯休息，阿妈更不能……她一句都不能说，所有人认为，事实上也是，她的心都在小儿子海宝身上，给他盖房娶妻找工作帮他带孩子，拿自己退休金买菜，做全家人啯饭洗全家人啯碗……她的钱和力90%都贴在海宝身上，再也没有能力来帮米豆……李家阿边认为，她自己也认为，既然你不管米豆，那米豆的事你也就不要管了……

我的缠斗有了眉目。

我便很享受自己的斗争成果。"米豆，今日系五一节，叔叔家喊你休息没？"我问。

他认真答道："已休息，我去公园荡了半日。"

"开心吗？""开心。"

北京街上的月季已经开了，东二环上一路黄的粉的，想来老家已经热起来了。我又问他。

"阿姐，我又休息了，红中服侍叔叔，过两日红中又休息两日。"他始终把老婆的休息也当成是给他的休息。

"阿姐，阿叔喊我每月回圭宁两日去睇阿妈。"

我同渠讲，睇阿妈系其次的，只要每月得两日休息，回不回家，阿妈都无会介耐的。

一休息他就发来短信，"回家住了两夜""去公园了，睇人打太极拳""又去公园了，坐了半日"，仿佛他休息是为了给我一个交代。

我认为米豆仍需要启蒙："……无系你劼了就坐一下就算休息，阿只并冇系休息日。完完整整一日都无使服侍叔叔，完全冇想啯件事，自己放松，想去歆哋就去歆哋，想做歆样就做歆样，啯只正系休息日。"米豆总算明白过来，休息和休息日不是一码事。渠欢喜道：等到国庆节又休息两日，等到十一月阿妈过生日，又休息两日……他五十几岁了，又黑又瘦。

啯次作家返乡，米豆专门返回见我。我一到屋企就闻阿妈讲，叔叔家给米豆放假了……我妈转述婶婶的话：这次让他回去吧，回佢十几天。听上去像是堵气。

跟手在酒店开多间房，喊大家来荡荡，照相。

往时我同米豆的合影一共有两张，系外婆带去照相馆……一张系夏季，我穿连衣裙，借英敏的，米豆穿一件白色套头衫……我编两条头辫，辫子系歪的，我啯头也歪，噘住嘴，一副气鼓鼓啯样子，无知为咩极冇开心……米豆仲细只，没长开……睇上去渠只有两岁，我就系五岁……我细时照片大多噘着嘴，脸鼓鼓。我和大姐春一的唯一一张合影亦系啯样……无知出于歆样古怪想法，我使剪刀剪自己刘海，齐根剪断，剪得长短不一像狗啃，像是同谁斗气，也可能系同自己斗气……

第二张合影倒含笑，我整齐短发，盖住耳垂，头发侧分扎了一撮头发，刘海弯弯，向一边梳，像是做了一番打扮……我穿了一件灯芯绒夹外套，衫袖挽上，露出里底夹层，我仲记得啯件枣红色灯芯绒夹衣。系我细时穿过啯至好啯秋冬季衣服……米豆剪了只锅盖头，前额头发极其整齐，一件毛衣裸穿在外面，毛衣，我们叫嘮衫，没有加外套，这种穿法小镇上非常稀奇，电影啯穿法。嘮衫金贵，一般着在外面套件外套，米豆里底仲穿了白衬衣，衬衣领醒目翻出，亦系电影穿法，我从来冇见过，可能渠件嘮衫亦系借人哋啯……

我们两个人都穿凉鞋，露出脚指头……同嘮衫季节冇够合拍，或者天仲不够凉，为了照像体面，提前穿上嘮衫……不过阿件衫完全可能系借啯……也可能在不太冷的季节大家都穿凉鞋，四月到十一月我们都赤脚，到了十一月底才穿上凉鞋……

我同米豆幼时有两张合影。若加上二十世纪七十年代一张全家福、医院子弟手拿红缨枪合影，一共四幅。有一年阿妈来北京，带俾我两张米豆照片，米豆红中，还有甘蔗，三人合影："你睇睇，甘蔗好有出息啯喔，在深圳工作……"甘蔗果然出落成一个淑女类型美女，文雅有贵气，坐态端庄，说话斯文，在一家子柴狗般的大嗓门中，她像一只声音婉转的秀美波斯猫……人人都说米豆这回终于熬出来了，甘蔗懂事。领到了工资就给远照买了只手机，每个月在网上帮她充值。也给爸爸买了只手机，智能的小米手机。米豆欢喜得很。甘蔗结婚了，打深圳调到江西南昌，离他三岁时径跟外婆去过的丰城很近。

我又与米豆照了合影，渠穿件铁灰色衬衫外底套件同样灰色的夹克外套，企得端端正正，企在酒店庭园一龛弯曲树下，我用我的手机拍，再用他的手机拍。

照片上睇得出他衣服里的干瘦，也如同我的干瘦。他不再有童年时圆圆的脸和整齐的锅盖头，眼窝更深颧骨更突……我的也是，我甚至脸型改变了，四十岁之前我是圆脸，然后慢慢成了长方脸，骨架突出……我们都老了。他有了白头发，我的更多……

甘蔗给他买的新手机非常不错……海宝全家还没有人有智能手机。在2016年4月，已是全民微信，海宝家，既没有安上Wi-Fi，全家五个人也没有一台智能手机……米豆跟上了时代，他有微信，能熟练地发图片和用微信的语音功能……我与他互加微信，传照片。

"阿姐早上好"，或者，"阿姐晚上好"。无论写成文字还是语音，米豆的微信一律隆重开头……这种语言习惯使我意识到，他是上过中文专业的函授大专班的……"阿姐，在此我也非常感谢您给我六千元交养老金，使得我退休后有所收入，更有幸福感也更加体面，生活更有尊严，晚年生活更美好……"临时有事，他就改为语音呼叫："阿姐阿姐，我系米豆，我系米豆，我今日去阿妈阿边食饭了……"米豆的口音不是纯正的圭宁县城话，比如他说"食饭"不说"吃饭"，还有，尾音，说"嘅"，不说"咧"。

重叠呼叫法是小城的普遍习惯，自从吕觉悟把我拉进小学的群里，我就时常听闻咧样呼叫："跃豆、跃豆，我系某某，我系某某，你今年回家过年吗？"小城的生活模式来自模仿……呼叫法使我想起黑白片老电影，《南征北战》《英雄儿女》……硝烟滚滚的战场，一只大炮弹坑，一个通讯兵。他背上背着发报设备，设备上伸出条长长天线、双耳捂住耳机，满脸硝烟炭痕……他对住话筒大声呼喊：长江长江，我是黄河，我是黄河，我们的阵地还在……少年时的电影场景就这样潜入了小城市的微信语音里……

无论如何，即使得罪了叔叔全家，即使毫无风度……声嘶力竭，不计后果的轰炸性短信还是有了效果。叔叔家让米豆每周休息半日，这半日，让他去公园待着，确实，这才像真正的休息……我又见到了米豆，望之穿得整齐，宽腿牛仔裤，里底一件套头高领棉毛衫，外面一件春秋布夹克……他肠胃不好，瘦得出奇。他去同学聚会，"同学都喊冇做了，年纪大了身体又差……"他永远喜欢转述别人的看法，转述完，他表示同意，他说他也想做到明年就不做了。

  佘佘转，菊花圆，阿妈叫我睇龙船，我晤睇，睇鸡崽，鸡崽大，担去卖，卖得几多钱？卖得两百钱，买件威衫好过年。

——北流童谣

我校庆那次回来，他只返三日就又赶去叔叔阿边了，他时时惦记阿边，讲，叔婆年纪大了，要早啲回去……他又去帮叔叔打粉。"叔叔冇起得身了，腰硬了，要喂食。要食米糊面条馄饨……"他就骑上摩托车去铜州市场买米，大米燕麦荞麦各买五斤，使一只塑料桶装上，拎到下坡阿地粉碎，叫统粉。

统粉店门口有副对联：杂粮研末和脾胃康乐延年，无骨碎粉利口腹健寿添岁，横批是转运生机。每次来到这家店，米豆都要大声读一遍对联，然后他喊道，有人冇？没人应，也没人从里屋出来……两台粉碎机的入口和出口绑着两条大米袋，米袋一头使绳索扎住吊在房梁，地上仲有两只枣红色塑料盘……店门口有张塑料沙滩椅，醒分分，跟前有条木凳，平时有只阿公坐门口椅，有张矮凳放脚的，旁边有只大扫杆，只是冇见有人……米豆就等，渠总冇着紧，从来不燥火。他认为，人生至大优点就系坐得住。

米豆在无人的统米店静静企住，仔细睇墙上阿张大红纸，食物碎粉说明（根据本机适应）。一、湿碎法，大米是用冷水浸六小时以上或一个晚上透水捞起来无水滴为佳。优点：越浸透水越幼嫩。二、干碎法，一切食物必须晒干（脆口为止）。优点：越干爽越幼嫩……三、湿碎的大米，另加搭配补营养的党参、茯苓、薏米、淮山、莲米、木鳖子等食物也必须晒干，否则无法粉碎……米豆喜欢书面语，喜欢文字，他觉得幼嫩不好，应该改为滑嫩……

米豆粉碎了大米大麦荞麦，连晚饭都不吃，跟手就搭长途车回叔叔家了。

米豆来去匆忙，再次刺激了我的正义感，同时刺激我正义感的，还有他的养老保险……现在要补交，一共要补十年的，加起来是四万两千元……他无钱，连理发的钱都没有，所有的收入通通归红中管理……阿妈也帮他凑了钱，然后讲，啯只事要同大姐表姐和小姑姑渠啲讲讲，无衷我只管海宝冇管米豆咩？言外之意，既然米豆讲叔叔家对他那么好，七年中，为咩冇帮渠交养老保险呢？

无衷米豆系圣人咩？不自知，人亦不知。

他越来越瘦了，年纪也越来越大，他已经五十四岁，一个五十四岁的人实在不应该二十四小时陪护一个瘫痪在床的病人。他肠胃这么差，一个人如果消化不好，晚上睡觉又不能踏实，身体肯定是要垮掉的……有关养老保险，我又开始给米豆、给大姐表姐姑姑们发短信陈述我的看法……我真是难缠，一波刚平一波又起，搅得人人不得安宁……表姐们对我的短信向来第一时间回复的，现时她们不知说什么好。总要隔一两日才给我回复，且措辞谨慎。

我不能认定，自己是否真正关心米豆的身体。二十多年来甚至三十多年，不闻不问……在暗处，是不想让那一家人心安理得，享受米豆的牺牲……公平是不可能的，但要尽量接近公平。衡量标准是，米豆服侍叔叔七年之久，他们理应给米豆交养老保险。但是没有。

既然没有，我就又找到了正义的武器。

这件武器是如此顺手和光明，它使我的阴暗心理开出了花，使我气势如虹，给老去的年华注入了能量……我多么享受这种时刻。每当我无聊，或者感到疲惫的时候，为米豆鸣不平使我血液加快，晦暗的脸上油然升起光芒……我甚至食欲大增，吃饭的胃口好多了……米豆终于说他到过年就不做了，回家过年就不再去了……到了年底，叔叔家还没有找到替换米豆的人，我却适时地提醒表姐小姑大姐们，再过一年米豆就五十五岁了，真的不再适合熬夜陪护病人了……

    风湿又痛腰骨又痛，耐耐又痛滴滴，耐耐又痛滴滴。

——北流童谣

唔唔入到十二月，叔叔唥声间病情加重，为咩好哋哋会加重？深谂下，我正经着吓到……假使这件事跟米豆要辞工，却又无论如何找不到人替换，假如跟这件事情有关……我无从知道真相。但即使不知道真相，却代表不了某件事情不会发生……煎熬中的叔叔，他会故意让自己从床上摔下吗？我甚至在千里之外听到了那咚的一声……那质地优良的实木地板、那一尘不染却弥漫着腐烂病气的房间、常年卧床永远无法平整的棉布衣服、丧失了全部肌肉的枯柴般的身体……

人人偷荫松了啖气，此番意味乜嘢，人人心里明白……只有我，惊吓和沉重，某种负罪感开始蔓延。禾基叔叔对我们是那么好呀，他那么照顾米豆，也照顾我，我上大学时，他还曾经给我寄过十块钱，要知道，十块钱在二十世纪七十年代末是很大一笔钱。这些我都一一想了起来。设若跌一跤的想象是真的，就变成是我逼叔叔入了医院……同时我亦开始忧米豆身体抵无住。以我进出医院的经验，脸色差，又老又瘦的米豆，渠最后一丝力气最后一丝血色最后一粒精神，不出三日就着榨干，我提出，即使要陪夜也不得两日连住……米豆发来微信，系语音："冇使守夜嘅，就系送送饭，系至轻松嘅勒……"过了几日，连饭都无用送了。叔叔住入重症监护室，再也吃冇落饭……米豆就返来了，讲再无使去了。我在电话里闻阿妈讲，"米豆真系返来了，带好多行李返，睇来真系无使去了。"

叔叔的病危通知书一下，第一时间叔婆堂妹们就通知米豆，喊渠两公婆赶过去。他们当米豆系自己亲生。我不怀善心，认为他们系要米豆两公婆帮手做工，处理后事几繁杂嘅，红中一去，买菜做饭搞卫生，她就包了，婶娘堂妹们不必沾手。米豆呢，则可指哪打哪……叔叔五日或者六日去世了，到了八日，在美国的李谷满一个人赶回来，返到南宁会同小姑姑表姐，一起坐火车返玉林。

假使姑姑冇打电话俾我，结果就系，我一直冇知叔叔过世，阿条我和叔叔全家之间的鸿沟就越发清晰，更加深不可填……我微信转账俾米豆，喊渠帮我买花圈。同渠讲，北京重污染橙色预警延续一百九十二个小时以上，系历史至长。高速公路封闭地铁限速。大量航班延误或取消，睇来返不了……

又过了几日，我接到姑姑电话，讲叔叔的丧事办得很圆满，叔叔留下的遗产，留下的钱每个孩子一份，给米豆也同样一份，也就是说他把米豆当成是自己的孩子。

我立刻明白嘅只系重点。

姑姑就讲，阿个全年无休嘅话再都无使提起，太伤感情，永远都无使提……正是北京最冷的日子，我穿着大衣走在五矿广场的一棵落尽了叶子的大柳树下，我一边吸着鼻涕一边把我的手机贴在耳朵边听她讲："……人都唔可能做到十全十美嘅，阿叔一家对米豆好好，米豆病咗都系堂妹带渠去睇医生，使自己嘅医疗卡俾佢医药费……"无论如何，因为小姑姑对我最好，所以我保证，永不再提（事情都是说出来的，如果永远不提，一切就能安稳）。

米豆就回到了圭宁。

我同渠落了细路到大路，路边一幢七八层的住宅楼，米豆一指："到了到了。"他当保安的素园小区，只有一栋楼，进门一条大大的横幅，黄底红字——"小区管理靠大家"。一个大黑板画了一栏一栏，写着收入支出，每栏使粉笔填好多数字。并列挂了一块大牌子，黄底红字，业主委员会委员职务工作安排。小区太小，没请物业，一切由业主委员会自己打理……大黑板列了几项：姓名、职务、负责范围……主任全面工作侧重安保及涉外事务、副主任宣传文体财务监督、副主任安保财会后勤工作、某某委员民事调解工作、某某委员配合某某安保工作、某某委员负责卫生消防工作、某某委员户籍管理计生工作、某某委员文秘档案工作、某某委员卫生妇联文体工作……各项事务一应俱全，是照搬政府机关的模板……

一个人生成一副受人欺负的样子，肯定就着受人欺负。

从米豆身上，跃豆归纳了这么一句……落实到米豆，她觉得有点残酷。同时发现，自己变得越来越心硬如铁，她的心疼少于恼怒，所谓怒其不争。怎嘅变成嘅付衰样嘅！

之前在金棕榈小区，两百几部车，米豆记有住车牌号……换了只小区，有个男人总同渠倾渠前妻，一见就讲：吓，米豆，我在东莞见你嘅肥妹嘞，仲系肉嘟嘟嘅，仲系嫩相嘅呢。都冇像几十岁嘅，像二三十岁嘅妇娘妹……东莞宵夜一条街啦,她食肠粉食得一嘴油,旁边有只男嘅……米豆躲渠,渠觉得米豆样子几爽逗,专门去保安室同米豆倾偈。在东莞宵夜一条街,我仲请肥妹去食过一次烧鹅喔……渠一身肉抖抖,胸口两坨肉亦都抖抖嘅,米豆你这只契弟,系享过女人福咽嘞……米豆吃饭时坐在保安室,过来一个人就吆喝渠,喊渠去门口外底吃,一边吃一边要睇紧进出咽人……外面起了风,渠胃冇好,但是有业主来充电,业主拉住电动车等紧要充电,他立时就去充电……胃立时就痛了……

　　他至钟意这个素园小区。

　　一栋楼,请四只保安,照片贴在门口,米豆排在第二,第一系队长,渠系第二。渠在照片里穿保安服,非常天真非常欢喜的样子……小区门口两间房,一间保安房一间物业房……保安阿间,阁上高放两张床,夜晚得睡觉。保安室有监控,屏幕有十几处即时录像。台盘系栗子颜色,椅系土黄色……红色咽电话、一只卡带录音机……四五只不锈钢水杯。仲有电筒……角落仲有只椭圆形咽大大镜,业主淘汰……角落有只藤躺椅,摇得郁……米豆冇事时径就坐在咽只躺椅摇摇摇,渠觉得实在太叹世界嘞。

　　上晏昼十点钟才去,到十一点半,搭班同事就喊渠回屋吃饭了。同事要系冇记得喊,就有业主喊渠回屋吃饭。吃了饭下晏昼两点半才去。五点半又有人喊渠回家吃饭了,晚间值班值到一点又得上阁睡觉,一觉睡到八点……总之人人都对渠好。

　　做一日休一日,每月休息十五日,非常之好……不过就系发工资不够准时,因物业费收不起来,收不起来就没钱发工资……不过业主对他非常好,时常俾嘢渠食:发糕、月饼、面包,仲有糯米饭,里头放了香肠绿豆非常香……可惜渠咽肠胃冇抵得牛奶,有个业主常时有差无多过期又肯定没过期的牛奶送来,渠就喊同事带返屋企俾细依饮。

　　小区里赵老师,老太太,老婆婄,学到一只新词:很傻很天真。一见米豆就谂起"很傻很天真",就教米豆:工资发无出来你都无要去收物业费,你去收费,业主有咩嘢事就会喊你做,水电管道,咩嘢事都喊你做,技术你又冇,冇识弄电冇识修管道……人家睇你冇咩嘢用,你肯定无得嘅……千祈无要去,工资嘛,拖就拖几日啦,拖一两只月至多三只月,总会畀你嘅。米豆学俾阿妈听,远照说,系啊系啊,赵老师系教你咽嘞,欪只肯教你欪只就系对你真心好。赵老师系对你真心好咽。

　　阿妈对两个儿子一直保持着绝对权威……她随时要点评:

　　"米豆咽个人几单纯几轻信咽,五十几岁咽人了,任何人讲任何话渠都信……讲巴马好养生,巴马咽水医得好糖尿病,渠就信了……讲要跟邻居咽车去巴马,运几桶水返回……咩嘢人讲咩嘢渠都信,街边有只人讲渠肠胃冇好,人嘞黑瘦,唆渠吃一种泻药,讲先要泻光陈旧咽嘢,再吃补嘢补返回……渠本来就嘞瘦,一泻欪咃得……渠讲人哋系好心，渠就试。一试就唥了，屙屎水，人瘦得冇成人样，两只眼陷得像只鬼……这点判断力都冇，一粒我嘅基因都捡无到……

"上次阿光来喊渠去珠海荡，去养生几日，阿光讲渠在珠海开了只按摩店，做得几爽势……米豆就跟阿光上街，跟手渠手机就打冇通了……米豆呢只人至容易上当嘅，边个㧒渠就一㧒一只准。阿光这个人样样都讲得天花乱坠，你信渠呢，噉多年你仲冇知渠系咩款种人咩……阿光非常冇识事嘅，住在米豆屋企七八年从来冇交伙食费，又吃又住，帮佢搵到个老婆几好，头胎生只葡萄胎，佢就讲系人哋同其他男人搞嘅，就离婚，真系冇像话……现在发达了，搵到一点银纸，开个按摩店……发达了渠仲系冇像话，仲喊渠表哥帮整廉租房，几着数啊，每只月租金才五十块钱……发达了一次都冇来睇过我，连只电话都冇有……宜家又想在荔枝场阿边楼盘买一套新房，他手里只有几万块钱，就喊表哥去睇楼盘，心谂紧等别人各帮出一点。一套房，少说都着四五十万，算盘打得真系够精的……嘅种人嘅话歆信得嘅，渠讲喊你去珠海休息，珠海你只人都冇认得渠卖了你都冇知……"

玉葵帮腔讲："系啊，人地卖了渠都冇知，闻讲现在有专门打麻药割肾嘅，肾卖了你就衰了……"

米豆来阿妈屋企吃饭，远照炖了鸡汤，认为渠既然身体冇好，一定要吃鸡汤，米豆冇想吃鸡汤，讲鸡汤油太多。远照训渠：怕咩嘢油，冇识撇开油啊，阿墩噉细都识撇，你冇撇我来帮你撇……她向来总系讲我们阿墩如何如何，噉细就会如何如何……言语间对米豆有蔑视，对孙子有娇宠……远照舀了一碗，一边撇油一边舀边讲：我就冇信冇吃得，我真系有啲火起。

米豆吃了母亲舀的汤，吃完了，人却有委屈。鸡汤堵在胸口，冇落得去。

我睇冇惯："太强势了阿妈，饮啖鸡汤都几强势，又要时时褒阿墩，你时阵褒阿墩有咩好，总系褒细佬仔，一啲小烂嘢都要赞佢，褒太多，对佢一啲都冇好。"

母亲难得认错："我都谂到了。"

我又讲："每次回屋总系见你同玉葵，你一句我一句褒阿墩，当渠系大神童，玉葵褒一句你就跟住褒两句，对他人格形成真系冇好嘅喔。"

母亲到底不想听我的高论："系，冇讲了。我知了。"

　　　　酸酸甜甜真上好真上好，卫生又讲究，一分一件，人人都有。
　　　　　　　　　　　　　　　　　　　——广州传到北流的童谣

米豆吃水果，阿妈亦有话讲。

"你讲睇，一入屋，第一分钟就要搵果子吃，无论苹果还是番石榴还是香蕉还是橙子，见咩嘢吃咩嘢……马上就要吃饭了，你肠胃又冇好，吃噉多生冷，吃了果子又吃冇落饭……你又讲要养生又注意，冇系冇准你吃，你稍微正常一点吃……今日买枇杷七块钱一斤，新出水果，平时都冇舍得买，阿姐回来了我才舍得买，渠一来就冲上来吃上好几只，谂都冇谂下，仲有老人仲有细侬仲有阿姐，冇识要让让嘅……每次来都要带几个水果回去好像冇有得吃似嘅……"

玉葵说："米豆好可怜嘅，身上一分钱都冇有嘅，所有钱都交俾老婆嘅，渠一睇见果子拿来就吃，冇识让人，讲明呢，渠系把咱地当成自己屋企。"

母亲说什么米豆不出声，他只管啃他的果子。

马上就吃饭了他也要啃他的果子。吃完果子，渠就坐住睇电视，冇同任何人讲话，亦冇去厨房帮手，渠直直坐住睇电视……在家里老婆从来冇准渠去厨房，样样冇识做……又冇识同人讲话，冇识讲咩嘢，问一句就应一句，一句冇问就一句冇讲……又冇识逗细侬，阿墩行来走去，米豆一眼冇睇，阿墩只顾自己玩亦冇理渠……到阿妈这边吃饭，米豆真系太闷嘞，太冇知道如何做嘞，母亲打厨房出来仲要教育他：我教你嘛，你哋嘅人，我灵醒多过你哋。母亲至钟意教育儿子的。她恨铁不成钢，觉得两个儿子都差得太远。

米豆总系一吃饱饭立时企起身，有时径再睇一阵电视……跃豆讲："米豆冇就你洗次碗得冇，动一动有好处……"米豆从来冇洗过碗，在家老婆冇喊洗过，冇识洗。母亲又开始教："你睇住喔，望紧，第一次先使淘米水洗一次，第二次使洗洁精洗，一点点就得勒，第三次使清水过一轮，冲净，再放入阿边控水，等我明朝早起身使滚水烫了再放入消毒柜……识做未曾？"她企在旁边指点米豆动手。

米豆应："好嘅，吃了妈妈噉多饭帮妈妈洗次碗系应该嘅……"

母亲说："这叫什么话……"

正洗住碗玉葵下班回来，她在鞋厂做工，每日入暗七点钟才回到，她一见米豆在厨房里洗碗，赶紧冲过来讲："无使渠洗无使渠洗，到时径红中又讲来我们这边喊渠洗碗红中要骂人嘅。"

第二日不见米豆来，母亲打电话去问，才讲不来了，日头大，太晒……

母亲就同跃豆讲："渠来了就坐在客厅睇电视，皱住眉头，每日都系愁眉苦脸，嫌我唠叨……我同渠讲，讲好来吃饭，就要准时到，等我吃齐饭了，你迟半小时才到，你倒好了，你倒是无使等饭吃，饭菜凉了我仲着帮你热饭热菜，你讲来就要来，讲了来又冇来，你冇来我就着吃剩菜……"

米豆每日十点去素园小区上班，行出屋，落只坡，再行细路。细路有稀疏竹丛、菜地，紧贴平房墙根，瘦长苦麦菜、矮圆生菜、红薯藤，还有支起的豆藤架……一路有鸡屎味,米豆觉得鸡屎味好闻,似外婆屋嗰味道。

保安服系灰蓝色的确良,渠每日穿回屋企,上班下班都系一身。红中讲,反正的确良穿冇烂嗰……接了班,米豆就使电水壶煮滚半壶水,灌入自己嗰保温杯。渠拉开柜桶拿出半只罗汉果,"罗汉果很寒嗰,胃本来冇好日日饮更加胃寒……"渠冇听阿妈讲,掰开罗汉果,甜气升到鼻孔,他喜欢罗汉果的甜,喜欢所有的甜……然后他就在小区门口企住,小区人少,他都识了……出来入去,遛狗,买菜,送纯净水,送外卖……太阳照到小区黑板,又照到中间水泥地………他在门口企一阵,又回保安室饮渠嗰罗汉果水,饮两唊,到摇椅上坐坐,摇一摇,再去小区门口接住企。

渠在摇椅上摇,摇腻了就企起身,睇门口人进人出,企累了又坐回去摇,很快就到五点半了,他回屋吃饭,吃饭再来值班。落暗人多,落班、放学……七八点,十几个妇娘老太太出来跳广场舞……到半夜一点,米豆上阁,阁上有张床,系俾值夜班保安睡觉的。枕头有点高,渠打屋企拿了一只来,枕席有点破,渠不介耐,觉得样样安逸……渠睡到朝早上七点起身,再接住值班,到十点钟接班的人来,渠就得回屋企了。

吃过夜饭,太阳仲未落山,米豆又去公园。一只狗跟渠作队……他大步行,又细步行,又侧住行,又倒紧行,狗也跟住忽左忽右。太阳斜斜,穿过荔枝树和凤凰木的枝叶,地上团团光斑,他忽然想起几句诗:赤橙黄绿青蓝紫,谁持彩练当空舞?雨后复斜阳,关山阵阵苍……他用普通话朗诵,四周无人,狗又给他壮了胆,他的声调有些昂扬呢……然后他对天讲一句:"哈,冇落着雨。"

山顶公园是整个圭宁最高的地方……有风吹来,米豆在山顶看着整个圭宁城,所有的房屋、所有的人都在下面……暮色渐渐起来,即将四合,公园的灯还没亮,山下面的灯一盏一盏亮起来,米豆觉得自己在天上,在星星的上面。他和狗都在星星的上面。

1961年,一个饥饿的年份,远照从龙桥街收获了儿子米豆,我从世界收获了弟弟米豆。

    黑狗出,白狗入,入到门口钉枚斸,喊人挑,着人摇,快顶回屋吃碗糖粥。
                                                    ——北流童谣

卷二 远照的屋厅

三个老阿姨坐在远照的屋厅里。

一个韦医生，一个程医生，一个李医生。程医生回来参加圭宁中学的百年校庆。会齐了当年的同事韦与李，三人一起，上午开完了校庆大会，又去校方安排的县二招吃自助餐，她们见到了几十年不见的老同学，聊够了天、感够了慨、讲够了身体、唏嘘够了早逝的人，然后就来到了同事梁远照家，她们互相说着，来睇睇远照（她没上过中学，校庆无份），亦睇睇跃豆（她竟然坐上了嘉宾席）。

渠哋就来了。见到椅凳就一屁股坐落，像在当年的公共灶间……渠哋一个比一个老，行在街上系老婆婄，不折不扣，只有跃豆能辩认出渠哋当年风华，她见过她们后生时径。乜人知，渠哋竟有噉多苦……程医生，幼时跃豆见渠好峙势高逗，从来不屑于同细侬讲话，渠老公在省会南宁，卫校老师，在更高阶层。现在她倒是很愿同跃豆说话，讲得冇停嘴。

作为一个"写书"的人，跃豆被阿姨们视为有出息。

程医生很有几番经历，她无使别人起头，自己就起了头，对住跃豆就一径讲起……圭宁中学啊，系54年考上嘅，1954年，三年。57年毕业，分配到农村代课教书，冇去，退出嚟，好彩冇去……1958年考上南宁医专，系大专，嗰年系大跃进，多招咗好多人，就考上了，嗰一步走得好彩。当年高中同班同学，在乡下当代堂老师，冇去考医专，后尾统统留农村，一个比一个苦……62年毕业派返县医院，老公在南宁，直到76年正调得到南宁团聚。

十四年，日日搏命，出诊、夜班，哎哋你都谂唔到，连续三十六个钟头唔得休息……累得实在顶唔顺……前置胎盘、子宫破裂……在新丰咁远喔，要出诊，点去嗰？搭单车，有单车社嘅嗰阵，单车社就在体育场嘅对面，单车后面安只座，唔系三轮车，系两个辘架单车，自行车。嗰阵仲未有救护车，二十世纪七十年代中期先有……

时常系夜晚黑出诊，半路听闻山阿边有人唱，两边路都黑簏邋，根本冇灯光，以为系哭声，有时径又好似唱山歌……至担心着拐卖，反倒冇担心单车跌落山底……几远几远，总未到，就担心着拐卖，问踩车嘅人，点解仲未到，佢讲，快了，就到嘅嘞，跟住又好耐冇到，就好紧张……一次有个戴手表嘅人来喊出诊，真系怪，农村会有人有只手表，表几贵重嘅。原来系四清工队同志，佢住户得急病……有时径出诊到半路，又撞到另一个要急诊嘅，有次半路上病人就断气咗张肥佬（急救车司机）一啲冇帮手，实在冇办法，只好同死者嘅老公，将尸体拖去路边再掩落山，等天光再返村叫人嚟处理……惊到死……

有次生出怪胎，龙凤胎，先出嚟一个，好细，系死胎，又出嚟一对脚！下不来，叫外科嚟，亦唔得，唯有剖腹，哎呀，系一只无脑无手嘅大圆球……又一次，系一个双头怪胎，先出嚟一只头，乜嘢都下不来，一摸，颈部又叉出一只，就剪掉先出嚟嘅头……自己嘅仔啱啱生十日，南宁就有医生嚟做剖宫术，嗰时啱开始学，就跟住学了二十日，产假一共五十六日，剩嘅十几日我想去荡，去广州，将仔摆在床上，使棉絮围住渠唔畀落嚟……累啊嗰阵，带住细佬仔返工，刮宫，十个插管，刮五个，夜班出嚟十点才返屋企，多做三只钟头……

程医生正讲到半夜掀尸体落山，家里来了客人，男的，高大健硕，举止从容，却面生。就闻母亲大人讲，渠系你表哥哪（读NIE），讲要见见。她前所未闻，从未见过，她皱住眉头，匆匆望一眼，含糊点点头，之后扭头听程医生接住讲。

程医生讲完怪胎又讲乳腺癌……程医生自己生了乳腺癌，做了手术，深挖，淋巴都挖掉，所以供血唔好，左手系肿嘅，渠举俾跃豆睇，右手骨折，两只手都唔方便……做完手术要做化疗，要做六次，只做了一次，唔做嘞。做放疗，现在算系手术后生存五年嘞。渠口气平淡，仿佛讲嘅系人哋嘅事，完全唔似讲渠职业生涯阿种惊咋……渠唔怕死，随时准备死。

这些话她没有讲，也等于讲了。

李阿姨，一直安静，她迟过程医生三年高中毕业，考上同一家医专，读四年。李阿姨身体冇好，高血压、糖尿病，做了心脏手术。她福气好，两个仔都发达，在高档小区买了两幢别墅，豪车进出……李阿姨是看着我长大的，这句话也可以倒过来说——我六七岁阿阵望住渠结婚，渠结婚时就在沙街，阿个至深天井嘅房间，一张系红绸被面，一张系绿绸被面，婚被要细佬仔在上头打滚，我专门碌阿张绿绸被，滑捋捋、软漏漏……婚礼嘅喜糖同蔗……嗰间房向来都唔上锁，我随意进出钻到床脚，擦火柴，差啲点着床板……我望住李阿姨生依厄，抱返沙街，第一次见到新生儿，红嘅、皱嘅、细到似只猫……尿片使火盆烘住，尿骚味弥漫整间屋……我望住李阿姨老公李叔在"文革"中穿上灰军装、戴上八角帽，举住红旗做弓步，屈肘昂首……就在共用灶间，渠同几名医专实习女生排练……后尾渠全家冇见，去了南部公社，之后几十年冇见……

之后系韦医师，韦师同远照交好，着实帮过大忙……她仰头讲起，大结扎阿时常时三日三夜唔返屋企，大结扎，三张手术台一字排开，做完一个跟住做下一个，妇产科一日新收入嘅病人一百多个……三日三夜唔返屋企，我嘅女冲入嚟，揾，医院领导讲：细妹细妹，畀你买糖咯喎！渠大声喊：我冇要糖，要阿妈！

韦医生有七十六岁，灾难接二连三，先系碰到一件冤屈嘅事，医疗事故，赔咗几十万……大仔在柳州万把人嘅大企业,冇谂过有一日会发唔出工资,唯有出来做直销,一睇电视新闻捣毁直销团伙,韦医生就心惊胆跳……老二巨海,体育学校毕业,托人,特殊学校做体育老师,又酗酒,成日饮个唔停,结果,股骨坏死,领了残疾证病退返屋企,渠日日唔出门口,日日黐实实电脑,连饭都要捧到渠跟前。老婆离婚了,本来就唔安分,成日跳舞到半夜返,搭了一个医生,又同一个做地产嘅……孙女冇人理,高三,住校,每礼拜日返屋企都要带钱俾学校,垃圾袋费、复印费、资料费……校服就着五套,夏季两套,秋冬季两套,升国旗仲有专门一套……只有去街上做坐堂医生,冇月薪,按人头算,睇个患者三元诊费。好得有医师证,都有用嘅,俾南部乡下嘅诊所办执业证,每周去一次,一月一千几文,自己出路费。"唔做点得,要养三个人……"

三十年前嘅旧医院宿舍,韦家嘅细佬仔,韦家嘅冯叔叔……冯其舟,X光室嘅透视技师,无所不能,二十世纪七十年代玩主。识拉二胡,识照相,钟意打麻雀、钓鱼、养花……指甲花同鸡冠花,就摆在天井边,普通瓦盆,瓦盆壁生青苔,静而美……我见到冯叔去打麻呢嘣,全副武装——饭盒放在网兜里,行军壶灌满白滚水,气枪锃亮、电筒吊了条带,斜挎上身。渠动作敏捷,一飞身就上了架单车……渠夜麻晚唔返,到朝早,带回两只沉甸甸网兜,百余只战利品,红旗插上大别山,踏平东海万顷浪……

冯叔已经不在了,但我仍然望见他。四十多年后我重新望见冯叔意气风发凯旋,车头上挂两兜麻呢嘣,单车飙住滑行,行军壶拍打渠嘅腰,风滚起渠嘅头发。天光了,水沟前大家正刷牙,一阵铃声,冯叔已到拱廊下。渠放麻呢嘣落地,讲,大家分嚟食蛤。渠拧开龙头哗哗洗手,冲完手唔食嘢就进屋瞓觉喇……做麻呢嘣粥,只只撵毛,开膛剖肚,拎出内脏,去头除脚。加白酒生姜,味道鲜甜……钓鱼,拎住只小铁桶,桶里装一嚿泥同几条黄犬。渠戴住草帽,在圭江河边坐成日……

韦医师屋企系一派新中国气象,《红旗插上大别山》《踏平东海万顷浪》《欧阳海之歌》,啊哟营养贫瘠嘅书,我津津有味读齐,同时种下一粒未来的种子……她还兼管过医院图书室,借俾我《放歌集》《红卫兵之歌》《金光大道》……啊哟社会主义读物……后生时径嘅韦医师,她步履轻捷,昂头行过操场,她要去广播室放广播。

外底一𠺢枇杷啱啱开花。

阿个不请自来、从未闻讲过嘅罗表哥一直坐隔篱,似听非听,只几钟头,远照和跃豆一直冇同渠讲话,远照只斟了杯茶俾渠。渠表面上丝毫睇唔出一个人受到冷遇应有嘅反应，置身事外、从容，而且，渠买了本跃豆嘅书讲要签名，又冇见任何热切。

到了五点几，远照要留三个同事吃饭，又冇留罗表哥……晾了半日，又冇留饭，实在太慢待，但冇见渠面有愠色，仿佛渠几冇道理坐在嗰哋，又几冇道理在食饭嗰阵知趣告退。

渠二话不说企起身，迅速拎出一封信，讲系畀跃豆嘅，渠系算定，她既冇可能听渠讲乜，又搞冇清楚渠系欵只表哥，所以就提前写了封信。

跃豆皱眉望了眼，系普通文具店买的白皮信封，上面认真写着李跃豆表妹收，下方系详细地名。又冇识渠，又着渠称自己表妹，跃豆极不适，仲有种模糊的羞耻感。

人身上堆满厚厚积尘，所谓无尽的人生……年岁在这三老阿姨身上沉甸甸的。渠哋对留饭冇半句客气，仿佛完全系应该。当然亦系。远照都冇讲食饭，只讲食啲粥，真系无限准确。人老了都想食粥，渠哋坐落，睇远照捧出青菜豆腐、蒸肉饼、炒鸡蛋，仲有食粥嘅咸菜。

见远照入厨房舀粥，三个人就企起身，纷纷打随身包拎出嘢，然后起起落落嘅，渠哋掀起自己身上嘅衫，露出各人异曲同工的肚皮——松软、鼓胀、垂老、丑陋……

跃豆吓了一大跳——

老阿姨真冇知羞耻，又真冇把跃豆当外人……真系坦然，也真系冇把病、丑、老放在眼里……她们个个自带胰岛素，人人对准自己的肚皮叮的一针，糖尿病，餐前注射，程医师是一天注射四次，每次打十六单位，李医师是一天两次，每次打八单位。打完了松快讲，嗰只好，好过吃药，吃药伤肝，并发症又多——她们相信科学，崇拜药物。

粥同青菜豆腐，无人觉得以此待客太简陋……餐后出到大门口，远照带渠哋睇自己种嘅苦麦菜——本来屋边冇地，结果特殊学校一拆，地皮闲了，各户就来种菜。一畦畦，有葱有姜有蒜，一小片高出嘅芥菜，一片贴地细白菜秧，亦有竖起嘅豆角架，有金瓜同番薯……可以悭落菜钱。

跃豆提出俾嗰几个老姐妹照相，她们就在菜地边企好，企成一排，尽量挺起腰，恢复当年的神气。镜头里几个衰朽老妇已经不成样子，跃豆觉得简直触目惊心，她们却是坦然，完全不介耐自己的臃肿和垮塌。每个人都明白，这是最后一次。

三月底回到圭宁，圭宁阴冷，甚至冷过北京，我手脚冰凉，要穿两双袜才抵得住……屋企仲冷过外头……玉葵攞出自己嘅新袜畀我穿，又俾自己嘅薄嘞衫、厚外套、帽衫畀我。就听渠倾偈，讲米豆当保安，做一日休息一日，夜晚黑可以睡觉，每月得1200元，全部交畀老婆，因为老婆嘅钱买了保险，受益人系细女，渠手里一分钱都冇，每日就谂再过几年可以攞退休金……

正讲住米豆就来了，米豆一点钱全使净了，理发钱都冇有，他来问母亲大人要钱……要等到月底才能拿到工资，到月底还有两天……我怀着难以察觉的厌恶又俾了米豆五百元。

多年来我有意识禁锢自己的怜悯，认为怜悯会削弱精神力量，成为我追求自由、背弃家庭的障碍物……

我住在第三层，墙壁明亮家具黯旧……陈年油漆陈年木纹陈年木头节疤……所有家具都不配套，打各种年代聚集于此……沙街年代嘅方木凳、旧医院宿舍时期嘅两屉桌、保健站时期嘅木衣柜，双开门，只有半人高，无法挂衣服只能折叠压紧放入去……那是我屋企往时至像样嘅衣柜。我认得。一种半透明暗红色油漆刷满了整只衣柜，家里所有家具都没有油漆，大多数系光板，少数有一层浅浅清漆……床铺系木凳上搁木板，两屉桌、椅子系公家嘅家具印有编号……我细时总系在无人时打开嗰只衣柜，里底放全屋人嘅嘞衫。嘞衫在二十世纪六七十年代的小镇属贵重物品，冇嘞衫嘅大人细侬，一律穿加厚嘅绒衣，卫生衣……或者烘手提烘炉，火笼……

烘炉，或者火笼，系噉样：细竹笼，篮球大细，拇指大嘅窿，上头开只细口，下接一只细瓦钵，托住瓦钵细细密密竹编。延伸到竹笼上方横跨笼口形成一只提手……笼里瓦钵装火炭盖住灰，去到歇咄就提到歇咄……相当于一件棉袄，冬天就无使穿棉袄嘞衫，手提火笼，人手一只……龙桥街防疫站时代，沙街时代，整条街整只冬天，人手一只火笼……无论老年抑或青壮年，但细佬哥不可以，细佬哥一凑近火笼，大人就要赶，"细佬哥身上有火，炕火笼就炕出病嘅……"熟人来串门直奔灶间，天冷时径，灶间系至好嘅屋厅，主人使铁钳打灶里夹出几块木炭，或者揭开旁边一只废锅，里头有冷却木炭，添入客人随身火笼里，嘅时径，火炭好过任何嘢……再多滴再多滴，够佐嘞够佐嘞……一个热情一个谦让……气氛浓厚宛如火笼里的炭火。

……我坐在屋厅四十年前木头发黑的椅子上，窗外有个女人大声唱歌，"太阳出来了，太阳出来了，太阳出来了，喔荷依嘿哟，太阳光芒万丈，万丈光芒，上下几千年受苦又受难，今天终于见到太阳……"《白毛女》里的歌，喜儿在山洞被大春揾到，两人向洞口行，洞口一束红光射入，合唱"太阳出来了"。

到窗口向外望，见一个女人企停在街巷，一手拎住只桶，一只手提件衫，渠大声唱："太阳出来了喔荷依嘿哟……"渠细步趋行，特别细嘅细步，渠嘅膝头弯冇了,一边行一边按步子节奏喃叨:"边有人、行路来、边有人、行路来……"唱歌渠可以唱得长句,说话只讲得两只音节……一个花白头发男子来接渠嘅桶,牵渠回屋企。几日来一直听渠重复喃叨,前一日系:"事业编制、事业编制、事业编制……"今日系:"边有人、行路来、边有人、行路来、边有人、行路来……"

故事就开始了——

渠哋讲,就系阿只姚琼喂,就系渠,文艺队演白毛女阿只……阿个行在大街上人人要多睇一眼嘅女人,我多次翻墙去睇渠排练,姚琼,令我仰慕、光芒四射,一个骨瘦如柴的怪异老女巫占领了嘅只名字,容貌、身材、声音,一切面目全非……有脑瘤,开了刀,精神出了问题……安排在镇医院当清洁工。沦落到最底层……但海宝和玉葵讲:"咩嘢最底层,我哋正系至底层,渠系就系清洁工,县医院几难入嘅喔,好难好难,渠入了事业编制,有养老金、有医保,我哋都冇嘅。"

……八只样板戏,阿啲京剧,怪腔怪调……在广大粤语地区,我哋从来冇听京剧,京剧的腔调同我哋十万八千里,父辈祖辈曾祖辈,我哋嘅历史,从来冇知阿啲北方嘅嘢……

我只爱样板戏中非京剧的两个:《白毛女》和《红色娘子军》……社会主义红歌社会主义口号和社会主义标语,在无数的空间的时间里在我们宇宙的皱褶、缝隙……自小学三年级始,我就钟意这些插曲……抒情抒得清澈,"北风那个吹,雪花那个飘……"若需要一只解放之歌,一只鼓动我们内心力量的歌,噉就系:"向前进、向前进,战士的责任重,妇女冤仇深……"节奏之铿锵,与内心力量共振之后放大数倍的能力,后世心灵鸡汤的总和难以抗衡……

时至今日,经历了几世几劫天翻地覆,坐在无限丰富多元的21世纪的屋厅,"太阳出来了",仿佛疯女人,仿佛某种欣喜,这欣喜接通了少女时期,在时间的至远处同至近处……

阿妈讲:"就系渠,就系阿个文艺队的姚琼啊……你冇记得了咩?演白毛女阿个姚琼,渠住文化馆我径我带你去过渠宿舍……渠揾我睇过病讲渠白带太多,人很累,忧生病……"我谂起阿间屋地上嘅砖头,灰色嘅砖头有一块系松嘅,床上嘅蚊帐竟然发黄了,床单系粉红嘅,百货公司阿种,毫无特别之处……总而言之,丝毫冇像县文艺队大明星住嘅地方……嘅只至光彩夺目嘅文艺队女队员,渠嘅蚊帐床单使渠嘅光芒黯淡了……

遥远的幼时记忆翻涌,四十年后……四十年后她变成了一个半身不遂的奇怪的人,她挣扎行路,一只胳膊肘挎着塑料桶,她不能顺利完成一句话,要把一句话其中的某个词,重复七八遍十多遍才能接着往下说……她的语言能力和表达能力下降到三岁，不过她的歌唱能力神奇地保存下来，"太阳出来了"，这些在年轻时舞台上的歌，舞台上雪花、山洞，舞台上模拟的太阳的红光，封存在她僵硬的半边身的某一柔软处，等住软嘅活嘅嘢穿越到渠僵硬嘅半边身子里中……

姚琼几经周折当上了清洁工，县城的一代名伶，风华绝代光彩照人的绝对的女主角，她不是当别的地方的清洁工，而是当县医院的清洁工，那些充满病菌的病房，那些流着脓血的伤口，那些夹着消毒药水的恶臭，那些从人体腐败的器官上剥落的纱布、棉球，那些被扔在垃圾桶的已被污染的药品药盒剩饭……这些医疗垃圾年复一年地围绕着我少年时代的偶像，我感到深深的惊吓，感到世事无常感到命运……半身不遂的姚琼挎着一只菜篮子，她小碎步拖行，一边走一边大声数数，十一、十二、十一十二……她大脑里的唱机坏掉了……

我发出一声深切的叹息，痛惜兼悲悯……金枝玉叶终陷烂泥……但我错了。

海宝讲：嗰只工作几好嘅，人人都眼红。

我：一个医院的清洁工有咩嘢眼红嘅，吃错药了怕。

海宝：吓，清洁工，事业编制啊，你都无知入编制有几难，睇病得报销很多嘅，退休有养老金，无知几好……

养老和医疗是第一要紧事，纵是人生最低点，姚琼乘坐着这两块飞毯，仍然可供羡慕……在我大弟米豆和我二弟海宝一闪一闪的梦幻中，事业编制根本就是永远难以企及的……

隔篱邻舍大声打招呼，买菜回来呀，菜心几多银纸钱一斤，两文钱一斤，超市还抵手菜场上要三文呢，你买咩嘢空心菜啊，三文一斤敢贵嘅……阿妈回到厨房，捞起浸好的碗，仲有粒烚手呢，烚得也爽逗。一只一只叠好摆在消毒柜里……碗壁温温热热，宛如消毒柜里刚刚消过毒……

屋厅像模像样，有二十平米，套着八九平米厨房，又有卫生间三四平米（在厨房择菜做菜，在客厅看电视随时上厕所），烫碗，滚水冒着热气，等碗在滚水里浸住，等阿哋睇冇见但真切存在嘅细菌在滚水里挣扎……

母亲大人嘅屋厅永远虔诚，干干净净，经得起阿墩趴在地上搽来磨去……不过亦有乱簕邋处，矮柜台面铺满杂物，电话机、遥控器、盖住盖嘅玻璃樽、瓷茶杯、搪瓷口盅、糖果盒、卫生纸、闹钟、一只苹果或番石榴或一只橘子，塑料篮里塞了乱七八糟塑料袋，铁罐玻璃罐挤成一堆，里面不知里中装咩嘢。仲有深海鱼油，跃豆打香港带回嘅。闹钟，睇上去像影集嘅厚本子、超市广告，仲插一面细国旗，红色鲜艳……

嗰哋互不相干散旧嘢隔篱放电视——间屋厅最显著嘅电器，视线嘅中心，大件嘢……嗰件大件嘢嗰另一边又放几只杯……宛若矮柜上生满散兵，不容敌人得空可钻……一只带盖茶杯、一只保温杯、一只玻璃杯，里面摆少量盐，仲有匙羹在里面。匪夷所思……矮柜旁边嗰地下放电饭煲，正插住板，电饭煲正出上汽……屋厅放电饭煲算正常，厨房里放冇落……炒菜锅，煲粥锅。炖汤锅，仲有电磁炉，消毒柜，全部塞满了。

母亲大人钟意睇电视。晏昼吃开饭，碗洗净。屋企人都行开了，海宝上班阿墩上学，渠独己坐住板凳睇中央电视台法制节目，朋友借钱冇还、房产纠纷、儿童拐卖、电信诈骗……嗰只世界真乱，到处都系深深浅浅嗰坑，渠一只坑都冇着踩中，真庆幸……渠在一只干净明亮自己起嗰屋里，电视阿嗰无限远处立立乱祸害，嗰啲祸害只只都冇藕到自己，真系幸福喔。

有一段，电视台出来一个记者满大街揾人问你幸福吗，这些李跃豆认为的无聊问题，母亲大人很愿意有人来问渠……

下午晏昼觉起身她又接住睇电视，一边择菜一边睇，一边烧开水一边睇，一边炖汤一边睇，在客厅睇睇电视，又入厨房睇睇火，逍遥自在……从古装戏到现代戏，从《甄嬛传》到《欢乐颂》，渠更钟意睇二十世纪五六十年代背景阿嗰年代大剧……渠亦钟意睇中央三台唱歌跳舞，钟意听革命歌曲，嗰啲歌渠识，不单只识渠仲会唱，不单只识唱，渠仲跟住嗰啲旋律望见后生时径同渠一起唱歌嗰人……阿个谁谁谁追过渠喔，仲有阿个谁谁谁嗰阿爸往时也追过渠喔……

电视系母亲大人嗰幸福源泉，不是没给她寄钱，母亲大人就是不肯买一台新电视……旧电视起码有十七年了，长长十七年，作为一台电器，渠变得又论阵又牛骨，在它诞生的年代，在二十世纪九十年代中期它虎背熊腰气势如虹，二十九寸三十二寸，购于春节期间，大红的福字贴在包装盒上……现在早已淘汰，每家每户，液晶显示屏上墙，轻、薄、平，高清晰度，冇着厚厚笨笨显示管……

旧电视，头半只钟头满屏都系雪花点，母亲大人讲都系因为回南天（回南天，两广粤语地区才会使用，指春天返潮、空气湿度很大、到处滴水的那些天气），潮湿嗰水汽沾上电子元件，只有通上电源，电子元件发热，慢慢烤干阿的难缠嗰水汽，它老了，需要半个小时做准备，慢慢磨磨，屏幕上才会显形，仲无够清楚，再过十分钟，才又清楚一啲。总要一只钟头，阿上头嗰人脸才打雪花中浮出来……

母亲大人讲，新电视不买先，过阵时先，睇得就得了……寄回的钱都留住做咩嘢了？都补贴海宝了或者存着留到将来，俾海宝或孙子阿墩……我帮嗰边购置越多，对米豆阿边愧疚就越大……我买俾母亲嗰嘢，实际上系买俾海宝全家，阿只微波炉阿只高压电饭锅豆浆机洗衣机太阳能热水装置，仲有差点就置嗰房产……米豆两公婆有时径来，来了就坐在屋厅，米豆默默坐一边，冇话讲，红中就讲，微波炉我哋已经有了，亦系美的，房子我哋也交了首付了，四房一厅……渠哋咩嘢都有了，渠哋自己一年年辛苦存下来的钱……

电视机就每日飘半只钟头（乘以二）雪花，在两次等待雪花消失的时间中，母亲大人有好多事情可以安顿自己，渠择菜洗菜、吃剩菜、烧开水、灌开水，打开消毒柜睇睇打开冰箱睇睇，渠坐在卫生间矮凳上帮海宝洗一双鞋（我的天哪，他这么大个人，你还帮他洗鞋）……渠睇电视几叹世界啊，既然叹世界就无使着紧……打开冰箱门，拎出一只玻璃樽……

冰箱系母亲大人嘅百宝箱，所有吃嘅嘢，过去吃嘅嘢现在吃嘅嘢将来要吃嘅嘢都要放入冰箱……亚热带真系无限潮湿，三四月，空气潮得滴得出水，每日空气湿度都有百分之八九十，空气里密密水分子，极端时达99%，骇人听闻……衣服从来晾不干，每家每户都买了烘干机，最便宜的一百多块钱，像只简易衣柜，上方挂衣杆，底下一只马达，电门一开呼呼扇风烘干……母亲大人嫌贵，冇买。

"衫裤怎嘅办呢，底裤冇干歇得？"

"隔几日会有一啲啲日头，我就冲上楼顶。"渠以八十几岁高龄冲上楼顶，全家人衫裤晒在一闪而过的日头下，日头一过又收落……

在霉菌吱吱生长的潮湿里，冰箱更加系八宝箱，母亲大人塞入无数食品，各种腌制的姜、梅子、豆豉，还有剩菜。一只只碗装着剩菜，用保鲜塑料膜裹住……各种拳头大小拇指大小的塑料袋，层层叠叠密密麻麻堆在一处……仲有柠檬，自己腌嘅，只使盐，一斤柠檬三两盐，腌到它自己出水……细时行路出街，五十里，过西牛岭时径，有人在上面卖白粥，也卖柠檬水，去痧疾（痧疾系咩嘢呢），就系行路又累又渴、头昏，大概算中暑……冰箱门的空当堆得更多，胡萝卜、党参、枸杞（渠讲杞子）、当归（渠讲归身）……拎一样，别样就着滚落地，大大细细塑料袋，黑乎乎黏糊糊稀里古怪……你都装了咩嘢啊？就系啲呀，旧年罗汉果仲有半只也放在冰箱，仲有八角，仲有玉葵买的小麦……冇放冰箱都无得啊。

母亲大人嘅屋厅，电视同冰箱遥遥相对，渠嘅娱乐神器兼千里眼同渠嘅八宝箱遥遥相对，渠从容嘅鸭乸步（她身材略为笨重）打嘅头行去阿头……有两只时刻她高度警觉：中午十一点一刻，晏昼五点一刻。小学放学时间，海宝去学校接人（有时是母亲大人去接），海宝一出门渠就立起耳鬼听动静，渠嘅耳朵绝不像八十多岁嘅耳朵，渠嘅耳朵永不衰老，打所有过路嘅摩托声辨得出海宝……远远听闻，渠就落楼开大门。有时径渠早早就打二楼落去坐在门厅等住开门……

母亲大人一个人在屋厅冇人讲话，渠就下楼到门口同人搭话。

又买豆角嘞，望望睇，几多银纸一斤？

两文九角，贵。

冇算贵啦，早两日更贵，今日算是平的……

夜饭吃咩嘢？

牛肉煲萝卜，打散了我一张大纸（打散了我一张百元大钞）买了粒尾骨（腔骨）。

好啊哪，几多银纸？

二十几文，好甜味嘅喔……

她喜欢人气，看不见的东西藏在人气里，衰老的生命得以浇灌……

屋厅倾偈录：

跃豆：玉葵够有福气，下工回屋企就得饭吃无使做，好多人都系回屋又着煮饭嘅……

远照：街上冇有合佢做嘅工，超市，企一整日都冇得坐坐，好劫嘅……喊去卖电器，又讲隔篱阿间铺系佢嘅友，同佢竞争冇好……私人幼儿园，又讲银纸太少……干脆就在鞋厂做到底了，冇谂换工作嘅件事。佢大哥讲，换咩嘢，做两年退休了。

玉葵：我哋厂好多妇娘，朝早五六点就起身，先担几担粪水淋菜，再煮好饭，煲粥，饭保温嘅，菜在饭煲里坐热，自己带饭菜去厂里，细侬中午放学回屋企就得吃。

跃豆：夜饭呢？

玉葵：等佢返屋企再做。

跃豆：每日都要淋菜咩？

玉葵：冇使，隔几日淋一次。

玉葵：厂里嘅塑料袋，大家都带出，卷成一细卷，有只人一次带太多，放在蛇皮袋里带出来，着开除了。对面屋阿只邻舍，好有钱嘅，我畀佢，佢都要，有用嘅喔，好使，做垃圾袋，又够厚又够大……就系我只侄女阿娇冇要。

阿种饭钵，不透钢嘅，饭钵本来有几千只，宜家剩十几只了，人人都揾，放在细包里中，以前在厂里吃早餐好揾，宜家冇吃早餐了，为咩嘢冇吃了，就系太贵，一餐要扣五文半，晏昼饭系免费嘅，不过我都冇吃。

科长也都偷鞋，咩嘢牌都有，有的鞋三千几元一双，仲偷了几百双鞋底。拍了照片，偷鞋嘅科长，每只车间都贴照片……有人偷懒，也着坐正拍照，橱窗里车间里都有，台湾人管理，很严嘅。

跃豆：严什么，侵犯人权。

玉葵：米豆所有银纸都交畀红中，无系同阿娇一样咩，我侄女阿娇很薯的（很傻的，像红薯一样傻，湖北人说苕），银钱全部交畀老公。我问，你在厂里工资冇系两只卡咩，佢讲系一只卡，我讲佢，佢就哭，边哭边讲，想买两百多块钱的衣服，老公冇准，嫌贵，要佢买地摊货，老公自己穿名牌……讲明佢冇系心甘情愿自己工资全交出，佢冇愿全部交畀老公掌管啊。

跃豆：你侄女咩嘢文化程度？
玉葵：高中都毕业了。
跃豆：怎么没有女性的独立意识？
玉葵：现时呢，姑娘都系结婚前就去男方屋住，住到生了细依才回母亲家住……冇结婚呢，男家不好喊你做咩嘢工，生了细依住在自己母亲屋，母亲包容冇做咩嘢工……在男方屋就不同，起迟了家婆就会讲你。啊只阿娇她又冇识做工，讲话又大声。家婆就讲佢讲话太大声，讲佢她时常凸家婆……我同佢家婆讲，佢家婆讲佢冇淋菜，我就讲，佢冇识淋，照头照脑泼落去菜叶都泼断了……我讲阿娇讲话从细就大声，她无系故意凸你啊……家婆又讲，阿娇一边讲话一边还咚脚（跺脚），人哋两个人讲话，佢就去搭䦯……每次我讲佢就哭，大哥讲你又逗哭佢做咩嘢……我冇讲佢冇教佢就冇人教佢了，啊只人太薯了……

跃豆：清明扫墓，其实我同你应该回老家，从来冇帮阿爸扫过墓。
米豆：冇去，春一大姐讲，老家人很厉害啊，都要畀钱啊。大姐都冇回，老家人讲要修水泥坟，大姐都冇答应，讲反正系空坟，只立了只墓碑……阿妈讲，朝天拜就得了，灵魂都升上天了。

玉葵：阿光往年住在米豆家，吃住，传销，阿妈帮揾对象，现时在珠海开保健按摩店，回圭宁探阿妈，带了几只好细啊绿豆饼，至多十元钱……啊只人信无过，喊米豆去珠海调养身体，只只人都冇放心……至担心着人绑来做人质，着家属出钱赎回，冇就当苦力……我同阿妈讲，米豆去任何地方都要喊红中跟上，冇得自己去……渠头脑冇够使。

跃豆同阿妈倾偈：阿妈，细时我冇记得有米豆，在沙街都冇记得有佢……佢住过沙街咩？……佢去歆哋了呢？佢同外婆过一年半江西，远章舅父生仔，外婆去带米豆都跟住去。……阿蓉忪啊就死了？佢食粒苹果就死开了，歆知啊……留落两只细依都系栋表哥帮带大送读书，大女读高职，今时在市医院护理部。细仔广东打工都可以……栋表哥自己三个仔，系超生。超生阿个老三生得好好睇，揾只老婆系城南小学老师，佢自己都冇工作呢，先去广东帮人开车，现时返嚟开只店……

跃豆问阿妈：我细时够奶吃咩？

远照：一般。冇太够。冇够就吃米糊。有只擂盘，米浸一夜。都几好擂，擂盘现时冇见有了。你细时吃得落一碗米糊……

跃豆：我细时无系三年困难时期咩？阿时径我有冇有嘢吃呢？成日肚饿系冇？

远照：你老豆在食品公司，仲可以，有肥瘦肉，油水多啲，米豆食就冇你多，佢六一年生落就冇阿爸，又困难时期，佢冇你食嘅嘢多……1961年你阿爸在南宁住院时径我去睇过佢。佢讲，我你嚟做咩嘢，冇在屋企睇仔。米豆细时由外婆带回香塘，在乡下就冇嘢食啦。后尾三岁外婆带佢去江西，江西返回又去外婆家，外婆屋冇细佬仔，养鸡有鸡蛋，有豆腐，青菜都有。

……德兰舅母阿年返来，梁北妮冇愿吃饭也冇愿开嘴，佢就攞只鞋锥摆在饭桌上讲，你食无食，你冇开嘴就锥你啦，吓到北妮快快开嘴……阿阵时住沙街，大家洗衫都落河冲，德兰未见过咁急嘅水，佢惊，就喊远章落河洗衫……两个系大学同学，未结婚时径远章就攞张相畀我睇，穿条裙，外婆几欢喜。

天阴落来，远照落楼到大门口等阿墩，她同过路的妇娘搭挏。

买回啦？

买回啰喔……

芹菜炒咩嘢呢？

芹菜炒鸡蛋，剁幼幼……

你冇知呀，样样都贵了喔……六文钱就得几只。

豆角冇要炒咽要煲做……放了几日放烂了。

蕹菜重系三文钱一斤冇？

雨落起来，越落越大。入暗海宝回到家，衫裤着雨淋湿了，渠脱落衫使吹风机吹，吹爽了马上接住穿。保安服总共两件，一件洗了仲未爽另一件穿在身上着雨淋了……渠边吹边讲，去自来水厂睇了下，水厂物业亦系渠哋公司管。渠哋公司老总想学美国，接医院和学校的饭堂物业……一只学校几千人赚得好多钱咽，扭巷小学一只年级六七只班，每班八十人，老师讲课要使扩音器，全市区就有十几家小学……全家人回来，人人都淋湿衫裤了。

得闲时径海宝也同跃豆倾倾细时咽熟人。

细时使同一只水龙头咽张同志家，渠屋企大妹二妹三妹，大妹在三环公司装纸箱，陶瓷装箱，技术好，俾第二家老板撬走。二妹，在医院收费，冇特长冇文凭咽人，就系最好咽位置了。医疗保险得报销90%。好过在银行收费，银行压力极大，要揽储，春河顶无住压力只好冇做，春河在工商行，仲算好，中国银行至乱，银行啲姑娘妇娘，都要同人上床正完得成揽储任务。有对夫妇几正派啲，都着事，冇完成就丢工作……三妹嫁了个香港人，佢阿妈成日去香港。

另外一家，决家，你记得冇呢，细时一排宿舍至前头门口入去啲间，大环二环三环四环……大环又系在医院收费，医院子弟在医院收费啲好多。二环在法院，三环小名犸猺三（猴子三），我同班啲，长大非常之靓，百里挑一，部队特招，部队出来在深圳。全班聚会有合照啲，人人有 QQ，冇人印相，我冇有 QQ，亦冇有微信，求人帮印一只畀我，总应住，总冇印。

远照帮过好多人，不过渠自己从来冇记得。朝早买菜，有个人一定要帮渠出菜钱——"今朝早有个人一定要帮我付菜钱呢，我买空心菜同红薯叶，都系三文钱一斤，我正要攞钱出，有个人一把拦住我，渠抢在我头前硬帮我出了菜钱……我问渠，你为咩一定要帮我出菜钱呢？渠讲，好久冇见了，我啲仔就系梁医师你接生啲呀……我讲系咩系咩（是吗，是吗），渠讲渠仔啲命就系我俾啲，我讲我谂起了，就系生下来就窒息，我人工呼吸，嘴对嘴人工呼吸救活了……渠讲无系无系，无系啲样，我阿个系超生啲，你俾我出了证明讲冇得打胎……"

阿妈讲，有个同你老豆工作过的廖主任，喊渠来屋企同你倾倾啰，渠知好多你阿爸啲事啲。渠同你生父一起参加土改，渠几后生几精神喔，仲大过我几岁，渠啲女儿在南宁她不去……

我在五楼，闻母亲大人在二楼屋厅喊，跃豆，廖主任来了。我穿一件家常白 T 恤行落下楼，就望见一个端庄精干、瘦小却有派头的老妇人坐在屋厅沙发上。

廖惟因说，你就系李稻基的女儿啊！没想到这么朴素。

她说以为我会穿一件旗袍……旗袍在她那一代象征着典雅、文明、时尚，但我一听她说出旗袍这个字眼马上就会谂到礼仪小姐、茶道小姐，或者舞台上的旧时代人物，或者电影里表现风情的某些女人。现在谁会穿旗袍呢。

廖惟因系时代先锋，1949 年圭宁中学高一学生，二十七个解放军进城，她远远看见火光冲天，还有爆炸声，国民党的十台弹药车烧了很久。死了几个人，就解放了……她去军政委员会要求参加工作……"我一去渠哋就收了，有饭吃，每日不点人数就开饭。有青菜萝卜酸菜（做咩工作呢？）就系入户宣传，办识字班，就在喻家舍，二十几个妇女，没有教材，就系唱《你是灯塔》《解放区的天》……下乡了，每人发一枚襟章，军政委员会支前司令部乡村工作队……去征粮啊，解放海南岛要过大军，要征稻草喂马……我同李稻基参加了一个工作队……五二年冬土改结束，回到县里评功，李稻基立了大功……他发动群众领人修了一条很长的水渠，费了好大功夫……每人发了一只纪念章，奖了一只笔记本，纪念章上系一个农民手捧土地证……我们两三个人好兴奋,在冬天大街行行行,一直行,一点都不冷,浑身热腾腾,李稻基第一次同我讲到了渠哋婚姻,讲渠在安陆乡下有个老婆没有感情,准备离婚……"

想起来,母亲怀上我未几,我父亲就被打成了右派。在县礼堂开批判大会,县直机关所有人都要到会,我在母腹参加了批判父亲的大会。从未听母亲讲过,倒是泽红母亲罗阿姨无意间讲到的。

我也打听生父被打成右派的过程,但廖主任说她不太清楚,她在妇联,我父亲在食品公司。不过从俞家舍搬出后,廖主任担心他想不开出事,曾经去看过他一次。她说:"我劝他想想自己的女儿才刚刚生出来。后来他想开了,说要好好培养这个女儿……"

只有这些。

我在五楼光窗口望见巷口行入一个晃晃荡荡老婆婆,衰朽、萎缩、塌陷,像只鸵鸟……老婆婆居然冇挂拐棍。到跟前,我认出系远素姨婆。

远素姨婆过了一百岁,渠同外孙女住花果山大岭。当年阿妈读医院培训班,公费生三名,自费生七名,自费生学费五元,交不起,阿妈住在姐姐远婵屋企,远婵要供细姑读书,供不了她,是疏堂姐远素俾渠五元钱交学费,从此改变一生命运。五元钱很值钱,远素姨婆一百元钱买了大兴街一处房产,她仲嫌冇好,又转手卖了,今时值几十万了。旧时梁远素两公婆在宾阳开过诊所,有些钱。

远素姨婆使我谂到埃及木乃伊、皮包骨头、沉睡千年、晦暗……

大姨婆揞冇到海宝屋,渠东张西望……我冲落楼,在大门口迎到大姨婆……为咩冇事先打电话呢?为咩冇坐三轮车到家门口呢?为咩冇喊人陪呢?在长途跋涉之后(对一个百岁婆婆而言,过三条街就系长途跋涉,何况是街巷头就落了车)姨婆大人毫不喘气,居然一一应答……无使啦无使啦,系坐三轮车来嘅,到了巷口冇记得第几间屋嘞,我就落来慢慢揞睇……

百岁的远素大姨婆是我妈的堂姐,一向我们称她姨婆而非姨母,个中道理我一直也没搞清楚,只是听母亲说,是外婆教的,叫大姨婆,就这么一直叫下来了。

有很多年,她成日来揞我阿妈嘀嘀咕咕,谈论她们毫不擅长的世界革命……两人成日猜测,我表哥天新究竟系去缅甸参加缅甸革命军,或系去高棉参加红色高棉……但我长大之后就再都冇听佢哋提起了……远素姨婆接受自己仔失踪嘅讲法,我阿妈就成功藏起咽只秘密……

我忽然谂起,远素姨婆肯定系来回访嘅。

前几日我去探佢,俾了封包,所以佢要回访,仲带一袋奶粉做回礼……阿妈闻动静行落楼，同佢坐一楼木沙发……佢一把捉住我手臂，一种老迈的冰凉腻感，连同她口腔、身上散发的混搭的老人气味一下罩来，我受到惊吓，同时又感到揾挢，我永远记得她对我妈的恩情，我妈十几岁时径上县医院的培训班，是她帮交五块钱学费，公费生三名，自费生七名，交不出五块钱就读不上培训班，成不了助产士，成不了妇科医生，人生就两样，那是我妈人生中至至关键的一步……但佢身上嘅气味闻得我想呕……阿妈帮我握住姨婆啯手，她好像闻不到她身上和口腔啯腐烂气……

"跃豆跃豆出年我百岁，你一定要返嚟呀……"姨婆讲。

我阿妈握住远素姨婆啯手热烈应渠："返嘅返嘅你百岁佢专打北京坐飞机飞返嚟……"

我喃咕道："我冇一定回啯喔。"

"你先应住佢，畀佢欢喜，开心就好啦，到时就冇使回啯。"我妈对人比我有智慧。

姨婆过佢一百周岁生日时径，在一间酒店开了两台，县医院送来一只大蛋糕，佢吃了鱼仲吃了肉饼，吃得冇少，算系多多啲。一百岁的人还能吃鱼，一个五十多岁的人看一百岁的人，是仰望高山，无限高，是永远到达不了的山顶。

母亲大人成日讲的就系啯啲：我哋三只，我猁（miē）你，罗瑞猁王泽红，晏本初猁渠啯女汪异邕，我哋三个都系医院啯，一人猁一只，一同去大炼钢铁。

我问：去歇哋炼钢铁啰？

阿妈：就系去民安啊，去民安六感，你高中毕业插队阿哋，真系巧就系去阿个民安公社六感大队……复员军人带队，渠人冇错，准我哋去大树底俾侬喂奶……县里有大炼钢铁指挥部。阿阵时听闻讲有上万人都去工地了，所有人都要去，要大干苦干奋斗，为国庆九周年献厚礼……

我：怎样去啰？

阿妈：踩单车去……我好犀利啯，猁住你踩单车，三个人我至后生……

我：路上望见有阿种小高炉冇啰？

阿妈：有啊，亦无系太多，跟石灰窑差不多……

我：几月？

阿妈：九月啊就系快到十一了，要献礼。

我：有冇有要求你哋放卫星？日产三千吨钢铁阿种。

阿妈：冇有啊，阿个复员军人带我哋去捡矿石，渠捡起望望就丢开了，又捡了一块睇睇又丢开了，渠讲，啯啲练咩钢铁，炼冇成啯，回啰。

落暗海宝放工回到屋企，阿妈炒菜，正捧一碗苦麦菜上台，讲，就得吃啊就得吃啊。海宝讲，小区冇见了五部车，每部着赔五千，佢哋老板着赔两万五。业主调录像，到黑小区一个巡逻嘅保安都冇，只有赔……旧年一只月就冇见了十二部本田……

　　姐弟两人倾两句——

　　物业保安嘅工资，一般有几多呢？

　　有几多，横掂每日四十文，一个月一千二百文。相当于日工，冇签合同。冇代缴各种保险。物业每平米收四五毫纸，本来就蚀本。再缴三险一金就冇办法做了……只只楼盘都有偷车，有人专门偷车，车一扛到面包车就拉走。

　　电话在屋厅矮柜上。

　　阿妈大人钟意接电话，电话铃一响，"喂"，佢嘅"喂"系一个工作同志嘅腔调，一个冇负过责、冇长期工作嘅人，系喂无出佢嘅种腔调嘅……萧家嘅姑姐着隔篱屋虾，求阿妈大人帮渠谂办法，既然跃豆识白马嘅书记，平政区同白马区又行得近，无系请平政书记食餐饭就得啦，阿家恶隔篱邻舍就知道嘅边屋企有人识书记，佢就无敢虾啊……基层好难啊，要有家族势力，冇有人就睇衰你，或者就要同所有人搞好关系，总之处事难过大城市……大城市歆只人都冇识，小城市小，人人都识，底细清清楚楚，冇势力就系着人虾……

　　海宝听了就讲：歆只冇着人欺负，我亦着人欺负。隔篱起屋，占出了半块砖头大的地……保安队长要我去剪人地嘅电线……剪氮肥厂小区嘅电线，我就系打氮肥厂出来嘅，只只人都识我，歆下得了手……每家打楼顶拉电线落地充电动车嘅电……

　　讲住话渠又要出门了，渠嘅小区丢车了。

　　咩嘢车呢？

　　摩托车。帮报警，拍照。

　　米豆今日又冇过来食饭，前一日阿妈喊渠来，渠来了，坐在客厅睇电视，百无聊赖，皱住眉头。昨日星期日，吃饭迟，等得久，渠就干脆冇来了，讲太阳大，晒。渠来了也冇自在，阿妈大人教育唠叨，渠厌听，同别个也冇话讲。愁眉苦脸……

　　阿妈大人讲，渠来亦系嘅啲菜，冇来也是嘅啲菜。

　　她端菜上台，样样菜都装在饭碗里，豆腐一碗，生菜叶、生菜心各一碗（都是楼顶泡沫塑料箱里种嘅，无使花钱买）、蒸梅菜扣肉（梅菜系自己晒嘅，扣肉系大年初二去亲家，每户俾了一箱，亦无使花钱）、炒鸡蛋……菜好多，海宝吃得也多，一个人吃齐一碗豆腐。跃豆讲渠，你都冇剩粒俾阿妈，阿妈护住海宝，讲自己不吃豆腐的（其实她吃）。

喈放落碗，电话又响了。阿妈大人听了好耐。接落电话讲，罗多慈冇在开了。罗多慈，医院老护士长，联系老同事，每月一聚。大酒店食个粥、饮个汤……忽然就死了……阿日去碧桂园串门，有啲劼，呕，即刻送医院。又去183医院安装了心脏支架，十几日都冇事，以为好了，结果食云吞哽到，人就冇了，真系突然。

打电话喈系蔡同事："蔡阿姨讲，以后就冇人召集了，我讲冇人召集怕咩嘢，我哋两个互相召集，我哋住得又近。"阿妈讲，蔡阿姨行路腿脚冇便，使一把带勾姨遮当拐杖。做过好多次手术住过好多次医院，好坚强。阿妈讲，晚年一定要坚强。

晏昼，巷口坐住四五个妇娘，各人带各人仔。巷里冇树，光秃秃。日头反射，每家外墙贴瓷砖，更加反射一倍光，就热一倍。近处远处，建房装修，电钻成日响喳喳……出出入入，四个妇娘八只眼，直勾勾望住，歆家歆只人入歆只人出，望得一清二楚。

阿只做过信用社主任，起嘅楼至高……老婆小学老师，教语文嘅，退休了，讲退休仲劼过上班，带三只细侬，大嘅读小学，要辅导嘅，细阿两三岁，每晚黑十点要喂一次粥。最细阿个嘅四只月，冇奶水，一啖奶都冇吃过，吃米糊……起名啊，香港有一本书，照住起……大仔媳妇冇入吃，离了，又揾一只……他嘅唛头几正嘅，生得体面，再婚阿只新妇在乡镇下底，亦系老师，生了只女……只女好靓嘅喔，就系太矮，老公在新丰嘅私人企业做会计，生了细侬冇想放在乡镇养，带回街上畀母亲带……生了细侬都冇揾到工作，新妇系贺州师专毕业嘅，大专嘅哪，有教师资格证，仲要竞岗仲要考。两百几人竞争一只岗位。原本在学前班，今时统统取消，归到幼儿园了……系考小学教师岗位。大仔也在酒店当保安、门童一类，冇见得比梁医师屋嘅海宝更爽势……听闻讲，一直都要吃精神类药，讲系祖坟风水……大仔媳妇，生得靓喔，交际太广，认了一个干兄弟，重热络过公婆先……家婆系当小学教师，冇入吃，经常顶颈（小辈顶长辈，说一句还一句），离了，生得靓嘅新妇都留冇住。细仔媳妇也在国大（圭宁国际大酒店）当前台副经理嘅。

卷三　食饭闲聊录

嘅日文友讲要聚会吃餐饭。

每次返乡，文友一讲揾只饭局，我总系欣然赴约。

应该承认文学就系一只乌托邦，一只文学共同体。倾倾偈，听听各样事，各种八卦，总系爽逗啁。

文友讲，市宣传部长要见一下，食餐饭。按我心意，部长同我无涉，又冇识文学，至好冇见，不过要知道，文友与部长同桌系件紧要事，展示业绩申请经费，种种，仲有好多呇兒事，见主管都系好机会。

阿妈又积极："去喂去喂。"佢密密鼓动。又讲，啁只宣传部长系女啁，周时出电视嘅。渠沐浴更衣洗头，一并前往。

到了一只中式格局酒店，圆门、两边木隔窗、黑底金字匾额。酒店厅堂，一派红色。只见齐眉灯笼五只一串，串串打顶棚吊落，张张凳一律红色椅套。包厢名叫振兴厅。我见了就讲："不如叫水浸社、火烧桥、东门口、豆腐社、沙街，本地街名至好。"文友讲："我哋啁话，冇人听啁，电视讲就听。"

次次文友聚会，前辈田老师总要宣布佢啁研究成果。

主题系：圭宁话系唐朝时正正长安话。次次渠都要举李白诗为例，李太白讲"青天明月来几时""举头望明月"，圭宁人也一样讲"几时"，讲"望"，望住前头、冇好四周望、望乜嘢。都是讲望，冇讲看的。李太白讲，"人生得意须尽欢，莫使金樽空对月"，阿只"樽"字，圭宁都系讲，买一樽豉油返屋企、饮番樽啤酒先，普通话都系说瓶不说樽的。

上一次聚会，他补了杜诗作例。杜甫讲呢，"肯与邻翁相对饮，隔篱呼取尽余杯"的"隔篱"，圭宁一直都使的，住在你隔篱、隔篱邻舍、搬过隔篱屋。标准普通话的"隔壁""邻居"，我哋口语从来冇有的。苏轼，也次次要讲到。因苏学士来过，就在沙街上岸，停了一夜，故本地文人时时刻刻总要来几句苏东坡。苏东坡讲呢，"宁可食无肉，不可居无竹，无肉令人瘦，无竹令人俗，人瘦尚可肥，士俗不可医"。"食"字、"肥"字，亦系圭宁话的，食嘢、好好食、肥仔、肥佬、肥腾腾。普通话讲胖，我哋圭宁从来冇讲胖字的。一路讲到李煜，"问君能有几多愁？恰似一江春水向东流"的"几多"，几多钱、几多只，冇讲多少的。

阿次渠兴致高，一直远溯至《古诗十九首》，"行行重行行，与君生别离"，阿只"行"字，我哋日日都讲的。行路、行街、行出去，"走"字呢，我哋也使，不过无系指走路，而系跑。

尽了兴，渠仲要总结：阿个普通话，五百年前，北方蒙满胡语杂交变种流传，无论词汇句式，比起广东话来单薄粗疏多了。有次渠多饮了两啖，讲，蒙古灭南宋建元朝。所谓"崖山之后，再无中国"，田老师讲得眼里有水光。举座静穆。

田老师身体好哋哋，人人以为渠有寿，不料年初一场感冒人就冇了。

一介书生，渠啁粤语重要论冇几个人认。都讲本地话难听，土得不能再土，细佬仔在屋企同父母亦讲标准语，公共场合、酒店商场一概讲北方普通话。除了大排档，除了在地上摆菜担的，少闻本地音了。

六七十、七八十的老婆婆，见面搭话，讲完几句，就说，Bye-bye 了喔。而往时，告别时讲："明朝早见蛤。"我同阿妈大人打电话，讲完了，阿妈亦系讲上一句："Bye-bye 了喔。"是英语加土话尾语。

来了一大台人，有研究本地民居嘅文友、做电商嘅文友（所谓圭宁嘅马云）、可以饮七斤酒嘅文友。台面有龙眼枇杷等生果，有咸卷、上里米助、芥菜包、本地生榨粉。一个散文女作者，开旅游公司，虽系分部，大到出境游亦都可以做。就讲旅行嘅事，现时政府行为系噉样：去百色、柳州旅游，一个人自费 199 元，荡两日，食系食自己嘅，住呢，政府帮补酒店，准三星酒店喔，住一晚。若然系自己去，连车费都冇够。佢哋时阵来圭宁拉客。大家就讲，我哋荔枝咁多，都可以搞嘅。文友甲讲，本地荔枝得 30% 优化，阿年去南京读作家班，望见荔枝 30 文一斤大受惊吓，谂到自己乡下嘅荔枝，一毫纸一斤都冇人要。

"今时写诗嘅都系歆种人呢？"我问。

文友纷纷道："歆种人都有，做乜嘢都有，放高利贷嘅都有。"

"高利贷"嘅只词，我着实吓了一吓。讲："高利贷，真系吓死人嘅喔，利滚利逼人卖儿卖女嘅种人都写得诗咩？"文友平和应道："就系搞小额贷款啰，俗称高利贷。渠今日冇来着，人哋一边放高利贷一边写诗。"

大家郑重道："系啊系啊，既真诚地放高利贷，又真诚写诗。"听起来，高利贷和写诗竟是两不相碍的。

宣传部长还冇来，讲要迟一啲，嗰阵时正在河边指挥。

我就谂起刚才路边碰到阿只颠佬，讲，嗰只几爽逗嘅，冇当接住讲。于是就讲颠佬，我使手机录音。

故事就开始了，关于"颠佬"——

文友甲：眼下争创全国卫生城市（圭宁向来上进，已成功争到国家级园林城市），至怕有颠佬屙屎屙尿随地大小便。上级一来检查就怕唥声间出只颠佬，有日我在圭江桥头值班，嗰片系文联责任区，前一日有人在码头屙尿，马上检查组就来了，使了十几桶水冲干净，后尾洒了一瓶花露水才盖住尿气。每晚夜十二点都有只颠佬屙屎，就在沙街码头，阿日有专人盯住，不准他落去。宣传部嘅帮人、文联嘅帮人守紧嘅只码头，政协阿帮人守另外一只路口。夜夜十二点，阿只颠佬准时去阿哋埋地雷（大便），结果就阿晚夜渠冇来埋地雷，白白守了大半夜。

人人都有责任区嘅，同日我仲碰到只颠佬，一条棍担两只蛇皮袋，一摇一摆，就上桥行,屙兮兮对准我。我以为系路人,就问,你要做咩嘢?渠笑笑,讲我就系睇睇,睇睇。我怀疑渠不正常。一句话冇问齐,渠手一抛,蛇皮袋就抛入江了,仲未反应过来,就望见江面漂了垃圾。我就赶紧打电话俾水利局局长,喊快点派水面打捞船出江面打捞垃圾。后尾来了两只拿麻绳和铁钩嘅人,水运公司嘅,一个拿着钩子落到水面,一个牵绳在桥上。嘅只颠佬可能恶作剧,见你扫垃圾搞卫生城市我来捣一下乱,整点垃圾俾你。后来渠笑嘻嘻跑掉了。

文友乙:一般讲呢,县里有上级来检查,就拉本地颠佬去隔篱县放几日,大家都理解嘅,人哋县有人来检查,无系照样拉颠佬来我哋县。公安政法就开会研究啰,我哋大概准渠哋拉几多人啊,同隔篱县蛮熟的,讲,那就拉几多几多只,买几只人头,渠哋要俾银纸嘅,就等邻县拉几个颠佬过来。每只县都有风头啦,系冇(对吧)。有时径突然间涌现好多颠佬,其实呢,就系阿边拉过来嘅,这么远,真的就拉来了。拉来系几麻烦嘅,要俾吃嘅啊,冇有,俾个方便面俾个水就喊渠哋下来了,渠哋就一路行,行到城区,还有全裸嘅一丝不挂。

文友丙:一望见颠佬突然多起来,肯定就系外地拉过来嘅,突然满街都是,一下子十几个。我哋冇得把人哋整丢了,我哋也要拉去人哋阿边。我哋要好好对待颠佬,要俾渠哋一瓶水,要善待,仲要俾衣服渠先,要同渠哋讲(也冇系全部颠佬啦,大多系流浪汉),就讲,嘅一阵你哋先离开先,过几日再慢慢行返回,我哋嘅阵时要有活动。至头疼了嘅只事情,要花银钱才送得渠哋过去,仲要界饭渠吃,银纸打歇哋出啰……

文友甲:今时都冇拉颠佬去别处了,我哋改造颠佬,俾渠哋吃,俾渠哋做,引导渠哋,俾衣服渠哋穿,免得太冇体面。阿阵时搞南珠杯,考验各只县管理能力,颠佬影响市容。阿边亦几多嘅,到处都有颠佬,碰到上级领导来检查,大家都冇办法。

故事,蓝氏女——

六点半了,部长仲未到,传来话,阿边仲未齐,可能要到七点,大家先吃。大家讲再等等也无妨,反正总系倾偈。

于是故事又开始了,有关一个女性——

嘅个女嘅,大家都讲她足够三八。三八,北京讲就是有点二,有点二百五。蓝氏女,体校老师。平日住在体育场宿舍,全楼就系渠一人。有次开常委会要冲入去,我就推渠,一推,渠马上脱大裤,吓得大家赶紧拧头。我在乡政府时径,有只颠佬也常时来,我捶了渠一餐,再也冇敢来了。

嘅个蓝氏女,赖诗人前两年写了篇散文《丑女》,登上市里报纸,渠睇见就大吵大闹。拿一张自己十八岁嘅照片到处俾人睇，照片上呢，渠叉腰企在西门口。渠见了人就逼人睇，举到人面前，问：你睇睇你睇睇，我歆哋丑歆地哋！上头一望不成体统，令赖诗人写检讨，写了两铺渠都通行过，年三十晚，渠气鼓鼓冲入赖诗人屋企，赖诗人正在砧板上斩鸡，吓得斩了半只鸡俾渠。今时安置到廉租房了，按理讲，她嘅条件冇够住廉租房嘅。

文友丁：她至计较就系赖诗人写她系处女，她认为系污辱，逢人就要讲清楚：渠冇系处女，结婚结了一只月，同她男人睡过了，系睡过了才离婚嘅。有次渠又去政府闹，找了个男干部来处理，系原来体校的，力气几大，一把抱起就出门口，男干部想搧（扔）她落大街，发现怎样软塌塌，像摊泥，扔都扔冇落。

故事，赖诗人——

讲到赖诗人，大家就望佢，讲：赖诗人现时发达了，做了三间幼儿园。佢连连摆手，讲，有两家系同人辩份嘅，不过自己阿家，亦都有百十只细佬仔。收几多银纸呢？我问，佢老实答道，每学期收 2700 文，饭费在内嘅，在全市算中下。文友乙讲，连白马嘅幼儿园每期都收 3500 文，最贵嘅收万文，有英文班嘅。

我就问座中教育局文友，答讲圭宁有两三百间幼儿园，城区系二百家左右。吓，咁多，真系吓人，无衷系家家生三胎咩。文友讲：就系喔，火烧桥附近就有十家，你去睇睇就知。

静场分把钟，各自饮了啖茶，就有人起头，讲起了往时赖诗人参军嘅故事。

吓，渠体重不够的，98 斤，差两斤，称体重嘅护士喊渠去吃点嘢。渠就出去吃了两碗米粉，返回一称，99 斤 5 两，又去吃了两大海碗粥，再称，称砣还是有点下坠，护士讲：算了，过关了。

有人插话：冇系，系在裤裆吊了只秤砣，体重就够了。

又讲渠在柳州当武警阵时，同广西老乡私下讲，每次都系表扬湖南兵，我哋一次冇得表扬，怎办啰？就想出了办法。指导员上厕所，时间基本固定，两人就每日睇准时间去冲厕所，连冲三日，于是得表扬。仲有呢，赖诗人调到伙房采购，采购猪肉，连长老婆来了，喊小赖小赖，渠就割一块肉俾连长老婆。结果指导员老婆望见了，也来伙房，小赖就也俾她割一块猪肉，割得多过头先连长老婆嘅。

大家笑：几正常嘅，几正常嘅。

笑住又有人谂起，仲有英雄救美嘅故事在。大家怂恿，等渠自己讲、等渠自己讲。

赖诗人就讲起来：嘅趟事还上了《广西日报》呢，1991 年 1 月 21 日的《广西日报》，头版，有三百几字，叫《红水河的浪花》。我阿日去沙塘，路上碰到五六只后生仔调戏一只十几岁姑娘妹，本来不想管，姑娘妹忽然跪下了，我抓起姑娘妹就上了一架三轮车，后生仔使刀一划，大腿划伤了，当时不觉得痛。姑娘妹系林业学校嘅，我送渠直送到林校，到了才发现裤腿湿了，满腿血，去校医处包扎才返队。结果迟到，着批评。过几日，《广西日报》出来，大概是学校报道组写嘅，就获得支队嘉奖。腿上嘅伤痕现时还有，立了三等功嘅。文友乙讲，三等功几犀利嘅，我大哥在部队，差点命都丢了正立得只二等功。

故事，文友乙——

嘅时径冷菜上了台，两大碟炒花生。众人吃着花生米，文友乙讲起自己嘅故事：先前嘅事，都系几爽逗嘅。

我初中毕业呢，就去考供销社，作文考得第一。同时呢，又考大伦农场试验组，大伦农场系广西农垦局管，唔归县里，叫国营大伦农场，凡国营都系几犀利嘅。作文分占80%，又考上了。试验组听系几好听，实际上，每日要担心粪水淋地。有日，朋友报知我，农场学校招老师，可以去报名。我一谂，担粪水几辛苦，去报名得嗨一日，到考试又得嗨两日。决定去，搵组长请假，组长一听，佢都想嗨，就讲，不如大家都去，组长带队。学校招嘅系国文老师，四十几人考试，我又考得第一。要高中文凭，冇有，就喊我返去等。等人面试完再喊我嚟。我就来来去去搵资料，备了又备。结果，临上课时换了一篇。好在我灵醒，干脆，我就喊学生自己读课文自己倾。一节课应付过去，点知学校几满意，即刻准我去上堂。后尾闻讲，我阿个系启发式教学呙，至先进嘅。

文友甲亦讲自己故事，啱啱开口，宣传部长就到了。

一位女士，红衣红裙翩然而至。女部长讲，现时创全国卫生城市，就一连串讲创卫创卫，激情充沛双目放光。"啱啱，就喺半个钟之前，去现场睇拆迁。"佢又讲，"嘅一日，先系剪彩，又听汇报又检查工作又到现场睇拆迁，做到不可开交，冇分钟系停闲嘅。"佢同大家饮了一杯，又食几啖菜，再企起身敬大家一杯，然后讲司机在下面等住，就撤了。

众人面面相觑。

片刻，纷纷讲，领导冇在至放松，大家放开吃。

阿妈跟去睇印塘大桥，又跟来餐馆食饭。部长请饭，极有面子喔，去时沐浴更衣，食时仪态凝庄。她不插话，只注意听，吃相从容。菜有一大台，蒸鱼、烧鹅、白斩鸡、烧猪肉、牛肉粒、炸虾同煎虾肉、鱿鱼、瓤豆腐、瓤苦瓜。有一款绿茵洋鸭汤，绿茵豆腐，放了绿茵汁做成的豆腐，鲜嫩，外面炸了一层。渠每样都搛了一筷子。

饭局剩好多菜，大家打了几只大包通通俾阿妈带回屋企。

有十几样菜带回屋，阿墩一见就凑上去，样样闻了一遍。

啹啲复杂做法，又煎又炸又蒸又烧嘅鱼，烧猪肉、牛肉粒、鸡鸭，炸嘅虾同煎嘅虾肉，鱿鱼，瓤豆腐、瓤苦瓜，等等，绿茵洋鸭汤，绿茵豆腐也带返回了，苦瓜炒牛肉、蕹菜、清蒸草鱼、红烧草鱼……主食也都打包返，粉丝馒头饼，上里米助……阿墩连连讲佢都未见过啲餸饭菜啹喔。微波炉一样一样叮一下，热好摆上台，四个人，每人攞一只碗，一台菜铺上，差无多十点了，算系宵夜。热气腾腾啹嘢，互相界对方夹餸，阿妈抄来抄去，好啹夹界阿墩，一路连连喊海宝玉葵，你哋食吓食吖。平时吃啹嘢简单，有新嘢食，人人开心。

吃过宵夜，玉葵熏蚊，讲阿妈间房蚊最多，因为佢污糟嘢太多，主要系厕所，使过啹所有废水都要存起，一桶又一桶。玉葵讲佢一般系洗衫时最后一次水留住。

阿妈大人冇单止省水，亦悭电。在厨房煮饭，屋厅灯就要关肃。

卷四　树上的日子

小五吃过隔夜剩饭煮啹饭粥，手腕拴着文况表叔啹长颈烧酒瓶就出门，自从渠知有各种旮啹空罅通道，就再冇愿行大街……一只生猛野狸在杂乱笓邋啹屋间走走行行，两墙间窄处，仅一肘宽，除猫狗无人能过，小五侧身细步，半边身挂满了层层蜘蛛丝网蛶蟷膜……渠跳上墙头行几步，打木器店前门入后门钻出，再攀上一禽大人面果树，打长长树臂行几步，跨过一户门扇紧闭啹人家，渠向地上一跳，唥唥好就系公园路，正对住一幢窄窄两层楼高白色屋。啹幢屋系全圭宁街至古怪，二楼顶倛只等边三角形，大门低过街面，有只推笼门，从未见开过，二楼面街有只木扇窗，有时径开住，里头黑麻麻……过了几年小五世饶闻讲，啹所古怪屋系天主教堂。

总而言之，打修车铺到公园路，至多无系两三分钟，街道空旷，两头无人，只有一只猪在树底拱……渠一溜烟窜过街沿台阶两边斜坡滑落去，狖狖般，轻盈跃上阿禽至钟意啹鸡蛋花树。啹两杈舒适树杈界佢探到滑挮挮，可以称之为包浆，不过包浆已着时代淘汰，要再过三四十年正又闻讲。

自己探到滑挮挮树权就见好亲，渠撸住树权讲：你只契弟！此时大猪正行在去小学条路……要望见赖大猪，无系要打鸡蛋花树跳到万寿果树咩？又打万寿果树跳到大榕树，再跳到一禽马尾松，渠又揪住马尾松长枝条荡到啹片树木中至高阿禽玉兰树，啹两禽玉兰树粗大高壮，就树本身来讲，虽然冇够河边阿禽木棉树高，但系生在只稍高啹台地，树旁边阿幢气派屋同高处凉亭的檐都只到渠半腰，旁边系圭宁最大嘅八角井……

旭日初升，阳光斜照，水井像镜照见树叶在水面郁，小五打树梢上引颈远眺——赖大猪斜挎一只蓝布书包，书包瘪瘪，里面冇超过两本书，渠行住路，去龙桥小学。打西门口到东门口，行过阿家侬公书摊同杂货铺，偏离了正常线路右拐入了沙街口，无衷渠要逃学咩？

赖大猪光脚丫踩在沙上嘎吱嘎吱响，打沙街跳上矮树转到高槐树再转到农业局嘅木棉树顶……小五要望清楚大猪新去向，就打从凉亭玉兰树荡到了农业局，渠望见赖大猪打沙街码头转左，沿河边行过了阿条独石桥，红色条石歪歪斜斜架在桥墩上，赖大猪侧斜行，过了独石桥，再沿尤加利树下底河岸一直行，无衷渠无系去上学而系要下河捞河蚌咩？小五迎河流东头一直行，左边系菜地，猪嫲菜芥菜苗绿昂扬，右边系北流河，河水有粒枯，露出大片沙滩。还好，赖大猪在一棵龙眼树旁边嘅菜地间回到龙桥街青石板路，渠同读书侬行入龙桥小学大门口……

为了望真赖大猪在学校歆样子，小五沿农业局木棉树到达沙街码头，码头系空旷地，冇禽树，一禽都冇有。小五落地行一段，岸边正有一排尤加利树……渠在尤加利枝上移动，听闻一阵音乐声传出，一个男人喊：第一节，扩胸运动，现在开始，一二三四……渠从未听闻过嘅新鲜名堂，渠荡一条枝条，尽力跳到龙眼树上高，之后行过几家人家嘅房顶到达小学墙外一禽大芒果树。嘅时径操场已经空落来，小五听闻一只教室有帮细侬扯住喉咙喊：开——学——了——一个女教师圆润嘅声音讲："今天我们上第一课，这一课就是《开学了》。"

小五极少谂到自己阿妈，时常谂到执菊。

小五只知执菊系细时奶妈兼保姆，并不知渠亦系自己老豆的相好。三少爷罗祈宣同窦文况谈论执菊，骚、嗲、湿、滑、紧……一类字眼，讲她一身鱼腥气，讲得两个人火烧火燎。

1947年执菊十九岁，头胎生了只女，脐带缠颈，死了，亲戚引荐，去罗宅当奶妈。她同小五感情亲密，在三少奶还活着的数年里，执菊就取代了她的位置。1949年11月28日，农历十月初九，冬雷震震，县城传来弹药爆炸的声音，执菊披衣起床，她穿过长廊站到花园的假山旁，望见县城火光冲天浓烟滚滚，像系着了大火烛。天烧着了，烧出一只黑洞，炸药声连绵不断。第二日消息传来，二十七个解放军进城解放了圭宁，国军的残部销毁了二十多台弹药车之后撤到玉林去了。村里不久到处贴了红色标语，农会的人行来行去，兴奋。罗家大宅死一般寂静。

时代车轮滚滚，小五照样在菊姆怀里拼命吮奶头。三少罗祈宣远走梧州已经半年，执菊空荡荡的身体只有小五能抚慰，1950年小五三岁，她仍然喂他奶吃……早时三少曾带她去广州、梧州荡过,圭宁城的临江旅社去得至多……三少除了每晚夜抚弄她乳房并饱啜其乳汁,还要加睡一个比平日更长的晏昼觉,以便再次抚弄和啜饮。据讲,这样防止回奶同生奶疮……在罗家大宅,执菊出落得水汪汪的丰饶,腰臀扭动,胸前颤颤。三少罗祈宣私下里对老朋友窦文况讲,呢个女人系只尤物,男人系至受用既嘞……三少不在的夜晚,通过曲折的途径,执菊得到了满足……小五吃饱了奶,瞪大眼望,这扭动和含糊的声气令他迷惑……他的眼神有点像三少呢,她忍不住拨一下他的小鸡鸡,嘴里喃喃:你唰只咸湿佬、咸湿仔、咸湿精。

送小五去窦家之后,执菊来过一两次探他。六月,荔枝熟,她穿了件剪掉下半截的旗袍,上半身胀鼓鼓的。她搭了一辆从容县运鸡蛋到玉林的汽车。"冇谂到一眨手渠真就停了"……司机喜欢活泼的女人,在路上,他撩她讲话,一边讲一边瞥她的胸口。她也是兴奋的,脸红着,两人你一句我一句,有点湿乎乎的。可惜三十里路很快就到了,在东门口旁边的公路下车时,两人像一对老相好似的依依不舍。

她带来了一大筐新执的荔枝,一种叫做细叶荔的品种,细细只,薄皮,厚而多汁半透明的肉里藏一粒细细果核,像粒黄豆大,溜圆光滑在䐟田(舌头)里滚动,果肉极鲜美。

荔枝季节亦系狗肉季,几十年后,在小五六十几岁时径,为旅游资源计,这个季节设了"狗肉节",红火复又臭名昭著,动物保护者四方赶来,高速公路拦截汽车,待下锅的犬只得以救出……1953 年,夏至时分,圭宁人人兴奋,荔枝与狗肉,上天绝配……街上也有人养狗,养狗是指望狗的本分,让它吃屎和看家。细侬蹲在门口屙屎,狗就候在旁边忠于职守,细侬屙出一嚕,狗就吃一嚕,有时屙完屎一望,狗不见来吃,主人只好叫它,唎——唎唎唎,总而言之,狗见到屎要吃掉,天经地义。

狗唰肉让人吃,也是天经地义……就像鱼唰肉、猪唰肉、鸡唰肉,不准人吃要渠来做咩?剁成块,连皮带骨,放上葱姜桂皮八角,在铁锅里滚……执菊来到窦文况屋企,锅里狗肉正冒起阵阵香气,这个上唇有一粒痣的女人,又一次验证了嘴上有痣吃四方的说法。

她热气腾腾在这个单身汉的屋里行来行去。

在煮狗肉唰肉味和新鲜荔枝果香唰混杂中,执菊闻到一股尿骚,她鼻孔动了两下,眼睛落到小五睡觉阿张木板床,新买唰草席有一块尿痕像公鸡,这只扁平的"公鸡"牢牢地趴在床单上,它讲:又瀨尿了,又瀨床了。

鸡公的话只有执菊听得闻。

执菊撒开草席,使几勺水反复刷洗尿渍,她笑小五:你唰只嫩公鸡啊!

她晾草席在门口竹竿，同时晾的仲有小五嗰枕巾。到入暗，八成干的草席上又出现了阿块公鸡形尿痕……草席湿时它泯然其中，草席半干它就开始显形，它色深、顽固、坚硬。天凉后换上床单，公鸡的形状会移到床单上。即使用肥皂、草灰水浸泡漂洗也不能褪掉。

这片尿痕变成的公鸡成为床单的一部分，一个永恒的形状。而夏天撤下来的草席到第二年也不能用了，不知在什么时候，那块公鸡形的尿痕就会从草席的中间脱落，席子脱落的部分非常完整，谁都能一眼认出空白处的鸡冠和翘起的尾羽……

一只"公鸡"就这样从尿痕中诞生，它跳落在床底的阴影里消失不见。

执菊强调，尿床系肾虚，狗肉就系补肾的……

一锅狗肉本来够吃两三日，结果一餐就吃净了，执菊吃掉了这锅狗肉的一半。她食量大，照她讲，系在罗家大宅养出的胃口，那时径，为了足够多的奶汁，她一顿就要吃净一只鸡……夜里执菊和小五两人同睡一床，两人都像一团火，她一搂小五，空气中就发出吱的一声，一阵轻烟从蚊帐网眼里四处逃逸，不用说，这是两只烧红的煤球触碰时的正常现象。

窦文况给这顶蚊帐塞入一把葵扇，葵扇扇出的风从他俩的蚊帐蹿到文况的蚊帐里，就像从火灶肚吹来的风。文况讲，谁人（谁人，玉林话，文况是玉林人）喊你吃嗷多狗肉，知犀利了吧！执菊辗转来去，嗯声间坐起："热死了，张床都热得炳。"她猛然脱掉内衣……

八月刚刚落过雨，执菊又来了。她提来一只藤篮，里中使芭蕉叶包了一只猪脚、十只鸡蛋，另有一细包龙眼干。她仲掏出了一条肥皂，系运货司机俾渠嗰礼物……她在十字铺等到了运货的大卡车，笑得像一朵花似的上了卡车的车头位。司机愉快着瞟她的胸，她就尽量挺着，在平直的地段，侧身靠着旁边的肩膀，车子心神迷荡地走起了小小的S形……在一个路口车子忍不住停在了路边，那人探手入衫，执菊一边呻吟一边坚守，她坚持只开放身子的上半截，那人想把手插进她的裤裆里，被她死死摁住了……执菊最知道，让男人迷上就必须让他想吃又吃不着。她特别钟意男人馋她的样子，阿副抓耳挠腮心急火燎的馋相令她尤其开心。

执菊给小五和文况做芋头炆猪脚，夜里和文况滚在床上，朝早起身容光焕发，她帮小五整理床铺，一睇，又濑尿了。一只公鸡的形状在床单上正对着执菊，样子暧昧，执菊猛然间想起小五的婴儿时代的那些场面：他吸吮她的乳房，吃饱后她就逗弄他的小鸡鸡。你这狗bie，烂bie。她骂了自己一句。

她坚信小五濑尿与自己早年的下流勾当有关系，歆得好啰？她问自己，问床，问床单上阿只公鸡……她咒骂自己，真切的骂声滚过她的胸口和下身，一只天真而愚蠢的药方诞生了——

　　北流河的河水在雨后变肥了，淹没了水边的大青石板，执菊带小五行到河边一处灌木丛……她剥开一只龙眼干，摁龙眼肉入小五的嘴："闭上眼先，菊姆摸摸你嗰细肚裶……"她顺着软乎乎的肚子向下探，熟门熟路……

　　九月小五也上小学一年级了。天还热，无使穿鞋……一双光脚打修车铺出发，与猪红铺的另一双光脚会合，两双光脚以犸狨般的轻盈跃上一禽鸡蛋花树，然后再跳到最近的万寿果树上，从万寿果树到大榕树，到一禽马尾松，他们揪着马尾松长长的枝条荡到最高的玉兰树，之后他们就跳落地，绕过八角井行到了河边。

　　两人要过一条独石桥，红色条石歪歪斜斜架在桥墩上，两双光脚侧斜行，小五罗世饶和大猪赖胜雄，他们行过了独石桥。沿尤加利树下的河岸行一段，见一禽龙眼树就拐入菜地，地垄狭窄，肥讷讷猪姆菜叶打湿裤腿，然后，龙桥小学到了……这就是他们舍近求远，在树间、屋顶、水井、河边、菜地间跳荡的路径……而一个正常本分的细侬，决不会选择这样一条杂芜的道路。显而易见，所有孩子都会从西门口到东门口再到龙桥街，行正正经经的路。

　　一年级的第一课：开学了。三只字，三只音，齐声朗读：开、学、了。写在本子上：开开开、学学学、了了了。

　　第二课：大家来上学。五只字，五只音，齐声朗读：大、家、来、上、学。写在本子上：大大大、家家家……

　　第三课：学校里同学很多。七只字，七只音，齐声朗读：学、校、里、同、学、很、多。写在本子上：学学学学、校校校……

　　我坐在一年级教室里，手同脚吱吱喳喳讲，渠哋想上树，打后门出有芒果树，有十几禽，打树梢行之字形，从第一禽到最后一禽系件爽逗事。如果不行后门，打前门出，教师食堂前头阿禽叶浓枝繁，虽只系孤独一禽，但系，坐上嗰只树杈，就睇得见坐在三年级教室里的大猪赖胜雄……他一定系趴在书桌上，流着涎水，如果不是，就系扯前面阿个女生的头辫尾……我的耳朵异常灵敏，坐在教室里，听得闻隔篱教室朗读声。

　　九月里，秋风凉，棉花白，稻子黄，收了棉花收了稻，家家地里放牛羊。（第三册）

　　劈劈拍，劈劈拍，大家来打麦，麦子长，麦子多，磨面做馍馍，馍馍甜，馍馍香，从前地主吃，现在自己尝。感谢毛主席，感谢共产党。（四年级）

　　有只教室奇怪地传出了鸡叫声，这只鸡的声音又尖又颤。

系五年级女老师发出的。我听了又听,明白系一篇叫做《半夜鸡叫》嘅课文,讲一个叫做周扒皮嘅地主,为了喊长工早起下地干活,半夜起身学鸡叫。我先系觉得爽逗,跟手我谂起我老豆同阿婆……

……我理所当然睇到嘅比人多,我在高处……

只要留在树上,或者瓦背顶,你睇到嘅就一定多过人。毹大人面果树嘅树叶在秋天闪闪发亮,如果你冇见过人面果,就想象下荔枝先,人面果,大过龙眼细过荔枝,如果系最细嘅青皮荔枝,人面果嘅大小形状就差无多,不过它冇有荔枝阿层粗糙皮,同李子一样,皮同肉连一处,人面子绝不甜,比世界上任何水果都酸,所以它不是水果,而是一种菜……秋天时径,树上结满人面果,不要等它变黄,变黄肉就泄掉了。使竹篙打树叶,将果子打落,够无到就搬竹梯,人面果不怕跌,坚得似石头……落到厨房,厚刀猛一拍,拍扁,摆入碗放在豆豉上,加油渣至好,摆饭面上蒸,饭一好,就好嘞。就系嘅一味,晚晚蒸一次,三餐都要吃。

有次我在人面果树杈透过屋顶亮瓦望见一个女人凑在光窗跟前。

佢手里攞住一沓纸片,一张张翻住睇,佢间房好窄,人面树挡住光,几黑嘅。门口有空地,风炉偏要摆在屋企头……我不免担心烟要熏到佢,果然我就闻有咳嗽声……我攀住最长一权树杈到佢瓦背顶,打一片亮瓦睇落去,无衷佢手里阿沓纸片系特别靓嘢咩?我在佢头顶上,似孙悟空,眼聚起一束光,直打到佢手上嘅沓纸片,一反光,闪出一个光身女人,我头壳后尾枕"嗡"一阵。

第二日,我谂紧阿啲相,又打人面子树跳落佢瓦背顶,阿片亮瓦着我使涎水加树叶擦到攞攞亮,我见佢床下底拖出半篮碎木炭,木炭冇一丝烟,在风炉里红红啲,风炉上坐只细锑锅,佢关紧门,坐在靠窗床沿……有几日我见到佢粘信封,有几日我见到佢粘纸盒,嘅啲纸盒同牛皮纸堆在小柜隔篱,越堆越高,歪歪斜斜,我担心佢哋随时着跌倒。当摇摇欲坠时,就会有一个更老嘅妇娘来收走。

我不明白一个女人做咩要睇女人嘅光体照片……将近五十年之后我知道有一种人叫做同性恋,但她显然无系。渠亦睇一个男人嘅照片,阿个人西装领带头发油光光。

嘅只女人好睇得多过菊姆,虽然佢屎忽同菊姆一样大,但佢腰又细又软,而且面好白,眼又大又黑……我断定相片嘅女人就系佢本人,系以前嘅佢,除头发冇像……佢后生嘅阵时额头上一排齐整刘海……有日晏昼落细雨,啾嘅天气只有狗才出屋,我披番蓑衣像只刺猬出了门,文况表叔摊在躺椅上睇瓦背顶上嘅瓦,我知佢谂白寡妇,本来打算同佢讲,我要去东门口书摊睇公仔书,睇佢眼定定我就不打

085

扰了。

我在巷口一闪就撩上树,树叶积嘅雨统统扫到我身上,蓑衣唰唰响……我沿住人面果树来到阿片瓦背顶。屋里果然一片昏暗,我将面贴到亮瓦上辛苦张望,这时有光一闪,我一望,系镜闪光,我一望,吃一大惊吓,佢窗了件闪闪旗袍,绿绸上更绿嘅花,绸缎软笪笪贴在佢身上,佢挺住奶坨使一把梳头镜佢身形,照完奶波嚟又照佢腰,佢仲将佢大屎忽撅起身。

这种旗袍我母亲亦有,嗰阵时我在瓦顶,我母亲梁远美正躲在广州的亲戚屋企,对外讲系老家嘅保姆,来帮带细佬。仲要再过半年,她才渡得过阿片海水到达香港,浪涛汹涌。这一切,我三十年后才知道。

雨落大了。

旗袍妇娘去门后面拉拉门栓,又望望光窗外底,外面系一禽枇杷树,叶大树杈细,相当于一幅窗帘。佢脱掉木屐,连旗袍向床上一倒。

阿时径我视力超凡,骑在一禽叶大树杈多嘅枇杷树上,透过雨水淋湿嘅亮瓦,睇见阿张裸体照片,阿上头冇系别人,正系佢自己,虽然佢老了十岁,我都一眼就认出佢。佢下巴有粒痣。

白寡妇巷里有禽大桑树,渠屋企大,一簸簸蚕摆在地上。无知系有桑树才养蚕,或系因祖辈养蚕才种了桑树。总而言之,渠嘅桑树叶几肥嘅,执都执无尽,渠嘅桑蚕源源不断。细细、皱皱、青青,吃了桑叶就屙出屎。然后变白,变透亮,肥肥饱饱,吐出丝,结成茧……我吃过白寡妇送来嘅油煎蚕蛹,又香又脆吃得我满嘴流油……

言归正传,次次表叔执只布袋出门口,我就知佢八成要去搵白寡妇。佢将布袋缠在手上捉住,袋底鼓出,发出油香,系芥菜包嘅形状,即使包了一层大蕉叶佢嘅油气都可以渗出。有时系花生米,有时系番瓜子,有一次系煎鱼。表叔前一晚煎好鱼总记得畀我两条,手指头大细,我每条分三口吃净,系我两岁以后食到嘅人间至味。到晚黑,趁佢睡着,我搵到挂在屋梁上嘅挂篮,夜深人静嘅睡气中,煎鱼香味更加活跃,开始在房梁上荡秋千,整得我一边打呵浪一边流口水。

终究无计可施。

表叔出门转右,再转左。无使盯梢我也知渠去歇哋……煎鱼嘅香气惊心动魄,它缭绕到阿禽大桑树底,桑叶闻到煎鱼的香气亦发出沙沙响,讲实在的,系我嘅肚发出嘅沙沙声……我尾随香气飞奔到桑树条巷,快快攀上树……表叔打布袋翻出一嘴芭蕉叶包住嘅嘢,他解开芭蕉叶,煎鱼的香味热烈地冲破亮瓦像蚊蠓一样乱纷纷,我望见渠使手指捻起至大阿条(有拇指般粗细)送入白寡妇嘴里。她嘴在动,身也在动。我企在他们上方的瓦顶他们一无所知，两人发出的腥气盖过了煎鱼的气味，透过亮瓦升了上来，对付啊啲嘢，我只有屙一泡尿……哗哗热尿落在亮瓦上，我希望尿水打某个瓦罅漏下去，滴到表叔的光屎忽至好，但非我所愿，尿水沿着一块块叠着的瓦片流到檐头，滴入门槛的一口缸，缸里种着几翕细葱，阵阵猛尿系飞来横祸（人尿不稀释，小葱会被烧焦）。

两人一点都没觉察……

我打西门口瓦背顶跳到照相馆银行去公园鸡蛋花树，再搭乘玉兰树万寿果树马尾松树到桥头最大阿翕榕树上，一跳就落到县二招瓦背顶，沿住火烧街竹器店米粉铺同打铁铺我落到一翕苦楝树上，当我弯下腰去执一粒苦楝子时，见到个男人驼住背在屋里写字，佢头发长长似只颠佬，佢写啊写，忽然抬头向瓦背顶睇，我以为佢发现我，但冇系，我觉得系佢惯常啲姿势。佢向顶上睇，又猛拧头，之后佢就将纸拨一边，企到木凳后头跐起马步。

佢一动不动，一郁冇郁，像屙屎，但显然冇系屙屎，因为佢穿住裤。佢一动不动……我打瓦上行到隔篱做芥菜包只铺头，见龅牙女人切咸菜，厨房有冇有一碗白粥呢，白粥同咸菜，啊两样天生绝配，我探头望下底，望得自己有啲肚饿了。佢饭台堆满别样嘢：米粉、油渣、花生碎，仲有绿色芥菜叶。切碎啲咸菜同花生、油渣捞一起，大海碗啾啾响，香气升上瓦背顶，打瓦罅钻入我鼻窿。佢使一只小调羹装啲啲，鼻屎大，放入米粉中间，捻圆，揸扁，使芥菜叶包好，一只芥菜包就包好了。趁佢上煲蒸我赶紧行开，衫袋冇银纸，我冇想界龅牙女人斜我一眼，佢眼白伸大过鸡蛋。

行过苦楝树时我谂起陈地理，阿个跐住马步啊男子佬，我打亮瓦向下望，佢仲像头先时跐住马步像屙屎。听闻讲，想做神仙可以噉样企住半日一动不动，我冇知佢系颠佬系神仙。为弄清啊件事，冇事时径我周时去佢瓦背顶，亮瓦下，佢啊簿写了好几本，纸越来越多，啲纸上印了一道道横线，系啲表格。

佢使墨水笔在上头写啲蚊蠓大啊数字。蚊蠓飞舞，黑麻麻一片，我见到蚊蠓飞入佢头壳。啊间屋冇似正常屋企，冇米缸尿缸，亦冇有挂在房梁，冇挂篮，有一部电话机，我两岁之前见过电话机，不过好多事我冇记得了……电话唥唥唥唥响到震耳，佢讲电话："系，我系陈地理。哦哦，王经理，好嘅，我睇下，呢个，呢个。"放下电话佢有啲心烦，肯定系表上啊黑蚊蠓整佢头痛，佢扰扰头又扰扰腰，啊阵时我睇佢既冇似颠佬，亦冇似神仙，而像只生病老嘢。

星期六我去睇了场《我们村里的年轻人》，系学生包场啊。一出电影院门口我就以最快速度攀上县二招门口阿爺大榕树，沿马尾松树万寿果树玉兰树到木棉树，我又到了俞家舍附近阿爺苦楝树顶。

啱到佢瓦背顶，电就停了，周围一片漆黑，连路灯都停了。我闻瓦背顶下底擦火柴，火水灯就光了。冇单只火水灯发光，仲有碌亮光在角落啷住，一只细火水炉，上面坐一只细锑煲，正煮住水，佢打床下底一只纸皮盒拎出一嚿柚子皮，使水果刀，鎅成橡皮大就投入锑煲。

陈地理不与人同……梁医生打把电筒入来，揞只饭盒。但陈地理一啲都冇见欢喜，梁医生打开饭盒，系韭菜炒鸭蛋。但陈地理巢眉头，好似饭盒冇系韭菜炒鸭蛋，而系屎。我冇信，世界有人冇钟意食韭菜炒鸭蛋，除非系傻佬，我见过西门口一只颠佬执街上菜塞入嘴，冇分生熟，噍得像煎鱼噉香……陈地理对韭菜炒鸭蛋的态度使我断定：佢离真颠佬相去冇远嘞。

……我闻渠问：我嘅黄豆呢？炒黄豆？

廿几年后我正闻讲，陈地理嗰时径有精神分裂症，佢成日认为自己处于时间支流之中，要噍几粒黄豆才返得回嗰只世界。后来佢着送去柳州精神病院。

亦系到阿时径，我才第一次听闻讲，陈地理其实系我姨丈，亦系跃豆嘅姨丈，系远婵姨妈老公……十一姨梁远照、四姨梁远婵同我阿妈梁远美系疏堂姐妹，同一只阿公……三十年间大家族嘅关系在晦暗中，逃亡、镇压、入狱、受控制，最好歇只人都无知同歇只人有关系。我四十岁之前不知我十一姨、四姨都在圭宁，我以为亲戚们或者远走他乡，或者不在人世。

……二十世纪六十年代我在瓦背顶望见陈地理台上嗰簿同表格密密麻麻，阿上头黑色蚊蠓打佢头壳飞入飞出。有一次佢舦头望瓦背顶，佢一定望见亮瓦上高两只眼，我闻叮一声，我哋四目相对。佢一啲都冇吃惊，他向我笑一下，笑得像哭。

他说："你好，外星人。"

我问："咩嘢系外星人？"

"就系第二啲星球嘅人。"

虽然我有时径都觉得天上高有可能有人，但打一个人嘴里讲出，我大大吃一惊。我鼻公紧贴住亮瓦，听闻佢热切讲：在很远很远嘅天上，银河之外，梗系有外星文明嘅。佢放入嘴一粒黄豆，噍过之后吞落喉，然后舦高头向亮瓦问道："你打歇只星座来嘅？小犬座？定系天兔座？或者狐狸座，或者乌鸦座。"

佢又噍了一粒黄豆，"太远了，肉眼根本睇唔到。"

佢喊我仰头望天，睇一只由七粒星星组成嘅匙羹，嗰只北斗七星我两岁就认得，就识，佢讲嗰只就系大熊星座。佢继续噍黄豆，"肉眼睇得见嘅星座都无人，有人嘅星座肉眼睇唔见。时间嘅支流……我知嘅，你喺打支流来嘅。"关于我逃学，渠讲："逃学不一定系坏事，关键要睇打歇逃去歇。"

阿日开始，我打瓦背顶嘅瓦上落到佢窗口嘅苦楝树杈上。夏季晚间屋焗热，但树杈上有细风，我喊佢打窗口爬出，直接坐到树上，嘅只半老嘢，佢听我指挥，端一张凳摆好，一只脚跨上窗台，另一只脚踩在我帮佢踩低嘅树杈上，佢一上力，成个人就坐上苦楝树了。坐定之后，佢讲："你好，乌鸦。""我唔系乌鸦，我系小五。"佢打衫袋摸出粒炒黄豆俾我："你好，小乌。"

我在树杈上享用过佢韭菜炒鸭蛋、煎豆腐、花生米，亦享用佢同我夜观天象时嘅胡言乱语，佢教识我八十八只星座名，乌鸦的故事和鸡蛋花的学名（鸡蛋花，学名缅栀花，别称印度素馨，属夹竹桃科，全球约五十种）。当大猪赖胜雄大声背诵"劈劈拍，劈劈拍，大家来打麦……"时径，我背诵"北冥有鱼，其名为鲲，鲲之大，不知其几千里也"；他们在朗诵《半夜鸡叫》，我朗诵《赤壁赋》。他们打少年之家借阅《卓娅和舒拉的故事》，我读一本竖排版繁体《红楼梦》……

阿只夏天，我在陈地理处接上阿婆嘅启蒙，我在树杈上有一搭冇一搭跟住啲咬口句跳来跳去，我至钟意阿啲——翼若垂天之云的大鸟系我钟意知嘅，射日后羿、填海精卫、补天女娲，仲有《山海经》嘅各种怪物，我钟意知道。在公园鸡蛋花树嘅粗大树干上，我使削铅笔嘅细刀仔雕了条有翼鱼。我相信在十丈远嘅北流河里就有嘅种鱼，佢哋在晚间浮到水面，发出粼粼萤光。

仰头望天，陈地理叹道："而家嘅课本啊，实在系啊……"我睇佢发出嘶嘶声，问佢系无系而家课文整佢牙齿痛。"系嘅系嘅，牙痛。"佢讲可惜揾唔到先前嘅国文课本，阿上头有猫、狗、春天、纸鹞，嘅啲图系几爽逗嘅，丰子恺味道，就系童趣知无知……可惜呀，可惜，可惜冇畀我返学校教地理了。

大多数时候佢坐在靠窗书台。我提醒佢，将书台拖近啲更方便，一抬腿就跨上树。我企在窗外底苦楝树杈上。佢将梁医生带来嘅饭盒举在手上，有一啲炒燶嘅花生米，或者煎到两面微黄嘅豆腐饼，我睇住饭盒，大声喊："君不见，黄河之水天上来，奔腾到海不复回。君不见，高堂明镜悲白发，朝如青丝暮成雪……"喊完了，佢就分我一粒花生米，有时两粒。如果系三粒，佢就会派我去东门口杂货铺，帮佢打上二两桂林三花酒。

半边月亮打头顶落到屋脊下，渠缩回窗子里（多半他不在树杈上，他本来就是坐在窗口的桌子上的），他摸摸口袋里的黄豆，讲一句莫名其妙的话：

"我睡在黄豆里，晚安。"

我在瓦背顶同树顶游荡时径，圭宁啯天，大事细事亩亩过。有时径，天空紫红色，到处都系土高炉，难睇丑陋，凸凸啯土堆烟囱，喷出黑烟，光漫红，云反射，红黄光映天映地。人面都是红黄色，地底燃，黑烟升上一片，今生前世，生或死，乌鸦铺在天。

铜阳书院啯大木棉树、大乌桕树，河边最大啯尤加利树、西门口街巷啯大人面果树、街上凤凰树、古荔枝树、大芒果树、大榕树，重重跌落地，变做劈柴，送入难睇丑陋土高炉，淤塞灶眼变作烟。

阿时径，跃豆仲在渠阿妈肚里中，渠通过脐带，闻到古树烧出啯火烟……佢出世几个月，远照姨母孭住佢，去民安公社大炼钢铁，同佢一同仲有两个女同事，各人孭住自己啯细虾仔……

1958年剩的大树不到三分之一，我的空中路径成日中断……打西门口攀上一龛树再冇直接到得龙桥小学，往时我攀上人面果树，半丈远，就会有一龛玉兰，玉兰树之后系木棉树，木棉树之后系苦楝树、榕树、万寿果树、龙眼树、芒果树、马尾松树……

我总要一再提到它们，它们曾是我脚下富有弹性的神奇道路，是深浅不同的绿色，或大或细的树叶，时疏时密，光滑和粗糙的树枝交替摩擦我的脚窝。

后章　姨婆的异辞

工对农，农对工，白马对新丰。明对暗，淡对浓，九夏对三冬。北流河，水非东，涩界系长虹。斑鸠暗，鹧鸪重，佩剑对弯弓。铁翼饭桶河，五人攀竹篙。十万大山挫上颈，两边藤骤去悠悠，上里牛，下里牛，唔知使到日当头，颈渴吃啖田中水，唔使终日眼泪流。圭江桥，雨潇潇，你吃深山岭上草，皮就拎来做鼓敲，敲得惊天动地愁。洞勾漏，河北流，圭江入海水悠悠。

岭南几多岭，大庾岭、骑田岭，都庞萌渚越城岭。黑脚公鸡白脚狗，十二童军拯起手，问你左手是右手……去宾阳，开诊所，大兴街，几好嘢，一百丈纸一幢屋……水仙已乘鲤鱼去，一夜芙蕖红泪多。老庞识凫水，凫水凫得九回肠，唔得地久对天长。白马心远地自偏，种橺菊花泡茶饮。春既老，夜将阑，唔得悠然见南山。

斟杯酒，饮啖水，在欤哋？在啯哋？系欤只？系啯只？

寒对暑，湿对干，兔生铁翼飞上天。横对竖，窄对宽，黑子对弹丸。黑鹊飞，沉鸡碑，来对往，密对稀，葵花对烟丝。朱犬时同运不同，窑窑生火众为功。土高炉，难睇丑，泥烟囱，喷黑烟，光漫红，云反射，红光映天地。地底燃，黑一片，乌鸦铺在天。黑狗出，白狗入，入到门口钉枚箭，喊人挑，着人掘，快顶回屋等明日。多对少，易对难，众人捧米来吃饭，芭蕉心，狗豆断，稻田无水一尺几，野菜爬上几垄田。

一嚤两嚤三嚤，四五六七嚤，样样都窸倒。

你讲如何就如何，耳鬼洞对鸡叮锄，龙眼瘦，荔枝肥，红泥兼黄泥，贵州山，阿边泥，秋寒妇念寄边衣，黄泥兼红泥。山蚂蟥，落大雨，支援世界革命上上吉，唔系听敌台。大列巴、米粽糊，缅甸近，苏联远。罗村罗，香塘香，山川对草木，石桥对禾田。咸湿佬，西门口，民警队，有葡萄。体育场，望街岭，墙根有只睡八字。躍仔来，系转世，耳鬼壳，招风耳，沉鸡碑，发大水，雷公有眼否，一眨令人就唔见了。

暗擒底，擢返去。几多年，噉多年。

离对坎，震对乾，一日对千年，丑牛无草望浮萍，小球藻，番薯藤，日日蒸三层……浮牛背上骑肿猪，持管莫窥天，黄豆粒粒数，万众花生麸。蛇过洞，打恰浪（哈欠），大容山深有大虫。四条河，四不清，每禽稗子提住心。行东门，出勾漏，剑麻变竹阡。

行止千万端，谁知非与是？南宁养老院唔去了，八角对桂皮，地豆对慈姑，猪𡟓菜对灯芯草。洞勾漏，人长寿，政府开发来旅游，勾漏洞，洞勾漏，勾漏未到改罗浮，交趾出丹砂，西河朱砂石。葛洪炼丹升上天，长寿乡是乌有乡。照相就照相，一百零一岁，展览就展览，衰柳耐秋寒。

马骝儿，撑彩旗，得粒肉咩又嫌肥，得碗粥，又嫌稀。桐子落童子乐童子撑红旗，桐子落童子乐童子箍红箍，桐子落童子乐童子坐铁皮，桐子落童子乐童子翻墙氽氽转，翻墙翻过乜嘢街，翻墙翻过大成殿，大成殿，有莲花，莲花池中乱葩邋。桐子落童子乐童子捡箬纸，箬纸躍，点火烧，烧得唔直腰。唔直腰，斩香蕉，斩齐香蕉斩黄竹，斩黄竹，织黄笼。黄笼光，照谷仓。谷仓有粒谷，仔仔𡟓𡟓哭。桐子落童子乐，细时青悲悲，童子跳舞穿红衣，红衣抽风发羊癫，杰屎忽，袭腰骨，噗噗声，阵阵雷。公园路，大桥头，童子唱歌氽氽转，氽氽转，菊花圆，炒米饼，糯米团，阿妈叫我睇龙船，我唔睇，睇鸡崽，鸡崽大，唔准卖。落雨大，水浸街，阿哥担柴唔准卖。

一日东风三日雨，三日东风冇米煮。

辛亥一一年，无衷唔识咩，去却一，拈得七，上下四维无等匹。人有七窍北斗有七星竹林有七贤瓢虫背上七粒点。民国六年生落地，吾属蛇，系细龙，风对雅，象对爻，巨蟒对长蛟。三叶鬼针草，七叶一枝花。花菖蒲，火藻芦，好彩有得阿公扶。老豆无客醉如泥，远近对高低，抽鸦片，败家子，捻子对黄皮。人人有前世，落絮对游丝。三世有因果，天知地亦知。蛇对虺，蚕对蛟，麦穗对桑苞。桂林栖霞

091

寺，日本鬼来犯，中华锦绣江山谁是主人翁？我们四万万同胞！强虏入寇逞凶暴，快一致持久抵抗将仇报！家可破，国须保！身可杀，志不挠！上海武汉齐沦陷，上万文化人，撼撼来桂林。桂林几犀利，十几家报纸，印书又印刊，印刷所，多範邈，汉口长沙撤退人，唔去重庆来桂林，剧团合唱团，唱歌演戏多，马戏都睇过，空中飞人马戏团，钢丝绳上袭跌死。七星岩，象鼻山，日本战败又开学，接住又读一年半。藤箱行水路，长工担回屋，北流河，水滔滔，黄茅对白荻，绿草对青萍。食粥食饭，青菜豆腐南瓜冬瓜，青菜粥番薯粥南瓜粥……人生不相见，动如参与商，死去何所道，托体同山阿。

黑箝箝、湿漯漯、臭哼哼、滑捋捋、肥讷讷、软笪笪。

山羊大，跳上山，人人都做甩手操。鸡公鸡公你莫来，你来一针戳中你；红茶菌，鸡公仔，健身效果一般般。鸡谷子，尾婆婆，鸭嬷耕田鸡唱歌。鸡叮鸡叮鸡叮锄，挖洞挖洞耳鬼洞。广积粮不称霸，十一仓，十二仓，十三十四十五仓。二月黄瓜豆角米，三月山鸡扒坟髻，四月番薯哽死仔，五月苦瓜酿糯米，六月狗过田头捉来使，七月又望十四节，八月番薯芋头抵，九月重阳铲坟髻，十月收拾五谷米，十一月冬至大雪底，十二月包粽最爱大糯米。洞勾漏，河北流，灵川入海水悠悠。

老鼠酒，陈皮茶，黄豆对芝麻。来苏水，吞落喉，远禅从尾衰到头。梁远照，齿皓对唇红，宵夜对早餐，支援五元钱，读出训练班。一嫁又二嫁，厚衫再薄衫。火烧桥，东门口，西门口，体育场，一夜流到沉鸡碑。优对劣，凸对凹，青竹对黄花，菽麦对桑麻。黑狗出白狗入，入到门口钉枚籤，东风菜，至贱嘢，吃落胃，大寒冷。

哭哭又笑笑，阿公担米上街枭，买回一枚钓，钓到腾腾跳。寄上三百元聊补无米之炊，恭对慢，吝对骄，水远对山遥，屋轩对门槛，雅赋对民谣，踩单车，贯双挑，烛灭对香消。油灯常彻夜，骤雨不终朝。泥屋天凉风飒飒，圭江地隔雨潇潇。岩对岫，涧对溪，塘岸对河堤，体育场对尤加利。东北阵阵陨石雨落，大火球落蘑菇起。黑箍成一片，菊月有人啼；龙正翻身隼长嘶，云对雨，水对泥，白璧对玄圭；马齿苋，猪嬷菜，扑沙狗，菩萨遮。丁鸡囊对麻呢嬲，田螺岭对涩岸湾。洞勾漏，河北流，灵川入海水悠悠。十一月冬至大雪底，十二月包粽最爱大糯米。

沙对浪，象对爻，巨蟒对长蛟，天文对地理，蟋蟀对螺蛸。车前草，至堪熬，止血治伤占卜。秋雨猛，山雀跳，金翅银翅狂飙。金环蛇，变巨蟒，银环蛇，变长蛟，山芰芰，水淙淙，鼓振对钟撞。金环银环斗春风，醉胆对吟魂。铁皮猛，过河川，至洞庭，日月若出入其中也。千里马，九霄鹏，大成殿霞蔚对云蒸。金蛇昂首桐子落童子乐，桐油童优桐油童游。洞勾漏，河北流，灵川入海水悠悠。

一粒米，一唅饭，吃猪红屙黑屎。

一碌木，一砾菜，一督尿，一番蚊帐一苑草。

天黑了，睡唔熟，天又快光了，反正耳聋了，样样听唔见……石鼓文，文石鼓，落落珠玉，飘飘缨组，苍颉之嗣，小篆之祖。眼耳鼻舌身意色声香味触法，鼻根尚可，火气味、银纸气味、白头发气、树脂气、日头气、人影气，无衷野猫闻到鬼。太瘦了，冇有肉，后背床板硬，剩落骨头磨。至怕光，又眼疼……天新系只灰色胎，渠讲在河底，手指天就系银河。庞天新，投胎了，神识入肉身。点燃火，闻到有股子弹气。火味铁味黏肉身。念念皆空，地水火风……

2021 年 5 月 11 日—5 月 27 日 初稿

2021 年 6 月 21 日夏至 改

2021 年 7 月 2 日加前诗《织》，二稿

北流

林白 著

支册 李跃豆词典

私人粗简文本

长江出版传媒　长江文艺出版社

A

阿边：那边。

阿呥：那里。

晏：午饭。

晏昼：下午。

揞紧：捂住。

暗擒底：吃了亏说不出来。委屈。

拗断：掰断。

罂：一罂，方言读 ang。一坛酒。

罂煲：锅。

B

褒：夸奖。

白粘：小偷、扒手。

白翼虫：灯蛾。

拜山：上坟、扫墓。

八嗻：管不必要的闲事。

背脊：脊背。

爆：裂。夏天，阿墩问：几时才得开空调啊？玉葵说：要等路面晒得爆正得开。

宝塔花：想起幼时执宝塔花嘞花心的水。但宝塔花是什么花已忘记，似乎是榕树的花。查百度图片，显然不是，榕树花跟合欢花居然是很像的，那就绝对不是宝塔花。

微信问初中群，顾同学说，宝塔花又名兰香草，山薄荷，不是榕树的花。她发了图，看着也并不像，我嘞过的那种宝塔花是笔状的。泽红说，有一种叫黄葛榕的榕树，春天发新芽就像宝塔花。

上百度看了一下黄葛榕，叶子非常像小时候的那种，大概就是这种。

涩钳：螃蟹。

涩蛇：水蛇。

涩界：虹。

苞粟：玉米。

俾：给。

鼻窿：鼻孔。

鼻事灵：鼻子尖，嗅觉灵敏。

鼻公屎：鼻垢。

鼻涕虫螺：蜗牛。我始终觉得用鼻涕虫螺作名比蜗牛更像，蜗尚可理解，牛的样子不知从何谈起，而鼻涕虫螺，它缩着时像只螺，伸出软体就像一只虫，又黏又软，白濡濡像鼻涕。我总觉得米豆就是一只鼻涕虫螺，慢而又慢，且软濡濡的。他的人生轨道如同蜗牛在树干，留下一道黏而透明的爬行轨迹。（与正文互见）

边哋：哪里。

C

差粒：差点。

擦牙：刷牙。

叉烧包：一直以为只有两广才有，因两广的叉烧才算是叉烧。后来才知叉烧包原是宋代制食，宋末文化南移，中原士族迁徙广东福建，才有粤人懂制叉烧。"叉烧包以馅料的芡汁稀稠适中为贵，咬起来需有汁……"（《王亭之谈食》）幼时住沙街，外婆买了叉烧包，我小小年纪，不知从何处绷紧了阶级斗争这根弦，认为外婆可能在叉烧包里下了毒，久久不吃。因知道外婆曾是地主。

赤砂糖：红糖。

菜行：菜行就在体育场下面，是个爽逗去处。浸在木盆的狗豆、酸笋和酸菜，各种瓜，矮瓜、香瓜、石瓜、苦瓜、丝瓜、南瓜、石灰瓜；青菜，芥菜、空心菜、芥兰、苦麦菜、椰菜、卷心菜、春菜、生菜、玻璃生、枸杞菜和七里香；各种豆，荷兰豆、蛾眉豆、四季豆、豆角。连同花生黄豆绿豆红豆芸豆黑豆，豆子跟鸡和鸡蛋们在一起，鸡在簞箩里，都是母鸡，花的黄的，羽毛浓密有光泽，脸是朱殷红，冠是鹤顶红，只只精神，它卧在稻草里，主人抚着羽毛，人鸡安详。有人来看，鸡和人一齐仰头望，眼神清澈无辜。它们旁边是咸菜，摊在竹篮里，底下垫禾秆，竹篮周围一片醇香。咸萝卜、头菜、梅菜，都是非常香的，洗一下就能直接吃了。

又有柴，一担担的，树枝和劈柴。也有木炭，生了孩子要使木炭烤尿片，一盆炭火，上头架只竹筐，尿片搭上，白气薄薄升起……有时能望见月亮草，想来是因叶圆，故称月亮，茎叶又有层细密的灰白绒毛，是毛茸茸的月亮。糠摆在柴和炭旁边，有粗有细，细的是细糠，粗的就是粗糠。

熟菜是烧猪肉、烧鸭、叉烧、扣肉，案前案后都是肉香。二十世纪七十年代只有一种熟菜，就是烧猪肉，剁上一小坨，在闪着油光的秤上称了，用宽大的桐油叶裹着带回家，皮是黄脆的，肉是白的，每个孩子分上两片。鱼，放在浅浅的脚盆里，也放木桶，但木桶太深，不如脚盆一眼可见。塘角鱼至生猛的，半死不活从未有，精气神永远饱满。黄鳝不爱动，在水里深思。另有鲫鱼、鲤鱼及鲈鱼，圭宁的鲈鱼不是别处说的鲈鱼，而是胖头鱼，叫大头鲈，一种头特别大的鲢鱼，闻讲在广州，这种大头鲈就是吃头的，剁下头来卖，鱼头贵过鱼身。塘角鱼清蒸，鲤鱼鲫鱼切成块煎，或者先煎一下，再加姜、酒和水焖透，叫炆，比红烧更原味。大头鲈直接加水炖汤，放两只红枣，汤甜鲜美。

那时径样样没有，唯有豆腐例外。即使在乡下外婆家，拿了黄豆就去豆腐房换，或者自己做，用村里的大石磨磨黄豆，豆粒泡得肥肥胖胖，放入磨面的细圆孔，推磨，磨嘴出来，变成豆浆和豆渣，豆浆煮开，稍晾凉，点石膏就得到豆腐脑，用大石头隔棉布静压脱水，则成豆腐。在县城，卖豆腐的地方永远有十几块石头，有两块石头就是我和吕觉悟的。它代表我们排队。早上六点钟，天刚蒙蒙亮，我们就结伴排队买豆腐。到地方一看，昨天我们的石头还在呢，柚子大的青石，是我的，半截赭红砖头，是吕觉悟的，我们把石头放进队伍里，就算是排上了队。（与正文互见）

车衣佬、车衣婆：裁缝。缝纫是书面语，北流讲车衫，车衣，裁缝就是车衣佬、车衣婆。沙街口曾有只车衣铺，铺里有只车衣婆，姓叶，我已全无印象，吕觉悟倒还记得，她在沙街住的时间比我长。圭宁县城的车衣铺集中在街顶。母亲大人说："去街顶找人度（念 duo）身置件新衫畀你先。"这就意味着，我快有新衣穿了。（与正文互见）

臭珠：卫生球。

臭哼哼：臭的加强语调。

豉油：酱油膏。北流有道小吃，蒸肠粉，须用豉油熟油淋。肠粉的馅不腌，味淡，上来趁热，要豉油熟油淋。

从细：从小。

从晚夜：昨晚。

吹耳鬼窟：咬耳朵。

炊馒头：蒸馒头。

成夜：通宵。

出眼泪水：流泪。

出月：满月。

船厂：沙街码头河的对岸，正对面就是船厂。是造大木船的，木船要用沥青涂船底，加热沥青的气味漫过北流河传到沙街。有天晚上看见对岸加班，有一盏灯极其耀眼，白亮白亮的，据说那就是汽灯。船厂造出一艘机帆船，叫东方红1号，下水之后，机器突突地响，那是我第一次看见装了机器的木船。试航了，领导说，这次试航是开到大木桥那边转一圈就开回来，仍开回到码头，欢迎大家上船荡一下，于是我从码头向船板奋力一跳……

D

搭捎、搭渳：搭话。打断别人的谈话，搭一句进去。

到晏：午后。

颠佬、颠婆、颠妹、颠仔：疯子。

肚裸：肚脐眼。

肚屙、屙烂屎：腹泻。

督：量词，一督屎、一督尿、一督痰。

督针：扎针。

独头佬：单身汉。

打阿时起：从那以后。

打水片：打水漂。

打鸡针：也可称之为"鸡血疗法"，二十世纪六七十年代流行。抽出新鲜鸡（最好是小公鸡）血，注射到人的静脉中（一说肌肉注射）。据说这种方法能治多种慢性病，对高血压、偏瘫、不孕症、牛皮癣、脚气、脱肛、痔疮、咳嗽、感冒等都有治疗和预防的作用。

一日，我们医院的孩子被喊去集中，到了就见注射器和消毒包摆在乒乓球桌上，地上有几只公鸡，颈尾的羽毛墨黑金黄暗绿，身上闪着光，只只抢眼。大人们捉了给公鸡抽血，涂上酒精消毒，一针下去，沉甸甸一管鸡血就抽出了。我们吱哇乱叫，四处逃窜，比鸡飞得还快。医院的孩子们本不怕打针，我们身经百战，见过世面且热爱科学，但打鸡血实在太诡异离奇，鸡的血，为咩要打到人的身上呢，无系要让人变成鸡咩？（与正文互见）

淡别别：淡。

读白水字：读错字。

大褛：长衫。

氮肥厂：曾是县里最耀眼的国营工厂，海宝的原单位。二十世纪九十年代卖给个人，工人遭散，至二十一世纪，工厂渐废弃。二十世纪七十年代我高中暑假去氮肥厂做过散工，氨水池就是我们那时建的。有次回来，吕觉悟让妹妹觉秀带我去看，整个工厂已然是残骸了，氨水池散发腐水的臭气，架空的管道锈迹斑斑，大片大片的锈片支棱着，随时要掉下来，一排排洗澡间的木门歪斜朽败（想当年在厂里洗澡是极好的福利），里面有干掉的大便。废弃的厂区举目尽灰色，灰扑扑的高矮、软硬、方的长的、扁的圆的，水泥墙、带坑的厂道、屋顶、窗、树草、干掉的水池、杂草丛生的花坛……灰得静寂。正是下午五点多，厂房上空铁灰的厚云忽然裂开一条隙，一道异常耀眼的艳炽金光照在这片死去的废旧厂房上。

氮肥厂现时变身为一片密密麻麻的住宅，那就是圭宁的安居工程，安居房和廉租房都在这里，只见一片光秃的房屋，没有树。（与正文互见）

抵手：便宜、划算。是母亲大人用得最多的词。但凡我说要在网上下单来一个番茄炒牛肉、番茄炒鸡蛋，她就觉得极不抵手，若是买鲜花就更不抵手了，她愿意去店里，钟意与人讲价，讲价讲下来，内心爽快。

抵得住：忍受。

第二世：下辈子。

啲嘢：这些东西。

对岁：周岁。

对岁酒：周岁酒。

地豆米：花生米。

屌咳人：骂人。

顶颈：顶嘴。与长辈顶撞。

咚脚：跺脚。

大蟒蛇：吕觉悟记得沙街有畜牧站的蛇仓，有多条大蟒蛇。有次，一条大蟒蛇溜出来。吕觉悟的外婆说，这条大蟒蛇本来要成精了，结果着畜牧站捉住，成不了精，它不甘心，就跑出来。我问米豆记不记得蟒蛇，他说记得。有关大蟒蛇我全无印象。

E

耳鬼旁：双耳旁，单耳旁。

F

妇娘：妇女。

妇娘妹：女孩子。

妇娘鲫：娘们儿。

番：量词，一番被、一番蚊帐。

发腾颤：发抖。

肥讷讷：肥滚滚。

飞鼠：蝙蝠。

蜚蜚拂拂：形容快。

防疫站：龙桥街18号，是最早有记忆的住处。记得自己穿着开裆裤蹲在门口的一堆沙子前，好像屙了一泡尿，一个大人行来，讲："跃豆，你知未曾，明朝日你要去幼儿园了。"记得在防疫站宿舍，我塞一只龙眼（是广眼，特别大，乡下舅父带来的）入嘴，被爸爸打，那时我三岁，地上是松动不平的灰砖。（与正文互见）

粪坑：北流县城管厕所叫粪坑。想到臭哼哼这个词，我总会首先想到医院平房对面马路的公共厕所。公厕不是医院的，属县城环卫队，泥砖墙，墙皮脱了一半，与乡下猪圈不相上下。房子矮且窄，有大半在公路以下，远看近看，像只泥碉堡。泥碉堡里有两只蹲坑，一边男一边女。隔几日有一老头打扫。蹲坑也是泥的，没有水泥也无砖，便坑亦浅，前一个人的排泄物赫然在目，未经发酵的粪便臭气难忍。医院里干净体面的人也只能上这个厕所，他们走出厕所后总要在杨桃树下站一时，仿佛窒息之后需自我复苏。坡坎旁边有禽大杨桃树，叶丰茂，杨桃是甜的。传说1949年有匹马埋在树底。

上这个厕所要穿过玉梧公路，衣袋里揣着幅纸，身上憋着情况，从家里出来，半分钟穿过操场走到马路边，迅速向两边望，穿过马路，落一只斜坡，这才到。

无论冬夏，我都不愿上这个泥厕所，我宁愿走更远的路，上我们医院自己的厕所。揣着大便纸，穿过操场，再走过旧产科门前的空地，到另一个院子，那里有放着乒乓球台的门厅，有大芒果树，有许多台阶上上下下，有走廊和阁楼，有天井，有会议厅，有推笼门和月门，我一一经过它们，还要经过我们班数学老师的家，他妻子是医院护士长，他有时在吃饭，我要像闪电，飞快穿越他家门，如同穿越敌方封锁线（直到2016年我才知道这里是铜阳书院旧址）。

越往前方，福尔马林的气味就越浓，越来越浓，终于，医院厕所到了。厕所地形奇特，三面环山，当然山不是山，而是留医部、太平间和晾衣场。面向厕所，右边是留医部，大门没有门扇，永远不关，面对宿舍区敞开着，那是一个惊险的禁区，一门之隔，有无数细菌。细菌们爬满了留医部的树木、篱笆、石桌椅、门窗和地上，且在空气中飞来飞去，谁也看不见它们，但我能看见，我不用显微镜也能看见，它们有时像针尖那么大，有时又像老鼠那么大。母亲大人讲，结核病菌最难缠，我便望见它们一个个瞪着眼睛，面露凶光。我路过留医部门口的时候连看都不看一眼，我感到张望一下都有危险。我屏住气，不呼吸，飞快冲过去，站在厕所门口心里总是怦怦跳，吸进一大口气，福尔马林消毒水的味道顷刻进入五脏六腑，厕所里的那只大水缸，一缸乳白色的消毒水里浮着一只长把木勺，如同定海神针。

神未定，洗衣场那边的气味，混合着蒸汽和肥皂气，在左边。大木盆大木桶，病人穿脏的衣服和床单，细菌堆积，连蒸汽和肥皂和消毒水都是脏的，细菌怕蒸汽吗？怕碱吗？怕专门杀它们的消毒水吗？它们什么都不怕，成堆成团，所向披靡，洗衣场也许正是它们的天堂呢！那里的草特别茂盛，比人还高。

比起太平间的尸体，细菌虽可怕，但从未现身，因而，甚至带有某种童话色彩。太平间则不同，它阴森、恐怖，跟鬼连在一起却又比鬼更具现实性。活生生的人死了，变成了尸体，永远也活不过来了，摊在太平间，面色发青，一动不动，将被放入棺材，埋在地下，肉身会腐烂，骨头会留下来，留下来的骨头将会被亲人捡到坛子里，第二次埋葬。灵魂变成鬼，在世界上飘呀飘。

太平间就对着我的后脑勺。它在厕所的后面，是一间平房，也刷了石灰浆，也脱了墙皮，露出里面的泥砖，像一个恶人龇着牙。它其实不紧挨着厕所，单独围了一个很大的园子，园子里有一棵木瓜树，高而瘦，在马路就能看见，那上面常年结着一圈木瓜，但没有人捅来吃。还种了菜，在离太平间最远的一角，贴着墙根。有两垄地，种的是芥菜还是白菜，隔着老远看不清楚。总之是绿色的，高的高，矮的矮。（与《致一九七五》互见）

饭燋嘞：饭糊了。

饭燋：锅巴。

戽斗旁：单耳刀。

腐殖酸铵：一种驼褐色的汁液，气味类似塑料。高二那年我们班忽然接到任务，要在学校厕所里制造腐殖酸铵以做肥料。

这是教育革命的实施，化学课的教学内容和考试成绩。每到化学课和劳动课，我们就扛上锄头，去厕所后面挖坑。坑挖成，再弄来禾秆铺在坑底，到纸厂担来废水沤稻草。沤了一个月后，化学老师宣布说，经过化学反应，腐殖酸铵已经制成，可以当肥料了。我们用铁锹把坑底的稻草拨弄上来，但，化学反应没有发生——稻草非但没有沤腐烂，反倒更鲜艳挺拔，像是刚刚从稻田割回。又再看废水，废水也仍是原先的废水，它没有变成别的什么，望之更黑，一种茶黑茶黑的颜色，还漂了层锈。在下一个劳动日，我们把茶黑色的水一担担挑到田里并倾倒在禾苗中间，水田变成了褐色，仿佛污染。（与正文互见）

返屋企：回家。

封包：即红包，小城的礼数。每次回去，要奉母命给人发封包，只要是在家族这棵树上的，管它枝枝杈杈，见面就要发，不然呢，母亲就没面子。

G

嗰哒：这里。

嗰啲：这些。

嗰啲嘢：这些东西。

革硬：勉强。

过位、过世：死了。

蛤（gup）乸：青蛙。

钩刀：柴刀，我们下乡时上山打柴就是这种带钩的柴刀，钩着柴草砍，以砍为主，并不是割。

柜桶：抽屉。现时一直还是用柜桶，抽屉这个词没有替换掉。

光窗：窗户。

狗屁虫：椿象。

狗爪旁：反犬旁。

怪冇之：难怪。

怪得之：难怪。

古月：胡椒。我外婆吃粥和汤都要特意放古月粉，古月细细圆圆的，浅灰米白，外婆要用一个木槒把它捣成粉末。我到了上大学才知胡椒粉即古月粉。

骨明菜：决明菜。据说此菜可明目，一般用来做汤，用鸡蛋，用猪肝那就最好。好像也叫枸杞菜，有刺。

鼓眼：瞪眼。

寡母婆：寡妇。

寡公佬：鳏夫。

鬼佬：粤地称外国人，我的小学同学陈子瑛是归国华侨，高中毕业后，有次他寄来了照片，照片背面注道："这是祖父在加拿大开的餐馆，有很多鬼佬来吃。"陈同学早已失联，无人知其下落。

鬼婆：巫婆。

麻骨：麻秆。

棉花子：棉桃。

跟手：马上。

跟尾：后来。

噉咽：这样。

咁上下：大概。

共：什么与什么。

贡起身：爬起来。

隔篱邻舍：邻居。这个词挺有趣，隔着篱笆，隔篱邻舍。

掰手：联手。

过路电影：往时的胶片电影，胶片装在一只圆铁盒里，从一地运到另一地。路太远，一天不能到，要在中途的某地停留一晚。这暂留一夜的胶片就得截下来，在这过路的电影院放上一两场、两三场，甚至三四场。视观众的热切程度而定。第一场六点四十分，第二场八点半，第三场十点十五分。这个时候，全县城的人都聚集在礼堂门口，人头攒动鼎沸。有票的没票的都来，这是小县城盛大的社交。

我印象最深的过路片是《智取威虎山》，十六毫米的胶卷，画面小小的，看得有些吃力。

H

好彩：幸亏。

火起：生气。

火水：煤油。

火水灯、火水炉：煤油灯、煤油炉。我们幼时把红豆捡来放入煤油灯盏，红豆就变成了火水豆。那时公园有红豆树，傍晚去公园捡红豆回来正是点灯时分，红豆放入煤油灯盏，经过折射，经过变幻不动的光，颇有些奇异。

以前东门口杂货铺有卖火水的，拿一个竹筒量，杂货铺样样都有卖的，幅纸、糖、酱油、豉油糕、笔和纸，等等，入去闻到一股火水味。

火廉：火焰。

火弹涝：锅烟子、厨房的烟、挂在墙上的烟。

黄蜂灶：蜂窝。

黄犬：蚯蚓。

黑笰笰：黑咕隆咚。

滑挬挬：滑溜溜。

后底罱：后母。

后尾：后来。

花面佬：麻子。

合心水：满意。

互见：图书分类学专有名词，我在图书馆有两年是在采编部，负责图书分类，经常要"互见"，一本书，分在了历史类，但也与经济相关，于是互见。做两个卡片，历史类经济类各一个，这样，检索的人无论在历史类还是在经济类都可以找到这本书。

据网络："互见法"是《史记》常用的方法……《史记》特别注意人物形象的统一性，既为了不伤害这种统一性，又能忠于史实，在一个人的传记中表现这个人物的主要的经历和性格特征，以突出其基本特点，而其他一些不宜在本传写的材料安排到别人的传记中去描述。这就是苏洵所说的"本传晦之，而他传发之"的方法。

我这里是两边都不晦，都可见。

J
鸡乸：母鸡。
鸡嘴椒：朝天椒。
鸡滋：鸡皮疙瘩。
鸡冠花：到了上高中，我已经知道真正的鸡冠花是什么样子的了。但，幼儿园时我和吕觉悟认定另外一种花才是鸡冠花。有椭圆的叶子、竖着三角形的花朵、黄色、花瓣紧闭，只有指甲盖那么大小，干净、光滑而且精神，我和吕觉悟便把它命名为鸡冠花。这种鸡冠花只有我们班少数几个女孩才知道。那真正的鸡冠花未被我们命名，所以它们从来就不是鸡冠花。
鸡婆：妓女。远照去广东湛江别人的诊所当坐堂医生，有人来做人工流产，她就要叫高价，说"反正渠本身就系鸡婆啊"。
几耐：多久。
金包铁：金环蛇。
金针菜：黄花菜。似乎金针菜是湖北的叫法，我问海宝，海宝说好像就是叫黄花菜没叫金针菜。黄花菜，我们是吃的，做汤。今天端午节，忘忧草到处开，盛开时不像碗里的黄花菜，蔫时倒像了。晚上注意了一下，夜里忘忧草全都闭合了。
今物：今天。
绞米机：碾米机。
夹生饭：生公饭。
接膀头马：接人梯。
杰屎忽：撅屁股。
尽督：尽头。
紧火：这件事要紧了。
焗茶：泡茶。
旧年：去年。
旧米：陈米。
旧时：从前。

旧时的大兴街：北流的一条街，从水浸社一直上，顶头便是。我母亲叫它街顶。往时有旧电灯局、单车零件厂、饼干厂，十一仓，卖面条的。十一仓向前是十二仓，右拐，鹩哥岭。有同学讲：旧时大兴街是街顶到街尾，不包括俞家舍这条街。旧电灯局也属于大兴街。现在大兴路拓展到十二仓脚。又有同学讲：真正的大兴街就是指街顶至现在的火炭街即俞家舍这条街，这条街靠近河边，原来运输是靠水路的，这条街生意就很兴隆。吕觉悟讲：旧电灯局是在北流河边十二仓附近，周边有钟姓、苏姓土著人家，我们的数学代课老师钟玲家就在厂大门对面，厂址应该是旧社会私营企业家即新社会成分为资本家的豪宅庄园，内有宽敞明亮的大堂、数栋楼房，楼距间有花园，红木家私随处可见。吕觉悟六岁前住旧电灯局，那时"文化大革命"还没开始，她父亲是旧电厂厂长。周世珍老师家住的那条街叫大兴街。（与正文互见）

嚿：一坨、一块。

鸡毛扫：鸡毛掸子。

监犯佬：囚犯。

架势：神气。

K

开囊裤：开裆裤。

开诽收费：开票收钱。

开古：公开谜底。

开眼：睁眼。

岿倒：倒闭。

裤囊：裤裆。

抠头：低头。

控哈：咳嗽。

廓：垫。

葵埌扇：蒲扇。

L

瀬尿：尿床。

赖埃：脏。

老鼠药酒：南宁乡下有种药酒，用未长毛的老鼠幼崽浸成。用来治筋骨扭伤、关节炎。梁同学说：他家里以前也泡有，用刚出生还没睁眼的小老鼠放高度数的米酒浸。他外公往时系骨科医师，自己家开诊所，在七几年前有点名气。后来年纪大了就不做了，八几年时过世了。可惜他的医术没人接手，失传了。（与正文互见）

烂仔：亡命之徒。

老鼠肉：我吃过两次。一次是小时在沙街，妇幼保健站宿舍，一只又大又肥的老鼠从天井飞跑而过，一眨眼消失在墙缝里。李阿姨家的保姆七婆飞快拿来禾秆堵上，她点上火，潮湿的禾秆浓烟滚滚，她又用葵扇出力扇烟，一只粗肥的老鼠就被她擒获了。七婆拎着老鼠尾巴，意得志满到水缸旁边割老鼠头，又剥光整只鼠皮，再切成一小块一小块的。（与正文互见）

另一次是我大学毕业分到广西图书馆，我们的宿舍在两排平房中的一间，三人合住，紧挨着办公楼。当时各家没有单独的厨房，都在过道炒菜，一日，主任的妻子在走道炒老鼠肉，闻着很香，她给了我一块尝尝。她的厨艺比七婆更胜，老鼠肉吃着像炒鸡肉。

老举婆：妓女。

笠帽：斗笠。我一直意识不到，《红色娘子军》里的《万泉河水清又清》，第二句，"我编斗笠送红军"所说的斗笠就是我们的笠帽，因形状到底有些不同，斗笠是尖的，我们的笠帽是圆顶。《万泉河水清又清》作为一个群舞，极适合表演，从校文艺队到高中的班级节目，一直到插队之后的公社节目、大队节目一直都有，八个女生，排成两排，六个也行，一排变成两排，最后有一个圆，"红区风光好、军民一家亲"，就是一个圆向着中心扬起斗笠，左腿单腿站立跷起左腿。那种抒情曲调，我还时常想起。笠帽是日常生活中最常见的，出门戴笠帽，日头大、下雨，既挡雨亦遮阳，家家户户，墙角米缸盖，都摊有几顶笠帽。人手一顶。

荔枝：从前我觉得只有大荔枝树老荔枝树才算是荔枝树，我也以为只有老荔枝树才能长得出荔枝。这样一来我认可的荔枝树就极其有限，一是医院平房宿舍过了马路对面的大园，罗明艳家，她家有几簷大荔枝树；再就是我插队的竹冲，知青屋后窗有几簷大荔枝树。此外就都不算荔枝树了。哪怕县荔枝场，哪怕我们每到荔枝季都要使锑桶买两桶荔枝场的便宜荔枝（好像是几分钱一斤）回来全家吃，有次我去荔枝场，看见那里的荔枝树簷簷都矮，我心里是看不上的。谁想到后来荔枝树那么多，城里居然有一个荔枝公园，那里荔枝树倒挺多，也够大，但肯定并不老，也都开满了黄色的荔枝花。可惜荔枝已经烂大街了，太多太多了。

渌：烫。

渌脚：烫脚。

碌：一碌蔗、一碌电池、一碌木。

蔢：一蔢，一瓣一瓣。

陋嘢：次品。

唥衫：毛衣。

隆背：驼背。

脷田：舌头。

立立乱：零乱。

捞佬：称北方人。

捞妹：北方女孩子。"记得宁夏省女篮来我们学校冬训冇？阿啲捞妹。"吕觉悟说："记得在，阿些年我们小县城外来捞妹不多，镇中突然来了一拨皮肤水嫩红白高挑美捞妹觉得很新鲜，总找机会去礼堂过眼瘾。"泽红说："看宁夏女篮队员从身边走过，好像看巨人，有泰山压顶之感，仲去灯光球场睇佢地打球，把本地队打得稀里哗啦的，广西没有身高顶不住。"宁同学说："系呗，睇来靓仔靓妹大家都喜欢，我自亚时，日日去灯光球场睇，就暗恋了几个，高大白皮红粉。"（与正文互见）

螺丝批：螺丝刀。

蛯螆：蜘蛛。

蛯螆膜：蜘蛛网。

蜘蛛，无论如何想不起来细时如何叫的。查粤语翻译软件，是叫蠄蟧。依稀想起，好像北流是叫蟧蠄。蟧蠄、蟧蠄，是蠄蟧二字倒过来。还是觉得不太像。到初中微信群问，吕觉悟说，蜘蛛，是叫蛯螆（lao zhao）。

簕：荆棘、刺。这个词查百度，是竹刺的意思，在北流所有的刺都叫簕，鱼刺、竹刺、草刺。在医院宿舍时，屋背多有簕鲁，削掉边上的簕，可用来编织花轿、鸟、虫子，作为编织材料，比竹篾好用，又软又长又韧，还有一种叫簕钩枪，嫩时可用来炒鸡蛋，在塘边至多。今时酒店仍有这味菜。

嘡眼：晃眼。

攞返去：拿回去。

另倾：另外。

灵醒：精明、聪明、机灵。

萝卜：冻疮。

萝卜手：手上长冻疮。

萝卜脚：脚上长冻疮。

落水蒙：下毛毛雨。

乱笅邋：乱七八糟。乱趴拉：乱糟糟。

轮阵：据赖诗人讲，北流人讲的轮阵，有很多意思，比如，一个人糊糊涂涂，没头没脑，把事情办砸，就说"你真系轮阵咯啰"。又如，有人做坏事，惹是生非，就会说"只嘢真系轮阵"。另外，形容一个人不成器，不懂事，也说他轮阵。

呤：说。呤给别人听，说给别人听。

M

麻呢嬲：麻雀。

　　据网络知道，麻雀有多种别称，霍雀、嘉宾、瓦雀、琉雀、家雀、照夜、麻谷、南麻雀、禾雀、宾雀、厝鸟；客家人称之为屋角鸟、屋檐鸟、壮阳鸟。但未闻有称麻呢嬲的。

马尾松：似乎我只在北流看见过马尾松，直到第二次去香港，才在联合道公园看到大的马尾松。北流的马尾松有三处，一是北流河对岸的陆地坡，沿河全是大马尾松，船厂周围、萝卜地周围都是大马尾松。马尾松其实不像松树，它的树干是直的，它的叶子所谓松针是软的，不像真正的松针那样坚硬闪闪发光。县幼儿园也有马尾松，我2016年回去还看见了。再者就是从县城到民安公社、从东门口去菜行的公路也全是马尾松，这两段段是同一条路，玉林到梧州的公路，叫玉梧公路，可以一直开到广州。

马尾松两两相向，构成一个绿色的隧道。我从县城骑自行车到民安公社六感大队，就一直在这样一条绿色隧道中骑行。

孭（miē）：背，背孩子。"孭俫"，背带，"孭带"。今时还一直用，二十世纪八十年代我写短篇《从河边到岸上》，就不知有"孭"，只能用背带、背带河。其实一直不觉得贴身。这个孭，往时只知音，不知形，查了一下，音相似的有乜、咩、蔑、灭……，当然都不是，又找了北流李芒著的《北流话研究》，找到了这个孭字，但我的电脑输入法字库没有，之前也有很多写不出来的字，上百度查，两个偏旁合在一起，百度可查得。看到汉语拼音标的是 miē，这才算稳妥了。

乜嘢时径：什么时候。

跍：蹲。一直以为此字是很土的，没想到真有，大概算是古字吧。一般老师课上课下都会用比较正规标准的词语，数学老师兼过一年班主任，有次带我们劳动，种甘蔗，他说："阿几个男生跍在阿呲做咩？企起身！"

焖：形容物品脆而易损坏。如"铁线生锈了就很焖，一掰就断。""啯种布太焖了，一扯就烂。"

焖哔：人容易泪点低，易哭、脆弱。如"米豆只人特别焖哔，动不动就哭"。

犸狉：猴子。

明朝早：明天早上。往时妇娘婆婿聊天倾偈，各回各家时说"明朝早见蛤"。现时说"拜拜了喔"。

明朝日：明天。

睇、瞄：看。

唛头：长相，往时总闻人叹，讲"海宝唛头几正的"，说海宝长得端正体面。

买嘢：买东西。

搣毛：拔毛。

沕水：潜水。"歆只沕得至耐久歆只人就至犀利。"谁潜水潜得最久谁就最厉害最牛。

米唛：量米筒。

木头鬼、木头勾：木偶戏。往时北流街时常有木头鬼，东门口也有。后来插队，在乡下反倒没见过木头鬼。近时北流文友小吉发来一个北流六靖木偶戏的视频，有三只木偶，一个人同时扮演三个木偶的角色，又唱又舞，腔调好听，有激越之感。与往时印象颇不同。

小吉是北流上里人，北流分为上里和下里，上里和下里口音不同，城区属下里，南部山区属上里。小吉说：我们那都叫"木头偶（勾）"，也叫"鬼戏"，小时常常跟大人去睇鬼戏。"鬼"字不是念第三声，是念第二声的。我哋细时，跟大人搬只矮凳去。

也叫"鬼头戏"。表演时叫"舞鬼头"，小孩睇戏打瞌睡时大人会提醒"你快睇，舞鬼头舞得几好睇嘅"。可能"鬼戏"即从"鬼头戏"简化而来。可见，木偶在我老家叫"鬼头"。

戏的名字就不知道了。但小时候睇过里面有程咬金的鬼戏。

猫毑：母猫。

母花：雌花。

跍监：坐牢。

木薯：本地常见薯类。据说木薯有毒，但我们都知道，其毒，在中间那一条薯芯。而且煮熟就没毒了，若要炒来吃，必须漂一整日。

猪油炒木薯：同学议论说，生的木薯切成片，放一点葱段。不知是不是猪油炒，可能是，因花生油定量供应，各家油水严重不足，猪油补充。那时的木薯煮熟要清水漂一天去毒，再炒，用什么油都得，反正木薯不能生炒，有毒！一定要煲熟漂过才能炒吃。

据百度知道：木薯的确有毒。木薯是一种生氰植物，其植株各器官中均含有2种生氰糖苷亚麻苦苷和百脉根苷，其中亚麻苦苷占95%左右，是主要生氰糖苷，一旦这些生氰糖苷与细胞中的β-葡萄糖苷酶水解酶接触，即可发生酶促反应，快速产生有毒的氰化物。

埋地雷：在公共场所屙屎、拉大便。
冇谂：不想。
冇识：不会。
冇够喉：没吃够。
慢慢磨磨：磨磨蹭蹭。
慢磨：磨蹭。

N
男子佬：成年男性。
男子仔：男孩子。
喃斋、喃麼：做道场。
南乳：豆腐乳。
溺起：提起。
你哋嘎啲：你们这些人。
侬公书：小人书、连环画。
尿螆：水蛭，蚂蟥。插秧下水田经常会有尿螆吸在腿上，揪也揪不下来，这时候要用一根头发丝刮它下来，下来之后还活着，就要烧。女生都怕尿螆，唯独我不怕，敢用手捏。
嬲，发嬲：生气。
恼，好恼：很不喜欢，生气。
谂：想。
谂起身：想起来。
谂计：想主意。
牛骨：调皮。这个词用得不多，经常用的倒是伦阵。
牛屎虫：蜣螂。法布尔《昆虫记》说的圣甲虫就是它。

蜣螂，俗称屎壳郎，属鞘翅目金龟甲科。体黑色或黑褐色，大中型昆虫。蜣螂能利用月光偏振现象进行定位，以帮助取食。有一定的趋光性。世界上有

2万多种蜣螂,分布在南极洲以外的任何一块大陆。最著名的蜣螂生活在埃及,有1厘米~2.5厘米长。世界上最大的蜣螂是10厘米长的巨蜣螂。大多数蜣螂营粪食性,以动物粪便为食,有"自然界清道夫"的称号。

P

翩:量词,株;棵。方言读po,现在还用。我们从不说"棵"。

碰彩:碰巧。

婆嫲:老太婆,声调不同分别表达厌恶和喜爱,第二声是喜爱和尊敬,第四声是讨厌。

菩萨遮:菩萨鱼,即中国斗鱼。浅褐色,有淡淡的红色与蓝色条纹。

喷鸡蛇:眼镜蛇。

劈沙包:扔沙包。

怕丑草:含羞草。

据百度百科:含羞草,为豆科多年生草本或亚灌木,由于叶子会对热和光产生反应,受到外力触碰会立即闭合,所以得名含羞草。又称之为感应草、喝呼草、含羞草、知羞草和怕丑草(粤语)。原产于南美热带地区,喜温暖湿润。

拍死狗:始终没搞清楚这个词的准确含义,在初中群发了个帖,连吕觉悟也不知道。

铺:弄两铺扑克(玩两把扑克)。

Q

跂、企:站。

企理:整齐。

七叶一枝花:中草药。小学时学校组织上山采中草药,出发前班主任庞老师在黑板上画了七张叶子和一朵花。据讲极神奇,七叶一枝花,它不是简单清热解毒消肿止痛,竟治得流行性乙型脑炎,还医得好胃痛、阑尾炎、猪红腮。不久前我在初中群里问小学同学吕觉悟,她还记得此事。

据百度知道:七叶一枝花,为百合科重楼属的植物。别名蚤休、蚩休、重台根、整休、草河车、重台草、白甘遂、金线重楼、虫蒌、九道箍、鸳鸯虫,枝花头，螺丝七、海螺七、灯台七、白河车、螺陀三七、土三七，又名七叶莲。有清热解毒，消肿止痛，晾肝定惊之功效。用于疔疮肿痛，咽喉肿痛，蛇虫咬伤，跌扑伤痛，惊风抽搐。分布于华南、华东、西南及陕西、山西、甘肃、河南、湖北、西藏、江西、广西等地。

青头妹、青头女：处女。

青头仔：处男。

7211小分队：一个有围墙的大院子，最早住过海军陆战队。7211小分队二十世纪六十年代还在，除了叫7211，还叫民警队。院子门口有方形砖柱，种有葡萄，我和吕觉悟对民警队的两样事物抱有极大敬意——罕见的串串葡萄，同样罕见的海军陆战队士兵。

前物：前天。

前世有修：前世不修。人有残缺或遭到灾难，街上老太太就会说，前世有修啊前世有修。认为是上一世没有修好，此生落得报应。

千祈：千万。

倾偈：聊天。

虔诚：干净，干干净净。

起肉蚊孖：起鸡皮疙瘩。

圈之：暂停。小时经常用，在游戏中奔跑，忽然站住，圈之，停。这个词本来完全忘记了，是吕觉悟在微信中说起。大家聊天，吕觉悟说圈之先，意思是先暂停。

娶新娘：娶亲。

簟箩：竹编的大箩筐，用来挑粮食，当然挑红薯萝卜马铃薯都可。我插队时送公粮，就是用簟箩挑谷，别人都挑一百斤，别的知青也挑八九十斤，我挑八十斤无论如何都站不起来，最后只能是小半簟箩，那是最艰苦的一次出工。用簟箩挑谷，要翻过两座山坳挑到公社粮站去，上坡下坡，总觉得道路连绵不断没有尽头。幼时在外婆家，我舅舅也是用簟箩担我弟，从香塘走到清水口搭班车回县城。我跟在簟箩尾一路行，记得过了一条河，河边有两丛高高的竹，竹梢一直弯到河面。

蠄（北流音kem）薯：蟾蜍。

去南洋：死了。

渠哋：他们、她们、它们。

汽灯：非常白、非常亮、非常晃眼，像马灯一样的灯。夜间我在沙街看对岸的船厂施工，似乎看到过汽灯。另外就是高中时，在一处生产队的晒谷场上看演出，就是用汽灯照明。但我从来不知道汽灯的汽是什么，真的是烧汽吗？终于还是查一查百度。原来汽灯是烧煤油的,这才对了。

那一次不知是哪里来的杂技班子演杂技,最后一个节目有人拿两个手轴,手一展,出来两幅字,一幅是向××同志学习,另一幅是向××同志致敬。红布的底,黄颜色的字,是用宣传画颜料写上去的,红布有点旧也有点脏。这两幅标语被人用手举着绕场一周,它在空中缓缓飘动离地三尺。(与《致一九七五》互见)

> 据百度知道:汽灯在外形上和马灯有些相似,但二者的工作原理不尽相同,所以在具体构造上也有一些差别。首先汽灯在装上煤油以后,还需要向底座的油壶里打气,以便产生一定的压力,使煤油能从油壶上方的灯嘴处喷出;其次,汽灯没有灯芯,它的灯头就是套在灯嘴上的一个石棉做的纱罩;再次就是汽灯的上部还有一个像草帽檐一样的遮光罩。汽灯由于是汽化燃烧的原因,照射出来的灯光是白晃晃的,亮度非常高。

R

热头水:太阳雨。

软饭:烂饭。

软笪笪:软塌塌。

肉碎:肉丁。

认真谂:沉思。

入暗:傍晚、黄昏。

入吃:相处和谐。"这两个人不入吃的。"

S

是非婆:长舌妇。

虱㜮:虱子。

散卖:零售。

睡宴:午睡。

熟过佁:熟过头。

收鸡锓:捉迷藏。

树秧:树汁。

松秧:松脂。

蛇仓的蛇:就在沙街畜牧站。大蟒蛇在铁笼里,我伸手指去摸过,蛇冰凉冰凉的还有点湿漉漉。吕觉悟说，应该不是本地抓来的蛇，是中转站，外贸车经常走苍梧—梧州线。水运社也是走圭宁—梧州线水路。

水坝：河坝。体育场下面的沉鸡碑就是西河的河坝，往时砍头就在这里。

水鱼：鳖。

水鸡唛：水烟筒。

塍：堤。田塍，以前看书只看到"田埂"，没有"田塍"，后来发现可以用"田塍"。

晒爽：晒干。

爽逗：有趣。

爽：干，衣服晾干了，"衫裤晾爽了"。

熟鸡：阉过的公鸡。外婆和我妈经常说熟鸡，过节前后有人带熟鸡来就是最隆重的礼物。

疏捞捞：稀。

瘦杰杰：瘦。瘦杰杰，说的就是米豆。母亲大人点评道："米豆这个人，头脑简单几轻信的，任何人讲任何话他都信。听闻巴马的水医得好糖尿病，他就信了，就讲要跟车去巴马，运几桶水返回。街边碰到个人，讲他肠胃不好，人黑瘦，唆他吃一种泻药，讲要先泻光，再吃补返回。本来就瘦杰杰，一泻歇咃得，渠讲别人系好心，渠就试。一试就着事了，屙屎水，瘦得有成样，眼凹得像只鬼。半粒判断力都有有。"（与正文互见）

生鸡：没阉过的公鸡。

薯菇子：马铃薯、土豆。

沙牛：黄牛，本地牛。

沙梨：本地土梨。

沙虱番薯：被虫蛀的红薯。

松鸡子：松果。以前外婆最爱用，说"俾只松鸡子你"。

怂咽：怎么。

酸咪咪草：学名酢浆草。贴地长的，小小的叶子有三片，倒心形，我们幼时一看见就执来吃，味酸，故命名为酸咪咪草。块根仅小指头大，形似小萝卜。

向来知道块根可入药。沙街码头旁边的小屋住了个老头叫狗屎公，他门口经常晒有一摊嘢，橘子皮槐花酸咪咪草的根部，龙眼核荔枝核还有骨头，嘢分两大类：一类医药公司收，另一类废品站要。有红花酢浆和黄花酢浆，多见的是红花酢浆。

据百度知道：酢浆草，多年生草本植物，全体有疏柔毛；茎匍匐或斜升，多分枝。叶互生，掌状复叶有 3 小叶，倒心形，小叶无柄……全草入药，有清热解毒，消肿散疾的效用。

一直以为只有块根才能入药。

实稳：肯定。

时径：时候。

食饭：吃饭。食饭未曾。

石螺：向来只知田螺，不知石螺，罗明艳说石螺跟田螺差不多，石螺就是田螺，田螺生在田里，石螺生在塘里。石螺瘦长，田螺肥短，石螺的壳色深，近于黑，为螺青，田螺的颜色是青褐，像苤草晒干之后编成的箱箧色。石螺壳厚，田螺壳薄。

薯：形容词，笨。有不少地区用红薯形容人笨，湖北说"苕"，也是形容人笨。

肃灯：熄灯。不知别的粤语地区用不用这个词，我们至今说肃，不说熄。

山冲：山沟。

手袖：袖套。

肾嘢：傻子。

湿漉漉：湿漉漉。

屎忽窿：肛门。

T

天光到黑：天亮到晚上。

题献 M. Y.：本书献辞，M. Y. 密因之汉语拼音。又，MY，我的。多义。

剃面：刮脸。

踢鸡毛燕：踢毽子。鸡毛燕：毽子。我们的鸡毛燕不用鸡毛做，是用纸做的，一张纸对叠剪成穗，中间包一块铜钱，一扎就成了，用鸡毛做的毽子不好踢。

跳大海：跳房子。不知为何叫跳大海，其实与海毫不相干，是在地上画成一格一格的，说是跳格子更准确，我至今记得小学二三年级的时候在防疫站门口跳大海，我一直跳，从第一格一直到了最后一格，一次就跳成功了，英树在旁边看着，一直看，一声不吭，之前是别人跳，不管谁跳，他都在旁边讽刺，直到别人跳砸为止。我认为他对我很关照。英树聪明，知识面广，还会做菜。他是我幼时心仪的男孩子。他家订的《中国少年报》，报纸一到，主要是我和他看。他家又订了儿童杂志《小朋友》，杂志一到，是我和他妹妹英敏看。

田螺炒鸭爪：这个往时没闻讲过，倒是初中群里有人晒了出来。田螺和鸭爪炒，配料有香酥、薄荷、阁楼。阁楼这种配料我也前所未闻，好奇问。王泽红说，阁楼，植物香料，又称贾搂，南宁花园多的是。饭店有贾搂煎猪肉这个菜。

调羹白：白菜。

腾竜货：邋遢鬼。

偷檐蛇：壁虎。

从物：昨天。

突：呛人话，呛长辈。

头梳：梳子。

嗨大气：气喘、喘气。

咷气：呼吸。

咷阵先：先歇会。

听闻讲：听说。

哴到：伤风。

糖榨：榨糖机。

劕猪：杀猪。我未见过从头到尾劕一只猪，但亲眼见到过给猪刮毛前的吹猪。就是那次，我去罗明艳家，望见一头猪摊在地坪，它四脚向天，充了气似的胀鼓鼓，像一个人光身仰面摊在地上，却又比人大数倍，夸张怪诞，恐怖且滑稽。我从此知道劕猪要吹气，叫吹猪，猪脚开只细口，插条竹管，要吹得猪全身胀鼓才好刮毛。

挑缆：翻绳。挑缆最多的对手是吕觉悟，且不说我们幼儿园小学初中都是同班，有一段时间我们在沙街住隔篱，我家门口有骑楼，她家门口也有骑楼，我们经常在骑楼底会合，挑缆，互相探讨如何织成一只线袜。一起看过月亮，有关月亮上有否兔子和桂树，吕觉悟告诉我，那上头只是沙子，还有凹形山，是她爸爸说的，她爸爸知道大海有多深，是十几塘路那么深。

螳蜊：蜻蜓。这个词我有四十多年没用了，高中时就已经叫蜻蜓，不再叫螳蜊。今时想起，似乎螳蜊更像蜻蜓，更像我幼时见到的蜻蜓，下雨之前，医院操场上成片成片地飞。我到体育场练单车，跑道上的蜻蜓也是成片成片地飞，时高时低，高时像是飞进晚霞里。

叹世界：享受。这是极其日常的词，吃过晚饭在竹椅上躺着，就叫叹世界。

甜：并不单纯形容糖的甜、甘蔗的甜，形容鱼汤肉汤的鲜美，也用甜。

睇重：在乎。

睇冇上：看不上。

睇数：买单、结账。

偷荫讲：悄悄说。

W

揾：找。

揾见：找到。

揾拰：恶心。

稳阵：稳当。

蚊蝇屎：雀斑。"泽红虽然脸上有蚊蝇屎，人仲系几好睇啊。"

"我爱你"：1999年，在成都拍电影《诗意的年代》，众人议论，"我爱你"用方言怎么讲。徐星说，就说钟意。的确，方言说"我爱你"非常别扭，这种新词向来不贴身。也无人讲得出口。讲出了也像假的。（与正文互见）

万寿果：北方人说的拐枣。公园有两棵大万寿果树，傍晚时分外婆带我去公园，万寿果落到地上，我就捡来吃。这种果实长得非常奇怪，像蚯蚓拉的屎，灰棕色的曲里拐弯，它有点像卍字符号，它的核竟是在外头的，像豌豆大小。直到上大学，或者更晚我才知道北方也有万寿果，他们叫拐枣。万寿果没熟透时是有些涩的，即使熟透了还没有干也仍然不是最佳。梁同学说万寿果可以泡酒。

> 据百度百科：拐枣，是鼠李科枳椇属植物。别名：万寿果、万子梨、俅江枳椇、鸡爪连、金钩梨、拐枣儿、臭杞子、鸡爪子、龙爪、弯捞捞、蜜爪爪等，客家话叫桔杻……枳椇属落叶乔木，高达10多米……果柄含多量葡萄糖和苹果酸钾，经霜后甜，可生食或酿酒……木材硬度适中，纹理美……

这才知道，我们吃的并不是果实，原来是果柄。植物真是无奇不有。有学者认为，拐枣在地球上已经有五千万至一千万年历史，是地球上最古老的植物之一。古老的植物总是有些古怪的。

万寿果树，大概应该叫枳椇树。

齷：脏。

无系：不是。

无系同……一样咩：不是跟……一样吗。

X

消口：零食。

虾弓：虾。

袭跌：跌倒、摔跤。

向里中行：往里走。

行回头、行翻头：往回走。

行路：走路。

新妇：儿媳妇。

歕吔：哪里。

歕只：哪一个。

塞：重孙。

细婆：小老婆。

香云纱：成长的年代物资极度匮乏，我们也就见识浅陋。有一种衣料叫香云纱，我从未闻。当二十世纪九十年代知道香云纱时，我想起二十世纪七十年代看见过邻居某婆，她穿的就是香云纱。她不光穿香云纱，还闻讲她有只金牙，这我没见到，但我看见她抽一只银水烟壶，还摇一把羽毛扇，而整个县城夏天都是用的葵扇，大大小小的葵扇，为防止葵扇边缘撕裂，还专门要缝一条布边。羽毛扇我只见过两把，一把是邻居某婆的，另一把是小学同学兼插队时的朋友孙晋苗的。孙晋苗后来把羽毛扇送给了我。

某婆身上的香云纱是黑色，做工精细，剪裁合身，看得出，她年轻时身材不错，老了也仍不变。对，香云纱是一种手工制作的特殊真丝，那工艺如今快要失传了吧。

县文化馆：门口有两只石狮子，黑瓦白墙，阔大厅堂，令人猜想它的前世。青砖台阶上去是正面敞开、只有三面墙的阅览厅，有几排报架。左侧一只圆门，满月般好看。月门连接天井，青苔满井长长一溜……窄廊、细门，一路阴凉。细门直通大成殿。红色墙壁的大成殿，门口有两禽高大的油桐树，结桐子。

Y

眼核：眼珠子。白眼核：白眼珠。黑眼核：黑眼珠。

盐谷、生盐：粗盐。

姨遮、夷遮：伞。

一路来：向来。

一只字：五分钟。

宜家：现在。

揖：拿。

硬壳虫：七星瓢虫。

硬颈：固执。

硬施施：硬（指食物）。

鸭菜：水葫芦。这种植物甚凶猛，一眨眼就会堆起来。水生植物，塘里时常有。

野芭蕉：美人蕉。

盐西：芫荽，香菜。

盐罂（ang）：盐罐。

眼流水：眼泪。

油罂（ang）：油罐。

唵先：刚才。

唵唵：刚刚。

阴：冰冷。

有队：有伴。

尤加利树叶：大叶桉的一种。小学时学校每日煮一大锅尤加利树叶汤让我们饮，预防流感。"尤加利叶防流感，你不记得啦，小学时'文革'大串联，感冒流行，学校无系熬了几次这种臭水给我们饮，谂起未曾？"吕觉悟在微信群里说。紧接着有同学更正，是细叶桉防流感，不是尤加利。沿河岸一直到酒厂，一路都是开米色小花的尤加利树，我们常去河边捡花柄，学种菜人家的小孩，用花柄穿成手镯和耳坠项链，再用指甲花染红。（与正文互见）

> 百度百科：尤加利树，是桃金娘科、桉属植物的统称。常绿高大乔木，约六百余种……树冠形状有尖塔形、多枝形和垂枝形等。单叶，全缘，革质，有时被有一层薄蜡质……春末夏初绽开乳白色小花蒴果，很小，集中在水滴形高脚杯状囊壳内。整个树形秀丽端庄、典雅高贵。

几十年来都是写柚加利，百度搜不出，发现尤加利才是正确写法。但我仍觉得柚加利才是我小时的那种。尤加利，它不在体育场也不在河边，尤字于我不亲。是遥远的事物。

我所有的书中，凡是写成柚加利的都被改成了尤加利，希望起码《李跃豆词典》里不要改。

欲欲耶耶：形容迟疑不决。

牙擦、牙牙擦擦：自负且炫耀，加上啰里啰嗦，烦人、讨厌的意思。又有嚣张顽固的意思。

Z

至诚：认真、努力。这个词我从来没用过，有一次回老家，正好闻玉葵对侄子讲，要至诚做。想起来，我外婆是说至诚的。

至诚做：努力干。

栀子：幼时我用栀子染过袜子。我们叫黄罂（ang）子，先捣碎，放瓦煲里煮，与袜子一起煮，白袜就染成了黄袜。那时我并不知道栀子就是栀子花的果实，我是先知道栀子是染料，然后才知道栀子花的。

《辞海》：栀子，植物名。茜草科栀子属，常绿灌木或小乔木。叶对生，长椭圆形，夏天开白花或黄花，香味浓郁，有果实。除供观赏外，果实可供药用，也可做黄色染料。也称为［支子］。

指甲花：我是二十世纪八十年代看到张瑜演小凤仙的电影《知音》之后，才知指甲花即凤仙花。这是沙街最常见的花，我家住在沙街妇幼保健站宿舍时，天井里也放着一盆指甲花。我家对面、我小学同学家门口也有几盆，还有沙街头老刘婆（其实我只知道她叫老举婆），她门口也有。医院宿舍韦阿姨家也有，我们时常随便执指甲花染指甲。梁同学用指甲花染手帕，手帕脏了她就染一下，变成粉红色。

《辞典》（修订版）：凤仙花科凤仙花属，一年生草本。茎直立，叶互生，狭披针形，有锯齿，夏日开红白等色之花。蒴果圆形而尖，熟则裂开，弹出褐色种子十余粒。除供观赏外，种子、根、茎均可入药。也称为［凤仙子］［指甲花］［指甲草］［羽客］。

仔女：子女。

吱喳虫、纺纱虫：蝉。

斟酒：倒酒。

着力：辛苦。

着紧：着急。

朝早：早上。

眨令：闪电。

猪乸：母猪。

猪膶、猪湿：猪肝。苹果煲猪肝、猪粉肠据说可以润肠，猪肝要煲到老、煲到粉，再蘸酱油熟油而食。

猪红：就是猪血，叫猪血难听，叫猪红就好多了。街上有一种说法，认为猪红是去灰尘的，吃了猪红能将吸进肺里的灰尘洗净。猪红便宜，5分钱一碗，一海碗猪红用刀划成小方块，向滚水里一投，配上生姜葱段，几分钟后起锅，猪红像凉粉，吃到嘴里又嫩又滑。一边吃着一边就觉得肺里的灰尘浊气洗得透净。机关学校大扫除，食堂都会去买半桶猪红回来做成猪红汤。下雨就没人吃猪红，因空气潮湿没有灰尘，吃猪红划不来。虽仅5分钱一碗，到底比青菜要贵一些。

北流有俚语：吃猪红屙黑屎，比喻马上见效。

猪红腮：腮腺炎。

竹枝头：竹字头。

竹卒：蟋蟀。

灶鸡、灶公鸡：灶蟋蟀。

百度百科：灶马蟋……其体形硕长，大于蟋蟀，通体黄褐色，头额部有浅色直纹，眼稍突出。

煮吃：做饭。

只：数量词，北流古言中没有"个"，只有只，只人、只猪、只鸡。

针窿：针鼻儿。

做田佬：农民。

纸鹞：风筝。

诈懵：装傻。

峙势、好鬼高逗：骄傲。

照睇：恐怕。

灶：一灶鸡、一灶猪、一灶黄蜂。

走：跑。

装香：烧香。

2021年5月11日—5月27日 初稿
2021年6月21日夏至 二稿